# LES DÎNERS DE CALPURNIA

JEAN DIWO

# LES DÎNERS DE CALPURNIA

Roman

FRANCE LOISIRS
123, boulevard de Grenelle, Paris

Une édition du Club France Loisirs, Paris
réalisée avec l'autorisation des Editions Flammarion



ISBN: 2-7441-0404-3

*A Martine G.-H.*

# I

## ROME EN FLAMMES

Immobile, sa fine tunique d'été ouverte pour laisser passer un peu d'air, Néron, debout sur la terrasse du palais impérial, regardait en silence l'incendie dévorer sa ville. Derrière, sur le Palatin, les flammes léchaient le portique de la grande terrasse. Devant s'étendait le brasier qui consumait à une vitesse effrayante les maisons des pauvres, les hôtels particuliers des riches, les temples, les statues dont le marbre éclatait, et même l'ancien palais d'Auguste, la *Domus Augusteus*, auquel se rattachaient tant de souvenirs.

L'air était torride, chargé de cendre et de fumée, mais Néron ne s'apercevait pas que ses vêtements étaient souillés de suie ni que son visage ruisselant de sueur charbonneuse le faisait ressembler à un rameur de pont. Son regard restait fixé sur le grand cirque Maxime, ovale de feu et de ruines d'où l'incendie était parti quelques heures plus tôt. Parfois ses lèvres bougeaient mais elles ne laissaient filtrer aucun son. Seul Tigellin, le nouveau préfet du prétoire, mauvais génie de César disaient certains, qui se trouvait derrière lui avec quelques membres de la garde prétorienne, osa parler :

— Je suis sûr, divin poète, que ton génie fertile t'inspire quelques vers magnifiques que tu nous déclameras à l'heure du souper.

Tiré de sa rêverie, Néron se retourna, fâché :

— Il est vrai que c'est beau, une ville qui brûle. Mais si je suis poète, ce soir c'est l'Empereur qui parle, et je te conseille de penser dès maintenant aux suites tragiques de ce spectacle. Une grande partie des habitants ne savent pas où dormir. Comment vont-ils se nourrir ? Avant d'être le chef des cohortes prétoriennes, tu as été, si j'ai bonne mémoire, commandant des vigiles et des veilleurs de nuit. Je veux dès ce soir un rapport sur les circonstances de la catastrophe et les mesures à envisager pour aider les sinistrés.

Pensant alors qu'il était le premier de ces sinistrés, il ajouta :

— J'espère qu'il y a suffisamment d'eau et d'hommes pour sauver mon palais. De ce côté je ne vois plus de flammes, seulement de la fumée. C'est bon signe ! Va voir si je puis y loger ce soir.

Avant de rejoindre le Palatin, où l'on avait préparé une chambre drapée en hâte de soieries d'Illyrie dans une aile du palais épargnée par les flammes, Néron décida de monter en haut de la tour de Mécène afin d'avoir une vue d'ensemble. Là, il se recueillit un moment puis chanta pour lui, à la lueur des flammes, un poème qu'il avait naguère composé sur la guerre de Troie. « Scipion, dit-il tout haut, avait cité des vers de l'*Iliade* en regardant brûler Carthage. Moi, c'est ma propre poésie qui stigmatise la fragilité des empires ! »

En fait, Néron ne savait pas encore grand-chose sur l'incendie qui ravageait la ville. Comme la plupart des patriciens fortunés soucieux de fuir l'éprouvante canicule qui assommait Rome, il avait quitté deux semaines auparavant la demeure du Palatin pour se réfugier dans sa résidence d'Antium, près d'Ostie. Pas plus tard que ce matin, il goûtait avec Poppée la fraîcheur de l'air marin sous les lauriers en fleur lorsqu'on avait annoncé l'arrivée d'un coursier impérial. Le message de l'homme dont les vêtements étaient à demi brûlés était laconique et tragique : Rome était en feu, des quartiers entiers étaient déjà anéantis. Le palais du prince n'était pas épargné !

César avait fermé les yeux un instant. Il imaginait ce que

pouvait être un incendie déclenché dans de pareilles circonstances. Ce genre de sinistre était courant à Rome, dont les rues tortueuses et les maisons de bois fragiles favorisaient la propagation des flammes, mais les vigiles, bien entraînés, réussissaient presque toujours à circonscrire l'incendie. Une ou deux fois par siècle, cependant, le feu était vainqueur et détruisait la quasi-totalité de la ville. C'était le cas durant ces calendes d'août, dix-neuvième jour de juillet. La catastrophe marquerait son règne, Néron le savait. Il devait faire face.

Aussitôt des chevaux avaient été sellés, et César avait pris la tête de sa garde pour couvrir à bride abattue les cinquante kilomètres de la route de Rome. Un peu après midi il était sur les lieux et prenait les premières décisions. Il ne pouvait arrêter le feu contre lequel son pouvoir divin était impuissant, mais il donna sans attendre des ordres pour secourir l'immense foule des sinistrés. Il leur fit ouvrir ses jardins et des logis de fortune furent rapidement construits pour héberger les indigents.

Curieux, cet Empereur dont on n'attendait pas grand-chose, qu'on accusera plus tard d'avoir lui-même incendié sa ville et qui, au cours des sept jours que durera l'effroyable épreuve, se dépensera sans compter pour venir en aide aux plus malheureux ! Plus étonnant : des passants le reconnaîtront, la nuit, vêtu d'un manteau sombre, parcourant les quartiers brûlés, seul, sans garde, sans escorte, à la merci de ses ennemis. Tellement seul qu'aucun d'entre eux n'osera profiter de l'occasion pour l'assassiner.

Néron, durant ces jours tragiques, faisait son métier de César. Il n'avait pas, comme on le lui conseillait, regagné sa résidence du bord de mer pour fuir la fournaise. Il était resté dans la capitale pour y diriger personnellement le ravitaillement, ordonner la réquisition des vivres entreposés à Ostie, le port de Rome. Il s'agissait aussi de déblayer les amas de ruines qui encombraient la cité et de penser sans attendre à la reconstruction.

Cette nécessité était devenue une obsession. Néron savait que c'est par la pierre qu'un Empereur s'impose à la postérité. A part Auguste et Jules César, peut-être, les princes de Rome qui n'avaient pas donné leur nom à un monument, à un arc de triomphe ou à un temple étaient condamnés à l'oubli. L'incendie de Rome laisserait certainement sa marque dans l'Histoire, mais c'était bien pauvre chose d'attacher son règne à une catastrophe. Il se jura de demeurer dans les mémoires comme le reconstructeur de la ville, le plus grand bâtisseur de l'histoire romaine. Il était, certes, porté à croire son entourage qui lui répétait qu'il était le plus grand compositeur, le plus grand musicien, le plus grand poète qu'eût jamais connu Rome depuis sa fondation. Il ne doutait pas que son nom occuperait l'une des meilleures places, sinon la première, dans l'histoire de l'art latin. Une voix intérieure le poussait cependant, quand il avait soif de musique, à céder sa harpe au divin Terpinius, le joueur le plus célèbre de son temps, à annuler ses répétitions de chant, à supprimer les soins quotidiens dispensés à ses cordes vocales et même à oublier l'estrade où il aimait paraître en public, vêtu de la longue robe traditionnelle des citharèdes. En fait, bien qu'il trouvât plus gratifiants les succès immédiats du théâtre, Néron avait toujours aimé bâtir. Il lui restait une œuvre grandiose à réaliser mais il avait déjà fait élever sur le Capitole un arc de triomphe en commémoration de la défaite infligée aux Parthes et construit l'*Arcus Neroniani*, le magnifique aqueduc qui alimentait en eau le Palatin. Son projet le plus cher était de prolonger jusqu'à Ostie les murs de Rome et, par le tracé d'un canal, de faire entrer la mer dans la vieille ville. L'incendie, qui ne laissait intacts que quatre quartiers sur les quatorze composant la capitale du monde antique, lui donnait la chance d'accomplir l'œuvre de sa vie : la reconstruction d'une cité embellie présentant des conditions d'hygiène, de confort et de sécurité tout à fait nouvelles.

☆

Un mois avait passé depuis la catastrophe. Presque tous les gravats, les poutres calcinées et autres débris avaient été évacués sur Ostie par bateaux, ceux-ci revenant chargés de matériaux neufs et de nourriture. La ville ressemblait par endroits à un désert charbonneux. Il ne restait que le vide du désespoir et le désespoir était, comme toujours après les désastres, source de rumeurs. Un feu d'une telle ampleur ne pouvait, aux yeux du peuple, qu'être d'origine criminelle. Il fallait un coupable à l'opinion publique. Personne n'accusait Néron auquel son intervention énergique valait au contraire le respect de tous. La légende du César incendiaire ne prendra naissance que bien plus tard, et pour des raisons politiques précises, lorsque la dynastie des Flaviens, avec Vespasien, jugera utile de détruire l'image d'un Néron malgré tout populaire. Pour l'heure, il fallait trouver des coupables crédibles et facilement punissables : la rumeur accusa vite les chrétiens. C'est cette question que débattaient ce jour-là Néron et ses conseillers dans un coin du grand *triclinium*[1], endroit préféré de l'Empereur dans ce palais du Palatin auquel il ne s'était jamais vraiment habitué.

— Ces bruits sont-ils fondés ? demanda César.

— Ils ne seront fondés, seigneur, que lorsque tu leur accorderas du crédit, répondit Tigellin. Politiquement, les chrétiens font de bons coupables. Les Romains ne les aiment pas, ils les considèrent comme une sous-secte juive. Jusqu'à aujourd'hui, ils ont vécu tranquillement à Rome où le délit de religion n'a jamais existé, mais les choses pourraient changer. Puisqu'il faut trouver un exutoire au peuple, privé de jeux et de spectacles depuis l'incendie, pourquoi pas les chrétiens ?

— Oui, pourquoi pas ? Mais l'initiative d'une culpabilité des chrétiens ne peut venir ni du palais ni du Sénat. Et il faut des faits, des témoignages !

— Une idée me vient à l'esprit. Elle est tellement simple qu'elle pourrait être vraie. Les Romains détestent les juifs et les juifs n'aiment pas les chrétiens. Le peuple commence à savoir que le fondateur du christianisme a été crucifié en représailles de son opposition à César et que les juifs orthodoxes ne l'ont pas défendu. Ces derniers feraient les instiga-

1. Salle à manger.

teurs idéaux d'une vague de dénonciations. Crois-moi, l'opinion publique ne restera pas longtemps insensible à ces bruits.

— Tu es un être intelligent et redoutable, Tigellin...

— C'est la raison pour laquelle tu m'as choisi, seigneur. Laisse-moi faire, et bientôt les juifs de Rome qui ont peur d'être pris eux-mêmes comme boucs émissaires trouveront habile de détourner l'attention sur ces chrétiens qui, d'ailleurs, sont peut-être réellement coupables !

— Va, Tigellin... Parfois je me demande si j'ai raison de garder près de moi un être aussi retors que toi. Je sais que c'est un risque mais tu m'es utile.

Néron sourit et ajouta :

— Il est vrai que le risque est partagé : tu n'es puissant que par moi et tu sais que toute trahison te serait fatale.

— Seigneur, je vous suis dévoué jusqu'à la mort et si, un jour, vous me faites porter le poison à mon réveil, je le boirai.

— Bien. Pour ce dont nous venons de parler, si la voix populaire exige des coupables et qu'elle croie que ce sont les chrétiens, engageons des poursuites.

Ainsi les malheureux chrétiens de Rome, que personne jusqu'alors ne songeait à persécuter, se trouvèrent-ils impliqués dans l'incendie et livrés aux rigueurs de la loi romaine. Quatre à cinq cents d'entre eux furent arrêtés et condamnés[1].

Quelques jours plus tard, Néron ne répondit rien quand Tigellin vint lui rapporter les punitions infligées aux présumés coupables. Il préféra changer de sujet :

1. Contrairement à la légende, les chrétiens arrêtés et condamnés (quelques centaines) ne furent pas livrés aux bêtes, ni suppliciés dans les jardins impériaux, ni mis en croix enduits de matières inflammables "éclairant les ténèbres comme des lampadaires", ainsi que le conte un passage célèbre mais aujourd'hui jugé apocryphe de Tacite. Il est probable qu'ils furent décapités s'ils étaient citoyens romains ou crucifiés s'ils ne l'étaient pas. Plus pogrom que persécution, cette répression fut horrible mais brève. Rien de commun, en tout cas, avec les massacres d'un Dioclétien ou d'un Commode aux siècles suivants.

— Laisse-moi maintenant. Mes architectes Celer et Sevurus vont arriver et j'ai mille projets à leur soumettre. Tu verras, ou plutôt tu ne verras pas : dans des siècles on dira que Rome n'existait pas avant Néron ! Ah ! Sais-tu que j'ai repris la musique et la poésie ? Tiens, reste encore un instant, je vais te chanter l'hymne à Vénus que je viens de composer. Promets-moi, Tigellin, de me dire ce que tu en penses. Sans viles flatteries. Je n'ai que faire de compliments insincères !

Néron demanda à une esclave occupée à remplir de roses les grandes vasques d'ambre qui entouraient le triclinium d'aller lui chercher son luth delta.

— Hélas ! dit-il, ce matin ma voix me trahit. Je suis un peu enroué bien que je me sois astreint à dormir avec des poids de plomb sur la poitrine. N'en tiens pas compte dans ton jugement.

Tigellin, comme tous ceux qui écoutaient chanter César, dans l'intimité ou au spectacle, ne tenait compte de rien. Tandis que Néron se préparait en appuyant son luth sur la table, il cherchait les paroles de louanges qu'il allait devoir prononcer. Dans cet exercice d'encensement impérial, Tigellin n'était pas le meilleur. Pétrone, le richissime épicurien qui se cachait d'être aussi poète pour ne pas offusquer le soleil de César, était, lui, imbattable dans la flagornerie. Il savait trouver les mots emphatiques qui plaisaient au maître. Quand celui-ci eut terminé de chanter, agréablement d'ailleurs car sa voix était réellement belle, Tigellin ne put exprimer qu'une banalité qui fit hausser les épaules du maître :

— Divin César, vous avez gardé vos dons géniaux. Votre hymne est merveilleux. Je me sens indigne du privilège d'avoir pu l'écouter.

Les éloges, Néron les guettait, les quémandait presque. Personne ne serait risqué à s'en dispenser ! Sénèque lui-même, le vieux maître, avait du mal à croire que son élève pût être dupe des dithyrambes dont on l'accablait. César aurait dans un bon jour admis qu'on critiquât son gouvernement. Son art, jamais !

Celer et Sevurus entraient dans le péristyle les bras chargés de rouleaux et Néron leur fit signe d'approcher :

— Je vous attendais, dit-il aussitôt. Je vois que vous avez travaillé, vous avez des plans à me montrer. J'ai moi-même beaucoup réfléchi à notre ville et à mon palais qui en sera le fleuron. Le Palatin est trop encombré, c'est sur l'Oppius[1] que nous allons le construire. Autour, l'incendie a libéré de la place. Nous l'utiliserons pour les jardins.

— J'avais cru comprendre, hasarda Sevurus, que tu comptais y bâtir des immeubles résidentiels pour remplacer ceux qui ont été détruits.

— César a changé d'avis, voilà tout ! lança Néron, agacé. Mes jardins seront les plus vastes et les plus beaux que l'homme ait imaginés. Pensez à la Grèce, aux fêtes et aux cérémonies dionysiaques. Pensez aux jardins de Samosate en Syrie, vous ne verrez jamais assez grand pour le plus grand des Césars !

Sevurus se le tint pour dit et laissa son compère Celer enchaîner sur des propos complaisants. Ils savaient tous deux que, quel que soit le talent d'un architecte, c'était le commanditaire d'un ouvrage qui était considéré comme son auteur. Ils savaient aussi que Néron n'était pas un despote ignorant, que Sénèque lui avait dispensé une culture étendue et qu'il entendrait s'occuper personnellement des travaux. S'il ne connaissait pas grand-chose aux techniques, c'était un artiste, un poète, qui saurait imposer ses vues.

— Divin César, dit Sevurus, guide nos mains et nous réaliserons ce que tu souhaites.

Néron se lança alors dans une description lyrique de son futur palais. Un palais ? Non. Un ensemble de villas, de péristyles, de bassins, de temples, de bosquets, de collines qui s'étendraient sur plusieurs hectares...

— Je veux, ajouta-t-il dans un semi-délire, un lac artificiel si grand qu'on l'appellera *la mer*. J'y donnerai des fêtes nau-

1. Croupe au sommet de l'Esquilin.

tiques, des naumachies fantastiques. Mon rêve : y reconstituer la bataille de Salamine !

— Quel honneur, divin Néron, de donner une réalité à tes visions poétiques ! dit Celer après avoir jeté un regard vers Sevurus.

Le signe n'avait pas échappé à l'Empereur.

— Mon projet vous paraît trop grandiose ? Fou, peut-être ! Vous allez pourtant m'aider à le mener à son terme !

— Seigneur, je voulais seulement souligner à Sevurus que cela allait coûter une fortune considérable.

— Et alors ? N'ai-je pas les moyens de satisfaire à tous mes désirs ? Mes prédécesseurs Claude et Tibère étaient des avares. Je sais, moi, que je puis disposer à mon gré de tous les trésors de l'Empire. C'est le rôle de César d'imaginer et de bâtir, de donner à son règne une magnificence digne de Rome ! Je tiens à ce que vous ne perdiez pas une minute. Les empereurs meurent jeunes et je veux voir mon œuvre achevée. Mes gens vont vous reconduire en litière[1]. Revenez vite avec des dessins et des projets. Avez-vous au moins des collaborateurs de talent ? Sont-ils assez nombreux ?

— Ce sont les meilleurs. Tel Carus, l'*officinator,* qui dirige les groupes d'artisans les plus habiles. Et nous avons à Ostie nos ateliers, nos chantiers et nos réserves de matériaux. Les collèges de *fabri*[2] vous sont dévoués : charpentiers et maçons sont prêts à reconstruire Rome et à bâtir votre palais.

Lorsqu'ils furent installés dans la litière, soulevée et emportée au pas de course par six athlètes syriens qui se frayaient un passage dans la foule en criant : « César, César... » les deux hommes se regardèrent en hochant la tête.

— Nous voilà engagés dans une dangereuse galère, dit

1. Les litières étaient utilisées par les Romains fortunés. Elles allaient de la *sella*, sorte de chaise à porteurs munie de deux perches, à la *lectica* dotée d'un lit, le nombre des porteurs, souvent des Syriens, variant selon la fortune du propriétaire.

2. Confréries ouvrières très unies et puissantes souvent prohibées parce que craintes par le pouvoir mais vite rétablies car indispensables.

Sevurus, le plus âgé. Je crois qu'il y aura des orages à traverser.

— Oui, mais la tâche qui nous attend est passionnante. Pourtant, César me fait peur. Toi qui le connais bien, existe-t-il un risque à travailler pour lui ?

— Question oiseuse ! Nous n'avons pas le choix. César commande et nous exécutons. Maintenant, même si notre travail ne lui convient pas, je ne pense pas qu'il aille jusqu'à nous châtier. Nous sommes indignes de son poison. Grand bien nous fasse, César ne condamne que ceux qui occupent un rang élevé dans la hiérarchie politique. Bien que nous exercions un art honorable qui demande beaucoup de savoir et qui est aussi utile que la médecine ou l'enseignement des lettres et des sciences, nous n'avons guère de poids social, notre statut professionnel n'est pas nettement défini. Malgré ma renommée et l'aisance que je dois à l'Empereur Claude qui m'a souvent témoigné sa satisfaction de voir promptement achevée la restauration de la route ouverte par son père Caligula entre la Vénétie et le Danube, je ne dois aujourd'hui le prestige dont je jouis qu'à mon talent, à mon âge et surtout au fait que je suis devenu assez riche pour exercer le métier en qualité d'*architectus redemptor*. Je suis, ce qui n'est pas courant, capable de mener financièrement à bien mes travaux et d'être mon propre entrepreneur.

— Avoir été choisi par César pour reconstruire la ville et bâtir son nouveau palais, c'est tout de même important !

— Pour toi qui commences ta vie professionnelle, sûrement. Ton ancien patron, Postonus, t'a affranchi et, chez moi, tu vas apprendre beaucoup de choses en m'aidant à mener à bien le chantier impérial. J'apprécie ton imagination créatrice, tu es devenu en vérité mon associé. Un jour je t'adopterai ! En attendant, allons travailler car Néron ne nous laissera pas un instant de tranquillité tant que nous ne lui aurons pas présenté le dessin parlant de ses rêves.

La maison de Sevurus était agréablement située du côté du Vélabre, au-delà de l'enceinte du Palatin. L'architecte l'avait construite à sa mesure et à celle de sa femme Arria, morte l'année précédente. Elle ne s'imposait pas dans le paysage du quartier où les riches villas se côtoyaient. Celle du vieil architecte était discrètement belle, de proportions parfaites et surtout confortable. Arria disparue, Sevurus avait hébergé son assistant le plus doué, le jeune Celer, qui, à vingt-cinq ans, était déjà un maître dans l'art du dessin. Sa grande culture avait étonné Sevurus, vite décidé à s'adjoindre comme associé cet esclave affranchi beau et joyeux qui lui redonnait le plaisir de vivre et le secondait dans son travail.

Au moment où les porteurs syriens abordaient le raidillon qui conduisait à la *vallis Murcia* et, d'abord, à la maison de Sevurus, Celer se pencha vers son maître :

— J'ai une idée qui devrait plaire à César. Au lieu de lui présenter des plans fouillés, avec des perspectives toujours difficiles à rendre et des projections géométriques qu'il ne comprendra pas, fabriquons-lui une maquette.

— Cela ne se fait pas... Et je t'avoue que je me sens incapable de réaliser un tel ouvrage.

— Moi je suis sûr de pouvoir ! Avec l'aide de quelques artisans adroits que je connais, je me fais fort de construire la maquette dont tu vas établir le plan en moins de temps qu'il n'en faudrait pour en effectuer la translation imagée sur papyrus. Et cela fera plus d'effet ! Postonus, mon premier maître, me disait qu'il n'y a qu'une façon de séduire les puissants, c'est de les étonner. Eh bien, étonnons Néron !

— Ton idée est tentante. Je ne suis pas contre mais il faut réfléchir. Et surtout mettre en place le projet avant de décider comment nous le présenterons. Nous allons nous y atteler dès demain matin.

Ils furent contents de retrouver Coccius, l'esclave qui montait la garde dans le vestibule, et plus encore la fraîcheur de l'*atrium* isolé de la chaleur du ciel par le vélum blanc qui couvrait l'*impluvium*. On était loin des fastes du Palatin mais les rosiers qui grimpaient librement sur les murs de travertin avaient une odeur de jardin et l'eau du bassin, pour n'être pas colorée de pétales d'or, était d'une limpidité cristalline.

— C'est bon de ne pas habiter un palais, dit Celer. Ici, tout est vrai, l'air est doux, les rumeurs de la ville ne passent pas la porte. En attendant l'heure du repas, veux-tu, cher Sevurus, que je te fasse la lecture d'un livre que je me suis fait copier chez le libraire Trivarus ?

— Peut-être. Quel est ce livre ?

— Le *Satiricon.* Une critique amusante et osée des mœurs du temps.

— De qui est-ce ?

— On dit que l'auteur en est Pétrone, mais qu'importe ! Le récit des vagabondages du jeune dévoyé Encolpe et de ses compagnons Ascylte et Giton est fort plaisant. Le ton est licencieux mais comique, mordant mais juste. Est-ce le Pétrone de la cour que nous connaissons, le confident de Néron, l'arbitre des élégances, comme il se définit lui-même, qui a écrit ces histoires peignant les vanités de notre temps ? Ou bien l'auteur est-il un talent inconnu ou quelqu'un qui veut conserver l'anonymat ? Je vais te lire l'un des passages les plus cocasses : *Le Festin de Trimalcion.*

Tandis que Sevurus écoutait en souriant Celer lui détailler d'une voix claire les épisodes du fabuleux festin, une jeune fille s'était approchée et tendait l'oreille... Elle était belle dans son péplum blanc laissant deviner des formes qui n'étaient déjà plus celles d'une adolescente. L'ovale pur de son visage se fondait vers le haut avec sa coiffure de cheveux bruns finement tressés. Ses bras étaient longs et fins. Ceux qui la découvraient ainsi pour la première fois avaient envie de la voir danser.

Celer l'aperçut et referma le livre comme s'il était fâché :

— Calpurnia, ce n'est pas une lecture pour toi !

La jeune fille éclata de rire :

— Il est bien tard, vertueux Celer, pour contrôler mes choix poétiques. Toutes les jeunes filles du centre universitaire de Rome ont lu le *Satiricon* de Petronius Arbiter.

— Comment, vous, jeunes Romaines, symboles de pureté,

pouvez-vous déjà vous plonger dans l'eau sale des tares et des ridicules ? Cela me fait mal, Calpurnia, de savoir ternie l'innocence de ton visage d'ange.

Elle le regarda, rieuse, et se tourna vers Sevurus qui paraissait s'amuser.

— Tu entends, oncle Sevurus ? Celer me fait la leçon. Heureusement qu'il a parlé de l'innocence de mon visage. Jamais il ne m'avait dit quelque chose d'aussi gentil. Dans le fond, tu sais, Celer, cela me fait plaisir que tu t'intéresses à moi !

Elle se retourna en faisant voleter sa robe et s'enfuit, annonçant qu'elle avait faim et qu'elle allait voir si le repas était prêt.

Celer, lui, semblait ailleurs. Ses yeux, entraînés à épouser l'arc des voûtes et à mesurer à un *pès*[1] près la hauteur d'une colonne, fixaient la porte du *tablinum*[2] par laquelle Calpurnia venait de sortir.

— Tu la trouves jolie, ma nièce ? demanda Sevurus. Quand je vous vois tous les deux vous disputer comme sœur et frère, je me dis que vous n'êtes ni frère ni sœur et que si un jour vous vous épreniez l'un de l'autre ce serait la plus grande joie qui puisse couronner ma vieillesse.

— D'abord tu n'es pas vieux. Ensuite Calpurnia est bien jeune pour que je pense à elle comme à une femme. Elle a beau avoir lu le *Satiricon*, c'est une enfant.

— Oui, mais les enfants grandissent vite… Tu t'en apercevras bientôt. Ah ! Pourvu que vous vous aimiez ! Mais je radote. Tu es assez grand pour constater qu'elle te regarde comme son bien. Ne me décevez pas !

☆

1. Le *pès* ou pied romain, unité de longueur (0,2944 m).
2. Le *tablinum*, à l'origine en bois : pièce-bureau du maître de maison.

En fait Calpurnia n'était pas la nièce de Sevurus. Fille d'une affranchie d'Arria, une Phrygienne morte alors qu'elle n'avait que neuf ans, l'enfant était restée dans la famille, considérée par Sevurus et son épouse comme la fille de la maison. Vive, intelligente, spontanée, elle avait su saisir la perche que lui tendait Arria, femme bonne et cultivée qui lui avait appris beaucoup plus de choses que n'en savaient la plupart des jeunes Romaines. Plus tard, c'est Sevurus qui l'avait initiée au calcul et à la géométrie avant de l'envoyer suivre les cours des philosophes à l'université. Il n'était pas possible d'adopter une fille, mais un mariage avec Celer dont l'adoption, elle, ne posait pas de problème, pouvait permettre à la jeune fille de demeurer dans la famille et de devenir une affranchie bourgeoise et riche. Car Sevurus était riche. A Rome, si le talent de l'architecte n'était pas toujours justement rétribué, les bénéfices de l'entrepreneur étaient importants et celui qui pouvait exercer les deux fonctions avait sa fortune assurée. Celle de Sevurus dépassait, disait-on, les deux millions et demi de sesterces, un capital qui l'aurait autorisé à jouer un rôle politique dans la cité s'il n'avait préféré au pouvoir le paisible exercice de son art.

Pour l'instant, l'heure n'était pas aux spéculations familiales. Néron avait commandé un travail et il fallait l'exécuter dans les délais faute d'encourir sa colère. Dès le lendemain de la convocation au Palatin, l'atelier, bâti un peu plus loin que la maison dans le chemin du Vélabre, se trouva transformé en ruche bourdonnante. Tous les dessinateurs, copistes, colleurs de papyrus, préparateurs d'encres et de couleurs, tabletiers, fondeurs de cire avaient été requis. Monté sur un trépied, un grand panneau de bois enduit de cire s'offrait à Sevurus. C'est là que le maître, armé d'un stylet d'os, allait à grands sillons graver l'ébauche d'un plan gigantesque, celui du grand « quartier royal » de Rome qui devait recouvrir, selon le désir de Néron, presque tout l'Esquilin et la plus grande partie du Palatin jusqu'à la Porte Majeure. Le projet avait quelque chose d'insensé. Sevurus ne l'ignorait pas mais savait qu'il serait vain de tenter d'empêcher Néron d'entreprendre la grande mise en scène de son règne. Le plus choquant était que l'Empereur profitait de la calamité qui venait de détruire presque toute la ville pour s'octroyer des quartiers entiers, construire une campagne au cœur de Rome et, au centre de cette campagne, un palais plus vaste et plus luxueux que ce Palatin d'où les Césars gouvernaient le monde depuis si longtemps. Sevurus n'avait pas le choix : Néron avait fixé les limites de sa folie, il n'avait plus qu'à remplir cet espace gagné sur une ville déjà trop petite pour ses deux millions d'habitants, à interpréter les rêves baroques et les idées brumeuses de l'Empereur.

L'idée de Sevurus était de concevoir le nouveau domaine impérial autour d'une immense pièce d'eau qui apporterait de la fraîcheur en été et pourrait être le cadre de fêtes, de féeries nocturnes, de combats aquatiques. Pour le reste, Néron voulait multiplier les villas, les arcades, les bosquets plutôt que manifester l'expression de sa grandeur par un palais si gigantesque qu'il en serait devenu monstrueux.

— César, pour notre bonheur, ne manque pas de goût, dit Sevurus à Celer qui venait de lui rendre compte de l'installation de l'atelier où il allait construire la maquette. Son idée d'une campagne dans la ville et de petits palais tous différents est bonne. Il conviendra tout de même de couronner l'ensemble par une construction prestigieuse. Je pense à un dôme où la lumière commanderait au temps...

— Tout cela va représenter une fortune colossale, soupira Celer. Néron peut-il assumer une telle dépense ?

— La fortune de César n'a de limites que celles du monde sur lequel il règne. Ce n'est pas l'argent qui manquera, ce sont les hommes. Combien d'ouvriers faudra-t-il trouver pour creuser le lac et faire surgir de la verdure sur une terre brûlée ?

— Les esclaves, comme toujours, feront la besogne.

— Il faudra les faire venir de loin car les esclaves, les vrais, se font rares dans Rome. Les temps ont changé depuis que règne la paix romaine. Enfin, une guerre de conquête peut toujours éclater et entraîner un afflux de main-d'œuvre. Pour l'instant, le marché aux esclaves n'est pas approvisionné et les prix montent.

— L'Empereur sait-il tout cela quand il commande l'impossible ?

— Disons qu'il préfère ne pas le savoir et demander à Tigellin de se débrouiller. Mais nous n'en sommes pas là. Les épures doivent être prêtes dans un mois. Comme ta maquette, qui doit étonner César.

# II

## LA MAISON DORÉE

Les mois passèrent. Dans la fièvre, dans le doute, dans l'espoir tout de même d'arriver au bout d'un travail épuisant que Néron ordonnait chaque jour d'accélérer en répétant qu'il voulait voir son œuvre terminée avant de mourir. On n'en était pourtant qu'aux plans, aux commandes de matériaux, au recrutement des ouvriers. Ce n'est que neuf mois après l'incendie qu'une armée d'esclaves venus des champs Décumates et d'Égypte entreprit de creuser la pièce d'eau des jardins impériaux. Peu avant, on avait craint la catastrophe lorsque Sevurus était tombé malade. Sans le maître, le projet qu'il avait conçu devenait irréalisable. Aucun autre architecte n'était capable de le poursuivre. Celer lui-même, qui avait participé à son élaboration, s'avouait impuissant.

☆

Soigné par Calpurnia, qui ne quittait pas son chevet, le vieil architecte s'en était remis aux dieux de la maison, demandant seulement chaque jour si César n'avait pas manifesté quelque mauvaise humeur. Mais César demeurait serein et se contentait de faire prendre des nouvelles de celui à qui il avait confié sa gloire posthume. Mieux, il lui avait envoyé son médecin personnel et, lorsque Sevurus commença à aller mieux, il lui fit cadeau d'une statue de gladiateur, œuvre d'un nommé Strongylion, artiste grec de la bonne époque. Ce présent royal prit la place d'honneur dans l'*atrium* et acheva de rétablir le malade qui, un matin, appela Celer pour lui dire que le travail reprenait.

— Mais il n'a pas cessé, Sevurus. Nous avons continué de faire tout ce qui était possible sans toi, en fait rien d'essentiel, mais l'indispensable qui ne se voit pas et qui mange le temps. Tiens, j'ai presque terminé la maquette. Il n'y manque guère que le dôme que tu n'as pas encore dessiné.

— Très bien. J'ai de la chance d'être aussi bien secondé. A propos de ta maquette, quelle place occupe-t-elle dans l'atelier ?

— Presque toute la place, dit Celer en rougissant.

— Et comment penses-tu la transporter jusqu'au Palatin ?

— Je ne sais pas, mon maître. Et pourtant elle est destinée à l'Empereur...

— Alors il faudra que Néron vienne la voir ici !

— Comment ? César dans la ruelle du Vélabre ? Ce n'est pas possible.

— Tu verras si ce n'est pas possible ! Il suffira d'attiser la curiosité de Néron, de lui dire qu'il pourra découvrir d'un seul coup d'œil l'ensemble de son rêve réalisé et il se précipitera dans cette maison, celle d'un honnête homme dont il reconnaît la valeur puisqu'il lui offre une superbe statue ! Cela dit, il faut s'occuper du dôme !

Une semaine plus tard, le fameux dôme dont Sevurus avait depuis longtemps en tête la forme, les cotes principales et le mécanisme qui devait en faire le triomphe de l'architecture néronienne, était entièrement dessiné sur un immense papyrus prêt à être confié aux hommes de l'art : tailleurs de pierre, charpentiers, maçons et mécaniciens qui, sous la surveillance de Sevurus et de Celer, allaient transformer un simple plan en une fabuleuse demeure impériale.

Avant eux, Celer interpréta la représentation graphique de son maître pour réaliser sa maquette. A l'aide de glaise affinée, de poudre de chaux, de morceaux de bois sculptés, de colle de poisson, de lamelles de parchemin et de papier épais, il réalisa le dôme qui manquait à sa maquette. Le peintre Fabulus, un vieil ami de Sevurus, lui donna les teintes de l'or et de la lumière comme il avait coloré l'eau du grand lac, les bosquets et même les fins oiseaux aux ailes de flamme qui se promenaient, nonchalants, sur l'herbe verte des rives aux courbes voluptueuses. La maquette en elle-même était un chef-d'œuvre. Sevurus se dit très ému en découvrant transcendée sa pensée créative :

— Il n'est plus besoin de construire la *Domus Aurea.* Jamais nous ne pourrons atteindre le merveilleux de ta réduction ! s'écria-t-il en redressant d'un de ses longs doigts un cyprès trop incliné. Je me demande ce que va dire Néron en voyant ses idées matérialisées ! Dès demain nous irons au Palatin pour lui montrer les dernières ébauches et l'inviter à venir admirer son ouvrage. Car, ne l'oublie pas, à la seconde où il se déclarera satisfait, notre travail de longs mois deviendra son œuvre !

— Ce sera mieux ainsi, dit Celer. L'important, c'est de faire, ce n'est pas de posséder !

— Bravo, mon fils ! J'aime t'entendre parler comme un philosophe. Encore que les philosophes se soucient bien peu de mettre leurs actes en accord avec leurs paroles. Regarde le sage Sénèque qui ne songe qu'à s'enrichir !

☆

Sevurus avait raison. Néron ne se fit pas prier pour venir découvrir la maquette et son arrivée ne passa pas inaperçue. Imaginez dans le dédale de ruelles en pente et l'enchevêtrement des voies qui menaient au Vélabre, quartier épargné par l'incendie, le cortège impérial se frayant un chemin dans la bousculade échevelée des colporteurs descendus du

Trastevere, des gargotiers appelant une clientèle incertaine, des barbiers rasant en pleine chaussée ! Jusqu'au temple de Minerve, la voie était suffisamment large pour donner la possibilité à l'escorte de César de circuler dans le couloir ouvert à grands cris par les miliciens de la cohorte et des officiers de la garde prétorienne. Plus loin, l'octaphore impériale, litière portée par huit impressionnants Cappadociens de même taille, ne pouvait avancer qu'au pas, en bousculant la plèbe qui, dans l'espoir d'apercevoir Néron, s'agglutinait autour du lit brandi au-dessus des têtes.

L'Empereur ne détestait pas ces bains de foule qui lui permettaient de mesurer sa popularité. Il savait que tant que celle-ci serait forte et dépasserait la faveur dont avaient joui ses prédécesseurs, il demeurerait le maître incontesté au palais et n'aurait pas trop à craindre de complots, mal endémique qui avait tant de fois décapité l'Empire.

Malgré les protestations de Tigellin, installé près de lui dans la litière, il fit lever les rideaux de cuir et de soie qui le protégeaient de la foule :

— Quelle est cette crainte soudaine ? dit-il. Tu sais très bien que je ne risque rien au milieu de mon peuple. C'est au Palatin que je dois me méfier. De toi d'abord, peut-être !

— César, tu m'offenses ! Tu connais mon dévouement !

— Ne t'offusque pas, Tigellin, je voulais simplement voir ta réaction !

Les voisins s'étaient groupés autour de la maison de Sevurus et firent une ovation à Néron lorsque deux des Cappadociens le portèrent hors de sa litière. L'Empereur pria Tigellin de rectifier les plis de sa toge qui s'étaient déplacés durant le voyage. Il eut un geste bonhomme pour la foule et donna l'accolade à Sevurus qui l'attendait à l'entrée du vestibule.

— L'honneur est grand pour moi, modeste instrument de ton génie créateur, de te recevoir dans ma maison. Souhaites-tu te rafraîchir, j'ai fait préparer des sirops et du vin, ou préfères-tu voir tout de suite le résultat éloquent de ton imagination fertile ?

— J'ai hâte de découvrir cette maquette dont tu me rebats les oreilles depuis si longtemps. Allons !

— L'atelier où mon jeune associé Celer a dressé le panorama de tes rêves se trouve un peu plus loin dans la rue mais on peut y accéder par le jardin.

Ils traversèrent le *triclinium* où l'œil de l'Empereur, accoutumé à reconnaître les belles choses, s'attarda sur les courbes de marbre d'une Aphrodite, et pénétrèrent sans transition dans une forêt de fleurs et de plantes que partageaient d'étroits sentiers garnis de galets.

— Quel merveilleux jardin ! dit Néron en s'extasiant sur les massifs de daturas, d'euphorbes géantes et de fuchsias savamment alternés. Je suis César et mon rôle m'oblige aux grandeurs, mais comme j'aimerais vivre à votre échelle d'homme simple et raffiné !

Sevurus sourit et ne répondit pas aux propos du plus mégalomane des Empereurs.

Celer les guettait devant l'atelier, un vaste hangar qu'on avait dû agrandir pour y faire tenir les proliférations successives de la demeure impériale. Néron le bouscula pour entrer dans son domaine miniaturisé qu'il embrassa du regard. L'acteur et le poète se retrouvaient dans ce décor qu'il se mit soudain, comme pour en accroître la magie, à découvrir à travers l'émeraude plate qui lui servait de monocle, le distinguait quand il le souhaitait du reste des humains et l'aidait à se plonger dans ses pensées.

— Tes idées ne sont pas trahies, j'espère ? dit Tigellin pour rompre le silence qui devenait pesant.

Il aurait mieux fait de se taire car il s'attira les foudres de son maître.

— Quand cesseras-tu de me questionner sottement ? Tais-toi et laisse-moi goûter cet instant rare où je domine mon œuvre comme jamais je ne pourrai le faire lorsqu'elle existera vraiment. Le Sénat m'a fait dieu mais c'est ici que je ressens ma suprématie. Quand je pénétrerai dans l'un de ces palais que je peux aujourd'hui écraser d'une poussée de mon doigt, je ne serai qu'un homme. Aujourd'hui, je suis un géant !

Au bout d'un moment, Néron consentit à livrer sa pensée :

— Sevurus, et toi, jeune Celer, vous avez bien travaillé. Votre projet me convient : c'est le mien. Vous lui avez donné des formes qui me paraissent agréables. Vous serez les architectes de cette œuvre qui perpétuera le nom de Néron ! Mais dépêchez-vous. Au moindre retard sur le calendrier que nous allons établir, vous serez remplacés.

— Nous sommes à tes ordres, César ! dit Sevurus en s'inclinant.

— Soyez seulement aux ordres de la beauté et de la grandeur. Ah ! ici vous placerez ma statue.

Il désigna de l'index une place vide qui, entre les trois ailes d'un portique géant, représentait le vestibule du palais.

— Je veux une statue de trente mètres, au moins. Là, au centre historique de Rome, la lumière ouverte à travers la Maison Dorée se réverbérera sur la ville par le phare de mon regard. Je serai le dieu dispensateur du rayonnement solaire !

Néron, lyrique, continua de laisser vagabonder son imagination. Délirait-il ? Jouait-il un rôle dont il improvisait le texte en faisant de grands gestes qui agitaient les plis de sa toge ? Peut-être surprit-il le regard effrayé de Celer vers Sevurus ? Il s'arrêta net et dit à Tigellin :

— Viens, nous rentrons.

A la porte seulement, quand Sevurus s'inclina devant lui, il lança comme un ordre à un centurion : « C'est bien. Commence les travaux. Tigellin va faire venir à Rome des esclaves d'Afrique pour creuser le lac. Ah ! Il faut sans attendre mettre en œuvre la statue. C'est Zénodore qui doit s'en charger. Il est le seul qui ne le cède à aucun des Anciens, soit comme sculpteur, soit comme ciseleur. »

Sans ajouter un mot, il se laissa installer dans sa litière et donna le signal du départ au convoi impérial. La rue aussitôt retrouva son calme. Seuls, Sevurus et Celer se regardèrent en hochant la tête, franchirent le vestibule et prirent place sur la banquette de l'*atrium*.

— Que penser de la réaction de Néron ? demanda Celer. Au début il paraissait enchanté de notre travail. Je crois même qu'il a formulé quelques compliments. Et puis d'un coup, après son discours exalté, il s'est fermé comme une huître. A croire que nous n'existions pas. César me fait peur. Moins je verrai ce despote, mieux je me porterai !

Le maître sourit :

— Malheureusement, tu vas le voir souvent. Et pendant de longues années ! Mais ne te fais pas de souci. C'est un être instable, il faudra subir ses lubies et attendre en silence qu'il redevienne aimable et généreux. Car il peut être affable et même familier. J'ai travaillé pour lui et me suis enrichi. Le projet qu'il nous confie dépasse tout ce qui a été entrepris jusqu'alors. Il va te rapporter beaucoup d'argent mais aussi te causer bien des tracas. Il te faut apprendre à connaître Néron, au moins essayer, car qui peut prétendre comprendre ce fils qui a assassiné sa mère Agrippine, pour éviter peut-être, il est vrai, qu'elle ne l'empoisonne comme l'Empereur Claude, son époux, et tant d'autres Romains qui gênaient son ascension au pouvoir ? Qui peut prétendre comprendre ce César que certains soupçonnent d'avoir ordonné la mort de Britannicus[1] ? Néron se prend pour un dieu. Mais c'est un dieu qui a peur, et cette peur, due sans doute à son atavisme, le rend dangereux.

— Ne risquons-nous pas d'être victimes de cette folie ? Imagine qu'un jour notre travail ne lui plaise plus...

— Personne à Rome n'est à l'abri d'une saute d'humeur de

1. Les historiens s'accordent aujourd'hui pour réfuter les accusations de Suétone et de Tacite. Le jeune Britannicus est mort foudroyé à la fin d'un banquet où il avait sans doute mangé et bu plus que de raison. Or aucun poison susceptible de provoquer une mort instantanée n'existait à l'époque (Dr Raymond Martin cité par Georges-Roux) et l'adolescent était sujet à des crises d'épilepsie qui risquaient d'entraîner une rupture d'anévrisme. La thèse d'un accident innocenterait donc Néron d'un crime dont on l'accuse depuis près de deux mille ans !

Néron. Mais nous sommes des privilégiés. César a besoin de nous pour réaliser le seul projet qui lui tienne vraiment à cœur avec ses fantaisies de poète et de cabotin : ce palais et ce parc grandioses qui doivent le faire passer à la postérité. Le travail est notre sauvegarde. Je n'en dirais pas autant de personnages au pouvoir considérable qui vivent dans l'ombre de l'Empereur. Tiens, ce Tigellin qui semble avoir tant d'influence et qui a amassé une fortune. Il risque de se voir subitement invité par son maître à prendre le poison. Crois-moi, nous avons la chance d'exercer un métier difficile où le talent est un gage de longue vie et qui ne suscite au Palatin ni jalousie ni concurrence. Il existe peut-être une centaine de sénateurs, de tribuns, de préfets, de richissimes chevaliers de l'ordre équestre prêts à tout pour succéder à Tigellin. Mais qui parmi ces illustres comploteurs pourrait se juger capable de remplacer Sevurus, ou même toi, jeune Celer ?

— Nous n'avons donc rien à craindre, mon maître ?

— Rien, sinon quelques tempêtes. Mais pas de naufrage !

☆

C'est ainsi que débuta, sur les ruines de la ville incendiée, la construction de la *Domus Aurea,* rêve insensé, tâche immense et audacieuse confiée à deux affranchis, l'un âgé, originaire de Grèce, l'autre encore jeune, arrivé de Naples avec pour tout bagage le génie des mathématiques et devenu en quelques années l'un des meilleurs ingénieurs bâtisseurs de Rome.

Néron leur avait ouvert des crédits illimités qu'ils transformaient au fil des mois en fondations profondes, en millions de briques moulées et cuites sur place, en échafaudages vertigineux, en milliers de tonnes de travertin extrait de la campagne romaine et en bateaux entiers de marbres venus de l'île de Paros ou de Phrygie où abondait le palombino aux inimitables teintes ivoirines. L'or de César servait aussi à payer les innombrables ingénieurs, architectes, techniciens, ouvriers et manœuvres enrôlés dans tout l'Empire pour se joindre à la plus formidable armée de bâtisseurs que le monde ait connue.

L'organisation et la surveillance de ce gigantesque chantier avait naturellement bouleversé l'existence tranquille de la maison Sevurus. Le maître, qui rêvait hier encore de finir paisiblement ses jours entre les roses de son jardin et l'*atrium* où ses vieux amis viendraient lui raconter les dernières nouvelles politiques les jours où il n'aurait pas été au *forum* se mêler à la foule cosmopolite romaine, se retrouvait soudain écrasé par une tâche colossale, la plus lourde qu'il ait jamais eu à assumer, et cela alors que ses épaules commençaient à se voûter.

— Si tu n'avais pas été là, disait-il à Celer, je n'aurais jamais accepté une telle responsabilité. Mais je serais mort d'humiliation d'avoir dû refuser le travail le plus prestigieux jamais proposé à un représentant de notre métier.

— Bénis les dieux, Sevurus, qui t'offrent le privilège de finir ta carrière en apothéose. Les difficultés à vaincre, les œuvres à créer, les arbitrages à rendre, les pratiques techniques à inventer vont te faire retrouver ta jeunesse. Un bâtisseur ne meurt pas avant que la dernière pierre ne soit scellée. Tu as encore de longs jours à vivre, pour notre plus grande joie. Quant à moi, est-il besoin de te promettre que je vais me surpasser et que tu peux compter sur mon aide et ma fidélité ?

— Je sais, je sais et je t'en remercie. Mais durant plusieurs années ton labeur va être accablant. Le jour, la nuit, tu ne vas penser que murs, voûtes et jardins. Tu rêveras de chaux, de pouzzolane et d'*opus reticulatum*. Il te faut en contrepartie une existence familiale calme et réconfortante. Te souviens-tu de ce que je t'ai dit à propos de Calpurnia ? Épouse-la et vis près d'elle cette existence apaisante dont tu vas avoir besoin...

— Les choses ne sont pas si simples, Sevurus. D'abord, ce n'est pas le moment de prendre femme lorsque ma vie se trouve entièrement accaparée par le travail. Quel mari je ferais ! Ensuite je suis persuadé que Calpurnia ne souhaite pas, comme tu en es persuadé, devenir ma femme. Alors je crois qu'il faut laisser le temps passer et remettre à plus tard ton idée de mariage. Calpurnia est ma sœur, pas ma fiancée. J'ai mon travail et il est bien normal qu'elle vive, elle, sa vie de jeune fille.

— Ce que tu me dis me chagrine. C'est vrai, je m'étais fait des idées. Ce mariage pour moi arrangeait tout. C'était sans doute de l'égoïsme...

— Mais non, mon maître. Tu veux notre bonheur mais le bonheur ne se décide pas pour les autres. Bientôt, peut-être, les choses changeront... Pour l'instant il nous faut décider de la mise en œuvre du colosse de César qui va dominer le palais.

— Bon, je me tais et j'espère. Pour la statue, tu sais que Néron a choisi Zénodore. Il paraît que celui-ci travaille en Narbonnaise. Je vais demander à Tigellin qu'il le fasse tout de suite revenir. Dis-moi, comment se présentent nos constructions en *opus caementicium* ? Avons-nous eu raison de choisir cette nouvelle technique du blocage[1] ?

— Sûrement. Nous y gagnons beaucoup en solidité et en rapidité d'exécution. La méthode du remplissage n'exige pas une main-d'œuvre qualifiée. De simples esclaves font l'affaire.

— Et voilà au moins une invention romaine ! On ne pourra plus nous accuser de toujours imiter les Grecs !

Parfois, Néron se rendait sur le chantier à l'improviste. Ces visites inopinées étaient la terreur des deux architectes qui craignaient le pire lorsqu'ils n'étaient pas présents pour répondre aux questions de l'Empereur, enregistrer ses désirs et subir ses colères. Un jour, le chef d'une équipe d'esclaves qui lui avait signalé que ce qu'il demandait était impossible à réaliser avait été arrêté sur-le-champ. L'arrivée opportune de

1. Cette technique de l'*opus caementicium* constitua un progrès considérable en maçonnerie. Elle consistait, pour élever un mur, à insérer entre deux cloisons légères, de brique par exemple, des matériaux de récupération, tuiles cassées, briques, déchets de pierre et de marbre, et à noyer ceux-ci dans un mortier à base de chaux et de sable. Cette technique eut, dit-on, des effets aussi importants que, de nos jours, l'introduction du béton dans l'architecture.

Sevurus, qui savait comment parler au prince, empêcha sans doute le pauvre diable d'aller passer quelques années dans les ergastules.

Le plus souvent Néron était de bonne humeur et semblait satisfait de l'avancement des travaux. Rien ne lui faisait plus plaisir que d'entendre Sevurus lui dire : « Divin maître, votre œuvre va constituer le plus merveilleux des théâtres. Ce n'est pas un palais que vous construisez mais un inimitable décor. » Car chez l'Empereur tout passait après le théâtre. Quand on mit en eau le lac artificiel, il pleura de bonheur en disant qu'il se voyait déjà déclamant ses derniers vers, seul dans la nuit étoilée, à bord d'une barque d'or conduite par des vestales.

Objet de tous ses soins, de sa fierté et de son règne qu'il voulait triomphant, la Maison Dorée n'était pas jugée avec autant d'enthousiasme par la majorité des Romains. Beaucoup d'entre eux étaient indignés par le gouffre financier qui se creusait à mesure que le projet avançait, et les autres par ces constructions et ces jardins démesurés qui prenaient la place de quartiers entiers primitivement destinés à l'habitation. Satires et épigrammes circulaient dont celui-ci, demeuré célèbre, qui invitait « les Quirites à émigrer à Véies puisque Rome tout entière était désormais occupée par une unique demeure[1] ».

1. Rapporté par Suétone. Les Quirites étaient les habitants du Quirinal, quartier de Rome, et Véies une cité d'Étrurie.

# III

## CALPURNIA

Tandis que Zénodore modelait la maquette du colosse qui, sous les traits de Néron, devait symboliser le soleil, Sevurus et Celer travaillaient sans relâche à terminer la « voûte dorée », salle octogonale autour de laquelle devaient rayonner les pièces constituant les appartement impériaux. Le peintre Fabulus ébauchait dans son atelier, sur de grandes feuilles de papyrus, la composition qui devait orner la voûte. Celer, le mathématicien, le scientifique de l'équipe d'architectes, surveillait les ingénieurs ferronniers et serruriers qui mettaient au point un incroyable mécanisme destiné, dans l'un des salons ronds, à faire tourner nuit et jour une coupole représentant la carte magnifiée de l'Empire. Cette machinerie savante était aux yeux de tous une gageure mais l'idée de sa conception, qui appartenait à Celer, avait tellement plu à Néron qu'il n'était plus possible d'y renoncer. Le jeune architecte pensait, quant à lui, qu'il suffisait de connaître et de mettre en pratique les découvertes des savants d'Alexandrie. Dès le troisième siècle avant notre ère, ceux-ci n'avaient-ils pas découvert la pompe foulante, la clepsydre et cet orgue hydraulique qui faisait la joie de l'Empereur, passionné par la science autant que par l'esthétique sous toutes ses formes ?

C'est un soir, alors qu'il venait de montrer à Sevurus les

plans de son étrange manège, que Celer se confia à son maître :

— Calpurnia m'inquiète, dit-il. Elle devient distante. J'ai l'impression que la vie dans la famille l'ennuie, ou tout au moins ne lui suffit pas. N'as-tu pas remarqué ses absences, de plus en plus fréquentes ?

— Si, mais elles s'expliquent. Nous travaillons tellement et sommes nous-mêmes si souvent hors de la maison que Calpurnia se retrouve seule la plupart du temps. Notre vie familiale n'existe plus et quand, par hasard, nous sommes là, c'est pour parler des travaux. Il est dommage que tu ne te sois pas plus occupé d'elle, comme je te l'avais suggéré.

— Mais, mon maître, je dors quatre heures par nuit, je n'ai pas un instant à moi avec cette sacrée Maison Dorée. Comment voulez-vous que je prenne aussi en charge la surveillance de notre jeune vierge ?

— C'est vrai. Je vais lui parler. Mais peut-on, à notre époque où les femmes sont émancipées, libres de leur temps, de leurs fréquentations et même de leur corps, prétendre imposer sa volonté à une nièce qui pourrait être mariée depuis plusieurs années[1] ?

— Calpurnia est trop belle, elle a trop de charme pour laisser les hommes insensibles. Je lui suis indifférent, peut-être parce que mes charges actuelles m'empêchent d'être un prétendant plaisant et davantage encore un mari, mais je ne voudrais pas qu'elle se laisse séduire par le premier venu. Essaie, Sevurus, de lui faire avouer ce qu'elle fait et qui elle rencontre au cours de ses sorties. Je l'ai entendue l'autre soir rentrer seule... Lorsqu'on connaît les dangers que l'on court la nuit dans les rues, j'ai peur !

— Tu l'aimes, n'est-ce pas ?

— Oui, mais je sais qu'elle ne m'attendra pas. Je sais aussi

1. Presque toujours, la femme romaine est mariée très jeune par sa famille. Elle n'a pratiquement jamais pu obtenir le droit de choisir son premier mari. C'est souvent après le mariage qu'elle se libère et s'affranchit de la tutelle de son mari.

que Néron ne me pardonnerait pas d'abandonner sa *Domus Aurea*. Toi non plus d'ailleurs.

☆

Celer ne se trompait pas. Calpurnia, jeune Romaine élevée dans le culte du beau et l'indépendance insouciante des artistes, instruite et intelligente, voulait vivre sa jeunesse, échanger des idées, parler de poésie, écouter de la musique : tout ce qu'elle ne trouvait plus auprès de Sevurus et de Celer, contraints de consumer leurs jours et même leurs nuits au service de César.

Calpurnia n'était pas patricienne mais son ascendance plébéienne ne la gênait pas. Son insolente beauté et la considération dont jouissait son oncle depuis qu'il avait été choisi par Néron faisaient oublier ses origines. Aux cours qu'elle suivait pour étudier la philosophie, la danse et le chant, elle côtoyait les jeunes filles des meilleures familles de Rome qui profitaient de la rapide évolution de la condition féminine dans les classes aisées. La vieille morale des premiers temps de la République, le rôle austère de matrone, prêtresse du foyer, auquel elle consignait les femmes, avait basculé dans les oubliettes en quelques décennies. La femme romaine ne vivait plus cloîtrée. Elle sortait, fréquentait qui elle voulait, conversait avec les hommes sur le *forum*, allait au spectacle, bref, menait une vie mondaine, souvent en dehors de son ménage. Les femmes avaient même obtenu à Rome le droit de former des associations dont elles choisissaient les dirigeantes. Agrippine, la mère de Néron, avait fait partie d'une de ces associations après la mort de son premier mari, Passienus Crispus, homme ordinaire mais très riche, décédé très (trop) rapidement. Tarlentia, fille d'un sénateur, rencontrée à une leçon de chant, avait emmené Calpurnia à l'une de ces réunions. La jeune fille avait écouté en s'ennuyant un peu un assortiment de femmes savantes qui exaltaient en grec les joies et les soucis de leur cœur. Calpurnia comprenait le grec mais cet étalage de fraîche érudition l'avait agacée. Comme cette dame assommante qui, durant une bonne heure, avait comparé en ânonnant les poètes actuels à Virgile.

— Je ne mettrai plus les pieds chez tes matrones qui confondent la culture avec le ridicule d'un savoir mal digéré, avait-elle dit à son amie en sortant.

— Tu as raison, avait répliqué Tarlentia. Nous avons mieux à faire. Tiens, es-tu une bonne sportive ?

— Je marche, je cours quand je suis pressée et je suis capable d'aider mon oncle à transporter des palettes de cire.

— Demain, je te conduis au stade. Tu as un corps de déesse, il faut l'entretenir. Je te prêterai des vêtements.

C'est ainsi que Calpurnia se retrouva sur une pelouse bien verte, derrière le marché de Livie, vêtue d'une culotte collante très courte et d'un simple foulard noué sur la poitrine. Une dizaine de jeunes femmes s'exerçaient à des jeux divers. Les unes lançaient le javelot à la manière des athlètes grecs, les autres se passaient une balle chargée de son et de sable. Calpurnia et Tarlentia se joignirent à un peloton de belles qui couraient à longues foulées autour du stade[1].

On était au printemps et le soleil était déjà chaud. Les deux filles s'allongèrent dans l'herbe, fatiguées par ce premier entraînement.

— Tu aimes mieux les jeux grecs qu'un discours de Démosthène ? demanda en riant Tarlentia.

— Oui, mais je prendrais bien un bain après l'effort.

— Les thermes d'Agrippa sont à deux pas. Allons-y.

— Cela ne te gêne pas de te dénuder au milieu des hommes ? questionna Calpurnia[2].

1. Le sport féminin n'était certes pas très développé dans la Rome de l'Empire, mais d'assez nombreuses fidèles s'y adonnaient. Les textes et des mosaïques trouvées à Piazza Armerina, en Sicile, le montrent. On y voit des sportives vêtues de maillots deux pièces proches de ceux que l'on porte aujourd'hui, se faisant les muscles aux haltères, lançant le disque et disputant une course à pied.

2. A cette époque, la plupart des thermes étaient mixtes et le nudisme presque complet, fréquent. Hadrien supprimera cette mixité.

— Non. Cela me gênera peut-être quand mes seins pendront sur ma poitrine, mais aujourd'hui nous n'avons rien à cacher. D'autant que toi et moi sommes plutôt agréables à regarder. Alors pas de pudibonderie. Sinon, il faut aller dans une *balnea*[1], et je n'en connais pas par ici.

Les deux amies pénétrèrent dans l'immense vaisseau de marbre après avoir payé chacune à l'entrée leur *quadrans* au guichet installé sous les portiques animés par les chalands d'innombrables boutiques. Les vestiaires (*apodyteria*) s'offraient tout de suite et les jeunes filles s'y déshabillèrent en riant. Elles ne conservèrent qu'une serviette nouée autour de leurs reins et une autre posée sur les épaules, comme un fichu. Avant d'entrer dans l'un des *sudatoria,* salles de bains à l'air sec et surchauffé, puis dans le *caldarium*, au contraire chargé de vapeur, Calpurnia et Tarlentia regardèrent un moment les hommes et les femmes, vêtus cette fois de tuniques, qui s'exerçaient dans le gymnase jouxtant les installations balnéaires, comme au stade, à tous les jeux de balle possibles, à la lutte ou au sac de sable sur lequel on s'écorchait les mains en frappant.

— Tu n'as pas envie de jouer ? demanda Tarlentia.

— Non. Je suis fourbue. Pas toi ?

— Si. Allons vite nous transformer en gargoulette et surtout plonger dans le bassin d'eau froide. Le *frigedarium* va nous refaire toutes neuves !

☆

Ce soir-là, quand Calpurnia rentra à la maison, Celer, qui d'habitude travaillait jusqu'à une heure plus avancée, était déjà là, allongé sur la banquette de l'*atrium.*

— Bonjour, mon grand frère, dit-elle. Quelle chance de nous rencontrer. Nous ne nous voyons plus très souvent. La

1. Bains privés.

*Domus Aurea* vous mange la vie, à l'oncle et à toi. Sais-tu que tu me manques !

— Ce que tu dis est vrai. Je ne porte pas de pierres et ne creuse pas la terre mais, finalement, je me demande si ma situation est plus enviable que celle des esclaves que je fais travailler. Et toi que nous délaissons... Je tremble de te savoir seule et sans défense dans cette ville dangereuse.

— Dangereuse ?

— Oui. Et pas seulement parce que les *sicarii*, les *effractores,* les *raptores* rendent Rome, la nuit, moins sûre que la forêt Gallinaria et les Marais pontins, mais à cause de la racaille de haut rang qui va essayer de mettre la main sur toi, te promettre la richesse, te la donner peut-être. Mais à quel prix ! Dis-toi que ta jeunesse et ta beauté valent beaucoup plus que les bijoux, les robes de soie de Chine et les sandales d'or qu'on t'offrira. Garde ta pureté, Calpurnia. Résiste aux mirages et, si tu le veux, attends-moi. Je ne mènerai pas toujours cette existence démente. Un jour je pourrai me consacrer à toi ! Tu vois, je ne voulais pas te dire tout cela, c'est Sevurus qui devait te parler mais je n'ai pu me retenir...

— Mais tu as bien fait. Je vais vous rassurer tous les deux. Même si je sors un peu trop, si je vois des gens, si je m'amuse, je ne fais pas de sottises. Je veux seulement vivre ! Tu me comprends ? Néron exige que vous vous sacrifiiez, mais moi, je refuse de partager votre soumission.

— Qui n'est pas soumis au prince aujourd'hui ?

Sevurus, qui s'était baigné et détendu un moment dans la petite *balnea* aménagée dans la maison, arriva à cet instant dans l'*atrium* et, sans se consulter, Calpurnia et Celer cessèrent leur conversation. Le maître était épuisé, il fallait avant tout le ménager, lui assurer une *cena* tranquille. C'était le seul vrai repas de la journée car le *jentaculum* et le *prandium* ne constituaient, le matin et à midi, que de simples collations. Il ne s'agissait chez Sevurus ni de ripaille ni de l'un de ces festins auxquels certains Romains fortunés étaient habitués mais d'un dîner simple préparé par Ceria, la vieille esclave, qui servait l'architecte depuis toujours et faisait partie de la famille.

Les deux jeunes gens, après avoir embrassé le maître, allèrent vite endosser une tunique propre et le rejoignirent dans la salle à manger. Sevurus était déjà allongé sur un *triclinia*, lit à trois places classique, que l'on trouvait chez tous les Romains riches ou simplement aisés qui tenaient à cet accessoire comme à un élément indispensable à leur confort et à leur image sociale. Ils s'installèrent de biais, le coude gauche appuyé sur un coussin, les pieds nus reposant sur le marbre du sol.

Ceria avait disposé sur la table basse, près du lit, un plateau chargé de hors-d'œuvre : des escargots, des œufs, de la roquette et des olives. Sevurus prit peu de chaque mets mais les jeunes gens, eux, dévorèrent le plat. Calpurnia agita alors une sonnette d'argent et l'intendante de la maison apporta la suite du dîner : des côtelettes grillées accompagnées de fèves et de tendres choux verts du jardin. Chacun employa son couteau pour couper dans sa main des morceaux de viande ou piquer des légumes dans le plat quand il ne se servait pas de ses doigts[1]. Le dessert qui suivit était un gâteau d'épeautre, fait de blé dur et assez étouffant. Après cette épreuve, ils vidèrent une coupe de vin de Salerne et Ceria apporta l'aiguière, la bassine d'argent et la serviette pour que chacun puisse se rincer les mains à l'eau de violette.

Le dîner, auquel il avait pourtant touché avec modération, avait redonné des forces à Sevurus. Oubliés les fatigues et les soucis du chantier ! Il avait repris les couleurs et la gaieté qui lui étaient naturelles. Le vieil artiste était heureux de pouvoir passer une soirée avec les enfants, comme il appelait Calpurnia et Celer. Ce plaisir devenait rare à cause des absences de la jeune fille et parfois de Celer, lorsque celui-ci passait la dernière heure du jour aux thermes et terminait la soirée en compagnie d'Adelphasie, une affranchie de mœurs

1. Les Romains ne se servaient pas de fourchettes. Ils n'avaient à leur disposition qu'un couteau, des cuillers de différentes tailles, la plus grande étant la *trulla*, la louche, et la plus petite la *cochlea*, cuillère pointue dont on se servait pour vider les coquillages et les œufs.

faciles qu'il retrouvait dans une maison du Trastevere. Mais, ce soir-là, à la dixième heure, la famille regroupée goûtait la sérénité. Calpurnia, toujours avare de confidences lorsqu'il s'agissait de sa vie hors de la villa, raconta sa journée sportive avec drôlerie et, si la conversation s'orienta sur le chantier de la *Domus Aurea* – comment aurait-il pu en être autrement ? –, ce fut pour rappeler les anecdotes qui avaient marqué la journée, car la ruche qui bourdonnait sur les pentes de l'Esquilin fabriquait, en même temps que des péristyles et des jardins, du miel épicé de cocasseries. Autre sujet inévitable, on parla de César. Sevurus avait assisté à l'avènement de Néron, à l'accueil enthousiaste que Rome avait fait au jeune homme.

— Il commença son règne, raconta-t-il, en annonçant au Sénat un programme libéral, déclarant que l'intrigue et la vénalité n'auraient désormais plus accès à la cour. Le plus étonnant, c'est qu'il tint parole. Dès le lendemain de son discours, il se mit au travail avec une grande conscience. Et avec humanité. Tenez, un jour où l'on avait soumis à sa signature l'acte d'exécution de deux condamnés de droit commun, il hésita longtemps puis, résigné, murmura : « J'aurais voulu ne pas savoir écrire ! »

— Le règne s'annonçait donc sous les meilleurs auspices ? dit Calpurnia.

— Oui, mais il y avait Agrippine, sa mère, qui l'avait fait empereur à la mort de Claude en espérant régner à sa place. L'activité de son fils ne la satisfaisait pas et elle était, le bruit en courait au *forum*, décidée à le faire assassiner.

— Mais c'est lui qui a tué sa mère !

— Oui. Disons que c'était de la légitime défense... Ce drame a profondément marqué le jeune Néron, sans l'empêcher au début d'accomplir son devoir d'empereur libéral et clément. Rome alors respirait, oubliait les dictatures incohérentes qu'elle avait vécues sous Tibère et Caligula. Et près de César se trouvaient deux hommes exceptionnels : Burrhus et Sénèque, ses anciens précepteurs devenus conseillers.

☆

Calpurnia rencontra Valerius aux thermes, un soir où, assise sur une margelle de la palestre, elle regardait en compagnie de son amie Tarlentia un groupe de dames se dépenser à l'*harpâstum*[1].

Le teint hâlé, ses cheveux noirs un peu longs pour l'époque, il pouvait avoir une vingtaine d'années. Arrivé à hauteur des jeunes filles il rejeta l'*endromide* sur son épaule musclée et salua Tarlentia qu'il connaissait depuis sa tendre jeunesse :

— Bonjour, ma belle, dit-il. Tu sais que je te chante dans mes poèmes. Toi seule fournis à mon talent une vraie source d'inspiration.

— Vil flatteur ! Tu te moques de moi ! Quand honoreras-tu la promesse que tu m'as faite, il y a au moins trois mois, de me conduire au cirque ? Tiens, peut-être qu'elle te plaira plus que moi, je te présente mon amie Calpurnia. C'est la nièce de Sevurus, l'architecte de la Maison Dorée.

— C'est vrai que tu es séduisante, Calpurnia, dit Valerius. Dès que je serai rentré, j'écrirai une élégie pour célébrer ta beauté de déesse, ton cou de cygne et ta silhouette d'amphore. Tu es née pour être la gloire unique des jeunes Romaines.

— Ne fais pas trop attention à ses propos. C'est un poète qui ne parle et n'écrit que dans l'emphase du dithyrambe. Par chance, Néron aime ses vers. Il est un habitué du palais et te fera peut-être convier à un dîner au Palatin.

— Pour rien au monde je n'introduirais cette pure beauté dans le stupre du palais. Néron serait capable de la fixer à travers son émeraude et de l'inviter à sa table. Et si ce n'est Néron, ce sera un de ces sénateurs ventripotents amateurs de chair fraîche ! La cour impériale me fait horreur. A part cette malheureuse Actée[2] qui se languit d'amour pour César après

1. Jeu qui se disputait à l'aide d'une balle bourrée de sable.

2. Jeune esclave grecque d'une grande beauté qui fut le premier amour de Néron. Rare figure humaine et touchante dans l'univers impérial, “qui aura racheté toutes les vilenies du siècle”, comme écrit François Fontaine dans son excellent récit *Vingt Césars et trois Parques*.

avoir été rejetée de son lit, je ne vois aucune figure propre dans cette foule de richissimes mendiants...

Ce langage rappelait à Calpurnia le discours de Celer. Elle songea un instant à celui qui, à cette heure, devait encore travailler au chantier, puis elle demanda très vite, en regardant Valerius dans les yeux :

— Alors, pourquoi te rends-tu au palais ?

— Eh ! Comment peut vivre à Rome un jeune poète sans un *as* ? C'est une chance que Néron aime mes vers. Il me récompense généreusement quand je viens les réciter à un banquet mais ne me donne rien lorsqu'il me les vole car il oublie aussitôt que ces vers ne sont pas de lui.

— Il n'a donc pas le talent qu'on lui prête ?

— Si, il n'en manque pas, mais trouve naturel que César s'approprie ce qui lui plaît, la poésie des autres comme leur fortune ou leurs terres. Tiens, je suis chargé d'écrire une pièce à la manière de Terence pour l'inauguration de la *Domus Aurea* lorsque ton oncle aura achevé cette coûteuse fantaisie.

— Prends ton temps car la Maison Dorée n'est pas près d'être terminée. La statue géante est encore dans l'atelier de Zénodore et personne ne sait comment on va transporter ce colosse jusqu'au bas de l'Esquilin !

— C'est bon à savoir. Je vous salue, gracieuses !

Il fit un pas vers les bains puis se retourna et s'adressa à Calpurnia :

— On se reverra ?

— Qui sait ? répondit la jeune fille.

— J'ai l'impression que tu plais à Valerius ! dit Tarlentia en souriant. Surtout ne te gêne pas, nous sommes bons amis, c'est tout ! Si tu veux qu'on célèbre en vers ton charme et ta beauté, je te dirai comment tu peux le rencontrer.

Cette nuit-là, Calpurnia rêva de Valerius. Elle était mollement allongée près de lui dans une litière cloisonnée de pierre spéculaire[1]. Ils y voyaient sans être vus le spectacle incessant

1. Des feuilles de mica.

de la rue où se croisaient toutes les races de la terre habitée : le paysan de Thrace et le Sarmate qui se nourrit du sang de ses chevaux, les Égyptiens qui se sont baignés dans l'eau du Nil, les Siciliens qui s'arrosent de safran, les Sicambres et les noirs Éthiopiens... Valerius lui avait pris la main et caressait ses longs doigts qu'elle avait massés le matin au lait de rose. Il lui récitait des vers d'une voix claire comme l'eau d'un torrent ou reposante comme celle d'un lac. Des mots revenaient souvent dans le discours qu'elle buvait sur ses lèvres : « flamme subtile, voile qui répand la nuit, baisers tièdes, aube lumineuse, aurore éclatante portée par des chevaux couleur de rose... ». Des mots qui dansaient encore dans sa tête quand elle s'éveilla et qui la confortèrent dans l'idée qu'elle reverrait bientôt le jeune poète beau comme un dieu, fort comme un athlète et qui possédait le pouvoir de faire chanter le verbe de l'amour.

A ce moment, comme un reproche, le visage de Celer lui apparut dans son demi-sommeil. Lui aussi était beau. Son visage franc, son regard clair exprimaient la confiance, la sécurité. Calpurnia savait que ce serait auprès de lui qu'elle se réfugierait s'il lui arrivait quelque chose de grave. Mais Valerius offrait l'attrait de l'imprévu, le sortilège de la poésie et aussi l'appel du désir, un sentiment qu'elle n'avait jamais éprouvé envers Celer.

En pinçant les cordes de sa cithare, elle pensait encore au beau rimeur pendant son cours de musique. Mais elle réfléchissait. Femme de tête, elle se disait qu'il serait peu raisonnable de céder à un premier mouvement. Alors, elle ne ferait rien, ne demanderait pas à Tarlentia de jouer les entremetteuses, elle attendrait que les circonstances lui fassent rencontrer Valerius, un hasard qu'il ne tarderait pas à provoquer s'il tenait à elle.

Une semaine plus tard, Calpurnia flânait en compagnie d'amies d'études sur l'esplanade de marbre du *forum* d'Auguste calée entre les temples jumelés de Jupiter et de Junon. Comme sur l'enclos du Champ-de-Mars, aires sacrées, abris contre le soleil, refuges contre la pluie permettaient à tout Romain, même le plus démuni, de profiter des splendeurs impériales. Sous les bosquets et les ombrages, maintes œuvres d'art rappelaient des butins fameux. Au seul portique d'Octavie – Auguste l'avait consacré à sa sœur –, les jeunes filles pouvaient contempler une Vénus de Phidias, une autre de Praxitèle et la statue de l'Amour que ce dernier avait destinée à la ville de Thespies. C'est là, au détour d'une allée, que Calpurnia aperçut Valerius qui se dirigeait vers elle. Elle sentit son cœur battre et songea qu'elle devait avoir le visage comme un coquelicot. La jeune fille se domina pour répondre au salut presque cérémonieux de Valerius.

— J'attendais avec impatience que le hasard nous rapproche, dit-il en souriant. Je bénis les dieux, l'Amour et Praxitèle de l'avoir favorisé.

— Moi aussi, répondit-elle sans réfléchir.

— Que j'aime cet aveu ! s'exclama-t-il. C'est le premier, j'espère qu'il y en aura d'autres. Viens, laisse tes amies que tu vois tous les jours et réfugions-nous sous les platanes de Pompée. Ils sont centenaires et seront heureux d'accueillir la jeunesse.

Calpurnia pensa que même un poète devrait s'exprimer plus simplement. Elle se promit de le lui dire quand ils se connaîtraient mieux et accepta de bonne grâce l'invitation. Était-ce une prémonition ? Elle portait ce jour-là sa plus belle toilette : une tunique vert de mer en tissu de Cos qui mettait en valeur ses bras qu'elle sortait ou dissimulait avec coquetterie et, surtout, l'épaule gauche dénudée jusqu'à la naissance des seins.

— Tu es très belle, Calpurnia dit-il. Et aussi d'une rare élégance. Mais je t'aimerais autant vêtue d'une modeste robe, sans même le fard léger qui rosit ton visage.

— Moi aussi je te trouve beau. Presque trop beau. Est-ce que Néron ne pense pas comme moi quand il t'écoute réciter tes poèmes ?

— Non. Néron est en ce moment trop amoureux de Poppée pour s'occuper des garçons, même de cet Othon qui fut autrefois son amant et le premier mari de Poppée.

— Quelle horreur ! Et si César s'intéressait à toi, que ferais-tu ?

Elle regretta aussitôt cette question mais Valerius répondit :

— Je serai franc avec toi : je me plierais à son désir. Dis-toi que sans Néron je ne suis rien. Et je veux devenir un poète comme Properce ou Ovide qui laisseront un nom et une œuvre après eux !

Ils échangèrent encore quelques confidences, c'est-à-dire que Valerius parla beaucoup et Calpurnia peu. Les derniers propos du jeune homme, dont elle aurait pu apprécier la franchise et qui, au regard des mœurs du temps, n'avaient rien de choquant, lui laissaient pourtant un goût amer. Elle avait été élevée dans le culte des vertus et, si elle s'était émancipée dans la fréquentation de jeunes Romaines fortunées, elle était demeurée pure. Celer avait raison : hors de la maison de Sevurus, le vice pourrissait Rome. Même Valerius, garçon honnête, loyal, était condamné à la flétrissure !

Il était intelligent et comprit le désarroi de Calpurnia :

— Ne me juge pas, dit-il. Attends de me connaître. Je t'aime et ne veux pas te perdre...

Quand ils se quittèrent, elle lui abandonna ses lèvres et frissonna. « Ce doit être cela l'amour, se dit-elle. J'ai l'âge d'aimer un homme et cet homme c'est Valerius. Je vais implorer les dieux de protéger cet amour. »

☆

Calpurnia n'était pas particulièrement dévote mais Sevurus lui avait appris à honorer les dieux séculaires qui avaient tendance à se multiplier depuis Auguste. La vieille religion romaine, polythéiste, s'enrichissait constamment de nouveaux cultes et, comme de très nombreuses femmes, Calpurnia, parce que c'était nouveau et que c'était la mode, avait ajouté Isis au panthéon familial. La déesse égyptienne aux milliers de noms n'accaparait pas le temps assez mesuré que Calpurnia consacrait aux divinités ménagères, telles celles de l'enfant, du seuil, des saisons ou de la bonne santé. C'est pourtant Isis qu'elle invoqua pour attiser le feu de son amour naissant, sentiment neuf, secret, mystérieux, qui s'accordait bien, pensait-elle, au mysticisme oriental. Elle regretta de n'avoir pas le talent de Valerius qui aurait su ciseler des phrases sublimes pour s'adresser à la déesse mais elle n'était pas dépourvue d'esprit et décida de rédiger une prière qu'elle irait déposer le lendemain au temple d'Isis et de Sérapis, au Champ-de-Mars, où elle brûlerait encore un bâton d'encens. Elle alla s'installer dans le *tablinum*, devant le pupitre où travaillait habituellement Sevurus, prit un papyrus écrasé de la meilleure fibre, celui que son oncle réservait aux messages importants, et commença d'écrire sa supplique, ce qui n'était pas facile car le papier se trouait facilement. Finalement, en raison des difficultés de la tâche, elle résolut de se contenter d'une phrase :

« Isis, je t'en conjure par ton sistre, par la tête mystérieuse d'Anubis, par Apis et son croissant sur le front, daigne exaucer ma prière. Protège Valerius que j'aime et fais en sorte qu'il m'aime en retour. »

Le lendemain, Calpurnia se rendit au temple vêtue d'une simple robe blanche, fit fumer l'encens sur les autels et déposa sa prière devant le serpent d'argent. Elle se jura de venir pendant huit jours chanter en l'honneur de la déesse, d'observer les jeûnes prescrits et la chaste abstinence imposée par les prochaines fêtes. Cette dernière promesse la fit sourire et elle s'éclipsa. Elle devait retrouver Valerius qui participait à une lecture publique. Il allait réciter ses vers et se faire applaudir. Calpurnia en frémissait à l'avance. « Désormais, les succès de Valerius seront les miens ! » se dit-elle.

La lecture publique était devenue à Rome une institution. Chacun y trouvait une occasion de meubler son oisiveté, de montrer son éloquence, de satisfaire sa vanité d'auteur. Aux quatre coins de la ville, chez des particuliers amateurs de littérature ou voulant le faire croire, dans des locaux aménagés et loués, la *recitatio* remplissait chaque *auditorium* d'invités complaisants ou de désœuvrés. Élégies, plaidoiries, récits d'histoire, badinages de fantaisistes, théâtre sans décors et textes sans intérêt se succédaient jusqu'à l'indigestion. Il existait heureusement des tribunes privées où les récitants avaient du talent et les auditeurs assez de culture pour apprécier ce qu'ils entendaient. C'était le cas ce soir-là pour Valerius qui allait lire ses poèmes chez le sénateur Priscus. Celui-ci avait écouté le jeune homme au Palatin et voulait le faire connaître à des amis non admis au palais impérial.

Bien qu'il eût quitté ses fonctions de tribun de la garde, Priscus était resté un personnage très important. Néron estimait hautement son intelligence et la finesse de son jugement. Sa position majeure au Sénat et sa fortune lui valaient une estime générale dont il était fier. Longtemps, il avait supporté une femme acariâtre qui ne répondait à son amour que par l'indifférence, qui détestait ses amis, traitait mal les esclaves de la maison et qui, de surcroît, lui coûtait très cher. La coupe avait débordé le jour où, attendant un enfant que son mari souhaitait depuis toujours, elle s'était fait avorter. Le divorce qui s'était ensuivi redonnait au sénateur une sérénité et une joie de vivre oubliées[1]. Priscus, à l'exemple d'autres riches lettrés, avait aménagé dans sa *domus,* l'hôtel particulier du Pincio qui appartenait à sa famille depuis Tibère, un *auditorium* confortable et fort recherché. Il était déjà presque plein d'auditeurs lorsque Valerius et Calpurnia se présentèrent. Un portier les attendait pour les conduire auprès du maître qui bavardait dans l'*atrium* avec un ami.

— Ah ! Voici notre poète ! s'écria le sénateur. Sois le bienvenu chez Priscus. Je vois que tu as amené une charmante jeune femme. Madame ou mademoiselle ? ajouta-t-il.

— Mademoiselle, dit Calpurnia en rougissant.

— Calpurnia est la nièce de Sevurus…

— Le magicien de la *Domus Aurea* ? Ton oncle, ravissante

1. Nous savons par Juvénal que l'avortement, privilège des classes aisées, était chez elles d'une pratique courante sous l'Empire. La femme romaine savait par ailleurs limiter ses grossesses, mais nous ignorons les méthodes et les drogues qu'elle utilisait. Les divorces aussi étaient fréquents, surtout dans l'aristocratie.

Calpurnia, a beaucoup de talent. César lui a confié une tâche surhumaine et il semble devoir la mener à bien. J'attends avec impatience, et Néron bien plus que moi, l'inauguration de cette merveille. Remarque que j'avais déconseillé à l'Empereur cette construction démesurée et onéreuse mais, tout compte fait, il a eu raison. L'argent dépensé est vite oublié et les pierres demeurent. Venez, votre auditoire vous attend. Calpurnia, tu t'installeras sur une des chaises du premier rang, qui sont réservées. Je t'y rejoindrai après avoir présenté notre poète.

Sur une estrade montée devant un rideau cramoisi, une chaise et une table étaient disposées face au public qui applaudit l'entrée des deux hommes. Le sénateur parla un moment de Valerius en termes chaleureux, précisant qu'il était le poète favori de César, et le laissa seul.

Avant de commencer à dérouler son *volumen* et de déclamer ses premiers vers, Valerius, conformément au protocole, demanda à son hôte la permission de commencer sa lecture : « *Prisce iubes ?* »

Les vers étaient beaux et le public apprécia durant plus d'une heure, sans manifester de signes d'inattention ou de fatigue, l'œuvre de ce jeune homme encore inconnu que la plus belle femme de l'assistance dévorait du regard.

Un duo de chanteurs qui s'accompagnaient au luth lui succéda sur la scène sans susciter beaucoup d'intérêt, les spectateurs continuant d'échanger leurs impressions sur Valerius. A la fin, après avoir poliment écouté les musiciens, les auditeurs entourèrent le poète et le pressèrent de questions, les femmes surtout que sa prestance et sa beauté ne laissaient pas indifférentes. Dès qu'il put se dégager, Calpurnia s'approcha, et l'embrassa : « Comme je suis fière de toi. Maintenant je suis sûre que je t'aime ! »

☆

Valerius, malgré son impatience, savait qu'il ne devait pas

brusquer la jeune fille. Il la sentait encore farouche en dépit de son aveu et des baisers qu'elle lui accordait. « C'est elle, pensa-t-il, qui décidera du moment où elle m'appartiendra. »

En attendant, ils se voyaient presque tous les jours, à la promenade, au théâtre de Pompée lorsqu'on y représentait quelque œuvre de Plaute ou de Terence, aux thermes où Calpurnia se faisait un malin plaisir de cacher sa nudité sous un long voile de lin qu'elle drapait de telle façon qu'on puisse toujours deviner ses formes ou découvrir le galbe parfait d'une épaule.

Ce jour-là, Valerius réservait une surprise à son amoureuse :

— Je t'emmène au Palatin, dit-il.

Comme elle se récriait en affirmant qu'elle ne pénétrerait jamais dans le palais de Néron, il ajouta :

— Rassure-toi. Nous n'irons que dans les jardins, au théâtre privé que l'Empereur a fait construire. Plusieurs milliers de Romains sont invités et personne ne te remarquera. Le spectacle sera historique. Figure-toi que Néron a décidé de réaliser le rêve de sa vie : chanter en public, comme un vulgaire citharède.

— Quoi, le successeur d'Auguste acteur et chanteur en dehors de ses banquets où tout le monde sait qu'il aime à montrer son talent ?

— Oui, il dit même qu'il veut conduire un char dans une prochaine course ! Pour la représentation d'aujourd'hui, il se prépare depuis des semaines, se livre à de curieuses pratiques pour entretenir la pureté de sa voix. Il absorbe ainsi, paraît-il, beaucoup d'huile et d'oignons !

— C'est incroyable... Tu as raison, je ne veux pas manquer ce spectacle. Mais possède-t-il une si belle voix qu'il veuille la faire entendre au peuple ?

— Il est persuadé qu'il est doué d'un talent extraordinaire. Moi qui l'ai souvent entendu, je dirai qu'il chante plutôt bien pour un amateur. Mais attention, ce n'est pas une appréciation à formuler en public. La voix de César ne peut être que divine !

Ils entrèrent dans les jardins grâce au billet de Valerius et se trouvèrent mêlés à l'assistance la plus hétéroclite qu'on pût imaginer. Des sénateurs en toge d'apparat occupaient les premiers rangs avec leurs femmes, de nombreux chevaliers de l'ordre équestre et les affranchis du palais dont les riches habits ne se distinguaient guère de ceux de la noblesse. Les jeunes gens étaient placés derrière, au milieu des notables de la ville, tandis que, plus haut, une bonne moitié des gradins étaient envahis par la plèbe. Car César avait tenu à ce que des représentants du petit peuple assistent à son triomphe.

Après un concert donné par cinquante joueurs de lyre et de cithare en tunique bleue, Néron apparut, dépouillé de la pourpre impériale, vêtu simplement de la longue et large robe traditionnelle des chanteurs et des musiciens. Les cheveux tombants sur la nuque, sa lyre à la main, il salua humblement le public et commença de chanter. Calpurnia, médusée, avait saisi le bras de son compagnon et le pressait. C'était la première fois qu'il lui était donné d'approcher l'Empereur d'aussi près et elle découvrait César, le maître du monde, sous les traits d'un cabotin un peu gras qui accompagnait sa voix banale de mouvements de bras assez ridicules. Quand il eut terminé sa série de chants, coupée par trois fois de déclamations de poèmes attribués eux aussi à son génie, il s'agenouilla, selon le rite, pour quêter des applaudissements qui ne lui furent naturellement pas ménagés.

— Les poèmes et les paroles de trois chansons étaient de moi, glissa Valerius à l'oreille de Calpurnia.

— Je l'avais deviné, répondit-elle en se rapprochant un peu plus de lui.

— Merci. Maintenant, je pense que tu n'as pas envie que nous nous mêlions à la foule des thuriféraires qui vont se répandre en louanges grotesques et en flagorneries naïves, avec l'espoir de pouvoir tout à l'heure approcher l'artiste.

— Non. C'est d'autre chose dont j'ai envie. Emmène-moi chez toi. Il est temps que je sache comment et où tu vis.

A la manière dont elle avait dit ces derniers mots, Valerius compris que Calpurnia était prête à se rendre. Il la regarda avec tendresse :

— Comme je les ai espérés ces mots-là ! Mais ne t'attends pas au luxe que tu as toujours connu chez Sevurus. Je vis pauvrement dans ma maison du Quirinal, au-dessus de mon ami Marcus Martialis dont je t'ai souvent parlé. C'est un satiriste mordant qui se fait craindre.

— Est-il aussi protégé par Néron ?

— Oui, mais César n'est pas grand amateur d'épigrammes. L'élégie lui convient mieux, c'est pourquoi il me préfère.

— Chez toi il trouve ce qu'il aimerait écrire et qu'il peut s'attribuer sans scrupule.

— Il semble que cela t'ennuie de voir Néron cueillir des fleurs dans mon jardin. Mais c'est une grande chance !

Et il ajouta en riant :

— Jamais mes vers ne risquent d'être tant louangés que lorsque c'est l'Empereur qui les récite !

Valerius habitait dans la rue du Poirier, perchée sur le Quirinal, le quatrième étage d'une *insula*[1] construite depuis peu. Il occupait quatre pièces dont le confort n'avait naturellement aucun rapport avec celui d'une *domus*. Mais Calpurnia, dans l'instant, pensait à tout autre chose qu'aux déficiences de l'urbanisme romain. Elle trouva l'appartement merveilleux puisque c'était celui de son amour. Peu lui importait de devenir une femme sur les hauteurs populaires de Rome plutôt que dans une chambre luxueuse donnant sur un *atrium* fleuri. Valerius lui fit l'amour en poète. Il parla beaucoup, souvent en vers, et la fit aussi parler, lui disant que l'acte de chair, pour ne pas devenir vulgaire, exigeait un échange verbal tendre et évocateur.

1. Les immeubles de Rome se divisaient en deux grandes catégories : les *domus*, hôtels particuliers des familles riches qui s'étendaient horizontalement, et les *insulae*, immeubles de rapport en location, nés de la nécessité de loger un nombre croissant d'habitants et qui s'élevaient verticalement, faute de place, atteignant jusqu'à cinq ou six étages.

Calpurnia, qui appréhendait son dépucelage, jugea au contraire ce moment délicieux. Valerius n'était pas seulement habile à trousser des élégies, il ne manquait ni de dons ni d'expérience et se montra pour Calpurnia l'amant parfait pour une première étreinte.

— Quelle chance j'ai eue, lui murmura-t-elle, de n'avoir pas été mise toute jeune dans le lit d'un sénateur libidineux par un père stupide et avare ! Tu vois, j'aurais encore préféré un gladiateur ! Ou devenir vestale...

— C'est vrai, dit-il en riant. Tu aurais fait une sublime vestale. On en manque, paraît-il. Les pères n'osent plus aujourd'hui vouer leur fille à la chasteté pour la dédier au culte de Vesta. Toi, une autre vie t'attend !

— Ensemble ?

— Oui. Et tu vas m'inspirer des vers magnifiques. Catulle a eu Clodia, Tibulle Délie, Properce la merveilleuse Cynthie. Valerius aura Calpurnia ! Je rêve même de faire mieux : écrire un nouvel « Art d'aimer », celui d'Ovide a vieilli...

Le sommeil les surprit enlacés, heureux et épuisés. Ce n'est que le lendemain, réveillée par les bruits assourdissants de la ville auxquels elle n'était pas habituée, que Calpurnia se posa la question en caressant le front de Valerius encore endormi : « Va-t-il me demander de l'épouser et, s'il me le demande, que lui répondrai-je ? »

Il ne lui demanda rien. Seulement de venir le voir deux ou trois fois par semaine. Elle continuerait à habiter chez Sevurus où elle jouissait d'un confort qu'il était incapable de lui offrir. « Ainsi, avait-il ajouté, notre amour durera car il ne sera pas dévoré par les soucis qu'impose fatalement une vie commune. Chaque rencontre sera une fête que ne gâchera pas l'habitude. »

Calpurnia avait été déçue par cet arrangement qui ne satisfaisait pas le désir d'une vie à deux qu'elle avait naïvement envisagée. Puis elle avait réfléchi et admis que la solution proposée par Valerius présentait des avantages. L'obligation d'utiliser des commodités hors du logement, d'aller puiser de l'eau au rez-de-chaussée – quand la fontaine n'était pas tarie ! – ne lui plaisait guère. Et l'idée de quitter son oncle et Celer lui était, elle se l'avoua, insupportable. Ainsi accepta-t-elle de vivre raisonnablement son amour, sans bouleverser l'ordonnance d'une existence privilégiée.

## IV

## LA CONJURATION

Après tant d'argent dépensé, tant de sueur bue par les terres remuées et les pierres apportées, la *Domus Aurea* prenait forme. Autour de l'immense lac artificiel les jardins s'arboraient, la brèche de Damas marbrait les terrasses, les péristyles ordonnaient leurs colonnes, le peuple des statues grecques se partageait pelouses et bosquets ; le palais lui-même profilait la silhouette de ses tours et de ses coupoles sur le ciel bleu du mont Caelius. Partout, la magnificence de Néron éclatait. Il ne manquait à cette splendeur jamais égalée que le colosse impérial, la gigantesque statue de César que le sculpteur Zénodore s'apprêtait à placer sur le piédestal déjà édifié au centre du péristyle. Mais ce simple transport posait des problèmes que Sevurus et ses meilleurs ingénieurs n'avaient pas encore réussi à résoudre. Comment dire à Néron, qui s'impatientait et traitait ses artistes d'incapables, qu'il faudrait peut-être, faute de pouvoir la bouger, ériger sa statue là où elle avait été construite, devant l'atelier du sculpteur, très loin, du côté d'Antium ?

En désespoir de cause, Sevurus avait demandé à Tigellin d'appeler l'amiral de l'escadre basée à Ostie avec les cordages, les chaînes et tout le matériel de levage utilisé pour abattre les navires en carène. Après d'interminables discussions, il fut décidé de construire quatre chariots pouvant supporter un poids plus lourd que le plus lourd des vaisseaux de haute mer. On amena des bœufs des prairies proches de Rome, des cordiers tressèrent des traits capables de soutenir le monde et des tonnes de paille furent utilisées pour protéger l'effigie de l'Empereur durant le voyage. Les Romains vinrent de toute la ville et même de fort lointaines provinces pour assister à ce prodigieux spectacle : vingt bêtes tirant sous le fouet l'immense emballage contenant l'Empereur posé sur trois chars réunis. De Néron, on ne voyait que la tête qu'on n'avait sans doute pas osé cacher. A travers son regard vide il semblait diriger la manœuvre, et le peuple, agglutiné tout au long du parcours, applaudissait ce César pas comme les autres, dont les lubies étaient ruineuses mais qui donnait du travail et le payait bien, qui se prenait pour un chanteur mais offrait aux peuples d'Italie la paix et la prospérité, qui n'était pas un grand chef de guerre mais qui avait éteint sous un développement économique continu le brasier de la guerre civile dont les générations précédentes avaient tellement souffert. La plèbe dans sa majorité, celle qui avait réclamé le châtiment des chrétiens, aimait l'Empereur.

— Si Néron mourait aujourd'hui, disait Valerius à Calpurnia, il resterait pour l'Histoire le plus grand et le plus aimé des Césars. Il dépense beaucoup d'argent mais ne pressure pas les petites gens. C'est aussi, hélas ! l'homme des excès, et nul ne peut prévoir comment s'achèvera son règne.

Valerius venait maintenant souvent reconduire Calpurnia chez Sevurus. Le vieil architecte qui, au début, avait sans l'interdire réprouvé la liaison de sa nièce, avait appris à connaître le poète et appréciait sa conversation. Celer lui-même, surchargé de travail et écrasé de responsabilités, avait abdiqué son rôle de grand frère.

— Il est temps que ce maudit chantier s'achève ! s'était-il confié à Calpurnia. Je me sens devenir fou... A cause de lui je t'ai perdue. Et tu sais comme je t'ai aimée !

— Mais non, tu as cru m'aimer parce que nous vivions l'un près de l'autre et que le maître souhaitait notre mariage. Mais l'amour c'est autre chose. J'espère bien que tu le connaîtras quand vous en aurez fini avec les folies de Néron. D'ailleurs, tu dis « comme je t'ai aimée ». Tu parles déjà au passé. Moi je t'aime toujours. Tu es mon grand ami, mon frère sur qui je sais pouvoir toujours compter !

— Et moi ? Je pourrai compter sur toi ?

— A la vie, à la mort, mon Celer !

— Comme Valerius ?

— Mais non. Valerius, c'est différent. Il ne fait pas partie de moi, il est mon amant et je sais qu'entre nous, cela finira un jour...

— Mais maintenant, es-tu heureuse ? Pourquoi ne vous mariez-vous pas ?

— Parce qu'il ne veut pas m'obliger à vivre comme une pauvresse au quatrième étage d'une *insula* puante. Et que moi non plus je ne veux pas quitter notre maison, ni Sevurus, qui serait très malheureux, ni toi. Tu me manquerais tellement !

Émue, les dieux seuls savaient pourquoi, elle se mit à pleurer et se réfugia contre l'épaule de Celer. Celui-ci prit une serviette de toile fine qui se trouvait sur la table de l'*atrium*, alla l'humecter d'eau claire au jet du bassin et rafraîchit doucement, avec tendresse, le visage de la jeune fille.

— Je suis bête..., dit-elle. Quelle jeune fille pourtant est, à Rome, plus heureuse que moi ?

Celer, lui aussi, avait fini par accepter Valerius dont il reconnaissait la culture et le talent. Le poète, il était arrivé à s'en persuader, n'était plus un rival. Seulement une ombre. Il le distrayait de ses soucis en lui parlant de la cour, des manies de l'Empereur, des palinodies des courtisans. Curieux, il s'intéressait aux travaux de la *Domus* impériale et ne mentait pas en disant qu'il admirait profondément les deux architectes :

— Moi, j'écris pour le vent des rimes qui s'envolent. Toi, tu bâtis, tu imagines des formes de pierre qui vont durer des siècles. De nous deux, le vrai poète, c'est toi !

Celer ne le croyait qu'à moitié mais il aimait qu'on fît l'éloge de son art.

Un soir où Sevurus l'avait convié à la *cena,* Valerius dit à ses hôtes qu'il se passait sûrement des choses graves au Palatin : Néron n'avait pas assisté, depuis deux jours, à sa leçon de chant et de déclamation.

— Un mauvais signe, car d'habitude c'est dans l'excitation de ses passions artistiques qu'il aime oublier les soucis de sa charge. L'un de ses affranchis, que je connais, m'a glissé dans un couloir : « Il y a du complot dans l'air ! » Il est vrai, continua-t-il, que Néron n'a eu, jusqu'ici, à combattre aucune conjuration. Pourtant, si l'appui du peuple lui est acquis, il ne manque pas dans le petit monde qui gravite autour du trône de mécontents corrompus qui sont prêts à jouer leur vie contre celle de César. Cela a toujours existé ainsi à Rome.

— Oui, mais Néron a Tigellin. Une poigne de fer qui tient la dragée haute à tous les amateurs de complots, dit Valerius.

— Oh ! tu sais, répondit Sevurus, aucune poigne ne peut maîtriser la main inconnue qui verse le poison, ni celle qui brandit le poignard, cachée derrière un rideau. Si par malheur Néron était assassiné, ce serait un désastre pour nos travaux. A coup sûr, les successeurs voudraient détruire, jusqu'au souvenir, l'image d'un César encore populaire. Ils commenceraient par son œuvre la plus spectaculaire et la plus discutée : la *Domus Aurea.* Et la statue géante qu'on vient à peine de mettre en place, au prix de tant d'efforts, ne resterait pas longtemps debout !

☆

Durant des semaines, on n'entendit plus parler de conjuration. Au palais impérial comme dans la vieille Rome, où le roulement des chars et des voitures ébranlaient les *insulae* épargnées par l'incendie, il n'était question que de la statue du prince qui dominait la ville comme le phare de Pharos la mer d'Égypte. Les plus enthousiastes et les flatteurs, c'étaient souvent les mêmes, parlaient de la huitième merveille du monde. Pouvait-on songer à assassiner un Empereur que

Sénèque lui-même, le maître, le philosophe, l'ami de toujours, assimilait au soleil ? La métaphore plaisait à Néron : il voyait dans la *Domus Aurea* le symbole d'une grandeur et d'une divinité. Il s'imaginait l'égal d'Apollon. Comme lui, il jouait de la lyre et conduisait des attelages de chevaux blancs.

Pourtant, le mécontentement des tenants de la tradition, que la déification de César irritait autant que ses prodigalités et ses exhibitions théâtrales, subsistait dans les hautes sphères du pouvoir. Ils étaient nombreux les sénateurs frustrés, les chevaliers sans emploi, les tribuns des cohortes, les fonctionnaires du palais, à penser que le moment était venu de se débarrasser d'un tyran qui méprisait les élites et avait des attentions démagogiques pour le peuple. Dans l'ombre, les insatisfaits cherchaient un chef, autrement dit un régicide.

Celer voyait défiler sur le chantier en voie de finition une foule de curieux importants mais il n'avait jamais surpris de comploteurs en train d'échanger des secrets. Il ne prenait pas très au sérieux les bruits qui recommençaient à courir. Valerius qui, lui, fréquentait régulièrement le palais semblait plus inquiet.

— L'Empereur, disait-il, ne montre pas son anxiété mais ceux qui le connaissent bien et le rencontrent, comme moi, en dehors de son activité publique, le sentent soucieux. Il chante avec moins d'entrain et retient mal le texte des rôles et des poèmes. J'ai remarqué, en outre, que la garde prétorienne et les cohortes avaient été renforcées. Tigellin le protège, c'est évident, et de qui pourrait-il chercher à le préserver sinon d'éventuels assassins ?

Un soir, Valerius arriva essoufflé à la maison du Vélabre dont il était devenu un hôte assidu. Sevurus, Celer et Calpurnia, qui dînaient d'une poule, de légumes et de fruits, furent surpris car sa venue n'était pas prévue, mais Sevurus lui indiqua une place à côté de lui sur le lit :

— Sois le bienvenu. Calpurnia, va dire à la cuisine que nous avons un invité.

— Merci, je veux bien manger quelque chose mais je suis ici pour vous apprendre une nouvelle qui ne date que de cet après-midi : Tigellin est venu chercher Néron à qui je faisais répéter un poème. Il lui a parlé à l'oreille et César a pâli avant de le suivre. J'ai su peu après, en laissant traîner une oreille, que le bourreau venait d'arriver avec ses aides et ses instruments.

— Pour qui ? demanda Sevurus. Le fameux complot ?

— Sans aucun doute. Il y a deux arrestations : Natalis, qui serait l'instigateur, et Sceverinus, qui devait assassiner Néron comme Brutus avait poignardé Jules César.

— Natalis n'a pas grande réputation mais Sceverinus, je le connais, est un digne citoyen qui n'a jamais caché regretter l'ancienne Rome et la République. De là à vouloir tuer... Ont-ils parlé, dénoncé des complices ?

— Le bourreau, à ce que l'on dit, n'a même pas eu à intervenir. Il s'est contenté de montrer aux deux conjurés les instruments et les machines qui allaient être utilisés. A la vue de l'*aeculeus* où l'on allait les suspendre pour désarticuler leurs membres et des *laminae* qui rougissaient au feu avant d'être appliquées sur certaines parties sensibles, ils se sont décidés à parler et à dénoncer les principaux complices impliqués. C'est là que j'attends vos exclamations !

— Parle, bon sang ! dit Celer.

— Pison, chef du complot, devait succéder à Néron[1].

— Calpurnius Pison ? Son sang, celui des Calpurniens, coule dans les veines des plus illustres familles de Rome !

— C'est pour cela qu'il avait été choisi. Quant aux autres, j'ai entendu citer les noms de Sénèque, de Senecion et de Lateranus. Je ne sais pas ce que l'Empereur va faire de Sénèque, son vieux maître, ni de Senecion, mais Plautius Lateranus, le plus riche des sénateurs et ami intime de Néron a déjà payé sa félonie. A l'énoncé de son nom, Néron, d'abord incrédule, puis bien obligé d'admettre que son ami fidèle projetait de l'égorger, entra dans une froide colère avant d'or-

1. Selon Tacite, les militaires mêlés au complot avaient projeté, une fois Néron disparu, de tuer à son tour Pison et de le remplacer par Sénèque.

donner qu'un détachement de prétoriens se rende immédiatement à son domicile. Il paraît que sans lui laisser le temps d'embrasser sa femme et ses enfants les gardes l'ont entraîné dans une autre pièce. Là, sans dire un mot, il s'est laissé couper le cou !

— Y a-t-il d'autres conjurés ? demanda Calpurnia.

— Sûrement, on les connaîtra plus tard.

Les jours suivants, la liste s'allongea en même temps que l'enquête menée par les hommes de Tigellin progressait. On apprit d'abord que le complot avait été découvert par hasard grâce à un affranchi de Sceverinus qui avait surpris plusieurs conversations de son maître et s'était rendu compte de ce qui se tramait. Sur les conseils de sa femme qui avait flairé une récompense probable, l'affranchi, un certain Michilus, était allé raconter ce qu'il savait à un officier de police. La conjuration, dès lors, ne pouvait qu'échouer.

Parmi les noms qui étaient peu à peu livrés à la curiosité publique, il en fut un qui plongea Valerius dans la peine et la consternation. Celui de Lucain, l'écrivain le plus connu après Sénèque dont il était le neveu.

— Comme moi, dit le poète, il doit beaucoup à Néron qui l'a toujours soutenu, ce qui ne l'empêchait pas d'accabler son bienfaiteur de critiques. Dommage, c'était un ami plein de talent. *La Pharsale*, le poème épique qui l'a rendu célèbre, est un chef-d'œuvre.

— Qu'a fait Néron en apprenant que Lucain était mêlé à l'affaire ?

— Il lui a ordonné de s'ouvrir les veines. On m'a dit que le poète était mort en récitant ses propres vers mais qu'il avait gâché cette fin honorable en dénonçant sa mère avant d'expirer. Écœuré par cette indignité, Néron a décidé de ne pas poursuivre la vieille femme. Tout de même, qui aurait pu penser que Lucain pouvait être mêlé à cette sinistre affaire !

— Pense à autre chose, dit Calpurnia doucement. Récite-nous quelques vers. Après, je vous jouerai l'une des dernières musiques que j'ai apprises à mon cours. Vous verrez que j'ai fait des progrès.

☆

Malgré le désir de l'Empereur d'en finir au plus vite avec ce complot dont les contrecoups empoisonnaient la vie politique, les interrogatoires des suspects s'éternisaient car beaucoup d'entre eux, dans l'espoir de se sauver, dénonçaient d'autres complices. Chaque jour, sur le *forum*, de nouveaux noms étaient livrés à la curiosité malsaine de la foule. C'est ainsi que l'on apprit l'arrestation de deux sénateurs influents, Gladius Gallus et Annius Pollio, puis l'exécution sommaire du consul Vestinus, égorgé par les prétoriens au milieu des invités du dîner qu'il donnait dans sa maison près du cirque de Caligula. Beaucoup se demandèrent si le consul avait réellement pris part à la conjuration ou si Néron n'avait pas profité de l'occasion pour se débarrasser d'un ennemi encombrant.

L'Empereur présidait la plupart des séances du tribunal restreint chargé de juger les coupables. A sa droite siégeait le préfet du prétoire Faenius Rufus et l'on découvrit avec stupéfaction, au fil des audiences, que cet officier supérieur de la cavalerie, qui jouissait de la confiance de Néron, était lui-même mêlé au complot.

— César, dit l'un des accusés interrogés, si tu veux tout savoir, questionne donc Faenius. Il en sait beaucoup plus que moi et peut te donner les noms de tous les militaires qui étaient prêts à t'abattre !

Faenius Rufus blêmit, bredouilla et s'effondra. Néron fit un signe et, en un clin d'œil, le juge devint un condamné. Quelques minutes plus tard, les prétoriens lui tranchaient la tête dans une cour voisine.

Restaient Pison et Sénèque. Le peuple de Rome s'interrogeait sur le sort réservé aux deux personnages les plus célèbres de la seule pièce où Néron se serait bien passé de jouer un rôle. Le premier, chef incontesté de la conjuration, était promis à un jugement dans les règles mais l'Empereur décida finalement qu'un tel procès risquait d'avoir des conséquences fâcheuses sur l'opinion. Il choisit donc de le prier de se suicider, ce que fit docilement Caius Calpurnius Pison après avoir rédigé un testament qui faisait de Néron son héritier[1].

Le cas de Sénèque était plus singulier. L'écrivain, ancien précepteur de l'Empereur, demeuré son conseiller aimé et respecté, n'avait pas participé directement au complot mais il n'ignorait rien de ce qui se tramait et savait la place qu'on réservait à son génie en cas de succès. La vanité lui avait fait sacrifier son élève et son Empereur. Hélas ! il avait cru prendre ses précautions en s'éloignant de Rome pour y attendre les événements. Malheureusement pour lui, son nom avait été plusieurs fois cité au cours des interrogatoires. De quoi alerter la méfiance de Tigellin qui le détestait et la suspicion de ses nombreux ennemis. Sénèque était vraiment trop riche pour un philosophe qui prônait la simplicité des mœurs et dénonçait le luxe des autres ! César, la mort dans l'âme, dit-on, lui donna l'ordre de s'ouvrir les veines. Bientôt, Rome tout entière se racontait la mort édifiante et dramatique du plus grand écrivain de son époque.

Valerius et Calpurnia avaient eu la primeur du récit par Martial, le poète ami et voisin. Ce soir-là, la jeune femme avait rejoint l'*insula* de la rue du Poirier pour y passer la nuit et s'apprêtait à dîner frugalement en amoureux quand Martial fit irruption dans la chambre :

— Mes amis, invitez-moi. J'arrive du Palatin et Sullius, le sénateur que Sénèque avait fait envoyer en exil parce qu'il l'avait traité, en pleine séance, de « corrupteur de jeunes garçons », m'a raconté la fin de son ennemi. Cela vous intéresse-t-il ?

1. Tacite, qui relate ce legs inattendu, souligne que Pison n'avait que ce moyen d'assurer une part de l'héritage à sa chère femme... laquelle, ajoute-t-il, se remaria rapidement.

— Bien sûr, viens auprès de moi, dit Calpurnia en lui faisant une place sur le lit.

— Sénèque, commença-t-il, rentrait de Campanie et s'était arrêté dans une maison de plaisance à la quatrième pierre milliaire[1]. Il était à table avec sa femme Pompeia Paulina et deux amis quand un tribun entra pour lui notifier la sentence fatale. Il ne parut pas surpris et demanda à faire son testament. Devant le refus qui lui fut opposé, il se tourna vers ses amis et leur déclara qu'il leur léguait le seul bien qui lui restait et toutefois le plus précieux, l'image de sa vie : « Si vous en gardez le souvenir, ajouta-t-il, la gloire qui s'attache à mes nobles études sera la récompense de votre amitié fidèle. » Ses amis étaient, paraît-il, tout en pleurs mais lui, en des termes plus fermes que ceux d'un censeur, les rappela aux préceptes de la sagesse.

— Ainsi Sénèque, qui n'avait jamais mis en pratique ses leçons de vertu et de désintéressement, est-il redevenu grand au moment de la mort, souligna Valerius. Et sa femme, la pauvre Paulina ?

— Tandis qu'il l'embrassait, elle déclara qu'elle était aussi décidée à mourir. Il tenta de l'en dissuader, puis finit par accepter le sacrifice de sa compagne de toujours : « Alors ce trépas nous le subirons l'un et l'autre d'une égale constance ; mais dans ta fin il y aura plus d'éclat ! » Ensuite, toujours selon le tribun, messager de la mort, le même fer leur ouvrit les veines. Le reste fut atroce car le sang coulait mal. En proie à d'affreuses douleurs, il demanda à Paulina de passer dans une chambre voisine et appela ses secrétaires pour leur dicter son dernier discours. Puis il décida d'abréger et demanda le poison préparé depuis longtemps. Mais la drogue tardant à faire effet, il se fit plonger dans un bain chaud et, comme il éclaboussait les esclaves qui l'aidaient, il dit qu'il offrait cette libation à Jupiter libérateur. Ainsi finit Sénèque. Je n'avais pas d'estime pour l'homme mais son œuvre est immense, et nous, écrivains de petit talent, nous ne pouvons que saluer son génie.

1. Les routes étaient bornées de mille en mille (1 472 mètres).

— Et Paulina ? Toutes les Romaines vont pleurer sur ce dernier et admirable partage.

— Non. Néron, qui n'avait contre elle aucune haine personnelle, avait ordonné qu'on la surveille. Quand Paulina commença à perdre son sang, le tribun commanda aux soldats et aux esclaves présents de lui bander les bras et d'arrêter l'hémorragie[1]. Le corps de Sénèque sera brûlé sans aucune pompe, il l'avait ainsi souhaité alors qu'il était encore tout-puissant et se souciait déjà de sa fin.

☆

La « conjuration de Pison », comme on commença à appeler le complot qui avait failli coûter la vie à César et la répression qui s'était ensuivie, laissait l'Empire en état de choc. Les élites avaient peur et le peuple savait qu'il n'avait rien à gagner d'un règlement de comptes qui lui était étranger et mettait en péril la paix sociale. Quant à Néron, la terreur que lui avait inspirée la trahison de beaucoup de ses proches et surtout de militaires chargés de le défendre, continuait de l'inquiéter et de le rendre nerveux.

— Son caractère change, dit Sevurus un jour où il avait visité avec l'Empereur le chantier livré maintenant aux peintres, doreurs et décorateurs, derniers artisans de la fantastique entreprise. Il regarde à peine les chefs-d'œuvre qu'il a inspirés et qui, hier encore, occupaient son esprit. Il n'écoute pas ce qu'on lui dit et se retourne constamment comme si un danger le menaçait. Il est temps, croyez-moi, que la *Domus Aurea* s'achève. Pas seulement pour notre santé mais parce que je me demande si Néron n'est pas en train de se détacher de son jouet.

— Cela m'étonnerait, répondit Valerius. Il est certes touché, la crainte de se voir trahi par l'armée l'obsède, mais il va se reprendre. Alors, maître, ton œuvre est terminée ?

1. Pompeia Paulina vécut paisiblement encore quelques années.

— On peut dire que le rêve de créer un modèle réduit de l'univers a été réalisé. Quant à la décoration intérieure, Fabulus peint des merveilles. Tu ne l'as jamais rencontré ? Je vais l'inviter, je veux que Calpurnia le connaisse.

C'est un seigneur romain qui arriva quelques jours plus tard à l'heure de la *cena*. Coccius, l'affranchi qui gardait la maison, l'aida à sortir de sa litière en prenant soin de remettre dans les plis sa toge de citoyen qu'il n'enlevait jamais, même sur les échafaudages. Sévère, grave même, il ne trouva un vrai sourire que pour embrasser Sevurus, l'un des rares artistes romains dont il admirait et respectait le talent.

— Tu sais que je sors peu, dit-il, surtout en ce moment où la grande composition de la « voûte dorée » me prend toute mon énergie. Mais ton invitation, Sevurus, est un honneur et pour rien au monde je n'aurais voulu m'y soustraire.

— C'est moi qui suis honoré, Fabulus. Viens que je te présente ma nièce, je devrais dire ma fille, et Valerius, le poète favori de Néron, qui est impatient de te connaître. Celer, mon neveu, mon bras droit sans lequel je ne serais jamais venu à bout de la *Domus*, tu as l'habitude de le croiser sur le chantier.

Après s'être rafraîchis dans l'*atrium,* hôtes et invité gagnèrent le *triclinium* où la table était mise, face au jardin. Des guirlandes de chèvrefeuille et de stramonium embaumaient la pièce largement ouverte sur les massifs éclairés par les derniers rayons du soleil.

— Comme j'aime ta maison ! s'exclama Fabulus. Sa merveilleuse simplicité apparaît comme un bonheur divin quand on émerge de la pompe impériale !

— Qui nous doit beaucoup ! enchaîna Sevurus en riant.

Le repas était léger et délicieux, comme toujours chez Sevurus. Fabulus, qui occupait la place d'honneur, le *fulcrum*, à gauche sur le lit du maître de maison, apprécia comme il convenait les hors-d'œuvre artistement disposés sur des plateaux par Calpurnia, puis des mulets pêchés à Antium. Coccius, transformé en échanson, servit un vin de Setia,

« assez chaleureux, dit le peintre, pour enflammer les neiges ». Il délia au moins les langues et Fabulus, qui ne passait pas pour un grand bavard, parla de sa « voûte dorée » avec l'enthousiasme d'un jeune artiste :

— Vous savez peut-être, jeunes gens, que j'ai la réputation de choisir des « couleurs fleuries », c'est le pauvre Sénèque qui a dit cela. Il est vrai que j'aime le rouge pourpre ou vermillon, le bleu tendre, le vert d'eau et le jaune d'or. Je m'en suis donné à cœur joie en peignant la voûte : des tableaux encadrés de stuc blanc ou d'imitations de pierres précieuses. Mais venez donc un jour voir tout cela avec Sevurus ou Celer. Ils vous feront entrer et j'espère que vous aimerez le motif central qui représente au milieu des nuages un épisode des amours de Jupiter... [1].

— Vois-tu, dit Sevurus, j'admire que tu n'aies rien emprunté aux Grecs.

— Toi non plus. Mais rendons justice à César : c'est lui qui a voulu une *Domus Aurea* d'inspiration romaine. Je me demande si la postérité lui en saura gré...

— Les dieux nous ont permis de terminer notre besogne, ou presque. Espérons qu'ils veilleront sur l'entreprise impériale !

Après avoir remercié ses hôtes, Fabulus reprit au moment de partir l'attitude compassée que lui connaissaient les Romains. Il se drapa dans sa toge et pria sèchement les quatre porteurs de sa litière de le ramener chez lui.

— Quel curieux homme ! dit Valerius. Détendu, agréable toute la soirée, parfois même drôle, il retrouve sur le pas de la porte une morgue qui est en contradiction complète avec la peinture légère et fluide qu'il nous a décrite.

— Joue-t-il un personnage ? demanda Calpurnia.

1. La grande composition est aujourd'hui presque effacée mais les artistes de la Renaissance ont pu la voir intacte. Francesco d'Olanda en a peint une reproduction à l'aquarelle.

— Je ne le crois pas. Il y a plusieurs hommes en lui. Mais n'est-ce pas le lot de tous les créateurs ?

☆

Tandis que la *Domus* se couvrait d'or, à l'intérieur comme à l'extérieur, et que le géant impérial dressé sur le péristyle se voyait doté d'yeux de saphir, le pouvoir faisait ses comptes. Le bilan de la répression n'était finalement pas excessif eu égard au danger encouru par l'Empereur. On comptait dix-sept condamnations à mort, douze envois en exil et trois suicides volontaires. Enfin, fait inouï qui sidéra Rome, Tigellin voyait sa vigilance récompensée par les « Honneurs du Triomphe » et Michilus, l'affranchi dénonciateur, devenait très riche et était autorisé à ajouter « le sauveur » à son nom ! Pourtant, le complot laissait des traces. Sur Néron d'abord, en proie à une inquiétude morbide, qui abandonnait sa défense à Tigellin dont l'influence grandissait encore.

L'épreuve changeait l'homme qui, à vingt-sept ans, prenait de l'embonpoint, affichait un visage bouffi et des chairs flasques, ce qui ne l'empêchait pas de montrer à nouveau son talent en public. Le chant ne lui suffisant plus, il avait fait installer dans une carrière de la colline du Vatican une piste où il conduisait char et chevaux en présence de ses courtisans. Bientôt le peuple avait été admis à venir admirer son prince cravacher les chevaux blancs d'Apollon. Un spectacle qui le réjouissait mais laissait atterrés le Sénat et les vieux Romains.

Fabulus avait donné ses derniers coups de pinceau, les jardiniers avaient nettoyé les pelouses et taillé les arbustes. Le temps était venu, avait dit Sevurus, de songer à l'inauguration de la *Domus Aurea.* Il avait demandé à Néron quand il comptait s'installer dans le nouveau palais mais n'avait reçu qu'une réponse évasive. L'Empereur retardait sans cesse ce moment qu'il avait tant espéré. Certains disaient qu'il avait vu en songe un aigle noir foncer sur sa statue et que les augures lui avaient conseillé de se méfier. D'autres pensaient qu'il se sentait plus en sécurité au Palatin dont il connaissait tous les détours que dans l'immense *Domus* où personne n'avait encore habité. Sevurus lui avait bien dit que c'était le Palatin, rempli de fantômes et sali du sang de tous ceux qui y avaient trouvé la mort, qui portait le poids du maléfice, alors que la *Domus Aurea* était vierge de toute souillure, mais Néron s'était contenté de hocher la tête. Pour l'instant, son esprit était ailleurs. Valerius rapporta son étrange et dernière lubie qui faisait l'objet de toutes les conversations au palais :

— Néron a accordé du crédit à une espèce de fou, Cesellius Bassus, un Carthaginois qui a réussi à se faire introduire auprès de lui et lui a raconté une histoire incroyable. Dans un champ voisin de Carthage, il prétendait avoir découvert l'entrée d'une caverne très profonde qui renfermait un trésor colossal ; des barres d'or pur que la Phénicienne Didon aurait jadis enfouies pour que cette richesse immense n'amollît pas son peuple et, surtout, ne donnât pas aux rois numides l'idée de l'attaquer. Sans se renseigner, sans mettre en doute ces paroles fantasques, Néron avait déjà dépensé une fortune pour dépêcher sur place ses meilleurs vaisseaux, ses meilleurs rameurs. L'escadre est arrivée pour constater que Bassus avait remué son champ, bouleversé les terrains alentour sans trouver la moindre trace du trésor promis à Néron. Sans doute craignit-il la réaction violente de César : il a préféré se donner la mort. Demain, Rome tout entière va être au courant de la crédulité de son prince et l'incident n'est pas de nature à lui faire retrouver un prestige déjà bien entamé par ses apparitions sur un char et sur les scènes publiques.

Sevurus leva les bras au ciel :

— Je voudrais me tromper mais je crois bien qu'une fois encore Rome va assister au déclin de son Empereur. Je te bénis, Calpurnia, d'avoir insisté pour que nous demandions le paiement de nos honoraires. Néron ne nous a pas tout versé mais, quoi qu'il advienne, Celer est riche et j'ai, moi, arrondi la fortune que je vous léguerai bientôt.

— Bientôt ? Mais, cher oncle, te voilà enfin libéré de ton fardeau et tu vas pouvoir profiter encore longtemps de ta maison et de la douceur de ton jardin ! s'exclama Calpurnia.

— Je voudrais te croire, ma chérie, mais le poids des ans se fait de plus en plus lourd et mon dernier travail, s'il a passionné l'architecte, a beaucoup éprouvé l'homme.

Ce n'est pourtant pas le vieillard qui partit rejoindre les dieux. La période des jeux était à peine terminée que l'on apprit la mort subite de l'Impératrice. En ville ce fut la stupeur et tout de suite les mauvais bruits circulèrent. Le palais, depuis l'avènement de Claude, avait été le théâtre de trop de drames sanglants pour que la rumeur, entretenue par les sénateurs frustrés, n'incrimine pas Néron.

Dans le petit cercle de la maison du Vélabre, on contesta naturellement ces accusations.

— Certains, rapporta Valerius, avancent que, dans un accès de colère, Néron aurait frappé Poppée enceinte d'un coup de pied mortel. Mais c'est ridicule : Néron aimait son épouse et se réjouissait d'attendre un enfant. Sa douleur est si grande que son caractère excessif le porte à la frénésie.

— Tu as raison, dit Sevurus. Néron n'est pas physiquement violent... S'il est responsable de cette mort, ce ne peut être qu'en ayant obligé sa femme, épuisée par sa grossesse, à assister aux fêtes qui se succèdent au palais. Poppée a dû mourir d'un accouchement avant terme.

Deux jours plus tard, Sevurus et Valerius, qui connaissaient l'Impératrice, se joignirent à la procession qui accompagna le corps jusqu'au *forum*. Néron tint à monter lui-même à la tribune qui dominait un océan de toges rouges et blanches pour prononcer l'éloge de son épouse. Dans la foule, les mieux renseignés racontaient comment l'Empereur n'avait pu se résoudre à faire incinérer le corps, selon la coutume romaine, et l'avait fait embaumer par des spécialistes égyptiens. C'est en effet une momie que le cortège convoya jusqu'au mausolée d'Auguste, seul tombeau jugé digne par Néron d'accueillir Poppée.

C'est encore Valerius, décidément grand pourvoyeur de nouvelles, qui apprit un mois plus tard à ses amis que Néron vénérait tellement la mémoire de sa femme qu'il l'avait remplacée par un beau jeune homme dont le visage rappelait celui de la morte. Son épouse disparue, l'Empereur, libéré de toute retenue, se laissa aller en effet à tous les excès sexuels. Rome était loin d'être pudibonde mais les débauches quasi publiques de Néron étaient de plus en plus mal acceptées. Le Sénat, qui comptait beaucoup de libertins, commençait même à s'indigner. Sous la toge, on accusait Tigellin d'encourager l'Empereur dans ses goûts dépravés et d'amplifier en même temps les périls qui le menaçaient pour mieux asseoir sa fortune. Tout cela n'était pas faux : la banqueroute du règne commençait alors que le petit peuple continuait d'aimer cet empereur qui n'avait que vingt-huit ans. Ses débordements touchaient peu la foule. Elle admirait au contraire son amour du faste, sa conception de l'urbanisme dans la reconstruction des vieux quartiers et, surtout, sa familiarité et sa générosité.

Malheureusement pour lui, le peuple n'avait ni pouvoir ni légitimité. Son attachement ne protégeait pas Néron contre les menaces des notables. Tigellin, certes, ne les minimisait pas mais le danger existait : chaque petit complot découvert entretenait la frayeur obsessionnelle de l'Empereur devenu une sorte de bête traquée, prête à recourir aux moyens les plus féroces pour se défendre :

— L'Empire libéral devient une tyrannie ! dit Sevurus en apprenant que de nombreux sénateurs et patriciens, simplement suspects, avaient été mis à mort ou condamnés à se suicider.

— Le dernier en date, je l'ai appris aux thermes ce matin, est Antistius Verus, ajouta Celer. Je crois que tu le connaissais.

— C'était un homme droit et intègre. Je doute qu'il ait pu être mêlé à quelque conspiration. Il était de surcroît très âgé.

— Les circonstances de sa mort ont été particulièrement dignes, m'a-t-on raconté. Acculé au suicide après une dénonciation, il a refusé de léguer une partie de sa fortune à Néron, préféré distribuer son argent à ses esclaves et partager entre eux tout son mobilier. Il ne s'est réservé que trois lits mortuaires : l'un pour lui-même, les deux autres pour sa fille qui s'est suicidée en même temps que lui et pour une vieille tante qui vivait sous son toit et qui ne voulut pas lui survivre.

— C'est épouvantable ! s'écria Calpurnia. Surtout s'il n'est pas coupable. Et nous, sommes-nous à l'abri d'une telle injustice ?

— Aucun Romain, ma petite, n'est aujourd'hui à l'abri. Je ne me suis heureusement jamais mêlé de politique et je vous conseille d'en faire autant. Une chose nous préserve encore : je ne suis ni aristocrate ni sénateur, et nous vivons maintenant assez retirés depuis que je n'aie plus à me rendre chaque jour à la *Domus*. Vous qui allez aux thermes et aux spectacles, soyez prudents. Parlez le moins possible... Et puis, si le sort d'Antistius Verus m'est réservé, je ferai comme lui : rien n'ira à Néron, je m'arrangerai pour vous partager mon bien.

— Mais Sevurus, mon maître, il n'est pas imaginable que je vous survive si vous deviez vous suicider ! dit Celer.

— Moi non plus ! ajouta doucement Calpurnia.

Les yeux mouillés de larmes, le vieil architecte les regarda. Il ouvrit la bouche pour les dissuader mais il se ravisa. Il savait que Celer, le fidèle compagnon bâtisseur, et la douce Calpurnia parlaient vrai et que tous deux le suivraient, sans hésiter, dans un geste devenu presque banal à Rome. Puis il se reprit et s'écria :

— Où cette folie nous conduit-elle ? Qu'est-ce qui nous pousse à imaginer le pire comme s'il était probable ? Rien ne nous menace, mes enfants. Je n'ai aucune envie de m'ouvrir les veines et préfère boire ce soir tranquillement une coupe de bon vin. A propos, Valerius vient-il dîner ?

— Oui, avec Martial que j'ai invité.

— Fort bien, Calpurnia. Couronnons donc notre journée par une petite fête. Vois s'il reste quelques truffes de celles que nous a apportées mon ami Catilius. Tu sais que je les aime avec des œufs. Après notre triple suicide j'ai bien envie de ressusciter.

Ceria, la vieille intendante, bonne cuisinière et maîtresse de maison aussi autoritaire que dévouée, entra dans l'*atrium* et demanda de l'aide :

— Coccius est trop maladroit et j'ai une amphore à ouvrir.

Celer se leva et rapporta l'amphore dont le goulot était obturé par un bouchon de liège. Il lut l'étiquette accrochée au col et annonça : « Biterrois 60 ».

— C'est un bon cru, dit Sevurus. Excellent choix puisque ce soir nous faisons la fête !

La soirée fut ce qu'elle promettait. Martial, qui avait rejoint la villa, était un poète plein d'esprit. Le voisin de Valerius, comme tout bon Romain, aimait les bavardages et potinait avec légèreté. Ses épigrammes poétiques avaient du succès mais il n'ignorait pas qu'il s'agissait d'un genre dangereux et s'arrangeait pour ménager Néron, son protecteur, et plus encore Tigellin. Lorsqu'il était question d'eux, ses pièces rimées de huit ou dix vers se limitaient à une aimable moquerie aussitôt rattrapée par un compliment. Les deux maîtres de l'Empire n'en prenaient pas ombrage. Ils pensaient au contraire que ces satires qui, au demeurant, ne les gênaient pas, constituaient aux yeux de l'opinion une preuve de leur libéralisme.

— Le menu sera simple : chevreau, asperges, œufs aux truffes et fruits, annonça Calpurnia.

— Ne pourrait-on pas dire aussi... Martial improvisa quatre vers qui célébraient ces mets délicats et tout le monde applaudit.

— Voilà, lança Valerius, un bel exemple de ta « poésie alimentaire », puisque c'est ainsi que quelques beaux esprits, égratignés par ton ironie, qualifient ta poésie.

— Hélas ! mes amis, ils n'ont pas tort ! Je me nourris de rimes et préférerais occuper mon temps à un genre littéraire plus prestigieux. Ovide, avec son *Art d'aimer* et ses *Métamorphoses*, a su toucher le plus grand nombre et est toujours aussi célèbre cinquante ans après sa mort. Et ne parlons pas de notre prince, le grand, l'inégalable Virgile...

— Crois-tu mon sort préférable ? coupa Valerius. Ma poésie est plus prétentieuse, pour plaire à Néron, mais je n'en suis pas plus fier !

— Avez-vous fini, messieurs les poètes, de dénigrer votre propre talent ! Vous n'êtes pas Virgile, soit, mais vous êtes les meilleurs de votre temps et ce n'est pas si mal ! lança Calpurnia.

On évita de parler de politique jusqu'au dessert, ce choix de conversation débouchant presque toujours sur des horreurs ou tout au moins des drames. Comment, pourtant, ne pas commenter le récent suicide de Pétrone ? Martial savait tout sur la fin de l'ami et confident de Néron :

— Pétrone, notre « arbitre des élégances », avait pris trop d'ascendant sur l'Empereur. Celui-ci le consultait sans doute trop souvent aux yeux de l'affreux Tigellin. Mais comment se débarrasser d'un homme aussi célèbre, recherché par toute la haute société et si proche de Néron ? Son nom n'a jamais été prononcé au cours de l'affaire Pison et il semblait à tous bien éloigné d'une action subversive. Tigellin a donc eu recours à sa méthode habituelle : payer un dénonciateur. Il trouva un esclave de Pétrone qui s'acquitta de cette tâche et l'Empereur, une fois de plus indigné de la trahison d'un proche, décida sans chercher à en savoir plus que son ami devait mourir.

— Il s'est suicidé ? demanda Calpurnia.

— Oui, hier, au cours d'un dernier banquet offert à ses amis. Tandis que tout le monde festoyait il s'est ouvert discrètement les veines et s'est effondré sur son voisin qui ne s'était aperçu de rien.

— Était-il seulement le débauché que tout le monde prétendait ?

— Non, dit Sevurus. J'ai travaillé pour lui et l'ai bien connu. Sa réputation était, il est vrai, détestable mais il avait été un grand magistrat, proconsul en Bithynie, puis consul à Rome. C'était un être complexe et cultivé, un bon écrivain aussi, son *Satiricon* n'est pas près d'être oublié.

— Pour parler d'événements plus réjouissants, dit Valerius, savez-vous que Rome va recevoir le roi des

Parthes ? Néron m'a demandé d'écrire des discours, des poèmes, des pièces théâtrales qui seront déclamés et joués au cours de cette réception qui s'annonce grandiose. Je pense, bien que l'Empereur ne se soit pas encore décidé, que la *Domus Aurea* va enfin servir à quelque chose. C'est là que doivent se dérouler les cérémonies qui coïncideront donc avec l'inauguration de votre œuvre, chers Sevurus et Celer.

— Et quand auront lieu ces réjouissances ? demanda Sevurus, intéressé.

— Je ne sais pas. Il paraît que Tiridate, le roi de Parthes, battu par notre général Corbulon, mais content, est en route depuis huit mois avec sa famille, ses domestiques et sa garde personnelle de deux mille hommes.

— Huit mois ? s'étonna Calpurnia.

— Oui. Car tout ce monde voyage par terre. Les princes de là-bas ne se hasardent jamais sur la mer !

Martial révéla quelques épigrammes inédites, Valerius récita ses derniers poèmes et Calpurnia chanta en s'accompagnant de la lyre que Celer lui avait offerte pour son anniversaire. Sevurus, lui, s'était endormi, sa belle tête blanche reposant sur un coussin.

Il était temps de se séparer. Calpurnia objecta qu'il n'était pas prudent de traverser Rome à cette heure de la nuit et proposa à Martial et Valerius de dormir dans la pièce du fond de la maison. Les deux invités une fois installés, elle monta à l'étage, où se trouvaient les chambres, en compagnie de Celer qui l'aida à gravir les dernières marches car elle était un peu grise. Sur le pas de sa porte, il se pencha pour l'embrasser comme à l'accoutumée mais, au dernier moment, la jeune fille tourna la tête et les lèvres de Celer glissèrent jusqu'à celles de Calpurnia. Loin de se dérober, Calpurnia provoqua un vrai baiser. C'est Celer qui se dégagea le premier. Il savait qu'il n'avait qu'un geste à faire, pas même un mot à prononcer, pour entrer avec Calpurnia et l'étreindre, mais il s'écarta en murmurant :

— Non, Calpurnia. Valerius est dans la maison et il est ton

amant… Si un jour tu m'appartiens je serai le seul à t'aimer. Tu me comprends ? Mais, ce soir, pourquoi ne l'as-tu pas accueilli dans ta chambre comme tu en as l'habitude lorsqu'il reste à la villa ?

— Parce que je savais que cela te ferait mal. Et aujourd'hui je voulais que tu sois heureux. Mais serons-nous seulement heureux ensemble un jour ?

— C'est mon rêve de toujours… Mais c'est toi qui décideras.

Ils se quittèrent et ni l'un ni l'autre, le lendemain, ne firent allusion à l'instant qui avait failli les unir ; mais Calpurnia, pour la première fois, eut conscience qu'elle n'épouserait jamais Valerius et que sa liaison vivait ses derniers feux. Celer, lui, se dit que les femmes étaient étranges, puis s'avoua que son comportement n'était pas non plus exempt d'ambiguïté.

# V

## FIN DE RÈGNE

C'est à Naples, où se trouvait Néron, qu'eut lieu la première rencontre avec Tiridate. Vêtu d'une tunique d'or bordée de pierreries, le prince présenta sa femme coiffée d'un casque étincelant qui dissimulait une partie de son visage. Une réception fut organisée tout de suite à Pouzzoles mais la vraie cérémonie était prévue à Rome.

Au milieu de sa garde prétorienne, Néron ouvrit la route devant le cortège de la cour orientale. Tout au long de la via Latina les populations accourues acclamèrent l'Empereur et le roi des Parthes qui firent une entrée commune dans l'*urbs* en liesse. Les maisons avaient été pavoisées, fleurs et guirlandes tombaient des péristyles, l'encens brûlait aux coins des rues. Partout une foule enthousiaste se pressait pour apercevoir ce roi venu de si loin faire acte d'allégeance au prince de l'Univers. Néron, c'était tout à son honneur, avait consolidé la paix sur le Rhin et le Danube, l'entrée des puissances orientales dans la sphère romaine couronnait son œuvre de politique extérieure.

Le roi Tiridate arrivait d'un pays habitué aux splendeurs et aux apparats. Il ne put pourtant cacher son étonnement admiratif en découvrant la gigantesque statue qui écrasait la ville de ses ors.

— C'est toi, César ? demanda-t-il par le truchement d'un interprète.

— C'est Rome ! répondit Néron, toujours prêt à s'identifier à sa cité.

Sans quitter officiellement le Palatin, l'Empereur s'était installé dans la *Domus Aurea* à l'occasion des réceptions données en hommage au roi Tiridate. Le temps de se rendre compte que l'accumulation de villas, de palais, de jardins, de pièces d'eau et de péristyles sur un emplacement grand comme une ville ne pouvait raisonnablement avoir d'autre objet qu'ébahir les princes étrangers.

La caravane royale avait à peine repris la route de l'Est vers les plateaux iraniens et irakiens qu'une nouvelle disparition obscurcit le ciel romain. Thraseas, l'une des plus nobles figures de l'Empire, gloire du Sénat où il jouissait d'une haute autorité, symbole de sagesse et grand caractère, venait d'être déclaré coupable et invité à choisir sa mort. Coupable de quoi sinon d'une réserve silencieuse sur des décisions qu'il n'approuvait pas ? Comme sa probité n'était pas mise en cause et que l'on ne pouvait décemment condamner un citoyen de cette stature sous prétexte qu'il n'avait pas assisté aux funérailles de Poppée et qu'il refusait de participer aux sacrifices rituels ordonnés pour le salut de l'Empereur et la protection de sa voix divine, Tigellin avait eu recours, comme d'habitude, aux faux témoignages. Il avait soudoyé une fille et trouvé un sénateur véreux pour déclarer que Thraseas et son entourage participaient à des sacrifices, procédaient à des incantations pour jeter le mauvais sort sur César. Mieux qu'un procès politique toujours délicat, la magie eut raison de l'honneur. Invité à se supprimer, Thraseas mourut avec dignité en avalant le contenu d'un flacon d'aconit qu'un centurion lui avait apporté de la part de César.

Il n'y eut pas à Rome une maison de patricien, d'homme honnête ou simplement cultivé où l'on ne parlât de ces condamnations en série qui faisaient peur et discréditaient l'Empire. A la villa du Vélabre, l'injustice de la mort de Thraseas fut particulièrement ressentie. Le sénateur avait beaucoup aidé l'architecte lorsqu'il avait débuté et celui-ci lui en gardait une grande reconnaissance.

— Qui aurait pu croire cela ? dit Sevurus, le soir, en goûtant un peu de fraîcheur en compagnie de Celer. Après Sénèque, Pétrone, Verus, Méla le père de Lucain, Scapula le grand marin, Publius Anteius l'ancien légat et je ne sais combien de sénateurs, voici le tour de Thraseas !

— Tout cela par la faute de Tigellin, s'écria Celer.

— Sans doute, mais c'est Néron qui est empereur. Et il laisse faire, sacrifiant son honneur à une interminable série de meurtres le plus souvent injustifiés. Thraseas était un modèle de vertu et César a assassiné la vertu.

— Cela est indigne, c'est vrai, mais combien de Césars se sont rendus coupables des pires cruautés ? Caligula était un fou sadique, Auguste, le grand Auguste, a fait crucifier des esclaves fautifs. Quant à Tibère, il a aussi fini sa vie dans la crainte d'être assassiné et s'est livré, comme Néron, à des massacres monstrueux !

— Les crimes passés ne justifient pas ceux d'aujourd'hui. Tu vois, Celer, nous passons notre vie à créer du beau, et ce beau ne cesse d'être éclaboussé de sang. Malgré nos raffinements, notre science, nos artistes, notre philosophie, nous ne sommes, nous, Romains, que des barbares, nous vivons dans un monde féroce ! Si j'étais plus jeune, je fuirais Rome. J'irais me réfugier en Toscane, chez les vignerons et les ramasseurs d'olives...

☆

Pourtant, dans son palais retrouvé du Palatin, Néron ne se considérait pas comme un monstre. Il pensait avoir fait beaucoup pour les Romains et maudissait leur ingratitude. Pourquoi tous ces complots que le fidèle Tigellin déjouait jour après jour ? Et la trahison de ses meilleurs amis qu'il avait bien fallu condamner et qui aujourd'hui lui manquaient ! Que n'aurait-il pas donné pour retrouver l'agréable conversation de ce cher Pétrone ou écouter les conseils de ses vieux maîtres Burrhus et Sénèque ! Désemparé, lassé par une charge qui lui pesait de plus en plus, Néron abandonnait le gouvernement à Tigellin et se réfugiait dans la seule passion qui ne l'avait jamais déçu : son art, son talent de chanteur, son goût pour les courses de chars.

Le calendrier justement le faisait rêver. Les jeux Olympiques devaient se tenir l'année suivante et il avait toujours voulu se rendre en Grèce, ce beau pays qui avait tout inventé – même le théâtre – et qui, ravalé au rang de province, n'avait rien perdu de sa noblesse. Une participation de l'Empereur conférerait, c'était évident, un lustre sans précédent à la grande manifestation d'Olympie, et une députation était venue officiellement l'inviter, glorifiant sans mesure son talent inouï, se pâmant en l'écoutant chanter, s'extasiant devant la poigne du plus valeureux conducteur de chars qu'ait connu le monde. Néron aimait être encensé, la flagornerie des Grecs le décida à partir, lui qui n'était guère sorti d'Italie.

— Néron va concourir aux jeux Olympiques et je suis du voyage, annonça un jour Valerius. Je dois d'abord l'entraîner à déclamer des pièces qui restent à composer puis l'accompagner jusque sur les scènes où il se produira.

— Cela durera-t-il longtemps ? demanda Calpurnia.

— Je ne sais pas. Trois, six mois, peut-être un an...

— Tu m'invites ? Moi aussi j'aimerais connaître la Grèce.

— N'y compte pas, Néron ne veut même pas emmener sa troisième femme, Statilia Messalina, la jolie veuve qu'il vient d'épouser. Je me vois mal lui demander si ma jeune amie peut me suivre.

— Je disais cela pour plaisanter. Je n'ai nulle envie de participer à ce convoi de courtisans.

— C'est tout de même un grand honneur d'avoir été choisi ! remarqua Celer.

— Oui, un honneur que je devrai partager avec un millier de gardes, de costumiers, de perruquiers, de choristes...

— César ne craint-il pas de se faire assassiner en route ? demanda Sevurus. A sa place, je me méfierais.

— Il sera protégé par Vespasien qui commandera les prétoriens. Et Tigellin sera là. Sans doute sèmera-t-il quelques morts sur le chemin mais l'Empereur sera bien gardé.

— Quand partez-vous ?

— Les jeux ne commencent qu'au printemps mais le champion veut être sur place longtemps avant. Le départ est prévu pour fin octobre.

Brusquement, comme s'il se souvenait qu'elle était là, il regarda Calpurnia et déclara assez sottement :

— Je vais avoir de la peine à te quitter...

La jeune fille sourit, détachée, comme pour montrer que la séparation la laissait indifférente :

— C'est une expérience intéressante, dit-elle. Nous verrons si notre liaison survivra à cette longue séparation !

Celer sentait confusément que les événements tournaient à son avantage :

— Nous veillerons sur elle, assura-t-il.

Valerius n'était pas dupe. Il avait toujours pensé que Calpurnia l'abandonnerait un jour pour Celer. Lui aussi esquissa un sourire et dit :

— J'en suis sûr !

Ainsi, début novembre, la légion des histrions se mit en route. Le voyage semblait se dérouler normalement quand, près de Brindisi, une bande fut surprise alors qu'elle guettait le passage de l'Empereur pour l'assassiner. C'était sans compter sur les hommes de Tigellin qui s'emparèrent du chef des conjurés, un certain Annius Vincinianius, gendre du général Corbulon, l'un des meilleurs chefs militaires de l'Empire. Était-il, lui aussi, mêlé au complot ? Dans le doute, il fut prié par Tigellin de quitter son commandement en Orient et de rejoindre sur-le-champ l'Empereur en Grèce[1].

1. Celui qui fut, avec Vespasien, le meilleur général de l'Empire, sera exécuté sans vrai procès dès son arrivée.

Peu après cet incident, des émissaires de l'armée d'Asie apportèrent à Néron des nouvelles plus alarmantes : les Juifs venaient à nouveau de se soulever. Le peuple d'Israël avait toujours mal supporté l'ordre latin, et ses révoltes, fréquentes, se rallumaient sitôt que l'armée romaine avait maîtrisé la dernière. Cette fois, pourtant, l'insurrection paraissait plus sérieuse : attaquées par les Juifs, des légions avaient dû se replier et évacuer des places importantes au cœur même de la Ville sainte. Le légat de Syrie appelé en renfort avait lui aussi été écrasé. C'était, avec la perte probable de la Judée, la première défaite militaire grave du règne de Néron. Celui-ci, tout au plaisir de son voyage, en fut très affecté. Cependant, il réagit avec une promptitude et une fermeté qui étonnèrent son entourage baroque. Ne laissant rien paraître de son inquiétude, lui qui avait toujours peur, il prit les mesures militaires qui s'imposaient. Il expédia immédiatement des renforts et, devant l'évidence que les forces orientales étaient mal commandées, détacha, en lui donnant les pleins pouvoirs, le chef valeureux et expérimenté qu'il avait justement sous la main : Vespasien, fort heureux de quitter sa mission policière et de reprendre son métier de soldat.

Sitôt débarqué à Corfou, Néron décida de célébrer comme il convenait ce premier contact avec la Grèce. Consulté, Valerius fut prié de mettre en scène l'événement. Sachant que l'Empereur adorait les défilés, il lui proposa une grande cavalcade à travers l'île, avec toute la troupe costumée, la claque des courtisans et la garde prétorienne en tenue de gala. Néron, monté sur un char, ouvrirait la route menant au temple de Jupiter. Là, il entonnerait un hymne de reconnaissance au dieu suprême qui lui permettait de réaliser le rêve de sa vie. Les hymnes, Valerius connaissait ! Celui qu'il composa fut jugé admirable par Néron :

— Valerius, ton œuvre mérite récompense, dit-il. D'abord, je juge que je n'aurais pas fait mieux et décide de me déclarer son auteur. C'est déjà là une grande satisfaction que je t'accorde... et j'y ajoute un cadeau de cinquante mille sesterces.

Le poète, qui avait cru devoir se contenter du premier satisfecit, respira en entendant le montant de la somme, remercia comme il devait son illustre bienfaiteur et l'assura qu'il ferait mieux encore pour les grandioses manifestations d'Olympie.

Il fallait d'abord passer l'hiver et Néron choisit Corinthe, riche cité dont le climat lui convenait. Le temps pour Valerius de s'ennuyer, d'aligner des épigrammes, de composer des odes, des discours, de faire répéter l'Empereur qui tenait à apprendre un grand nombre d'œuvres nouvelles, dignes de la Grèce et de Jupiter, capables de lui faire remporter le premier prix, comme si la couronne de lauriers pouvait être décernée à un autre.

Des lauriers, il en glanait partout où s'arrêtait la troupe impériale. A Olympie d'abord, où l'on avait construit une scène en hâte car la ville ne possédait pas de théâtre. Pour les joutes athlétiques, il dut se borner aux courses de chars, discipline où il prétendait exceller. Malheureusement, situation embarrassante pour le maître du monde, une chute l'avait dès le premier tour envoyé rouler dans la poussière. Il s'en était tiré avec des contusions et la couronne de vainqueur.

On était déjà dans l'été 67 et le théâtre de Delphes s'apprêtait à accueillir les troupes et les chanteurs pour fêter comme tous les ans Apollon. Pourtant, l'absence prolongée de Néron était de plus en plus critiquée à Rome où le Sénat le pressait de rentrer. Mais comment résister à l'attrait de Delphes ? Néron décida de concourir en déclarant ne vouloir bénéficier d'aucune faveur par rapport aux autres concurrents. Il chanta donc et fut naturellement encore une fois proclamé vainqueur.

Le vrai coup de théâtre que Néron réservait à la Grèce n'avait pourtant rien à voir avec ces mascarades. Après onze mois d'un séjour qu'il affirmait être le meilleur moment de sa vie, il songea à remercier l'Hellade d'une façon digne de sa noblesse et de sa grandeur. Dans ce but, il convia les Grecs à se rendre à Corinthe le quatrième jour avant les calendes de décembre pour prendre connaissance de décisions importantes.

Là, au pied du rocher de la vieille acropole, la foule attendait l'artiste en se posant des questions sur le nouveau rôle qu'il allait tenir. Mais Néron n'apparut pas comme à l'habitude dans sa robe de chanteur. Il avait revêtu la parure impériale, casque d'or et manteau de pourpre. L'histrion était redevenu César car ce qu'il avait à dire au peuple grec était lourd de conséquences :

« Ô Hellènes, la faveur que je vous accorde est tellement inattendue et inespérée de vous que vous n'auriez pas osé me la demander. Écoutez. Vous tous, habitants des cités grecques, recevez, avec l'exemption de tout tribut, cette liberté que, fût-ce aux temps les plus heureux de votre histoire, vous n'avez jamais possédée tous ensemble. Car toujours vous avez été soumis ou à l'étranger ou les uns aux autres. Des princes ont pu donner la liberté à des villes, seul Néron la rend à toute une province. »

Ainsi, au moment où Rome doutait de César, critiquait sa politique et le menaçait dans sa vie, Néron, en Grèce, devenait un dieu... Un cri de reconnaissance montait du pays qui venait de recouvrer la liberté. Partout des statues étaient élevées à la gloire de « Néron Zeus Libérateur ».

Nommé « nouveau soleil illuminant les Hellènes », que pouvait encore offrir Néron à cette Grèce qu'il aimait et qui le vénérait ? Il n'avait pas choisi par hasard Corinthe pour lui annoncer la bonne nouvelle. Corinthe, avant d'être une ville accueillante, était un isthme, une langue de terre minuscule mais gênante puisqu'elle obligeait les navires qui voulaient passer de la mer Ionienne à la mer Égée à faire un long détour par Cythère, ce qui rallongeait de huit à dix jours la route de l'Orient. Inventifs, les Corinthiens palliaient depuis longtemps cet inconvénient à l'aide de chariots à roues qui permettaient de hâler sur terre les bateaux entre les deux rives. Il ne s'agissait pourtant que d'un moyen de fortune ne concernant que les petites embarcations. Néron, durant son premier séjour, avait compris que l'ouverture d'un canal rendrait d'immenses services à la flotte de l'Empire. Comme il avait l'esprit bâtisseur, la reconstruction de Rome et la *Domus Aurea* l'avaient prouvé, il décida d'offrir à l'Italie et à la Grèce un sublime témoignage de son règne : un canal d'entre deux mers, long de quatre milles, qui économiserait temps et argent en facilitant le commerce et le ravitaillement de l'Empire.

L'isthme était malheureusement un énorme rocher et l'entreprise, qui aurait été déjà difficile en terrain meuble, devenait dans la pierre un travail d'Hercule ! Il nécessitait en tout cas un nombre considérable d'ouvriers, bien supérieur à celui que pouvait fournir la main-d'œuvre locale. Quant aux architectes et ingénieurs grecs, ils se montrèrent vite incapables de diriger un tel chantier.

— Néron, lui disait Tigellin dont les conseils pour une fois étaient bons, ne tente pas l'impossible, rentre à Rome où le gouvernement t'attend. Les derniers messages reçus me décrivent la ville en désordre et le Sénat hostile. Je ne peux rien faire d'ici. Laisse-moi au moins rentrer. En t'attendant je rétablirai l'ordre...

L'Empereur restait sourd à ces exhortations. Pour rien au monde il ne se serait séparé de Tigellin. Surtout, la prudence lui commandait de ne pas le laisser seul à Rome : celui qui avait déjoué tant de complots pouvait très bien en fomenter un pour son propre compte.

— Non, Tigellin, répondait-il, je ne te laisserai pas rentrer seul. Tu es ici ma sauvegarde, mon bouclier, ma providence alors qu'à Rome tu serais peut-être tenté de ne plus défendre les intérêts et la vie de ton Empereur. Mais rassure-toi, nous allons bientôt retourner au pays. Je veux juste, avant de quitter la divine terre d'Apollon, mettre en train mon grand projet. Tiens, puisque Vespasien nous annonce qu'il a rétabli l'ordre en Judée et fait de nombreux prisonniers, qu'il nous en envoie donc huit ou dix mille. Avec les deux mille dont je dispose cela fera une armée de piocheurs capable d'ouvrir la roche aux eaux bienfaisantes des dieux. Plus vite nous commencerons à creuser, plus vite nous rentrerons.

— Mais qui va diriger ce chantier ? Les grands architectes et ingénieurs ne sont plus grecs. Ils sont romains.

— Alors il faut en faire venir d'Italie. Pourquoi pas ce jeune aide de Sevurus qui a si bien travaillé à la *Domus Aurea* ? Sevurus est trop vieux pour entreprendre le voyage mais son second fera l'affaire. Envoie-lui tout de suite l'ordre de venir. Et dis-lui pourquoi, afin qu'il se renseigne et se munisse de tous les outils et documents nécessaires.

— Mais cela va demander du temps et retarder encore notre départ...

— Tu es pressé, Tigellin, moi j'ai tout mon temps. Ici je suis heureux, en sécurité et seuls les dieux savent ce qui m'attend à Rome.

☆

A Rome, Celer et Calpurnia coulaient des jours heureux. Après le départ de Valerius, ils n'avaient rien changé à leur vie. Lui dressait les plans d'une villa pour Velleius, un opulent consulaire, elle poursuivait ses études de musique. Le vieux Sevurus avait espéré que l'éloignement de Valerius favoriserait l'union des deux jeunes gens mais ses espoirs semblaient vains. La jeune fille évitait les occasions d'intimité, Celer affectait une indifférence peu naturelle et l'irritait. Ce jeu aurait pu encore durer si la convocation de l'architecte auprès de Néron, portée au Vélabre par un centurion, n'était venue bouleverser la famille.

— N'y va pas ! s'écria Calpurnia. Je refuse de te laisser partir !

Contre toute attente, elle se jeta en larmes au cou de Celer et couvrit son visage de baisers :

— Tu es donc aveugle, tu ne vois pas que je t'aime ! Épouse-moi vite, ton mariage sera une bonne raison de refuser l'offre de l'Empereur.

Sous le regard surpris et attendri de Sevurus, Celer la serrait contre lui et tentait de la calmer :

— Ma chérie, ce n'est pas une offre à prendre ou à laisser, c'est un ordre et Néron se moque bien que je t'épouse. C'est pourtant ce que je vais faire, avec, je l'espère, l'accord de notre bon oncle. Après, si je suis obligé de partir, je partirai. Et je reviendrai vite, mon amour !

Sevurus pleurait et riait en même temps :

— Enfin, vous vous décidez ! Il aura fallu cette lubie de Néron pour que vous vous rendiez compte que vous perdiez un temps précieux, celui du bonheur ! Et moi qui suis si vieux, comme vous m'avez fait languir ! Dès demain je vais m'occuper des formalités de votre mariage, mes enfants.

— Oh, surtout pas de cérémonial ! protesta Calpurnia. Plus ce sera simple, plus je serai contente.

— Et les fiançailles ? demanda Celer. Même courtes, je tiens aux fiançailles ! Veux-tu me pardonner ? Je m'absente un instant.

Il quitta l'*atrium* et se rendit dans sa chambre d'où il revint bientôt, souriant.

— Donne-moi ta main gauche et ferme les yeux, dit-il à Calpurnia.

Il lui passa à l'annulaire l'anneau d'or qu'il sortit de la poche cachée de sa tunique et dit : « Maintenant nous sommes fiancés ! »

— Mais d'où sort cette bague ? s'enquit-elle, attendrie. Rien ne laissait présager notre décision.

— Je l'ai achetée il y a près de deux ans, le jour où j'ai compris que je t'aimais. J'ai cru bien souvent que je ne la verrais jamais à ton doigt ! Quant au mariage, je te demande, cher Sevurus, qu'il soit célébré le plus tôt et le plus simplement possible. C'est aussi le vœu de Calpurnia.

— Il faut tout de même prévenir l'*auspex*[1] et choisir les dix témoins qui apposeront leur cachet sur le contrat. Et nous serons bien obligés d'inviter tout ce monde à un festin.

1. L'*auspex*, titre intraduisible, n'avait ni fonction religieuse ni délégation officielle. Sorte d'augure familial, il présidait au sacrifice, examinait les entrailles et concluait invariablement à la faveur des auspices que les dieux étaient favorables au mariage.

— Alors, si nous ne pouvons échapper à la tradition, je porterai la tunique de mariée et, dessus, le manteau couleur de safran. Sans oublier la couronne de myrte et de fleur d'oranger !

— J'espère, coquette, que tu ne te maries pas uniquement pour la toilette ? questionna Celer.

— Non. Dans ma joie, j'avais oublié que tu devras sans doute partir au lendemain de nos noces. Décidément, Néron aura toujours été un obstacle à notre amour ! Mais jure-moi que tu reviendras !

— Je le jure, mais plains-moi plutôt : chevaucher jusqu'à Brindisi va être un cauchemar et je ne sais pas comment je vais supporter la traversée. C'est la première fois que je voyagerai aussi loin. Demain, je vais me rendre au palais pour avoir des détails.

— Avant demain, il y a ce soir, il y a cette nuit. Viendras-tu me retrouver dans ma chambre ? glissa-t-elle à l'oreille de Celer.

— J'ai horreur des voyages mais celui qui nous attend sera divin, ma divine.

— Dans ce cas, je vais voir ce que Ceria peut nous servir à dîner car il faut que nous fêtions tous les trois nos fiançailles.

— J'ai tant attendu ce moment, mes chers enfants, que j'ai peine à croire que je ne rêve pas, dit Sevurus. D'ailleurs l'émotion m'a fatigué et je vais aller me reposer en attendant l'heure de se mettre à table.

Celer suivit Calpurnia dans la cuisine pour choisir l'amphore qu'on déboucherait. Elle donna quelques ordres puis se jeta dans les bras de son fiancé en l'entraînant :

— Qu'allons-nous faire de ces deux heures durant lesquelles Sevurus va tremper dans son bain et se faire masser ? demanda-t-elle.

— J'ai mon idée. Et toi ?

— La même ! Viens, mon amour.

En passant, elle cueillit dans le jardin une brassée d'asphodèles blancs et jaunes dont les grappes venaient d'éclore au soleil de l'après-midi. Elle les répandit sur le lit qu'éclairait doucement l'entrebâillement du rideau et, d'un seul geste, fit glisser sur son corps nu la tunique de coton qui tomba à ses pieds.

Qu'elle était belle, Calpurnia ! Celer s'était reculé d'un pas pour l'admirer et détachait la ceinture qui retenait sa robe courte d'été. Ni l'un ni l'autre ne parlaient, ils se découvraient avec leurs yeux d'enfants sages saisis par le désir. Il la prit dans ses bras, la serra, la caressa, l'entraîna dans les fleurs. Celer et Calpurnia n'étaient pas novices, mais l'un comme l'autre se gardaient de le montrer.

— Viens, dit Calpurnia, nous allons inventer notre amour !

☆

Dès le lendemain, tandis que Sevurus et Calpurnia s'affairaient aux préparatifs du mariage, Celer se présenta au Palatin pour recevoir son ordre de mission et essayer de retarder le plus possible son départ.

En l'absence de Néron, le palais semblait vivre dans la confusion. Helius, qui assurait l'intérim du gouvernement, n'était qu'un haut fonctionnaire. Son autorité vacillait au gré des factions qui se déchiraient et des complots que Tigellin n'étouffait plus dans l'œuf. C'est son adjoint, un autre affranchi de Claude passé au service de Néron, qui reçut Celer :

— Ainsi César t'appelle, dit-il. Je dois t'avouer que cet ordre me laisse perplexe car les travaux de l'isthme de Corinthe se déroulent dans des conditions si difficiles qu'il n'y a plus que Néron pour croire à leur réussite. Et comme l'Empereur doit rentrer à Rome, je doute qu'ils se poursuivent longtemps. Dis-moi, Celer, le voyage de Grèce te tente-t-il vraiment ?

Interloqué par cette question, l'architecte, qui se voyait

déjà creuser dans le roc le lit d'un fleuve mythique, répondit avec véhémence :

— Mais pas du tout. Je me marie cette semaine et un départ pour la Grèce me contraint non seulement à interrompre mes travaux, mais risque de ruiner mon ménage.

— Alors, nous allons attendre un peu. Helius craint que ton arrivée ne renforce chez Néron la volonté de réaliser son projet et retarde son retour. Reste donc chez toi jusqu'à nouvel ordre et attends de nouvelles instructions.

Celer faillit crier de bonheur en entendant ces propos inespérés. La joie au cœur, impatient de rapporter la bonne nouvelle à Calpurnia, il dévala en chantant la pente du Palatin, traversa la vieille ville en bousculant les colporteurs, les chaudronniers, les mendiants et les charmeurs de vipères avant de franchir l'arc des Changeurs et d'arriver, enfin, à la maison du Vélabre.

Calpurnia était absente mais Sevurus écrivait sur un grand papyrus les souvenirs qu'il voulait laisser à ceux qu'il chérissait encore plus depuis qu'ils avaient décidé de se marier.

— Que se passe-t-il Celer ? Tu as l'air bien joyeux. Est-ce la perspective de nous quitter qui te donne le sourire ?

— Non, c'est la perspective de rester avec vous ! Selon l'homme de confiance d'Helius, qui m'a reçu, personne n'est pressé de me voir partir. Je suis invité à attendre les ordres, et si Néron rentre bientôt à Rome, comme cela semble prévu, je ne partirai pas du tout. Il paraît que le percement du canal de Corinthe est un désastre, une entreprise irréaliste qui n'a aucune chance de réussir.

— Voilà en effet une bonne nouvelle. L'ennui, c'est que Néron t'a demandé et tu sais qu'il déteste ne pas être obéi ! Il y a toujours un risque à oublier cette vérité.

— Mais, Sevurus, je ne peux pas partir sans l'ordre du palais. Il ne me reste qu'à attendre comme on me l'a signifié.

— Tu as raison, mais j'en appelle aux dieux : qu'il est difficile de travailler pour César !

☆

Sevurus avait toujours agi comme si son statut d'artiste libre et fortuné lui permettait de se soustraire à certains usages vieux comme le Latium, comme celui de la « clientèle », qui liait chacun des Romains, du parasite au seigneur, à quelqu'un de plus puissant que lui et envers qui il se faisait un devoir de remplir des obligations de respect. La coutume exigeait qu'il lui rende régulièrement visite et qu'il obtienne en récompense des gratifications variées, à charge pour le maître honoré de rendre hommage à son tour à un supérieur. Débarrassé de ces politesses coutumières, Sevurus put en toute quiétude organiser les noces de Calpurnia sans risquer de voir sa maison envahie. Pourtant, même en éliminant les importuns, il y eut beaucoup d'amis, des vrais, qui tinrent à venir féliciter et acclamer les mariés après avoir assisté au sacrifice d'un agneau, rituel sanglant dont la famille se serait bien passée.

Au cours du repas de fête, il fut beaucoup question de Néron et des sombres nuages qui pesaient sur l'Empire. Le sénateur Verus, vieil ami de Sevurus qui avait construit sa maison de l'Aventin, était venu apposer son sceau sur le contrat de mariage. Interrogé, il donna des nouvelles alarmantes des provinces. Une insurrection armée venait de prendre naissance dans les garnisons des Gaules. Caius Julius Vindex, le « légat de la Lyonnaise », était entré en dissidence avec ses quatre légions. Il supportait mal que Néron, poussé par sa passion pour l'Orient, négligeât l'Occident. D'origine gauloise, le légat, s'il ne reniait pas l'autorité de Rome, voulait que sa patrie soit reconnue libre au même titre que la Grèce.

— Tout cela finira mal ! dit le sénateur. Tenez, voici la dernière proclamation de Vindex.

Il tira une feuille de sa poche et lut :

— « Nous avons le droit de nous révolter parce que Néron a ruiné le monde romain, parce qu'il a mis à mort le meilleur du Sénat, parce qu'il a tué sa mère, parce qu'il ne sauvegarde même plus la dignité de la souveraineté ! »

— Il veut à l'évidence éliminer Néron mais est-il candidat à la succession ? demanda Sevurus.

— Non. Il ne dispose d'aucun appui à Rome. Mais il peut aider un autre candidat à l'Empire qui prendrait l'engagement d'octroyer l'indépendance à la Gaule. Galba, le gouverneur de l'Espagne, par exemple.

— Et Néron ne revient toujours pas ? questionna Celer, naturellement impatient de voir l'Empereur quitter son rocher de Corinthe.

— Hélas non ! Il a eu un moment l'intention de poursuivre son voyage jusqu'en Égypte mais a finalement décidé de s'arrêter longuement à Naples lorsqu'il quittera la Grèce. Il paraît que c'est à Pompéi que sa voix a le plus de succès... Sera-t-il encore César quand il retrouvera ses sens ?

Le dernier invité parti, Sevurus retiré dans sa chambre, Calpurnia et Celer se retrouvèrent seuls dans l'*atrium* où la fête avait laissé du désordre : reliefs de nourriture sur les tables, amphores vides, coupes où restaient des fonds de vin, et même le morceau de la torche nuptiale, faite d'aubépines entrelacées et qui n'avait pas brûlé entièrement quand Martial, le *pronubus*[1], l'avait brandie devant les mariés après le sacrifice.

— Es-tu heureuse ? demanda Celer.

— Oui, mais je suis surtout contente que cette comédie soit terminée. Avions-nous besoin de voir couler du sang pour nous aimer et croire que notre mariage sera heureux ? Ce n'est pas aujourd'hui que nous nous sommes épousés mais le jour où tu m'as étreinte sur mon lit d'asphodèles.

— C'est vrai mais Sevurus nous voulait mariés. Pas seulement parce qu'il pense à l'ancienne mais aussi pour qu'il puisse nous léguer son bien. « Maintenant, m'a-t-il dit tout à l'heure, je peux mourir en paix. »

1. Nous dirions aujourd'hui le garçon d'honneur.

— Tu n'aurais pas dû me répéter cela. La seule idée que Sevurus mourra un jour me plonge dans la tristesse. Je lui dois tout...

— Moi aussi. N'oublie pas que si nous sommes mari et femme, nous restons des frère et sœur. L'amour, la tendresse, voilà notre vie maintenant !

— J'ai justement ce soir besoin des deux. Me les donneras-tu ?

— Tout de suite, mon amour.

— J'ai d'abord une chose à te demander : voudras-tu m'accompagner demain au temple d'Isis ? C'est à la déesse que j'ai promis, la première, de te rendre heureux toute la vie.

— Bien sûr ! Je te sais attachée au culte d'Isis plus qu'à tous les dieux romains et, malgré mon incrédulité, j'adresserai une ardente prière à la déesse pour qu'elle veille sur notre bonheur. Après, si tu le veux, nous irons au cirque Maxime voir courir les chevaux. Je n'aime pas les combats de gladiateurs mais la lutte des auriges, droits sur leur char, me plaît. Ce sera une occasion de découvrir le cirque qu'a fait rebâtir Néron après l'incendie de 64. La piste a été élargie et des gradins nouveaux en marbre ont été édifiés.

— Il y a des courses aujourd'hui ?

— Oui, c'est la neuvaine des *ludi*[1], le cirque va être plein. Voilà bien des projets pour demain... mais ce soir ? N'avons-nous rien à faire ?

— Si. Nous aimer...

☆

Long de six cents mètres, large de deux cents, l'ovale du cirque, dont la piste sablée brillait sous le soleil, apparut colossal à Calpurnia. Plus de cent mille spectateurs l'entou-

1. *Ludi* : à la fois jeux et casernes de gladiateurs.

raient, installés sur les nouveaux gradins que chacun s'accordait à trouver confortables. Martial avait pu se procurer de bonnes places pour lui et ses amis. Il les attendait sur la rangée située près du *pulvinar*, la loge d'apparat où s'installerait le consul, président de la journée.

— Alors, les jeunes mariés ? plaisanta-t-il, avez-vous bien dormi après la fête d'hier ? J'espère que vous aviez économisé quelques forces, moi j'étais pour ma part ivre et épuisé, je ne sais même plus qui m'a ramené dans sa litière.

— Moi je n'ai eu qu'à porter Calpurnia dans mes bras jusqu'au lit !

— Je suis heureux pour vous. Et vous le prouve ! Avant que la frénésie ne s'empare du cirque et que les cris des parieurs nous submergent, je vais vous lire l'épigramme que j'ai composée ce matin à votre intention.

Il se rapprocha et, de sa voix de basse qui enchantait Néron, commença à lire, sans se soucier des voisins de banquette qui écoutaient :

— « Ce qui fait le bonheur de vivre, Calpurnia et Celer, le voici. Une fortune acquise par le travail ou encore mieux héritée ; un domaine qui ne soit pas ingrat ; un foyer qui ne s'éteigne pas ; aucun procès ; peu de visites ; une âme en repos ; une vigueur distinguée ; un corps sain ; une prudente franchise ; des amis qui soient des égaux ; des convives indulgents ; une table sans apprêt ; des soirées sans ivresse comme sans soucis ; une femme qui soit chaste sans austérité ; un mari beau et généreux ; la satisfaction de ce qu'on est sans préférer autre chose ; nulle crainte du jour suprême, nul désir non plus. »

Calpurnia et Celer ne furent pas les seuls à applaudir. De nombreux spectateurs avaient reconnu Martial et apprécié sa poésie où la chanson du bonheur était tempérée par la mélopée d'une résignation bien dans l'atmosphère du temps.

— Ton envoi est merveilleux, dit Calpurnia. Je le trouve pourtant un peu mélancolique.

— C'est que je le suis devant votre félicité. Je n'ai pas votre chance d'être deux, mes amis !

Mais la *cavea* s'animait. Les attelages venaient un par un occuper sur la piste la place que le sort leur avait désignée. Les bêtes piaffaient, entourées par les *magistri* et les *conditores* qui les calmaient, les caressaient ou arrangeaient les phalères dorées de leur poitrail. A leur tour les auriges casqués, bandes molletières serrées et fouet à la main arrivaient et montaient sur leur char. Le spectacle était minutieusement réglé et le public suivait dans un bruyant enthousiasme le rituel qui précédait le départ.

Le son des trompettes annonça que celui-ci était proche. En effet, le consul Syllatus s'était levé et tous les regards se fixèrent sur sa tunique écarlate et sa toge brodée dont les pans suivaient les caprices du vent. Une dernière note de trompe et le moment tant attendu arriva : d'un geste large, il lança dans l'arène son mouchoir de soie blanche. Un long cri, sorti de cent mille poitrines, emplit le cirque, couvrant le roulement des chars qui disparaissaient dans un nuage de poussière.

Avec une sûreté prodigieuse qui arrachait à chaque passage des hurlements d'admiration et d'encouragement, les cochers guidaient leur quadrige pour serrer les bornes de pierre au plus près dans les deux virages de bout de piste. Le danger était constant au long des sept tours à couvrir. Une borne touchée pouvait entraîner un accident grave : char brisé, conducteur et chevaux blessés, parfois la mort. Un virage pris trop large n'était guère préférable : il causait sûrement une perte de temps et souvent la collision avec un autre char.

Dans la course qui se déroulait sans incident, un équipage avait pris une bonne avance. Ceux qui avaient misé sur lui exultaient quand, soudain, le char de tête ralentit et se fit doubler par les autres concurrents. Une rêne avait cassé et le cocher ne maîtrisait plus son attelage. Il ne lui restait plus qu'à essayer de le freiner avant de l'arrêter sous les huées des parieurs qui l'avaient choisi.

Les courses duraient jusqu'à la nuit mais, à la cinquième, Calpurnia demanda grâce :

— Rentrons, dit-elle. J'ai de la poussière dans les yeux pour au moins deux jours ! Vous n'avez pas envie de retrouver le calme de notre *atrium* et le parfum apaisant du jardin ?

La sortie de l'Ouest n'était pas très éloignée du Vélabre. Ils longèrent les clôtures cintrées derrière lesquelles de nouveaux attelages se préparaient et retrouvèrent le chemin de la villa. Calpurnia, la tête encore pleine de cris et de fureur, marchait en silence mais les hommes continuaient à commenter les temps forts des *ludi :* la défaite de l'aurige le plus fameux, Scorpus, qui comptait plus de trois cents victoires et avait dû céder devant un cocher inconnu, et bien sûr l'exploit de Musclosus, victime de la rupture de ses rênes, qui avait réussi à éviter une collision générale.

— Et le malheureux s'est fait insulter ! souligna Celer.

— Ce sont les inconvénients du métier, répondit Martial. Les auriges gagnent des fortunes exorbitantes. Ils sont les idoles d'une foule qui, en revanche, ne leur pardonne rien.

A la maison, Sevurus dormait sur les coussins de l'*atrium*. Ses longs cheveux blancs encadraient ses traits délicats et Calpurnia se pencha pour l'écouter respirer :

— Je trouve le maître bien pâle et il a le souffle court, dit-elle. Ne pensez-vous pas qu'il faille appeler son médecin ? Je ne l'ai jamais vu ainsi.

— Moi, souvent, sur le chantier, à la fin d'une journée épuisante. Ne t'inquiète pas, il va se réveiller et demander, joyeux, ce qui est prévu pour le dîner, assura Celer.

— Mais aujourd'hui, il n'est pas fatigué, il n'a pas quitté la villa. A moins que ce ne soit la fête d'hier… Attendons, mais s'il ne se sent pas bien tout à l'heure, je cours chercher Textilius qui le soigne depuis toujours.

— S'il accepte de se déplacer. Il est plus vieux que Sevurus et prodigue toujours les mêmes remèdes, ces potions d'herbes aux vertus extraordinaires et que je crois imaginaires.

— Tu es injuste, Celer. Il connaît bien Sevurus et nous dira au moins s'il est gravement atteint.

L'architecte, heureusement, se réveilla sans manifester de douleurs.

— Qu'est-ce qu'il vous prend de vous inquiéter ainsi ? Je respire mal, c'est vrai, quand je ne dors pas dans mon lit, c'est la position qui est mauvaise, mais je ne me sens pas malade.

— Demain je ferai tout de même appeler Textilius. Ne serait-ce que pour nous rassurer, dit Calpurnia qui ajouta : C'est que nous voulons te garder encore longtemps. Parce que nous t'aimons...

— Mais moi aussi je compte bien rester longtemps parmi vous ! Ce n'est pas parce que j'ai fait mon testament que je vais mourir.

Ce soir-là, il ne prit pourtant qu'un repas léger et gagna aussitôt sa chambre, un signe qui n'échappa pas à la tendre attention de Calpurnia.

☆

Le peuple de Rome ignorait à peu près tout des complots qui se tramaient et des alliances qui se nouaient dans les provinces. En cette fin d'été il travaillait, traînait sa nonchalance aux thermes ou dans les ruelles brûlantes. Des bruits alarmants circulaient bien sur le *forum* mais, en dehors du milieu politique et des hauts fonctionnaires, personne n'y attachait grande importance.

A Corinthe, Néron continuait de partager son temps entre la musique, cette drogue dont il ne pouvait se passer, et la surveillance du creusement du canal. Trente-cinq puits d'une quarantaine de mètres avaient déjà été forés et les travaux se poursuivaient sans relâche[1]. C'est à peine si l'Empereur daignait prendre connaissance des courriers qui arrivaient de

1. Les travaux de Néron, qui s'arrêteront au trente-septième puits, laisseront des traces profondes que retrouveront les terrassiers lorsqu'ils reprendront, dix-huit siècles plus tard, en 1880, le creusement du canal actuel. Celui-ci sera achevé en 1893.

Rome et qui auraient dû l'inquiéter. Le voyage-mascarade en Grèce avait accru sa popularité en Orient, mais achevait de le discréditer dans le reste de l'Empire. Le Sénat en particulier, qui avait en charge l'administration de la Grèce, se voyait privé depuis l'indépendance de fructueuses prébendes. Fait plus grave, la faveur accordée à l'Hellade suscitait des jalousies dans d'autres provinces, dont la Gaule, encore marquée par les privilèges dont elle avait joui au temps de Claude, né à Lyon. Enfin, et surtout, l'absence prolongée de Néron livrait l'administration de l'Empire, sa force traditionnelle, aux caprices d'incompétents ou d'intrigants. Helius, qui dirigeait ce gouvernement avec mollesse, se rendait bien compte de la détérioration du climat politique et suppliait en vain l'Empereur de revenir mettre de l'ordre dans les affaires. Mais Néron, qui se trouvait bien loin de Rome où, il le savait, ne l'attendaient que cabales et conspirations, retardait sans cesse son retour. Il fallut qu'Helius vienne le rejoindre à Corinthe et lui peigne un tableau de la situation lourd de menaces pour qu'il se décide à reprendre en maugréant la route de l'Italie.

☆

Martial, désœuvré en l'absence de Néron, trompait son ennui en papotant dans les couloirs du palais, distribuant ici quelque épigramme, là quatre vers piquants sur un absent. C'est au cours d'un de ces caquetages banals qu'il apprit le retour prochain de l'Empereur. La nouvelle intéressait au premier chef Celer qui se trouvait toujours sous la menace d'une expatriation à Corinthe. Martial en conclut très vite que l'occasion était bonne pour un messager impécunieux d'aller se faire inviter à dîner chez Sevurus.

— Mes amis, déclara-t-il en entrant, vous pouvez vivre en paix. Néron a abandonné son canal. Il est sur le chemin du retour. Cela vous fait plaisir et à moi aussi : personne en l'absence de Néron ne se rend compte que je me nourris de rimes.

— Ouf ! s'écria Calpurnia. Nous voilà soulagés d'un grand

poids ! J'espère que notre César saltimbanque ne va pas avoir en rentrant un nouveau caprice qui perturbera la famille. Mais quand arrivera-t-il à Rome ?

— Ni demain ni après-demain. Il rentre par petites étapes, suivi d'une caravane encore plus importante qu'au départ : un butin de stèles, de statues et de prix gagnés sur les estrades de Grèce. De plus, il compte s'arrêter à Naples quelques semaines.

— Sait-il que les garnisons des Gaules sont entrées ouvertement en guerre contre le pouvoir de Rome ? demanda Sevurus.

— Sans doute, mais cela ne doit pas l'empêcher, à cette heure, de souper tranquillement !

Néron en effet, en attendant le retour de Tigellin qu'il avait envoyé en reconnaissance à Rome, consacrait ses journées aux spectacles et à la musique. Les nouvelles que le préfet du prétoire rapporta étaient si désastreuses que César, retrouvant ses esprits, comprit qu'il devenait urgent de calmer le Sénat dont l'humeur s'aigrissait et de prendre des mesures pour mater les dissidences.

Une proclamation de Galba, le gouverneur mutin de l'Espagne Tarraconaise, força sa décision. Ce qui l'avait le plus indigné dans ce manifeste rendu public dans tout l'Empire n'était pas l'annonce de sa prochaine déchéance, ni même la mobilisation des légions lointaines, celles qui font les nouveaux Césars, mais une phrase dans laquelle Galba le traitait de mauvais chanteur. Tigellin avait eu toutes les peines du monde à calmer sa fureur et à le convaincre que son génie ne pouvait que mépriser des calomnies ridicules.

— Soit, avait dit Néron, je rentre. Mais la réception que Rome m'offrira doit être digne des lauriers dont j'ai été récompensé en Grèce. Tigellin, repars tout de suite afin d'organiser mon triomphe !

Les honneurs du triomphe étaient traditionnellement réservés aux généraux qui s'étaient illustrés sur les champs de bataille. Le général, paré en Jupiter, montait jusqu'au

Capitole sur un char à quatre chevaux, acclamé par toute la population. Avant lui dans le cortège, le butin et les prisonniers. Après, l'armée victorieuse.

Pour Néron, le butin était constitué de mille cinq cents couronnes, tresses et guirlandes remportées sur les scènes grecques. Derrière les porteurs de récompenses, une seconde armée dressait haut des pancartes sur lesquelles étaient inscrits les noms et la nature des concours. Certains placards soulignaient l'exploit : « Néron César, le premier à avoir ainsi triomphé aux jeux Helléniques depuis le commencement du monde. » L'Empereur lui-même, vêtu de pourpre étoilée, suivait sur un char traîné par quatre chevaux blancs. A ses côtés était assis Diodore, le célèbre harpiste qui l'avait accompagné durant le voyage.

Qui disait que le Sénat boudait César ? Il était là pour l'accueillir, au complet, à la porte du Capitole. Tout au long du parcours décoré de guirlandes, des multitudes l'avaient ovationné, comparé à Apollon, à Auguste. Néron pouvait être heureux : son peuple avait compris quel génie musical il avait pour empereur.

Personne de la maison Sevurus ne s'était déplacé pour acclamer Néron. Le maître était fatigué. Quant à Calpurnia et Celer, ils ne se seraient pour rien au monde mêlés aux transports d'une foule stupide. Ils avaient voulu aller aux thermes mais ceux-ci étaient fermés pour cause de triomphe impérial ; alors ils étaient restés sagement à goûter la fraîcheur du jardin en commentant un retour qui les intéressait plus que celui de Néron : Valerius avait fait prévenir qu'il était rentré et qu'il viendrait à la maison du Vélabre après le défilé.

Le poète n'était pas pour eux un sujet tabou, pourtant ni l'un ni l'autre n'aimaient en parler et il était rare que son nom fût évoqué dans la conversation. Son retour naturellement modifiait ce consensus :

— T'es-tu demandé ces derniers dix-huit mois quelle serait ton attitude si Valerius rentrait ? questionna Celer. Sait-il même que nous sommes mariés ?

— Je ne me suis rien demandé parce que son retour ne me

pose pas de problème. Il n'était pas là, on s'en accommodait. Il revient, je serai contente de le revoir. Valerius a joué un rôle dans une partie de ma vie que je ne renie pas mais qui est révolue. C'est un être de qualité qui m'a beaucoup apporté à une époque où j'étais désemparée. Je voudrais, vois-tu, qu'il reste notre ami.

— Bien sûr. Mais est-ce que je ne cours pas un risque ? N'allez-vous pas être tentés de reprendre une liaison qui, tout de même, n'a pas été l'aventure d'une heure ? Vous avez failli vous marier...

— Non ! Cela n'a jamais été dans mon intention. J'ai toujours su que c'était toi que j'épouserais. Vois-tu, Celer, si tu as confiance en moi, nous pouvons revoir Valerius et même renouer des liens d'amitié. Sinon il faut cesser toute relation avec lui. C'est à toi de répondre.

— Nous reverrons Valerius. Je suis devenu son ami lorsqu'il était ton amant, je ne vais pas rompre cette amitié parce que je suis devenu ton mari ! Il faut dire, ma chérie, que notre histoire n'est pas banale. Ovide, dans son *Art d'aimer*, n'a pas imaginé une telle situation.

— Elle est exceptionnelle parce que nous sommes des êtres exceptionnels. Ce n'est pas mal, crois-moi, d'être différents ! Je crois que nous devons tous les deux cette grâce à Sevurus.

— Oui, petite sœur, viens dans mes bras... Après, nous préparerons une amphore de vin pour recevoir Valerius. Il doit en avoir, des choses à raconter sur le voyage ! Je m'en réjouis à l'avance.

— Une vraie commère du Trastevere ! Voilà ce que tu es.

— Parler du génie de César n'est pas du commérage, ma chère, c'est du civisme !

Ils rirent, comme ils le faisaient souvent lorsqu'ils étaient seuls, mais des voix venaient du vestibule, Coccius ouvrait la porte à Valerius et, bientôt, celui-ci entrait dans un grand mouvement de toge, suivi par Martial, heureux d'avoir retrouvé son complice.

— Comme cette maison de beauté et de bonheur m'a manqué, mes amis ! s'exclama-t-il.

Il serra Celer contre lui, embrassa Calpurnia sur les deux joues puis alla chercher un objet protégé par du gros drap cousu qu'il avait déposé dans le vestibule :

— Votre cadeau de mariage, mes enfants. A Thepsies, j'ai pu soustraire à la convoitise de Néron ce Cupidon ciselé dans le marbre par Praxitèle, m'a-t-on assuré. Je ne suis pas comme toi, Celer, capable de discourir sur les beautés de l'art mais je pense que Sevurus le jugera digne de figurer dans son *sacrarium.* A propos, comment va le grand architecte ?

— Il est las et il m'inquiète, répondit Calpurnia. Cet interminable chantier de la Maison Dorée l'a épuisé, mais il va être content de te revoir. Tu dînes avec nous, j'espère ?

— Pour être franc, c'était mon ambition...

Aidée par Celer car la statuette était lourde, Calpurnia ouvrit le paquet et libéra Éros de ses langes. Réduction en marbre d'une statue plus grande, ou esquisse de celle-ci, il était magnifique le fils d'Aphrodite, qui, d'un geste gracieux, se coiffait d'une couronne de roses !

— Mais comment as-tu su que nous nous étions mariés ? demanda Celer.

— Les grandes nouvelles se jouent des océans, des montagnes et même des isthmes. Martial m'envoyait parfois une tablette ou un papyrus. Mais cela n'a pas été une surprise : Calpurnia t'avait choisi depuis longtemps, elle n'a été près de moi qu'un oiseau de passage.

— En somme, j'étais le seul à ne pas connaître les desseins secrets de Calpurnia ! s'exclama Celer.

— Menteur, tu le savais très bien ! dit la jeune femme en l'embrassant.

Sevurus avait pris son bain du soir et s'était fait masser. Tout à fait reposé au moment de se mettre à table, il trouva des mots choisis pour saluer le retour de Valerius et s'extasia devant la statuette qu'il reconnut tout de suite comme étant une œuvre de Praxitèle :

— Elle mérite la place d'honneur ! déclara-t-il. Vous voyez, le voyage de Néron n'aura pas été inutile puisqu'il va me permettre de finir mes jours sous le regard de ce Cupidon espiègle, œuvre du plus grand des sculpteurs.

— Un festin n'était pas prévu ce soir, dit Calpurnia. Nous mangerons donc ce que nous avons. Ce sera tout de même du jambon de Crémone, un poisson, des légumes et des fruits. Vous ne mourrez pas de faim. Quant au vin...

—... du vin de « la vigne mariée à l'ormeau », un vin virgilien, voilà ce qui me plaira ce soir, chanta doucement Valerius.

— La musique est-elle de Néron ? demanda Calpurnia.

— Non, c'est un air qu'on fredonnait dans les tavernes du Pirée.

— Me jouerez-vous de la musique après le dîner ? questionna Sevurus que ce repas improvisé enchantait.

— Bien sûr ! répondirent les deux invités en suivant Celer qui allait choisir le vin.

Après avoir traversé la cuisine où Ceria s'affairait et commandait les deux jeunes esclaves qu'elle avait formées pour réussir des plats délicats et savoureux, ils arrivèrent dans le *pistrinum* dont le four de brique laissait échapper la bonne odeur du pain qui finissait de cuire, puis dans l'*horreum*[1] avant de descendre quelques marches et d'accéder à la cave. Avec fierté, Celer montra une quantité impressionnante d'amphores rangées et étiquetées :

— Il y a plus de trente ans que Sevurus a commencé de constituer cette belle collection qui n'est sans doute pas la plus importante de Rome mais sûrement l'une des mieux choisie. Il y a tout de même ici plus d'un millier d'amphores.

1. Cellier où étaient conservées les réserves alimentaires : miel, sel, huile, épices, viandes séchées...

— Quelle merveille ! s'exclama Martial qui n'était jamais descendu dans le caveau des trésors. Tenez, ce Sorrente et ce Capoue ont vingt ans !

— Oui, commenta Celer. Et ils devront encore attendre cinq années avant d'être appréciés par nos bouches expertes. Heureusement, il existe des crus qui demandent moins de patience. Ce Rhégio que nous boirons ce soir est tout de même depuis quinze ans dans cette cave.

Quand ils remontèrent, la table était mise, les hors-d'œuvre disposés dans les plats et les coupes remplies du vin cuit et aromatisé servi comme apéritif. Sevurus, allongé à sa place habituelle, était heureux. Les plaisirs de la table avaient compté pour le vieil architecte chez qui l'on avait toujours très bien mangé, mais sagement, à la manière des épicuriens dont il aimait rappeler la douce philosophie.

Le poisson annoncé par Calpurnia était un beau rouget, bien dodu et doré au four sous une épaisse couche de garum, un luxe que peu de Romains pouvaient s'offrir[1]. Chacun s'en délecta et trouva le Rhégio admirable. Sevurus expliqua non sans fierté comment il avait fait surveiller sa vinification, choisi des amphores peu ventrues pour le conserver et surtout comment il avait conçu le plan de sa cave, du côté nord, en veillant à ce qu'elle reçoive le jour du septentrion.

— Faire le vin et savoir l'apprécier est une science, conclut-il. Je pense, avec mon ami Scaurus, autre grand amateur, que nous pourrions l'appeler l'« œnologie », d'après le mot *œnanthe* qui, comme chacun sait, désigne la « fleur de vigne ». Voyez-vous, mes enfants, c'est le bon vin, bu en petite quantité, qui illumine les jours qui me restent à vivre. Et qui les prolonge, j'en suis certain !

Les hommes applaudirent l'éloge et Calpurnia, émue, vint embrasser le vieil artiste qui entendait gérer jusqu'au bout sa

1. Le garum était le condiment de prédilection des gourmets romains. Son prix était très élevé. Il était fabriqué à Leptis, à Pompéi, en Provence, à partir de boyaux de maquereaux macérés dans du sel et exposés au soleil jusqu'à complète décomposition. Après quoi il était conservé dans des vases hermétiquement clos.

vie avec sagesse. Puis elle alla chercher sa cithare. Longtemps, elle accompagna Valerius qui avait une très belle voix. Martial avait eu le temps de trousser un poème où il se moquait gentiment de chacun des convives, sauf de Sevurus qu'il baptisa « architecte du bon plaisir ». Une fois encore, la maison du Vélabre avait été celle du bonheur. D'un accord tacite on n'avait pas parlé de Néron. Comme si l'Empereur affaibli était déjà détrôné.

Le lendemain, Celer accompagna en litière Sevurus, qui avait retrouvé son allant et sa joie de vivre, jusqu'au centre de la ville. Tous deux étaient avides de nouvelles et ils étaient sûrs de rencontrer sur le *forum* de César et celui d'Auguste, où battait le cœur de l'Empire, les amis ou connaissances qui les renseigneraient sur les rebondissements d'une crise que le triomphe factice de Néron ne pouvait avoir apaisée.

La première personne qu'ils croisèrent près de la statue équestre de César fut la bonne. Peu de gens à Rome pouvaient se dire mieux informés que Caius Sejan, l'un des hommes liges et affranchi de Nymphidius, préfet du prétoire comme Tigellin. Caius Sejan était l'obligé de Sevurus qui lui avait permis de se loger confortablement à une époque où il débutait dans la vie publique. Il vouait une réelle affection à l'architecte et savait qu'il pouvait se confier à celui qui menait une vie retirée loin du chaudron sénatorial :

— Alors, Caius ? Comment vont les affaires de l'Empire ? demanda Sevurus. Aucune nouvelle n'arrive dans ma retraite du Vélabre.

— Mal pour Néron, mieux pour la sédition. Vindex a été tué mais Verginius Rufus et ses trois légions de Germanie ont grossi l'armée des Gaules.

— Rufus serait donc prétendant à l'Empire ?

— Non. Il a, paraît-il, refusé. C'est maintenant Galba, le gouverneur de l'Espagne, qui a pris la tête de la révolte avec l'appui d'Othon, le maître de la Lusitanie.

— Mais Galba a mon âge. N'est-il pas bien vieux ?

— Il a soixante-douze ans. C'est peut-être pour cela qu'il a été choisi. Il laisse de l'espoir aux plus jeunes, comme Othon, qui n'ont pas aujourd'hui la stature suffisante pour s'imposer à Rome.

— Et ton patron ? Il défend Néron avec Tigellin ? Il est fidèle ?

— Permets-moi, Sevurus, de ne pas répondre à cette question. Enfin, tu sais, quand le bateau commence à prendre l'eau...

— J'ai compris. Pourtant je suis sûr que si Néron prenait la tête de l'armée d'Italie, de Bretagne et d'Illyrie pour marcher contre les troupes révoltées, il trouverait à Rome l'appui du Sénat. N'oublie pas que son autorité est intacte sur les prétoriens et qu'il est très populaire. La chaleur de l'accueil à son retour de Grèce, même en tenant compte des acclamations de commande, vaut un plébiscite !

— Peut-être, mais je ne crois pas que l'Empereur aura la force de caractère nécessaire pour affronter la sédition les armes à la main. Il n'a jamais commandé et se sent mieux avec une lyre qu'armé d'un glaive et d'un bouclier. Et puis, entre nous, c'est du Sénat et de l'aristocratie que viendront les premières attaques.

Quand ils eurent pris congé de Caius, Sevurus dit à Celer :

— Tu vois, c'est fini pour Néron. Ces deux fieffés coquins de Tigellin et de Nymphidius vont le lâcher, Caius a été très clair, il ne va bientôt plus rester à César que trois solutions : se donner la mort, résister héroïquement dans Rome, ou s'enfuir. Je parie qu'il choisira la dernière.

— Mais qu'allons-nous devenir, nous, architectes de Néron, après sa destitution ?

— Ne te fais pas trop de souci. Le nouvel Empereur, quel qu'il soit, voudra bâtir, donner son nom à des murs de pierre, à des arcs de marbre, à des cirques... Et qui à Rome est plus habilité que toi à entreprendre ces travaux ?

— Pourquoi moi ? Nous sommes deux, que je sache, qui travaillons ensemble. Je ne suis qu'un aide que tu veux bien appeler associé.

— Non. Tu seras seul car j'ai raccroché l'équerre, le compas et le fil à plomb le jour où nous avons terminé la Maison Dorée. Le soir, tu me raconteras ta journée lorsque tu reviendras exténué du chantier et que Calpurnia sera triste parce qu'elle se sentira sacrifiée une nouvelle fois... Mais je ne veux pas te décourager : avec tous ses inconvénients, ses difficultés, ses responsabilités écrasantes, notre métier de bâtisseur reste le plus beau du monde et je voudrais avoir ton âge pour recommencer !

☆

Il fallait qu'une nouvelle fut capitale pour parvenir jusqu'à la maison du Vélabre par la voie naturelle, celle des colporteurs, des esclaves de litières, des gargotiers et des voisins. Le départ de Néron pour l'Égypte en était une. Celui qui aurait pu encore tout sauver en brisant la rébellion à la tête de ses troupes demeurées fidèles, tentait de s'enfuir, comme un lâche !

— Viens, dit Celer à Calpurnia. Tu voulais aller aux thermes, profitons-en pour aller aux nouvelles.

Ils partirent à pied, la main dans la main, heureux de profiter du soleil encore amical de juin. Tous ceux qu'ils croisaient et qui revenaient du centre de la ville avaient l'air pensif. A la taverne où ils s'arrêtèrent pour se rafraîchir, le tenancier, un Levantin qu'ils connaissaient bien, leur confirma l'information qui plongeait Rome tout entière dans le désarroi :

— C'est vrai, Néron, se sentant abandonné par Tigellin et peu suivi par ses prétoriens, a perdu tout courage et quitté le palais pour embarquer à Ostie. La flotte va-t-elle lui obéir ? Là est toute la question. Si tu apprends quelque chose en ville, viens nous en faire part au retour.

Les événements se précipitaient, c'était évident. En se déshabillant, ils apprirent que Néron n'avait pas encore embarqué et qu'il se trouvait dans sa villa des Jardins serviliens où Tigellin ne l'avait pas suivi pour le protéger. A la *sudatoria*, un baigneur qui se disait bien renseigné assura que le préfet du prétoire Nymphidius avait réuni la garde prétorienne pour annoncer la fuite de l'Empereur et peut-être sa mort. Il aurait ensuite demandé aux soldats entraînés par leurs centurions et leurs tribuns de proclamer à sa place le proconsul Galba dont les troupes avaient passé les Alpes et marchaient sur Rome. La nouvelle était prématurée, apprirent-ils en se reposant sur l'esplanade du Champ-de-Mars. Néron n'était pas encore destitué.

L'atmosphère cependant était lourde. Les gens se parlaient à voix basse. Au lieu de s'attarder à l'ombre des colonnades, de jouer à la *micatio*[1] ou de s'adonner à son sport préféré, on se rhabillait en hâte pour rentrer chez soi. Les foules des grandes villes pressentent les événements graves qui vont bouleverser leur existence. Elles se rencognent dans leur coquille en attendant le pire. Calpurnia et Celer eux-mêmes, lassés par tous ces bruits contradictoires, éprouvèrent le besoin de rejoindre le Vélabre.

— Rentrons, dit-elle. Si quelque chose d'important se produit, Valerius ou Martial ne manqueront pas de venir nous en rendre compte à l'heure du dîner.

Ils sourirent comme chaque fois que l'un ou l'autre faisait allusion à leurs amis poètes, passés en cette période de crise de l'état d'invités à celui de pique-assiette, une situation qui les réjouissait plus qu'elle ne les irritait.

Les deux compères arrivèrent en effet à l'instant prévu, un peu confus de voir leur couvert mis :

— Tu ne vas pas nous dire que tu nous attendais ? dit Martial. Notre venue est fortuite. Elle n'est motivée que par des nouvelles toutes chaudes qui sortent des fours du Palatin.

— Allez, racontez-nous ce que vous savez ! fit Celer, impatient.

— Eh bien ! le message est simple : nous avons un nou-

1. Jeu de doigts levés ou repliés qui s'apparente à la mourre d'aujourd'hui.

veau César, Galba, que nous devons à la trahison programmée de Tigellin et de Sabinus Nymphidius.

— Et Néron ?

— Un malheureux, une loque qui se terre avec une demi-douzaine de fidèles dans sa villa des Jardins serviliens. A moins qu'il ne se cache ailleurs, dans quelque banlieue isolée, en méditant l'éternelle vérité de notre vieux proverbe qui place tout proche le Capitole de la roche Tarpéienne.

— C'est vrai ! Néron était hier encore le maître du monde, il y a moins de cinq semaines un peuple en délire l'acclamait. Maintenant, quoi qu'il lui arrive, il faut nous attendre à vivre des jours difficiles ! dit Sevurus en hochant la tête. Enfin, vous deux, l'artiste et l'écrivain, vous savez que vous trouverez toujours une place à la table de Sevurus.

☆

Sevurus avait vu juste : le désordre régnait à Rome tandis que Galba, l'Empereur désigné, était toujours sur la route. Si Tigellin avait eu la sagesse de demeurer discret, Nymphidius, lui, avait tenté de profiter de l'absence de Galba pour se frayer un passage vers la magistrature suprême. Au mépris de toute prudence, le second préfet du prétoire avait tenté de rallier à sa cause les prétoriens qu'il avait une première fois trompés en leur affirmant que Néron s'était enfui en Égypte. Peu fiers de s'être à ce moment déliés de leur serment de fidélité, ils n'avaient pas toléré la seconde trahison de Nymphidius et l'avaient tué dans le camp même.

Restait Néron, toujours traqué dans la maison d'un paysan. L'incertitude à son sujet fut de courte durée. On apprit le lendemain qu'il était mort le 5 juin. La nouvelle avait été divulguée aux Romains sans autre précision et les bruits les plus fantaisistes circulaient en ville. C'est alors que Valerius, réduit à l'inaction, révéla un talent d'historien :

— Il est inconcevable, dit-il un soir au Vélabre, que la

mort d'un Empereur soit ainsi occultée. Puisque personne ne se décide à le faire, je vais enquêter et écrire l'histoire des derniers jours de Néron. Je suis sûr que ce récit que j'afficherai au *forum* intéressera beaucoup de monde.

Valerius, encouragé par ses amis, se mit ainsi au travail et leur offrit un peu plus tard le rouleau d'une copie sur parchemin. Il demanda de ne pas en faire lui-même la lecture car il venait de réciter son œuvre dans l'*auditorium* de Calparinus, un mécène qui l'avait généreusement rétribué et avait pris en charge la copie d'une cinquantaine d'exemplaires.

— Je suis fatigué, dit-il. Calpurnia, qui lit très bien, peut-elle s'en charger à ma place ?

La jeune femme ne se fit pas prier :

— Installez-vous, je vais demander que l'on nous apporte des rafraîchissements, puis vous écouterez avec respect l'œuvre de notre nouvel historien.

Elle commença bientôt de lire, sa voix musicale servant pleinement le texte qui, dès les premières phrases, captiva les auditeurs :

« Néron, abandonné de tous ceux qui l'avaient adulé, savait qu'il était perdu s'il restait un jour de plus dans sa villa des Jardins serviliens. Allait-il, comme il l'annonçait, se jeter dans le Tibre ? Il préféra se lamenter de la perte d'une boîte en or dans laquelle il avait déposé le poison que Locuste, la grande artiste des morts subites, pourvoyeuse d'Agrippine avant d'être celle de Néron, avait préparé sur sa demande. "Je me serais déjà suicidé, dit-il, si les serviteurs qui m'ont tout pris avant de me laisser seul n'avaient aussi volé le poison. Je veux pour le moment trouver une retraite isolée et reprendre mes esprits."

« Phaon, son affranchi, demeuré auprès de lui avec Sporus, le beau giton, son secrétaire Epaphroditos et un esclave resté fidèle, lui proposa de le conduire dans une petite maison qu'il possédait vers le quatrième milliaire de Rome, entre la voie Salaria et la voie Nomentana. "Fort bien, dit-il, partons tout de suite." Il sauta sur son cheval dans la tenue qu'il avait choisie pour n'être pas reconnu : pieds nus, couvert d'une vieille tunique et la tête enfouie sous un voile. Suivi de sa pitoyable escorte, César prit le chemin de Nomentana en contournant Rome qu'il n'était pas question de traverser, même la nuit. La distance n'était pas très longue, cinq milles[1], mais la route était difficile et les rencontres dangereuses. En passant près d'un camp, on entendit les clameurs de soldats qui vitupéraient contre Néron et acclamaient Galba. Un homme croisé un peu plus loin demanda ce qu'il en était de Néron et ajouta qu'une troupe le recherchait dans les environs. Un autre, un ancien prétorien, le reconnut quand un coup de vent déplaça son voile. Il le salua sans paraître étonné de voir César errer comme un soldat perdu. Enfin il fallut abandonner les chevaux pour s'engager dans un étroit sentier plein de ronces et arriver à la maison, une cabane où le César déchu ne trouva qu'une paillasse pour accompagner ses cauchemars.

« Le lendemain matin, Phaon et Sporus, en larmes, le pressèrent de se dérober aux outrages qui l'attendaient. Néron alors se préoccupa de sa sépulture. Il fit creuser devant lui une fosse à ses mesures et ordonna que l'on recherchât tous les morceaux de marbre épars dans la campagne pour les disposer au fond de la tombe. Il regarda faire ses derniers compagnons et pleura en confiant à Sporus : "Le monde va perdre un grand artiste !" C'est alors que le coureur de Phaon apporta un message de Rome. L'Empereur s'en saisit et lut que le Sénat venait de le déclarer ennemi de l'État et commandait de l'arrêter pour le punir selon les lois anciennes. Il s'enquit des supplices qui lui seraient réservés et Phaon lui dit que, selon ces lois, le coupable était dévêtu, qu'on lui passait une fourche à travers le cou et qu'on le frappait jusqu'à ce que mort s'ensuive. Terrorisé, Néron sortit les deux poignards qu'il avait cachés sous sa tunique, les regarda longuement puis les remit à leur place. "L'heure vient, murmura-t-il, mais elle n'est pas encore arrivée."

« Il pria alors Phaon de commencer les lamentations, se

1. Environ huit de nos kilomètres.

frappa la poitrine de ses poings et fit son mea-culpa. “Ma vie fut honteuse et infâme !” s’écria-t-il. Puis il se calma : “Non, dit-il, de telles paroles ne conviennent pas à Néron. Il faut rester serein dans un tel moment.”

« Il n’avait pas fini sa phrase que le bruit d’une galopade parvint dans la maison. “Ces cavaliers ont pour mission de s’emparer de toi et de te ramener vivant à Rome ! dit Sporus, il n’y a pas un instant à perdre.”

« Alors Néron, qui avait envoyé tellement de gens à la mort en craignant tant la sienne, décida d’en finir. Sursaut de fierté, honte d’une lâcheté qui l’avait perdu, dernier salut à un talent qu’il croyait toujours exceptionnel près de la tombe, il trouva le courage de citer sans trembler un vers de l’*Iliade* : “Le bruit des coursiers fougueux résonne à mes oreilles...”, puis, aidé par son secrétaire Epaphroditos, il s’enfonça le fer dans la gorge. Il était temps car un centurion surgissait déjà dans la pièce. Feignant de vouloir venir à son secours, le garde césarien tenta d’arrêter le sang avec sa tunique : “Il est trop tard... voilà donc ta fidélité”, murmura César. Et Néron expira, les yeux ouverts. »

☆

Le récit de Valerius tenait en une dizaine de feuilles de papyrus collées bord à bord dans le sens horizontal pour constituer un *volumen*, ou rouleau, que Calpurnia avait développé au long de sa lecture.

— C’est très bien, dit-elle, en remboîtant soigneusement le manuscrit dans son *capsula.* Tu racontes magnifiquement tout ce que les Romains ont envie de savoir.

— Un seul reproche, souligna Celer, ton récit est trop court, on a envie de connaître la suite.

— C’est mieux que ta poésie, mieux que mes épigrammes, dit Martial à son tour. Tu viens de montrer que tu es historien : reste-le, ne t’arrête pas là !

— Non, je compte consacrer un autre *volumen* aux funérailles. Je vais me rendre demain à la maison de campagne de

Phaon. On m'a dit qu'Actée et les deux nourrices de l'Empereur y seront pour s'occuper de la crémation. Cette petite Actée m'intéresse. Son attachement à celui qui l'a tant aimée et qui l'aurait épousée sans la raison d'État est surprenant. Je veux aussi montrer les réactions de Rome à la mort de César. D'après mes premières constatations, les gens sont stupéfaits, ils croyaient Néron parti vers l'Égypte. Aucune manifestation hostile n'a été signalée. Je crois que le peuple avait une réelle affection pour l'Empereur qui l'a si souvent défendu.

— L'idée est excellente, dit Martial. Mais fais attention. Ton récit va être épluché comme un céleri rave. Les successeurs de Néron vont s'employer à noircir sa mémoire. Toute critique de la façon dont il a été éliminé sera mal interprétée et te vaudra les pires ennuis.

— Néron aura-t-il droit aux honneurs funèbres ou va-t-on ensevelir ses cendres furtivement, comme ce fut le cas pour Caligula ? interrogea Sevurus.

— Je n'en sais rien. J'espère que mon enquête me permettra de répondre à ta question.

Lorsque les deux amis eurent quitté la maison, on commenta plus librement le travail de Valerius.

— Croyez-vous qu'il ait l'étoffe d'un historien ? questionna Calpurnia.

— Sa chronique est bienvenue. Il sait raconter et je pense qu'il aura du succès, répondit Celer. En tout cas, il a raison d'essayer de changer de genre. Il a perdu avec Néron son seul mécène et les libraires lui achèteront plus facilement ses histoires que ses élégies[1].

1. La situation à Rome des écrivains sans fortune personnelle était très difficile. Les libraires-éditeurs, qui se chargeaient de faire copier et de diffuser les manuscrits que les auteurs leur cédaient pour une somme minime, ne devaient aucuns droits d'auteur à ceux-ci. Une fois lancés dans le public, à un nombre souvent restreint d'exemplaires, les textes étaient libres de tous droits de reproduction et pouvaient être recopiés par n'importe qui, dans une bibliothèque publique par exemple. Les auteurs pauvres ne pouvaient donc compter que sur un mécénat souvent avare.

☆

Valerius avait souvent rencontré Actée au Palatin où, après son éviction du lit impérial, elle demeurait dans une retraite discrète, Néron lui conservant un statut privilégié à la cour. Elle avait raconté au poète son histoire miraculeuse d'esclave devenue l'amour du roi puis sa tristesse de femme répudiée contrainte à rencontrer presque chaque jour dans les couloirs ou les jardins du palais la frivole Poppée qui lui avait succédé. Actée ne se plaignait pas. Elle répétait à Valerius que Néron resterait pour toujours l'amour de sa vie. Une seule fois, elle s'était confiée, disant que l'Impératrice avait une mauvaise influence sur César et n'était pas la femme qui convenait à ce grand enfant capricieux mais généreux.

Aujourd'hui, il la retrouvait dans la campagne perdue de Nomentana, devant la pauvre masure qui avait été le dernier refuge du prince. Elle était là, en compagnie d'Éclogle et d'Alexandra, ses nourrices. Enveloppées dans leurs voiles, elles étaient pathétiques, ces trois femmes penchées au-dessus du trou où gisait, étendu sur quelques morceaux de marbre, celui qui avait été le maître du monde et qui n'était pour elles que l'homme qu'elles avaient aimé et auquel elles étaient les seules à vouloir donner une sépulture décente.

— Bonjour Actée, dit Valerius. Je sais ce que vous êtes venues faire et je souhaite être le témoin de cet acte de foi et d'amour. Grâce au *volumen* que je vais écrire, on saura plus tard que la dépouille de l'Empereur Néron n'a pas été abandonnée aux vautours.

— J'en suis touchée, et Éclogle et Alexandra avec moi, répondit Actée. Merci, cher Valerius. L'Empereur appréciait ton talent. Alors, grave sur tes tablettes ce que tu vas voir et écris le dernier chapitre de son histoire.

Aidées par deux esclaves, les femmes sortirent le corps ensanglanté de sa tombe à peine creusée et le lavèrent avant de l'étendre sur un drap blanc tissé de fils d'or. Elles refermèrent le linceul et ordonnèrent aux esclaves de le porter jusqu'au bûcher installé derrière la maison depuis la veille.

A la flamme d'une torche, Actée alluma les fagots entassés et une longue fumée monta dans le ciel. « L'âme de Néron apparaît décidément bien noire ! » pensa Valerius en frissonnant malgré la chaleur du brasier.

— Que vas-tu faire des cendres ? demanda le poète à Actée.

— Nous allons les recueillir dans l'urne qu'un cocher va apporter et nous les ramènerons à Rome pour la cérémonie des funérailles.

— Des funérailles officielles ? questionna Valerius.

— Officielles ou non, elles seront honorables, comme l'Empereur l'avait souhaité. C'est le peuple de Rome qui s'en chargera demain.

A Rome, les cérémonies funèbres n'attendaient pas. Dès le 7 juin au matin, deux jours après sa mort, un immense cortège traversait la ville. Le char portant les cendres du défunt était drapé des soieries blanches bordées d'or que Néron avait commandées pour les calendes de janvier. S'il y eut quelques cris hostiles on ne les entendit pas. La foule au contraire était recueillie.

Les cendres, pourtant, ne furent pas déposées dans le mausolée d'Auguste mais dans le caveau des Aenobarbi, près de la sépulture de son père, le second mari d'Agrippine. De ces obsèques convenables, Valerius tira un récit sobre mais complet qui s'ajouta au rouleau relatant la mort. Il prit garde à ne pas faire un panégyrique de Néron qui eût irrité les successeurs, de ne pas souligner non plus la consternation des prétoriens qui n'avaient abandonné Néron que malgré eux, après avoir été bernés par les préfets du prétoire. En revanche, il souligna le rôle capital qu'avait joué l'Empereur disparu dans le domaine culturel, l'essor nouveau donné à la littérature et son indulgence à l'égard des écrivains qui avaient osé critiquer ses mœurs, son goût du faste et même les meurtres qui avaient marqué la seconde partie de sa vie. Pollius, l'éditeur de Martial, lui acheta son manuscrit un bon prix, ce qui était exceptionnel. Il faut dire que les copies relatant la fin de Néron étaient demandées par les libraires des grandes villes de l'Empire, en Gaule comme en Bretagne, en Espagne et en Pannonie.

Un mois plus tard, Valerius livra un troisième livre sur le cénotaphe élevé à la mémoire de Néron. Grâce à ce récit, on saura, des siècles plus tard, qu'il était construit en porphyre, surmonté d'un autel en marbre de Luna et entouré d'une balustrade en marbre de Thasos[1].

1. Suétone l'a décrit ainsi et a même donné son prix, qui comprend peut-être la dépense des funérailles : deux mille sesterces. Le monument sera détruit par le pape Pascal II pour édifier l'église Santa Maria del Popolo. Mon confrère Georges-Roux précise que l'actuelle Piazza del Popolo ne doit pas son nom au peuple mais au peuplier (*populus*) qui ornait la sépulture de Néron.

# VI

## LA VALSE DES EMPEREURS

Les augures l'avaient prédit, Plutarque le répétera : la chute de Néron annonçait de grands malheurs. Bien que ni Sevurus ni les enfants n'accordassent grand crédit aux augures, on discutait souvent de ce présage dans la maison du Vélabre. Du repli de Tibère dans l'île de Capri à la folie de Caligula, Sevurus avait connu presque toutes les grandes crises de l'Empire. Il n'avait pas besoin d'examiner les entrailles d'une bête sacrifiée pour savoir que, la lignée julio-claudienne éteinte avec Néron, le choix d'un nouvel Empereur entraînerait des troubles graves.

Pour l'heure, la plus grande confusion régnait à Rome. Galba, l'Empereur désigné sans enthousiasme par les prétoriens auxquels Tigellin et Nymphidius avaient annoncé par ruse la désertion de Néron, était toujours sur la route. Sa marche était lente et, disait-on à Rome, endeuillée par les massacres d'officiers et de fonctionnaires demeurés fidèles à Néron. Le vieillard avançait précédé d'une double réputation d'avarice et de cruauté. Aussi son arrivée ne suscita-t-elle pas l'enthousiasme de la population qui découvrit un homme au visage émacié, au regard méchant, dont les troupes se livraient sans raison aux pires exactions contre les soldats désarmés qui avaient appartenu à la garde prétorienne.

— Le nouveau pouvoir se complaît dans l'horreur ! rapporta Valerius qui poursuivait avec rigueur sa vocation d'historien. « Tous les abus de l'ancienne cour subsistent, aussi criants, bien moins excusés ! » Cette dernière phrase n'est pas de moi, c'est le Premier Tribun Antonius Honoratus qui l'a prononcée hier au Sénat.

— Penses-tu que ce Galba va demeurer longtemps au Palatin ? demanda Calpurnia.

— Cela m'étonnerait ! Nymphidius est mort mais Tigellin est toujours là, et le peuple réclame sa tête. Il lui en veut d'être responsable des meurtres perpétrés sous Néron puis de l'avoir lâchement abandonné lorsque vint le danger. Mais Galba s'entête à protéger Tigellin, révélant ainsi qu'il a été son complice. Bref, on recommence à parler de complot.

L'analyse était bonne : après six mois de règne, à la fin de 68, les prétoriens se soulevaient et égorgeaient l'Empereur avant de faire subir au cadavre d'abominables mutilations. Restait Tigellin...

Une curieuse atmosphère pesait sur la ville. Jamais Rome n'avait vu autant de soldats dans ses murs. Des petits groupes de promeneurs se formaient aux thermes ou au *forum* puis se dispersaient très vite car l'inquiétude gagnait toutes les couches de la société. Heureusement, l'attente d'un nouveau prince fut courte. Cette fois, on l'avait sous la main. Avant même qu'Othon eût donné l'ordre à la garde prétorienne d'assassiner le vieil avare, celle-ci l'avait proclamé et conduit au Sénat.

En bon observateur, Valerius regardait, amusé, le peuple de Rome acclamer Othon et même l'appeler Néron. C'est que l'exécution de Galba avait été le début d'un irrésistible mouvement pro-néronien. Oubliant qu'il avait trahi son maître, la plèbe reconnaissait en Othon les manières fastueuses et prodigues de l'idole déchue. Quant aux sénateurs, ils ne voyaient pas d'un mauvais œil l'homme intelligent et modéré qui les avait débarrassés d'un vieillard cupide et mal entouré.

Mêlé à la foule, l'historien notait sur la cire de la tablette qui ne le quittait pas ce nouveau revirement de l'opinion. « C'est un nouveau Néron ! » affirmait l'un. « Oui, il lui ressemble. Que les dieux fassent qu'il soit aussi généreux ! » lui répondait un vieil homme vêtu d'un pauvre manteau rapiécé.

— Othon a compris tout de suite l'intérêt qu'il avait de reprendre les méthodes populistes de Néron, dit le lendemain Valerius à ses amis. Savez-vous qu'il a décidé d'ajouter à son nom celui de Néron, et de s'appeler Othon César Auguste Néron ! D'ailleurs, pour qu'on ne s'y trompe pas, il va faire relever les statues de Néron et de Poppée que Galba avait fait abattre.

— Poppée qui fut sa femme avant de devenir celle de Néron et impératrice ! coupa Calpurnia.

— Tu vois, le peuple a raison. Il y avait beaucoup d'affinités entre les deux amis, dit Celer en souriant.

Calpurnia lança un regard en direction de son mari : cette phrase ne cachait-elle pas un sous-entendu ? Non, elle ne cachait rien. Celer continuait :

— Quelqu'un m'a même dit tout à l'heure au *forum* qu'Othon allait affecter un crédit de cinquante millions de sesterces à l'achèvement des travaux de la Maison Dorée si chère à Néron.

— Nous n'en aurons donc jamais fini avec la *Domus Aurea* ! soupira le vieux Sevurus.

— Ne t'inquiète pas, lui dit Valerius. D'abord l'argent n'est que promis. Et il est certain qu'Othon ne va pas tarder à avoir de plus graves soucis.

— Lesquels ? demanda Calpurnia. Tu es agaçant avec tes petites phrases. Que sais-tu au juste ?

— Othon est l'élu de Rome et de ses cohortes. Mais les provinces, qui lui préféraient Vitellius, n'ont pas dit leur dernier mot. L'architecture ne reprendra ses droits que lorsqu'il en aura terminé avec les légions de Germanie qui marchent, semble-t-il, sur Rome.

Valerius avait le sens de l'histoire. Ses prédictions, une fois de plus, allaient bientôt s'accomplir. Othon avait à peine eu le temps de s'installer, de prendre ses premières décisions et de faire exécuter le sinistre Tigellin dont le peuple réclamait la tête depuis si longtemps, que les commandements d'avant-garde de Vitellius prenaient pied dans la plaine du Pô. Othon leur envoya des ambassades pour leur préciser que le trône de Rome était pourvu et qu'il souhaitait rencontrer le grand Vitellius pour s'entendre avec lui. La tentative était vouée à l'échec puisque Vitellius avait été nommé empereur par les troupes des deux Germanie puis par les cités gauloises. Deux empereurs, c'était un de trop : la guerre civile qui avait déjà causé tant de malheurs à Rome était, tout le monde s'en rendait compte, inévitable.

Othon partit donc à la tête de ses légions à la rencontre de l'armée rebelle, sans même attendre qu'on eût remis dans le temple les boucliers duciles qui, depuis la plus haute Antiquité, ne devaient être sortis qu'en temps de paix. Ce manquement à la tradition était considéré comme un signe de mauvais augure. Le débordement du Tibre qui retardait la marche des armées en était un autre. D'autres prodiges inquiétants redoublaient les craintes, la guerre commençait pour Othon sous les plus sombres auspices.

Après quelques médiocres succès autour de Plaisance et de Crémone, Othon livra sa seule vraie bataille à Betriacum et la perdit. Il avait encore des troupes en réserve et il en arrivait d'autres de Dalmatie, de Pannonie et de Mésie. Les légions vaincues n'étaient pas détruites et auraient pu reprendre le combat. Enfin, Othon avait pour lui Rome et son peuple. Il pouvait donc logiquement poursuivre la lutte mais son horreur de la guerre civile et sa volonté de ne pas exposer l'Empire pour sauver son prestige personnel le poussèrent à finir en héros antique :

— Ajoutons encore cette nuit-là à ma vie, dit-il.

Sa chambre resta ouverte et éclairée jusqu'à une heure avancée. Il reçut tous ceux qui voulaient lui parler, se désaltéra d'eau fraîche, puis il prit deux poignards dont il vérifia les pointes. Il en choisit un qu'il glissa sous son oreiller et, après avoir fermé sa porte, s'endormit calmement. Au chant du coq, Othon se réveilla et se tua d'un seul coup porté au-dessous du sein gauche dans la trente-huitième année de son âge, après un règne de quatre-vingt-quinze jours.

Les funérailles de l'Empereur eurent lieu aussitôt comme il l'avait ordonné. Beaucoup de soldats présents lui baisèrent les pieds et les mains en l'appelant le héros, le divin. Certains se tuèrent à côté de son bûcher. A Rome, la consternation fut grande. Ses amis, tout comme ceux qui l'avaient haï de son vivant, saluèrent sa mort héroïque et s'accordèrent pour dire que, s'il avait fait assassiner Galba, c'était moins pour prendre le pouvoir que pour rétablir la paix et la liberté.

☆

*Exit* Othon, qui était donc ce Vitellius qui arrivait de Germanie pour le remplacer ? Ce fut Sevurus qui éclaira la famille. Le vieil architecte se souvenait très bien du jeune courtisan dont le talent à conduire les chars lui avait valu l'amitié de Caius, et sa passion pour le jeu, celle de Claude. Néron surtout avait apprécié cet idéal compagnon de débauche qui savait le flatter.

— Si on ignore à peu près tout des origines de la famille Vitellius, dit Sevurus, on connaît le renom de son père Lucius, vainqueur d'Artaban, roi des Perses, consul puis censeur sous le règne de Claude. Je lui ai construit un beau palais sur l'Aventin. C'était un homme actif et intègre que sa liaison avec une affranchie déshonora longtemps. On ne parlait à Rome que de son habitude d'avaler chaque jour, souvent en public, la salive de sa maîtresse mêlée à du miel. Je l'ai vu faire : il prétextait qu'il s'agissait d'un remède qui adoucissait sa gorge et ses bronches. Après tout, c'était peut-être vrai !

— Tel père, tel fils... dit Calpurnia.

— Non, le fils avait moins de mérites, ce qui ne l'empêcha pas, après le proconsulat d'Afrique, d'obtenir l'intendance des travaux publics. C'est à ce moment que j'eus tout loisir de l'approcher et de l'observer. C'était un être assez grossier, cruel et surtout gourmand. Il se faisait vomir pour manger à nouveau. Jamais il ne put se retenir de retirer de l'autel et d'avaler gloutonnement les entrailles à peine sorties du feu. Sa goinfrerie, m'a confié son cuisinier d'alors, lui a fait inventer un plat qu'il appelait, à cause de son énormité, « le bouclier de Minerve protectrice ».

— Tu as la recette ? demanda Calpurnia en riant.

— Pas exactement, mais je sais qu'on mêlait des foies de scares, des cervelles de faisans et de paons, des langues de flamants, des laitances de murènes.

— Cela rappelle le fameux festin de Trimalcion ! remarqua Martial.

— Pas étonnant : Lucius était un ami de Pétrone !

— Ainsi, voilà le personnage qui va devenir l'Empereur du monde... soupira Celer. Mais quand va-t-il arriver ? Depuis qu'il est en route !

— Comme Galba naguère, il ne se presse pas. Il jouit de traverser les villes en triomphateur, de passer les rivières sur des barques somptueusement décorées, de se faire inviter à de splendides et dispendieux festins.

C'est l'historien qui avait parlé. On devinait à son air friand que Valerius se réjouissait à l'avance d'avoir bientôt ce personnage peu commun à se mettre sous la dent.

Aux accents des trompettes, Vitellius fit enfin son entrée dans Rome, vêtu en guerrier, le sabre à la main, au milieu des aigles et des enseignes. Dès le lendemain, il convoqua les pontifes au Champ-de-Mars et offrit en leur présence un sacrifice aux mânes de Néron.

— Encore un qui croit indispensable de chausser les sandales dorées du chéri de la plèbe, nota Valerius.

A l'inverse d'Othon qui n'avait souhaité ressembler à Néron que par ses bons côtés, Vitellius n'en retenait que la sinistre cruauté exacerbée par Tigellin. Sous le plus futile prétexte, il envoyait au supplice des citoyens nobles, dont certains de ses plus anciens camarades de jeunesse, les usuriers, créanciers et publicains qui avaient l'audace de lui réclamer le montant de ses dettes ou qui lui avaient, au cours de ses voyages, fait payer des droits de douane.

Vitellius détestait ainsi beaucoup de gens, en particulier les écrivains, les faiseurs de mots. Par prudence, Martial et Valerius ne mettaient plus les pieds au palais, et l'historien, privé de ses sources d'informations, n'avait, pour le renseigner sur le nouveau règne, que les confidences d'Actée qu'il rencontrait l'après-midi sur l'esplanade des thermes, là où il avait connu Calpurnia. La jeune affranchie, qui demeurait toujours à la cour, protégée par son passé, méprisait profondément Vitellius et enrageait de le voir prétendre honorer Néron :

— C'est un être abject qui tue parce qu'il aime détruire et supplicier. Sais-tu pourquoi il a ordonné aux astrologues de quitter Rome et l'Italie avant les calendes d'octobre ?

— Non, je sais seulement qu'il les déteste. Mais pourquoi ?

— Lorsqu'il est né, ses parents furent si effrayés par son horoscope, que son père, tant qu'il vécut, fit tout ce qui était en son pouvoir pour qu'il n'obtînt aucun gouvernement. Sa mère l'a pleuré comme un fils mort quand il a été envoyé pour commander les légions en Germanie. Il craint qu'un astrologue ne ressorte cette histoire et ne publie le triste bilan de sa destinée astrale.

— S'occupe-t-il au moins sérieusement des affaires de l'État ? questionna Valerius.

— Penses-tu ! Le gouvernement est en grande partie abandonné aux histrions qui entourent le prince et surtout aux fantaisies d'Asiaticus, un jeune dépravé auquel il est lié par une passion partagée.

— On a déjà connu pareille situation avec Sporus... remarqua non sans malice Valerius.

— Non. Sporus n'a jamais eu de mauvaise influence sur Néron auquel il est resté fidèle jusqu'à la fin.

L'historien n'insista pas, Actée voyait toujours Néron avec

les yeux d'une amante. Il préféra l'interroger sur les bruits qui couraient d'une révolte de légions hors de Rome.

— Tu sais sans doute que Vespasien a été proclamé par ses légions. Il paraît que les ralliements se multiplient : ceux de l'Espagne, des Gaules, de la Bretagne, certains venant même de l'armée vitellienne. Tout le monde au Palatin se prépare en secret à accueillir le nouvel empereur.

Le lendemain, quinzième jour avant les calendes de janvier, Valerius était dans la rue, prêt à vivre une journée étrange. A la nouvelle que la légion et les cohortes de Narni venaient de faire défection, Vitellius s'était brusquement décidé à l'abdication publique. L'historien, comme des milliers de Romains, assista à une scène navrante : l'Empereur, vêtu d'habits de deuil, quittait le Palatin suivi de sa famille et de sa maison en larmes. Il y avait même son jeune fils qu'on portait dans une petite litière.

Un irréel cortège funèbre accompagnait Vitellius à travers Rome, en direction du temple de la Concorde. Là, il devait déposer les insignes du pouvoir impérial. Ce spectacle insolite était mal supporté par les prétoriens et les soldats qui lui étaient restés fidèles et craignaient une répression sévère de son successeur. Le peuple non plus ne comprenait pas la démission sans combat de celui dont il venait d'acclamer l'accession au sommet de l'Empire. A mesure que le cortège avançait, la réprobation devenait pressante et générale, accompagnée de cris et de prières. Alors le gros Vitellius se raidit et écouta ceux qui voulaient résister : « C'est par amour de la paix et de la République que je voulais partir, déclara-t-il d'une voix triste, mais puisque vous voulez me ramener au Palatin, nous allons continuer la lutte ! »

« La guerre n'est pas finie, pensa Valerius qui avait suivi la procession depuis le début. Voyons ce qui se passe de l'autre côté. » L'autre côté, c'étaient les partisans de Vespasien, des nobles pour la plupart, et une avant-garde de l'armée que contrôlait Flavius Sabinus, le frère du chef de l'armée d'Orient proclamé César par ses soldats. Afin d'éviter la guerre civile, Flavius avait conclu un accord promettant la vie sauve à Vitellius s'il renonçait à l'Empire. Mais le revirement de ce dernier remettait tout en cause et, comme les partisans de Vitellius l'attaquaient, le bruit courut en ville que Sabinus avait décidé, en attendant l'arrivée de son frère, de se réfugier dans la forteresse du Capitole.

Là, sur l'esplanade du temple de Jupiter, Valerius apprit, de la bouche d'un des nombreux badauds présents, que Flavius Sabinus occupait bien la citadelle avec ses fidèles auxquels s'étaient mêlés des sénateurs et des chevaliers. Les soldats de Vitellius allaient, bien évidemment, encercler le Capitole mais des petits groupes réussissaient encore à pénétrer dans la place alors que le cordon armé s'installait autour de la demeure sacrée. Dans l'un d'eux Valerius reconnut Gratilla Verulana, qui venait rejoindre son mari, le sénateur. Il connaissait cette patricienne cultivée, providence des poètes, qui lui dit que plusieurs femmes étaient déjà à l'intérieur. Sur sa demande, elle le fit entrer en lui rappelant qu'il ne s'agissait pas d'une partie de plaisir et que l'on allait se battre.

— Je ne suis pas un guerrier, vous le savez bien, répondit-il. Mais je me battrai avec ma plume. Je veux raconter les événements extraordinaires qui vont porter Vespasien au pouvoir.

« On se bat autour du Capitole ! » La nouvelle s'était répandue très vite dans Rome. Elle parvint au Vélabre dans l'après-midi. Martial avait pris son repas avec la famille, comme presque tous les jours depuis que le talent ne nourrissait plus les poètes. Il avait plaisanté de sa situation en disant qu'il était un client qui se cramponnait à son patron, et le vieux Sevurus, comme chaque fois que l'on abordait ce sujet, s'était fâché :

— Je ne veux pas entendre ces mots dans ma maison. Ici il n'y a jamais eu de clients. Seulement des amis qu'il me plaît de recevoir et qui savent que toute marque de servilité serait mal accueillie !

On ne s'était pas étonné de l'absence de Valerius.

— Notre historien est sûrement là où l'on se bat. Il doit remplir ses tablettes de notes palpitantes, avait dit Calpurnia. J'espère qu'il ne prend pas trop de risques.

Ce n'est que dans la soirée, quand le ciel se couvrit de cendres rougeâtres du côté du *forum*, que la famille commença à s'inquiéter. Le préfet de l'annone, qui avait sa résidence et ses entrepôts dans le quartier du Vélabre, était passé, en voisin, pour dire à Sevurus que l'on venait de lui envoyer un messager porteur d'une nouvelle grave : « La guerre civile est déclenchée entre les partisans de Vitellius et ceux de Vespasien, le Capitole est en feu, je suis chargé de protéger les provisions de blé. »

— Ils sont allés jusqu'au sacrilège ! dit tristement Calpurnia.

— Eh oui ! ajouta Sevurus. Ni Porsenna l'Étrusque ni les Gaulois quand ils prirent Rome n'ont violé la demeure de Jupiter Très Bon. Et ce sont les querelles furieuses des princes qui seront cause de sa destruction. Cela alors que Rome est sans ennemis au-dehors et en paix avec les dieux !

— Moi, je pense surtout à Valerius qui n'est pas rentré, dit Martial. Je suis inquiet et je vais aller tout de suite voir ce qui se passe du côté du Capitole.

— Je vais avec toi, dit Celer.

— Surtout, ne commettez pas d'imprudences. Et rentrez vite tous les trois ! implora Calpurnia en embrassant les deux hommes qui avaient revêtu de vieux manteaux et filaient déjà vers le cœur de la ville où flottaient dans le ciel de longs panaches de feu.

L'incendie était loin d'avoir l'importance de celui de 64 mais c'était le Capitole, symbole de l'identité romaine, qui brûlait, et tous les quartiers, riches et pauvres, étaient en état de choc. Des cadavres jonchaient le sol : les bataillons ivres de Vitellius étaient passés par là, tuant des innocents au passage, saccageant les boutiques qui n'avaient pas fermé leurs volets. Après avoir traversé le *forum* désert, Celer et Martial dépassèrent les temples qui dominaient la place et se trouvèrent face à la colline sacrée. Au fond, ils aperçurent les portes du temple qui s'embrasaient, les flammes qui dévoraient le bois sec des aigles soutenant le faîte, des hommes qui couraient, d'autres qui essayaient de dresser des échelles à travers la fumée.

— Où se trouve donc Valerius ? dit Celer. Pourvu qu'il ne soit pas à l'intérieur de cette fournaise d'où personne ne sortira vivant. Tiens, regarde, les hommes de Vitellius entrent par toutes les issues. Les voilà qui escaladent les Cent Marches qui mènent à la roche Tarpéienne...

— Ne restons pas là. Si de nouvelles troupes arrivent, elles risquent de nous massacrer. Réfugions-nous de l'autre côté du *forum*. Peut-être trouverons-nous une taverne ouverte.

— Tu rêves ! Installons-nous sur cette borne et attendons.

— Pour faire quoi ? Il est inutile d'inquiéter plus longtemps Calpurnia et Sevurus. Il vaut mieux rentrer. Valerius est peut-être revenu et commence à raconter son histoire.

Les rues étaient vides. Ils ne rencontrèrent personne sur le chemin et constatèrent, en arrivant, que Valerius, hélas ! ne les attendait pas. Ils rapportèrent ce qu'ils avaient vu, l'horreur de l'incendie et la ruée des hordes de Vitellius contre le plus sacré des monuments romains. Tard dans la nuit, Valerius n'était toujours pas là.

— Allons nous coucher ! dit Sevurus. Nous n'aurons pas d'autres nouvelles avant demain matin.

— Va te reposer, déclara Calpurnia. Nous allons, nous, rester éveillés pour l'attendre.

— C'est bien. Mais réveillez-moi dès qu'il sera de retour.

Plusieurs fois ils entendirent du bruit dans la rue et se précipitèrent, mais c'étaient des ouvriers du dépôt de blé voisin qui, réquisitionnés, venaient renforcer la garde. Certains arrivaient du centre de la ville et révélaient que la bataille furieuse du Capitole avait fini comme on s'y attendait par une victoire des troupes de Vitellius. « Il y a beaucoup de victimes ! » précisaient-ils, ce qui ne rassura pas les amis du poète.

— Tous les partisans de Vespasien ont-ils été massacrés à l'intérieur ? demanda Calpurnia en tremblant.

— On dit que certains d'entre eux ont pu s'enfuir par des issues secondaires. D'autres sont sortis en se servant du mot de passe des assaillants que des oreilles indiscrètes avaient surpris. Il paraît que Flavius Sabinus s'en est tiré.

— Si Valerius avait pu se sauver il serait déjà là ! dit Celer.

— Gardons espoir, murmura Calpurnia.

Ils échangèrent encore quelques propos et s'assoupirent sur les coussins de l'*atrium.* Quand le jour se leva, aucune nouvelle de Valerius n'était parvenue au Vélabre.

— Il faut y aller, dit Martial. On a déjà dû dénombrer les victimes.

— Je vais avec vous, décida Calpurnia. S'il est blessé, je pourrai mieux m'occuper de lui.

La ville morte de la nuit s'était réveillée et la rue grondait de ses bruits familiers, ceux des voitures qui rentraient car elles n'avaient pas le droit de circuler dans la journée, ceux des marchands en tout genre qui déployaient leurs éventaires et des colporteurs du Trastevere qui proposaient leurs allumettes soufrées et leurs verroteries. Rien n'indiquait, à part des conciliabules ici et là, que quelques heures auparavant on s'était égorgé à quelques pas de là.

La place du Capitole elle-même avait retrouvé son calme. Des fumerolles montaient encore des décombres mais les gens entraient et sortaient sans être inquiétés. Les trois amis se renseignèrent en arrivant devant la porte principale, celle qui avait été brûlée et défoncée en premier. On leur dit que les morts avaient été allongés dans le grand couloir d'accès. Calpurnia serra les bras de Celer et de Martial et faillit crier en découvrant le spectacle macabre qui s'offrait à ceux qui venaient reconnaître un parent ou un ami. Certains corps étaient presque entièrement calcinés, d'autres portaient des blessures atroces. Tout de suite ils reconnurent leur poète recouvert de son manteau bleu, célèbre dans le monde romain des lettres et des arts. Il avait dû être tué d'un seul coup de dague car son corps était intact ; son beau visage serein exprimait l'étonnement devant la mort de ceux qui haïssent la violence et ne savent se défendre qu'avec des mots. Calpurnia éclata en sanglots.

— Emmène-la, dit Martial. Moi, je vais m'occuper de l'incinération. Je crois qu'il aurait détesté qu'on enferme ses cendres dans une urne de pierre. Si Sevurus le veut bien, je suggère qu'on les répande dans le jardin de votre maison qu'il aimait tant, au pied d'un petit arbre qui sera « son arbre ». Il serait bien que notre ami reste parmi nous.

☆

Endeuillée, la maison du Vélabre se replia sur elle-même. Martial, que rien ne retenait plus en ville, s'était installé chez Sevurus et écrivait. Celer n'avait pas de commande et étudiait une nouvelle façon de construire les voûtes. Calpurnia, elle, dirigeait le personnel et veillait au ravitaillement. Elle accompagnait souvent Ceria aux halles, un immense bâtiment de brique en forme d'hémicycle qui s'élevait à l'extrémité ouest du *forum*. C'était pour elle un soulagement de s'échapper de la maison en sommeil où le maître vivait avec dignité mais en proie à de grandes souffrances les derniers moments de sa vie. Aux halles, le brouhaha de la foule, les discussions avec les marchands, les rencontres avec d'anciennes amies lui faisaient oublier l'atmosphère pesante du Vélabre. Elle se promenait avec délices entre les monuments de choux, de laitues pommées ou montées appelées romaines, de courges, de concombres ou d'asperges.

Quelquefois, on était en hiver, elle faisait une folie et achetait des truffes. Un *gestator*, retenu à l'entrée du marché, chargeait sur un chariot les provisions qu'il porterait ensuite au Vélabre. Après cette récréation, Calpurnia rentrait rassérénée et s'occupait de son oncle dont la santé déclinait de jour en jour.

Vers la fin de février, le vieil architecte sentit que ses dernières forces l'abandonnaient. Un matin, il demanda à Celer de commander une litière :

— Tu vas me conduire à la Maison Dorée, dit-il. Je veux revoir avant de mourir cette folie que nous a fait construire Néron. Si ce n'est pas mon œuvre préférée, c'est la plus grandiose, celle qui m'a causé le plus de soucis mais aussi beaucoup de joie parce que nous l'avons construite ensemble. Calpurnia viendra avec nous. Elle aussi a vécu cette aventure prodigieuse qui lui a peut-être un peu gâché sa jeunesse mais qui doit rester pour elle un noble souvenir. Le souvenir de moi, je veux dire.

L'air était sec et le soleil brillait quand la litière emporta Calpurnia, serrée entre son mari et son oncle, vers l'univers des rêves néroniens. L'immense parc semblait somnoler entre ses villas blanches, ses statues abritées sous la verdure et sa pièce d'eau immense où évoluaient des cygnes et des canards. Il était gardé comme si l'Empereur, qui ne l'avait réellement jamais habité, y était attendu dans l'heure. Mais seul son colosse de marbre et d'or régnait sur la ville morte surgie au cœur de la vraie ville...

— Quel délire peut pousser un homme, fût-il César, à concevoir une telle chose ? murmura Sevurus.

— C'est tout de même beau, non ? répondit Celer. Sans la mégalomanie des rois, les pauvres architectes et les bâtisseurs mourraient de faim. Votre œuvre résistera au temps et sera encore admirée dans les siècles futurs !

— J'en doute. Si Galba, Othon et Vitellius n'ont pas osé y toucher parce que Néron était encore populaire, ses successeurs, comme je te l'ai déjà dit, voudront effacer cette trace d'une grandeur insensée. Mais l'entreprise est trop fabuleuse pour qu'il n'en reste pas quelque chose dans le souvenir des Romains. Les historiens en parleront peut-être... Si Valerius était encore parmi nous, je lui aurais demandé d'écrire l'histoire de la Maison Dorée. Mais rentrons maintenant, j'ai froid et j'ai revu ce que je souhaitais !

Un matin, Sevurus ne se leva pas. C'est Calpurnia qui lui fit sa toilette à l'eau de rose, peigna avec douceur ses longs cheveux blancs et lui cala la tête avec un oreiller de lin afin qu'il puisse recevoir ceux à qui il voulait dire adieu : les derniers vieux amis, ils étaient peu nombreux, qui avaient échappé à une mort violente, à un suicide ordonné ou simplement à la maladie.

Quand le dernier visiteur fut parti, il appela Celer et Calpurnia.

— Mes enfants, dit-il d'une voix affaiblie mais encore harmonieuse, les heures me sont comptées. Je vais mourir en paix. Grâce à vous qui vous êtes unis pour que cette maison continue à distiller le bonheur. Je ne regrette qu'une chose, c'est de n'avoir pu porter dans mes bras votre premier enfant. Mais je l'imagine courant dans le jardin après les papillons... Celer en fera un bon architecte ! Mes affaires sont en ordre. Vous allez hériter du fruit de mon travail. C'est de l'argent gagné honnêtement. Ah ! Demandez à Martial de venir. Je veux lui redire une dernière fois qu'il a beaucoup de talent et qu'il ne doit pas le gâcher. Après, je vais vous oublier un peu et ne penser en fermant les yeux qu'à ma chère Arria, ma fidèle et courageuse épouse qui m'a accompagné si longtemps.

Sevurus mourut un peu plus tard en tenant les mains de Calpurnia et de Celer.

— Une mort de Romain, dit ce dernier.

— Une mort de seigneur, ajouta Calpurnia, en pleurs.

☆

Le malheur, quand il touche une maison, forme un rempart contre les atteintes de l'extérieur. Celer et Martial qui, comme tous les Romains, s'intéressaient de près à la politique, avaient perdu le goût d'aller quêter des nouvelles au *forum* et de passer au crible de la discussion les événements marquants. Pourtant, depuis l'incendie du Capitole, considéré par les Romains comme la plus honteuse catastrophe que l'État eût éprouvé depuis la fondation de la ville, les nouvelles ne manquaient pas qui eussent en un temps normal passionné les deux amis. Durant près d'une semaine, on s'était battu dans les rues, les deux partis se poursuivant et se livrant à des exactions alors que les gens du peuple, ou du moins les plus vils d'entre eux, participaient au pillage des demeures avec les soldats.

Cette absence d'intérêt pour la vie publique et les hommes politiques n'était pas propre à la famille du Vélabre. La valse des Empereurs et les luttes incessantes pour le pouvoir avaient émoussé la passion de la plupart des Romains pour la politique. Ainsi, quand bien même on annonçait les légions d'Antonius[1] aux portes de Rome, la ville continuait néanmoins de vivre, de se distraire, de jouer, de fréquenter les thermes et de se nourrir comme si la guerre civile que se livraient Flaviens et Vitelliens ne les concernait pas. Une partie de Rome était en furie, l'autre en folie !

Enfin, les combats cessèrent et, peu à peu, les choses rentrèrent dans l'ordre. Martial recommença de fréquenter le *forum* et, comme Valerius l'avait fait si souvent, en rapportait des nouvelles :

— Antonius a fini par gagner. Vitellius est mort. Encore un César qui aura connu une fin ignominieuse ! Vous voulez savoir ?

— Bien sûr, dirent ensemble Celer et Calpurnia.

— Notre frère Valerius aurait écrit un rouleau passionnant sur cette mort. Je raconte moins bien que lui mais vous vous contenterez de mon récit. L'ultime bataille s'est déroulée au camp des prétoriens où les derniers et plus intrépides partisans de Vitellius s'étaient retranchés. Ceux-ci exterminés, la ville a été rendue ce matin au Sénat et au peuple, les temples aux dieux !

— Et Vitellius ? demanda Calpurnia.

— Après avoir tenté de fuir, il est retourné au Palatin que tout le monde, jusqu'au dernier esclave, avait déserté. Épou-

1. Antonius Prima, général habile et ambitieux, avait servi sous Galba et Othon avant de se déclarer en faveur de Vespasien. Celui-ci encore retenu sur les routes d'Orient, c'est Antonius qui assura sa victoire sur Vitellius.

vanté, il a erré un moment dans les appartements vides puis s'est caché dans un réduit d'où Julius Placidus, tribun d'une cohorte, l'a délogé. Mains liées derrière le dos, les vêtements en lambeaux, celui qui était encore l'Empereur a été traîné en ville, forcé de relever la tête à la pointe de l'épée et de regarder ses statues que l'on renversait. On lui montra le lieu où Galba avait péri puis il fut conduit aux Gémonies[38] où tant de corps suppliciés avaient été précipités. Percé alors de mille coups, il a été jeté sur l'escalier d'où la populace l'a tiré jusqu'au Tibre à l'aide d'un crochet. Ah ! j'oubliais : Sabinus, le frère de Vespasien, a été repris par les troupes de Vitellius après le siège de la citadelle du Capitole et exécuté.

— Et Vespasien ? demanda Celer, va-t-il enfin rentrer d'Orient pour remettre un peu d'ordre dans l'Empire ?

— Il a laissé son fils Titus terminer la guerre de Judée contre les Juifs. Jérusalem est défendue par le courage et le fanatisme de ses habitants. Le nouveau César entrera bientôt dans Rome. Nul prince avant lui n'avait pris le pouvoir dans une période aussi effrayante. Que les dieux l'aident à sauver l'Empire s'il en est encore temps !

1. Les Gémonies (degrés) étaient l'escalier qui descendait de la prison de Rome vers le Tibre. Les cadavres des condamnés y restaient exposés plusieurs jours avant d'être jetés dans le fleuve.

# VII

## LES DOUCEURS DE LA PAIX

Vespasien était encore en Orient lorsqu'il apprit le désastre qui avait ravagé le temple de Jupiter Capitolin, en décembre 69, au cours de la lutte entre ses partisans et les Vitelliens. Sans attendre, il avait donné l'ordre de le reconstruire et la première pierre fut posée en son nom le onze des calendes de juillet, quatre mois avant son retour à Rome. Il avait voulu que la charge en fût confiée à Vestinus, un architecte membre de l'ordre équestre. Ce choix fut naturellement commenté dans la maison du Vélabre.

— On voit que Néron n'est plus là, dit Calpurnia. C'est à toi, Celer, qu'il aurait passé la commande. J'espère que le nouveau César ne va pas te faire payer la confiance de son prédécesseur !

— Mais non, ma chérie, répondit Celer en dominant la déception qu'il avait lui aussi ressentie. Vestinus est un excellent architecte et il est normal que l'on fasse appel à son talent. D'ailleurs, le travail qu'on lui demande, reconstruire exactement l'ancien monument, n'est pas très intéressant.

Lorsque Vespasien arriva enfin à Rome, en octobre 70, les travaux préliminaires n'étaient pas encore achevés et l'Empereur commença son règne par l'un de ces gestes qu'affectionnent les grands politiques et qui leur permettent d'entretenir à peu de frais leur popularité. Un matin, les gens du palais avaient fait courir le bruit dans la ville que Vespasien se rendrait à neuf heures sur le chantier du Capitole et qu'il s'y passerait quelque chose de surprenant. C'est donc acclamé par une foule de badauds que César descendit de sa litière et donna l'exemple, mêlé aux esclaves, en portant sur son dos un sac de décombres. Il fut évidemment suivi par tous les grands personnages qui l'accompagnaient, puis par la foule elle-même. Durant un temps, il devint très chic, à Rome, de venir aider à déblayer les ruines.

Ce petit événement avait permis aux Romains de mieux faire connaissance avec leur nouvel empereur qui, contrairement à ses prédécesseurs, n'aimait pas la pompe des défilés. Il avait fait abréger à son arrivée les honneurs du triomphe sur les Juifs et menait une vie simple, le plus souvent hors du Palatin, préférant vivre et recevoir dans sa maison que l'on appelait les Jardins de Salluste.

Si sa silhouette était celle d'un homme robuste, en pleine maturité, le visage de Vespasien accusait ses soixante années. Chauve jusqu'à la partie postérieure de son crâne où frisaient quelques derniers cheveux, le front sillonné de rides et finissant sur un épais bourrelet qui descendait jusqu'aux sourcils, la bouche large, le menton proéminent, il apparaissait marqué au double sceau de la race romaine et de son ascendance paysanne de la Sabine. On le disait soucieux de sa santé qu'il entretenait par des exercices quotidiens. Cela plaisait aux Romains qui avaient enfin l'impression d'être gouvernés par un empereur énergique mais humain, féru d'ordre mais tolérant, capable de maîtriser la confusion qui avait failli perdre l'Empire et d'assumer le résurrection de l'État.

Restait à savoir comment il envisageait la tutelle que, par tradition, les empereurs exerçaient sur les arts et les lettres. Cette question n'était pas sans inquiéter la maison Sevurus, comme on continuait d'appeler la villa fleurie du Vélabre où rien n'avait été modifié. Celer, qui supportait mal l'inaction, avait bien un jour proposé d'agrandir la demeure sur le jardin pour avoir une chambre supplémentaire, mais Calpurnia s'était récriée :

— Ce lieu créé par la grâce et le talent de notre oncle bien-aimé est sacré. Je ne veux pas qu'on y touche !

Et elle ajouta, devant l'air étonné de son mari :

— Cela nous porterait malheur !

Celer, contrit, lui donna raison mais dit pourtant :

— Quand nous aurons un enfant, nous serons bien obligés de l'abriter avec sa nourrice.

C'était là un sujet qui revenait maintenant souvent dans la conversation. Calpurnia avait brusquement éprouvé l'envie d'être mère et cette perspective enchantait Celer :

— Tu te souviens d'une des dernières paroles du cher Sevurus : « Je ne regrette qu'une chose en quittant la vie, c'est de n'avoir pu tenir un enfant de vous dans mes bras. » Nous donnerons son nom à notre premier bébé.

— Mais pourquoi ne vient-il pas, cet enfant ? demanda Calpurnia. Nous faisons pourtant ce qu'il faut pour cela !

— Alors, redoublons nos efforts ! La tâche me paraît plutôt agréable...

— Demain, et les jours suivants, j'irai invoquer Isis. J'ai eu tort de délaisser la déesse des plaines du Nil après notre mariage qu'elle avait pourtant favorisé comme je le lui demandais.

Celer, qui ne croyait pas plus à Isis qu'au pouvoir des dieux romains officiels, sourit :

— Veille cependant à ce que tes invocations ne coïncident pas avec l'une de fêtes qui lui sont consacrées et qui exigent une chasteté de dix à trente jours. Cela ne faciliterait pas nos desseins !

La disparition de Valerius, si elle avait plongé ses amis dans la douleur, n'avait pas retiré à la maison Sevurus son caractère spirituel. Martial continuait de venir y entretenir le feu sacré de l'intelligence et du talent. Ses épigrammes avaient toujours le même mordant et, si les turpitudes des puissants avaient tendance à s'estomper sous l'autorité morale de

Vespasien, il trouvait toujours quelques affranchis enrichis ou quelques sénateurs débauchés pour exercer sa verve redoutable. Ses meilleurs mots, ses piques les plus acérées, il les réservait aux courtisans, à ceux qui se targuaient de faire partie du « cénacle », allusion discrète aux abris choisis par le Christ pour réunir ses disciples.

— Serais-tu attiré par le christianisme ? avait un jour demandé Celer.

Martial avait souri :

— Non, tu sais bien que comme mon ancien patron Néron je ne crois en rien, mais j'avoue être intrigué : il s'est passé quelque chose à la mort de ce Juif étrange qui se disait le fils de Dieu, réussissait des guérisons et, dit-on, des miracles. Pline pense comme moi : l'affaire Jésus de Nazareth n'est pas finie et ce n'est pas le massacre de quelques centaines de chrétiens accusés sous Néron d'avoir mis le feu à Rome qui empêchera la nouvelle foi de prospérer.

— Mais d'où vient ce nom de chrétiens ? demanda Calpurnia, vivement intéressée

— Le vieux Julius Nancius, qui sait tout, et plus particulièrement ce qui a trait aux religions, m'a dit qu'il avait longuement parlé à un proconsul converti dont il n'a pas voulu me dire le nom. Il revenait d'Antioche où il avait rencontré un certain Saul et son compagnon Barnabas, deux missionnaires qui parcourent la Grèce, la Turquie, la Syrie pour évangéliser les païens. C'est donc à Antioche que les croyants qui s'appelaient jusqu'alors « frères », « disciples » ou « gens de la voie » reçurent le nom de chrétiens qui les unissait dans une même croyance[1].

— Ce Julius Nancius m'intrigue, dit Calpurnia. Pourquoi ne l'amènes-tu pas un jour au Vélabre ?

— Il est vieux et ne se déplace pas mais si tu tiens à le

1. Antioche, grand centre de l'Orient hellénistique, conquise par les Romains (65 av. J.-C.), devint la troisième ville de l'Empire après Rome et Alexandrie. Évangélisée par saint Barnabé et saint Paul, elle devint une métropole chrétienne dont saint Pierre aurait été le premier évêque.

connaître, je te mènerai chez lui, au fond du Trastevere où il philosophe en grec ou en latin avec ceux qui poussent sa porte, à condition qu'ils aient quelque chose à dire.

— Il me passionne de plus en plus. Tu me conduiras auprès de lui quand tu voudras. Mais tout à l'heure, tu parlais de Pline. Lui n'est pas vieux et pourra peut-être venir un jour partager l'un de nos repas ? En mémoire de Sevurus, je veux que cette maison vive d'une façon intelligente et rassemble autour de nous non pas les gens les plus connus mais ceux qui aiment à échanger des idées. Aide-moi, Martial, amène-nous ce Pline dont on dit qu'il ne cesse d'écrire et de raconter.

— Mais oui, petite Calpurnia. Pline viendra. Il a dû d'ailleurs connaître ton oncle ?

— Oui, il y a déjà longtemps, avant qu'il ne parte pour la Germanie commander un corps de cavalerie. Je ne l'ai jamais rencontré, je n'étais pas née, mais je sais qu'ils se sont fâchés pour une histoire idiote de grammaire. Sevurus était très savant dans ce domaine et Pline avait été l'élève d'Apion que l'oncle détestait. Mais Sevurus en parlait souvent et disait qu'il aurait été heureux de le revoir.

— Eh bien, nous réconcilierons, par-delà la mort, l'écrivain universel qui parle aussi bien de physique, d'agriculture, d'astronomie que d'histoire naturelle et l'architecte génial qui pouvait lui aussi discourir sur tout !

Celer, lui, n'était pas pleinement heureux. Construire des maisons pour des Romains fortunés ne l'enthousiasmait pas. Calpurnia avait beau lui dire que Sevurus n'avait pas fait que bâtir des palais ou des temples mais avait le plus souvent gagné sa vie en logeant des imbéciles prétentieux, Celer avait encore trop en mémoire la fabuleuse aventure de la Maison Dorée pour se contenter d'un travail mineur. « Quand donc l'Empereur me confiera-t-il une œuvre qui me permettra de montrer ce que je peux faire ? » répétait-il.

Martial se moquait et rétorquait qu'il préférerait, lui, écrire *Les Géorgiques* plutôt que d'amuser les amis, et heureusement aussi quelques amateurs, avec des satires banales.

Celer, n'ayant au palais aucune relation susceptible de le renseigner ou de plaider sa cause, se promenait dans Rome pour voir si Vespasien n'avait pas mis en chantier un grand monument dont il aurait été exclu. Rien, à part la reconstruction du Capitole en voie d'achèvement, n'indiquait une quelconque volonté architecturale de l'Empereur.

Vespasien, il est vrai, avait d'autres chats à fouetter que de penser aux pierres qu'il laisserait derrière lui. Il avait bien une idée mais attendait que les finances de l'État, malmenées par quatre empereurs négligents et une guerre civile, retrouvassent la santé qui caractérise les grandes nations. Chose curieuse, lui qui détestait les jeux du cirque et les combats de gladiateurs s'était mis dans la tête d'offrir aux Romains le grand amphithéâtre qui manquait à la ville. Celui de Statilius Taurus, au Champ-de-Mars, datait d'Auguste. Après avoir souffert de l'incendie de 64, il n'était plus que ruines. Le nouvel empereur savait qu'il ne pouvait causer plus grand plaisir à ses sujets, de toutes conditions, qu'en leur permettant d'assister aux jeux cruels qu'ils affectionnaient dans un cadre prestigieux digne de la grandeur romaine. Mais un autre projet lui tenait à cœur : bâtir un ensemble monumental destiné à commémorer le rétablissement de la paix. Après avoir hésité longuement, c'est à ce dernier ouvrage qu'il donna la préférence, reportant à plus tard la construction de l'amphithéâtre.

Les architectes capables d'entreprendre de tels travaux n'étaient pas nombreux à Rome. Vestinus, qui avait été chargé de restaurer le Capitole, pouvait difficilement assumer une tâche aussi lourde. C'est ce problème qu'essayaient de résoudre ce soir-là Vespasien et son fils Titus sous les ombrages des Jardins de Salluste :

— Nous n'allons tout de même pas, pour glorifier Rome, aller chercher des artistes en Grèce ou en Orient ! dit Vespasien, courroucé.

— Non, mais il en existe de très bons dans les provinces, en Gaule surtout. Et en Espagne, assura Titus.

— Eh bien, fais-les venir !

— Je pense à quelqu'un qui pourrait nous informer. Je sais

que tu ne tiens pas à t'entourer des anciens protégés de Néron mais nous pourrions consulter utilement Celer qui a construit avec le grand Sevurus la Maison Dorée. L'oncle est mort mais le neveu est jeune et a du talent.

— La Maison Dorée est-elle une référence ? ironisa l'Empereur.

— Néron est l'instigateur de cette folie et ses deux architectes n'ont fait qu'obéir à ses ordres. En montrant toutefois beaucoup de goût et en réussissant des miracles d'architecture.

— Vois donc ce Celer et tiens-moi au courant. Après tout, il n'a fait qu'exercer son métier. Nous ne pouvons tout de même pas lui reprocher les démesures de Néron !

C'est ainsi que Celer fut convoqué au Palatin où Titus secondait son père dans l'administration de l'Empire. En fait, il partageait avec lui le pouvoir, dictait ses lettres, était censeur en même temps que lui, rédigeait ses édits et préparait ses discours au Sénat. Pensant non sans raison que la plupart des empereurs avaient été trahis par les préfets du prétoire qu'ils avaient nommés, il remplissait lui-même la charge confiée traditionnellement à un chevalier romain. C'est donc l'homme le plus puissant de l'Empire, après César, que découvrit un matin Celer dans l'*atrium* de marbre où il avait si souvent reçu sans broncher, avec Sevurus, les ordres excentriques de Néron.

Celer s'était renseigné auprès de Martial sur ce prince dont on ne savait pas grand-chose à Rome, sinon qu'il avait vaincu la résistance juive et pris Jérusalem avant de retrouver son père à la tête de l'État. Martial lui avait rappelé les origines modestes des Vespasiens.

— Tu verras, avait ajouté Martial, il est beau, un peu petit, fort physiquement. C'est un soldat mais un soldat qui peut improviser en grec comme en latin, en prose comme en vers sur de multiples sujets. Bref, tu devrais t'entendre avec lui.

Le poète lui avait dit aussi qu'il avait été marié deux fois, la seconde avec Marcia Furnilla, d'une illustre famille, dont il s'était séparé après la naissance d'une fille. Enfin, Titus avait été follement amoureux de Bérénice, une princesse égyptienne de vingt ans plus âgée que lui, qu'il avait ramenée à Rome mais que, désespéré, il avait dû renoncer à épouser devant l'opinion hostile des Romains.

C'est en effet un prince affable, courtois, qui accueillit Celer :

— J'ai insisté auprès de l'Empereur pour te recevoir, dit-il. Nous avons en effet des projets architecturaux et je pense que ton avis peut nous être utile. Ton maître, le brillant Sevurus, laisse une œuvre à laquelle tu as participé. Les critiques n'ont pas fini de pleuvoir sur cette fastueuse et inutile Maison Dorée. Moi je pense qu'il a fallu aux architectes beaucoup de talent pour satisfaire aux caprices de Néron en évitant de les traduire par une monstruosité. Bref, veux-tu t'intéresser aux travaux préliminaires d'un temple qui sera la construction majeure du forum de la Paix que mon père entend dédier à la résurrection de Rome ?

Celer jubilait. Enfin l'État faisait appel à son talent. Sa réponse ne pouvait être évidemment que positive mais, dans la foule de pensées qui traversaient son cerveau, il ne parvenait pas à éliminer le doute : était-il capable d'entreprendre seul une telle tâche ?

— Alors ? dit Titus que le silence de Celer étonnait.

— Comment pourrais-je refuser un tel honneur ? finit par articuler Celer. Je pensais à mon maître qui ne sera pas à mes côtés, mais je crois sincèrement être capable d'assumer la tâche que ton glorieux père me confiera.

— Rassure-toi, il n'est pas question de te laisser seul, et la première mission que je te confie est de rechercher les meilleurs artistes qui œuvrent dans l'Empire, y compris les provinces. Julius Rufus qui a construit l'amphithéâtre de Lyon est sans doute mort mais il a peut-être formé des élèves comme Sevurus t'a formé. Ce n'est pas tout ! La construction du *forum* sera suivie de celle d'un grand amphithéâtre. Tu peux aussi y penser. Seulement, pour le bâtir en bonnes pierres, il faudra démolir une partie de la Maison Dorée !

Titus avait souri en prononçant sa dernière phrase. Il guettait le regard de Celer pour voir sa réaction. Celle-ci fut immédiate, c'est presque gaiement qu'il répondit :

— Sevurus et moi avons toujours pensé que le successeur de Néron ferait détruire sa statue et rendrait le reste du terrain aux Romains. Ses trois successeurs directs n'ont pas eu le temps de le faire...

— Ils avaient surtout le désir de ménager les classes pauvres qui admiraient encore Néron. Vespasien, lui, veut que les dernières traces du dernier empereur de la dynastie julio-claudienne disparaissent.

— Alors, on abat le colosse ? demanda Celer.

— Non. L'Empereur veut le conserver en changeant seulement la tête pour en faire la statue du Soleil. La pièce d'eau, elle, doit disparaître ainsi que les villas voisines. C'est là que sera bâti le nouvel amphithéâtre. Pense à tout cela, un rude travail t'attend.

— C'est moi qui attendais que César veuille bien me le confier. Pour la statue, dois-je prévenir Zénodore ? Je ne sais s'il montera un échafaudage ou s'il voudra la descendre de son piédestal. On a eu tellement de mal à la mettre en place !

— Enjoins-lui de venir me voir. Vespasien a des idées sur son soleil.

Celer revint tout heureux au Vélabre. Calpurnia et Martial le guettaient :

— Alors, tu as vu Titus ? questionna-t-elle. Est-il aussi beau qu'on le dit ?

— Il n'est pas mal. Il est surtout d'un commerce agréable. Je ne connais pas encore par le détail les désirs de son père mais les choses se passent mieux qu'avec Néron. Le bon sens remplace la folie.

Celer dut raconter par le menu son entrevue, ce qu'il fit de bon cœur car l'idée de travailler à nouveau sur un grand projet lui rendait la joie de vivre.

— Tu as de la chance, dit Martial. On dit que Vespasien

veut favoriser les écrivains mais il ne s'est pas encore manifesté et nous restons stupides face aux libraires qui en profitent pour nous exploiter. Pline, qui est à Rome actuellement, nous dit de patienter et nous conseille de ne pas cesser d'écrire... Comme si cela était imaginable ! Nous en sommes réduits à visiter dès le matin quelque patron généreux amateur d'épigrammes... Pline, lui, n'a aucun souci à se faire. Il vit largement de sa situation administrative et sa fortune est évaluée paraît-il à vingt millions de sesterces. Il s'est lancé dans une œuvre immense qu'il appelle son *Histoire naturelle*. En fait, il s'agit d'un panorama complet de toutes les connaissances humaines.

— N'oublie pas que tu dois nous l'amener un jour au Vélabre, dit Calpurnia. Ce n'est pas que votre entourage intellectuel soit lassant mais j'ai envie de voir des têtes nouvelles. Les amis de Sevurus venaient autrefois nombreux et mettaient de la vie dans la maison. Hélas, on ne les voit plus guère !

— Ne t'inquiète pas, assura Celer. Avec les travaux qui vont reprendre, le Vélabre ne manquera pas d'animation.

☆

Celer se mit aussitôt au travail. Il ressortit le chevalet sur lequel Sevurus tendait les grands papyrus où il dessinait l'ébauche de ses projets, fit rentrer de la cire et des tablettes, des stylets d'os, des feuilles de parchemin et, non sans regret, démonta la maquette de la Maison Dorée qui jusque-là n'avait pas bougé dans le grand atelier. Avant d'en descendre les éléments à la cave, il appela Calpurnia.

— Tu vois, dit-il. Le petit monde en bois et en carton qui a préludé au grand jardin de marbre périt avant lui... Cette folie de Néron vouée à la destruction aura tout de même été une grande aventure. C'est au cours de ces années pénibles mais exaltantes que notre oncle a fait de moi un véritable architecte. Maintenant qu'il n'est plus là, il faut que je montre ce que je sais faire.

— Je n'ai pas d'inquiétude, mon *redemptor* chéri. Tu réussiras. Et puis, au temps de la Maison Dorée, j'étais contre l'entreprise de Néron qui me volait mon oncle et mon frère. Aujourd'hui, je suis avec toi, prête à t'aider si tu le désires... Il est d'ailleurs important que tu gagnes de l'argent car nous allons en avoir besoin. A propos, trouveras-tu le temps de construire les pièces supplémentaires dont tu rêvais ? ajouta-t-elle d'un ton badin.

— Comment ? Tu as changé d'avis ? Quand je t'ai parlé de ce projet tu m'as presque traité de sacrilège !

— Oui, j'ai changé d'avis. Parce qu'il y a une bonne raison d'agrandir le Vélabre.

— Laquelle ?

— Je crois bien que tu vas être père !

Stupéfait, comme si une flèche venait de lui transpercer la main, Celer lâcha le dôme miniature de la Maison Dorée qu'il était en train d'emballer dans de vieux papyrus. La coupole de stuc qui avait donné son nom au palais se brisa à ses pieds. Il ne s'en rendit même pas compte et il ouvrit ses bras à Calpurnia qui s'y précipita :

— C'est vrai ? Je ne réalise pas encore ce bonheur ! Depuis quand le sais-tu ?

— J'avais des espérances mais je ne suis sûre que depuis ce matin : dame Aemila m'a confirmé que j'étais enceinte.

Celer riait, pleurait, esquissait de grands gestes. Enfin il dit :

— Je vais les construire, ces chambres, oh oui ! Et elles seront magnifiques ! Le fils de Celer sera l'enfant le mieux logé de Rome !

— Pourquoi le fils ? Ce sera peut-être une fille !

— Eh bien, si c'est une fille, je lui ferai tout de même une jolie chambre !

Ils rirent, s'embrassèrent et gagnèrent l'*atrium*. Martial venait de rentrer et il fallait lui annoncer la bonne nouvelle.

Ainsi l'activité reprit-elle dans la maison fleurie avec ses enthousiasmes et ses moments de découragement. Ces derniers pourtant étaient rares. L'atmosphère en effet s'était considérablement améliorée depuis que la tension imposée par la mégalomanie et les délires de Néron n'était plus qu'un souvenir. Vespasien, homme d'ordre et méthodique, s'il se décidait lentement, réalisait sans les modifier les projets qu'il avait arrêtés. Il savait aussi écouter et respectait les exigences de la technique que lui opposaient parfois Celer et les ingénieurs que celui-ci avait appelés à ses côtés. Bref, Vespasien, artisan du redressement national, se révélait être l'anti-Néron jusque dans son œuvre architecturale. Le seul reproche qu'on pouvait lui faire, c'était, lui qui n'avait jamais été fortuné de sa vie, d'aimer l'argent et de se montrer avare à ses heures. Mais après les princes gaspilleurs qui l'avaient précédé, Rome avait vraiment besoin d'un César économe !

☆

— Tu seras un bon père, disait Calpurnia à son mari qui trouvait le temps de prendre soin d'elle, de lui recommander de prendre du repos et qui avait acquis deux nouveaux jeunes esclaves pour l'aider dans les tâches quotidiennes, en attendant de trouver la nourrice qui veillerait sur l'enfant à sa naissance.

La future mère avait abandonné ses promenades dans Rome, la fréquentation assidue des thermes et des pelouses réservées aux jeux sportifs. Sagement retirée dans sa maison, elle se consacrait aux plaisirs de l'esprit, écoutait Martial célébrer par des épigrammes écrits[1] pour elle les félicités de l'épouse accomplie dans la maternité, ou Quintilien, qui avait pris goût aux soirées du Vélabre, illustrer la rhétorique et d'éloquence. Comme Martial, il était natif de Tarraconaise, en Espagne, mais avait lui aussi rejoint l'Italie très jeune.

1. Aujourd'hui nom féminin, l'épigramme demeura masculin jusqu'au XII$^{e}$ siècle.

Pline venait souvent, lorsqu'il était à Rome, partager la *cena.* Il était l'aîné du groupe et son passé d'écrivain, de grand voyageur, d'officier et d'administrateur lui conférait prestige et influence dans la Rome des Flaviens. Homme d'esprit à la culture encyclopédique, il avait tout de suite fait la conquête de Calpurnia qui l'admirait et retrouvait dans ce quinquagénaire brillant le caractère chaleureux de son oncle à l'époque où il l'avait recueillie. A côté de lui comme de Quintilien, la poésie, c'est vrai, faisait un peu figure de parent pauvre, mais quand on était resté longtemps en leur compagnie sur les hauteurs, il était rafraîchissant d'entendre Martial se moquer en quatre vers étincelants des défauts des autres. Celer, lui, écoutait et, le moment venu, racontait comment on fait sortir de terre un monument plus grand et plus magnifique que tous les autres. L'Empereur, après maintes réflexions, avait décidé que le temple de la Paix occuperait le quartier de l'ancien marché, le Macellum, qui avait cruellement souffert de l'incendie de 64. Puisqu'il y avait de la place, l'Empereur accepta l'idée de Celer non seulement de construire le temple mais d'entourer celui-ci de portiques et de jardins. C'est ainsi que le temple de la Paix devint, avant même d'être achevé, le forum de la Paix. Bordé de hauts murs de péperin, il devait devenir le plus beau musée du monde et l'on dressait déjà au cours des veillées du Vélabre la liste des chefs-d'œuvre qui y seraient exposés.

— Vespasien et Titus tiennent à y déposer les dépouilles juives de Jérusalem, dit Celer. Il s'agit des trompettes sacrées, des chandeliers d'or à sept branches, de la table des pains de présentation...

— Tout cela a valeur de symbole. J'espère néanmoins que l'on y présentera aussi les œuvres d'art de la Maison Dorée, continua Pline. Néron était un monstre mais il ne manquait pas de goût et ses choix étaient bons. En particulier les admirables statues grecques !

Mais on n'en était pas encore à la décoration et le *forum* était loin d'être achevé lorsque Calpurnia mit au monde une petite fille que l'on appela Terentia. Des ouvriers choisis sur le chantier du *forum* avaient eu juste le temps d'agrandir la maison sur le côté ouest, selon le plan de Celer. Les trois nouvelles pièces largement ouvertes sur le jardin étaient si bien intégrées à la vieille maison de Sevurus que personne n'aurait pu deviner qu'elles venaient d'être construites. Le sol de la chambre réservée à Terentia était constitué d'une mosaïque aux tons de rose et de bleu. Celer avait conçu un ingénieux système de chauffage qui puisait de la chaleur dans les fourneaux de la cuisine et la conduisait par des tuyaux de terre cuite jusqu'à une sorte de réservoir de brique censé s'échauffer et combattre le froid que même les plus fortunés devaient endurer dans leurs luxueuses maisons. On s'extasia sur cette trouvaille astucieuse. De riches propriétaires vinrent la visiter et envisagèrent de commander à Celer une installation semblable pour leur maison. On était en plein été et l'accumulateur de brique semblait effectivement être tiède.

— Quand il fera froid, il suffira de pousser le feu de la cuisine, assura Celer.

Malheureusement, lorsque l'hiver arriva, le système Celer se révéla illusoire. La chambre de la « princesse », comme l'appelait son père, demeura aussi glaciale que le reste de la maison. Martial évidemment improvisa l'épigramme qui convenait :

« Tu voulais, Celer, que ta princesse se joue des rigueurs de l'hiver. C'était beau, c'était noble, digne d'un père modèle mais hélas utopique ! Alors, que ces vers nés d'une libation échauffent ta bile d'architecte ou dragon. Et que par tes narines fauves sorte l'air épicé et tiède qui cuira le marmot. »

Ce n'était pas du meilleur Martial mais, sorti d'un trait à la fin d'un dîner bien arrosé, l'effet fut irrésistible. On rit et Pline fut le plus enthousiaste :

— Que j'aimerais savoir faire sourire mes amis d'une improvisation comme la tienne, en situation, avec le bon mot de la fin. C'est important le mot de la fin dans un épigramme, n'est-ce pas, Martial ?

— Pour bien faire, il faudrait le trouver avant de commencer mais ce n'est pas toujours le cas ! Voilà avec quoi je gagne ma vie, mes amis ! Ce n'est pas avec de telles sornettes que je passerai à la postérité.

— Et pourquoi pas ? s'exclama Calpurnia. Le pauvre Valerius disait la même chose de ses élégies et les libraires vendent toujours ses rouleaux qui ont été copiés et recopiés des centaines de fois. C'est curieux comme les poètes se complaisent à proclamer leur futilité !

— La poésie, c'est la mousse que l'on jette lorsqu'on ouvre une amphore de vin vieux. Le meilleur est au fond, s'entêta Martial. Ce qu'écrit en ce moment notre cher Pline sur l'histoire naturelle et toutes les autres connaissances humaines est autrement intéressant !

— Peuh ! Je ne fais que rassembler et expliquer ce qu'ont découvert les autres ! Toi, tu inventes, tu joues avec les mots. Sans vous, les poètes, à commencer par les Grecs, les langues demeureraient inertes. Heureusement que vous fustigez le verbe et faites chanter la syntaxe !

— Avez-vous fini de dénigrer vos œuvres et de jouer les modestes ? dit Celer. Moi, je suis très fier de mon *forum*. Et pourtant il a beaucoup moins de chances de me survivre que vos papyrus. Tenez, regardez la Maison Dorée : j'ai été payé pour la construire, et maintenant je suis payé pour la démolir !

— Quelle chance ! On n'a jamais payé un poète pour qu'il détruise un *volumen* !

On en resta là et l'on se sépara de bonne heure : Pline partait le lendemain matin pour la Cisalpine étudier comment les Gaulois s'étaient intégrés à l'Italie.

☆

L'histoire, qui s'était emballée durant les dernières années, retrouvait sous Vespasien la sérénité des communautés paisibles. Chacun avait repris sa place : les centuries dans les casernes, les ouvriers sur les chantiers, les gladiateurs dans l'arène. Les sénateurs eux-mêmes, longtemps dressés contre le pouvoir, fréquentaient assidûment la Curie et portaient avec fierté leur tunique à bande rouge et leurs chaussures ornées d'un croissant. Le vieux démon de la guerre civile avait été banni de Rome dont les habitants s'émerveillaient de revoir les lourds chariots traverser la ville pour transporter des pierres taillées et des blocs de marbre sur la place du vieux marché où s'élevait chaque jour un peu plus haut le temple de la Paix, au cœur d'un *forum* tout neuf.

Les nones, les ides et les calendes passaient ainsi, tranquilles, sous la tutelle bonhomme mais énergique d'un empereur qui dédaignait le faste et vivait comme un patricien modeste entre le Palatin où il habitait peu et sa maison des Jardins de Salluste où il se plaisait. C'est là qu'il recevait les sénateurs et ceux qui souhaitaient l'entretenir de questions personnelles ou officielles. Aucun garde ne protégeait l'entrée de sa demeure et il répondait à tous ceux qui le saluaient dans la rue. Il ne songeait pas à dissimuler l'obscurité de son origine. Souvent même il en tirait vanité et tournait en ridicule les flatteurs qui voulaient faire remonter la *gens* Flavia aux fondateurs de Reate[1] et même à un compagnon d'Hercule !

C'est dans ce climat, propice aux créateurs, que Celer et ses compagnons construisirent le forum de la Paix et ses dépendances. Lorsque les bâtiments furent livrés aux décorateurs et aux paysagistes, l'élève de Sevurus, devenu un artiste reconnu et célébré, commença à penser à l'amphithéâtre des Flaviens, une immense ellipse de pierre et de marbre que Vespasien voulait laisser aux Romains pour servir de cadre aux spectacles.

Il n'était pas question pour Celer d'assumer seul un projet d'une telle envergure, à côté duquel le temple de Jupiter Capitolin, le forum de la Paix et même la Maison Dorée n'étaient que de modestes monuments. Vespasien avait confié à son fils Titus la responsabilité des travaux et celui-ci avait nommé un *curator*, haut personnage de l'ordre sénatorial,

1. Reate, ancienne ville de l'Italie centrale fondée par les aborigènes, premiers habitants de la Péninsule. Elle était devenue capitale de la Sabine, le pays de Vespasien.

directeur des travaux publics, pour le représenter. C'était lui le grand responsable du projet, lui qui transmettait les directives de l'Empereur, lui qui gérait les sommes considérables engagées, lui qui dirigeait le recrutement des ouvriers. Celer était placé sous ses ordres directs en qualité de *redemptor*. En fait il était l'homme de l'art, le technicien, l'artiste, Marcellus, curateur impérial, remplissait les fonctions d'administrateur.

Cette hiérarchie, ce partage des responsabilités, bien qu'habituels à Rome dans la construction ou l'entretien des bâtiments officiels, étaient nouveaux pour Celer. Avec Néron, qui se passait d'intermédiaire, Sevurus avait été l'entrepreneur unique de la Maison Dorée. Pour l'amphithéâtre la situation était différente : Celer n'était pas le seul maître et devait s'accommoder de cette nouvelle répartition des tâches qui à la fois l'inquiétait et le tranquillisait.

Calpurnia l'avait rassuré :

— Tout dépend du caractère de ton sénateur. S'il se contente de gérer, tout ira bien, il te soulagera d'une tâche que de toute façon tu n'aurais pu assumer seul. Et il t'évitera de rencontrer trop souvent l'Empereur ou son fils. Rappelle-toi les lubies de Néron !

— Quintilien, qui le connaît, m'a dit que Marcellus était un homme très instruit de tout ce qui concerne les travaux publics. Il a étudié en Grèce et en Italie. Il sait ce qu'est une voûte en berceau et il est bon ingénieur. En tout cas, il m'a fait bonne impression... N'empêche que je suis effrayé par l'ampleur du travail ! Te rends-tu compte que l'amphithéâtre sera le plus important jamais construit dans l'Empire ?

— Je me rends compte, mon amour. Et je suis fière. Montre-moi donc tes dernières ébauches.

Il l'entraîna dans l'atelier voisin où s'affairaient une demi-douzaine de dessinateurs devant la grande feuille de papyrus tendue sur le chevalet. C'était une vue générale de l'amphithéâtre. Elle s'inspirait des monuments du même ordre, mais beaucoup plus petits, déjà construits en Gaule et dans certaines provinces : une énorme bâtisse ovale à quatre étages formés de murs à arcades.

— Voilà ! Le monument aura à peu près cette allure. Mais c'est toute la construction qui reste à imaginer...

— Combien de spectateurs pourront y prendre place ?

— L'Empereur veut pouvoir y asseoir environ cinquante mille personnes.

— Cinquante mille ? Mais c'est de la folie ! Et s'il arrivait un accident ? Le feu ou un éboulement ? Ce serait une panique épouvantable...

— C'est mon travail de prévoir des portes d'entrée et d'évacuation, des couloirs, des escaliers qui éviteront éventuellement une telle catastrophe.

La petite Terentia, qui allait sur ses deux ans, avait suivi sa mère et son père. Le grand dessin semblait vivement l'intéresser. Elle demanda quand on allait faire cuire et manger ce merveilleux gâteau, ce qui amusa tout le monde. Finalement, Celer l'installa par terre devant une feuille de papyrus et lui donna des craies de couleur. Elle essaya de dessiner un grand cercle qui pouvait aussi bien représenter le soleil que l'amphithéâtre de son père, puis la craie déchira la feuille fragile. Cela se termina par quelques pleurs que sa maman sécha de ses baisers.

— Es-tu heureux ?

— Le plus heureux des Romains, le plus heureux des pères, le plus heureux des architectes !

— Et pas le plus heureux des maris ?

— Je vais y réfléchir et te rendrai la réponse après le dîner. A propos, te souviens-tu que Martial nous amène sa dernière amie ?

— Eh bien, va donc chercher une amphore à la cave. J'ai envie d'être joyeuse ce soir !

Tous deux étaient curieux de connaître la nouvelle conquête de Martial. Bohème, célibataire, le « poète-mendiant », comme il s'appelait lui-même, changeait souvent de maîtresse. De la prostituée non avouable à la bourgeoise qui cherchait à se soustraire à l'ennui d'un riche mari, il avait connu tant de femmes que ses amis renonçaient à suivre l'itinéraire amoureux du prince de l'épigramme. D'ailleurs, il n'amenait au Vélabre que celles qu'il estimait acceptables par Calpurnia. Cette fois, pourtant, Martial semblait mordu. Il fréquentait déjà depuis plusieurs mois une veuve qui, selon lui, méritait d'être montrée. L'expression avait fait rire Calpurnia :

— Depuis le temps que tu nous parles de cette dame, que tu vantes ses qualités, amène-la un soir où tu viendras dîner au Vélabre. T'inspire-t-elle, au moins ? Lui écris-tu des vers qui comparent sa voix à la douce musique des oiseaux ? Tresses-tu pour elle des couronnes de myrte dans des élégies enflammées ?

Martial arriva donc avec, à son bras, une fille assez ravissante et pas empruntée. « Enfin, il a trouvé une dame, pensa Calpurnia. Espérons qu'elle sera fréquentable intellectuellement et que je pourrai en faire une amie. J'en ai un peu assez de tous ces mâles qui viennent picorer dans nos assiettes ! »

Dalie, c'était son nom, prouva en effet, par son esprit de repartie et ses questions intelligente, qu'elle pouvait espérer entrer dans le cercle très fermé du Vélabre contrairement à beaucoup d'autres qui s'y étaient essayées et avaient raté leur examen de passage.

Fine mouche, elle avait entrepris dès son arrivée la conquête de Celer en le questionnant sur les travaux de l'amphithéâtre, sa capacité, son style, les matériaux utilisés, si bien que, coupe de *mulsum*[1] en main, tout le monde suivit Celer dans l'atelier où l'architecte développa devant le chevalet les détails de son projet.

— Dis donc, lui glissa Calpurnia à l'oreille tandis qu'ils revenaient dans le *triclinium*, tu te donnes bien du mal pour

1. Vin miellé que les Romains buvaient en apéritif.

cette jeune femme. N'oublie pas qu'elle est venue avec Martial !

— Mais non, s'excusa-t-il. Je fais cela pour tout le monde !

Elle rit de bon cœur à l'idée que son mari avait pris sa remarque au sérieux mais elle se demanda si, au fond, il n'y avait pas dans sa question une once de jalousie.

Deux autres invités partageaient ce soir-là la *cena* : Papinius Statius, que l'on appelait Stace, et sa femme Claudia, veuve d'un musicien et mère d'une petite fille, ce qui l'avait rapprochée de Calpurnia. La réputation de Stace était grande. Poète épique, il avait été l'un des protégés de Néron depuis qu'il avait remporté le concours de poésie aux Jeux napolitains présidés par l'Empereur. Poète de métier, il n'exerçait aucune charge et vivait tant bien que mal, comme son ami Martial, de la publication de ses œuvres et de la générosité de riches Romains. Le couple était sympathique et tenait sa place dans la conversation. Stace était bien un peu bavard, il ne fallait pas le laisser s'emballer sur son cheval de bataille, une épopée apparentée à *L'Énéide* bien qu'il s'en défendît. Il n'était encore qu'au début de son long poème, *La Thébaïde*, qui devait lui demander une dizaine d'années de travail.

Comme souvent lorsque des femmes sont réunies, il fut bientôt question de religion. Chacune avait la sienne, encore que les frontières fussent vagues. Calpurnia avoua sa faiblesse pour les cultes orientaux, celui d'Isis en particulier qui avait exaucé ses vœux au moment de son mariage et à la naissance de sa fille. Claudia, elle, demeurait fidèle au vieux culte romain tandis que Dalie, à l'étonnement de tous, dit qu'elle vénérait Jésus qui annonçait l'arrivée d'un temps nouveau.

— Les chrétiens qui sont morts sous Néron ont été victimes d'une accusation mensongère, affirma-t-elle : ces hommes et ces femmes pour qui tout n'était qu'amour n'auraient jamais pu déclencher l'incendie de Rome !

Martial écoutait son amie en hochant la tête. Il n'était pas, c'était évident, prêt à partager l'enthousiasme de la jeune femme pour ce Juif rebelle dont la résurrection lui paraissait absurde.

La soirée finie, Calpurnia, songeuse, questionna Celer :

— Que penses-tu de l'histoire de Jésus et de ses disciples ? Je t'ai déjà dit que cette question me tourmentait. Un jour il faudra que je demande à Dalie de me présenter ses amis.

— Je n'en pense rien. J'ai déjà du mal à croire à la kyrielle de nos dieux officiels et je ne sais pas qui reviendra présider le Jugement dernier. Ma religion à moi est celle de la pierre et le miracle qui m'étonnera toujours, c'est que l'homme réussisse à maintenir en équilibre ces voûtes qui pèsent des milliers de milliers de livres[1] ! Ce sacré amphithéâtre me fait vivre en permanence dans le surnaturel !

— C'est pour cela que tu es mon dieu ! Allons nous coucher et montre-moi si tu es encore capable à cette heure de faire des prodiges !

☆

Un an avait passé depuis que Celer avait été chargé de coordonner les activités des maîtres d'œuvre de ce qui devait être le plus gigantesque monument du monde. Dans l'atelier, les plans de papyrus s'amoncelaient et, sur le chantier, les badauds se succédaient du matin au soir autour de l'immense gouffre qui avait été autrefois la pièce d'eau de la *Domus Aurea*. Plutôt que de combler entièrement le trou asséché, Celer avait eu l'idée d'y élever à la fois les fondations de l'amphithéâtre et d'y enfouir le sous-sol de l'arène qu'il imaginait comme une ville souterraine avec ses couloirs, ses magasins de vêtements et d'accessoires, son armurerie, ses réfectoires et chambres de repos des gladiateurs et, enfin, les cages qui devaient contenir les bêtes fauves destinées aux

1. La *libra* pesait 327 grammes. Elle suffisait aux besoins des Romains incapables de peser de très lourds chargements. On ne connaît aucune unité de poids supérieure.

jeux et aux combats. Il avait aussi prévu, comme cela existait déjà dans quelques théâtres, des monte-charge destinés à hisser jusqu'au sable de l'arène les décors et les protagonistes des combats sanglants qui devaient s'y dérouler.

Ces coulisses souterraines prenaient forme. Avant d'être recouvertes, elles apparaissaient au public comme une sorte de labyrinthe. Quant à l'amphithéâtre lui-même, son immense ovale se dessinait par les premiers blocs de pierre des fondations qui auraient à supporter le poids colossal de l'édifice. Juste devant le chantier, une autre curiosité attirait les Romains : la statue de Néron, maintenant entourée d'un échafaudage géant. Au sommet, des bâches protégeaient Zénodore et ses deux aides des regards indiscrets. Leur travail, il est vrai, était assez particulier : ils décapitaient Néron pour remplacer ses traits abhorrés par une autre tête stylisée symbolisant le soleil. Vespasien avait trouvé ce transfert astral plaisant : le soleil reprenait ainsi sur Rome la souveraineté légendaire qu'un César lui avait volée, un César que son successeur, le premier des Flaviens, voulait que l'on oublie.

Il fallait de la foi et une grande volonté politique pour entreprendre de tels travaux dans un pays à peine remis des folies de Néron et des désordres qui avaient éclaté après sa mort. Vespasien n'en manquait pas. Au Vélabre, comme chez tous les Romains responsables, on suivait de près cette expérience. Certes, Celer n'entretenait pas avec l'entourage de l'Empereur des relations permanentes. Et Valerius n'était plus là pour apporter au jour le jour les dernières nouvelles de la cour. Heureusement, Martial, rentré en grâce, fréquentait à nouveau le palais et Actée venait parfois rendre visite à Calpurnia, surtout depuis la naissance de Terentia qu'elle adorait. Les informations ne faisaient pas défaut. Si elles étaient souvent dénuées d'intérêt, c'est qu'il ne se passait rien d'extraordinaire ni de scandaleux chez l'Empereur Vespasien. Finies les fêtes somptueuses, les orgies et les représentations impériales. Vespasien ne jouait pas de la flûte, ne regardait pas les femmes et les gitons à travers un monocle d'émeraude et n'avait pas près de lui un Tigellin qui gouvernait à sa place. Il traitait bien ses amis en petit comité, aimait plaisanter à table et, s'il écoutait de la musique, c'était le plus souvent chez lui, en famille, dans ses Jardins de Salluste. Il ne jouait pas les histrions : il travaillait, appliquait avec une volonté farouche le programme qu'il estimait être le meilleur pour l'Empire et qui s'inspirait du vieux régime civil d'Auguste, le *princeps* (le premier) ou principat. Ce régime de pouvoir personnel basé sur le respect de l'opinion publique était pour lui nécessaire et l'immense majorité des Romains le suivaient dans cette voie qui éloignait le péril militaire.

Ce gouvernement de bon sens convenait à Celer qui pouvait travailler en paix, à Calpurnia qui ne craignait pas de voir son mari à la merci d'un tyran, et même à Martial qui avait conscience que l'Empereur, s'il était loin de partager les goûts et les conceptions littéraires de l'époque précédente, voulait étendre à la littérature et aux arts la devise figurant sur ses monnaies : *Roma Resurgens* (la Résurrection de Rome).

La question avait été longuement débattue au cours d'une soirée mémorable au Vélabre. On fêtait l'anniversaire de Pline, grand voyageur, qui, par bonheur, était romain ce jour-là. Stace et sa femme Claudia étaient de la fête ainsi que le *curator* Marcellus, grand ami de Pline et personnage ô combien important du dîner. C'était un homme affable, fort instruit, ce qui n'était pas négligeable dans ses fonctions. Il avait suivi la carrière sénatoriale classique après un commandement dans l'armée et de hautes responsabilités administratives. Sa situation de *curator* en faisait, depuis l'avènement de Vespasien, une sorte de ministre tout-puissant des arts et des monuments historiques. A Rome, ce n'était pas rien !

Après un moment de mise à l'épreuve, il avait reconnu les qualités de Celer et faisait confiance à celui qui jouissait du privilège d'avoir été l'élève du grand Sevurus. Mieux, il l'avait pris en amitié et n'avait pas hésité lorsque Celer, un peu intimidé, l'avait invité.

— De toute façon, je serais venu avec le plus grand plaisir dans votre maison du Vélabre, aussi célèbre dans Rome que le Palatin. Il y souffle l'esprit, dit-on. Mais si, en plus, vous me dites que Pline sera là ! Ma femme aussi sera ravie.

Corrine, mariée depuis trente ans au sénateur, était une

grande dame romaine. Apparentée à Claude, elle avait connu Agrippine et avait quitté très vite sa cour lorsqu'elle s'était rendu compte de ses agissements monstrueux. Très simple, elle embrassa Calpurnia en arrivant et dit combien elle était heureuse de venir dîner chez des artistes, de rencontrer des écrivains, d'oublier les vieux sénateurs pontifiants et leurs femmes stupides qu'elle était, hélas ! contrainte de fréquenter.

— J'espère, dit-elle, que nos maris ne vont pas parler toute la soirée de leur amphithéâtre !

— Rassure-toi, noble Corrine, dit Celer qui avait entendu. J'emmène le sénateur quelques instants dans l'atelier pour lui montrer les plans du premier étage. Ensuite, je te promets qu'il ne sera plus question d'arcs, ni de volées d'escaliers, ni de piliers de travertin.

— Fort bien. En attendant, Calpurnia acceptera peut-être de me faire visiter cette maison dont on parle tant. Le peu que j'en connais est tellement agréable. Oh ! que cette statuette est magnifique ! Elle est grecque ?

— Oui, elle est l'œuvre de Strongylion. Un cadeau de Néron à mon oncle Sevurus.

— Vespasien ne fera sûrement pas de cadeau à ton mari. Il est, vous devez le savoir, près de ses sous. En revanche, il ne le martyrisera pas, c'est un homme bon et raisonnable qui respecte ceux qui travaillent pour l'État.

Elle s'extasia sur le jardin que Calpurnia avait éclairé par de nombreuses lanternes bien que la saison ne permît pas que l'on y dînât.

— Quelles belles fleurs ! Tu réussis à en avoir toute l'année ?

— C'est un vieux jardin, planté par Sevurus. Mon oncle était aussi à ses heures un excellent paysagiste. Tu avais vu le parc de la Maison Dorée ? Je regrette un peu qu'on détruise toutes ces beautés.

— Moi aussi mais, que veux-tu, les Romains ne demandent

pas des jardins et des fleurs, ils veulent des arènes et des jeux !

Les deux femmes, déjà amies, firent le tour de la maison, Corrine joua un instant avec Terentia qu'elle trouva naturellement adorable. Quand elles revinrent dans l'*atrium*, Martial venait d'arriver.

— Il y a si longtemps que je voulais te connaître, dit Corrine. J'aime beaucoup tes épigrammes et tes satires. Accepteras-tu de venir les dire chez nous un jour où nous recevrons ?

— Mais c'est mon rôle de poète, belle dame ! Mes vers ne sont rien si personne ne les apprécie. Bien sûr que je viendrai ! Je bénis ma sœur Calpurnia de nous avoir fait rencontrer.

— Comment ? Calpurnia est ta sœur ?

— Non, c'est une amie très chère. Mais tout le monde a envie d'avoir Calpurnia pour sœur. Tiens, Celer a été son frère avant d'être son mari !

— Nous avons passé toute notre enfance ensemble, précisa Calpurnia qui voyait Corrine interloquée par les propos de Martial.

— Ah bon, je comprends ! dit la femme du *curator* en se disant que, tout de même, les artistes étaient des gens bizarres.

Stace et Claudia arrivèrent à leur tour. Ils connaissaient le sénateur et Calpurnia n'eut pas à faire les présentations. Ni pour Pline, le vieux savant, un peu original sans doute mais tellement agréable et cultivé.

Tout le monde se retrouva dans le *triclinium* pour les libations d'avant dîner et le premier mot de Pline fut de demander des nouvelles de l'amphithéâtre, ce qui fit se récrier les femmes :

— Cher Pline, dit Corrine, Celer et Marcellus nous ont juré de ne pas nous ennuyer toute la soirée avec leur maçonnerie ! Nous leur accordons cependant cinq minutes pour satisfaire ta curiosité. Après, c'est toi qui nous parleras de ton *Histoire naturelle* !

Les cinq minutes furent largement dépassées car Pline et Stace n'arrêtaient pas de poser des questions. Enfin, les deux jeunes esclaves que Calpurnia avait habillées d'une jolie tunique de coton blanc apportèrent les hors-d'œuvre et la conversation s'orienta sur la cuisine, les vertus des céréales et le bon choix des truffes blanches dont c'était la pleine saison.

Comme toujours, la table était excellente, sans aucun de ces artifices qui transforment les mets simplement délicieux en plats compliqués, prétentieux et d'un goût indéfini. Martial était intarissable sur le sujet et, lorsque l'on eut dégusté des œufs accompagnés de quelques truffes à la croque au sel, il lança qu'il venait justement d'écrire un épigramme au lendemain d'un festin offert par un riche personnage.

— Récite ! récite ! s'exclamèrent aussitôt tous les convives.

Martial se fit d'autant moins prier qu'il voulait montrer ce qu'il savait faire à Corrine, une éventuelle cliente qu'il devait séduire. Il se leva et commença :

« Bolets et sangliers, si tu m'as fait servir ces mets sans croire qu'ils étaient l'objet de mes souhaits, je t'en remercie. Si tu crois me procurer le bonheur et prétends être couché sur mon testament pour cinq huîtres du lac Lacrin, adieu ! Ton repas pourtant magnifique ne sera plus rien demain. Les surmulets, les lièvres, la tétine de truie amènent un teint jaunâtre et des pieds qui torturent. A ce prix je ne veux pas les festins de la villa d'Albe ni les banquets offerts à Jupiter Capitolin ou donnés par les pontifes. Cherche d'autres convives pour un autre festin, des convives que séduise la magnificence de ta table. Pour moi, qu'un mien ami m'invite à la fortune du pot. Le dîner que je peux rendre, voilà ce qui me plaît[1] ! »

Pline, qui ne s'amusait pas des ripailles souvent grossières auxquelles il était parfois contraint de participer, fut le premier à applaudir. Corrine trouva les rimes finement choisies

1. XII^e Livre des *Épigrammes* de Martial.

et Stace couronna l'épigramme de son ami d'un quatrain sur les exploits d'un maître queux qui savait donner l'apparence d'un poisson à une vulve de truie et celle d'un ramier à un morceau de lard.

Un peu plus tard, après que l'on eut goûté au vin de Salerne, le meilleur de la cave, Calpurnia annonça qu'il n'y aurait qu'un seul service :

— Un chevreau soustrait à la dent d'un loup féroce, dit-elle en riant. Et des poires de Signia que j'ai choisies ce matin au marché.

Il y avait assez de gens d'esprit accoudés sur les lits du *triclinium* pour agrémenter la *cena* d'une conversation intelligente. Martial ouvrit la partie en demandant à Marcellus quelle impulsion Vespasien comptait donner à la littérature :

— L'Empereur, bien qu'il soit cultivé et aime les bonnes lectures, n'est pas homme à imposer ses goûts. Mais je ne serais pas honnête si je vous cachais que je l'ai plusieurs fois entendu s'insurger contre la mode de la déclamation et les tendances orientalistes de l'époque précédente. Il est dans ce domaine plus près d'Auguste, son modèle en bien des points, que de Néron. Le redressement national qu'il incarne est basé sur un retour aux sources latines et je crois que cela vaut aussi, dans son esprit, pour un redressement intellectuel.

— Ce n'est pas très encourageant pour les poètes, commenta Martial. Néron, lui, au moins, nous reconnaissait.

— Oh ! La poésie est d'utilité publique sous tous les régimes et les bons poètes pourront s'épanouir sous Vespasien. Rassure-toi, cher Martial. Pourtant je pense que la prose sera prépondérante. Pline avec son *Histoire naturelle* et Quintilien avec ses leçons sur la rhétorique plaisent beaucoup à César. Les historiens vont avoir le beau rôle.

— Quel dommage que Valerius soit mort au Capitole, dit Calpurnia. C'était un grand historien bien qu'il n'ait pas eu le temps d'affirmer sa valeur.

— Est-ce lui qui a raconté la mort de Néron ? demanda Marcellus.

— Oui. Comme je regrette qu'il ne soit plus là pour écrire sur le règne de Vespasien.

— En effet. Il va d'ailleurs falloir que je fasse recopier son *volumen* car le papyrus, un *saitica* d'Alexandrie, était de mauvaise qualité. Je tremble à l'idée que des documents historiques, des chefs-d'œuvre, risquent de disparaître à cause d'un mauvais papier !

— Nous pouvons être rassurés, nous, les gens d'écriture, dit Pline. L'Empereur nous appréciera et nous aidera. Ma qualité de serviteur de l'État et du pouvoir impérial me vaut l'honneur de rencontrer souvent Vespasien. Eh bien, nous parlons davantage de littérature, de science, de géographie que de politique !

— Mais comment trouves-tu le temps, cher Pline, de concilier ton œuvre littéraire considérable et tes fonctions publiques ? s'enquit Calpurnia.

— Mon temps est pris par ces fonctions et je m'occupe de mon *Histoire naturelle* à mes moments de loisirs, c'est-à-dire la nuit. Je ne voudrais pas que mes princes me croient capable de leur voler un temps qui leur est dû. Ma récompense, c'est de vivre un plus grand nombre d'heures que les autres.

Les femmes aussi furent à l'honneur. Calpurnia, à la demande de Marcellus, parla de son oncle qui, adolescent, avait vu Auguste présider une course de chars au cirque Maxime et avait plus tard construit la moitié des plus belles demeures de Rome. Corrine, elle, pouvait raconter mille histoires sur la femme qui avait connu la plus extraordinaire destinée, cette Agrippine qui, redoutable manipulatrice du poison, ne se séparait jamais d'une trousse remplie de tous les antidotes. Elle décrivit aussi une scène peu banale à laquelle elle avait assisté à la cour.

— Un jour, Narcisse, un affranchi de Claude, avait appelé un devin-physionomiste pour examiner le visage de Britannicus et se livrer à quelques prédictions à propos de ce prince promis aux plus hautes destinées mais qui était de santé fragile. Sans hésiter, le devin déclara que Britannicus ne régnerait pas mais que le garçon qui était à ses côtés avait toutes les chances de devenir empereur. Ce garçon, c'était Titus, le fils aîné de Vespasien qui, élevé au palais impérial avec Britannicus, a reçu des mêmes maîtres la même éducation. Et aujourd'hui, c'est lui qui est désigné pour succéder à son père ! N'est-ce pas étonnant ? Les deux enfants s'aimaient beaucoup. On a raconté que Titus avait failli mourir empoisonné en goûtant volontairement un poisson douteux servi à Britannicus, mais c'était après mon départ et je ne suis pas tout à fait certaine de la véracité de cette histoire[1].

On parla aussi de Josèphe. Josèphe, c'était le personnage à la mode et il était de bon ton, à Rome, de dire qu'on en savait un peu plus que les autres sur ce guerrier hébreu devenu le protégé de Vespasien et qui écrivait en grec un récit sur la *Guerre des Juifs*.

— L'histoire mérite d'être contée et j'espère qu'un historien s'y attachera, dit Pline. Son père appartenait à l'aristocratie sacerdotale de Jérusalem où il reçut une solide éducation religieuse. Fait rare pour un Juif à cette époque, il vouait une grande admiration au peuple romain et entreprit à vingt-six ans d'aller demander la grâce de quelques prêtres envoyés en captivité par Félix, le gouverneur romain, à titre d'otages. Grâce à Poppée, il obtint satisfaction mais trouva, à son retour à Jérusalem, le pays en pleine révolte contre Rome. La guerre était inévitable. Le sanhédrin, cour de justice toute-puissante en Palestine, transformée en haut commandement militaire, avait créé sept districts stratégiques dont celui de Galilée, confié, allez savoir pourquoi, à Josèphe, qui n'était pas préparé au métier militaire mais qui, en bon patriote, défendit avec courage la citadelle de Jotapate, assiégée par Vespasien et Titus, avant d'être fait prisonnier.

— Dis donc, cher Pline, c'est un vrai roman que tu nous racontes là, dit Celer.

— Oh, mais ce n'est pas fini ! A ce point de mon récit Josèphe est enchaîné et le meilleur sort qui puisse lui être réservé est d'être emmené à Rome et de figurer parmi les captifs au Triomphe du vainqueur de Jérusalem. Or, les choses ne

1. Suétone la racontera dans *Vies des douze Césars*.

se passèrent pas ainsi. Lorsqu'il fut présenté chargé de fers à Vespasien, il lui dit calmement, d'une voix inspirée, qu'il connaissait son destin futur : « Tu m'entraves aujourd'hui parce que je suis vaincu mais, dans un an, lorsque tu seras devenu empereur, tu ordonneras de me délivrer en te rappelant ma prophétie. »

— On dit que Vespasien est très superstitieux, dit Calpurnia.

— Plus que cela : il chasse les présages comme d'autres les papillons ! La prophétie de Josèphe a sûrement eu son influence dans la décision de Vespasien hésitant au moment d'accepter l'Empire. Et les autres présages ! Rappelez-vous l'aigle venu d'Orient qui a désigné le vainqueur à Betriacum. Et la statue de César qui, lors de comices, s'est tournée toute seule du côté de l'Orient où Vespasien attendait. Oui, prodiges et oracles se sont multipliés qui promettaient l'Empire à Vespasien et à ses fils !

— Et le nouvel empereur a délivré Josèphe ?

— Cela fut l'une de ses premières décisions. Il a réuni le conseil de ses officiers et leur a tenu à peu près ce langage : « Je considérerais comme honteux de garder prisonnier cet ennemi valeureux mais loyal que les dieux ont choisi pour me porter l'heureuse nouvelle de ma gloire. Introduisez Josèphe Flavius et que l'on brise ses fers devant nous ! » Rendu à la liberté, le détenu a suivi Vespasien à Alexandrie puis à Rome où il a assisté à son Triomphe. Un peu plus tard, l'Empereur lui a donné l'autorisation et les moyens de vivre à Rome grâce à une pension honorable. Enfin il lui a décerné le titre de citoyen romain. Voilà comment Rome s'est enrichi d'un historien de valeur !

La soirée s'acheva comme il se devait par de la musique. Calpurnia joua de la cithare puis, à l'étonnement général, Corrine, la digne femme du *curator operis*, chanta d'une voix très pure que Pline qualifia aussitôt d'enchanteresse. Calpurnia s'était fait ce soir-là une amie dont la fidélité ne devait jamais se démentir.

# VIII

## LES JOURS GRIS

La construction de l'amphithéâtre avait commencé dans la sérénité. Les travaux de traçage, les fondations, l'ébauche de la partie souterraine étaient peu spectaculaires et, le premier moment de curiosité passé, les Romains avaient cessé de s'intéresser aux travaux. Et puis voilà que le chantier semblait pris d'une fièvre soudaine. Le nombre des ouvriers, des chefs de travaux, des ingénieurs et des architectes s'était considérablement accru à l'arrivée d'un contingent de prisonniers de Palestine ; les transports de matériaux s'étaient multipliés et il n'était pas rare de voir Vespasien ou son fils Titus se déplacer pour constater que la réalisation monumentale qui devait marquer l'avènement de la dynastie des Flaviens allait bon train.

Cette animation subite avait une raison : l'amphithéâtre sortait de terre. Ce qui hier encore n'était qu'un immense ovale cerné de pierres plates était maintenant un mur circulaire ponctué de colonnes qui laissait préfigurer l'architecture du géant de marbre. Le chantier cessait d'être un trou informe et devenait affaire d'État. Les Romains l'avaient bien compris qui recommençaient à venir glisser un regard à travers les palissades de protection dans l'espoir d'apercevoir les ouvriers au milieu des nuages de poussière et d'imaginer ce que serait leur paradis ludique.

Marcellus et Celer avaient longuement hésité sur la manière de faire progresser les travaux : à la verticale en avançant le travail sur toute la hauteur des deux premiers étages, ou à l'horizontale en haussant simultanément mur et colonnade sur toute la portée de l'ellipse. Le premier procédé avait l'avantage de pouvoir montrer très vite une partie bien engagée de la construction, le second laissait deviner plus difficilement l'image finale de l'édifice mais semblait plus économique et, surtout, présentait moins de risques d'éboulements. C'est ce dernier qui fut retenu bien qu'il exigeât la présence sur le chantier d'un plus grand nombre de machines.

Ces machines, qu'il avait fallu construire, faisaient la fierté de ceux qui les avaient mises au point comme de ceux qui les faisaient fonctionner. Celer et Marcellus s'étaient entourés d'ingénieurs grecs et latins qui connaissaient presque tout du savoir des Anciens en matière de travaux publics, davantage en tout cas que ce qu'en avaient écrit le mathématicien Héron d'Alexandrie et Marcus Vitruve qui avait dédié à Auguste son *De Architectura*, bible de tous les architectes du temps.

Celer avait beaucoup de respect pour ces hommes venus des quatre coins de l'Empire où ils avaient résolu les problèmes les plus complexes et les plus délicats que présentait la construction d'aqueducs, notamment, ou celle des théâtres. Ils apportaient à l'œuvre commune le fruit de leur expérience et leur grande connaissance du transport et de la manipulation des pierres dont le poids atteignait souvent des dizaines de tonnes. Depuis bien longtemps, l'homme savait se servir de leviers. Il avait inventé les poulies à double ou à triple rang utilisés aussi dans la marine pour hisser les voiles, la trispaste qui soulevait les fardeaux. Celer avait perfectionné cette machine pour en faire un engin d'une manœuvre plus rapide mais aussi plus difficile, exigeant le concours d'ouvriers entraînés : la polyspaste pouvait, avec ses dix-huit poulies et ses câbles, déposer un fardeau en avant, à droite ou à gauche. Grâce à cette machine[1], les pierres taillées et les blocs de

1. C'était en somme l'ancêtre de la grue, sauf qu'il n'y avait pas d'engrenages. Tout était fait par des cordages et des poulies.

marbre pouvaient être soulevés directement du chariot et élevés jusqu'à l'emplacement qui leur était destiné.

En cette fin d'une journée de labeur, Celer regardait avec fierté ce ballet des blocs de travertin qui oscillaient dans le soir avant de se poser là où les maçons les recevaient pour les accoler à leurs voisins.

— C'est magnifique, n'est-ce pas, Marcellus ? dit-il au *curator*. Toute la puissance de l'Empire semble concentrée, comme un symbole en marche, sur ce chantier qui constitue, en dehors des exploits militaires, le plus grand défi romain de l'histoire. Comment rester insensible à la magie de ce spectacle extraordinaire ! Je vais demander à notre ami Martial d'en conserver une trace dans l'un de ses écrits.

— Pourquoi pas ? Mais arrivera-t-il à évoquer en une dizaine d'hexamètres le regard de feu qui t'anime, Celer, lorsque tu parles du chantier de l'amphithéâtre ? J'ai beaucoup de chance de travailler avec toi mais tu me fais regretter de ne connaître le métier d'architecte qu'à travers ton propre talent. Je voudrais te poser une question : les machines ne pourront hisser les pierres que jusqu'à une certaine hauteur, celle du premier étage. Que ferons-nous ensuite ?

— Je pense mettre en application une invention de Héron – décidément ces Grecs ont tout pensé avant nous – qui doit permettre avec des roues dentées et des pignons de différentes tailles de tracter ou d'élever de grosses charges en maniant une simple manivelle. Personne à ma connaissance n'a utilisé chez nous cet appareil. Je possède sa description sur un parchemin que m'a laissé Sevurus en me disant : « Cela peut marcher, sait-on jamais !.. » Je vais en faire fabriquer un afin de l'essayer.

De ces journées laborieuses, Celer rentrait épuisé, mais Calpurnia savait trouver les mots qui calmaient. Elle l'entourait de soins pour qu'il puisse briller lorsque des invités venaient partager la *cena* qui restait au Vélabre le moment le plus agréable de la journée. Pour Calpurnia qui avait besoin de parler, d'écouter, d'échanger des idées, et pour Celer qui pouvait enfin oublier le vacarme et la poussière du chantier.

La petite Terentia allait bientôt avoir trois ans et tenait une grande place dans la vie familiale. Sa mère s'occupait beaucoup d'elle et laissait peu d'initiatives à la nourrice dont elle craignait, à tort, la négligence. Abula, l'esclave syrienne, qui portait le nom d'une rivière romaine, était jolie, douce et sérieuse malgré sa jeunesse. Elle adorait Terentia et avait peur de Calpurnia qui n'était pourtant pas une patronne bien sévère. Quant à Celer, il ne se privait pas de faire remarquer sa beauté juvénile, ce qui agaçait sa femme. Celle-ci le sentait attiré, peut-être inconsciemment, par la jeune fille ; elle se disait que c'était une chance qu'il fût accaparé par l'amphithéâtre. « Si Abula avait été dans la maison lorsque Celer était inactif, je crois que j'aurais eu une rivale ! » avait-elle confié un jour à Martial. Le poète lui avait répondu en souriant qu'il eût été là pour la consoler. Comme on ne savait jamais si le trousseur d'épigrammes était sérieux ou s'il plaisantait, Calpurnia ne fit pas attention sur le moment à sa réponse. C'est un peu plus tard qu'elle la trouva plutôt flatteuse et se dit que si Celer succombait un jour à la jeunesse d'Abula, elle ne manquerait pas de s'en souvenir.

Ainsi allait la vie. Terentia grandissait en même temps que le « gâteau blanc ». Aux calendes de mars le gros œuvre du premier étage était terminé. Des colonnes doriques supportant quatre-vingts arcs ouvraient au rez-de-chaussée autant de portes sur le couloir circulaire d'où, plus tard, on accéderait aux voûtes et aux escaliers qu'emprunteraient les spectateurs pour gagner leurs places. Telle quelle, dans son état brut, l'ellipse d'arcades était belle. Les Romains pouvaient maintenant vraiment imaginer ce que serait leur amphithéâtre quand une deuxième colonnade, d'ordre ionique cette fois, puis une troisième, corinthienne, s'élanceraient dans le ciel de Rome pour envelopper de marbre le sable d'or de l'arène.

☆

Celer, ce matin-là, surveillait la mise en place du fameux appareil de traction et d'élévation de Héron que les meilleurs mécaniciens de l'Empire, choisis dans les provinces pour leur habileté, avaient construit dans l'atelier installé dans les sous-sols de l'édifice. Il se présentait comme une caisse à l'intérieur de laquelle quatre groupes de roues dentées s'entraînaient miraculeusement sous l'effort normal d'un homme tournant une manivelle.

Prévenu par Marcellus, l'Empereur s'était déplacé pour voir fonctionner cette machine capable de multiplier presque à l'infini la force de l'homme. Après avoir reçu l'ovation des huit mille ouvriers présents ce jour-là sur le chantier, il félicita Celer :

— Chaque fois que je viens constater l'avancée des travaux, je me dis que j'ai eu raison de te choisir. Grâce à ton talent, mon nom va rester pour des siècles attaché à ce monument et je t'en récompenserai.

— Ma récompense, César, c'est de te servir. Si tu es satisfait, mon bonheur est plus grand que l'édifice qui est en train de s'élever sur l'ancien lac de Néron, répondit habilement Celer qui savait que les louanges exagérées irritaient Vespasien.

— Bien. Je note que chez toi l'amour de l'art l'emporte sur l'appât du gain. Mais l'argent n'est pas à dédaigner. Je suis bien placé pour te dire cela, moi qui me suis forgé une réputation de pingre. Mais, entre nous, celle-ci m'arrange : on hésite à me solliciter. Rome, après avoir inconsidérément dépensé, a besoin d'un empereur avare ! Cela dit, tu mérites une récompense et tu l'auras ! Maintenant montre-moi comment fonctionne ton engin.

Celui-ci était solidement arrimé sur l'arête du premier étage. Celer fit accrocher une pierre taillée d'au moins trois mille livres au câble du dévidoir de la machine et s'adressa à Vespasien :

— Noble et vaillant César, veux-tu hisser sans aide ni fatigue cette pierre jusqu'à nous ? Il te suffit de monter par cet escalier intérieur et de tourner la manivelle que tu aperçois sur le côté de la caisse.

Vespasien ne se fit pas prier. Il grimpa comme un jeune homme la dizaine de marches qui le menèrent sur le mur et, sans effort, actionna le mécanisme. Le cordage se tendit puis, dans une sage lenteur, le fardeau, un bloc de travertin, quitta le sol. Celer voulut faire relayer l'Empereur mais celui-ci s'était pris au jeu :

— Mais non ! Je veux monter cette charge jusqu'au bout. Ce sera ma pierre à l'édifice !

Du chantier qui s'était figé durant la manœuvre impériale surgit une immense acclamation.

— Je préfère ces manifestations impromptues aux ovations provoquées des défilés officiels, dit Vespasien, enchanté. Je viens de passer une très bonne matinée !

☆

Comme un énorme champignon, l'amphithéâtre continuait de pousser sur le vieux terreau de la cité un moment annexé par Néron. En même temps, grâce à Martial, la vie culturelle de la maison du Vélabre ne cessait de s'enrichir de nouveaux hôtes. Le poète avait ainsi amené dans le péristyle de Calpurnia, où il était si doux d'échanger des idées en respirant le parfum des jasmins, un jeune homme séduisant d'allure et d'esprit qui plut tout de suite au maître et à la maîtresse de maison. Tandis qu'il s'inclinait, un peu intimidé devant Calpurnia, Martial l'avait présenté :

— Le jeune Decimus Junius Juvenalis, vous l'appellerez Juvénal comme tout le monde, mérite d'entrer dans notre cercle. Il ne jure pas qu'il n'écrira jamais de vers mais, pour l'instant, il se veut rhéteur. Son dieu est notre compagnon, hélas trop peu assidu à nos réunions, le sage Quintilien dont il suit l'enseignement. Vous l'entendrez déclamer : c'est à coup sûr un orateur promis à un brillant avenir. C'est aussi un ami très cher. Si j'osais, je dirais qu'il est pour moi ce que Pylade était à Oreste.

— Sois le bienvenu, Juvénal, dans cette maison d'architecte où l'on construit autant de chimères que d'édifices, dit Celer qui ajouta : De quelle région es-tu ? D'Italie sans doute, cela se devine.

— Merci de ton accueil, j'essaierai de ne pas paraître ridicule devant les personnages savants et célèbres que tu as l'habitude de recevoir. Je suis né à Aquinum, en Campanie, mais je suis venu vivre à Rome car c'est là que souffle l'esprit.

— Très bien, mais Martial a dû te prévenir : ici c'est d'abord à ma femme qu'il faut plaire. Calpurnia est la vestale de notre chaleureuse compagnie.

— Je ferai tout pour cela, Calpurnia. Il est vrai que Martial m'a beaucoup parlé de toi et t'a décrite comme une femme qui ne supporte ni la médiocrité ni la faiblesse de l'âme.

Calpurnia éclata de rire :

— Ainsi, Martial me fait passer pour une intellectuelle pédante ! Mais il me semble que toi-même tu cultives volontiers l'éloquence. Si tu veux nous séduire, sois simple, tout bonnement ! Dis drôlement les choses sérieuses, rapporte-nous du *forum* ou des thermes des nouvelles singulières, moque-toi des puissants... et tu seras adopté. Ces murs, qui distillent de la passion, ne supportent que les gens gais et intelligents, pas les raseurs ! Maintenant viens t'asseoir puisque tu es déjà des nôtres. Ah, j'oubliais : même s'il ne te plaît pas, ne dis pas de mal de l'amphithéâtre, c'est la fierté de la famille !

Juvénal avait compris la leçon. Après, par discrétion, s'être peu mêlé à la conversation, il s'enflamma soudain à propos de la jeunesse :

— Vespasien, dit-on, entend rendre l'honneur à l'Empire pourri par la vanité et l'argent. Fort bien, chacun sait que la richesse est mère de la corruption. Mais s'intéresse-t-il à la jeunesse, à tous ces enfants qui demain détiendront les pouvoirs ? Non. Est-il obligé d'abandonner la jeune génération aux maux devenus traditions dans une Rome qui se perd ? On trouve normal qu'un enfant, à peine conçu, soit saisi par ses vices propres et particuliers : l'engouement pour les histrions, les acteurs vulgaires, le goût sans retenue des combats de gladiateurs et des courses de chars. Trouve-t-on encore des jeunes qui à la maison ou à l'école parlent d'autre chose ? Il faut former leur esprit au lieu de le gâter !

Ce thème avait été souvent abordé au cours des discussions du Vélabre mais jamais avec cette passion, cette justesse d'expression et de pensée. Après que Juvénal, confus, se fut excusé de sa véhémence, Celer le félicita :

— Quelle plaidoirie ! Comment quelqu'un pourrait ici te donner tort ? Moi aussi je déteste les jeux cruels qui abêtissent le peuple, mais je construis le plus grand amphithéâtre de notre monde. Vespasien ne pense pas autrement mais il a commandé cette fantastique arène où cinquante mille Romains pourront voir en hurlant un lion dévorer un condamné ! Admettons qu'en ce qui me concerne il s'agisse de faiblesse, pour l'Empereur c'est la rançon du pouvoir. Même si cela ne change pas grand-chose, il est bon que des voix s'élèvent de temps en temps pour défendre les principes. Si c'est le rôle des orateurs, vivent les orateurs !

— Merci, Celer. Cela ne m'empêche pas d'admirer ton amphithéâtre. Sans doute irai-je même me mêler à la foule un jour que l'on appelle « de fête » mais je pense vraiment qu'il est mauvais de flatter les plus bas instincts des hommes. Aujourd'hui, je le clame mais peut-être qu'un jour je l'écrirai[1].

☆

L'amphithéâtre apparaissait chaque jour un peu plus dans le paysage romain comme un géant dont les milliers de serviteurs attachés à son service avaient du mal à satisfaire l'appé-

1. Plus tard dans sa vie, c'est en effet dans la poésie qu'il cherchera la gloire et qu'il écrira, dans ses *Satires aux Romains*, des mots d'amer mépris (*Panem et Circenses*...).

tit. Depuis cinq ans maintenant, l'ogre aux cent gueules de marbre engloutissait chaque jour de pleins chariots de matériaux, de bois, de pierres, de briques et surtout de travertin. Le *tiburtinus*[1] avait été choisi pour sa résistance et la proximité de son lieu d'extraction. Celer et ses ingénieurs avaient évalué à quatre vingt mille mètres cubes la quantité de travertin nécessaire à la construction de l'amphithéâtre mais le mur d'enceinte et son revêtement en avaient utilisé quarante-cinq mille et la partie interne – gradins, escaliers et dégagements – dépassait déjà ce chiffre alors qu'elle était loin d'être achevée[2].

— Notre amphithéâtre est un gouffre, disait le *curator* à Celer. L'Empereur, qui est comme tu le sais peu dispendieux, est effaré par les sommes dépensées. Je lui réponds que l'éternité n'a pas de prix et que l'amphithéâtre Flavien perpétuera sa dynastie. Cela le calme, surtout s'il a été le matin contempler notre monument qui, il faut le dire, est magnifique.

— C'est vrai, mais l'aménagement des couloirs et des issues me donne beaucoup de souci. Et nous n'avons pas encore commencé l'édification des gradins ! Verrons-nous, cher Marcellus, notre œuvre terminée ? Je n'y croirai que lorsque j'entendrai hurler cinquante mille Romains installés dans le chaudron impérial !

— Cela viendra, cela viendra... En tout cas pour toi qui es encore si jeune. Moi je me sens vieillir...

Celer croyait entendre son maître Sevurus lorsque s'éternisaient les travaux de la Maison Dorée. Le vieil architecte avait pourtant vu son œuvre achevée. Mais l'amphithéâtre pesait autrement lourd sur les épaules de ses constructeurs que la fantaisie de Néron. Celer avait réclamé à plusieurs reprises qu'on lui adjoigne un architecte ingénieur capable de l'aider et de le remplacer s'il tombait malade. « Trouve-le toi-même », avait fini par répondre Marcellus. La chance un

1. Le travertin, roche calcaire particulièrement résistante extraite principalement des carrières de Tibur (aujourd'hui Tivoli).

2. On évalue finalement à cent cinquante mille mètres cubes la quantité de travertin utilisée au total dans la construction du monument.

matin vint à son secours sous les traits d'un jeune homme qui demanda à le rencontrer après avoir réussi à pénétrer sur le chantier, ce qui n'était pas facile pour un inconnu.

— Je m'appelle Rabirius, dit-il. Je suis originaire de Campanie. Ne vous fiez pas à mon allure juvénile : j'ai presque trente ans et une solide expérience de notre métier. Je dis « notre métier » car je suis architecte. Mon maître était Claudius Gratianus qui connaissait bien Sevurus. Il était à Naples ce que ce dernier était à Rome.

— Pourquoi dis-tu : « il était » ?

— Parce qu'il vient de mourir. J'ai entendu parler de l'amphithéâtre des Flaviens et j'ai voulu voir si ce que l'on en disait était conforme à la réalité.

— Et alors ?

— Jamais je n'aurais imaginé que l'on pouvait construire un tel monument.

C'était le genre de discours qui plaisait à Celer. Le hasard lui amenait-il celui qu'il cherchait ?

— Si j'ai bien compris, dit-il, tu désires travailler avec moi ? Eh bien, montre-moi ce que tu sais faire et je verrai si je peux t'engager dans notre armée. Car tu vois, toutes ces fourmis qui vont et viennent portant des pierres, ce sont les soldats d'un véritable camp avec leur *forum*, leur enceinte, leurs officiers, leur discipline. Viens avec moi, je vais surveiller l'installation des pilastres du troisième ordre. Tu me diras ce que tu penses, tu me feras les remarques que tu voudras et critiqueras sincèrement ce que tu estimeras critiquable. Je n'attends pas de toi des flatteries inutiles mais une démonstration de tes connaissances.

C'est ainsi que Rabirius, fils d'une bonne famille napolitaine d'affranchis, instruit selon les préceptes de Vitruve dans la corporation, formé par des voyages en Grèce dont l'un à Delos où il s'était initié à l'extraction et au commerce des marbres, dessinateur de talent, technicien du blocage et doté d'une solide culture générale, prit place dans la famille des bâtisseurs de la grandeur romaine. Celer en fit d'abord une sorte de secrétaire, d'aide de camp, d'homme à tout faire qui le suivait au long de la journée et à qui il demandait son avis sur les sujets les plus divers. Rabirius était intelligent et avait deviné que le *redemptor* le testait, jugeait ses réactions, essayait de deviner ses limites. Il fit ce qu'il fallait pour plaire à Celer sans devenir obséquieux, pour montrer ses capacités sans faire preuve de prétention, pour rester discret sans manquer d'initiative.

A la maison, Celer parlait souvent de celui qu'il appelait son assistant et qui avait su peu à peu se rendre indispensable :

— J'ai peut-être découvert mon adjoint, disait-il. Marcellus le trouve trop jeune mais dans quelque temps je suis sûr qu'il fera un excellent architecte.

Naturellement, Calpurnia eut envie de connaître l'oiseau rare.

— Invite-le donc un soir à la *cena*. Il nous changera un peu de nos écrivains dont le discours a une fâcheuse tendance à se répéter. Et puis, je te dirai ce que j'en pense. Je ne peux évidemment pas me rendre compte de ses qualités professionnelles, mais l'homme, tu sais que je saurai le juger.

C'est ainsi que Cocceius Rabirius fit son entrée dans l'*atrium* du Vélabre où ne l'attendait pas seulement l'œil curieux de Calpurnia. Martial et Juvénal, suspicieux, voulaient eux aussi mettre à l'épreuve ce nouvel arrivant qui risquait un jour de partager leur position d'hôtes privilégiés. Mais Rabirius était subtil. Il savait parler aux femmes et conquit très vite la confiance de Calpurnia. Quant aux deux compères, il déjoua avec habileté les pièges qu'ils lui tendaient. Certes, il n'écrivait pas de vers mais il parlait le grec, il n'était pas publié mais il pouvait discourir longuement sur la sculpture hellène et romaine. Bien vite, les hommes de plume renoncèrent à le chatouiller et dirent qu'ils espéraient revoir souvent au Vélabre un Napolitain aussi sympathique. Cela leur valut une pointe de Calpurnia qui leur fit remarquer que jusqu'à nouvel ordre c'était elle qui invitait dans sa maison.

Des travaux d'une telle ampleur, s'étalant sur des années, ne pouvaient se dérouler sans aléas. Des accidents, mortels parfois, se produisaient, des maîtres de chantier étaient remplacés, des disputes, graves ou non, éclataient qu'il fallait calmer, des vols étaient commis que l'on devait sanctionner. Marcellus et ses aides s'acquittaient avec fermeté de cette tâche de surveillance et de police que le *curator* détestait :

— Vespasien ne m'a pas fait un cadeau en me confiant ce mandat, disait-il à Celer. C'est une fin de carrière certes honorable, mais épuisante. Heureusement que je m'entends bien avec toi...

— Avoue aussi que c'est exaltant. Se dire que l'on construit pour des siècles un monument unique qui aura sûrement sa place parmi les Merveilles du monde ne manque pas de grandeur. Qu'est le phare d'Alexandrie à côté de notre amphithéâtre ?

Marcellus soupirait :

— Tu as raison. Je râle mais si l'Empereur m'ôtait l'enivrant plaisir de voir grandir chaque jour l'ellipse magique, je mourrais de honte et de dépit.

Vespasien et Titus ne furent pour rien dans le départ du *curator*. Marcellus, un matin, ne vint pas au chantier. Il était mort dans la nuit, en quelques minutes, près de sa femme qui ne retint que deux mots des dernières phrases incompréhensibles qu'il prononça dans son délire : « *amphitheatrum* » et « *colossus*[1] ».

Celer et toute la maison du Vélabre furent très attristés par cette mort subite qui les privait d'un ami devenu cher et de celui qui avait endossé, depuis le début, l'écrasante responsabilité administrative et financière de l'amphithéâtre Flavien.

Pour l'architecte, cette disparition était lourde de conséquences. Qui allait être désigné à sa place ? Et qui, dans l'in-

1. Marcellus ne pouvait pas prévoir, pas plus que sa femme, que son dernier mot, *colossus*, deviendrait au VIIIe siècle celui qui désignerait désormais l'amphithéâtre Flavien (Colosseo en italien, Colisée en français).

tervalle, pouvait continuer à gérer le chantier et la vie de plus de deux mille personnes ? Celer demanda une audience à Titus et, en attendant, un conseil à Calpurnia :

— Il m'est impossible, même pour peu de temps, de mener de front la direction technique du chantier et son administration. De plus, les chiffres m'assomment dès qu'ils ne concernent pas la géométrie. Que dois-je faire ?

Calpurnia réfléchit un instant et dit :

— Il s'agit d'un travail qui n'est pas le tien, qui t'ennuie et auquel tu ne connais rien. Ignorance pour ignorance, confie-le à Rabirius. Cela ne va sans doute pas l'enchanter mais le sacrifice est le propre de la jeunesse. Et qui sait... peut-être se révélera-t-il un excellent gestionnaire.

Voilà comment le serviable Rabirius dut délaisser les plans, l'âcre odeur de la chaux et le calcul des portées de voûtes pour se consacrer à additionner les tonnes de travertin, les milliers de briques et les quintaux de farine de blé nécessaires à la nourriture des ouvriers.

Celer fut reçu par Titus au Palatin. Le cadre n'avait subi aucune modification depuis Néron, à part peut-être l'absence de quelques afféteries de décoration dont raffolait l'ancien empereur mais dont s'accommodait mal l'austérité vespasienne. L'atmosphère, elle, avait changé. Au parfum vénéneux des plantes exotiques qui avait flotté dans le palais succédait la fragrance plus naturelle des roses et, surtout, l'ambiance était celle du travail. On ne croisait plus dans les couloirs des groupes de courtisans désœuvrés. Tout le monde avait l'air affairé et, lorsque Celer fut introduit près de Titus, ce dernier était entouré d'une dizaine de personnes, sénateurs, préfets ou consulaires. Il arrêta la discussion lorsqu'il aperçut Celer et annonça de sa voix claire, un peu haute :

— Mes amis, voici notre orfèvre du travertin, Celer, fils du grand Sevurus, qui est en train de doter Rome du plus grand monument du monde : l'amphithéâtre qui perpétuera le nom glorieux du premier des Flaviens, mon père Vespasien. Celer, viens t'asseoir et parle-moi du chantier. Le temps nous manque pour venir nous rendre compte plus souvent de la progression des travaux mais je sais que tout va bien. A part, hélas, la mort de notre cher Marcellus. Je pense que c'est au sujet de sa succession que tu as demandé à me voir ?

— Oui, Seigneur. Personne ne pourra remplacer Marcellus qui a suivi depuis le début la construction de l'amphithéâtre mais je sais que tu auras à cœur de désigner un *curator* compétent.

— C'est l'Empereur qui a pensé à l'un de ses fidèles compagnons, Attius Felicianus, un chevalier qui a été préfet des vigiles puis préfet de l'annone. Tu as dû le rencontrer : il était votre voisin au Vélabre où il veillait sur nos réserves de blé.

— En effet. Mon père adoptif Sevurus l'appréciait. Il lui a même, je crois, construit une maison.

— Il n'est pas architecte mais il aime bâtir et a beaucoup de goût. Je pense qu'il t'aidera de tout son cœur à terminer les travaux.

Celer fut sensible à la nuance. Titus avait dit « il t'aidera », ce qui signifiait qu'il ne le considérerait pas comme supérieur à lui malgré son titre de *curator operis amphitheatri*. Il remercia Titus qui l'entraîna dans une pièce voisine :

— Mon père désire te voir. Je pense que c'est pour te féliciter. Il est enchanté de son monument dont tout le monde lui dit le plus grand bien.

Vespasien accueillit Celer avec sa courtoisie habituelle, la même pour les petites gens que pour les dignitaires de l'Empire.

— Je ne te vois pas souvent mais je te connais, Celer, je sais que tu es un esprit positif, méthodique et opiniâtre. Il le faut pour réussir ce que j'ai décidé d'entreprendre. Ton empereur te félicite. Tu vas me parler de notre amphithéâtre mais, avant, je voudrais te poser une question : sans te demander d'aller plus vite en besogne – je sais que ce n'est pas possible –, peux-tu me dire combien de temps il te faudra pour terminer les travaux ? Bref, quand pourrai-je inaugurer le chef-d'œuvre de mon règne ?

— Comment te répondre avec exactitude, seigneur. Dans

notre métier, les prévisions sont bien aléatoires. Chaque jour réserve des surprises, parfois bonnes, le plus souvent mauvaises, qui obligent à refaire un travail ou à repenser un plan longuement mûri. Comme je te dois une réponse, je dirai quatre ou cinq ans. Bientôt, l'amphithéâtre apparaîtra presque terminé aux profanes. Pourtant la coquille sera à peu près vide. Il restera à construire le système de voûtes en berceau, de radiales, de piliers en travertin, de couloirs et d'escaliers qui supporteront les gradins des sièges étagés jusqu'au podium et au sable de l'*arena*.

— Je dirais que tes paroles sont pour moi de l'hébreu si je ne parlais pas correctement cette langue depuis mon séjour en Judée. Mais je retiens que tu crois en ton travail et je te fais confiance. Si je t'ai demandé quand tu auras terminé, c'est que mon vieux corps, meurtri par tant de campagnes, fatigué par tant de sièges longs et pénibles, me donne de plus en plus de souci. Tiens, en ce moment, mon pied droit me rappelle avec insistance le siège de Jotapate au cours de la rude guerre juive. La légion venait d'établir son bélier contre la muraille derrière laquelle Josèphe, devenu aujourd'hui mon ami, se défendait depuis des semaines. C'est là que j'ai été blessé alors que je commandais la manœuvre. Une flèche tirée de la ville m'a atteint au pied et tous ceux qui étaient près de moi furent effrayés de me voir perdre mon sang. Leur trouble gagna tout le camp et mon fils Titus, prévenu, se précipita. Je vis l'instant où tout le monde allait abandonner son poste et où la victoire, si chèrement acquise, allait nous échapper. Il ne me restait qu'à dissimuler la douleur que je ressentais sous le pansement de fortune qu'on m'avait fait. et à rendre aux légions la confiance et le courage, à les exciter à combattre avec plus d'ardeur encore. Jotapate est tombée le soir même... Mais je me demande pourquoi je te raconte cette vieille histoire. D'habitude, je ne songe qu'à l'avenir.

— L'honneur que je ressens d'avoir été ton confident n'en est que plus grand. César, je n'oublierai jamais ce moment !

Celer revint tout guilleret au Vélabre. Il sourit en pensant à Néron qui lui aussi s'inquiétait à la pensée de mourir avant la fin des travaux de la Maison Dorée. Mais il ne craignait pas

Vespasien, il l'aimait et il l'admirait. Il se jura de faire tout ce qu'il pourrait pour que cet homme de grand bon sens qui avait rendu à Rome sa dignité puisse agiter un jour de sa loge, sous les ovations de la foule, le mouchoir blanc qui donnerait le signal du début des premiers jeux organisés dans l'amphithéâtre des Flaviens.

Malheureusement, la maison n'était pas en gaieté quand il y pénétra. Coccius, d'habitude enjoué quand il accueillait les maîtres ou des visiteurs, ne souriait pas.

— Que se passe-t-il ? demanda Celer. Où est Calpurnia ?

— Dans la chambre de l'enfant. Terentia est malade. Elle souffre et elle vomit.

Il se précipita et trouva toutes les femmes de la maison autour du lit de la petite fille qui pleurait en disant qu'elle avait mal à la tête. Calpurnia lui expliqua que Terentia avait commencé à se plaindre le matin, peu après son départ pour le chantier, et que le mal ne faisait qu'empirer. Tout de suite une peur atroce le saisit. Il connaissait la gravité des troubles de la petite enfance et savait que souvent la mort en était le terme.

— As-tu fait appeler le médecin ? demanda-t-il.

— Naturellement ! Mais il a davantage proposé des conseils négatifs que prescrit des remèdes. « Ne lui donne pas ceci, ne lui donne pas cela... » Pour le reste, il m'a dit qu'il fallait éviter une rencontre incompatible entre les mauvaises humeurs du corps malade et celles que comportent les aliments. Qu'est-ce que cela veut dire ? J'ai fait demander à Pline de venir. Il nous disait l'autre jour qu'il avait recueilli pour son *Histoire naturelle* un nombre infini de recettes, la plupart venant d'Hippocrate et des médecins grecs. « Mais cette médecine, a-t-il ajouté, est mêlée à des pratiques magiques ou superstitieuses. En fait la médecine ne s'intéresse pas aux enfants en bas âge ! » Allons-nous recourir aux produits d'origine animale ou végétale les plus insensés pour guérir Terentia ? Devons-nous suivre les conseils de Caton l'Ancien qui recommande de laver les tout petits enfants avec de l'urine de quelqu'un qui a mangé du chou pour leur donner de la force ?

— Non. Terentia n'est pas assez mal pour qu'on ait recours à n'importe quel remède. Baignons-lui le front avec une éponge humectée d'eau froide. Et attendons Pline. Il n'est pas médecin mais il connaît tout sur la médecine.

Quand le savant arriva, en fin de soirée, la petite fille allait mieux. Elle ne se plaignait plus et esquissa même un petit sourire lorsque son père lui raconta l'histoire qu'elle préférait, celle de l'âne qui s'était fait nommer sénateur par le préfet du prétoire de Caligula.

— J'ai apporté quelques rouleaux, pleins des remèdes dont j'ai retrouvé la mention. Il est difficile de garder son sérieux en rapportant certaines de ces recettes mais je me dois de le faire puisqu'elles sont consignées. Celle-ci par exemple est surprenante. Je lis : « Contre la fièvre dite siriasis, prenez un lézard mâle – pour qui hésite sur l'identification du sexe, il lui suffit de constater qu'il a un trou sous la queue –, faites-lui mordre la partie malade à travers une étoffe d'or ou d'argent puis suspendez-le à l'aide d'un roseau au-dessus de la fumée d'un foyer ; quand il meurt, l'enfant est guéri. »

— On va me mettre un lézard sur le front ? demanda Terentia qui avait entendu et ajoutait qu'elle était guérie et refusait cette pratique.

Pline sourit :

— Voyez, le remède est excellent. Il suffit de le décrire et le malade va tout de suite mieux ! A votre place, je me contenterais de donner ce soir du lait de chèvre à Terentia et, si elle a faim, un peu de miel. Tenez, son pouls est redevenu normal. J'ai l'impression que vous vous faites trop de souci pour cette enfant qui va dormir bien gentiment tandis que vous allez m'offrir à dîner. Le fumet qui nous parvient de la cuisine me pousse à délaisser le repas frugal qui m'attend à la maison et à choisir ta table, ô Calpurnia ! La meilleure de Rome !

La famille rassurée, Terentia endormie et le vin de Dalmatie aidant, la soirée fut encore une fois joyeuse et captivante au

Vélabre. Pline qui rentrait de Gaule dit qu'il avait vu un ouvrage romain absolument extraordinaire dans un site merveilleux : le pont du Gard construit sur l'ordre d'Agrippa, le gendre d'Auguste.

— Cet aqueduc qui s'élève dans le ciel comme une dentelle de pierre formée de trois hauteurs d'arches a presque cent ans mais on croirait qu'il a été fini hier. Combien de temps dureront nos monuments, monsieur l'architecte ? Les Romains construisent-ils pour l'éternité ?

— C'est la question que se posait souvent Sevurus, répondit Celer. Il pensait que les écrits survivraient à l'érosion des siècles parce qu'ils peuvent être recopiés à l'infini tandis que les pierres périraient victimes des vents, des pluies et surtout des guerres. Je crois qu'il avait raison. On lira encore *l'Histoire naturelle* que depuis longtemps l'amphithéâtre des Flaviens se sera écroulé.

Celer, ensuite, raconta son entrevue avec Vespasien. L'enthousiasme qu'il manifesta plut beaucoup à Pline qui admirait l'Empereur donné à Rome par les dieux au moment où la nation devait se relever pour ne pas mourir.

— Et Titus ? demanda-t-il. Que penses-tu de celui qui succédera à Vespasien ?

— J'ai entendu dire que la guerre juive l'avait mûri et grandi. Plus jeune, sa réputation n'était pas bonne, les mauvaises langues voyaient en lui un nouveau Néron, débauché et cruel. Aujourd'hui, il me paraît être le digne fils de son père ; réfléchi, clairvoyant et efficace.

— Tu as raison. Il aide maintenant Vespasien dans tous les domaines de sa charge et gouverne Rome avec lui. L'avenir de l'État semble assuré pour de longues années.

Il était tard. Pline, avant de prendre congé et de monter dans sa litière, tint à revoir Terentia. La petite fille dormait paisiblement.

— Vous voyez, dit-il, le meilleur remède pour guérir les enfants est bien de ne rien faire, de laisser la nature jouer son rôle bienfaisant.

— J'ai pourtant fait quelque chose, dit Calpurnia.

Tout le monde la regarda, étonné.

— Et quoi donc ? demanda Pline.

— J'ai prié le dieu des chrétiens. Puisqu'il avait fait des miracles en parcourant la Judée avec ses disciples, je l'ai supplié de sauver ma petite fille. J'ai perçu alors une voix douce qui me demandait : « As-tu la foi ? » Je n'ai pas bien compris mais j'ai répondu « oui ». Quand Pline est arrivé la petite allait mieux, la fièvre était presque complètement tombée. Je me suis alors retirée quelques instants, me suis agenouillée dans le cellier voisin et ai remercié Celui à qui je venais de faire appel.

— As-tu entendu à nouveau la voix qui t'avait parlé ? demanda Celer.

— Non, elle ne s'est pas manifestée.

— Considères-tu que tu as pris un engagement en répondant que tu avais la foi ? Par exemple celui de te convertir, de te faire baptiser au cours d'une des réunions que tiennent les chrétiens dans les catacombes ?

C'est Pline qui avait parlé et on le devinait, à son ton, touché et préoccupé par la confession de Calpurnia.

— Je n'ai pas envisagé ma démarche sous cet angle, répondit-elle. Mais j'ai conscience qu'il s'est passé quelque chose d'extraordinaire.

— Réfléchis bien avant de te lier aux chrétiens, dit Pline. Leur dieu n'est pas comme l'un de nos lares qu'on sollicite à tout bout de champ et qui n'occupent dans les esprits guère plus de place qu'un objet familier. Pour ses adorateurs, il est unique, tout-puissant et exigeant. Ils sont prêts à mourir pour celui qui les transfigure et bouleverse leur vie. J'ai rencontré jadis, au cours d'un de mes voyages en Asie, un nommé Saul, un Juif qui haïssait les chrétiens au point de les persécuter et qu'une voix avertit alors qu'il se rendait à Damas. Cette révélation le changea subitement en un ardent propagateur de la foi chrétienne. J'avoue que son éloquence m'a ébranlé à l'époque. Il a converti au cours de ses voyages à Chypre, à

Césarée, à Antioche, à Jérusalem et même à Rome d'innombrables fidèles juifs et païens. Finalement il a été condamné et exécuté, sous Néron, avec les chrétiens rendus responsables de l'incendie de Rome, en compagnie d'un autre apôtre que le Christ avait baptisé Pierre et qui demanda, au moment de subir son martyre, d'être crucifié la tête en bas de peur qu'on ne crût qu'il affectait la gloire de son maître. Depuis les prêches de Pierre et Paul, il est vrai que la nouvelle religion fait des adeptes un peu partout dans le monde et en particulier à Rome. Tout cela pour te dire, Calpurnia, que Jésus-Christ n'est pas un dieu comme les autres, qu'on va célébrer, telle Isis que tu aimes bien, entre une séance aux thermes et un festin chez un ami. De plus, c'est une foi à haut risque. Les persécutions de Néron et de Tigellin ont été terribles mais courtes. Personne, à commencer par Vespasien, ne penserait aujourd'hui à envoyer un homme à la mort parce qu'il est chrétien. Aujourd'hui. Mais demain ? Le jour où les convertis seront devenus assez nombreux pour inquiéter le pouvoir, je suis sûr que les persécutions recommenceront, plus cruelles.

Ce soir-là, Calpurnia eut beaucoup de mal à s'endormir. Elle avait été plusieurs fois tentée d'approcher les mystères du christianisme. La guérison de Terentia était-elle un nouvel appel ? Pourrait-elle ou voudrait-elle, cette fois, renoncer à y répondre ? Elle éprouva le besoin de se confier à quelqu'un. Mais qui, en dehors de Pline qui partait le lendemain rejoindre son poste de préfet de la flotte de Misène, pouvait l'entendre ? Sevurus, l'oncle, le père, le confident de toujours n'était plus là, Celer ne croyait qu'à la mystique de l'architecture, Juvénal et Martial ne croyaient à rien… Entre Isis, la kyrielle des dieux romains et le Christ ressuscité, Calpurnia était perdue. Elle se retrouva dans le rêve qui l'endormit.

☆

Vespasien, qui avait déjà revêtu sept fois le consulat avec Titus comme associé au gouvernement de l'Empire, poursuivait avec opiniâtreté l'œuvre de résurrection de Rome à laquelle il avait voué la fin de sa vie. En quelques années il avait rendu au Sénat sa légitimité après une épuration sévère, réformé l'armée en nommant de grands chefs et en la ramenant à la discipline, donné une charte au pouvoir impérial. Cette dernière entreprise avait été difficile. Vespasien n'avait pas le prestige de la naissance ni l'autorité héréditaire des empereurs de la dynastie julio-claudienne. Proclamé César par son armée, il lui avait fallu convaincre la société civile et lui faire admettre que le pouvoir impérial, renforcé, devenait héréditaire, ce qui signifiait la naissance d'une nouvelle dynastie. Enfin, Vespasien avait accompli sa mission la plus urgente et la plus compliquée : la restauration des finances. Sa réussite dans ce domaine, obtenue en rétablissant les impôts supprimés par Galba et même en les augmentant, lui valait, on l'a vu, la réputation d'un être cupide capable de tout pour obtenir de l'argent. Son ingéniosité, il est vrai, n'avait pas eu de limites pour arriver à rassembler les quatre milliards de sesterces nécessaires au redressement financier de l'Empire. Il avait ainsi transféré au temple de Jupiter Capitolin, c'est-à-dire à l'État, le didrachme acquitté annuellement par les Juifs de l'Empire comme contribution religieuse au temple de Jérusalem, devenue sans objet après sa destruction. Comme on comptait environ cinq millions de Juifs dans l'Empire, cette ressource nouvelle n'était pas négligeable. Non plus d'ailleurs que l'impôt sur l'urine, *vectigal urinae*, taxe que devaient payer les utilisateurs d'urinoirs installés dans les rues par les édiles[1].

C'est d'une autre initiative impériale dont on discutait ce jour-là au Vélabre où étaient réunis, outre les commensaux habituels Martial et Juvénal, le neveu de Pline qu'on appelait « le jeune » pour le distinguer de son oncle, Quintilien, l'orateur, dont Calpurnia appréciait beaucoup l'esprit, et un nouveau venu dans la maison, Cornelius Tacitus, ami du jeune Pline et de Juvénal. Comme eux, Tacite était un brillant jeune homme qui avait vécu les mêmes péripéties politiques, le

1. Ce curieux impôt constituera aux yeux de la postérité le plus clair de la popularité d'un empereur qui a rendu tant de services éclatants à son pays.

néronisme et les désastres qui avaient précédé l'avènement de Vespasien. Contrairement à ses amis, sa famille, d'ordre sénatorial très aisé, le destinait, bien qu'il fût féru d'histoire et de littérature, à une carrière dans l'administration de l'Empire. Il écrivait mais ne publiait pas. D'ailleurs, Vespasien venait de lui confier l'une des charges du *vigintivirat*[1] et il n'avait nul besoin de diffuser des œuvres qui, disait-il, ne le satisfaisaient pas entièrement : « On verra plus tard, expliquait-il. Pour le moment j'apprends, je regarde, je prends des notes. Et si un jour je publie une œuvre, elle sera historique[2]. »

— Nous avons eu tort de nous inquiéter, dit Juvénal. Vespasien soutient les talents et les arts. On le dit avare mais il est le premier à assurer sur le trésor public une pension aux rhéteurs. Quintilien en profite, comme les poètes, bien que la poésie ne semble pas beaucoup toucher notre César. Et comme Zénodore qui a reçu un riche cadeau pour avoir changé la tête de Néron en soleil ! Quant à Terphus et Diodore, les joueurs de cithare, ils ont eu droit chacun à deux cents grands sesterces.

— Il est finalement plus généreux que Néron. Les bâtisseurs de l'amphithéâtre n'ont pas à se plaindre, dit à son tour Celer qui ne révéla pas pour autant le montant de la récompense qu'il avait touchée.

— Les seuls à ne pas bénéficier des largesses de César sont les philosophes, remarqua Tacite. Un édit vient de chasser les stoïciens et les cyniques en même temps que les astrologues.

— C'est vrai, mais Néron eût été moins clément. Il les aurait supprimés purement et simplement, dit Martial. Au moment où Vespasien installe sa dynastie familiale, les stoïciens réclament un souverain élu. Quant aux cyniques, leurs théories politiques et sociales aboutissent à la négation de toute idée de gouvernement et de société. Leurs prédications populaires tendent à faire passer Vespasien pour un tyran aux

1. Magistrature secondaire considérée comme une sorte de noviciat préparant à la carrière sénatoriale.

2. C'est à cette époque que se situe le célèbre *Dialogue des Orateurs* qui sera publié plus tard.

yeux de l'opinion et il n'est pas étonnant que l'Empereur en soit irrité.

— Il paraît que le cynique Demetrius et le stoïcien Tutilus Hostilianus, relégués plus sévèrement dans les îles, poursuivent là-bas leurs attaques contre le régime impérial, précisa Tacite.

— Et l'Empereur laisse faire ? demanda Calpurnia.

— Il a dit : Demetrius fait l'impossible pour me contraindre à lui ôter la vie mais je ne tue pas un chien qui aboie.

☆

Vus de l'extérieur, les trois premiers étages de l'amphithéâtre étaient maintenant achevés. Il avait été convenu que l'édifice en resterait là durant quelques années et que l'inauguration aurait lieu sans attendre l'installation de la quatrième forme prévue, une sorte de grand attique percé de quarante petites fenêtres carrées.

A l'intérieur, le travail se poursuivait fébrilement. Le système architectural des couloirs et des voies d'accès aux gradins était tellement compliqué que les travaux avaient pris du retard. On n'en finissait pas d'élever entre les colonnes porteuses des murs en moellons de péperin et de mortier qu'il fallait ensuite revêtir de brique. L'Empereur, comme il l'avait promis, ne montrait pas son impatience mais le nouveau *curator*, Attius Felicianus, savait qu'il comptait les jours et ne tarderait sans doute pas à lui demander des explications. Inquiet et maladroit, il pressait chaque jour Celer un peu plus :

— Tu aurais dû prévoir un délai plus long. Vespasien est un homme d'ordre, méthodique et précis. Quand on lui donne une date, il s'y tient.

— Mais je n'ai jamais pris d'engagement ! Je lui ai dit au contraire qu'un chantier comme celui-ci était soumis continuellement à des impondérables... Je suis prêt à recommencer et suis certain qu'il comprendra. C'est un homme de guerre qui sait que toutes les batailles réservent des surprises !

Les remarques du *curator*, plus impérial que l'Empereur, agaçaient Celer qui faisait tout ce qui était en son pouvoir pour accélérer le travail. On avait mis deux mille prisonniers juifs de plus à sa disposition mais il s'était vite avéré que l'augmentation du nombre des incompétents, loin d'améliorer le rendement, gênait les ouvriers qualifiés et retardait plutôt le travail.

Un jour où Felicianus lui demandait pour la vingtième fois quand Vespasien pourrait inaugurer son amphithéâtre, Celer, excédé, répondit :

— Quand les travaux seront terminés. Et si vous trouvez un architecte plus diligent que moi, engagez-le, je lui céderai volontiers la place.

L'incident avait eu des témoins et le chantier avait grondé dans ses murailles. L'ensemble des architectes, des décorateurs et des contremaîtres manifesta même son soutien à Celer, lui proposant, pour ramener Felicianus à la raison, d'arrêter le travail durant une heure. Celer et son adjoint Rabirius eurent du mal à calmer les esprits. Heureusement, le *curator* fit amende honorable et s'excusa de son impatience. Pour César on mit les bouchées doubles mais Celer, qui supportait mal qu'on mît en cause sa réputation professionnelle, sut qu'il ne deviendrait jamais l'ami de Felicianus. « Un prétentieux que nous n'inviterons jamais au Vélabre ! » dit-il à Calpurnia en lui racontant l'incident.

Il n'en allait pas de même avec Rabirius qui, par son talent et sa gentillesse, avait su gagner la confiance de la famille. Il venait souvent partager la *cena* et jouait avec Terentia. S'il était encore un peu jeune, il avait de manière certaine l'étoffe d'un bâtisseur. Il avait souvent de bonnes idées que Celer adoptait en le félicitant.

— Je n'en savais pas plus que toi quand Sevurus m'a pris sous son aile. Et quelques années plus tard l'Empereur m'a confié la construction de son amphithéâtre. Tu peux faire comme moi. Si tu es sérieux, si tu as beaucoup d'humilité et le courage d'apprendre, tu bâtiras aussi un jour pour la grandeur de Rome !

☆

Celer trouva l'Empereur fatigué le matin où il vint avec Titus constater que la construction était en bonne voie d'achèvement. Les marbriers venus de Carrare posaient justement les dernières dalles du podium impérial dont la blancheur resplendissait sous le soleil.

— César, dit Celer, ton fauteuil est installé. Veux-tu t'y asseoir bien qu'il ne soit pas garni de son coussin ? De là, tu pourras mieux imaginer ce que sera l'ambiance du jour de l'inauguration, lorsque cinquante mille Romains frénétiques hurleront ton nom pour te remercier.

— Aidez-moi, je vais aller jusque-là, dit Vespasien qui marchait difficilement en s'appuyant sur une canne. Vois-tu, Celer, dit-il simplement, je descends vite la pente qui me mène au tombeau. Si tu veux que j'entende les voix reconnaissantes que tu m'annonces, presse-toi. L'âge est une maladie qui ne pardonne pas, même à César.

— Mon père n'est pas raisonnable, dit Titus à Celer. Tout le monde lui dit de se reposer mais il tient à travailler chaque jour aux affaires de l'État. Quand il ne peut pas se lever, il reçoit les ambassades et les députations au lit.

— Ma bonne humeur naturelle et ma réflexion tranquille en souffrent-elles ? demanda Vespasien qui avait entendu. Si j'écoutais les recommandations de mes fils et des médecins, je serais un pauvre mort-vivant alors qu'un empereur, c'est son devoir et sa destinée, doit gouverner jusqu'à la limite de ses forces.

Il s'assit entre les bras sculptés de son fauteuil et regarda de gauche à droite et de bas en haut l'immensité des gradins dont les rangées parallèles géométriques semblaient toutes converger vers lui.

— C'est superbe, dit-il. Mais laissez-moi seul dans ma loge et faites en sorte qu'aucun ouvrier n'apparaisse durant un moment dans mon champ de vision. Faites aussi cesser les bruits et permettez-moi de me recueillir, solitaire, dans ce lieu que j'ai voulu, où le cœur de Rome continuera de battre après ma mort.

Réduire au silence des milliers d'ouvriers et les soustraire à la vue de l'Empereur ne fut pas chose aisée mais Rabirius y parvint. De l'entrée où ils s'étaient retirés, Titus et Celer virent le vieil homme lever la tête et fixer le soleil qui était presque au zénith. Il resta ainsi longtemps puis se leva en disant : « Merci, qu'on reprenne le travail. »

Vespasien se fit encore expliquer comment le flot des spectateurs serait canalisé et comment chacun trouverait sa place rapidement en suivant à travers couloirs et escaliers l'itinéraire correspondant à son siège, à commencer par le choix du numéro gravé dans la pierre des quatre-vingts arcs du rez-de-chaussée[1].

— Et l'évacuation ? demanda l'Empereur. Avez-vous prévu la sortie massive de cinquante mille personnes excitées par les jeux ? Et les accidents toujours possibles ?

— Tout est prévu. Chaque couloir de sortie, le *vomitorium*, donne directement sur les escaliers et les issues.

— Fort bien. Je te félicite, Celer. Si tous les Romains travaillaient comme toi, la vie de ton Empereur serait plus aisée.

Ce fut la dernière sortie de César dans sa ville. En rentrant il annonça qu'il voulait rejoindre la Sabine et ses terres de Reate où il aimait passer l'été. Moins d'une semaine plus tard[2], Rome tout entière se racontait la fin admirable d'un des meilleurs Césars que Rome eût connus. Jusqu'à cette date, gravée déjà dans le bronze au Capitole, les mauvais présages s'étaient multipliés. Vespasien en avait ri jusqu'au bout en disant que la comète apparue dans le ciel ne le concernait pas

1. Certains de ces numéros sont encore visibles de nos jours.
2. Le 24 juin 79 après J.-C.

mais qu'à la place du roi des Parthes qui avait une longue chevelure il se méfierait.

L'Empereur partit donc en litière pour la Sabine, pays de son enfance. C'est là, à Reate, qu'il sentit bientôt la mort venir. Il lui fit bonne figure : « Je me sens devenir dieu ! » dit-il. Puis un peu plus tard il murmura : « Un empereur doit mourir debout ! » Joignant le geste à la parole, le vieux soldat se leva mais tomba aussitôt, inanimé, dans les bras de Titus qui s'était précipité. Il avait soixante-dix ans, avait régné dix années au cours desquelles il avait réalisé une œuvre considérable et fondé une dynastie.

Titus se rendit aussitôt au Sénat pour faire décerner à son père les honneurs de l'apothéose. Calpurnia, Celer et tous les habitués de la maison du Vélabre assistèrent à l'ensevelissement de l'Empereur dans le mausolée d'Auguste. Au pied du Capitole, Titus dédia à l'illustre César un temple dont la construction fut commandée à Celer : le « temple de Vespasien divinisé ».

— L'Empereur ne pouvait vraiment pas être présent à l'inauguration de son amphithéâtre, dit Celer. Je n'ai pas osé lui dire qu'il y avait encore presque un an de travaux...

☆

Pour la première fois depuis longtemps, la sagesse de Vespasien permit à son fils Titus d'accéder au pouvoir par droit héréditaire, c'est-à-dire sans luttes partisanes ni guerre civile. Comme il avait travaillé aux côtés de son père durant tout son règne, le changement se fit sans heurts ni opposition. Durant dix ans Titus avait été censeur et préfet du prétoire, il avait une parfaite connaissance des affaires, et la mort de Vespasien n'eut pas de conséquences sur le cours de la vie à Rome et dans l'Empire. Certains prophètes de malheur, dignitaires sous l'ancien régime et que Vespasien avait écartés, tentèrent bien de discréditer le nouvel empereur auquel ils reprochaient une jeunesse dissolue, de mauvaises fréquentations et son amour passé pour Bérénice ; mais ces accusations tournèrent vite à sa gloire lorsqu'on lui découvrit en place de vices cachés les plus hautes vertus.

Vespasien avait été aimé des Romains, Titus en était adoré. D'un naturel encore plus bienveillant que son père, plus ouvert, plus séduisant, il fut tout de suite aimé du peuple et respecté. Il s'était par exemple fait une règle de ne jamais faire de tort à personne et de ne pas renvoyer sans espérance quiconque venait demander une faveur. « Personne, disait-il, ne doit se retirer mécontent de chez l'Empereur. » Pline le Jeune rapporta à ses amis du Vélabre qu'un soir, après son souper, il s'était rendu compte qu'il n'avait accordé aucune grâce depuis son réveil et s'était écrié : « Mes amis, j'ai perdu ma journée ! »

On avait vu peu de princes monter sur le trône sous de meilleurs auspices. La dynastie flavienne voulue par Vespasien n'annonçait à l'Empire que des bienfaits. Hélas ! cette année 79 devait se révéler l'une des pires qu'aient connues les Romains.

Au mois d'août, six semaines après l'accession de Titus, le bruit se répandit, de Naples à Rome, que la terre se remettait à trembler autour du Vésuve. Personne n'avait oublié la catastrophe de 63 qui avait détruit une grande partie de Pompéi et d'Herculanum, deux cités prospères établies sur les pentes du volcan et qui, sur décision du Sénat et grâce aux efforts des habitants, avaient été en grande partie reconstruites. Restaient les monuments publics dont la restauration n'était pas achevée. A Pompéi, on travaillait au temple d'Auguste que devait orner la statue du nouvel empereur lorsque quelques ébranlements, heureusement peu violents, furent ressentis. Des murs se fendillèrent, des objets tombèrent et quelques puits se tarirent, en somme rien de bien alarmant.

Il en fut autrement le 20 août. Au petit matin les secousses redoublèrent, accompagnées de grondements semblant venir d'un orage lointain. Cette fois la population prit peur. Une menace nouvelle se manifestait depuis la mer soudain devenue houleuse avec de hautes vagues qui battaient les côtes. A l'intérieur, où tout paraissait calme, les oiseaux voletaient en tous sens, affolés, de même que les bœufs et les vaches dans les étables. Tout cela pouvait laisser présager un violent orage que les paysans guettaient en vain dans un ciel demeuré intensément bleu. De nouveau les géants souterrains que le peuple craignait se calmèrent et la nuit fut douce, étoilée comme il est courant en été.

Le matin du lendemain, le soleil brillait, déjà brûlant, annonçant une belle journée, quand une secousse bien plus violente encore que celles des jours précédents ébranla le sol. Cette fois l'on céda carrément à la panique et l'on songea, dans la plupart des fermes et des maisons, à fuir les pentes de la montagne maudite.

Un peu avant midi, une formidable explosion se fit entendre. Ce ne pouvait être le tonnerre. Dans toute la région d'Herculanum, des milliers de regards se tournèrent vers le volcan dont le sommet apparaissait à l'ordinaire arrondi dans la verdure des vignes. Stupéfaits, ils découvrirent que le toit du Vésuve s'était scindé en deux et que de la blessure surgissait une haute colonne de feu. Celle-ci n'était, hélas ! que les prémices d'un spectacle plus terrifiant. Un immense champignon de fumée noire succéda à la flamme puis, sans qu'on puisse s'expliquer comment, des rafales de pierres, de terre boueuse, de blocs de roches, des scories, des cendres, se mirent à pleuvoir sur la campagne et dans les rues, au point d'occulter le soleil. A midi, la nuit était tombée, zébrée d'éclairs, hachée d'ombres menaçantes, ponctuée de détonations. Pris de frayeur, hommes et animaux s'enfuyaient de la campagne vers la mer mais la plupart des rescapés qui arrivèrent au rivage furent emportés par les énormes vagues d'un raz-de-marée.

Les dieux en colère ne pardonnaient rien. C'était la fin du monde, le soleil s'écrasait sur l'univers romain réduit au chaos. Herculanum, que ses habitants valides avaient fui, n'était plus qu'un amas de ruines que couvrait le flot de boue déversé maintenant par le cratère. Le temple de Cybèle, reconstruit à grands frais par Vespasien, la villa des Pison et son incomparable collection de statues, le *forum* et tous les monuments publics gisaient, détruits, sous quinze mètres de boue, de lave, de cendres et de pierres ponces. Quand cette masse atteignit le rivage et eut gagné deux cents mètres sur la mer, Herculanum, la cité florissante, n'était plus qu'un tombeau.

Les dieux n'étaient pourtant pas rassasiés. Le fléau s'étendait et gagnait Pompéi, plus éloignée du volcan qu'Herculanum. Le nuage effrayant chargé de pierres et de cendres était déjà au-dessus des premières demeures où les habitants surpris cherchaient refuge et rassemblaient les objets précieux qu'ils emporteraient s'ils étaient contraints de fuir la ville, perspective de plus en plus probable alors que les *lapilli*, cendres blanches impalpables et implacables, recouvraient tout, s'infiltraient dans les pièces et commençaient à remplir les caves.

A Pompéi, le drame se nouait d'une autre façon. Le destin dédaignait le fleuve de boue qui avait ravagé Herculanum mais se montrait aussi cruel. Là aussi, ceux qui n'avaient pas fui à temps, le plus souvent pour sauver quelque richesse, connaissaient une fin atroce, étouffés par les cendres, asphyxiés par les vapeurs délétères rabattues par le vent. La catastrophe avait été si soudaine que les habitants avaient été surpris dans leurs occupations quotidiennes. Les plus avisés abandonnèrent leurs ustensiles et leurs outils pour emprunter en courant les chemins qui menaient à la porte Marine, fuyant le déluge de cendres craché par le Vésuve. Rue de la Fortune, rue de Nola, rue de l'Abondance, on se bousculait, on pleurait, on hurlait pour retrouver les siens.

Sous le feu du ciel, les classes sociales n'existaient plus. Palais et masures réduits dans le même magma, maîtres et esclaves, patrons et serviteurs se sentaient solidaires pour esquiver les pierres, se protéger de la poussière empoisonnée venue du cratère et courir vers le dernier morceau de ciel bleu encore visible à l'horizon, aussi petit et lointain que l'espoir de survivre au déchaînement des forces de la terre.

A vingt-cinq kilomètres de là, à Misène, les deux Pline, l'oncle et le neveu, devisaient tranquillement sur un point de grammaire grecque. Le jeune se croyait prêt à confondre le commandant de la base navale lorsque celui-ci l'interrompit :

— Ne sens-tu pas une odeur de brûlé ? Un peu fade ?

— Si. Cela vient du nord. Mais regarde, le ciel s'assombrit. C'est sans doute un feu de forêt.

— J'en doute. On ne distingue ni fumée ni reflets rougeâtres dans le ciel. Tu ne me prendras pas au dépourvu : je viens de terminer pour mon *Histoire naturelle* un chapitre sur les incendies.

— Rappelle-toi ; la terre a tremblé ces jours-ci du côté d'Herculanum. Il s'agit peut-être d'un nouveau séisme.

— Oui. Il va falloir se renseigner, dit le naturaliste que le phénomène paraissait intéresser vivement. Va donc voir si Caius Plinius sait quelque chose.

Pline le Jeune revint bientôt très ému de chez l'amiral :

— C'est très grave. Le Vésuve s'est réveillé et déverse des flots de cendres, de lave et de boue. Herculanum est pratiquement détruit et les habitants de Pompéi fuient vers Naples, enfin ceux qui ont réchappé à la catastrophe.

— Le Vésuve ? Mais il n'a pas bougé durant le tremblement de terre de 63. C'est un volcan éteint. Et tu me dis que cette fois les secousses ont été accompagnées d'une éruption ? Tout cela est passionnant. Il faut que j'aille voir le phénomène de près. Je n'ai jamais assisté à une éruption et tu sais combien je suis curieux.

A ce moment un messager apporta une tablette de Rectina, la femme de Cascus, ami intime de Pline. En hâte, elle avait gravé quelques mots dans la cire pour lui demander de venir à son secours et décrivait le péril qu'elle courait dans sa villa isolée sur le flanc du Vésuve.

— Cette fois, il n'y a pas à hésiter, il faut y aller, dit Pline. Je vais arranger l'envoi de quelques navires car il nous faudra aborder pour sauver Rectina et peut-être d'autres malheureux.

— Je viens avec toi, dit son neveu.

— Non. Tu dois rester avec ta pauvre mère qui est malade. Tu es venu à Misène pour elle, il n'est pas question que tu l'abandonnes, surtout que ces nuages chargés de mort peuvent arriver jusqu'ici. Il faudra alors l'emmener.

Pline le Jeune ne pouvait que se plier à cette décision sensée et il se contenta de suivre son oncle chez l'amiral. Caius Plinius décida de faire préparer une galère rapide à laquelle on ajouterait trois quadrirèmes pour le débarquement car les ports étaient sûrement difficiles d'accès.

Les manœuvres de départ terminées, la flottille mit le cap sur le Vésuve, phare monstrueux surgi des vignes. A mesure que l'on approchait de Pompéi et d'Herculanum, la mer devenait de plus en plus mauvaise ; la pluie de pierres et de cendres commença à atteindre les navires, recouvrant les ponts et s'infiltrant par tous les orifices. Pline ordonna un sondage et l'on s'aperçut que des hauts-fonds s'étaient formés. Il fallut s'ancrer et l'équipage, épouvanté, supplia Pline de rebrousser chemin et de fuir le rivage maudit. Pline, marin expérimenté, se rendait bien compte qu'un accostage était impossible à cet endroit mais deux raisons le poussaient à ne pas reprendre le large : l'appel au secours de Rectina, et son insatiable appétit de savoir. Il décida alors d'essayer d'aborder près de la villa de son ami Pompinianus située non loin de la côte dans les environs de Stabies, à six kilomètres de Pompéi.

La situation n'y était guère meilleure. Là aussi les *lapilli* gagnaient les maisons, les vapeurs de soufre devenaient insupportables et la quadrirème n'atteignit le petit port qu'au prix d'efforts inouïs des rameurs. Pline, en se protégeant comme il le pouvait avec un linge pour ne pas respirer trop de gaz toxique, arriva enfin à la maison de Pompinianus. Il réconforta son ami sur le point de défaillir et lui conseilla d'espérer avec lui la fin du cataclysme. Ils prirent tous deux un peu de repos dans une chambre dont ils avaient calfeutré les ouvertures. mais ils furent bientôt réveillés par le bruit causé par la chute d'une roche qui venait de crever la toiture.

Que devaient-ils faire ? Attendre la mort dans la maison ou tenter de fuir ? Ils marchèrent vers le rivage mais la quadrirème avait été drossée sur les rochers et l'équipage l'avait désertée. Il fallait marcher vers le sud, dans la poussière de cendres, en longeant la côte battue par les vagues. Un peu plus loin, vaincus par la fatigue et les vapeurs méphitiques, ils tombèrent ensemble dans la couche de scories et moururent asphyxiés. Pline le Grand avait payé de sa vie son amour pour l'étude, anéanti à cinquante-sept ans par le Vésuve dont il avait voulu observer de trop près la funeste éruption.

☆

— Les amis nous quittent trop souvent ! dit Calpurnia à Celer le jour où ils apprirent la tragique disparition de Pline. Après Valerius et Marcellus, c'est maintenant le plus savant, le plus droit, le meilleur d'entre nous qui nous laisse une fois encore tristes et désemparés.

Malgré son âge, malgré ses charges officielles, malgré les travaux d'écrivain qui occupaient ses nuits, Pline aimait retrouver, chaque fois qu'il était à Rome, la chaude et amicale atmosphère de la maison du Vélabre dont il était l'hôte le plus illustre.

— Il nous a beaucoup apporté, répondit Celer, et nous n'avons pas fini de le pleurer. Mais qui racontera, pour les générations futures, l'histoire de ce grand Romain ? Comme je regrette de n'être pas écrivain !

L'arrivée de Tacite les fit un moment changer de conversation mais on reparla bien vite de celui qu'on avait tant admiré et dont la famille du Vélabre ressentait la mort comme celle d'un père.

— Avez-vous revu Plinius Secundus ? demanda-t-il. Je l'ai cherché en vain toute la journée.

— Non, je sais qu'il a quitté à temps Misène avec sa mère malade. Bien que le port ait été à peu près épargné, la malheureuse n'aurait pas supporté les contrecoups de la catastrophe si proche, le bruit des explosions, l'angoisse causée par quelques secousses secondaires et, surtout, la vue des rescapés qui errent encore dans les environs dans l'espoir de retourner à Herculanum ou Pompéi et d'y découvrir quelques objets enfouis sous les cendres et les ruines de leur maison.

— Si vous le rencontrez, dites-lui que je veux le voir. J'ai l'intention de réunir les témoignages de survivants pour pouvoir, plus tard, décrire avec fidélité les événements tragiques de l'éruption qui vient d'engloutir deux de nos plus belles villes et de ravager toute une région.

— Tacite, tu ne peux pas savoir combien tu nous soulages, dit Calpurnia. Juste avant ton arrivée, nous nous demandions qui raconterait l'histoire de Pline et sa fin tragique. Et tu viens nous apprendre que telle est ton intention ! Je prierai, ajouta Calpurnia, pour que tu puisses réaliser ton projet.

— Malheureusement, je dois partir demain, comme questeur, pour la Bretagne dont mon beau-père est gouverneur[1]. Je vais vous laisser une lettre pour Pline que nos n'aurons plus, hélas ! besoin d'appeler « le Jeune ».

Calpurnia l'installa dans le bureau de Celer où il remplit une page de papyrus pour demander à son ami de lui fournir des détails sur le déclenchement de la catastrophe, les destructions causées par l'éruption et la fin de son oncle. Puis il prit congé pour faire ses bagages. Un voyage en *cisium*[2] de plus d'un mois l'attendait, à raison de soixante-dix kilomètres par jour sur les dalles rondes souvent disjointes des voies romaines. Malgré le passeport officiel qui lui permettait d'utiliser les services du *cursus publicus*[3], il s'agissait d'une épreuve pénible mais les longs voyages qui témoignaient de la puissance de l'Empire ne lui faisaient pas peur.

Pline rentra quelques jours plus tard à Rome et rendit visite à Calpurnia et Celer qui lui remirent le papyrus de Tacite. Il fut touché aux larmes par le message de son ami et dit qu'il

1. Tacite avait épousé en 77 la fille du sénateur Agricola, natif de Fréjus. Il s'était ainsi encore plus intégré dans la classe dirigeante de l'Empire.

2. Cabriolet très rapide à deux roues, attelé d'une ou de deux bêtes, pour deux voyageurs.

3. Poste officielle instaurée sous Auguste. La voiture destinée à transporter le courrier pouvait accueillir quelques passagers privilégiés.

allait lui répondre sur-le-champ avec l'espoir que sa lettre pourrait lui être transmise à une étape.

— Rédige-la tout de suite, dit Calpurnia. Tacite est parti il y a trois jours et ta lettre n'aura pas trop de chemin à parcourir pour lui arriver sur la via Appia.

— Tu as raison. Je déposerai ainsi tout à l'heure ma réponse au bureau de la poste. Je veux simplement le remercier et lui dire qu'il me faudra un certain temps pour consigner mes souvenirs.

Il prit une feuille de papyrus et écrivit de sa belle écriture, sans fautes ni ratures :

« Je te remercie, sachant que, si tu décris sa fin, mon oncle accèdera à la gloire. Le fait qu'il ait trouvé la mort au milieu des villes campaniennes l'immortalisera en effet au même titre que les populations et les cités englouties. Mon oncle a laissé de nombreux ouvrages impérissables mais tes œuvres ajouteront encore à son renom. Je rends hommage à ceux qui accomplissent des actions d'éclat ou qui écrivent des livres. Ceux qui sont capables de faire les deux sont encore plus dignes d'admiration. Grâce à toi, mon oncle sera de ceux-là. »

Il donna sa lettre à lire à ses hôtes avant de la sceller puis quitta le Vélabre dans la litière de famille. Quand il fut parti, Celer dit à Calpurnia :

— On voit qu'il a reçu de Quintilien des leçons de rhétorique et qu'il est avocat : il tourne bien ses phrases.

— Un peu trop à mon goût pour dire des choses simples, répondit Calpurnia.

☆

L'éruption tragique du Vésuve avait beaucoup marqué Titus qui déclara qu'il ferait tout ce qui était en son pouvoir pour adoucir la peine des victimes. Sans attendre, il demanda à Celer d'accompagner une délégation sénatoriale chargée d'évaluer les dégâts et de lui faire un rapport sur les possibilités de reconstruction. Celles-ci étaient minces : la délégation conseilla à l'Empereur d'abandonner Herculanum qui avait disparu et Pompéi qui était ensevelie sous une couche de *lapilli* et de cendres haute parfois de huit mètres. Toutefois, le *forum* de cette dernière cité, plus proche de la mer, était recouvert d'une couche moins épaisse qui laissait apparaître le haut de colonnes, de statues, d'arcs de triomphe. Il fut entendu que l'on libérerait ces vestiges de leur gangue, que l'on extrairait toutes les richesses et les œuvres d'art pour les transporter dans un autre lieu. Les terrassiers réussirent ainsi à retirer du temple de la Fortune d'Auguste les plus riches ornements et les plaques de marbre gravées. Le site fut ensuite nivelé et laissé au temps. Des touffes d'herbe et quelques pieds de vigne se replantèrent tout seuls dans les rares endroits où l'humus avait pu se reformer mais, bientôt, ce regain disparut et les ruines enfouies tombèrent pour dix-sept siècles en léthargie[1].

On avait à peine dressé le bilan du désastre campanien qu'un terrible incendie se déclara à Rome. Il dura trois jours et trois nuits et, si sa gravité fut moindre que celle de l'incendie de 64, plusieurs quartiers disparurent dans les flammes. Conséquence de ce nouveau coup du sort ou coïncidence dramatique, une épidémie de peste comme on n'en avait jamais vu gagna la ville. A cette série de calamités, Titus fit front avec courage et sollicitude. Il prit à sa charge les pertes publiques, déclara que les biens de ceux qui avaient trouvé la mort dans l'éruption du Vésuve sans laisser d'héritiers serviraient à la reconstruction des monuments et des temples. Il n'hésita pas à payer de sa personne pour adoucir le sort des victimes et des malades. Jamais Rome n'avait connu un tel prince, aussi bon qu'efficace. Plus que tous ses titres impériaux il aimait celui que lui avait donné le peuple : « Délice du genre humain ».

La fin des travaux de l'amphithéâtre arrivait à point pour redonner de l'espoir aux Romains désespérés par la malédiction qui pesait sur leur ville. Une date venait d'être choisie

1. Les premières fouilles ne commencèrent qu'en 1755. Elles n'ont été plus sérieusement poursuivies qu'à partir de 1860.

pour l'inauguration et déjà on intriguait pour obtenir le jeton qui permettrait d'être l'un des premiers à prendre place sur les gradins tout neufs de l'amphithéâtre Flavien.

En cette année 80, Rome, guérie de sa peste, attendait donc le début du mois de mai, très exactement le 5, avec une impatience qui perturbait la vie de la cité. Les bruits les plus extravagants circulaient sur le programme que l'Empereur était en train d'établir pour cette inauguration. Titus ne voulait pas que cette fête fût réservée aux riches et aux notables. Le peuple entier, c'est-à-dire non seulement les habitants de l'*urbs* mais aussi ceux qui n'hésiteraient pas à venir de la province, devait participer aux réjouissances. Il était évident que les quelques journées consacrées normalement aux *ludi* ne suffiraient pas à contenter cette foule, et César, dans un élan de générosité, emporté aussi par le sens de la grandeur et par la majestueuse beauté de l'édifice dont le renom devait éclipser les autres merveilles du monde, décida que les fêtes dureraient cent jours et que l'arène serait recouverte de planches mobiles afin de pouvoir être mise en eau pour organiser des naumachies. On parlait encore des combats navals d'Auguste, de Claude et de Néron, aussi Titus voulait-il que les naumachies vespasiennes les dépassent en importance et en qualité[1]. Cette dernière exigence causait bien des soucis à Celer qui avait prévu de destiner le sous-sol aux gladiateurs, aux cages de fauves et aux magasins d'accessoires. Il fallait donc en hâte démolir cette installation, heureusement non terminée, la remplacer par un bassin étanche et prévoir une alimentation en eau du Tibre.

Celer et Rabirius décidèrent qu'on travaillerait le jour et la nuit à la lueur de centaines de lanternes.

— C'est le dernier effort ! disait Celer à Calpurnia qui s'inquiétait de voir son mari s'épuiser à la tâche. Après, il ne restera plus qu'à construire un quatrième étage aux pilastres corinthiens pour avoir la possibilité d'installer des tribunes

1. C'est Jules César qui, en 46 avant J.-C., offrit au peuple la première grande naumachie dans un bassin creusé au Champ-de-Mars.

supplémentaires. Mais cela n'est encore qu'un projet qui ne verra le jour que dans un an ou deux.

— Ménage-toi, suppliait Calpurnia. Ce matin encore Terentia se plaignait de ne plus te voir.

— Dis-lui que nous l'emmènerons à l'inauguration et qu'elle occupera l'une des meilleures places, tout près de celle de César.

— Tu n'as tout de même pas l'intention de montrer à notre fille le spectacle de gladiateurs qui s'entre-tuent ou de bêtes féroces qui dévorent de pauvres condamnés !

— Mais non, le spectacle du premier jour ne comportera rien de tout cela ! L'horreur qui plaît tant aux Romains sera pour plus tard.

☆

La date du 5 mai approchait et la foule se passionnait pour les derniers préparatifs. On regardait les esclaves orientaux évacuer les gravats et les matériaux inutiles, on encourageait les balayeurs qui nettoyaient les abords de l'amphithéâtre et, surtout, on guettait les convois d'animaux qui étaient regroupés à l'ouest. Un jour c'étaient des tigres qui traversaient Rome dans des cages posées sur des chariots, ceux qui avaient naguère transporté les briques et le travertin. Un autre jour, des éléphants qui marchaient à la queue leu leu sous la surveillance de leurs cornacs. Quelques Romains qui s'étaient levés tôt virent même des rhinocéros qui semblaient bien près de briser les barreaux de leur cage.

Le 3, Titus en personne vint s'assurer que tout était fin prêt pour le grand jour. Il était radieux, tenait par le bras Celer qui lui servait de guide et répétait combien il regrettait que Vespasien, le père de l'amphithéâtre, ne fût plus là pour inaugurer son œuvre.

— Te rappelles-tu, dit-il, le jour où il s'est assis sur le

podium ? Je crois qu'il savait qu'il ne verrait pas les gradins pleins d'une foule en délire qui l'acclamerait.

Titus demanda ensuite à admirer d'un peu loin l'immense anneau de pierre pour juger de l'effet extérieur :

— De ma litière, je n'ai rien vu en arrivant, dit-il.

Ce fut pour César l'occasion de prendre un de ces bains de foule qu'il aimait. Il répondit aux saluts, remercia ceux qui criaient « Titus, Titus » à son passage et s'arrêta au pied du colosse de bronze doré qui avait autrefois célébré Néron et qui, maintenant, personnifiait le soleil :

— Mon père a eu raison de le garder, dit-il. Il a sa place près de l'amphithéâtre Flavien[1] ! Mais je vois qu'on finit d'installer les statues sous chacun des arcs. Je trouve qu'elles parachèvent bien le monument.

— Hélas ! Après-demain seules celles du second ordre seront en place. Les sculpteurs n'ont pas réussi à livrer à temps la totalité des cent quatre-vingts statues !

— Ce n'est pas grave. Tu as accompli un miracle, Celer, en construisant ce gigantesque monument en si peu de temps. Je t'en suis très reconnaissant.

Le lendemain, l'architecte, accompagné de Rabirius et d'Attius Felicianus, le *curator* qu'il n'aimait toujours pas mais auquel il s'était habitué par nécessité, passaient une dernière fois en revue l'édifice presque désert puisque la grande majorité des ouvriers en étaient partis.

— Comment allons-nous vivre sans la préoccupation quotidienne du chantier ? questionna Rabirius. Me garderas-tu auprès de toi, Celer, pour une nouvelle commande ?

— Ta question me fait injure ! Non seulement ton aide m'a été indispensable pour mener le travail à son terme, mais tu fais partie de la famille.

— Merci. A vrai dire je n'étais pas inquiet ! Tout comme

1. C'est la statue géante de Néron qui, au Moyen Âge, donnera son nom de *Colosseo* à l'*Amphiteatrum Flavium*.

toi, je pense, me voilà soulagé : je croyais qu'on ne verrait jamais la fin de ce chantier titanesque !

— Oh ! tu sais, j'ai vécu de pires heures sous Néron avec la Maison Dorée ! Mais je suis tout de même un peu anxieux. Nous avons construit une belle machine, reste à voir si elle fonctionne. Les cinquante mille spectateurs trouveront-ils leur place rapidement comme nous l'avons promis à l'Empereur ? A la sortie, ne vont-ils pas se bousculer dans les vomitoires et finir le spectacle dans une dangereuse panique ?

Après avoir fait le tour de l'amphithéâtre et noté çà et là quelques imperfections qu'il faudrait réparer plus tard, les trois hommes montèrent au second étage où, sous les arcades à pilastres corinthiens, des maçons plaçaient les dernières statues de marbre sous la direction du sculpteur.

— Quel dommage que toi et tes compagnons n'ayez pu terminer la totalité des statues, dit Celer à ce dernier. Une bonne moitié de la forme extérieure de l'amphithéâtre va paraître inachevée.

Le sculpteur, un élève de Zénodore, leva les bras au ciel :

— En deux ans, nous avons sculpté quatre-vingt-dix-huit statues, toutes différentes. Il en manque encore soixante-deux et, pour arriver à ce nombre, il nous a fallu travailler jour et nuit. Nous n'avons rien à nous reprocher. Si tu avais passé la commande deux ans auparavant, tout serait fini aujourd'hui.

Celer convint que sa remarque était injuste et dit à l'artiste qu'il demanderait une gratification à Titus pour les sculpteurs. La visite allait se terminer dans la bonne humeur. Felicianius, le *curator*, qui n'était généralement pas d'un abord aimable, avait le sourire. « Est-ce parce qu'il est content de ne plus m'avoir sur le dos ? » se demanda Celer en priant Rabirius de graver sur sa tablette que les travaux pourraient être considérés comme achevés lorsque l'on aurait vérifié le rescellement d'un chapiteau du premier étage.

Pour cette tâche, on avait monté en hâte un échafaudage au niveau de l'entrée principale. Celer dit à ses compagnons de l'attendre, qu'il allait monter voir si l'ouvrier resté en haut avait fait convenablement le travail.

Une échelle était dressée qu'il escalada facilement. Que se passa-t-il alors ? Un cri fit lever la tête à Rabirius et à Felicianius qui virent avec terreur l'échafaudage se disloquer au-dessus d'eux et deux corps tomber d'une hauteur de douze mètres avant de s'écraser sur le sol. Ils se précipitèrent. L'ouvrier hurlait de douleur, les deux jambes vraisemblablement brisées. Celer, lui, inconscient, respirait à peine. Sa tête avait heurté la base des fondations et il perdait du sang en abondance. Rabirius s'était défait de sa toge et l'avait roulée pour y poser la tête de son maître. Il se releva, décomposé, le regard fixe :

— Celer va mourir, Celer va mourir..., répétait-il.

Il s'agenouilla de nouveau et prit la main de l'architecte qui rendit l'âme quelques minutes plus tard sans avoir repris connaissance, insignifiante tache blanche rougie de sang, au pied de son colosse de marbre.

Rabirius, que Felicianius tentait de réconforter, pleurait, tandis que des ouvriers accourus soignaient leur camarade. Il prononça quelques mots incompréhensibles puis finit par dire :

— Il ne verra pas son amphithéâtre plein de spectateurs, il ne verra pas César lancer son mouchoir dans l'arène et il ne verra pas Calpurnia, heureuse, partager son triomphe.

— Va chercher ma litière qui est à la porte Flavienne et celle des architectes qui doit se trouver à côté de la statue du Soleil, lança le *curator* à l'un des ouvriers présents.

— Oui, dit Rabirius qui recouvrait ses sens. Il faut ramener Celer dans sa maison du Vélabre. Veux-tu t'occuper du transport ? Moi je dois tout de suite aller prévenir sa femme.

Il monta dans la litière et dit aux deux porteurs égyptiens qu'ils avaient intérêt à aller très vite. En route, ballotté d'un côté à l'autre de la cabine, il maîtrisa sa peine et sécha ses larmes. Comment annoncer à Calpurnia qu'elle ne reverrait plus jamais Celer vivant, qu'elle se trouvait brutalement amputée d'une moitié d'elle-même ? Quels mots trouver pour essayer d'atténuer sa souffrance ? D'abord, ces mots existaient-ils ? En tout cas Rabirius n'eut pas à les prononcer en entrant dans l'*atrium* du Vélabre. Quand Calpurnia le vit l'air hagard, le visage défait, sans toge, sa tunique tachée de sang, elle blêmit et s'écria :

— Où est Celer ? Il lui est arrivé quelque chose ? Il est blessé ? Non, il est mort, je le devine à ton visage. Mais parle, Rabirius, parle...

— Oui, un accident. Un échafaudage, le dernier, qui a craqué. C'est horrible !

Il s'approcha et reçut Calpurnia dans ses bras, tremblante, secouée par la douleur qui lui serrait la poitrine, l'empêchait de respirer et se muait en râles insoutenables. Rabirius, désemparé, la consolait comme il pouvait, caressait ses cheveux, disait quelques mots simples, ceux que sa mère, il s'en souvenait, lui murmurait lorsqu'il avait un gros chagrin. Soudain, elle se détacha, se raidit et demanda :

— Où est-il ? Je veux que l'on ramène son corps ici, dans sa maison. Je veux le voir !

— Felicianius s'en charge. Il sera là dans quelques instants. Moi, je me suis précipité pour te prévenir. Et Terentia ? Qui va le lui dire ?

— Moi, naturellement. Elle est au sport avec des amies et ne sera pas là avant une heure. Maintenant que je suis un peu calmée, dis-moi comment ce malheur est arrivé.

Rabirius raconta. La dernière visite du chantier. Le dernier échafaudage. Le dernier regard de Celer sur l'ovale parfait de son amphithéâtre... Et puis, soudain, la vie du meilleur qui s'en va, d'un coup, à cause d'une corde mal serrée...

— Rabirius, la vie va être dure. Celer t'aimait comme un fils, ou un frère. Est-ce que tu m'aideras ? Est-ce que tu aideras Terentia ?

— Tout à l'heure encore, Celer m'a dit que je faisais partie de la famille. Ai-je une tête à quitter ma famille dans la douleur ?

On entendit du bruit dans le vestibule, puis un grand cri de Coccius : « Mon maître ! mon maître ! »

— Les voilà, dit Rabirius. Il faut que tu aies du courage !

Calpurnia était une Romaine. Du courage, elle n'en manquait pas. Elle s'agenouilla près du corps de Celer qu'on avait allongé sur le banc de l'*atrium*, là où justement il aimait à se reposer en rentrant du travail. Elle resta un long moment, les mains jointes. On n'entendait pas ce qu'elle disait mais on voyait ses lèvres remuer.

— On dirait qu'elle fait la prière des chrétiens..., murmura Felicianius à l'oreille de Rabirius.

— Non, elle doit plutôt s'adresser à Isis, répondit le jeune homme qui, lui, savait qu'elle implorait Jésus, le fils de Dieu, dont ils avaient souvent parlé ensemble.

Quand elle se releva, Calpurnia était comme transfigurée. Elle dit d'une voix nette que ne hachaient plus les sanglots :

— Je ne veux pas que le corps de Celer repose dans quelque mausolée officiel comme va sans doute nous le proposer Titus. Je suis sûre qu'il aurait aimé que ses cendres fussent répandues dans son jardin, au pied du même arbre que notre ami Valerius. Cela va être dur mais il faut surmonter notre douleur. Si la vie devient insupportable, on doit la quitter. Sinon, il faut continuer de vivre sans pleurer sur soi-même. Pour la mémoire de Celer que j'ai tant aimé, tant admiré, pour Terentia qui entre dans l'existence, et avec mes amis, je veux que rien ne change dans cette maison après les obsèques de mon mari. Il faut que nous continuions à nous réunir au Vélabre comme au temps de Celer, comme au temps de Sevurus.

— Ma chérie, nous sommes et serons tous avec toi !

C'est Martial qui venait d'entrer et qui avait entendu en retenant ses larmes la déclaration de Calpurnia. La nouvelle de l'accident avait aussitôt fait le tour de Rome et le poète était accouru. Maintenant il serrait Calpurnia dans ses bras et disait qu'il la comprenait et admirait son courage : « Le meilleur moyen d'honorer la mémoire de Celer, c'est de rester unis », lui dit-il tout bas.

Déjà la maison s'emplissait des amis, des maîtres d'œuvre qui avaient travaillé au chantier, des envoyés du Sénat et du représentant de l'Empereur. C'est à peine si Calpurnia, secondée par les gens de la maison, avait eu le temps de laver le visage du défunt, de le revêtir de sa plus belle toge et d'allonger son corps sur un lit installé au centre de l'*atrium*.

Tout se déroula ainsi que Calpurnia l'avait voulu. Titus, comme elle l'avait prévu, lui fit dire qu'il était profondément affecté et lui proposa d'inhumer les cendres de Celer au *columbarium* de Pomponius réservé aux dignitaires de la Maison impériale. Calpurnia remercia et refusa : l'arbre de Valerius devint aussi celui de Celer. Longtemps, tout le monde s'accorda à dire qu'il poussait plus vite que les autres et que son ombre était aussi fraîche que l'eau claire d'une ondée d'été.

Les obsèques avaient eu lieu sans attendre, selon la coutume, au lendemain de l'accident et, ironie du sort, à la veille de l'inauguration de l'amphithéâtre Flavien. Calpurnia avait hésité à répondre favorablement à Titus qui l'invitait à assister à ce premier spectacle dans la loge impériale. Elle avait réuni ses amis après la dispersion des cendres pour leur demander conseil.

— Si tu t'en sens le courage, vas-y, avait dit Martial. L'Empereur te fait un grand honneur…

— Je me moque des honneurs ! s'était écriée Calpurnia. Si j'y vais, ce sera pour que Celer ne soit pas tout à fait absent à l'heure de son apothéose.

Pline le Jeune avait dit aussitôt :

— Si quelqu'un doit assister à l'inauguration, c'est toi. Il faut que le nom de Celer demeure attaché à son œuvre.

Juvénal avait opiné et Rabirius fut le plus convaincant :

— Calpurnia, il te faut voir ce premier spectacle avec les yeux de notre cher Celer. S'il avait pu parler, c'est ce qu'il aurait dit quand j'ai recueilli son dernier souffle.

— Très bien, avait conclu Calpurnia. Je mettrai demain ma plus belle tunique, celle de notre mariage, et j'irai voir César lancer le premier mouchoir dans l'arène. C'est de ce geste dont parlait toujours Celer lorsqu'il était question du grand jour tant espéré. Et Terentia m'accompagnera. Il faut qu'elle garde le souvenir du triomphe de son père !

Titus, dont on reconnaissait à cette attention une délicatesse peu courante chez ses prédécesseurs, avait envoyé l'une des litières impériales chercher Calpurnia tôt dans l'après-midi. La jeune femme y monta avec Terentia, vêtue elle aussi de blanc. Toutes deux n'avaient pas encore vraiment réalisé ce que la mort du mari et du père représentait pour elles. Elles se laissaient porter, immatérielles comme des esprits, par les huit Syriens en tenue rouge qui suivaient, visage impénétrable et muscles bandés, les coureurs africains chargés d'ouvrir le passage dans la foule.

Elles arrivèrent très vite au pied de l'énorme « gâteau blanc » de Terentia. Les porteurs posèrent la litière devant l'entrée du petit axe de l'ovale réservée à l'Empereur et elles n'eurent que quelques mètres à parcourir pour atteindre le podium au milieu duquel se dressait la tribune princière. Un officier de la garde prétorienne, en tenue de gala, les invita à s'asseoir sur des sièges de marbre blanc garnis de coussins. Les quelques places situées autour du fauteuil de Titus encore vide étaient presque toutes occupées par des personnages dont l'importance devait être considérable à en juger par la somptuosité des toges, la grosseur des bagues et la hauteur des coiffures féminines, aussi entortillées que l'imbroglio des ruelles de la basse ville. Calpurnia ne connaissait aucun de ces dignitaires qui la dévisageaient avec insistance, se demandant à l'évidence qui était cette femme et cette toute jeune fille. Elle ne reconnut que Domitien, arrivé juste avant son frère Titus. Lorsque celui-ci parut, cinquante mille spectateurs se levèrent dans la même seconde et une énorme ovation déferla des tribunes. Une ovation qui était plutôt un grondement confus, comme si l'arène était devenue soudain l'œil d'un fracassant cyclone.

Le regard de Titus se posa un instant sur Calpurnia et il

ordonna à l'une des vestales qui avaient pris place derrière lui d'aller chercher la jeune femme. Calpurnia n'avait guère l'habitude des courbettes mais elle avait tellement entendu dire à Celer que Titus était la simplicité personnifiée qu'elle s'inclina sans crainte et dit avec aisance les mots qui convenaient :

— Divin César, je te salue et te remercie de tes attentions. Mon mari t'aimait et t'admirait. Il était fier d'être ton architecte.

— Moi aussi j'appréciais Celer et son accident m'a bouleversé. Il mérite plus que moi les ovations que tu entends. Je penserai à lui quand, tout à l'heure, je déclarerai l'amphithéâtre ouvert au peuple de Rome. Quant à toi, je veillerai à assurer ton existence. Si tu as besoin d'aide, sache que César t'accorde à jamais sa protection.

Elle le remercia et retourna auprès de Terentia dont elle prit la main. Alors elle se mit à pleurer et se boucha les oreilles avec ses mains. Soudain les clameurs lui étaient devenues insupportables. « Dire, pensa-t-elle, que Celer est mort pour permettre à cette foule de hurler sa désolante vulgarité. »

Le reste de l'après-midi passa pour Calpurnia comme dans un brouillard. Elle ne vit même pas Titus jeter son mouchoir et ne ressentait que la pression affectueuse de Terentia sur son avant-bras quand sa fille la voyait trop perdue dans son chagrin.

Le spectacle pour cette première des cent journées de fêtes ne se déroulait pas selon le programme traditionnel des *ludi*, *munus* ou *silvae*[1]. L'Empereur avait voulu montrer ce jour-là un échantillon de tous les genres de distractions qui seraient offerts aux Romains. Les combats de gladiateurs furent donc simulés mais variés, les rétiaires ne mirent pas à mort les vaincus. Seules les chasses donnèrent lieu à un carnage : plusieurs milliers de bêtes sauvages furent sacrifiées. Il n'y eut pourtant pas de naumachies, la mise en eau de l'arène néces-

1. *Munus* : combats de gladiateurs. *Silvae* : spectacles de chasses.

sitant une installation impossible à réaliser le même jour que d'autres jeux.

Lorsqu'elles rentrèrent à la maison, toujours dans la litière impériale, elles eurent la surprise de trouver tous les amis du Vélabre réunis dans l'*atrium*. Aucun de ceux qui avaient goûté les plaisirs de l'esprit et de l'amitié entre le jardin fleuri de Sevurus et le péristyle ajouté par Celer n'avait voulu laisser seules celle qui était l'âme de la maison et la courageuse Terentia, l'orpheline du cénacle.

— Nous avons quitté l'amphithéâtre après les chasses pour être sûrs d'être rentrés avant toi, dit Pline. Il nous a semblé que nous devions consacrer ensemble à Celer cette soirée qui aurait dû être une fête. Sa place vide et ses coussins, sur le lit du maître de maison, nous percent le cœur. Il fallait que nous partagions notre peine avec vous deux.

— Merci, mes amis, merci. Grâce à vous je vais pouvoir continuer à vivre. Tous réunis, nous pourrions pleurer mais je suis sûre que Celer n'aimerait pas cela. Le meilleur moyen de l'honorer et de garder vivante son image est de passer cette soirée comme s'il était parmi nous. Nous ne rirons peut-être pas mais nous ne serons pas tristes. Car, bien entendu, vous restez tous pour dîner. Terentia, va demander à Ceria de nous préparer quelque chose !

— Inutile, dit Martial. Quand elle nous a vus arriver, elle a dit : « Je vais à mon four car Calpurnia voudra sûrement vous garder tous près d'elle ! » Tu vois, ma chérie, je ne me suis jamais senti aussi innocent d'être un pique-assiette !

— J'espère que tu continueras... Mais tu vois, Celer nous manque déjà. Va donc à la cave choisir un vin qu'il aurait aimé. Pendant ce temps, Juvénal va composer quelques vers pour cette libation de la fidélité.

Le début du dîner fut difficile. Une chape de tristesse pesait sur le *triclinium* et personne ne parut remarquer la délicatesse des melons gorgés de sucre qu'un autre jour Juvénal eût assurés « mûris au Jardin des Hespérides ». Le vin choisi par Martial, « un immortel Salerne », le seul, dit-il, qui convenait, délia heureusement les langues. Priée par Rabirius, Calpurnia essaya de relater le spectacle d'inauguration mais dut avouer qu'elle n'en avait pas vu grand-chose. C'est Terentia qui fit le récit avec une précision et un esprit qui surprirent tout le monde. Et puis, à la fin du repas, alors que jusque-là, par retenue, le nom de Celer n'avait pratiquement pas été prononcé, il ne fut plus question que de l'architecte, chacun racontant un souvenir auquel il avait été mêlé, un exploit technique, ses débuts sous la tutelle de Sevurus, un acte de générosité dont il ne voulait pas que l'on parle... Calpurnia révéla comment ils avaient vécu longtemps, frère et sœur inséparables, avant de s'aimer d'amour. Elle ne fit naturellement pas allusion à sa liaison avec Valerius bien que celle-ci ne fût un secret pour personne.

Très tard on se sépara. Pline et Tacite avaient une litière et rapatrièrent les poètes. Quand Rabirius dit qu'il allait rentrer à pied, Calpurnia fit un signe négatif :

— Non, Rabirius. En dehors du vieux Coccius qui est sourd, il n'y a plus d'homme dans la maison. Je te demande de rester. La chambre du fond t'attend. Demain nous devons parler tous les deux de la succession de Celer. Il n'était pas, tu le sais, qu'un artiste. Il y a l'atelier, des carrières, des réserves de matériaux à Ostie... Son idée était que tu prennes un jour sa succession comme il avait pris celle de Sevurus. Eh bien cela se fera, malheureusement plus tôt que prévu.

Une nouvelle vie commençait au Vélabre qui, dans l'esprit de Calpurnia, devait demeurer le centre créatif de l'architecture impériale. Femme de volonté, elle avait décidé qu'il s'agissait d'une mission sacrée.

# IX

## LA CINQUIÈME HEURE

Cocceius Rabirius avait abandonné sa chambre d'une *insula* neuve mais sans confort de l'Argilète pour s'installer dans la maison du Vélabre. Non sans raison, Calpurnia lui avait assuré que, s'il voulait briguer des commandes officielles, il devait habiter la maison où, depuis Sevurus, battait le cœur de l'architecture impériale :

— Personne n'ira te chercher dans ton quartier. Tu dois profiter du renom qui s'attache au Vélabre. Tu y gagneras en plus un confort agréable, et moi, je ne serai plus seule. Cette maison a besoin d'un homme !

Rabirius avait hésité. Habitué à la solitude, il craignait de perdre son indépendance.

— Pourquoi ne demandes-tu pas à Martial de loger chez toi ? Tu le connais depuis beaucoup plus longtemps que moi...

— J'adore Martial mais pour rien au monde je ne lui offrirais de vivre sous mon toit : son esprit, savoureux le temps d'une soirée, me serait vite insupportable. Et puis, il n'est pas architecte !

Comment résister aux arguments persuasifs d'une femme telle que Calpurnia ? Rabirius avait vite rangé ses rares vêtements dans la chambre du fond et, finalement, s'en trouvait bien. Il s'était demandé un moment si l'expression de Calpurnia, « il faut un homme dans la maison » ne cachait pas d'autre dessein mais rien dans l'attitude de la jeune femme n'accréditait une telle supposition. Et puis, même si cela était, la perspective d'une intimité plus secrète ne lui était pas désagréable : il était bien obligé de reconnaître que la beauté de Calpurnia, son intelligence et son tempérament combatif lui avaient toujours inspiré de l'admiration. Mais il s'en voulut de ces pensées inconvenantes envers une femme qui avait perdu un mari aimé auquel il devait tant et se jura de ne modifier en rien les relations amicales et retenues qu'il avait entretenues jusque-là avec Calpurnia.

Rabirius, pourtant, ne tarda pas à se morfondre. Aucun signe ne lui était venu du Palatin depuis la mort de Celer, que ce soit pour les dernières finitions de l'amphithéâtre ou pour la construction de nouveaux thermes, un projet auquel Titus tenait beaucoup.

— Pourquoi ne vas-tu pas voir le *curator* ? demanda Calpurnia.

— Nous n'avons jamais entretenu de bons rapports avec lui et je ne veux rien lui demander. D'ailleurs, ce n'est pas lui qui décide.

— Dans ce cas je vais intervenir directement auprès de l'Empereur. Il m'a dit lors de l'inauguration que je ne devais pas hésiter à m'adresser à lui si j'avais besoin de la moindre chose. Eh bien, j'ai besoin que le Vélabre revive ! Pline ou Tacite se feront un plaisir de lui remettre la lettre que je vais lui écrire.

— Calpurnia, tu es une femme extraordinaire ! J'admire ton énergie !

— Mes prières m'aident beaucoup.

Elle sourit et ajouta :

— Mon petit Rabirius, tu ne me connais pas encore ! Mais, au fait, te sens-tu capable de diriger des travaux ?

— Oui, à condition que je puisse garder les collaborateurs

de Celer qui nous ont aidés à bâtir l'amphithéâtre. Quand on a réussi une œuvre pareille, le reste paraît plus facile.

C'est ainsi que Rabirius, soutenu par la vaillante dame du Vélabre et par tout l'atelier, se vit confier la construction des thermes de Titus.

☆

L'Empereur était alors à son apogée. Les cent jours de l'ouverture de l'arène géante avaient été une fête continuelle et ce cadeau lui valait la reconnaissance du peuple et le respect d'un Sénat qu'il avait purgé de tous ses personnages douteux. Il y avait bien le souvenir douloureux de Bérénice, le grand amour de sa vie. La rupture s'était, certes, consommée d'un commun accord mais la blessure laissait des traces. Il ne pouvait oublier sa rencontre à Antioche. Tout de suite, il avait été séduit par la reine des Juifs de Chalcis. Et elle aussi avait été fascinée par ce jeune chef, superbe dans son habit rouge de légat de légion. Il se rappelait encore les chants entiers d'Homère qu'il lui avait récités, les poèmes qu'il avait improvisés pour elle et comment, devenue en quelques jours la dame de ses pensées, elle lui avait apporté d'inoubliables moments de bonheur.

Combien de fois avait-il regretté, lorsqu'il devait prendre des décisions difficiles, l'absence de cette femme exceptionnelle qui lui avait donné, quand elle était à la cour, tant de conseils opportuns ? Mais c'était justement cette influence qui avait déplu aux Romains. L'impopularité de Bérénice avait rompu l'alliance sans effacer l'amour. Pourtant Titus, sans Bérénice, avait continué de faire, magnifiquement, son travail de César. Peut-être même mieux que son père qui avait su rendre à Rome sa dignité.

Titus, paré de toutes les vertus, régnait depuis deux ans et sa gloire, qui était celle de l'Empire, lui semblait assurée pour de longues années. Mais le destin est aussi cruel pour les grands que pour les faibles. L'Empereur, qui gouvernait en paix, sans craindre l'un de ces complots qui avaient éliminé tant de ses prédécesseurs, celui dont on louait la force, la beauté et la santé, tomba brusquement malade, terrassé par une fièvre qui lui consumait les poumons et contre laquelle la médecine demeurait impuissante. Le seul espoir restait, au bout de quinze jours, une source thermale des environs de Reate qui, disait-on, faisait parfois des miracles. Reate, les Flaviens connaissaient. La famille y possédait une maison de campagne où Vespasien avait passé sa jeunesse et où il était mort.

Va pour les eaux ! L'imposant cortège qui encadrait la litière impériale se mit en branle vers les monts Sabins. N'eût été le roi du monde mourant sur ses coussins d'écarlate, l'escorte des cavaliers rouges de la garde prétorienne, celle des ministres, des amis, des conseillers, tous aussi jeunes que César, aurait ressemblé avec ses ors, ses couleurs et ses chevaux d'apparat à un défilé de gala. Mais on était dans la montagne, les porteurs essayaient d'amortir les secousses imposées à la litière par la route cahoteuse, les chevaux glissaient sur les pierres et la plupart des participants à cette procession de la douleur se rappelaient la scène qu'ils avaient vécue deux ans auparavant : au même endroit, en haut du col, le divin Vespasien, qui avait voulu venir mourir chez lui, était descendu de litière pour voir de haut, une dernière fois, la vallée de son enfance.

Titus, lui, n'eut pas la force de sortir, seulement celle de commander qu'on ouvrît le rideau. Il resta immobile un long moment, avant de donner le signal du départ. Le préfet, un jeune chevalier qui se trouvait près de la litière, l'entendit prononcer faiblement le nom de Bérénice puis se plaindre de mourir jeune sans raison puisqu'il n'avait à se repentir d'aucun de ses actes… sauf d'un peut-être.

En chevauchant, le chevalier fit part aux autres officiers de la confession qu'il avait surprise et chacun se demanda quel pouvait être ce seul acte que regrettait l'Empereur. Quelqu'un hasarda qu'il avait peut-être fait allusion à des relations intimes qu'il aurait eues avec la femme de son frère Domitien…

A l'arrivée, l'Empereur fut conduit aussitôt aux thermes où on lui fit prendre des bains tièdes dans l'espoir de faire tomber la fièvre. Déception : l'eau de Reate n'eut aucun effet sur le mal qui ne faisait qu'empirer. C'est alors que survint Domitien à la tête d'un groupe de prétoriens. Il se rendit aussitôt au chevet de son frère :

— Un messager a porté à Rome d'affligeantes nouvelles. Je crois bien, Titus, que les faiseurs de miracles sont en train de te tuer.

Titus le remercia d'un regard et Domitien s'adressa à la suite impériale :

— Abandonnez tout de suite le traitement de ces incapables. Je me suis renseigné : mon frère est atteint de la maladie qui, au même âge, a affecté Auguste. Musa, le grand médecin, lui a ordonné des bains glacés et il a guéri ainsi son abcès au foie. Qu'on aille sur les sommets chercher de la neige !

Titus fut ainsi plongé dans une baignoire de neige fondue. C'est dans ce bain glacial et mortel qu'expira, le 13 septembre 81, l'un des meilleurs et des plus justes des Romains.

☆

Au Vélabre, on pleura Titus comme on avait pleuré Vespasien. Et l'on se fit du souci quant à sa succession. De Domitien, les Romains savaient beaucoup de choses et c'étaient surtout des infamies. Personne n'avait oublié son attitude alors que Rome attendait l'arrivée de son père proclamé César par l'armée d'Orient. Maître provisoire, il avait usé de son titre consulaire d'une manière tyrannique après s'être piteusement comporté dans la guerre de Vitellius. On se souvenait aussi qu'à la mort de l'Empereur il n'avait pas craint d'annoncer que Vespasien l'avait associé à l'Empire avec son frère mais que le testament avait été falsifié. On n'ignorait pas non plus, surtout dans un milieu comme le Vélabre, qu'il n'avait cessé durant tout le règne de Titus d'agir contre lui. Enfin, Pline donna le coup de grâce en racontant comment Domitien n'avait même pas attendu le décès de son frère, qu'il avait peut-être sciemment provoqué par le bain glacé, pour rentrer à Rome se faire reconnaître par les cohortes prétoriennes.

— Rome a mangé son pain blanc, la nuit retombe sur elle, dit Tacite. Enfin, on a déjà vu des prétendants de mauvaise réputation devenir de bons empereurs. Quoi qu'il arrive, il va falloir vivre avec le maître que le destin nous envoie.

— Dommage, murmura Rabirius, Titus me faisait confiance. Maintenant je vais devoir rallier à ma cause ce Domitien que l'on dit bête et féroce. Je ne vois pas un tel individu s'intéresser à de grands travaux.

— Ce n'est pas sûr, dit Pline. Domitien n'est pas sot. Peut-être, en pensant à Néron, cultive-t-il les lettres grecques et s'intéresse-t-il aux beaux-arts ?

— Il s'intéresse surtout aux mouches ! s'exclama Juvénal.

Comme l'on s'étonnait de cette curieuse interruption, le satiriste poursuivit :

— Vibrius Crispus m'a raconté que, pour se distraire, Domitien s'enfermait tous les jours et s'amusait à capturer des mouches et à les transpercer à l'aide d'un poinçon.

— Est-ce plus cruel que de livrer dans l'arène des bêtes sauvages à la boucherie des *venatores*[1] ?

— Les lions et les tigres peuvent se venger sur les condamnés qu'on leur donne en pâture et sur les *bestiarii*[2] qui n'ont pour se défendre qu'un javelot. Les mouches, non.

On s'amusa ainsi un moment à rechercher les tares du nouveau César dont, à vrai dire, personne sous ce toit n'attendait grand-chose. Puis on se sépara. Calpurnia esquissa un sourire

1. Les *venatores* combattaient les bêtes avec l'armure noble, l'épée et le bouclier.

2. Les *bestiarii*, condamnés de droit commun, n'étaient vêtus que d'une tunique, et leur arme, un javelot, se montrait dérisoire face aux fauves. Leur destin était d'être dévorés.

lorsque Martial, prenant congé de Rabirius, lui glissa d'un air entendu : « Ah, c'est vrai ! Tu as droit au toit. Nous n'avons, nous, que le bénéfice du dîner. »

Lorsque tout le monde fut parti, Rabirius et Calpurnia s'installèrent dans l'*atrium* comme ils le faisaient chaque soir. L'architecte lui racontait comment la journée s'était passée au chantier, lui confiait ses soucis et aimait lui faire partager ses succès. La jeune femme, qui avait baigné depuis sa tendre jeunesse dans le milieu des bâtisseurs, comprenait. Elle était même une interlocutrice de bon conseil. Ils parlaient souvent de Celer, Calpurnia disait qu'il les entendait du royaume du ciel et qu'il était sûrement fier de son élève. L'expression « royaume du ciel » n'était pas courante à Rome et confortait Rabirius dans son idée que Calpurnia était, sinon chrétienne, du moins proche en pensée des adorateurs du Christ. Il avait plusieurs fois tenté de la questionner à ce propos mais elle s'était toujours défilée.

Ce soir-là, Rabirius hasarda une réflexion plus personnelle :

— Il me semble que notre ami Martial se moque ouvertement de mon hébergement au Vélabre. N'as-tu pas ressenti son ton piquant lorsqu'il m'a dit au revoir ?

— Que veux-tu, Martial pense en épigrammes. Il mordille mais il n'est pas méchant, surtout avec ses amis.

Elle laissa passer un instant puis ajouta sur un ton badin :

— Peut-être est-il jaloux ? Sans doute croit-il que notre intimité va plus loin qu'il ne paraît ! Si c'est le cas, son avis m'indiffère. Avons-nous, mon petit Rabirius, quelque chose à nous reprocher ?

Cela l'agaçait qu'elle l'appelle « mon petit Rabirius ». Il était plutôt bien bâti et en tout cas plus grand que Celer. Mais cette fois il ne remarqua rien, tout à la pensée de ce que venait de dire Calpurnia. Celle-ci ne parlait jamais sans raison et, s'il ne répondit pas sur-le-champ, il se promit d'y réfléchir un peu plus tard, lorsqu'il serait couché.

☆

La semaine suivante, Rabirius fut prié de se rendre au Palatin. L'Empereur souhaitait l'entretenir de ses travaux. Cette visite était pour lui une épreuve. Il n'avait pas l'habitude de rencontrer de hauts personnages et il demanda à Calpurnia ce qu'il devait faire et ce qu'il devait dire lorsqu'il serait en face de César.

— Pour Vespasien ou Titus je t'aurais répondu d'être simple puisque eux-mêmes l'étaient, de ne pas les flatter ostensiblement car ils détestaient les flagorneurs. Domitien, je ne le connais pas. On le dit religieux parce qu'il s'entoure de cohortes de prêtres attachés aux dieux les plus renommés. Ainsi existe-t-il un collège de prêtres flaviens, et d'autres aussi voués à Junon ou à Minerve. Ah ! ne t'étonne pas s'il te reçoit vêtu d'une toge pourpre à la grecque et coiffé d'une couronne d'or à l'effigie de Jupiter, de Junon et de Minerve. En fait, je n'ai qu'un conseil à te donner : écoute-le avec une attention respectueuse et répond simplement aux questions qu'il te posera. S'il te convoque c'est pour te signifier ce qu'il veut, pas pour savoir ce que tu penses. Appelle-le « divin César » et parle le moins possible.

Après ce tableau peu engageant, Rabirius fut étonné de découvrir un empereur plutôt aimable, vêtu, certes, d'une façon voyante mais qui parlait avec discernement de l'architecture et des monuments dont il voulait marquer son règne.

— Je viendrai voir les travaux, dit-il, mais on m'a déjà affirmé que le bâtiment s'annonçait bien. Es-tu fier d'être l'architecte de Domitien ?

Rabirius pensa que l'Empereur eût été bien surpris de l'entendre répondre par la négative et jugea que c'était le moment de lâcher son premier « divin César ».

— Sais-tu pourquoi je t'ai choisi ? demanda Titus.

— Parce que je suis l'élève de Celer, lui-même fils de Sevurus, et que j'ai contribué à la réussite du monument le plus grand du monde, qui perpétuera durant des siècles le nom des Flaviens.

— Parfaitement. L'amphithéâtre est magnifique. Mon père était un visionnaire. Son œuvre ne sera jamais égalée. Mais ne trouves-tu pas qu'il apparaît un peu tassé et gagnerait à prendre de la hauteur ?

— Souvent, divin César, nous avons dit cela avec Celer.

— Pense donc à le surélever et soumets-moi le projet. Ce sera ma contribution à l'édifice familial. J'aimerais que cet étage permette d'accueillir un plus grand nombre de spectateurs. Cette nouvelle tribune sera réservée au petit peuple, écarté, faute de place, des fêtes et des combats. J'ai encore beaucoup d'autres projets dont celui d'élever un nouveau palais impérial sur le Palatin, mais nous en parlerons plus tard. Il faut d'abord finir les thermes.

—... Et l'amphithéâtre. Toutes les statues ne sont pas encore posées et il reste de nombreux joints à refaire. Dois-je pour les crédits de ces travaux voir le *curator* Felicianus ?

— Non, ce fonctionnaire obtus m'ennuyait, je l'ai chassé. Tu verras l'affranchi Lucius. C'est un excellent financier qui ne dépense pas inconsidérément l'argent du Trésor.

Il rit et quitta la pièce sans ajouter un mot. Rabirius en déduisit que l'entretien était terminé et rentra satisfait au Vélabre où Calpurnia l'attendait, impatiente de savoir comment s'était déroulée l'entrevue du tendre créateur et du terrible César.

— Tout va bien ! s'écria-t-il. Je suis l'architecte officiel de Domitien et j'ai du travail pour dix ans.

Calpurnia se précipita, appuya sa tête contre son épaule et dit :

— Je suis heureuse, heureuse ! Embrasse-moi !

Comme il lui baisait dévotement le front elle murmura :

— Je te demande de m'embrasser vraiment ! A moins que tu ne veuilles pas de moi...

Ils restèrent longtemps enlacés puis Calpurnia dit :

— Viens, nous allons dîner, il fait encore bon dans le jardin. Après tu m'inviteras dans ta chambre. Il y a si longtemps que j'ai envie de dormir avec toi.

Ainsi commença, un an après la mort de Celer, la nouvelle vie amoureuse de l'ardente Calpurnia. Elle avait beaucoup réfléchi avant de jeter son dévolu sur Rabirius, plus jeune qu'elle de trois ans et que les choses de l'amour ne semblaient guère tourmenter. Mais le jeune homme n'avait cessé de s'affirmer et, à mesure qu'il prenait de l'assurance, elle lui découvrait de nouvelles qualités. D'abord, Rabirius était un beau garçon dont le dévouement lui était acquis. Ensuite, il venait de se montrer capable de prendre la succession de l'atelier qui, elle ne l'oubliait pas, lui appartenait. Elle se dit que le grand amour était rare et qu'une liaison avec ce jeune architecte plein de charme et qu'elle avait sous la main pouvait combler raisonnablement ses désirs. Et puis qui sait si, le temps aidant, ils n'éprouveraient pas l'envie de se marier ?

Calpurnia était une femme libre, une veuve encore jeune qui pouvait mener l'existence qu'elle voulait, surtout dans le milieu d'artistes et d'écrivains qui était le sien. Le seul problème qui l'avait fait hésiter, c'était Terentia qui venait d'avoir onze ans et qui, frottée depuis toujours aux grands esprits qui fréquentaient la maison, se comportait déjà comme une femme. Allait-elle accepter une liaison qu'elle ne pourrait longtemps ignorer ?

Le lendemain de la première nuit partagée avec Rabirius, Calpurnia dit à sa fille qu'elle voulait lui parler d'une chose très sérieuse. Terentia suivit sa mère dans sa chambre et se blottit dans ses bras ainsi qu'elle aimait à le faire. Comme Calpurnia, embarrassée, semblait chercher ses mots, Terentia lui dit en riant :

— Si c'est pour m'apprendre que Rabirius et toi vous vous aimez, ce n'est pas la peine de te donner tant de mal. Je sais que vous avez dormi ensemble la nuit dernière !

Interloquée, Calpurnia demanda :

— Que dis-tu ? Où as-tu appris une chose pareille ?

— Tu sais, la maison n'est pas si grande et il aurait fallu que je sois aveugle pour ne pas vous voir vous embrasser de la pièce où je me trouvais. Et sourde pour ne pas vous entendre gagner la chambre du fond ! Ne crois pas que j'en suis peinée. J'aime bien Rabirius et je n'aurais pas apprécié que tu ailles chercher quelqu'un d'autre. Et puis papa l'aimait aussi. Je ne suis plus une enfant et je te comprends, tu sais !

Calpurnia regarda sa petite fille devenue soudain pour elle une femme et l'embrassa avec tendresse.

— Comme le temps passe vite, ma chérie. Demain nous irons prier ensemble.

— Avec les chrétiens ?

— Tu sais bien que nous ne prions plus d'autre dieu que Jésus !

☆

La mort de Celer avait accru l'attirance de Calpurnia pour la nouvelle religion, elle-même en pleine expansion, à Rome comme en Asie romaine, à Lyon comme à Antioche. Très tôt, elle avait dû répondre aux questions que lui posait Terentia, naturellement tentée d'épouser les convictions de sa mère. A mesure que l'enfant grandissait, ces questions devenaient plus pressantes et sérieuses. Souvent Calpurnia devait s'instruire auprès d'amis pour y faire face. Ce soir-là, à l'heure du câlin, en attendant le retour de Rabirius, Terentia demanda :

— Pourquoi appelle-t-on Jésus de Nazareth « le Christ » ?

Calpurnia réfléchit et dit :

— Je vais essayer de te répondre mais écoute bien, c'est un peu compliqué. En grec, oindre se dit *kriô*. C'est ce mot qui a donné Christ, c'est aussi la traduction de l'hébreu *messias*...

— Cela ne m'explique pas grand-chose !

— Tu as raison mais je n'ai pas fini. En Judée, on appelle Christ celui qui a reçu l'onction d'huile et de parfums en qualité de roi, de pontife, de prophète. Ses premiers disciples ont surnommé Jésus « le Christ » pour indiquer qu'il est le roi spirituel du monde.

— Les chrétiens, mais tu me l'as déjà dit, sont donc les disciples du Christ ?

— Exactement. Si tu adoptes le culte du Christ, tu es une chrétienne.

— Comme toi ?

— Oui, comme moi, ma chérie.

— Alors moi aussi je veux en être une. Emmène-moi un jour chez les chrétiens. Ceux-ci admettent-ils tout le monde, ou seulement les nobles et les riches ?

— Dès sa naissance, le christianisme a touché toutes les classes. Ses ennemis le décrivent volontiers comme une religion de boutiquiers, de miséreux, comme un ramassis de gens grossiers. En vérité, la foi chrétienne tend à effacer les différences sociales et accepte aussi bien le maître très riche que ses esclaves, l'officier de l'ordre équestre que l'homme du peuple.

— Et les enfants ?

— Il suffit qu'ils soient baptisés.

— Tu es baptisée, toi ?

— Non, pas encore.

— Mais n'est-il pas défendu d'être chrétien ?

— La loi romaine n'interdit pas officiellement le christianisme mais, depuis que Néron a persécuté et crucifié plusieurs centaines d'entre eux en les accusant d'être les incendiaires de Rome, les chrétiens vivent et célèbrent leur culte discrètement, dans la crainte d'une nouvelle violence. Toi, par exemple, tu ne dois pas répéter que je suis une chrétienne ou que tu as l'intention d'en devenir une. Il faut garder notre secret. Mais assez parlé du Christ pour ce soir. D'ailleurs Rabirius vient d'arriver.

— Et lui ? Est-il chrétien ?

— S'il l'était, il ne pourrait plus travailler pour l'Empereur.

Comme Celer, Rabirius puisait dans son art la source du divin. Il se contentait, pour la forme, de reconnaître les dieux romains, au nombre desquels on comptait l'Empereur, tous indissociables de la société.

— Comment va l'architecte du divin Domitien ? demanda Calpurnia en embrassant Rabirius.

— Bien ! Mais j'ai à peine commencé à doter l'amphithéâtre d'un étage supplémentaire que l'Empereur me demande de supprimer le bassin des naumachies pour construire, à la place, sous l'arène, un ensemble regroupant les vestiaires des gladiateurs, les dépôts d'armes, les magasins de décors et les cages où seront enfermées les bêtes. C'est ce que nous étions en train de faire lorsque Titus nous a fait tout démolir pour installer ses naumachies.

— Ne te plains pas d'avoir trop de travail. Quand ton sous-sol sera fini tu nous emmèneras voir un spectacle. Je ne suis finalement entrée qu'une seule fois dans cet amphithéâtre dont j'ai entendu parler chaque jour durant dix ans !

— Il vous faudra attendre un peu car nous allons être obligés de le fermer durant les travaux. Mais nous pourrons aller un jour voir le bâtiment de l'extérieur. Toutes les statues sont maintenant à leur place dans leurs niches de travertin et l'effet prévu par Celer est magnifique. C'est le meilleur architecte que Rome ait jamais connu, je te l'affirme. Même Sevurus ne le valait pas.

— Et toi ? demanda Terentia.

— Moi je serais content si l'on me jugeait digne d'être le troisième.

☆

Succéder à Vespasien et à Titus n'était pas une tâche aisée, surtout pour Domitien qui avait souffert toute sa vie de se voir préférer un frère plus beau, plus brave et plus intelligent. La jalousie avait rongé son caractère davantage attiré par le vice que par la vertu. Pourtant, le début de son règne n'avait pas été aussi désastreux que certains le craignaient. Ses libéralités avaient plu au peuple mais surpris les sénateurs et les chevaliers qui savaient bien qu'elles cachaient une faiblesse qu'un jour ou l'autre il faudrait payer. En fait, Domitien avait décidé d'ignorer le Sénat auquel son père avait rendu un pouvoir que, depuis Auguste, les empereurs n'avaient cessé de rogner, préférant s'appuyer sur l'armée pour rétablir leur absolutisme.

Sans le Sénat, avec le peuple et l'armée, Domitien essaya donc de gouverner au gré de ses inspirations, lançant un ambitieux programme de restauration et de construction, s'investissant dans des opérations militaires hasardeuses, innovant dans le courant des habitudes. Ainsi interdit-il la scène aux histrions, obligés de n'exercer leurs talents qu'en privé, défendit-il la castration des hommes et diminua-t-il le prix des eunuques restant encore à vendre chez les marchands. Cela faisait sourire mais Rome vivait sans trop de soucis sous ce jeune homme de trente ans qui s'habillait, quelle que soit l'heure, dans une tenue d'apparat et avait, initiative appréciée par les hôtes du Vélabre, reconstitué la bibliothèque d'Auguste qui avait été brûlée.

Pour Rabirius, Domitien était un bon César, toujours prêt à ouvrir un nouveau chantier, payant bien, et facile à contenter. Les plans du nouveau palais impérial, qu'il lui avait soumis, ne donnèrent lieu qu'à quelques modifications de détail et l'architecte put commencer à faire creuser les fondations de la *Domus Flavia* dans le domaine impérial du Palatin.

A la demande de Domitien, Rabirius avait conçu un palais qui, pour la première fois, était adapté aux besoins du monarque et au fonctionnement de son administration. Alors que la *Domus Aurea* n'avait eu d'autre ambition que de satisfaire la mégalomanie de Néron, la *Domus Flavia* répondait, avec des bureaux, des salles d'archives, des pièces de réunions, aux nécessités d'une gestion sérieuse.

— Voyez-vous, dit l'architecte, un soir où les habitués du Vélabre étaient réunis dans le *triclinium*, j'ai l'impression que le nouveau palais représente une évolution de notre architecture. Cette fois un monument officiel, commande de l'Empereur, n'est pas seulement destiné à être grandiose, superbe et croulant sous le marbre : il est utile ! Ce palais est à la fois la demeure de l'Empereur et le siège de son gouvernement.

— L'important, c'est que ce gouvernement soit bon. Peu importe le toit qui l'abrite !

C'est Martial qui avait parlé et le doux Rabirius, pourtant peu agressif dans les discussions, se fâcha :

— Sous prétexte qu'ils écrivent et qu'ils ont une réputation de méchants critiques à défendre, les satiristes disent n'importe quoi. L'architecte, ne t'en déplaise, a une mission dans la société. Il est là pour rendre plus agréable l'usage que le client doit faire d'une construction. C'est vrai pour une maison courante, des thermes ou un amphithéâtre. C'est vrai aussi pour le palais de César. Si celui-ci utilise les bureaux que je lui construis pour instaurer des lois ineptes, ce n'est pas mon affaire. D'ailleurs la *Domus Flavia* est faite pour durer des siècles et j'ose espérer qu'elle abritera quelques bons empereurs !

— Tu te mets bien vite en colère, remarqua Pline en riant. Ce qu'a dit Martial n'est pas faux, encore qu'affirmer préférer une bonne décision prise sous un toit croulant à une mauvaise adoptée dans un palais neuf et fonctionnel ne me paraît pas témoigner d'une haute philosophie. Nous vous renvoyons tous deux dans votre coin. Maintenant, je rappelle que cela a toujours été notre privilège, à nous, habitués du Vélabre, d'avoir la primeur des grands travaux du prince. Montre-nous donc à quoi va ressembler ta fameuse *Domus Flavia*, ou *Domus Augustana*, je ne sais comment la nommer.

L'assemblée, en gardant sa coupe de vin de Frontignan à la

main, gagna l'atelier, non sans avoir au passage admiré le jardin de Sevurus qui embellissait d'année en année.

— Regardez, dit Calpurnia, l'arbre de Sevurus et de Celer. Son ombre a doublé depuis la mort de mon pauvre mari.

La joyeuse bande se tut un instant en mémoire des disparus et chacun entra, le cœur un peu serré, comme toujours, dans le temple du Vélabre.

Rabirius aida Calpurnia à allumer les lampes qui entouraient le grand pupitre, toujours à sa place au centre de la pièce, et l'architecte enleva l'étoffe qui protégeait le plan dessiné sur un papyrus.

— Voici mon projet, dit-il, ajoutant qu'il serait reconnaissant à ses amis de lui donner un avis exempt de flatterie.

Un murmure d'admiration accueillit ces mots et Rabirius, à l'aide d'une petite canne d'ivoire que les plus anciens avaient déjà vue maniée par Sevurus et Celer, désigna les différentes sections de son projet et expliqua ce que serait le nouveau palais.

— Vous voyez, la partie sud donne sur le *Circus Maximus* et la façade sensiblement curviligne, pour l'alléger, s'ouvre sur un grand vestibule flanqué de deux salles en demi-cercle.

Il pointa ensuite du bout de sa canne le péristyle, immense, en précisant :

— Au centre je vais installer une fontaine monumentale ornée d'écussons de bronze. Tout autour s'ouvriront des pièces de dimensions imposantes dont l'*Aula Regia* qui doit servir à Domitien à accorder ses audiences officielles et à recevoir l'hommage de ses sujets. Elle sera entourée de colonnes et de niches destinées à contenir des statues. Les deux entrées encadreront une abside…

— Mais c'est un temple ! s'écria Juvénal.

— Domitien n'est-il pas une divinité ? Il en est en tout cas convaincu. Plus que Néron et même plus qu'Auguste qui, le premier, a revendiqué ce titre. Voyez maintenant à droite. Ici s'ouvre le *triclinium*. Je ne sais pas si l'Empereur y prendra tous ses repas mais il pourra inviter beaucoup de monde à dîner !

Pline et Tacite, les seuls à avoir une chance d'y être conviés un jour en raison de leurs fonctions officielles, posèrent quelques questions, et Rabirius découvrit un second papyrus :

— Voilà maintenant la suite de l'édifice, la *Domus Augustana*, qui sera la résidence privée de César. J'ai innové pour la distribution des pièces et je prévois une décoration que l'on trouvera peut-être un peu chargée mais qui plaît au propriétaire des lieux.

On congratula le maître, chacun y allant de son compliment. Ce n'était pas de la flagornerie. Tous étaient admiratifs, étonnés de constater que le jeune architecte avait, pour ses débuts dans l'art monumental, égalé les deux virtuoses qui l'avaient précédé dans le siècle impérial des bâtisseurs.

On revint, comme chaque fois en fin de soirée, ouvrir une dernière amphore dans l'*atrium*. C'est alors que Pline annonça la grande nouvelle :

— Mes amis, je vais vous quitter pour quelques mois ou plutôt quelques années. Je pars pour la Syrie exercer ma première fonction obligatoire : celle de tribun militaire de la *Legio III Gallica*. Je n'ai pas fini de m'ennuyer de vous, mais je vous écrirai. Vous connaissez ma manie des lettres : j'échange une correspondance suivie avec Tacite, même lorsque nous sommes tous les deux présents à Rome !

— C'est ton premier voyage ? demanda Rabirius.

— Oui, si je ne compte pas ceux effectués en Italie. J'avoue que ces journées de voiture puis la traversée me font peur. Enfin, beaucoup voudraient être à ma place. J'ai choisi de servir l'État, j'ai aspiré au pouvoir, je ne vais pas me plaindre quand on me donne les moyens d'y parvenir. Et puis, vivre la vie des soldats m'intéresse. Je vais découvrir de l'intérieur ce qu'est un camp romain. Mon oncle m'a d'ailleurs tracé la voie. Il a commandé un corps de cavalerie en Germanie et a été *procurator* dans l'Espagne citérieure avant de voyager en Gaule. Après avoir survécu à tous ces périls, c'est à deux pas de Rome qu'il a trouvé la mort !

— Tu n'es pas mal tombé, dit Martial. La Syrie est, paraît-il, un beau pays. Mais ne t'amourache pas d'un de ces jeunes géants créés par les dieux pour porter les litières.

— Ne dis pas de sottises, coupa Calpurnia. Pline n'est pas amateur de garçons. J'en suis sûre, encore qu'il garde farouchement secrète sa vie personnelle.

Pline sourit et dit :

— Je vais vous rassurer, j'ai l'intention de me marier avant de partir. J'aimerais assez qu'une femme m'attende à la maison.

☆

Domitien, on le disait souvent au Vélabre, avait trop longtemps rongé son frein pour que, l'heure enfin venue d'exercer le pouvoir, il s'y consacrât avec la sérénité et la bienveillance qui avaient caractérisé les règnes de son père et de son frère. Il n'était pas mauvais administrateur et, s'il manquait de souplesse, il savait prendre le plus souvent les décisions qui convenaient. Ses débuts avaient fait croire qu'il laisserait le souvenir d'un César juste bien que trop sévère, respecté bien que trop hautain. Mais la déception succéda bientôt à l'espoir. Plus le temps passait, moins il éprouvait de plaisir à gouverner. Au lieu de gagner à lui les nouvelles familles de sénateurs que Vespasien avait mises en place, il les prenait en grippe et s'en faisait des ennemies. Domitien préférait s'appuyer sur les militaires dont il avait augmenté la solde, un système de gouvernement qui n'avait jamais donné de bons résultats.

On avait souvent analysé cette politique au Vélabre, et Tacite, dont le bon sens était apprécié, avait expliqué que Domitien, de plus en plus critiqué à Rome, gardait la confiance des provinces habituées à juger un empereur sur la qualité de ses gouverneurs et la stabilité de la monnaie.

— Sur ces points, disait Tacite, il fait aussi bien que Vespasien et Titus, mieux sans doute que Néron.

C'est depuis cette époque que Juvénal, lorsqu'il se trouvait au milieu de ses amis, appelait César « le Néron chauve », malgré les conseils de prudence qu'ils lui donnaient.

— Que ta plaisanterie ne sorte pas d'ici. Elle te vaudrait sûrement bien des désagréments. Domitien considère la perte de ses cheveux comme une calamité. Il y voit un mauvais présage.

C'est Rabirius qui mettait en garde le poète. Il avait maintenant ses entrées au Palatin. Il n'y rencontrait pas souvent l'Empereur mais réglait les affaires avec Parthenius qui était son aide le plus proche ou, le plus souvent, avec l'affranchi Lucius, chargé de surveiller les finances du palais. Par chance, celui-ci était un passionné d'art, et particulièrement d'architecture. La construction de la *Domus Augustana* l'intéressait et il retenait longtemps Rabirius lorsque celui-ci venait au palais, lui posant mille questions sur son travail, sa vie et son ancien maître. Il essayait aussi de le faire parler de la maison du Vélabre qui continuait d'exciter, comme au temps de Sevurus et de Celer, la curiosité des intellectuels romains. Rabirius comprenait qu'il eut aimé être invité mais, prudent, il ne levait que discrètement le voile sur les activités du cénacle et de ses membres. Il se retranchait derrière l'autorité de la maîtresse des lieux.

— C'est la fille du grand Sevurus et la veuve de ce malheureux Celer qui, sans combattre, a été la première victime de l'amphithéâtre ? s'enquit un jour Lucius.

— Oui, c'est une femme de caractère qui assume de grandes responsabilités dans l'atelier.

— J'aimerais un jour faire sa connaissance, ajouta le financier, croyez-vous que cela soit possible ?

Rabirius avait transmis la demande à Calpurnia, laquelle n'avait pas paru enchantée.

— On verra cela plus tard, lorsque tu le connaîtras mieux. Sevurus nous disait toujours, à Celer et à moi, que pour être heureux il fallait vivre cachés et que les artistes n'avaient rien à gagner à fréquenter leurs clients, surtout s'ils étaient familiers du palais. Il est vrai qu'à l'époque il craignait que Néron ne m'attirât à ses orgies ! Enfin, je vois mal ton Lucius prendre part à l'un de nos dîners. Sa présence nous contraindrait à une réserve difficilement imaginable quand on connaît notre bande de bavards ! Si nous devons l'inviter un jour, il viendra seul !

— Tu as raison. Mais, tu sais, Lucius me parle franchement de l'Empereur et, par lui, j'apprends beaucoup de choses. Ainsi, à propos des ouvertures prévues dans les appartements privés, il m'a dit que Domitien avait peur et que je devais en tenir compte. Comme Néron, il vit dans la hantise de se faire assassiner et, comme lui, il a tendance à devenir soupçonneux et cruel.

— Alors, comme lui, il tombera un jour sous le poignard de ses ennemis.

☆

Terentia, qui avait grandi en même temps que l'amphithéâtre, devenait une jeune fille de plus en plus attirante à mesure que la construction de la *Domus* avançait, et Calpurnia éprouvait pour elle l'inquiétude qui avait jadis tourmenté son oncle et Celer. Terentia était sérieuse mais elle voulait, comme elle autrefois, mordre à la vie, partager les plaisirs des jeunes Romaines de son temps.

Calpurnia supportait mal le désir de sa fille d'échapper à la vie de la maison dont elle goûtait, c'était évident, de moins en moins les attraits. Ne lui avait-elle pas dit un jour que Martial et Juvénal, qu'elle avait toujours connus, ne l'amusaient plus, que Tacite et Pline lui paraissaient vieux avant l'âge, déjà imbus de leur titre et de leur classe ? Elle leur préférait Rabirius. Lui au moins conservait sa fraîcheur de manuel ; bien qu'il fût capable de calculer la résistance d'une voûte et d'inventer les formes d'un palais, il continuait de prendre du plaisir à toucher la pierre, à caresser de sa paume un peu rugueuse le velouté d'un marbre. Terentia, elle, jugeait sa situation inconfortable et trouvait que sa mère aurait dû se décider depuis longtemps à l'épouser. Un jour d'hiver où elle l'avait rejointe dans la cuisine près du grand poêle de brique, seul lieu de la maison où l'on ne se sentait pas transi de froid, elle s'était serrée contre sa mère et lui avait parlé avec la brutalité de la jeunesse :

— Maman, pourquoi n'épouses-tu pas Rabirius ? Vous avez eu le temps d'apprendre à vous connaître ! Je crois que vous vous aimez, lui en tout cas t'adore. Il a sauvé la maison. Sans lui, l'architecte impérial n'habiterait plus au Vélabre et l'atelier qui a vu naître tant de projets et où se sont réalisés tant de rêves servirait à ranger les outils du jardinier. Je t'en prie, si tu hésites à prendre un mari, donne-moi un père ! J'en ai assez de vivre auprès de cet homme merveilleux, le seul que l'on puisse comparer à papa, dont on ignore s'il est ton employé, ton amant ou ton esclave ! Et puis, fais attention... Que ferais-tu si un jour il te disait qu'il s'en va ?

Calpurnia, stupéfaite, regarda sa fille, ne sachant si elle devait rire ou pleurer, la serrer dans ses bras ou la traiter d'insolente. Finalement elle ne fit rien de tout cela, prit simplement les mains de sa fille, si fines, si douces, qu'elle enduisait comme elle à son âge d'huile de roses ou d'onguent à la myrrhe, et lui dit en la regardant avec toute sa tendresse de mère :

— Quelle véhémence ! Quelle passion ! Tu es bien ma fille, Terentia chérie ! Je me retrouve vingt ans auparavant, éprise d'absolu. Tu as bien fait de me parler. J'avais peut-être besoin qu'on me révèle mon égoïsme car, si j'ai bien compris, c'est un certain égoïsme que tu me reproches. Je devrais selon toi être plus attentive aux préoccupations de Rabirius. Peut-être, mais ne crois-tu pas que tu exagères un peu en assimilant sa situation à celle d'un esclave ? Rabirius est ici chez lui, tu le sais bien, et je mesure tout ce que nous lui devons. D'abord il répond à mon amour !

— Mais pourquoi ne vous mariez-vous pas ?

— Nous en avons souvent parlé. Chaque fois, nous avons conclu que nous le ferions sûrement un jour mais que rien ne pressait puisque nous vivions heureux comme cela. Je ne pense vraiment pas que le fait d'égorger un agneau devant des gens sans intérêt, puis d'aller voir dans ses entrailles s'il est de bon augure de nous marier changerait quelque chose à notre bonheur. Tu vois, un baptême commun sous le signe de Jésus me paraîtrait autrement significatif ! Mais tu as peut-être raison. Rabirius n'est pas un tâcheron de chantier, il est l'architecte du prince et devrait mieux, à ce titre, respecter les usages.

Terentia se rapprocha de sa mère et l'embrassa. Elle pleurait :

— Tu sais, hoqueta-t-elle, je ne voulais pas te faire de peine. La seule chose qui compte pour moi est que tu sois heureuse.

Il était vrai qu'en vingt ans la vie n'avait apparemment pas changé au Vélabre. Seuls les arbres du jardin avaient pris de l'ampleur, César avait changé de nom et le fidèle Coccius, mort de vieillesse, avait été remplacé par un esclave qui recevait moins chaleureusement les visiteurs à l'entrée du vestibule. La maison construite par Sevurus conservait, malgré les deuils, les drames et la disparition de vieux amis, un charme indéfinissable. Toutefois, Calpurnia s'en rendait compte, elle avait perdu un peu de la chaleur qu'elle avait su, jeune fille puis jeune femme, insuffler entre ses murs. Aujourd'hui, les hôtes les plus fidèles du Vélabre venaient par habitude davantage que par désir. Pline s'en allait, Tacite lui aussi partirait bientôt, appelé au loin par son métier public. Calpurnia, soudain, réalisait qu'elle avait vieilli et que sa vie, si elle ne faisait rien, risquait de sombrer dans la langueur où tant de riches bourgeoises romaines usaient leurs dernières espérances.

A trente-quatre ans, elle était pourtant encore une belle femme. Elle avait supporté sans dommages physiques les drames de la vie familiale et les bouleversements de la cité. Depuis l'adolescence elle avait pris soin de sa peau et de sa silhouette. Elle avait couru, nagé, entretenu ses muscles et s'était astreinte plusieurs jours par semaine, malgré les protestations de Celer puis de Rabirius, à s'enduire le visage d'une épouvantable crème à base de lait d'ânesse et de suint de brebis. C'était une vieille recette déjà préconisée par Ovide un siècle plus tôt, et qu'elle avait apprise toute jeune de ses amies qui se passaient alors sous la tunique *L'Art d'aimer* et *Les Soins à donner au visage féminin*[1]. Plus tard, elle avait essayé, comme beaucoup de dames romaines, le « masque de l'Impératrice », couche épaisse de mie de pain et de lait nommée *poppeana*, et d'autres mixtures peu ragoûtantes mais sans doute efficaces puisque Calpurnia avait conservé un visage sans rides.

Elle avait réfléchi durant quelques jours puis dressé le plan qui devait l'empêcher de devenir une femme désabusée, embourgeoisée et irritable, avant de prendre l'aspect et le ton d'une Romaine trop respectable. Elle allait suivre les conseils de Terentia et épouser Rabirius.

Ce soir-là, Terentia était sortie avec des amies, le frère de l'une d'elles devait la ramener en litière avant onze heures. La maison jouissait du calme d'un printemps précoce. Calpurnia et Rabirius avaient délaissé le *triclinium* et s'étaient fait servir dans le jardin, sur la table de marbre que l'architecte avait fait construire près de la cuisine, un repas léger mais délicieux : des charcuteries gauloises arrivées de Lugdunum au marché le matin même, avec des mauves et des petits artichauts nouveaux. Comme vin, elle avait choisi un flacon de Nomentum soigneusement débarrassé de sa lie.

— Parle-moi de ta *Domus Augustana*, demanda Calpurnia lorsqu'ils furent installés sur les bancs de travertin qui flanquaient la table. Tu ne me dis plus grand-chose de ton travail. Tu sais pourtant combien tes occupations m'intéressent. Où en es-tu ? Domitien est-il toujours convenable ?

— Tout va bien pour moi. Il paraît que le trésor de l'Empire se vide mais Domitien trouve toujours de l'argent pour ses constructions. Il doit passer un jour prochain voir les

1. *De medicamine faciei femineae*, l'œuvre d'Ovide alors la plus recopiée et la plus diffusée.

travaux mais je ne suis pas inquiet. César devenu méfiant et tatillon dans son gouvernement est pour moi un client facile. Mais ce que m'en rapporte Lucius n'est pas bon pour Rome. Pourquoi, au lieu de prendre son père et son frère pour modèle, met-il donc les pieds dans les sandales de Tibère et de Néron ?

— Quand auras-tu terminé le palais ?

— Dans un an. J'espère que l'Empereur ne sera pas assassiné avant !

— Tout cela est bien mais j'ai, mon chéri, à t'entretenir d'un sujet plus important. Es-tu prêt à entendre des propositions qui peuvent changer notre vie ?

— Oui, mais je n'ai pas du tout envie de voir changer notre vie. Je me sens très bien près de toi.

— Tant mieux parce que je te propose de t'en rapprocher un peu plus.

— Parle donc. Tu m'intrigues !

— Écoute, c'est tout simple : veux-tu m'épouser ? Terentia me dit que je suis un monstre de te laisser vivre dans une situation pour le moins délicate. Figure-toi qu'elle t'adore et trouve que tu es le seul homme digne de remplacer son père.

Stupéfait, Rabirius posa la feuille d'artichaut qu'il était en train de grignoter, s'essuya les mains et observa Calpurnia.

— Terentia t'a dit cela ?

— Oui, tu pourras le lui demander tout à l'heure si elle honore sa promesse de ne pas rentrer tard.

— Sais-tu, mais tu ne peux pas le savoir, que c'est à cause d'elle que je ne t'ai jamais demandé de m'épouser ? Je craignais sa réaction, et voilà qu'elle me demande d'être son père ! Que les dieux soient remerciés de me donner une fille si belle et si intelligente. Je leur sais gré aussi de t'avoir décidée à conclure une union qui ne semblait pas tellement te tenter.

— Les dieux n'y sont pas pour grand-chose. Je n'avais pas

considéré, il est vrai, notre mariage comme une chose capitale. L'amour suffisait. Et puis l'idée de recommencer une cérémonie rituelle sanglante qui pour moi n'a aucun sens me hérissait. Je ne crois plus, tu le sais, qu'au dieu unique des chrétiens et c'est en invoquant sa gloire et sa bonté que je voulais t'épouser. Mais cela est impossible. Personne ne nous considérera comme mariés si nous ne sacrifions pas au rituel romain. Cela peut même être dangereux pour ta situation. Nous sommes de loyaux citoyens de Rome et nous devons observer sa loi. Cela, les chrétiens l'admettent, puisqu'ils font aux prières pour l'Empereur une place dans leur liturgie. Alors, si tu le veux, marions-nous en Romains et voyons, après, comment on pourra prier Jésus de bénir notre union.

— Mais je ne suis pas chrétien !

— Tu peux le devenir. Et si ce n'est pas le cas, nous serons tout de même des amoureux mariés !

Il la prit dans ses bras, l'embrassa mieux et bien plus longuement qu'il ne l'avait jamais fait et murmura : « Je t'aime, ma femme chérie ! »

Quand elle se dégagea, la nuit était tombée. Elle se leva pour allumer les lanternes et dit :

— J'ai un peu froid. Veux-tu aller me chercher mon écharpe blanche dans la chambre ? Après, j'ai une folle envie d'aller dormir... avec toi.

☆

Rabirius aimait Calpurnia et la perspective de devenir, après Sevurus et Celer, le maître en titre du Vélabre ne pouvait lui être désagréable. C'est un homme comblé qui se prépara à épouser à la fois une femme aimée et une maison.

Il ne fut naturellement pas question de fiançailles et, pour la cérémonie du mariage, Rabirius obtint par l'entremise de Lucius qu'elle ait lieu sous les auspices de l'Empereur, un artifice qui permit de la réduire à un échange de serments dépourvu de vaines pompes. Sans témoins, sans même la présence de leurs proches, à l'exception de Terentia, ils s'unirent en silence mais conformément à la loi romaine. Ils n'apprirent la nouvelle aux fidèles du Vélabre que plusieurs jours plus tard, au cours d'un banquet organisé sous un quelconque prétexte.

Les premiers invités, dont Tacite sanglé dans sa dignité, Martial escorté de Lodenia, sa compagne du moment, Juvénal et son habituel regard malicieux, furent un peu étonnés, à leur arrivée, de constater que la table des hors-d'œuvre était somptueusement parée et que l'on avait sorti des coffres, ce qui ne s'était pas produit depuis longtemps, la collection de soieries orientales rassemblée autrefois par Sevurus afin d'en couvrir les murs de la salle à manger. Cet apparat tranchait avec la simplicité habituelle des repas du Vélabre.

— Que se passe-t-il ? demanda Juvénal. On marie Terentia avant que j'aie eu le temps de formuler ma demande ? A moins que Rabirius ne soit chargé de construire une nouvelle *Domus* ?

— Ou le mausolée de Domitien ? enchaîna son complice Martial.

— Rien de tout cela, mes amis, dit Rabirius. Vous saurez tout à l'heure ce qui nous réunit ce soir. A propos, nous avons invité Lucius, un affranchi de l'Empereur qui gère le budget des constructions impériales et qui m'est d'un secours quotidien. Il ne se gêne pas pour critiquer Domitien en ma présence mais il vaut mieux être prudents. Je vous demande de ne rien dire qui puisse être interprété comme une offense au pouvoir.

— Alors choisis ce soir les amphores que tu nous serviras parmi les plus détestables. Cela nous empêchera de trop boire ! répondit Martial.

— Ah ! J'ai aussi une bonne nouvelle : le départ de Pline a été retardé et il sera des nôtres avec sa femme, épousée il y a quelques jours.

— Qui est-ce ? demanda Martial.

— La fille d'un consul, Veranius, répondit Tacite qui était

l'ami le plus proche de Pline. Comme il devait partir en urgence, le mariage a été bâclé et je n'ai pas été invité. Je ne la connais donc pas.

— Et la femme de ton Lucius ? demanda Martial, est-elle jolie ?

— Nous ne savons pas, dit Calpurnia. C'est la première fois qu'ils viennent ici.

Quand le trésorier et son épouse arrivèrent, les conversations avaient monté d'un ton. Plusieurs invités avaient déjà fait honneur au vin de Salerne dont les deux petites esclaves de la maison emplissaient les coupes un peu trop souvent.

Tous les regards se portèrent sur les arrivants. Lucius était un homme d'aspect banal, au front déjà dégarni et aux attaches puissantes. Il avait l'air intelligent. Mais tout de suite les hommes n'eurent d'yeux que pour sa femme, une splendide créature. Grande, mince, le visage bien dessiné, les cheveux d'un brun brillant relevés en chignon, elle représentait le modèle parfait de la femme romaine. On imaginait son profil sur une pièce de monnaie ou sur le bas-relief d'un monument. Elle avait aussi un sourire charmeur dont elle gratifia l'assistance. Quant à l'amie de Martial, comme la plupart de celles qui l'avaient précédée, elle n'était ni belle ni laide. On l'aurait facilement qualifiée d'insignifiante si les quelques mots qu'elle avait prononcés n'avaient fait montre d'une malice sympathique.

Tacite arriva le dernier parce qu'il avait eu beaucoup d'affaires à régler avant son départ. Il poussait devant lui une frêle jeune femme qu'il présenta : « Calvina, que je viens d'épouser et que je vais déjà laisser seule. Prenez soin d'elle. »

Calvina ne paraissait guère plus âgée que Terentia. Elle était de ces Romaines de bonne famille que des parents surchargés par les exigences de leur fonction et des honneurs mariaient jeunes dès qu'une occasion se présentait. « Pauvre enfant, pensa Calpurnia, elle ne connaît rien de la vie, que quelques sottises protocolaires, et la voilà livrée, menue et sans défense, au bon vouloir d'un homme. Enfin, elle aurait pu plus mal tomber, Tacite est un peu ennuyeux mais c'est un homme de qualité promis à un bel avenir. »

Lucius, ce ne fut pas une surprise pour Rabirius, se montra tout de suite un agréable convive. Il dit qu'il était ravi et honoré de connaître Tacite dont on parlait beaucoup au palais et Pline qui commençait avec tant de succès une brillante carrière sénatoriale. Il complimenta Calpurnia pour sa beauté, trouva Terentia éclatante de jeunesse et dit à Martial et à Juvénal qu'il avait chez lui une armoire pleine des rouleaux de leurs œuvres. Quand chacun eut savouré son compliment, Calpurnia, après une visite à la cuisine, dit qu'il fallait passer à table pour manger les hors-d'œuvre car le plat suivant n'attendrait pas.

— Que nous offres-tu ce soir ? demanda Juvénal dont la gourmandise était proverbiale bien qu'il affectât dans ses satires une grande frugalité pour mieux se moquer des goinfreries de certains riches.

— C'est une surprise. Tu le sauras bientôt.

— Aux odeurs qui filtrent de la cuisine j'ai deviné qu'il s'agit de tétines de truies en ragoût, intervint Juvénal.

— Depuis le temps que tu fréquentes la maison, tu devrais savoir que je n'en sers jamais. Pour la bonne raison que je n'aime pas cela !

On dut donc patienter pour savoir que l'on allait déguster un énorme poisson, un mérou, arrivé du golfe de Naples encore vivant, le matin même, dans le bac d'eau de mer du poissonnier. Marcus, le nouveau cuisinier engagé par Calpurnia pour remplacer Ceria, fatiguée, avait accommodé à sa façon une recette d'Apicius. Il servait le mérou gonflé d'une farce composite où il fallait être fin gourmet pour reconnaître des huîtres, des becfigues rôtis, de la hure de sanglier, du hachis de canard sauvage, des pâtés variés et des petits morceaux de poulet de Phrygie cuits dans un consommé d'asperges. Tandis que chacun piochait dans le plat avec sa cuiller ou son couteau, une jeune esclave apporta dans une saucière d'or, cadeau de Néron à Sevurus, un jus épais et odorant à base de garum.

Les fruits furent ensuite servis avec un vin de Sicile qui avait été mis en cave par Sevurus.

— Dommage que le maître ne soit plus là pour nous faire un cours sur la culture de la vigne, les meilleurs cépages et la vinification, regretta Martial qui ajouta : Te rappelles-tu Calpurnia les soirées d'été passées à l'écouter ? Et comment il nous faisait goûter et apprécier quelques-uns des trente-cinq vins qu'il se flattait de posséder dans sa cave ? J'espère que tu n'as pas laissé celle-ci se vider ?

— Tu sais très bien que Celer a toujours tenu à remplacer les amphores que nous buvions. Je pense que maintenant mon cher Rabirius aura à cœur de poursuivre l'œuvre de nos chers disparus.

Martial et Juvénal connaissaient trop bien leur Calpurnia pour ne pas avoir décelé que ces derniers mots cachaient quelque chose. Leurs regards se croisèrent et ils comprirent qu'ils avaient la même pensée : la maîtresse de maison allait révéler une nouvelle qui ne pouvait être autre que l'annonce de son mariage avec Rabirius.

Elle attendit que les coupes soient remplies pour se lever et parler d'une voix où l'on discernait l'émotion.

— Mes amis, commença-t-elle, Rabirius, l'architecte des princes, et Calpurnia, la dame du Vélabre, sont heureux de vous confier qu'ils sont mari et femme depuis le début de la semaine. Nous nous sommes mariés lundi sans cérémonie, sous les seuls auspices de César, grâce à notre ami Lucius que nous remercions chaleureusement.

Des exclamations fusèrent, des applaudissements crépitèrent, des cris se mêlèrent dans une atmosphère de joie spontanée. On but, on s'embrassa, les Lucius, un peu réservés au début, s'étaient débridés et furent parmi les premiers du chœur à réclamer un discours à Tacite, le seul qui pouvait dans l'assemblée se targuer du titre d'orateur. Celui-ci ne se fit pas prier et, dans une improvisation pleine d'esprit, illustra les joies du mariage, en faisant allusion au sien qui s'était déroulé comme celui de Calpurnia dans le plus grand secret. Timide, sa femme Calvina semblait perdue dans cette joyeuse réunion où elle ne connaissait personne. Calpurnia vint à son secours :

— On s'habitue très vite, lui dit-elle, aux règles un peu folles du Vélabre. Dès notre prochaine rencontre tu te sentiras des nôtres.

La jeune femme remercia et essuya une larme :

— Toi, tu as la chance de pouvoir vivre avec ton mari. Le mien, que je connais à peine, s'en va dans quelques jours à l'autre bout de l'Empire.

— Eh bien, tu viendras souvent nous voir. Cette maison, tu le vois, est celle de tous les amis. Elle est maintenant la tienne. Mais il est vrai que j'ai de la chance d'avoir un mari qui reste attaché aux pierres de Rome. Le tien te reviendra bien vite ! Sèche tes larmes et viens boire avec nous un dernier verre de nectar sicilien, c'est la coutume de la maison.

Le dernier invité parti, Calpurnia et Rabirius se retrouvèrent seuls avec Terentia. La jeune fille, un peu grise, vint embrasser sa mère et Rabirius :

— L'horrible Martial m'a fait trop boire, dit-elle, mais j'ai encore assez de raison pour vous dire que je suis heureuse ce soir. Je regrette seulement que Tacite n'ait pas évoqué un peu plus papa dans son discours. Mais je sais que vous n'avez pas cessé de penser à lui. Tout à l'heure, personne ne s'en est aperçu, je me suis retirée un moment pour prier. Mon père bien-aimé m'a dit du ciel qu'il était d'accord et que j'avais bien fait de parler à maman comme je l'ai fait.

— Qu'as-tu dit à ta mère ? demanda Rabirius.

Calpurnia mit son index sur ses lèvres et dit :

— C'est un secret de femmes.

Elle ajouta aussitôt :

— Tu as prié, Terentia… Mais qui ?

— Jésus !

Et elle s'enfuit dans sa chambre.

☆

Le mariage n'apporta pas de grand changement dans la vie quotidienne. Rabirius n'était peut-être pas un amant passionné mais il aimait sincèrement Calpurnia. Il travaillait beaucoup. Elle l'aidait dans ses choix et dirigeait la maison avec un allant retrouvé. Est-ce parce qu'elle prenait de l'âge ? Terentia sortait moins souvent et semblait reprendre goût aux traditions de la maison, ce qui faisait plaisir à sa mère.

Si la vie au Vélabre demeurait sereine, à Rome l'atmosphère s'affirmait chaque jour plus pesante. Le règne de Domitien dégénérait en une tyrannie policière et administrative. Peu à peu, les qualités de César – il en avait tout de même quelques-unes, comme son vrai désir de servir l'État ou sa persévérance dans la conduite de guerres pénibles – se trouvaient occultées aux yeux de l'opinion publique par la terreur qui s'installait. L'Empereur exilait ses ennemis ou ceux qui étaient soupçonnés l'être. Beaucoup de sénateurs n'attendaient pas sa sentence et s'enfuyaient jusqu'en Scythie. Les îles étaient pleines de déportés, les exécutions se multipliaient. Comme au temps de Néron, on apprenait l'élimination de personnages considérables et respectés, accusés sans raison de conspiration. Domitien, guindé dans son costume triomphal, avait peur. Comme Néron, il tentait de vaincre cette peur en faisant trembler l'Empire.

Rabirius rapportait du chantier ou du palais des nouvelles de plus en plus terrifiantes. Un soir, en rentrant, il fit signe à Calpurnia de venir le rejoindre dans l'atelier :

— L'horreur devient insoutenable ! dit-il. Lucius voudrait quitter le palais et se retirer hors de Rome, comme certains grands consulaires ou Frontin, le conquérant de la Bretagne, mais il sait que cette retraite sera considérée par Domitien comme une trahison et punie comme telle.

— Je pensais que Lucius s'accommodait des excès de l'Empereur !

— Moi aussi je m'en accommode.

— Ce n'est pas la même chose. Toi tu construis des monuments, des palais, tu ne participes pas quotidiennement aux tristes affaires du gouvernement.

— Ne sois pas injuste avec Lucius. Quand on est entre les mains d'un Domitien on ne peut faire autre chose que subir. Mais je voulais te rapporter la dernière infamie.

— Tu sais, Rabirius, j'en ai entendu raconter des infamies impériales depuis que j'ai l'âge de m'émouvoir ! Je revois Sevurus et Celer rentrant l'air sombre et dire : « Ce n'est plus possible. Jusqu'où peut aller l'horreur ! »

— Je vais te le dire : Domitien vient de condamner la Grande Vestale Cornelia à être emmurée vivante dans un souterrain !

— Oh ! Qu'a donc fait la malheureuse ?

— Elle est accusée d'avoir violé son vœu de chasteté avec un chevalier !

— Mais il y a longtemps que ces lois ancestrales ne sont plus appliquées ! Pourquoi restaurer des traditions aussi barbares ?

— Tout le monde à Rome se pose la question. Et l'on ne se gêne pas pour rappeler que César, aujourd'hui défenseur de la morale, a lui-même commis le crime d'inceste en prenant pour maîtresse Julie, la toute jeune fille de son frère Titus, qu'il a contrainte à avorter et qui en est morte !

Au Vélabre, Martial évalua un jour plaisamment la sympathie dont jouissaient les Flaviens dans un raccourci dont il avait le secret : « Le premier était vertueux, le second était bon. Et le troisième ? Quand pourra-t-on dire sans crainte ce qu'il a été ? »

Ce n'était évidemment pas le genre de plaisanterie que l'on pouvait lancer au bain ou au *forum* car les sinistres *delatores*, bas agents d'une basse police, sortaient des caves où Vespasien les avait relégués.

— Ce retour des délateurs rémunérés ne trompe pas, disait Juvénal. Ce sont les oiseaux noirs des mauvais augures. Ils livrent leurs proies à César en attendant de dévorer son cadavre.

Malgré tout, le monde romain était encore partagé. Les militaires appréciaient Domitien qui avait augmenté leur solde et porté à dix le nombre de cohortes prétoriennes, les sénateurs détestaient celui qui discutait leur autorité. Les défenseurs de l'ordre moral étaient pour les lois sur les mœurs, les gens épris de liberté n'acceptaient que celles interdisant la castration des garçons ou le commerce des eunuques et rejetaient le recours aux rigueurs d'un autre âge. Le contrôle fiscal sur les Juifs, la suspicion contre les chrétiens et les mesures d'ordre contre les temples et leurs vestales grossissaient les rangs des mécontents.

Domitien avait peur d'ennemis qu'il s'était forgés à force d'ambition maladive, d'absolutisme aveugle, d'exils injustes. Rome aussi tremblait car l'histoire avait montré au peuple gérant du monde que les abus de pouvoir aboutissent toujours à l'engrenage fatal du soulèvement et de la répression. Longtemps inexistante, l'opposition s'organisait en secret et Domitien sentait le danger qui rôdait derrière les colonnes de marbre de son palais. Il en venait à douter de la fidélité de l'affranchi Parthenius qui avait jusque-là organisé et dirigé sa garde personnelle. Ses soupçons maladifs pesaient jusque sur l'Impératrice dont il guettait les gestes et surveillait les relations. Personne, il est vrai, n'avait oublié la manière dont, vingt-cinq ans auparavant, il avait enlevé Domitia à son mari Aelius Lamia, ni la fuite de la jeune femme en compagnie du célèbre mime Pâris. L'Empereur l'avait répudiée puis reprise après avoir fait exécuter et le mari et l'histrion. Mais, depuis, Domitia avait perdu jeunesse et séduction. Ses familiers lui conseillaient la prudence.

Faire le vide autour de soi – il venait d'évincer Norbanus et Petronius Secondus, les deux préfets du prétoire –, était une dangereuse recette sécuritaire. Il croyait en supprimer les effets en cherchant des victimes exemplaires qui lui permettraient de rappeler à tous les Romains qu'il était un maître redoutable.

Les philosophes firent d'abord l'affaire, à commencer par

Épictète, un stoïcien ami de Pline, contraint de se retirer à Nicopolis, en Épire, où il put mettre en application sa doctrine : « Abstiens-toi, Résigne-toi. » Dion Chrysostome, lui, erra chez les Scythes et les Gètes, gagnant son pain en bêchant la terre.

Après les philosophes vint le tour des Juifs, qui furent soumis à un contrôle fiscal plus sévère afin de vérifier s'ils payaient bien à Jupiter Capitolin l'ancien double drachme dû autrefois au temple de Jérusalem. L'inspection de la circoncision, effectué sur la voie publique, suscita bien des réprobations. Suétone écrira comment il avait vu, dans sa jeunesse, un agent du fisc s'assurer, devant une foule nombreuse, si un vieillard de quatre-vingt-dix ans était circoncis. Enfin les chrétiens, après trente ans de tranquillité, recommencèrent à être persécutés. C'est Namantana, une amie de Terentia, qui fit à la maison le récit des premières agressions.

— Vous savez, dit-elle, que je fréquente assidûment les réunions d'un groupe de chrétiens. Parmi ces derniers il y avait Flavia Domitilla, une nièce de Domitien...

— Pourquoi dis-tu « il y avait » ? demanda Rabirius.

— Parce qu'elle vient d'être arrêtée.

— Il a fait arrêter sa nièce ?

— Hélas, oui ! Et elle n'est pas la seule. Son mari, qui n'est autre que le cousin de l'Empereur, est aussi en prison.

— N'est-ce pas le consul Flavius Clemens ?

— Si, et l'on craint pour leur vie.

— On leur reproche d'être chrétiens ?

— Officiellement de rejeter la religion des Romains et de suivre les mœurs juives sans être juifs. La religion chrétienne est ainsi assimilée à l'athéisme et punissable.

— Sois prudente, dit Calpurnia. Je sais que Terentia, elle aussi, serait capable de faire des bêtises.

— Pas des bêtises ! Comme moi elle assumerait sa croyance. C'est justement parce qu'il y a des persécutions qu'il faut rester unis et montrer que la sincérité de notre foi n'est pas à la merci des provocations de Domitien.

— Mais, s'écria Rabirius, c'est l'Empereur ! Et les chrétiens romains se sont toujours déclarés fidèles et loyaux sujets de Rome. C'est Paul, je crois, qui leur a recommandé de garder dans leur liturgie une prière pour César...

— C'est vrai, mais si César refuse cette politique de paix, nous n'y pouvons rien. Et mes amis sont pessimistes.

☆

Le seul fait marquant de toutes ces années, qui datait déjà de plusieurs mois, était la présence de plus en plus fréquente au Vélabre d'un jeune architecte espagnol venu tenter sa chance à Rome et que Rabirius avait pris sous son aile.

Julius Lacer avait vingt-cinq ans. Brun et sec comme les fils de Lusitanie, il ne manquait pas de charme, et Rabirius avait senti le talent percer sous son enthousiasme. Le jeune homme, plein d'idées souvent irréalistes mais parfois géniales, était féru de mathématiques, et Rabirius utilisait avec profit ses compétences.

Un problème s'était posé à l'architecte impérial lorsqu'il bâtissait l'*Aula Regia* que son maître voulait grandiose avec une salle d'audience comme on n'en avait jamais vu, même chez les satrapes les plus fastueux. César voulait recevoir l'hommage de ses sujets et des délégations étrangères sans que rien ne vienne s'opposer à la vue de l'Empereur installé sur son trône au fond de l'immense salon de réception. Rabirius avait pensé à une vertigineuse voûte en berceau mais ses calculs, trop incertains, lui interdisaient de tenter une expérience qui risquait de se transformer en catastrophe.

— As-tu une idée ? avait-il demandé à Julius. Reprends tout le projet et donne-moi ton avis.

Le jeune homme, trop heureux, avait évidemment accepté :

— D'accord, je vais étudier tes plans, recalculer la résistance des matériaux et la solidité des murs de soutènement. Je ne suis pas sûr de réussir mais je vais essayer. Cela me réjouirait tant de prendre part à cette construction fabuleuse.

Une semaine plus tard, Julius avait rendu à Rabirius le projet complet d'une voûte qui couvrait l'édifice sans le secours de piliers ou de colonnes.

— Je suis sûr de moi, la voûte tiendra si on lui assure des bases suffisamment solides.

Rabirius était reconnaissant à Julius de son aide efficace et lui avait promis, pour le remercier, de lui faire confier un ouvrage officiel important. C'est ce qui se produisit bientôt avec le grand pont sur le Danube, projet stratégique d'envergure dont Rabirius avait dessiné les plans mais qu'il n'avait ni le temps ni le désir d'aller construire.

L'Empereur était pressé et le départ de Lacer pour Acquincum, aux confins des Carpates, fut aussitôt organisé par le *cursus publicus*, l'organisme chargé des déplacements officiels.

L'annonce de ce départ précipité, qui n'avait pourtant rien d'extraordinaire, bouleversa étrangement le Vélabre. Alors que Calpurnia se montrait plutôt contente de voir s'éloigner cet hôte un peu encombrant, Terentia fut prise de violentes crises de larmes, puis, muette, se retira dans sa chambre et refusa toute nourriture.

— Que se passe-t-il avec notre grande fille ? demanda le lendemain Rabirius à Calpurnia, inquiète elle aussi.

— Je crois que nous ne l'avons pas assez surveillée et qu'elle s'est amourachée de ton Espagnol dont la présence insistante au Vélabre semble avoir des conséquences fâcheuses.

— « Mon » Espagnol... Il vient parce que nous l'invitons !

— Es-tu bien sûr que ce n'est pas Terentia qui l'invite ? Moi je ne l'ai jamais prié de venir. Je vais essayer de la faire parler. De ton côté, vois Lacer et demande-lui comment il explique l'attitude de Terentia. Il faut régler ce petit drame au plus tôt !

Calpurnia trouva sa fille allongée sur son lit, amaigrie, la mine défaite et le regard vague.

— Que t'arrive-t-il, ma chérie ? demanda-t-elle en s'asseyant sur le lit et en la prenant dans ses bras. Raconte-moi ton chagrin, les mères sont faites pour cela... Tu te tais mais je crois deviner l'origine de ton désarroi. Eh bien, dis-toi qu'à ton âge toutes les filles traversent une crise qui les rend malheureuses. Mais au-dessous de vingt ans les chagrins d'amour guérissent vite. Moi-même...

— Ce n'est pas un simple chagrin d'amour, maman. Le départ subit de Julius brise ma vie et déshonore la famille.

— Comme tu y vas ! Je ne vois pas en quoi le départ du protégé de Rabirius peut changer quelque chose à notre vie.

— C'est que j'aime Julius. Il répond à mon amour et nous nous sommes beaucoup vus à votre insu.

— Et alors ? Il reviendra ! Si vous vous aimez toujours, nous verrons ce que nous devons faire.

— Quand reviendra-t-il, maman ? Lorsque j'aurai mis au monde notre enfant en me cachant ? s'exclama Terentia en sanglotant.

Calpurnia, pétrifiée, ferma les yeux. Les pensées se bousculaient dans sa tête. « Mon enfant est enceinte ! Cela s'est passé sous mon toit et je ne me suis aperçue de rien. Que faut-il faire ? Que dois-je dire à une petite fille désespérée ? L'accabler de reproches n'avancerait à rien. La punir ? Comment punit-on sa fille qui porte un bébé ? »

Alors, la mère inquiète redevint Calpurnia et elle retrouva cet esprit de décision que les hommes lui enviaient souvent. Elle songea à Jésus qui allait les soutenir toutes les deux et dit :

— Terentia, ma chérie, la naissance d'un enfant ne peut être une catastrophe pour des chrétiens. Nous allons t'aider. Dis-moi, depuis combien de temps es-tu enceinte ?

— Quatre ou cinq mois. Julius allait vous demander la permission de m'épouser. Avant la naissance, bien sûr.

— Eh bien, il t'épousera avant de partir ! Je m'occuperai de ton accouchement puis t'aiderai à élever l'enfant. A son retour, il trouvera une famille.

— Merci, maman. Mais que va dire Rabirius ? J'ai peur de sa réaction. Il a toujours été si bon pour moi !

— Ne te tourmente pas pour Rabirius. Il ne va évidemment pas être content mais j'en fais mon affaire. Quand je lui aurai fait miroiter le bonheur qu'il aura d'être grand-père, il fondra. J'espère néanmoins qu'il va dire deux mots à cet Espagnol qui calcule peut-être bien mais se conduit comme un voyou dans la famille qui l'accueille. En attendant, tu vas me faire le plaisir de te laver, de te peigner et surtout de te nourrir. Il le faut pour ton enfant qui est beaucoup plus important que tes états d'âme !

Calpurnia fut assez satisfaite de sa fausse colère. Chez elle c'était un signe de bonne santé morale. Elle décida d'ailleurs que Rabirius devait lui aussi en faire les frais :

— Je viens de parler à Terentia, lui dit-elle. Tout ce qui arrive est de ta faute. C'est toi qui a introduit dans cette maison honnête l'individu dont notre fille est tombée amoureuse. Cela parce qu'il savait mieux que toi construire les voûtes en berceau ! Eh bien, c'est à un autre berceau qu'il va maintenant falloir penser !

— Que veux-tu dire ? Terentia serait...

— Oui, Terentia attend un petit Espagnol ! Elle est enceinte de cinq mois si elle a été capable de compter juste.

— Lacer nous a trahis ! s'écria Rabirius. Je vais l'assommer !

— Pas d'envolées théâtrales, je t'en prie ! Ni de menaces gratuites ! Couvre-le d'injures si tu veux mais dis-lui surtout qu'il doit épouser Terentia le plus tôt possible, en tout cas avant de partir. Dès demain tu iras au palais. Tu connais assez de gens qui pourront arranger, comme pour nous, un mariage sous les auspices de l'Empereur.

— Je peux aussi demander que son voyage soit retardé...

— Non, il ne faut ni l'empêcher ni le retarder. Plus vite il sera loin, mieux cela vaudra. Terentia, maintenant qu'elle ne porte plus seule le poids de son secret, ne semble pas trop remuée par ce départ. Elle est seulement frappée par la légèreté de Lacer. Nous n'avons vraiment pas besoin de cet irresponsable au moment de l'accouchement !

— Comme tu voudras. Tout de même, notre petite Terentia qui attend un enfant ! J'ai vraiment du mal à m'habituer à cette idée !

☆

Terentia épousa donc Lacer dans la plus grande discrétion. En fait, le sceau impérial sur un acte banal remplaça toutes les cérémonies traditionnelles. Trois jours plus tard, réquisitionné par ordre de l'Empereur pour raisons stratégiques, l'architecte plantait là sa femme et roulait vers l'Orient, laissant à sa belle-mère le soin de veiller sur Terentia.

Calpurnia se souvenait que dix-sept ans auparavant la naissance de Terentia s'était déroulée sans incident. Elle s'était livrée confiante aux mains expertes de dame Aemila, la sage-femme la plus connue du quartier, aujourd'hui malheureusement décédée. Il fallait donc en trouver une autre. Rabirius, contrairement au proverbial désintérêt des mâles romains en pareille circonstance, considérait l'accouchement de Terentia comme un événement capital de sa vie et s'occupa personnellement de rechercher la meilleure praticienne de Rome. Touchées par cette attention, Calpurnia et Terentia le laissèrent faire, se promettant seulement d'intervenir si son choix ne leur convenait pas. Mais l'architecte, habitué dans chacun de ses actes professionnels à la réflexion, à la précision et à la responsabilité, trouva, après avoir mis à contribution tous les gens qu'il connaissait, la sage-femme de Rome qui jouissait de la meilleure réputation. Elle portait le nom apaisant de Calmina.

L'*obstetrix*[1] plut tout de suite à Terentia et à Calpurnia.

1. Littéralement, celle qui se tient devant l'accouchée (pour recevoir l'enfant).

Grande, aimable, un peu forte, elle paraissait posséder toutes les qualités requises d'une sage-femme selon l'ouvrage pratique de Caelius Aurelianus que la future mère et Calpurnia venaient de lire attentivement : ses doigts étaient « longs et fins », elle semblait « vive et intelligente », « capable de comprendre aisément les gestes et la parole ». Enfin, « ses membres bien proportionnés » laissaient prévoir qu'« elle ne manquait pas de vigueur ».

Ces conditions remplies, usait-elle, comme certaines sages-femmes, d'étranges remèdes, était-elle un peu sorcière ? Elle avait ri quand Terentia le lui avait demandé :

— N'aie pas peur. Je ne suis pas une pythie, je ne te ferai pas boire d'urine de chèvre et ne te conseillerai pas de traitement à base de sang menstruel. Je te demanderai seulement d'être installée dans une grande chambre comportant deux lits, l'un moelleux pour que tu puisses te reposer après l'accouchement, l'autre dur afin de t'y allonger durant la période de travail. Il me faudra aussi de l'huile d'olive pure pour les injections, de l'eau chaude, des cataplasmes, des éponges douces, des bandages et un coussin pour déposer le bébé devant et au-dessous de toi en attendant que suive l'arrière-faix.

— Mais l'accouchement ne se fera-t-il pas sur une chaise spéciale ? demanda Calpurnia. La vieille Aemila qui a mis au monde ma fille en a utilisé une. Elle était pourtant une sage-femme de l'ancien temps qui respectait la tradition...

— Rassure-toi, ma belle, j'apporterai mon siège obstétrical[1].

— Je sais que tu ne me répondras pas, dit Terentia, mais j'essaye quand même : peux-tu me dire si ce sera un garçon ou une fille ?

— Pline a rassemblé tout ce que les médecins ont écrit là-dessus depuis les Grecs. A mon avis ce ne sont que des fariboles, comme cette théorie qu'il a découverte dans je ne sais

1. Symbole de la naissance, on voit ce fauteuil reproduit sur de nombreux bas-reliefs.

quel traité médical et qui affirme que si l'enfant est un garçon, c'est que la semence du père a dominé celle de la mère et qu'elle a été émise par le testicule droit !

Calpurnia rit :

— Pline était un ami. Je l'ai fort bien connu. C'était un *compilator* qui rapportait scrupuleusement toutes les opinions. Mais il ne s'est jamais prononcé sur la véracité de telle ou telle théorie. Alors, tu ne peux rien dire à Terentia ?

— Non. Je crois que les dieux et la nature n'ont jamais voulu que les parents connaissent avant l'accouchement le sexe de l'enfant. Et je trouve que c'est très bien ainsi !

— Je vais prier pour que ce soit un garçon.

☆

Le petit Petronius naquit un matin de mai sous les meilleurs auspices. Terentia ne croyait pas aux augures mais les plus beaux oiseaux du jardin avaient chanté la veille et aussi depuis l'aube alors qu'elle ressentait les premières douleurs. De plus, deux amies d'enfance qui avaient embrassé depuis longtemps la religion chrétienne étaient venues la voir et lui avaient promis de prier pour elle et pour l'enfant à naître.

L'accouchement, mené avec douceur et autorité par dame Calmina, se déroula parfaitement selon les règles. L'enfant avait poussé ses premiers cris sur le coussin posé aux pieds de sa mère. C'est là que Rabirius, fou de bonheur, vint le reconnaître au nom du père absent et dit à la sage-femme, selon le droit et la coutume, qu'il l'acceptait. Les femmes pouvaient donc lui donner les premiers soins et préparer cette vie nouvelle à sa destinée.

Lorsque le bébé fut lavé, oint d'huile d'olive parfumée à la verveine et que les mains expertes de Calmina, qui avait changé son grand tablier taché, l'eurent frotté avec du sel fin, Terentia put enfin le prendre dans ses bras et vérifier qu'il était bien fait, qu'aucune malformation ne risquait de lui rendre la vie pénible. Calpurnia pleura de joie lorsque sa fille lui tendit le bébé que Rabirius, intimidé, n'osait pas toucher.

Calmina mit fin à ce débordement de tendresse familiale en annonçant qu'il fallait maintenant emmailloter le bébé. Avec une agilité prodigieuse, ses longs doigts rabattirent sur le petit corps rouge les linges qui avaient été préparés. Retourné, enserré de langes et de rubans, Petronius fut en un clin d'œil transformé en saucisson gaulois et empêché de faire le moindre mouvement :

— C'est pour prévenir les risques de déformation des membres et l'irritation du corps ou des yeux, expliqua Calmina.

— Combien de temps va-t-on laisser mon petit-fils ainsi ligoté ? demanda Rabirius.

— Le grand-père s'inquiète ? dit en riant la sage-femme. Eh bien, dans deux mois on commencera à lui dégager la main droite afin qu'il apprenne à s'en servir et qu'il ne soit pas gaucher. Un peu plus tard la gauche, puis les pieds...[1].

— Tout cela est barbare !

— Mais non, c'est pour le bien de l'enfant. Toi aussi tu as été entravé de cette façon, et tu ne t'en es pas porté plus mal !

Picousa, la nourrice que Calpurnia avait engagée, fut priée d'emmener le bébé dans sa chambre. C'était une Grecque[2] d'environ vingt-cinq ans qui avait déjà servi dans la famille d'un parent. Grande fille, d'aspect plutôt sévère, elle avait été choisie pour pouvoir nourrir le bébé dans le cas où la mère viendrait à manquer de lait ou à tomber malade. Terentia, en effet, avait souhaité allaiter son fils puisque le lait maternel était considéré comme le meilleur. « Je le nourrirai aussi longtemps que je le pourrai », avait-elle déclaré.

La vie de la maison se régla sur un rythme nouveau, celui

1. Au cours des siècles, et jusqu'au début du XXe, ces règles romaines de puériculture ne changeront guère.

2. Il était de bon ton à Rome d'utiliser des nourrices grecques de naissance. C'était en tout cas l'avis de Plutarque né lui-même en Béotie.

des tétées, des bains et des manipulations. Cette dernière prescription des médecins romains, qui divisait l'opinion et pour laquelle la nourrice Picousa était, disait-on, très douée, consistait à se livrer sur le corps du bébé à une sorte de modelage dont le but était par exemple d'arrondir la tête, de corriger le nez, de parfaire les genoux, d'affiner les chevilles. Il s'agissait de tout faire pour que l'enfant devienne dès l'adolescence un beau garçon romain et ressemble si possible à l'un de ces éphèbes de marbre dont on admirait les statues le long des promenades du *forum*. Terentia, après avoir hésité, avait accepté de satisfaire à la mode mais exigé d'être présente chaque fois que l'on manipulerait son fils, massage esthétique qui ne commença d'ailleurs que lorsque Petronius fut libéré de ses langes. C'était déjà un beau garçon, plein de santé et de vigueur dont le grand-père disait, en dessinant son portrait, qu'il avait une tête d'architecte, ce qui n'était pas pour déplaire à Calpurnia qui voyait déjà dans le bambin le prochain patron du Vélabre.

— Aura-t-il ma chance de tomber sur un empereur bâtisseur ? demandait Rabirius.

— Ne te fais pas de souci, lui répondait sa femme. Tous les Césars, les mauvais comme les bons, veulent attacher leur nom à des monuments.

☆

Les années avaient passé. Calpurnia comptait maintenant ses cheveux blancs le matin en faisant sa toilette. Le grand événement avait été le départ de Terentia pour l'Espagne où elle avait rejoint son mari, appelé, après la construction réussie du grand pont sur le Danube, à en élever un autre, encore plus important, sur le Tage. Petronius, lui, grandissait au Vélabre entre sa grand-mère et Rabirius, béat devant l'enfant qu'il considérait comme son petit-fils.

Ce soir-là, on avait parlé des exactions de Domitien qui

vidait les caisses de l'État pour lever de nouvelles cohortes chargées de sa défense personnelle.

— Tout cela est odieux mais qu'y pouvons-nous ? dit Calpurnia. Viens, mon chéri, allons retrouver Petronius que j'ai autorisé à dîner avec nous ce soir. Tu sais, il est merveilleux, notre petit-fils ! Il faut vite lui trouver des maîtres qui le feront travailler. En grec il est plus fort que moi. Quant à la géométrie et au dessin, n'en parlons pas !

— Je vais m'occuper de cela. L'architecture commence par un vaste savoir général. Et si je veux qu'il me remplace lorsqu'il aura vingt ans, il n'y a pas de temps à perdre ! Et Terentia ? Il y a un moment qu'elle n'a pas donné de ses nouvelles. Va-t-elle bientôt revenir ? Heureusement que Petronius semble ne pas souffrir de cet éloignement. Il est heureux avec nous.

— Je sais, mais il me tarde de revoir ma fille. Par bonheur elle n'a pas accompagné son mari dans les montagnes enneigées de la Dacie mais il a fallu qu'elle reparte avec lui en Lusitanie. Pourquoi ce garçon dont tu reconnais le talent ne veut-il pas travailler avec toi ? Sa place est au Vélabre !

— Il est fier, comme tous les hommes de son pays. Il aime mieux ne pas travailler sous mes ordres, ni sous les ordres de personne. Il veut être l'architecte à part entière de ses œuvres et préfère être le premier dans les provinces que le second à Rome. Ce qu'il est en train de faire là-bas est prodigieux : son pont, j'ai vu les plans, enjambe le Tage en défiant toutes les lois de l'équilibre et de la pesanteur. Il faut le comprendre : quand on est capable de faire cela, on veut être reconnu. Évidemment, ce n'est pas agréable pour sa femme, mais il faut qu'elle se fasse à la vie de nomade qu'il a choisie.

— Dis-tu cela parce que Terentia n'est pas ta fille ?

Rabirius pâlit. Il prit la remarque de Calpurnia pour une offense et contint avec difficulté sa peine et sa colère. Il saisit la main de sa femme qu'il regarda droit dans les yeux :

— Comment peux-tu oser dire une chose pareille ? N'ai-je pas été un tuteur irréprochable pour Terentia qui m'a toujours considéré comme un second père ? Assure-moi tout de suite que tu ne penses pas ce que tu viens de me dire sous le coup du tourment et de l'inquiétude !

Calpurnia fondit en larmes, demanda pardon à son mari mais dit qu'elle n'admettrait jamais que les aspirations professionnelles de Lacer gâchent la vie de Terentia.

— Parfois je me dis que je vieillis, que je ne reverrai plus ma fille. Je me console en pensant que son absence nous permet d'avoir Petronius tout à nous. Mais cela n'est pas normal !

— Allons, viens, sèche tes larmes et laisse-moi te prouver que je ne t'en veux pas. Il y a des choses tellement plus graves qui se trament sous les voûtes en berceau du Palatin. La beauté des palais où ils vivent ne change pas la nature des princes !

— Moi, j'ai la consolation de la foi en Jésus-Christ, mais toi ? Je sais bien que les dieux romains ne t'aident pas beaucoup. Et pourtant tu restes fort, tu assumes toutes tes responsabilités comme à vingt ans !

— J'ai mon métier. Chaque pierre que je place dans l'agencement d'un monument me soutient. C'est vrai qu'il y a des moments où je voudrais partager ta croyance, mais la foi n'est pas une chose qui se commande !

Petronius, qui avait suivi la conversation, demanda des explications, comme l'avait fait autrefois Terentia. Calpurnia lui répondit par des phrases embarrassées et finit par lui promettre qu'elle lui dirait tout sur le christianisme lorsqu'il serait plus grand.

Et Terentia revint un jour, alors qu'on ne l'attendait pas. D'Ostie, elle avait utilisé une voiture officielle, et elle arriva au Vélabre juste avant l'heure de passer à table.

— Où est Petronius que je l'embrasse, que je vois comme il a grandi ! s'écria-t-elle en jetant son bagage dans l'*atrium*.

C'est Calpurnia qui se précipita la première pour étreindre sa fille et lui dire que le garçon était le plus parfait des petits Romains même si sa mère ne s'intéressait guère à lui.

— Quelle bonne surprise ! Comment es-tu revenue ? s'exclama Rabirius qui faisait son entrée en compagnie de Petronius. Celui-ci tomba dans les bras de sa mère et l'explication du retour de Terentia fut remise à plus tard. C'est au cours du dîner qu'elle raconta comment des plans destinés à l'Empereur devaient être convoyés à Rome.

— Je me suis proposée sans grand espoir, dit-elle, mais Lacer a accepté.

— Ainsi Lacer a accepté ! Il t'a permis de revoir ta famille. Quel bon mari ! lança Calpurnia, bien décidée à montrer le peu de cas qu'elle faisait de son gendre. Au moins, es-tu heureuse en Espagne ?

— Disons que je ne suis pas malheureuse ! Je te donnerai plus tard de plus amples détails.

☆

On apprit un peu après que la colère du tyran n'était pas assouvie par l'arrestation de membres de sa famille. Flavius Clemens avait été exécuté depuis longtemps et Flavia Domitilla reléguée dans l'île de Pandataria. Comme eux, le consul Glabrio avait été condamné pour athéisme et exécuté. La qualité de ces convertis avait surpris Domitien. Le christianisme, c'était flagrant, ne recrutait plus seulement dans les couches modestes mais touchait les plus illustres maisons. Que cette découverte ait accru la rigueur de l'Empereur semble probable mais la persécution n'atteignit pas seulement les aristocrates. Elle s'étendit bientôt aux fidèles de toutes conditions et dans toutes les régions de l'Empire.

Les chrétiens de Rome n'avaient cependant pas renoncé à se rencontrer. Comme les demeures privées n'étaient plus sûres, ils commencèrent à se réunir dans d'anciennes carrières du pourtour de la ville où de vieilles galeries creusées dans la pierre friable et la pouzzolane ne demandaient qu'à être agrandies pour servir de cimetières aux premiers martyrs et d'asiles pour célébrer secrètement les mystères de la nouvelle religion.

C'est dans l'une de ces catacombes que Terentia avait été initiée. Elle était partie un soir dans les rues désertes et avait gagné la via Aurelia en compagnie de son amie Namantana. De loin, en marchant prudemment, elles avaient vu des ombres les précéder, avancer dans la pâle clarté de lanternes clignotantes puis s'évanouir soudain dans les ténèbres.

— Nous arrivons, avait soufflé l'amie à l'oreille de Terentia. Si tu le veux, répète après moi la prière que nous allons réciter tous ensemble.

Emmitouflée dans son manteau, Terentia s'était serrée contre sa compagne et avait dit les mots sacrés après elle. Plus on approchait de l'entrée de la grotte que signalait à peine une lanterne sourde, plus elle se sentait légère, coupée de son monde familier, libre et heureuse. Elle se dit qu'elle n'oublierait jamais cette sensation de bien-être, cet enchantement qui réchauffait son corps meurtri par le froid.

Ce qui s'était passé ensuite tenait du rêve. Comme elle le raconta ensuite à sa mère, elle se souvenait de groupes assis ou agenouillés autour de torches enflammées, qui chantaient des hymnes d'amour. Et aussi d'un homme grand et beau, vêtu d'une sorte de houppelande violette, qui lui avait souhaité la bienvenue et avait longuement parlé de Paul de Tarse, juif, grec et romain, « saisi » par le Christ Jésus et qui avait subi le martyr sous Néron...

— L'homme à la robe violette est Clément, l'évêque de Rome, avait dit Namantana à Terentia. Il a été ordonné par Pierre, le prince des apôtres, qui a connu Jésus.

Le récit de Terentia avait bouleversé Calpurnia.

— Tu as raison d'obéir à ta foi ! lui avait-elle dit. Si tu ne repars pas tout de suite, je t'accompagnerai bientôt dans les entrailles de Rome. C'est là que vit l'espoir !

☆

L'Empereur Domitien, lui, voyait disparaître ses espérances. Son physique d'abord lui faisait peur. Lui, jadis si beau, ne se reconnaissait pas dans l'homme vieillissant avant l'âge que lui renvoyait son miroir. Il était devenu chauve et son ventre, porté par des jambes ridiculement fluettes, était énorme. La crainte le conduisait à solliciter de plus en plus souvent l'avis des devins et des astrologues. L'oracle de la Fortune de Preneste, auquel il se recommandait régulièrement et qui donnait généralement des présages favorables, venait de lui faire une réponse effrayante dans laquelle il était question de sang qui devait couler à la cinquième heure, heure fatidique que son entourage tentait de lui faire oublier en l'effaçant de la journée.

L'astrologue Asclétarion et un devin qu'on lui avait envoyé de Germanie furent ce jour-là exécutés pour leurs prédictions néfastes, ce qui n'empêcha pas l'Empereur de redouter le lendemain où la lune devait se couvrir de sang dans le signe du Verseau. Au dîner, comme on lui avait servi des truffes, il en avait fait garder une partie en ajoutant : « Si toutefois il m'est permis d'en manger ! »

Au milieu de la nuit, pris d'une frayeur soudaine, l'Empereur sauta à bas de son lit en hurlant. Il demanda l'heure et, comme la cinquième était redoutée, on lui annonça intentionnellement la sixième.

— La sixième heure ? s'écria-t-il. Je suis vivant ! Merci aux dieux qui me protègent.

Rendormi, il ne se réveilla qu'à neuf heures pour ordonner la mise à mort d'un haruspice qui, consulté quelques jours auparavant à propos d'un orage, avait prédit qu'une révolution menaçait César et l'Empire. Comme apaisé par cette décision, il se rendait aux bains lorsque Parthenius, préposé au service de la chambre, l'arrêta en lui annonçant qu'un émissaire devait lui révéler sans délai une affaire de haute importance. L'Empereur pensa qu'il s'agissait d'un des délateurs qui venaient quotidiennement au palais pour dénoncer quelque comploteur. Il rentra dans sa chambre, dit à tout le monde de s'éloigner et demanda que l'on fît entrer le visiteur. C'est là, le quatorzième jour des calendes d'octobre, que s'acheva la vie sans panache du frère de Titus, dans la quarante-cinquième année de son âge et la quinzième de son règne.

Au palais, les langues se délièrent vite. Le jour où Phyllis, sa vieille nourrice, faisait transporter secrètement les restes de Domitien, qui n'avait eu droit qu'à des obsèques de pauvre, dans le temple de la famille Flavia, Martial et Rabirius pouvaient faire au Vélabre le récit de la tragédie.

Le premier tenait ses renseignements d'un jeune esclave chargé du culte des dieux lares, Clodanius, qui était présent, le second de Lucius qui, bien qu'il s'en défendît, avait participé au complot.

— L'émissaire du destin était Stephanus, l'intendant de Domitia, dit Martial. Il avait longuement préparé l'attentat avec quelques autres conjurés qui, comme lui, craignaient à chaque instant d'être arrêtés. Depuis une semaine, il portait le bras en écharpe, à la suite affirmait-il d'un accident dont il était sorti blessé. A l'heure où un complice venait de lui signaler que l'Empereur gagnait ses thermes privés, il a glissé un poignard dans les bandes de son pansement et s'est fait annoncer sans dire qui il était à l'esclave de chambre.

— Domitien fut surpris de voir qu'il s'agissait de Stephanus, continua Rabirius. Mais il prit le rouleau de papyrus que le visiteur lui tendait. Il commençait à lire quand Stephanus sortit sa dague et le frappa au bas-ventre. Après, les avis diffèrent quelque peu sur le nom des autres conjurés surgis de l'extérieur. On est sûr pourtant que Domitien, blessé mais encore capable de se débattre et de crier, a commandé à Clodianus d'appeler à l'aide et de lui apporter le poignard caché sous son oreiller. Le jeune esclave, faut-il le croire ? a déclaré qu'il n'avait trouvé que le manche et que toutes les issues étaient fermées. L'Empereur, toujours selon Clodanius, se défendit encore un moment contre Stephanus avant d'être terrassé par un groupe dont faisaient partie Maximus, l'affranchi de Stephanus, Saturius, décurion des gardes de la chambre et quelques gladiateurs.

— Domitien, dit Calpurnia, sera au moins mort en se battant, lui qui n'avait jamais brillé sur les champs de bataille et n'avait bénéficié que de triomphes de pacotille ! Voilà encore un César que Rome ne regrettera pas !

— Rome, peut-être, mais de nombreux soldats ne vont pas manquer de pleurer celui qui les a couverts de bienfaits. Allons, mes amis, continua Rabirius, il est l'heure de boire en l'honneur de notre prochain César !

# X

## L'ÂGE D'OR

Nerva, le suivant sur la liste des Césars, n'eut le temps ni de montrer ses talents ni de rien faire qui pût nuire à sa renommée. Cet Ombrien aimable, appelé au trône à l'âge de soixante-six ans, avait en parfait opportuniste traversé sans trop de soucis les règnes de Néron et de Domitien si dommageables à l'aristocratie sénatoriale. Mort seulement seize mois après sa désignation, cet homme falot servit néanmoins bien Rome, l'on s'en rendra compte plus tard. Refusant de choisir un successeur parmi les membres de sa famille, il fit preuve de beaucoup de désintéressement et de clairvoyance en adoptant Trajan. Cet acte suffira à sa gloire. Sans lui la dynastie des Antonins n'aurait pas existé.

Trajan, né à Italica, le plus ancien centre romain d'Espagne et d'Occident, avait fait l'essentiel de sa carrière hors de Rome et était de ce fait peu connu du peuple lorsqu'il arriva de la Germanie supérieure pour succéder à Nerva, son père adoptif. Pline le Jeune, lui, était convaincu que Rome avait fait un bon choix. Il savait qui était Trajan. C'est à ses amis du Vélabre qu'il donna la primeur de la lecture du début de l'ouvrage qu'il lui consacrait[1].

1. D'abord allocution de remerciements prononcée au Sénat et qui, développée, deviendra plus tardivement le célèbre *Panégyrique de Trajan*.

— Voilà une excellente occasion de nous réunir dans ma villa des Laurentes, dit-il. Il y a longtemps que je souhaitais vous y inviter mais mes absences de Rome et mon perfectionnisme – je voulais que la propriété soit terminée pour vous la montrer – m'en ont empêché. Et puis, je vous réserve une surprise !

Pline possédait, près d'Ostie, un de ces *suburbana* qu'affectionnaient les Romains, une maison de campagne dont tout le monde vantait, sans l'avoir vue, le luxe distingué, le confort extrême et le charme discret. De loin le plus fortuné des amis du Vélabre, Pline était aussi propriétaire d'une grande ferme en Toscane et de plusieurs maisons à Côme, sa ville natale.

Personne ne se fit prier pour accepter l'invitation. Vingt-cinq kilomètres, cela ne représentait que quelques heures de voiture. Rabirius, qui faisait travailler les loueurs toute l'année, obtint des prix intéressants et, par une belle matinée de printemps, toute la maisonnée prit le chemin d'Ostie à bord de trois cabriolets à deux roues attelés à deux bêtes. Dire que le voyage fut agréable serait exagéré. Les occupants des voitures étaient secoués comme si la terre tremblait et les roues cerclées de fer faisaient sur les dalles de la route un bruit assourdissant.

— Je plains ceux qui doivent faire de longs voyages, réussit à dire Calpurnia à son mari qui partageait avec elle la voiture de tête.

— César, en dormant dans son *cisium*, qui était peut-être plus confortable que le nôtre, a parcouru cent cinquante kilomètres par jour, remarqua Rabirius. Quatre-vingts kilomètres en dix heures de nuit entre Rome et Ameria ! C'est Martial qui lisait cela l'autre jour dans un rouleau de Cicéron.

La route d'Ostie, l'une des plus fréquentées de l'Empire, était pourtant en bon état. Les dalles de grès étaient convenablement jointes, les ornières creusées dans la pierre peu profondes, ce qui était appréciable lorsqu'il fallait en sortir pour laisser passer une voiture venant en sens inverse.

Les cavaliers, beaucoup plus rapides, dépassaient sans mal

le convoi et les voyageurs se saluaient d'un *salve, ave, vale* vigoureux. La route romaine estompait les classes, l'atmosphère y était bon enfant et les pierres milliaires défilaient assez vite en dépit des cahots. A la onzième de la via Ostia, le cocher du cabriolet de tête arrêta les chevaux et dit à Rabirius qu'il serait bien de faire une halte à l'ombre des oliviers car on allait maintenant emprunter un chemin en partie sablonneux où les attelages avanceraient avec peine et lenteur. Tout le monde descendit donc des voitures, les uns avec une gourde de vin, les autres chargés de fruits, de charcuterie et de pain. Martial, toujours alerte malgré ses soixante-huit ans, se moqua de Juvénal tombé en descendant du *cisium*. Ce dernier répondit par quelques vers qui firent rire tout le monde. Quant à Petronius, dont c'était le premier voyage, il vivait un grand jour et ne cessait de poser des questions.

— La villa de Pline est elle plus grande que le Vélabre ? Combien a-t-elle de chambres ? Y voit-on la mer ? Y a-t-il une piscine ?

— D'après ce que je sais, répondit Lucius, qui était aussi invité avec sa femme, la villa que Pline essaie de faire passer pour une modeste maison des champs au confort à peine acceptable est en réalité une vaste et luxueuse demeure où il peut loger des dizaines de personnes, sans compter ses nombreux esclaves.

Après une heure de route un peu difficile, surtout pour les chevaux car les voyageurs trouvaient plus agréable d'être portés sur le sable que sur les pavés, le chemin devint superbe dans la traversée de bois et de prairies où paissaient des moutons, mêlés par endroits à des groupes de chevaux et de bœufs.

— Les bêtes s'engraissent dans la plaine avant de gagner leurs montagnes d'été, expliqua Rabirius qui se flattait d'avoir des connaissances agricoles parce qu'il avait passé une partie de sa jeunesse à la campagne.

— Si toutes appartiennent à Pline, notre ami est encore plus riche que nous ne le pensions ! enchaîna Calpurnia. Mais regarde, ajouta-t-elle : voici la villa !

On était arrivé devant l'entrée d'une maison dont l'apparence modeste ne suscitait pas l'admiration. Mais qu'allait-on découvrir derrière le portail qu'ouvrait un esclave ?

Pline, souriant, tendait les bras pour accueillir ses amis, écartant sa large tunique de lin qui s'enflait comme une voile sous la brise venue de la mer.

— Enfin, vous voilà ! Quel bonheur de vous recevoir dans ma retraite. Soyez les bienvenus, entrez, nous allons prendre un repas et je vous ferai ensuite visiter la villa. A moins que vous ne préfériez vous installer d'abord dans vos chambres ? Toutes s'ouvrent sur la mer... Mais je vous ai promis une surprise et c'est par elle que nous allons commencer. D'abord je viens d'atteindre au consulat, ensuite je me suis remarié ! Ma nouvelle femme est adorable. Peut-être vous semblera-t-elle bien jeune mais je trouve que ce n'est pas un défaut. Ah ! Son nom va poser un problème : elle s'appelle Calpurnia !

Pline était très discret sur tout ce qui concernait sa vie privée et ses amis ne s'étonnaient plus des coups de théâtre sentimentaux qu'il leur ménageait de temps à autre. Il s'était déjà marié deux fois et l'annonce qu'il avait pris une troisième épouse n'eût surpris personne si elle ne s'était appelée Calpurnia. C'était un prénom rare. Après la femme de Jules César, la nièce de Sevurus l'avait tellement marqué de sa personnalité sensible et exigeante que les amis du Vélabre imaginaient mal une seconde Calpurnia s'intégrer à leur groupe.

— J'ai hâte de découvrir mon double, glissa l'« ancienne » à l'oreille de son mari. Sa jeunesse – ce doit être un bébé pour que Pline ait insisté sur son âge – me fait peur. Te rends-tu compte que tu as maintenant une vieille femme ? Sais-tu que j'aurai cinquante ans l'an prochain ?

— Tais-toi. Même s'il nous présente une petite fille d'Aphrodite, juvénile beauté sortant de l'écume des vagues, je te préfère, ma divine, à toutes les autres Calpurnia de l'Empire. Pour moi tu es toujours la plus belle et la plus jeune. Mais, la voilà...

Pline arrivait dans le grand *atrium* où tout le monde s'était rassemblé avec, à son bras, la femme-enfant annoncée. Elle était petite mais admirablement faite, élégante dans un péplum blanc au décolleté étudié ; son joli visage, moins enfantin que sa silhouette, laissait percer de la finesse et son regard, une certaine ironie. La jeunette, loin d'être empruntée, semblait s'amuser de l'effet qu'elle produisait sur les amis de son mari.

— Non seulement elle est jeune, mais elle n'est sûrement pas idiote ! dit Calpurnia à Martial qui se trouvait à côté d'elle. Elle ne te rappelle personne ?

— Si. La sœur des trois Grâces qui, jadis, apparaissait et disparaissait en dansant dans les fleurs du jardin du Vélabre. Celer, tout à ses dessins et à ses calculs, ne la voyait pas. Moi, j'en étais amoureux, mais c'est un autre poète qui eut sa préférence... Ah ! Elle était plus jolie que la fillette de Pline !

— Tais-toi. Pour un peu tu me ferais pleurer sur mes charmes passés. Dis-moi plutôt que j'en ai quelques beaux restes ! Mais viens, Pline est en train de présenter l'oiseau rare.

— Calpurnia, disait-il à la ronde, est belle, comme sa célèbre homonyme. Cela je n'ai pas besoin de vous le dire, vous le voyez vous-même. Mais elle a bien d'autres qualités. Calpurnia...

—... la Jeune ! coupa l'aînée.

L'interruption fut saluée par des rires et des approbations. L'intéressée rit franchement, applaudit tandis que Pline s'embrouillait un peu dans son éloge appuyé avant de continuer :

— Calpurnia la Jeune a beaucoup de finesse, beaucoup de tenue, elle a aussi le goût des lettres que lui dicte sa tendresse à mon égard. Le croirez-vous ? Mes ouvrages sont entre ses mains. Elle les lit, les relit... Que d'angoisse quand elle me voit à la veille de plaider, quelle joie lorsque c'est chose faite ! Quand je donne une lecture publique, elle y assiste derrière un rideau et épie d'une oreille avide les compliments qui me sont faits...

— Je croyais que nous étions venus entendre le panégyrique de l'Empereur ! susurra Juvénal à son complice Martial.

— Eh, oui ! Voilà où mène l'amour à partir d'un certain âge ! répondit Martial. Nous avons bien fait de rester célibataires.

Mais Pline avait l'habitude du prétoire et savait comment on termine une plaidoirie.

— Pour mes vers, s'écria-t-il, elle compose des mélodies et des accompagnements à la cithare. Toute cette conduite m'inspire l'espoir plein de confiance que notre amour réciproque grandira de jour en jour. Car ce qu'elle aime en moi, ce n'est ni la jeunesse, ni la beauté qui vont s'évanouissant et se flétrissant, mais la gloire.

La scène était attendrissante, un peu ridicule. La jeune femme devait le sentir. Elle entraîna en souriant l'assemblée vers la salle à manger où des montagnes de bonnes choses attendaient, savamment dressées sur des plats d'or et d'argent. Ce n'était pas la douce et amicale euphorie du Vélabre, mais l'on n'en était pas très éloigné. Pline savait vivre aussi pour ses amis.

Après le déjeuner, qui fut gai, le maître de maison proposa à ses invités de faire le tour du propriétaire :

— Passons la porte, commença-t-il, nous voici, à gauche, dans une grande chambre à coucher, puis dans une autre, plus petite. Dans la première une fenêtre donne accès au soleil levant, dans la seconde une autre retient le soleil couchant. Ce sont mes quartiers d'hiver. Les rayons du soleil y accumulent de la chaleur. C'est aussi, plus loin, le gymnase de mes gens...

Pline fit visiter ensuite d'autres pièces, une bibliothèque ménagée dans un mur, puis encore une chambre ouverte sur la mer par une courbe de marbre en forme d'arc. Il insista sur le système de conduits destinés à distribuer la chaleur, indiqua les pièces attribuées aux esclaves et aux affranchis « presque toutes si bien arrangées qu'elles peuvent recevoir des hôtes ». Puis l'assistance éblouie passa de l'autre côté du corps central.

— Voici, commenta Pline, deux chambres élégamment

décorées, puis une petite salle à manger, radieuse sous l'éclat du soleil et de la mer. Ensuite la salle des bains froids avec deux vastes baignoires, le cabinet de toilette, la chambre de chauffage, l'étuve, et la réussite dont je suis fier, j'en prends à témoin notre grand architecte Rabirius, cette merveilleuse piscine d'eau chaude dans laquelle on peut nager en ayant l'impression d'être dans la mer...

Pline promena encore ses hôtes à la découverte de nouvelles chambres, de tourelles, de la salle à manger du soir donnant sur une grande étendue marine, avant de les entraîner dans le jardin par une allée bordée de buis et de romarin. Il montra combien les mûriers et les figuiers poussaient bien dans ce terrain peu favorable aux autres arbres et annonça un autre corps de logis communiquant avec une galerie voûtée. Devant elle une terrasse parfumée de violettes. Pline expliqua avec une certaine délectation comment il avait réussi, par un jeu de stores et de paravents, à rendre la vie agréable aussi bien en hiver qu'en été.

— Et maintenant, mes amis, je vais vous montrer, pour terminer, un pavillon, bonheur de mes jours et de mes nuits, que j'ai placé au bout du jardin. Il est minuscule mais possède une étuve solaire et une chambre avec une alcôve qui s'enfonce dans la paroi. De là on a la mer à ses pieds ! A côté est la chambre pour la nuit et le sommeil. Ce lieu ne perçoit ni les voix des esclaves, ni le grondement de la mer, ni l'ébranlement des tempêtes, ni la lueur des éclairs, pas même la lumière du soleil, à moins que les fenêtres ne soient ouvertes.

— J'admire la conception de cette maison modèle, dit Rabirius. Tu as su tirer merveilleusement parti de constructions existantes et celles que tu as imaginées pour les réunir et les compléter sont dignes d'un grand architecte. Si tu n'avais pas aussi bien réussi dans la carrière sénatoriale et dans celle d'avocat, je dirais que tu as manqué ta vocation !

— Merci, Rabirius. Venant de toi, ces compliments me comblent. Mais vous tous, mes amis, ne trouvez-vous pas, maintenant que vous connaissez ma maison, que j'ai de bonnes raisons de m'être établi dans cette retraite, de m'y tenir le plus souvent possible et d'en faire mes délices ?

Puisse ma petite villa, avec de si grands charmes, revêtir le mérite de vous avoir souvent sous son toit[1] !

A la fin du dîner, alors qu'il ne restait plus sur la table que des coupes et une amphore de vin doux, Pline se leva et dit avec une pointe d'humour appréciée de ses amis :

— Depuis votre arrivée, je vous ai imposé le panégyrique de ma Calpurnia et celui de ma villa. J'espère que votre amitié vous fera aussi supporter celui de notre César. Je vais vous faire la lecture de mon allocution devant les Pères conscrits, de la *gratiarum actio* que je compte un jour développer en une véritable histoire de Trajan.

Il commença de lire, de sa belle voix grave qui avait fait sa réputation d'orateur et d'avocat :

« Quel présent du ciel est plus précieux ou plus beau qu'un empereur vertueux ? Je bénis l'usage qui me fait, sur l'injonction du Sénat et au nom de l'État, remercier le meilleur des princes... »

Chacun écoutait l'orateur et, sans rien en montrer, jugeait son discours selon son tempérament et son humeur. Ainsi Rabirius trouvait-il le monument grandiose mais sans fantaisie ; Calpurnia la Jeune buvait les paroles de son époux, l'Ancienne trouvait que les honneurs rendaient Pline ennuyeux ; Juvénal ne se cachait pas pour confier à Martial que l'emphase avait des limites ; impénétrable, Lucius vidait sa coupe à petites gorgées ; Terentia avait l'air de trouver l'exercice admirable ; Petronius, lui, était sorti dans le jardin sans attirer l'attention.

Un passage sur la vénération des soldats pour leur chef secoua tout de même l'auditoire :

« Les guerriers partageaient avec toi les privations, avec toi

1. Dans l'une de ses lettres à son ami Gallus Salut, Pline le Jeune a décrit avec beaucoup de détails sa villa des Laurentes (*Livre II-17*). L'emplacement de cette villa a été reconnu, mais aucun vestige n'a été mis au jour. De nombreux archéologues ont tenté d'en retrouver le plan exact d'après les indications fournies par Pline mais la diversité des résultats auxquels ils ont abouti montre la vanité de l'entreprise.

la soif. Tu mêlais aux escadrons la poussière et la sueur impériales… Tu consolais les fatigués, tu soulageais les malades. Tu ne rentrais jamais sous ta tente avant d'avoir passé en revue celles de tes compagnons d'armes et tu ne prenais de repos que le dernier… »

On écouta également avec attention lorsque Pline commença à raconter l'entrée de Trajan à Rome. L'événement avait été considérable, la plupart de ceux qui étaient présents y avaient assisté, il était intéressant de voir comment Pline allait le traiter :

« Quel jour merveilleux que celui où attendu, désiré, tu es entré à pied dans ta ville ! Tes prédécesseurs s'étaient fait voiturer. Certains avaient même estimé qu'un quadrige attelé de blancs coursiers était indigne d'eux et avaient exigé des épaules humaines pour porter leur orgueil. Toi, seules ta taille et ta noblesse te faisaient plus grand que les autres. Ainsi ni l'âge, ni la santé, ni le sexe n'empêchèrent quiconque de venir t'acclamer. Les malades, au mépris des ordres de leur médecin, se traînaient sur ton chemin comme si tu devais leur apporter la guérison. Les jeunes voulaient t'approcher et les femmes se réjouissaient que leurs enfants puissent grandir sous ton empire et servir plus tard sous tes armes. On pouvait voir les toits fléchir sous le poids de ceux venus à ta rencontre. Partout des rues bondées où la foule ne te laissait qu'un étroit passage…

« Après être monté au Capitole tu as pris, toujours à pied, le chemin de la *Domus Augustana* avec le même visage souriant, la même simplicité d'un simple citoyen regagnant sa maison. Ta marche tranquille et lente, dans la mesure seulement où le permettait la foule des spectateurs, montrait que, dès le premier jour, tu te faisais avec confiance accessible à tous.

« Semblable début eût été écrasant pour tout autre. Toi tu te montres chaque jour plus parfait. Tu es le seul que fasse grandir le temps qui passe. Tu allais à pied, tu vas à pied ; tu aimais le travail, tu l'aimes. La fortune qui a tout changé autour de toi n'a rien changé en toi. Avant toi, les princes, par mépris de nous ou je ne sais quelle crainte d'un semblant d'égalité, avaient perdu l'usage de leurs jambes. Des épaules et des cous d'esclaves les portaient au-dessus de nos têtes. Toi, la renommée, la gloire et l'amour que te portent les citoyens te hissent au-dessus des princes. Toi, tu es élevé jusqu'aux cieux par cette terre commune à tous, où les traces du prince se mêlent aux nôtres. »

Tout le monde applaudit. Par-delà la forme exagérément louangeuse exigée par le dithyrambe, on ne pouvait qu'admirer le style et le fond du tableau peint par le nouveau consul suffect de Rome. Pline était vraiment le grand orateur de son temps !

— Finalement, conclut Calpurnia en traversant le jardin aux violettes qui menait à sa chambre, nous gardons un ami fidèle et gagnons un empereur d'exception. Cela valait bien un discours !

Calpurnia ne se doutait pas alors qu'elle reviendrait bientôt dans cette maison de rêve à la suite d'événements pénibles.

☆

Quelques mois après l'agréable promenade dans le pays des Laurentes, un coup de théâtre bouleversa en effet la vie de la maison du Vélabre.

Il était déjà tard. Après avoir longtemps bavardé, Calpurnia et Rabirius s'apprêtaient à se coucher lorsque des coups précipités ébranlèrent la porte d'entrée.

— Qui peut venir à cette heure ? s'inquiéta Calpurnia.

— N'attendons pas que ce fainéant de Regus aille ouvrir, j'y vais ! lança Rabirius qui se trouva bientôt dans l'*atrium* en face de Juvénal. Le poète était pâle et essoufflé :

— Que se passe-t-il ? demanda Rabirius. Il n'est rien arrivé à Martial, j'espère ?

— Non. Notre ami n'est pas flambant, les ans lui pèsent, mais il ne va pas plus mal. C'est de Calpurnia qu'il s'agit.

— Calpurnia ? Mais tiens, la voilà, toujours gaie et alerte. Elle rajeunit depuis que sa belle homonyme enchante la vie de Pline.

Juvénal embrassa sa vieille amie et ajouta aussitôt :

— Calpurnia, tu as été dénoncée comme chrétienne active, réfractaire à la religion et à la civilisation romaines !

— Mais je ne suis réfractaire à rien du tout ! Dans nos prières nous n'oublions jamais l'Empereur et nous suivons la loi romaine à la lettre !

— Peut-être mais tu vas être recherchée et une plainte va être instruite contre toi. Combien de fois t'avons-nous prévenue et suppliée d'être prudente !

— C'est une histoire idiote ! Jamais on ne poursuivra la fille du grand Sevurus, la femme des bâtisseurs de l'amphithéâtre Flavien !

— Ce n'est pas l'avis de Pline. C'est lui qui m'a dit de te prévenir. Il viendra te parler demain matin et pense que la menace est grave. Et ce n'est pas tout : Terentia aussi est menacée !

— Eh bien, que l'on me prenne et que l'on me livre aux bêtes ! s'écria la jeune femme qui venait d'entrer et avait entendu.

— Tais-toi ! dit Rabirius. Il y a sûrement quelque chose à tenter. Pline a du pouvoir et il va nous aider... Mais qu'avez-vous fait toutes les deux pour déclencher une telle affaire ? Les chrétiens sont nombreux à Rome et on les laisse tranquilles...

— Sauf s'ils sont nobles ou font partie de l'élite, dit Juvénal. On supporte les croyants plébéiens mais on craint la conversion des Romains importants de peur qu'ils ne donnent le mauvais exemple.

— Tout cela vient de la dernière réunion à laquelle nous nous sommes rendues, Terentia et moi. C'était dans les catacombes, il y avait beaucoup de fidèles qui ont partagé le repas sacré en présence de Théophore, l'évêque d'Antioche de passage à Rome[1]. A la fin, celui-ci nous a recommandé d'être discrets car il savait que des ennemis du Christ essayaient de se mêler aux frères et aux sœurs pour les dénoncer.

— Et maintenant, si l'on vous demande d'abjurer, de déclarer que vous n'êtes pas chrétiennes et que vous célébrez les dieux romains, que répondrez-vous ? demanda Juvénal.

— Je refuserai, j'affirmerai ma croyance sans craindre d'être condamnée ! répondit aussitôt Terentia.

— Moi je ne sais pas ce que je dirai..., dit Calpurnia. Ce n'est pas que je tienne tellement à la vie mais j'ai un mari que j'aime et qui, lui, n'est pas chrétien.

— Enfin, Pline sera là demain à huit heures. Il vous en dira plus, conclut Juvénal qui annonça qu'il allait rentrer.

— Rentrer à pied à cette heure ? il n'en est pas question. Tu vas coucher ici, dit Calpurnia.

La maîtresse du Vélabre était, comme pouvaient s'y attendre ceux qui la connaissaient, demeurée sereine. Une fois de plus elle sentait que l'orage menaçait et que l'équilibre de la maison reposait sur elle. Elle accompagna Rabirius, anéanti, jusqu'à la chambre et revint près de Juvénal.

— Si tu veux, nous allons boire une coupe de vin et réfléchir. J'ai besoin de parler. Je pressens un désastre dont je serai seule responsable. J'espère tout de même que Pline va pouvoir nous tirer de ce mauvais pas.

— Il va essayer, c'est sûr. Je pense qu'il y réussira en partie mais que le règlement de l'affaire nécessitera des sacrifices...

— Tu penses à la maison, à la famille, à la réputation de Rabirius ?

— Oui. Tu sais qu'à Rome il n'existe pas de situation stable. Nous en avons vu des sénateurs puissants, des préfets

1. Surnom de celui qui deviendra saint Ignace, l'un des premiers pères de l'Église. Disciple de saint Pierre, il aurait subi le martyre à Rome en l'an 107.

irremplaçables, des chevaliers influents, des courtisans écoutés, des conseillers importants se retrouver subitement nus ! Les empereurs, eux-mêmes, ont quelquefois valsé comme des sans-grade. Le poison et le poignard faisaient la loi il n'y a encore pas si longtemps sur les marches du pouvoir...

— Et la maison du Vélabre a été jusqu'ici une exception ! C'est ce que tu allais dire, n'est-ce pas ?

— Oui, sa notoriété, son influence, les talents qu'elle a abrités l'ont fait survivre à toutes les crises, à toutes les jalousies, à tous les arbitraires. La famille de Sevurus a traversé le temps, c'est un miracle, dans l'orbite impériale !

— Et tu crois que mes affinités chrétiennes vont sonner la fin de cette vie privilégiée ?

— Je n'en sais rien. Attendons demain. Pline nous apportera des nouvelles.

— Crois-tu que l'on va nous arrêter, comme de vulgaires criminels ?

— J'espère bien que non ! Maintenant va retrouver ton bâtisseur. Je suis sûr, c'est un comble, que c'est toi qui devras le réconforter !

☆

Pline, ami fidèle et homme pressé, descendit de sa litière à huit heures devant la maison du Vélabre. Toute la famille et Juvénal se tenaient dans l'*atrium* où ils venaient de prendre un frugal *jentaculum* composé de pain, de fromage et d'eau claire. Tous avaient mal dormi. Calpurnia et Terentia s'étaient un peu fardées pour cacher leurs traits tirés, les hommes ne s'étaient pas rasés.

— Bonjour, mes amis, dit Pline. Pour la première fois je n'entre pas joyeux dans cette maison puisque, Juvénal vous l'a dit, je n'apporte pas de bonnes nouvelles.

— Sait-on par qui nous avons été dénoncés ? demanda Calpurnia.

— Non, et c'est votre chance, car Trajan recommande aux tribunaux de ne pas prendre en compte les accusations anonymes. Hélas ! cela ne veut pas dire qu'elles demeurent lettre morte. Elles attirent l'attention sur les personnages désignés, surtout lorsqu'il s'agit de notables connus de tous. Donc, pour être clair, la dénonciation ne vous conduira probablement pas au tribunal mais va entraîner des mesures que je ne saurais trop vous conseiller de respecter.

— Pour ma part, je me refuse à renier ma croyance ! s'écria Terentia. Des chrétiens ont subi le martyre avant moi, c'est sans regrets que j'irai les rejoindre auprès du Seigneur.

— Alors, attends-toi au pire, dit Pline. Mais je compte bien m'arranger pour que l'on ne te demande rien. En accord avec le préfet du prétoire qui est au courant de tout et que j'ai longuement consulté hier soir, je te propose une solution qui ne devrait pas vous déplaire. Il faut laisser les choses s'apaiser, et surtout éviter que l'affaire ne s'ébruite.

— Que devons-nous faire ? questionna Calpurnia, un peu réconfortée par les paroles de Pline.

— Il faut disparaître, éviter le marché, les thermes. Et naturellement les rassemblements de chrétiens. Pour cela, je ne vois qu'un moyen : aller vous installer chez moi dans les Laurentes. Vous connaissez la maison, vous y serez bien et vous vous laisserez oublier.

— Merci, dit Rabirius, les larmes aux yeux.

— Jésus nous sauve, dit Terentia. Je vais le remercier par des prières.

— C'est surtout Pline qui vous sauve ! remarqua Juvénal. Mais si tu veux prier, fais-le dans ta chambre plutôt qu'aux catacombes !

Fille énergique, mère courageuse, femme armée contre les vicissitudes de la vie, Calpurnia ne parvenait pas cette fois à vaincre son désarroi devant un si prompt bouleversement. Elle s'avouait, en retenant ses larmes, combien son cœur était partagé entre le soulagement d'échapper dans l'immédiat aux rigueurs extrêmes et la perspective de vivre en reniant sa foi, car c'était tout de même de cela qu'il s'agissait !

Les décisions de Pline furent exécutées à la lettre, et rapidement. Dès le lendemain l'une des voitures du préfet emportait Calpurnia et Terentia sur la route d'Ostie, vers cette campagne des Laurentes que l'avocat qualifiait de virgilienne, une retraite où le chant des cigales remplaçait le tumulte des rues romaines et où le juge le plus terrible n'aurait aucune chance de retrouver les chrétiennes du Vélabre.

Pourtant, malgré les attentions de l'affranchi de Pline qui gérait la maison et les fermes attenantes, malgré le service parfait, elles n'arrivaient pas à entrouvrir le rideau d'angoisse qui les empêchait de goûter aux délices du paradis. Il leur fallut plusieurs jours pour s'habituer aux mille secrets de la radieuse maison, à la piscine qui laissait croire que l'on nageait dans la mer, aux salles à manger choisies pour chacun des repas selon l'orientation du soleil et la direction des vents, aux fausses fenêtres de l'*atrium* qui s'ouvraient sur des architectures imaginaires, aux panneaux rouges du grand *triclinium* où un peintre inspiré avait représenté Agamemnon s'apprêtant à tuer le cerf sacré de Diane et Apollon terrassant Python.

Mère et fille avaient heureusement la consolation d'être ensemble. Elles parlaient, parlaient comme elles ne l'avaient jamais fait. Pour la première fois depuis longtemps, Calpurnia avait le temps de réfléchir, de repenser sa vie et aussi de songer à l'avenir incertain qui les attendait. Allongée sur un banc couvert de coussins, respirant le parfum du jardin merveilleux, elle fermait les yeux et évoquait pour Terentia le temps où Sevurus, dans sa robe blanche, régnait tel un dieu sur le Vélabre et sur l'architecture romaine, l'époque où Celer pavait de travertin l'esplanade de l'amphithéâtre et mariait dans son œuvre colossale le marbre de Portasanta et le pavonazetto.

La deuxième semaine, elles eurent enfin des nouvelles du Vélabre. Toute correspondance, même par messagers, avait en effet été proscrite pour parer au zèle des délateurs. C'est Pline et sa femme qui se présentèrent un jour à midi, porteurs de lettres de Rabirius, de Petronius, de Juvénal et de Martial.

Les propriétaires venaient passer quelques jours à la campagne pour fuir la chaleur pestilentielle de l'été romain. Les deux Calpurnia étaient heureuses de se revoir mais, surtout, les recluses avaient une foule de questions à poser à Pline devenu par affection maître de leur destinée. Elles apprirent en même temps que Rabirius s'ennuyait loin de sa femme ; que les amis espéraient leur retour et, c'était le plus important, que les vipères du *forum* n'avaient pu, faute d'informations, distiller leur venin sur la famille du Vélabre.

— Combien de temps devrons-nous vivre chez toi ? demanda Calpurnia. Ta maison est merveilleuse, nous nous y plaisons beaucoup mais la nôtre nous manque.

— Vous resterez ici le temps qu'il faudra ! Mais je ferai tout pour l'écourter.

Le soir, Pline offrit à Calpurnia de faire une promenade dans le parc :

— J'ai à te parler de Rabirius.

— Il est malade ?

— Non, sa santé est bonne mais il existe un problème délicat que nous devons régler.

Ils s'assirent sur un banc de porphyre installé face à la mer. Il faisait beau et chaud, l'eau miroitait sous la lune. Après quelques allusions poétiques commandées par le spectacle, Pline, un peu embarrassé, commença :

— L'Empereur a eu vent de votre histoire. Il m'a convoqué hier après le conseil et m'a tenu un long discours sur les chrétiens. Il m'a rappelé que Domitien, tout à la fin de son règne, avait fait cesser les persécutions contre l'Église. Il était lui-même prêt à continuer dans ce sens mais, m'a-t-il dit, ce sont les chrétiens eux-mêmes qui par leur prosélytisme de plus en plus actif et agressif obligent César à défendre les fondements de l'Empire et à rappeler que la prescription édictée depuis Néron contre les adorateurs du Christ subsiste. « Ainsi, a-t-il ajouté, est-il loisible aux magistrats investis du droit de glaive de condamner un chrétien à cause de sa religion, comme aussi de laisser les fidèles vivre sans être inquiétés. »

— Le fameux glaive demeure donc suspendu sur tous mais ne s'abat que sur quelques-uns, désignés à la sévérité des magistrats par des circonstances spéciales. Par exemple une pression populaire ou le prestige personnel des croyants ?

— Oui, chère Calpurnia, c'est à peu près cela.

— Sommes-nous donc si importantes ? Deux femmes d'artistes qui n'ont jamais brigué d'autre honneur que de servir Rome par leur talent !

— Tu sais bien que l'œuvre de Sevurus, de Celer et de Rabirius pèse plus lourd dans la grandeur impériale que la vanité de quelque chevalier ou le pouvoir factice d'un sénateur. Que répondre à César lorsqu'il dit que les monuments qui doivent perpétuer sa gloire ne peuvent être l'œuvre d'un chrétien ?

— Il t'a dit cela ? Mais Rabirius n'est pas chrétien.

— Sa femme et sa belle-fille le sont et, je le regrette, ne s'en cachent pas. Si tu étais l'épouse d'un petit fonctionnaire ou d'un copiste, personne n'aurait fait attention à toi.

— Ma croyance ne va tout de même pas porter préjudice à Rabirius ? Il m'a dit avoir remarqué que son crédit semblait diminuer au palais. Je l'ai rassuré mais...

— Cela me navre de te l'apprendre : Rabirius n'est plus l'architecte de l'Empereur. Ce n'est pas lui qui aura la commande du *forum*, ni celle des grands travaux à venir. Apollodore de Damas vient d'être désigné à sa place.

— Mais c'est impossible ! Rabirius a déjà beaucoup travaillé sur les plans du *forum*. On ne peut pas lui faire un tel affront !

— César peut tout faire, tu le sais bien. Même me permettre de te sauver !

— Jamais Rabirius ne me pardonnera ce que je lui ai fait !

— Je vais être franc. Même sans ta passion pour Jésus,

Rabirius aurait été évincé. Il n'a jamais plu à Trajan, lequel veut, comme chaque César qui rêve de constructions grandioses, choisir et engager son propre architecte. Rabirius est trop marqué par ce qu'il a fait au service des prédécesseurs. Pour l'Histoire, c'est Apollodore qui sera l'architecte de Trajan !

— Quelle cruauté, quel mépris pour le génie ! Rabirius va souffrir de cette révocation. Je ne sais même pas s'il la supportera !

— Crois-tu qu'il souffrirait moins dans son orgueil si ton appartenance à la religion chrétienne apparaissait comme la cause de sa disgrâce ?

— Sans doute. Il s'estimerait sacrifié mais son honneur professionnel serait intact. Hélas, si je te comprends bien, ce n'est pas le cas.

— Rien n'empêche de le lui faire croire. Si tu acceptes d'endosser le responsabilité de sa défaveur, je m'arrangerai pour l'aider à sauver la face. Mais ce pieux mensonge doit rester secret. Ne mets même pas Terentia dans la confidence.

— Merci, Pline. Ton amitié nous sauve. Je n'oublierai jamais ce que tu fais pour nous.

— Et j'ai du mérite car je ne me sens pas du tout concerné par votre engouement pour une religion illégale !

— Tu me permets tout de même de prier pour toi ?

— Oui, dans ta chambre, après avoir fermé toutes les portes !

# XI

# MORT D'UN ARCHITECTE

Au bout de quelques semaines, Pline jugea que l'éloignement de Calpurnia et de Terentia n'était plus indispensable. Après leur avoir fait promettre d'être prudentes et de ne jamais participer aux célébrations collectives de leur culte, il leur permit à toutes deux de rentrer au Vélabre.

Le voyage d'aller vers les Laurentes avait été marqué par l'inquiétude, celui du retour l'était par le découragement et la tristesse. Ballottées dans le *cisium* de Pline qui les ramenait pourtant dans leur chère maison, elles se parlèrent à peine, insensibles aux attraits du paysage et craintives face à un avenir qu'elles avaient si souvent évoqué dans leur retraite et qui leur échappait, elles s'en rendaient compte en approchant de Rome. Ce renoncement n'était pas étonnant de la part de Terentia qui avait souvent manqué de caractère mais il était surprenant chez Calpurnia, femme résolue et obstinée. Les derniers événements, la dénonciation et la disgrâce de Rabirius, avaient eu raison de ses forces. Elle savait qu'elle aurait encore la volonté de faire bonne figure devant son mari humilié mais elle n'ignorait pas que le lien magique qui avait uni durant tant d'années famille et amis au sein de la maison du Vélabre était rompu.

— Rien ne sera plus comme avant, finit-elle par dire à sa fille. Ne regrette pas de retourner bientôt auprès de ton mari.

Moi qui ai toujours partagé avec ceux que j'aimais une certaine qualité de vie, je suis aujourd'hui, vois-tu, accablée de pressentiments. Je devrais être joyeuse de rentrer à la maison mais j'ai peur d'arriver dans une demeure qui ne sera plus la mienne. J'ai rêvé la nuit dernière que le jardin du bonheur avait été dévasté, la terre remuée, les fleurs arrachées, les cendres de Sevurus et de Celer profanées...

— Mais non, maman, tu vas voir, la vie va reprendre son cours et nous allons retrouver nos belles soirées. D'abord, il ne faut pas se laisser impressionner par les songes. Abandonnons ces superstitions aux fanatiques des vieux cultes. Nous, chrétiennes...

— Oui, nous sommes chrétiennes mais il n'en est pas moins difficile de rompre avec les coutumes familières et les traditions. J'ai beau me dire que je ne crois pas aux augures ni aux songes, je ne peux m'empêcher de penser que je suis Romaine, que Sevurus, si fin, si intelligent, croyait aux dieux de la cité. Vois-tu, mon cœur est à Jésus mais mon esprit n'est pas complètement détaché du passé.

— Si l'on te condamnait au supplice pour ta foi chrétienne, irais-tu en chantant comme l'ont fait certains frères ?

— Je ne le pense pas. Et toi ?

— Qui sait ce que l'on devient et ce que l'on peut être amené à faire en pareil cas ?

— Bon. Assez discuté d'un avenir aussi tragique. Pensons à aujourd'hui. Nous voilà au Tuscus, nous allons bientôt être chez nous.

Le chemin du Vélabre était désert à cette heure et personne ne vit arriver le *cisium* qui pénétra sous la voûte avant de s'arrêter devant le portail où veillait Regus. Tandis que celui-ci s'occupait des bagages, les deux femmes pénétrèrent lentement, comme intimidées, dans l'*atrium*, où seul le bruit du jet d'eau dans l'eau calme du bassin rompait le silence.

— Tu vois, dit Terentia, rien n'a changé. La maison est toujours celle de Sevurus.

Par l'ouverture du fond on apercevait le jardin et deux

grands lis blancs qui se balançaient au vent venu de l'ouest, comme pour dire bonjour aux voyageuses.

— Allons voir si Rabirius est dans l'atelier. J'ai hâte de voir comment il supporte son exclusion. C'est sa réaction qui m'inquiète, me plonge dans la tristesse et l'angoisse...

Elles découvrirent Rabirius somnolant dans le vieux fauteuil recouvert d'une peau de mouton qui avait si longtemps accueilli Sevurus lorsque le maître était fatigué de s'être penché sur les papyrus pour y dessiner quelque voûte ou s'y livrer à des calculs que lui seul pouvait comprendre.

Tout de suite, Calpurnia constata que son mari ne s'était pas rasé depuis plusieurs jours, lui qui souvent, le soir, après le bain, demandait à son *tonsor* de repasser la lame sur son visage pour accueillir ses amis. Elle pensa que ce n'était pas bon signe et caressa doucement les joues hérissées de poils grisonnants. Rabirius ouvrit alors les yeux et murmura :

— C'est toi, enfin... Pline t'a appris la nouvelle, je suppose. Tu sais que je suis congédié comme un esclave qui a mal accompli sa tâche. Le palais n'a même pas daigné me signifier ma disgrâce. Simplement, on ne me demande plus rien, même pas un conseil. J'ai appris par hasard qu'Apollodore allait construire le nouveau *forum* ! Crois-tu, Calpurnia, que mon renvoi est sans appel ? Si c'est le cas, je suis un homme fini. J'ai toujours travaillé pour la grandeur de Rome et je ne sais pas si je pourrai me résoudre à dessiner de vulgaires maisons particulières pour nourrir ma famille.

— Sevurus, lui, en a construit près de cent, des quartiers entiers de Rome portent la marque de son talent. Cela ne vaut-il pas la Maison Dorée de Néron pour laquelle il s'est tué à la tâche et dont il ne reste presque rien ? Il faut te reprendre, Rabirius, retrouver ton énergie. Pour toi, pour moi, pour Petronius, pour cette noble maison du Vélabre qui doit demeurer le phare spirituel de Rome !

— Tu as raison, mais comme il est difficile de vaincre le découragement qui me frappe et m'enlève le goût de tout travail, de toute réflexion ! Je ne peux m'empêcher de penser que si l'on me préfère Apollodore, c'est parce que je ne vaux plus rien !

— Tu te trompes, mon chéri. Cela me déchire le cœur de te l'avouer : c'est à moi que tu dois ta disgrâce ! L'Empereur a dit à Pline que l'architecte impérial ne pouvait être le mari d'une chrétienne démasquée. C'est terrible à dire mais c'est la vérité. Tu peux toujours me répudier et refaire ta vie avec une femme plus jeune qui honorera les sacrifices officiels !

— Comment peux-tu dire cela ! Tu me crois capable d'une telle infamie ? Je n'ai jamais eu autant besoin de toi. Quant à ce que t'a confié Pline, je n'y crois qu'à moitié. La dénonciation n'a, certes, pas arrangé mes affaires mais je crois qu'elle n'est qu'un prétexte et que Trajan souhaitait se débarrasser de moi.

La conversation en resta là car Petronius faisait irruption dans l'atelier et se jetait au cou de sa grand-mère. Brusquement, il s'écarta et demanda :

— Tu sais ce qu'on a fait au père ? Je hais cet empereur injuste, je hais cette cour servile, à commencer par Pline qui n'est qu'un valet...

— Tais-toi ! coupa Rabirius. J'étais aussi un valet avant qu'on me renvoie. L'injustice, qui te fait horreur, guette tous ceux qui travaillent pour César. Lorsqu'ils ont cessé de plaire, ils doivent partir. Quant à Pline, qui un jour subira peut-être mon sort, il nous a sauvés. Ta mère t'expliquera comment. Nous lui devons notre reconnaissance !

— Je vous demande pardon. Je me suis laissé emporter par l'indignation. Mais celle-ci subsiste. C'est parce que je ne veux pas subir un jour ton sort que je ne serai pas architecte !

— Pour cela seulement ? demanda Rabirius qui regardait Petronius avec une curiosité mêlée de tendresse.

— Beaucoup pour cela. Je veux être un artiste libre. La sculpture me donnera cette liberté !

— Mais, si tu as du talent, César te demandera de sculpter pour lui et tu ne pourras pas refuser.

— Oui, mais il ne sera pas mon unique client. Regarde Zénodore dont tu m'as souvent parlé. Il a fait la statue de Néron mais il a travaillé pour beaucoup d'autres cités.

— Tu feras ce que tu voudras, mon fils. La création artistique est peut-être la seule chose dont personne, pas même César, ne peut décider. J'ai un peu travaillé le bois et la pierre quand j'étais jeune, bien avant de débarquer sur le chantier de l'amphithéâtre où Celer m'a accueilli. Et j'aimais cela. Le contact direct et sensuel avec la matière procure une joie profonde. Quand je me vois maintenant, je me dis que j'aurais peut-être dû devenir sculpteur.

La discussion semblait avoir redonné quelques forces à Rabirius.

— Viens dans le jardin, dit Calpurnia. Nous avons encore beaucoup de choses à nous dire. Et j'ai hâte de retrouver ma place à côté de toi sur le banc de marbre, au milieu des lis et des alcées. Avant tu vas me faire un grand plaisir : fais-toi raser et enfile l'une des tuniques blanches qui te vont si bien. Mais je ne sais pas ce qu'est devenue Terentia. Tu sais, je crois qu'elle pense à retourner en Espagne.

— C'est logique. La place d'une femme est auprès de son mari.

— A propos, Julius Lacer n'a pas été inquiété ?

— Non, et cela montre que la raison avancée par Pline n'est pas la bonne. On lui a simplement écrit de surveiller sa femme un peu mieux. C'est qu'il est difficile de se passer de Lacer qui est le meilleur bâtisseur de ponts. Je l'envie ! Pour te faire plaisir, je vais soigner un peu les apparences mais cela me coûte.

La soirée se déroula calmement. Les amis, qui n'avaient pas été prévenus du retour de Calpurnia et de Terentia, ne se présentèrent pas à l'heure du dîner.

— Ce sera pour demain, dit Rabirius en esquissant un vague sourire. Ce soir je suis content que nous soyons entre nous. Moi qui aimais tant la compagnie, ajouta-t-il, je ne me supporte que dans la solitude.

— Nous allons te rendre goût à la vie ! affirma Calpurnia d'une voix qu'elle se força à rendre énergique. Arrête de pleurer sur toi-même. Dès qu'on va te savoir libéré des travaux officiels, les clients privés vont affluer.

Le repas terminé, Rabirius et Petronius se retirèrent et les deux femmes restèrent seules. Il faisait doux, elles s'installèrent dans le jardin.

— Que penses-tu ? demanda Calpurnia. Comment l'as-tu trouvé ?

— Désespéré. Il a fait des efforts pour nous donner le change mais il supporte mal son éviction. Il ne croit pas être victime de notre religion et souffre d'être injustement traité. Je n'ai pas osé lui demander si Apollodore était un bon architecte...

— Sûrement. Trajan n'a pas pu se tromper. Rabirius, je crois, le connaît mal mais on en saura plus demain lorsque nos amis Martial et Juvénal viendront dîner. Je compte beaucoup sur eux pour guérir Rabirius de sa « bile noire[1] ». Et je compte aussi sur toi ! Sois douce et gentille avec lui. Je te dis cela mais je sais que tu l'aimes beaucoup.

— N'oublie pas, maman, que c'est moi qui vous ai mariés. Ou presque !

Elles rirent. C'était la première fois depuis bien longtemps.

☆

Pline, retenu par sa charge, ne put assister au dîner du lendemain qui devait marquer, selon le dessein un peu forcé de Calpurnia, le réveil de la maison du Vélabre. Chacun s'efforça de jouer son rôle, de faire comme si la cassure provoquée par l'éloignement des deux femmes n'avait pas eu lieu et

1. L'une des quatre humeurs dont l'excès, selon la médecine de l'époque, poussait à la tristesse et au pessimisme. La dépression nerveuse n'épargnait pas les Anciens.

que la vie, simplement, continuait avec ses rites, ses conversations animées, ses échanges convenus, fruits d'une amitié longtemps cultivée.

Comment cependant ne pas s'apercevoir du malaise qui pesait sur l'*atrium* ? Les événements avaient déréglé les habitudes, alourdi l'atmosphère, rompu le charme qui avait jusque-là protégé le Vélabre. Rabirius était bien allé choisir, comme avant, le meilleur cru dans sa collection d'amphores mais le vin, autrefois source de joie, était devenu amer. Chacun se voyait brusquement confronté à une vérité difficile. L'architecte, malgré ses efforts, laissait percer sa mélancolie, Calpurnia, pourtant la plus forte, se trouvait affaiblie devant l'avenir incertain, et Terentia était désorientée. Quant aux deux inséparables compères des lettres romaines, ils n'étaient pas les derniers à constater qu'ils étaient devenus de vieux poètes ayant de plus en plus de mal à faire sourire la société romaine, surtout les jeunes. Martial, qui avait dépassé les soixante-dix ans, cachait crânement la difficulté qu'il éprouvait à se déplacer mais parlait souvent de la mort. Juvénal, lui aussi, acceptait mal de vieillir et de ne plus mériter sa réputation de bourreau des cœurs. Par son enthousiasme, Petronius, seul tourné vers l'avenir, réveillait parfois la maison de ses angoisses.

Quand Martial et Juvénal furent partis, Calpurnia, en se cachant de son mari épuisé par la soirée, demanda à sa fille :

— Ma chérie, c'est très triste : la maison a perdu sa magie. La retrouvera-t-elle un jour ?

— C'est Petronius qui la lui rendra. Le vieil atelier de Sevurus et de Celer se remplira de statues. Il en faudra pour garnir tous les palais et les maisons que nos architectes ont construits !

— Merci, tu me mets du baume au cœur. Mais tu vois, avant que Petronius ne réveille la maison de ses coups de maillet, il faut que j'aie le courage de lutter pour qu'elle ne s'écroule pas !

☆

Le temps passa, cicatrisant les plaies, gommant les douleurs, ranimant l'inspiration. Rabirius avait un moment « travaillé le vide », comme il disait : il s'enfermait dans l'atelier et dessinait, pour garder la main, des projets de palais qui ne seraient jamais construits ou calculait la résistance de voûtes illusoires. Ces efforts, malheureusement, étaient le plus souvent suivis de crises de désespoir.

Enfin, un jour, le sénateur Epolus lui demanda de passer le voir. Il voulait remplacer sa vieille maison du Trastevere par une demeure plus noble et plus confortable, à bâtir sur un terrain qu'il venait d'acheter. L'homme était franc et sympathique, il plut à Rabirius, ce qui fut une grande chance.

— Prenons ma litière, dit-il. Il faut que tu voies l'emplacement où tu construiras ma nouvelle maison. Nous parlerons en route.

— Mais je ne t'ai rien promis, sénateur. Les maisons particulières ne sont pas ma spécialité.

— Je sais, mais qui peut bâtir un palais peut construire une villa ! Je connais tes problèmes par mon ami Pline. La défaveur du prince te désespère mais qui peut prétendre à Rome ne jamais être écarté du cercle de ses familiers ?

— Mais j'ai toujours été architecte du palais.

— Raison de plus pour t'évader des contraintes officielles. Changer la vie rajeunit. Si je pouvais devenir historien, c'était mon rêve de jeunesse, je me précipiterais ! Tiens, nous y voilà. Je possède tout ce terrain en légère pente vers le nord, jusqu'à la ligne de cyprès. Crois-tu pouvoir m'y élever une maison d'aspect modeste mais agréable à vivre ? Et surtout confortable ? Il me faut au moins cinq chambres. Tout ici respire l'histoire. Vois, là-bas, le bois sacré des Camènes où le pieux Numa s'entretint avec la nymphe Égérie. Et plus loin était la porte Capène, lieu tragique et légendaire : Horace y tua sa sœur Camille qui pleurait son fiancé Curiace. Bâtir sur l'humus de Rome, cela doit inspirer un architecte, non ?

— Sénateur, je viendrai demain avec mes aides relever le terrain. Et je construirai ta maison.

Rabirius rentra un peu gêné, lui qui avait tant dit qu'il ne bâtirait jamais de maisons privées, mais aucune nouvelle ne pouvait causer plus de joie à Calpurnia qui lui répéta à peu près les propos du sénateur :

— Oublie tes regrets. Dis-toi que tu commences, que nous commençons une nouvelle vie.

C'était maintenant Terentia qui broyait du noir en attendant l'autorisation du palais de rentrer en Espagne. Il fallait, lui disait-on, l'opportunité d'un voyage officiel. Elle se demandait si elle reverrait un jour le rivage mythique d'Alcantara et retrouverait son mari. Désabusée, elle parlait de retourner aux réunions chrétiennes des catacombes, ce qui plongeait Rabirius dans la fureur. Restait Petronius qui, lui, n'avait pas d'état d'âme et s'apprêtait à gagner le fameux « quai aux marbres » d'Ostie où Rabirius lui avait trouvé une place d'apprenti chez un ami propriétaire d'un important atelier.

— Si tu veux sculpter le marbre, il faut d'abord te familiariser avec la matière, lui avait-il dit.

Le garçon était fou de joie, sa grand-mère un peu moins car elle pensait qu'elle allait devoir vivre avec un mari qui, malgré la commande de la villa, n'avait pas encore retrouvé son équilibre. La pauvre Calpurnia portait courageusement son monde à bout de bras en se demandant si elle pourrait tenir.

C'est alors que survint dans la maison du Vélabre, déjà ébranlée par tant de secousses, un séisme intérieur propre cette fois à causer sa ruine.

Ce jour-là, Calpurnia avait été aux thermes, ce qui ne lui était pas arrivé depuis des mois. « Si je ne m'entretiens pas un peu, je vais m'effondrer », avait-elle dit. Terentia lui avait proposé de l'accompagner mais elle avait refusé, préférant être seule pour se laver l'esprit en même temps que le corps.

L'idée était bonne. Elle rentrait toute revigorée, frottée d'huile et parfumée. Les bains lui avaient rendu un peu de sa souplesse de jeune fille, il lui semblait qu'elle s'envolait à chaque enjambée sur le chemin qui la ramenait au Vélabre. Pour la première fois depuis longtemps elle se sentait détendue, reposée, elle n'osait penser « heureuse » par superstition.

C'est en fredonnant un air autrefois composé pour elle par Valerius qu'elle franchit le corridor. Elle souleva le rideau qui ouvrait sur l'*atrium* et s'arrêta, pétrifiée : devant elle, sur les coussins du banc de marbre, Rabirius était allongé, sa tête reposait sur les genoux de Terentia qui lui caressait les cheveux et, penchée vers son visage, l'embrassait.

Calpurnia sentit le sol se dérober et une sorte d'éclair lui traversa le crâne. Pour ne pas tomber elle s'accrocha au rideau, lequel s'écroula sous son poids et l'entraîna dans sa chute.

Terentia et Rabirius se dressèrent d'un bond et la découvrirent évanouie dans les plis de la tenture. Hébétés, ils restaient muets tandis que la situation qu'ils avaient créée leur apparaissait soudain dans toute sa cruauté.

— Il faut relever Calpurnia et l'étendre, finit par dire Rabirius, devenu très pâle.

Terentia tremblait et était incapable de faire un mouvement. Elle s'écroula sur le banc en répétant :

— Je vais me tuer, je vais me tuer...

Rabirius trouva enfin la force de porter Calpurnia dont les yeux s'entrouvraient. D'évidence, la malheureuse ne comprenait pas encore ce qui lui était arrivé et montrait sa tête en disant qu'elle avait mal.

— Son crâne a heurté le marbre ! cria Rabirius à Terentia. Cours vite chercher des serviettes mouillées.

Elle obéit et murmura en sanglotant :

— Mon Dieu, qu'avons-nous fait !

— Peu de chose mais assez pour briser la famille ! répondit Rabirius.

Calpurnia, qui s'était redressée, retrouvait peu à peu le sens du réel. A l'image de sa fille et de son mari qui pleuraient tous les deux et n'osaient pas la regarder se substituait celle entrevue lorsqu'elle avait écarté le rideau. Elle avait mal, le dégoût la gagnait, elle avait envie de battre, de tuer les deux êtres qui lui étaient le plus proches. Ce qu'elle fit fut peut-être plus terrible. Elle les toisa et dit sans élever la voix :

— Vous m'avez trahie, vous m'avez volé ma raison de vivre et ma famille. Je vous méprise, vous n'êtes que des esprits médiocres. Si vous en avez le courage, poursuivez vos ébats, moi je me retire dans ma chambre pour réfléchir, douloureuse mais fière comme doit l'être une femme romaine !

C'était peut-être un peu grandiloquent, ce fut néanmoins efficace.

Durant un mois, elle n'adressa la parole ni à sa fille ni à son mari. Elle se fit servir ses repas dans sa chambre, cessa de donner des ordres aux esclaves, ne s'occupa pas de la maison. Tous les après-midi elle allait aux thermes ou rendait visite à Martial, malade, et à Juvénal, le seul auprès de qui elle pouvait s'épancher. Calpurnia avait fini par tout lui raconter, et l'ami de toujours, stupéfié par cette confession, essayait de l'aider en l'engageant à parler et en opposant à ses ressentiments les sages conseils des philosophes ou les propos d'Ovide qui avait si bien analysé les détours de l'amour.

Ces conversations étaient devenues un jeu. La culture de Juvénal, habilement distillée, faisait merveille et Calpurnia convenait que *L'Art d'aimer* était une excellente thérapie. « Ne prends pas la morale commune trop au sérieux, lui disait Juvénal. Tiens, je crois que c'est dans les *Héroides* qu'Ovide prête à Phèdre cette réplique : "A l'idée que l'on me verrait, belle-mère, unie à mon beau-fils, que ces vains mots n'épouvantent pas ton esprit." » Calpurnia souriait et disait que l'exemple n'était pas approprié. Juvénal, qui se faisait un devoir de résoudre la crise qui déchirait la famille du Vélabre et lui interdisait la maison, revenait sans cesse sur l'idée qu'il s'agissait de la part de Terentia et de Rabirius d'un faux pas sans gravité, ce qui lui valait chaque fois une belle colère de son interlocutrice.

Durant tout ce temps, les tentatives d'explications proposées par les coupables étaient demeurées sans résultat. Calpurnia tenait bon et regardait maigrir Rabirius qui se tuait au travail pour moins penser, ce qui s'avérait tout de même le résultat inattendu mais positif de son égarement. Heureusement pour Terentia, Julius Lacer, revenu d'Espagne pour consultation, s'apprêtait à y retourner avec elle, ce qui évita sans doute à la jeune inconsciente de faire une grave bêtise. Julius n'avait naturellement pas été mis au courant des motifs de la tempête qui bouleversait la maison et se disait que, décidément, il était entré dans une curieuse famille.

Calpurnia, encouragée par Juvénal, choisit la veille du départ de sa fille pour lui faire savoir, ainsi qu'à Rabirius, qu'elle était prête à les rencontrer et à écouter ce qu'ils avaient à lui dire. L'absence de Lacer, occupé par les préparatifs du voyage, facilita les choses, bien que la réunion dans la chambre du fond, à l'abri des oreilles indiscrètes, débutât dans une atmosphère pesante.

— Le temps n'est plus aux reproches, pas même à l'indignation, commença Calpurnia. Je vous ai dit sur-le-champ ce que je pensais. J'étais frappée, bafouée et j'avais besoin de réfléchir. Aujourd'hui je peux vous écouter. Terentia, qu'as-tu à dire avant de quitter ta mère, peut-être pour toujours ?

— La vérité ! Vérité qui me fait honte mais qui est l'aboutissement d'une situation stupide. Tu m'avais demandé, maman chérie, d'aider Rabirius qui avait besoin d'attentions et de tendresse après son injuste destitution. Je me suis donc efforcée d'être gentille. Il s'est confié à moi et je l'ai plusieurs fois consolé alors qu'il pleurait et disait qu'il allait se suicider. « Merci de me donner un peu de tendresse, me disait-il. Calpurnia, je le sais, veut m'aider, mais elle me répète de me secouer, affirme que je n'ai pas de raison d'être malheureux et que je dois cesser de me comporter comme un enfant. Elle m'aime trop pour me comprendre... » Et il ajoutait : « Toi seule réussis à me calmer. Ta main sur mon front m'enlève mon angoisse... »

— C'est vrai ? demanda Calpurnia en se tournant vers Rabirius.

— Oui.. J'ai toujours considéré Terentia comme mon enfant et il est certain que mon malheur nous a rapprochés. Mais la douceur qu'elle m'a témoignée n'a jamais dépassé des limites décentes et je t'affirme, crois-moi si tu veux, que sans elle je n'aurais jamais repris le travail. Terentia, c'est vrai, m'embrassait lorsque tu es arrivée à l'improviste, mais comme une fille peut embrasser son père.

Calpurnia ne broncha pas et serra les lèvres. L'image que conservait sa mémoire n'était pas celle d'un baiser filial et pudique.

— Et que se serait-il passé si je ne vous avais pas surpris ? demanda-t-elle.

— Mais rien ! répondirent ensemble Terentia et Rabirius.

Leur air étonné aurait dû convaincre Calpurnia. Ce ne fut pas tout à fait le cas mais elle avait décidé d'oublier :

— Nous ne reparlerons jamais de tout cela, dit-elle. C'est une grâce que Petronius n'ait pas été présent. Il aurait souffert. Moi j'ai envie de reprendre mes repas dans le *triclinium*. Je vais inviter Juvénal à la dernière soirée romaine de nos deux voyageurs. Ce n'est pas facile pour une mère, tu sais, Terentia, de voir partir sa fille !

— Merci, maman, d'avoir compris. Tu es bonne et généreuse ! Nous allons être séparées, c'est vrai, mais je voudrais que nous choisissions une heure pour nous unir chaque jour en prières.

— Je n'ai jamais dit que j'avais compris votre trahison. Je l'oublie, ce n'est pas pareil !

— On ne fait pas beaucoup attention à ce que je dis, lança Rabirius, mais crois-moi, Calpurnia : je mourrais si je devais être séparé de toi.

☆

Sans Terentia, sans Petronius, sans Martial, la vie au

Vélabre avait baissé d'un ton. Le poète malade et vieilli avait quitté Rome pour regagner, fidèle à son enfance, le village de Bilbilis en Espagne Tarraconaise. Il avait vendu le petit domaine qu'il possédait à Nomentum, près de Rome, et s'était installé dans la maison que lui avait cédée Marcella, l'une de ses admiratrices. Pline, toujours généreux, lui avait fourni l'argent du voyage[1].

Il restait Juvénal, pour lequel on dressait encore souvent un troisième couvert, mais Calpurnia avait perdu son humour et Rabirius ne parlait plus de son travail. Lui qui ne tarissait pas d'anecdotes et de commentaires au temps où il construisait les thermes de Domitien ou l'arc de Titus, il se serait cru déshonoré d'évoquer devant les siens les occupations triviales auxquelles il était maintenant astreint.

— Mon pauvre Juvénal, disait Calpurnia, tu es bien bon de continuer à fréquenter le Vélabre. Je te l'ai déjà dit : la maison a perdu son âme !

— Et les souvenirs ? Que fais-tu de nos souvenirs, de nos joies, de nos ivresses ? Et les disparus ? Ne faut-il pas continuer de penser à eux dans la gaieté ? Le Vélabre est peut-être en sommeil mais il est vivant, rempli des odeurs du jardin où les arbres continuent de grandir. Je ne suis pas devin, mais je suis sûr que la maison de Sevurus se réveillera. Tu m'as dit toi-même que ce sera Petronius qui la tirera de son sommeil. Et qui alors retrouvera son enthousiasme, son esprit et sa joie de vivre ? Toi, ma belle, qui seras tellement fière de ton sculpteur de petit-fils !

Certains soirs, Juvénal réussissait ainsi à ranimer la flamme vacillante. Rabirius alors s'exaltait et racontait comment Celer domptait de la voix et du geste un millier de fourmis esclaves dans l'arène tumultueuse de l'amphithéâtre Flavien. Calpurnia retrouvait son rire un peu haut perché. Juvénal donnait des nouvelles de Pline qui, malheureusement, trop pris

1. Martial a laissé un tableau paradisiaque de sa propriété. Pourtant, des écrits postérieurs montrent que le poète regretta souvent d'avoir quitté la Ville où soufflait l'esprit. Il mourut nostalgique de Rome et des amis abandonnés.

par ses fonctions préfectorales, ne venait plus guère voir ses amis. Quand parfois il débarquait, très tard, avec sa Calpurnia, et qu'il fallait recommencer le service de table, c'était la joie pour quelques heures. Mais le silence de la nuit et le réveil sans horizon du lendemain n'en étaient que plus angoissants.

La politique, qui avait tenu si souvent la famille en haleine, ne venait même plus ajouter son sel au menu de la vie quotidienne. Les empereurs heureux n'ont pas d'histoires. Et Trajan, César parfait, chef militaire exemplaire, administrateur remarquable, ne suscitait que des louanges et laissait désœuvrés les oiseaux noirs du *forum*, propagateurs de rumeurs.

Les Romains, surpris, s'apercevaient que le panégyrique de Pline, qui avait fait sourire les sceptiques, n'était pas si éloigné de la vérité. Trajan s'était formé à l'armée une vraie mentalité de chef. Empereur, il continuait à payer de sa personne et à mener lui-même les guerres et la gestion de Rome. Ce que l'on se répétait aux thermes et au *forum* n'était pas des ragots de camps mais des témoignages qui prouvaient que César connaissait et aimait les soldats, qu'il s'interdisait en campagne tout luxe ostentatoire et partageait l'existence même de la troupe. Ne pouvait-il pas désigner par leur nom tous les gradés et les légionnaires qui avaient été blessés ou qui avaient accompli un acte de bravoure ? Ceux qui racontaient l'avoir vu marcher à pied dans les neiges de Dacie et les sables brûlants de l'Orient étaient ses propres compagnons. Premier au péril, dernier au repos, personne ne mettait en doute qu'il eût traversé à soixante ans l'Euphrate à la nage. Comment, après cela, n'aurait-il pas joui d'un prestige incomparable et d'une immense popularité parmi ses hommes ? Quant au peuple romain, toutes classes confondues, il savait que l'Empereur pouvait tout demander à son armée et que celle-ci ne lui refuserait rien. Il le suivit donc dans ses triomphes et applaudit lorsque le Sénat lui conféra le titre d'Optimus, le plus glorieux que quatre-vingts millions de sujets eussent jamais décerné à leur chef.

Il n'y avait qu'au Vélabre que le nom de Trajan n'était pas admiré : la blessure causée au père était inguérissable.

☆

Tandis que Calpurnia, affligée, prenait conscience qu'elle vieillissait, Petronius vivait sa jeunesse laborieuse mais joyeuse dans la poussière dorée des marbreries d'Ostie. Son patron, vieux client de Sevurus et attaché à Rabirius, l'avait accueilli dans sa famille dont la maison était nichée, à deux pas du port, entre des montagnes de blocs et de plaques de marbre provenant de tous les points de l'Empire, partout où la terre recelait la roche magique qui cachait sous sa gangue trompeuse des trésors de pureté, de douceur et d'harmonie.

Numerus Polimus, solide sexagénaire aux yeux bleu turquin, avait le beau sourire d'un homme satisfait de s'être livré toute sa vie au travail qu'il avait choisi. Orphelin d'un affranchi napolitain, il était arrivé tout jeune à Ostie à bord d'une galère liburienne à dix rangs de rames venue de Syracuse, sur laquelle il exerçait les fonctions d'aide cuisinier. Attiré par le mirage de Rome toute proche, il avait mis sac à terre et trouvé une place de polisseur dans une marbrerie du port, celle-là même où il régnait depuis qu'il avait épousé jadis la fille du propriétaire. Il s'était tout de suite pris de passion pour le marbre, avait appris à distinguer une brèche d'un cipolin ou d'une brocatelle. Il avait goûté au plaisir secret et raffiné de voyager d'îles en caps, de plaines en montagnes, suivant sur la carte du porphyre ou celle du tigré de Damas les itinéraires fantasques des veinures. Il aimait encore, au soir d'une journée de travail, se pencher, rêveur, sur une plaque particulièrement jaspée et la caresser de sa main calleuse mais sensible.

Polimus retrouvait chez Petronius les enthousiasmes de sa jeunesse. Il jubilait en le regardant découvrir la magie du marbre et lui apprenait avec patience à manier la sciotte et le ciseau.

— Je n'ai pas la prétention de t'apprendre à sculpter mais

je suis certain que pour devenir un bon sculpteur il faut connaître la matière et la respecter. Sortant de chez Polimus, tu ne considéreras jamais le marbre comme un ennemi à vaincre, à dompter. Tu lui diras au contraire, avant de le travailler : « Tu es fier, ton grain est parfait, ta blancheur virginale. Nous allons faire ensemble une belle œuvre ! »

Au début, Petronius avait accompli sans se plaindre les travaux réservés traditionnellement à l'apprenti, c'est-à-dire les plus pénibles, le plus sales, les moins gratifiants. Puis Polimus l'avait relevé de la plupart des corvées :

— Maintenant, tu vas apprendre à travailler le marbre, à le couper, à le tailler. J'ai beaucoup d'ateliers romains parmi mes clients et tu vas être en relation avec les sculpteurs. Quelques-uns ont du talent, beaucoup n'en ont pas. Ils se croient du génie parce qu'ils réussissent à copier, toujours à peu près, pour la cinquantième fois, une statue de Polyclète ou de Praxitèle. La sculpture, telle que la pratiquent la majorité des façonniers romains, ce n'est pas de l'art. J'ai ma petite idée là-dessus mais nous en parlerons plus tard. A ta place, j'irais voir comment on travaille chez les Grecs. Nous leur avons malheureusement transmis nos mauvaises habitudes de copistes et de travail à la commande mais il reste tout de même à Cnide et à Delphes quelques vrais artistes. Leurs répliques de chefs-d'œuvre sont plus honorables que celles de nos médiocres copistes. Réfléchis bien là-dessus. C'est important si tu ne veux pas devenir un vulgaire décorateur de parcs et de piscines.

— Mon maître, tu es sévère pour nos artistes mais je comprends. Je me rappelle, ma mère m'a raconté que lorsque Celer a dû garnir la centaine de niches de l'amphithéâtre, il a fait faire les statues en série, le plus rapidement possible, sans se soucier de leur sujet ni de leur qualité. Elles n'étaient là que pour rompre la sévérité du monument et on les voyait de trop loin pour distinguer quels personnages elles représentaient.

— Dans les jardins ou au *forum* on les voit très bien mais personne ne fait de différence entre les chefs-d'œuvre authentiques, rapportés de Grèce dans les butins, et de pâles copies locales.

— Que tu parles bien de l'art et de la beauté !

— Oui, mais je n'ai, hélas ! jamais pu concrétiser mes belles théories ! J'ai été tenté plusieurs fois par la sculpture mais je n'ai aucun don. Mieux vaut faire bien ce que l'on sait faire ! En réfléchissant, je crois que ce n'est pas une bonne idée de te conseiller de partir pour la Grèce. Tu es trop jeune. Ce qu'il te faut, c'est trouver un bon maître à Rome. Il t'apprendra à travailler la glaise, à ébaucher, à dégrossir un bloc de pierre avant de t'attaquer au marbre. Il ne te donnera pas du talent si tu n'en as pas mais il te montrera comment te servir des outils, à gruger, à fouiller, à dégager... Tiens, le seul fait de prononcer ces mots me donne envie de m'essayer une nouvelle fois à la sculpture. Je sais que je gâcherai un bloc de marbre mais si j'y trouve du plaisir...

Petronius décida de rester chez Polimus le temps qu'il faudrait pour distinguer le bon marbre à sculpter du pouffi qui se désagrège sous le ciseau ; pour frapper la pierre d'un coup sec en évitant l'irréparable dérapage ; pour que les gestes du métier qu'il avait choisi deviennent des automatismes au service de sa volonté et de son inspiration.

Les nouvelles qu'il recevait du Vélabre tous les mois ou tous les deux mois étaient bonnes mais plusieurs fois il avait cru discerner sous l'enjouement de Calpurnia des signes de lassitude et d'abattement. Elle parlait très peu du travail de Rabirius et cela l'inquiétait. En rentrant, comment allait-il trouver la maison, les parents, les amis ? Pour se rassurer, il avait eu l'audace d'écrire à Pline. Mieux que Juvénal toujours enclin à traiter légèrement les choses sérieuses, le préfet, célèbre pour sa correspondance dont il faisait un véritable genre littéraire, lui peindrait franchement l'atmosphère actuelle du Vélabre.

La réponse de Pline étonna Petronius par sa promptitude. Elle lui arriva par le courrier officiel du palais impérial qui assurait régulièrement la liaison avec Ostie et Civitavecchia où Trajan faisait construire une digue géante. Petronius déroula fébrilement le parchemin et comprit dès les premières lignes qu'un événement grave était survenu au Vélabre. La lettre commençait comme toutes celles de Pline :

« C. Pline à son cher Petronius, Salut.

« Calpurnia ta noble grand-mère m'avait demandé de t'écrire, n'ayant ni la force ni le courage de le faire pour le moment, quand ta lettre m'est parvenue. Ce courrier est donc une réponse sans en être une.

« Ton cher grand-père Rabirius est mort. La perte, si dure pour toi, m'est aussi bien pénible. Rabirius est mort de son propre gré, circonstance qui avive la douleur de tous car on ne saurait trop déplorer une fin qui ne semble voulue ni par la nature ni par le destin. Quelles que soient en effet les circonstances, lorsqu'un homme termine ses jours par la maladie, l'idée de l'inéluctable est une grande consolation ; mais s'il disparaît par une mort volontaire, on éprouve une inguérissable douleur à se dire qu'il aurait pu vivre longtemps. Rabirius a été conduit par un motif très puissant et cela en dépit des raisons nombreuses qu'il avait de vivre : la conscience de ses vertus, un honneur sans tache, une carrière exemplaire au service de son art et de l'Empire, en outre une femme remarquable, un petit-fils, une belle-fille, gages de tendresse auxquels il faut joindre de vrais amis.

« Une maladie de l'âme le tourmentait depuis qu'une injustice l'avait privé de l'exercice de son art. A cette insupportable épreuve s'était joint récemment un autre mal, physique celui-là. Il avait été attaqué aux pieds par la goutte et subissait une terrible et inéluctable douleur. C'est alors qu'il a décidé de quitter la vie. Ni Calpurnia ni notre cher Juvénal n'avaient réussi à le fléchir. Il ne restait que moi pour tenter de le rattacher à l'existence. Hélas ! ma dialectique ne servit à rien.

« Ton grand-père est mort en Romain, cher Petronius. Il a beaucoup donné, beaucoup servi, beaucoup aimé et beaucoup souffert. Tu vas te montrer digne de lui. Il t'aurait aidé à suivre ta voie dans l'art, nous t'aiderons, comme nous t'aiderons à le pleurer. Pour ma part, j'ai perdu un témoin de ma vie. Reviens le plus tôt possible au Vélabre, ta chère grand-mère a besoin de toi. Adieu. »

☆

Petronius avait vécu une jeunesse heureuse, l'argent n'avait jamais manqué au Vélabre, les amis célèbres de ses parents lui avaient toujours manifesté de la sympathie et même de l'affection, aucun événement grave n'était venu gêner son déroulement harmonieux. Il y avait bien eu cette inquiétude suscitée par l'activité chrétienne de sa mère et de sa grand-mère, mais il n'avait jamais pensé que les conséquences en seraient tragiques. Il avait d'ailleurs oublié cet épisode quand la lettre de Pline lui fit découvrir que la vie pouvait brusquement devenir cruelle.

Il avait admiré Rabirius qui l'avait élevé, il avait été révolté par la décision de l'Empereur et, s'il avait préféré la sculpture à l'architecture, c'était beaucoup pour ne pas risquer de ternir l'immense renommée du Vélabre à jamais marquée par trois géniaux constructeurs. Il avait dit à Rabirius désappointé que, ne se sentant pas capable de les égaler, il aimait mieux tenter d'assurer la pérennité du nom en devenant sculpteur. Aujourd'hui, il se rappelait que Rabirius l'avait compris et encouragé à suivre la voie qu'il avait choisie.

Le jeune homme avait du mal à admettre qu'il ne reverrait pas celui qu'il considérait comme son grand-père et il le pleurait, la lettre de Pline serrée dans sa main, effondré sur une pile de plaques de carrare, blanches comme un tombeau neuf.

C'est là que Fidelia, la femme de Polimus, le trouva à la tombée de la nuit. Il n'avait pas bougé et la regarda, l'œil vague.

— Que t'arrive-t-il, Petronius, toi toujours si joyeux ? De mauvaises nouvelles ? Les lettres en sont pleines.

— Des nouvelles affreuses, chère Fidelia. Mon grand-père est mort. Il s'est suicidé. Pline parle d'une crise de goutte douloureuse mais je suis sûr qu'il n'a pas supporté d'être supplanté par Apollodore.

— C'est peut-être mieux de choisir sa fin, murmura Fidelia en prenant la tête du garçon dans ses bras et la caressant comme l'aurait fait sa mère. Tiens, respire le marbre, ajouta-t-elle en reposant doucement sa tête sur la pierre. Polimus dit qu'il transmet sa douceur à ceux qui l'aiment. Tu nous raconteras plus tard si tu en as envie. A cette heure ton malheur t'appartient. La nuit sera longue à écouler ses étoiles mais, quand le jour percera, tu te souviendras que tu n'es pas seul, que ta grand-mère t'attend et qu'il faut la rejoindre. A deux, sans compter les amis, il est plus facile de retrouver la sérénité. Et puis, il y a le travail. Polimus m'a confié que tu es doué, courageux et opiniâtre. Le dernier cadeau que tu puisses encore faire à ton grand-père, c'est de réussir...

— Tu es bonne, Fidelia. Je ne sais pas si c'est la fraîcheur du marbre sur ma tête en feu ou tes paroles, mais je me sens un peu mieux. Non, ce sont tes mots qui me font du bien !

— C'est que je suis assez vieille pour savoir ce qu'est le malheur. Et je sais que les mots, contrairement à ce que prétendent les sots, peuvent aider à sortir des abîmes de la douleur.

— Oui, mais pas n'importe lesquels. Toi, tu sais les choisir, les assembler, leur donner du pouvoir...

Pline, qui gérait ses amitiés comme sa carrière sérieusement, n'allait pas laisser longtemps Petronius seul avec son désespoir. Un court voyage officiel à Ostie lui donna l'occasion, moins d'une semaine après la mort de Rabirius, de ramener son protégé à Rome.

Le visage du jeune homme s'éclaira quand Fidelia vint le prévenir, un après-midi, que le *cisium* du préfet suffect, l'attendait à l'entrée. Petronius courut troquer sa blouse de marbrier contre une tunique courte, toute simple, qui mettait en valeur ses formes musclées par le travail manuel. Il boucla son bagage où seuls pesaient ses premiers outils, ceux que

Polimus lui avait offerts, et fit ses adieux à l'atelier d'Ostie. Fidelia essuya une larme, lui fit promettre de bien travailler et de donner de ses nouvelles, Polimus l'embrassa tandis que le cocher criait de se presser :

— Monte. Le maître nous attend à l'administration du port et nous devons arriver aux Laurentes pour la *cena*. Nous passerons une ou deux nuits à la campagne, ajouta-t-il lorsque Petronius fut installé.

— Je croyais que nous devions rentrer aujourd'hui à Rome ?

— Non. Chaque fois qu'un voyage le conduit dans la région, Plinus Secundus ne manque pas d'aller voir si tout va bien dans sa propriété. « Ce sont, dit-il, les seuls instants que je vole à l'administration impériale. » En fait, ce n'est qu'un emprunt car il travaille la nuit, lorsqu'il est de retour, pour rattraper le temps perdu.

Une heure plus tard, le *cisium* roulait vers le refuge de Pline, là où il aimait rédiger sa correspondance et écrire ses discours. C'était aussi la villa de rêve où il avait jadis invité ses amis du Vélabre. Il repensait à cette plaisante partie de campagne en regardant le jeune homme sérieux assis à ses côtés, qui s'excusait chaque fois qu'un cahot le projetait contre lui. « Tout a changé, songeait-il. Ce gamin que j'ai vu naître est devenu un homme. Le voilà orphelin, il commence à souffrir... J'espère qu'il aura le cuir assez dur pour résister aux épreuves qu'impose le plus beau et le plus ingrat des métiers. Son grand-père était trop tendre, lui me semble plus fort. »

Tout de suite, il engagea la conversation :

— Dis-moi. Pourquoi veux-tu être sculpteur ? L'architecture ne te tentait pas ? Qu'est-ce qui te pousse à rompre avec les traditions familiales ?

Petronius aurait pu parler des heures sur ce sujet qui emplissait ses pensées depuis si longtemps. Les leçons de Polimus lui revinrent. Il vanta en s'enflammant les mérites de la pierre, cita des noms de marbres connus des seuls professionnels comme le sarancolin, la griotte et la lamachelle, expliqua le plaisir ressenti lorsque, d'un coup justement calculé, la masse et le ciseau, prolongements dociles de ses mains, faisaient voler la languette de marbre souhaitée. Il s'animait, devenait lyrique et Pline, surpris, l'écoutait avec attention et curiosité.

— Sais-tu que tu deviens poète quand tu parles de ton métier ? C'est l'apanage des artistes de savoir faire chanter des mots venus de très loin dans le temps pour décrire les gestes, les formes et les couleurs. Il te faut noter dans la cire ou sur le papyrus tes impressions de débutant. Quand tu seras célèbre, tu reliras avec plaisir les réflexions que t'inspire aujourd'hui ton passage à l'acte créatif. Imagine que nous puissions aujourd'hui savoir ce que pensait Phidias lorsqu'il a sculpté le fronton du Panthéon, que nous ayons conservé la trace de ses enthousiasmes et de ses doutes ! Mais nous arrivons à la maison. Nous aurons tout le temps ce soir, en regardant la mer bouger doucement sous la lune, de parler de sculpture. Ou de ce que tu voudras.

— Je voudrais que tu me parles de ma grand-mère dont je n'ai pas encore mesuré l'influence qu'elle paraît avoir eue sur vous, les grands esprits du siècle.

— Entendu. J'ai fréquenté le Vélabre assez longtemps pour te raconter durant des heures comment la connaissance a pu proliférer, comme une plante volubile, dans une maison romaine sans doute prédestinée. A moins que le Vélabre n'ait dû son pouvoir à l'esprit supérieur de ses propriétaires. Sans Celer, puis sans Calpurnia, il n'aurait été qu'une villa comme les autres.

On arrivait. La voiture s'était arrêtée devant le portail grand ouvert et toute la maison, de l'intendant Veiento au dernier esclave acheté pour aider aux cuisines, en passant par Arriana la vieille nourrice de Pline qui finissait paisiblement sa vie en veillant à ce que toutes les chambres soient fleuries, était rangée de chaque côté du péristyle pour accueillir le maître. Celui-ci, comme toujours, était heureux de retrouver sa maison qu'il regrettait de ne pouvoir utiliser plus souvent.

— Ici, tu es chez toi, dit-il à Petronius. Te rappelles-tu ta visite, il y a déjà des années ! Tu étais un gamin un peu perdu au milieu des grandes personnes que j'ai, je crois, assommées en leur lisant mon panégyrique de Trajan. Aujourd'hui, tu es un homme et tu pourras, je l'espère, non pas oublier ton chagrin, mais t'habituer à vivre avec. Dis-toi que ta vie ne fait que commencer.

Petronius, enivré par les odeurs du jardin, les effluves venus de la mer et la beauté qui régnait partout dans cet éden, était prêt à mordre dans cette existence naissante qu'il voyait s'ouvrir sur de somptueux portiques abritant un peuple de statues. Quand, après la *cena*, il se retrouva assis près de Pline sur le banc de marbre, il se dit qu'il avait bien de la chance d'être protégé par un homme aussi savant, aussi fortuné, aussi intelligent. Curieusement, ce personnage célèbre et puissant ne l'intimidait pas. Il lui inspirait confiance, c'est tout, et c'est simplement qu'il lui demanda :

— Pourquoi, cher Pline, dont je respecte le nom si attaché à Rome, t'intéresses-tu à moi qui n'ai encore rien fait et qui suis une si petite chose dans la foule des puissants que tu as l'habitude de fréquenter ?

— Ne crois pas que je suis bon au point de compatir aux malheurs et aux états d'âme de tous les jeunes gens qui me demandent mon aide. D'abord, toi, tu ne m'as rien demandé. Ensuite je suis redevable d'une dette envers ta grand-mère dont l'amitié m'a souvent accompagné. Enfin, tu me sembles fait d'une étoffe assez rare de nos jours. Tu ne vas pas au plus facile mais tu ne te lances pas non plus sans réfléchir dans l'inconnu. J'ai aimé la manière dont tu m'as parlé du matériau dont tu bâtiras ta vie. Bref, tu me parais être un garçon de qualité et je prendrai plaisir et intérêt à te conseiller.

— Merci, mon illustre bienfaiteur. Je ferai tout pour ne jamais te décevoir.

— Bon. On va te chercher à Rome un bon sculpteur qui soit aussi un bon maître. Cela doit se trouver. Après, si tu as envie de connaître la Grèce, mère de tous les arts, tu pourras faire comme Néron et aller rencontrer l'âme d'Athènes, la force tranquille de Phidias, la subtilité de Praxitèle. Ce voyage en Grèce de César déclinant était plutôt sympathique, mais Néron, encore une fois, a gâché ses bonnes déterminations. Il a donné la liberté aux Grecs pour les remercier de leur accueil mais il a emporté, comme un butin de guerre, leurs plus belles statues ! Jure-moi, si tu vas en Grèce, que tu laisseras le Panthéon sur l'Acropole !

Ils rirent en se regardant. Et Petronius regretta tout de suite la pensée qui lui venait à l'esprit : jamais il n'avait eu avec son grand-père et encore moins avec son père une conversation aussi confiante. Pline sentit peut-être ce regret refoulé et il changea de sujet :

— Si les dieux approuvent ton choix, tu seras donc un sculpteur. Mais dis-toi que l'art ou le métier ne sont pas tout. Il y a la vie de la cité, son gouvernement, sa politique. T'intéresses-tu à la politique ?

— Je sais qu'on en discutait au cours des réunions du Vélabre et qu'on lui accordait jadis, au temps de Sevurus et de Celer, beaucoup d'importance. Mais j'avoue que les rumeurs qui circulent sur tel ou tel favori de l'Empereur ne me passionnent pas. D'ailleurs, Calpurnia dit que tout est si clair avec Trajan qu'il n'y a pas de ragots à colporter.

— C'est vrai en partie. Nous ne sommes plus au temps des complots, des assassinats, des empoisonnements. Pourtant il se passe tout de même des choses importantes derrière les murs du Palatin que Rabirius a bâtis. Et il est bon qu'un jeune comme toi se tienne au courant de la manière dont le gouvernement prépare l'époque qui sera la sienne. As-tu entendu parler d'Hadrien ?

— Oui, naturellement. Les jeunes Romains le considèrent un peu comme leur idole. On sait qu'il a accompli, très jeune encore, des exploits dans les campagnes d'Orient. Trajan ne l'a-t-il pas adopté ?

— Hadrien est le fils de son cousin germain et César est devenu son tuteur. De plus, Hadrien a épousé Sabine, une petite-nièce de l'Empereur. Il fait donc partie de la famille.

— Tout cela signifie-t-il qu'il lui succédera ?

— En principe, oui. Tout le monde, y compris Hadrien, le croyait, mais il semble que cette succession soit remise en question.

— Voilà où la politique redevient intéressante ! remarqua Petronius. Que s'est-il passé ?

— Je pense qu'Hadrien a manifesté trop franchement son impatience de diriger l'Empire, qu'il a imprudemment critiqué certaines mesures militaires prises par Trajan. Tu sais, les rois envisagent volontiers leur succession quand ils sont encore jeunes mais, au fur et à mesure qu'ils se rapprochent de la mort, cette perspective les agace et ils pensent reculer l'échéance en feignant d'ignorer les inévitables problèmes que causera leur effacement. Ainsi l'Empereur, dont la décision n'avait jamais fait de doute, hésite-t-il aujourd'hui à désigner Hadrien, ce qui suscite à la cour des compétitions malsaines.

— Je déteste Trajan, dit le jeune homme. Pour ce qu'il a fait à Rabirius et aussi pour la manière dont il se conduit avec son fils adoptif.

— Ce sont des griefs qui se comprennent mais qui ne pèseront pas lourd quand on les comparera aux bienfaits qui ont marqué son règne. D'ailleurs je ne crois pas que Trajan ait renoncé à désigner Hadrien. Il s'amuse à mon sens en faisant languir celui qui se montre trop pressé. Et puis, Hadrien a une alliée très puissante, Plotine, la femme de l'Empereur. Elle veille sur lui depuis de longues années. Tous deux – ils ont à peu près le même âge – sont liés d'amitié. Elle l'a toujours défendu contre son ennemi juré, Celsius, l'homme de confiance de l'Empereur, et elle a toujours gagné. Hadrien se trouve, certes, dans une situation inconfortable, mais les jeunes Romains peuvent être rassurés : c'est lui qui deviendra empereur !

— Merci de m'avoir confié tous ces secrets. Ma grand-mère sera surprise lorsqu'elle s'apercevra que je m'intéresse aux intrigues de l'État.

— Je crois qu'elle n'a pas fini d'être surprise ! Maintenant, si tu veux imiter Hadrien que tu sembles admirer, sache qu'il est doué d'une grande intelligence et qu'il ne cesse d'apprendre. Historien, il écrit, poète, il compose des vers qui ne sont peut-être pas géniaux mais qui montrent son désir de tout savoir et de savoir tout faire. Épris de philosophie, il est un fidèle disciple du stoïcien Épictète. Cela pour te dire que tu dois apprendre toi aussi. Un artiste ne peut être grand que s'il est cultivé !

Petronius était ébloui. Il lui semblait que sa vie venait de prendre un sens qui lui manquait et il lui tardait de pouvoir affirmer ses nouvelles préoccupations d'adulte.

☆

Ému, inquiet, à la fois triste et plein d'énergie, Petronius poussait deux jours plus tard le portail du Vélabre. La maison paraissait en léthargie. L'esclave chargé de la réception n'était pas à son poste. Seul le murmure du jet d'eau de l'*atrium* parvenait à ses oreilles.

Il s'arrêta un instant pour plonger sa main dans le bassin et se rafraîchir le front, comme il l'avait fait si souvent durant sa jeunesse, puis se décida à appeler pour quc quelqu'un vienne s'occuper de son bagage. C'est finalement Ceria, l'intendante, qui arriva en courant et se confondit en compliments devant Petronius qui avait quitté la maison sous les traits d'un adolescent et revenait grand et fort comme un homme :

— Pour un peu, je ne t'aurais pas reconnu ! dit-elle. C'est bien que tu viennes reprendre la place du chef de famille. Car ta grand-mère, si elle semble admettre la mort de Rabirius et ne montre pas sa tristesse, laisse un peu aller les choses. C'est comme si le Vélabre ne l'intéressait plus.

— Où est-elle ?

— Dans le jardin, elle y passe ses journées. « Sous les

arbres des disparus », dit-elle. Elle n'a pas dû t'entendre. Va vite la retrouver, elle a besoin de toi.

Il chercha un instant Calpurnia parmi les buissons et l'aperçut qui cueillait des roses en fredonnant un air qu'elle chantait, il s'en souvenait, lorsqu'elle était heureuse. Petronius s'arrêta net, surpris de retrouver sa grand-mère gaie et rayonnante, choqué aussi de la voir supporter si allégrement son veuvage. Rabirius, tout de même, n'était mort que depuis deux semaines !

Elle le vit en se haussant sur la pointe des pieds pour couper une fleur, poussa un cri de bonheur et se précipita dans ses bras. Elle riait et pleurait, prononçait des mots un peu fous et s'écartait par instants pour contempler l'enfant qu'elle reconnaissait mal dans cet homme qui lui rappelait Celer au temps de leur mariage et qui, elle le sentait, la jugeait.

— Viens, mon Petronius, finit-elle par dire. Viens t'asseoir sur ce banc de marbre qui est, plutôt que l'*atrium* ou le *tablinum*, le cœur de la maison. C'est le banc des confidences et tu as tellement de choses à me raconter !

— Toi aussi, grand-mère. Je ne sais presque rien de la mort de Rabirius. Et il faut que tu me réapprennes cette maison que je ne reconnais pas. Comment vit-on maintenant au Vélabre ?

— Le Vélabre n'existe plus. Les murs sont toujours là mais rares sont ceux qui poussent le portail d'entrée. Le *triclinium* n'est plus qu'une pièce que l'on traverse pour aller au jardin. Le jardin, c'est le seul endroit resté vivant. Avec ce banc qui me rappelle à peu près tous les événements de ma vie.

— C'est parce qu'il est en marbre ! Le marbre parle, le marbre se souvient, le marbre vit. Regarde : du sang coule dans les veines de cette belle taille de brèche !

Calpurnia, surprise par ce lyrisme auquel Petronius ne l'avait pas habituée, s'exclama :

— C'est chez Numerus Polimus que tu as appris à aimer le marbre ?

— Oui, c'est un homme merveilleux, un maître incomparable qui m'a accueilli comme un fils. Hélas, il n'a pu m'enseigner la sculpture. Car tu sais, ce qui n'était qu'un rêve d'adolescent lorsque je suis parti pour Ostie est devenu une certitude : je veux devenir sculpteur ! Pline à qui j'ai beaucoup parlé durant le voyage de retour m'engage à persévérer dans cette voie. Il a dit qu'il fallait me trouver un bon maître. Qu'en penses-tu ?

— J'aurais préféré que la famille continue de bâtir les beaux monuments de Rome, mais l'Empire a besoin aussi de statues et tu orienteras comme tu le voudras ta vie professionnelle. L'essentiel est qu'elle demeure vouée aux arts. C'était aussi l'avis de Rabirius...

— Tiens, tu penses enfin à ton mari ! J'avoue, grand-mère, que ton attitude me surprend. J'ai l'impression qu'il ne reste rien de celui qui a été mon vrai père, que son souvenir ne luit nulle part dans cette maison et que tu l'as toi-même oublié. Heureusement, Pline est là pour me parler de lui !

— Tu peux compter sur lui, il adore glorifier les morts !

— Tu es dure. Il m'a beaucoup aidé...

— Oui, il ne faut pas l'oublier. Quant à mon attitude, que tu sois offusqué, je le comprends, mais depuis toujours on m'a reconnu une qualité : celle de la sincérité et de la franchise. Aujourd'hui comme hier je suis incapable d'exprimer, par souci des convenances, des sentiments que je ne ressens pas. J'ai toujours été loyale envers mon mari de son vivant. Lui m'a trahie. Je te raconterai un jour comment. Mais, alors qu'il a préféré quitter la vie, je ne vois pas ce qui m'obligerait à le pleurer ostensiblement. Sa mémoire sera respectée mais rien ne me contraindra à cacher que sa mort me touche peu. Je ne fais pas état publiquement de ce sentiment intime mais ne peux empêcher qu'on le devine. Si on le juge choquant, tant pis ! Mais toi, me trouves-tu vraiment indigne ?

— Comment le pourrais-je ? Je te fais confiance mais j'aimerais qu'un jour tu me dises ce qui s'est passé entre vous.

— Je te le promets. Maintenant, tu n'as pas à partager mes sentiments. Je trouverais au contraire malheureux que cette mort ne t'afflige pas. Rabirius a été un grand artiste et un bon père. Il est de ton devoir de célébrer et de perpétuer sa mémoire.

— Es-tu au moins heureuse de m'avoir retrouvé ? Quelle place me gardes-tu dans ton cœur et dans cette maison ?

— La première, mon chéri, celle du maître. Mon cœur t'appartient, tu le sais. Quant à la maison, tu vas devoir la réveiller. On en a souvent parlé avec les amis qui nous restent. Toi seul peux succéder à Sevurus et à Celer...

— Et à Rabirius !

— Si tu veux !

— La mission que tu me confies m'honore mais elle m'embarrasse. Le Vélabre, c'est toi !

— Alors nous ranimerons ensemble la pierre et le marbre endormis. C'est une belle tâche, non, qui nous attend ?

# XII

## PETRONIUS

Quelques semaines après le retour de Petronius, la maison retrouva pour un soir l'enchantement des réunions qui, durant de longues années, avaient marqué la vie intellectuelle de Rome. Pline, dont les visites étaient rares et brèves, avait prévenu qu'il viendrait volontiers ce deuxième jour des calendes partager la *cena* au Vélabre. « J'ai une nouvelle à vous annoncer », avait-il simplement écrit à Calpurnia. Celle-ci avait aussitôt prévenu Juvénal et demandé d'inviter en son nom quelques-uns de ses amis les plus brillants.

— Moi, je ne connais plus personne, lui avait-elle dit. Essaie d'amener Tacite. Jadis il est venu dîner une fois ou deux. Peut-être s'en souvient-il ? Mais c'est aujourd'hui un personnage considérable et il est vieux. Je comprendrais son absence.

— Il est vieux, dis-tu ? Sais-tu qu'il a exactement mon âge !

— Alors il est encore très jeune ! Je vais vite parcourir sa *Vie d'Agricola*. Il faut, vois-tu, que je réapprenne mon rôle de maîtresse de maison ! Qu'écrit-il en ce moment, que j'aie l'air au courant ?

— Les *Histoires*. C'est une œuvre considérable qui commence après la mort de Néron. Quand il saura que son ami

Pline est à l'origine du dîner, il viendra sûrement. Ces deux-là ne cessent de s'écrire. Un jour, leur correspondance sera peut-être publiée... Et pourquoi n'inviterais-tu pas Suétone ? Encore un protégé de Pline. Cela fera beaucoup d'historiens mais, en général, ce sont des gens qui ont quelque chose à dire.

Tacite répondit qu'il viendrait. Et Suétone aussi. Le jour du dîner, Calpurnia rajeunit de dix ans. Elle avait passé trois heures aux thermes, s'était fait masser et coiffer avant de retirer d'un coffre qu'elle n'ouvrait plus depuis longtemps une robe aux drapés aériens, taillée dans l'étoffe que Celer lui avait jadis rapportée d'un voyage à Naples. Une ceinture en or tressé parachevait l'élégante tunique. Elle l'avait essayée la veille du dîner devant Petronius en lui demandant si elle n'était pas trop vieille ni trop empâtée pour porter un tel vêtement. Il s'était récrié et avait répondu qu'il avait la grand-mère la plus svelte et la plus jeune de Rome.

— Tu sais, lui avait-elle dit, Pline est l'instigateur de cette réunion mais c'est toi le nouveau maître du Vélabre.

— Merci, grand-mère. Je suis sensible à ta pensée mais Calpurnia reste l'âme de la maison, son inspiratrice, sa reine. Je ne me sens pas de taille à briller devant tes amis. Ce sont tous des hommes supérieurs et moi je ne sais rien. Me vois-tu converser avec Tacite et Pline sur la composition idéale d'un discours ?

— Tu ne feras rien de cela. Tu intéresseras ces beaux esprits en leur parlant de tes projets, en leur montrant comment se comporte aujourd'hui un jeune Romain devant la vie. D'abord, tu écouteras beaucoup, et lorsque Pline ou Juvénal amèneront la conversation sur le métier que tu as choisi, tu expliqueras très simplement pourquoi tu as renoncé à l'architecture. Tu leur parleras du marbre et, si tu es aussi convaincant que l'autre jour, crois-moi, ils seront attentifs !

— Bien, tu me tranquillises, mais je voulais te poser une question que tu ne dois pas prendre mal : ne crois-tu pas que ces gens, je ne parle pas de Juvénal qui fait partie de la famille, vont trouver que nous festoyons bien tôt après la mort de Rabirius ? Ne seront-ils pas choqués ?

— Non. Rassure-toi, les convenances seront respectées. J'ai demandé à Juvénal, qui est très fort à ce jeu, de faire un petit discours pour rendre hommage au talent de Rabirius, dire combien son absence volontaire et définitive nous peine, et d'ajouter que si les dieux lui permettent de nous voir, il doit être heureux de constater que l'esprit du Vélabre lui survit. Après cela, c'est avec bonne conscience que nos invités boiront le vieux Salerne que nous leur servirons et dégusteront la poularde aux asperges dont ils auront senti l'odeur en arrivant.

— Mais tu es cynique ! Cette comédie me gêne !

— Parce que tu es encore à l'âge des révoltes. Tu as vécu jusqu'ici dans un univers protégé, tu n'as pas connu les périodes de guerre civile et les règnes successifs de Césars monstrueux. En vieillissant, tu verras que les Romains ont appris à composer avec la mort. Nous avons enterré ton grand-père discrètement. Je n'ai voulu ni pleureuses, ni musique, ni chanteurs. On dit que la mort est silence mais la plupart des Romains enterrent leurs morts en fanfare. Est-ce plus digne que de recevoir des amis ? Je ne crois vraiment pas que ceux-ci trouvent notre réunion scandaleuse. D'abord s'ils le pensaient, ils ne viendraient pas ! Et puisqu'ils viennent, je ne vois pas pourquoi on leur servirait un mauvais repas.

— Ta logique ne me satisfait pas. Ce dîner du Vélabre, le premier auquel j'assiste autrement que comme l'« enfant de la maison qui vient saluer les invités », me laissera un goût amer.

— A moins que la qualité des propos que nous échangerons ne modifie ton opinion. Ton grand-père s'est donné la mort, c'est tragique mais la vie continue. Et même, pour toi, elle commence !

Calpurnia avait raison. Après un hommage feutré et rapide au disparu, chacun retrouva l'humeur vagabonde qui mène à la gaieté. Calpurnia la Jeune avait accompagné son mari, et Pline, après la première libation, annonça que sa chère épouse allait le suivre dans sa prochaine et sans doute dernière fonction administrative.

— Où ? s'enquirent ensemble plusieurs voix.

— Je vais prendre le gouvernement de la Bithynie[1] et du Pont. En qualité de légat de Trajan, mon pouvoir proconsulaire doit, selon mes consignes, s'exercer à calmer une population turbulente et mettre fin à certains gaspillages. La routine, quoi ! Heureusement, Calpurnia sera à mes côtés.

La jeune femme sourit :

— J'ai tellement pris goût à la littérature et aux travaux de Pline que je ne peux pas le quitter plus d'une semaine. Et puis, les raisons ne manquent pas qui me font accompagner mon cher mari.

Juvénal, le misogyne, hasarda une plaisanterie sur la différence d'âge des époux mais il ne fut pas suivi. L'amour de Pline et de Calpurnia suscitait plus d'admiration que d'ironie.

Tacite, l'autre invité de marque, avait épousé en 77 la fille du sénateur Agricola qui, comme lui, était né en Gaule. Encore un mariage parfait qui avait traversé victorieusement l'époque de la tyrannie. Comme Calpurnia du Vélabre le questionnait sur son ouvrage, *Vie d'Agricola*, dédié à la mémoire de son beau-père, il raconta comment, avant la chute de Domitien, il n'avait pas le cœur à écrire :

— Depuis, j'ai publié mon *Dialogue des orateurs* et je travaille maintenant aux *Histoires*. Après, j'aurai, je l'espère, encore le loisir de terminer les *Annales*, mon œuvre majeure.

Caius Suetonius arriva en retard. Il pria l'assemblée de l'excuser. Un fort mal de dents l'avait assailli dans l'après-midi et il éprouvait de la difficulté à parler. En effet, on l'entendit peu mais il suivit le conseil de Pline – qui le tenait de son oncle, le naturaliste – de boire beaucoup en laissant le vin longtemps au contact de la gencive malade. Il s'endormit avant les desserts.

1. Ancienne région du nord-ouest de l'Asie Mineure. En 74 avant Jésus-Christ, elle devint province romaine.

Vers la fin du repas, après que Juvénal eut distrait l'assemblée avec une parodie de tribun sur le Vélabre, « ce temple où tant d'esprits devenus célèbres étaient venus prier pour la liberté, sans complaisance pour ceux qui avaient avili l'Empire par leur tyrannie », il enchaîna adroitement, comme Calpurnia le lui avait soufflé, sur la transformation de la maison en atelier de sculpture et sur l'avenir prometteur du jeune homme qui devrait prendre un jour la succession de sa grand-mère.

Pline enchérit en vantant le courage et la qualité de Petronius. Celui-ci se tira fort bien de son apologie du marbre et de la sculpture romaine qu'il fallait sortir de la banalité où elle s'enlisait. Il fut applaudi, on ouvrit une dernière amphore d'un cru du rocher de la Ligurie que Sevurus avait mis en cave trois décennies auparavant et chacun dit adieu au cher Pline qui devait se mettre en route deux jours plus tard.

Quand les litières furent reparties vers le centre de la ville, Calpurnia ouvrit les bras à Petronius :

— Tu as été parfait. Je suis si heureuse ! J'ajoute même, cela te surprendra peut-être, que Rabirius aurait été fier de toi.

Juvénal, fatigué, ou qui prétendait l'être, était resté pour dormir au Vélabre. Lui aussi congratula Petronius et dit à Calpurnia qu'il avait un message à lui transmettre mais qu'il n'avait pas jugé opportun de parler devant tout le monde.

— Tu m'intrigues, dit Calpurnia. D'habitude, c'est Pline qui ménage ses effets. Va. Parle !

— J'ai rencontré ce matin Apollodore de Damas au palais. Il dit t'avoir rencontrée mais je crois que tu ne le connais pas.

— Non. Je sais qu'il est l'architecte bien-aimé de Trajan. C'est tout.

— C'est lui qui a volé la place de mon grand-père ! s'écria Petronius.

— Ne dis pas de sottises, répondit Juvénal. Tu sais très bien que Trajan voulait son architecte, un artiste qu'il aurait choisi et qui ne pèserait pas sur lui du poids des grands travaux menés à bien par ses prédécesseurs. Cela peut se comprendre. Réalisé par ton grand-père, le *forum* de Trajan n'aurait été que l'agrandissement de celui de Nerva. D'ailleurs, Trajan connaît Apollodore depuis ses campagnes contre les Parthes. Ingénieur du génie, il ne construisait alors que des fortifications et des ponts de bois pour les troupes. L'homme lui a plu. Il a montré avec le grand pont sur le Danube, celui auquel Julius Lacer a travaillé, qu'il pouvait aussi bâtir en pierre. L'Empereur l'a ramené à Rome et Rabirius dès lors était de trop. Il avait été l'architecte de Domitien, de Titus et de Nerva, un peu même celui de Vespasien pour le grand amphithéâtre, il ne pouvait être celui dont les monuments perpétueraient la mémoire de Trajan.

— Je comprends.

— Que veut donc Apollodore ?

— La permission de venir te voir, Calpurnia.

— Me voir ? Pour quoi faire ?

— Il veut te dire qu'il est étranger au drame qui a frappé la maison, qu'il avait un grand respect pour Rabirius, qu'il avait longtemps espéré collaborer avec lui mais que César avait tranché.

— Même si cela n'est pas tout à fait vrai, c'est gentil à lui de le faire savoir. Je ne peux pas refuser de le recevoir mais je n'ai rien à lui dire, en tout cas je n'ai pas envie de me livrer en sa compagnie à un concert de lamentations à propos de Rabirius.

— Il possède la distinction des Grecs et la finesse des Orientaux, je crois qu'il saura être discret. Mais j'ai un aveu à vous faire. J'ai cru souhaitable de lui parler de Petronius.

— Pourquoi tout le monde se mêle-t-il de mes affaires ? s'exclama le jeune homme.

— Figure-toi que c'est un artiste dans le sens complet du terme. Il est un bâtisseur, en effet, mais il est aussi sculpteur et a, m'a-t-on dit, du talent. Quand je lui ai parlé de toi, de ton refus de devenir architecte, de ta vocation naissante, il m'a dit que tu l'intéressais et qu'il pourrait peut-être t'aider car il veut former à Rome, autour de son atelier, un noyau de jeunes artistes représentant différentes disciplines. Je lui ai encore demandé s'il connaissait un maître sculpteur. Il m'a répondu : « Oui, le mien. C'est un Grec d'autrefois qui me donne encore des leçons quand j'ai le temps de satisfaire à ma passion pour la taille du marbre. » Voilà. Si j'ai eu tort de me préoccuper de ton avenir, n'en parlons plus. Je dirai à Apollodore que la maîtresse du Vélabre, mal remise de son deuil, ne reçoit personne.

— Ne te fâche pas ! dit Calpurnia qui avait senti la pique de Juvénal. Je verrai ton Syrien quand il voudra. Et je suis sûr que Petronius, son mouvement d'humeur passé, parlera volontiers avec lui. Maintenant, je veux vous poser une question à tous les deux. Le départ de Pline est la raison qui m'a poussée à organiser ce dîner. Dans mon esprit, c'était exceptionnel. Mais comme tout le monde paraît y avoir trouvé plaisir, je me demande si l'on ne pourrait pas de temps en temps reprendre nos vieilles habitudes.

— J'applaudis à ta proposition, dit Juvénal. Je me suis rendu compte ce soir combien nos réunions me manquaient. Mais j'ai eu aussi conscience que les convives avaient pris de l'âge, à commencer évidemment par moi. Pline parti, j'ai peur que l'on ne se lasse vite des théories de Tacite sur l'éloquence. A part Suétone, le plus jeune d'entre nous, qui est agréable lorsqu'il n'a pas mal aux dents, je crains que notre assemblée ne sombre bientôt sous le poids des ans. Il faut donc que Petronius rajeunisse les légions du Vélabre. Il ne connaît pas encore grand monde mais je suis sûr que bientôt il saura nous dénicher les bons numéros parmi ceux qui essaient de nous succéder.

☆

Apollodore ne tarda pas à faire le pèlerinage du Vélabre. Comme tous ceux qui, à Rome, touchaient de près ou de loin à la construction ou à la littérature, il avait entendu parler de la fameuse maison où s'étaient succédé les plus grands noms de l'architecture et sur laquelle régnait une femme peu banale qui, disait-on, avait été un modèle de beauté et était restée, à l'âge où les dames renoncent à plaire et abandonnent leur combat contre les rides et la graisse, une très belle femme au visage attrayant et à la silhouette déliée.

Lorsque Regus, l'esclave gardien de l'entrée, annonça qu'Apollodore désirait la voir, Calpurnia lui dit de le faire attendre dans l'*atrium* et alla en hâte dans sa chambre rectifier l'ordonnance de sa coiffure. Devant la glace, elle fit une moue en ravivant ses lèvres de gelée à la cerise et murmura : « Je ne peux, hélas, faire beaucoup mieux mais, telle que je suis, je me supporte... » Elle chaussa ses sandales discrètement brodées de fils d'or et s'avança vers Apollodore, altière mais souriante, drapée dans les plis d'un léger tissu de Cos.

— Sois le bienvenu dans cette maison que ta présence honore. Tu as demandé à me parler, je t'écoute.

— Calpurnia, ma visite n'est pas protocolaire. Elle n'est dictée que par le désir de te connaître et surtout de te dire que la disparition tragique de Rabirius m'a beaucoup affecté. Enfin, je tenais à t'assurer que si je pouvais t'aider, d'une façon ou d'une autre, je le ferais avec tout le respect que je porte à ta famille.

Calpurnia le remercia.

— Il fait encore très beau, dit-elle. Suis-moi dans le jardin où nous serons mieux pour parler. C'est Sevurus qui l'a planté il y a bien longtemps. Il en était plus fier que de la fameuse Maison Dorée née des rêves fous de Néron. Il avait prévu que cette œuvre insensée ne survivrait pas à son initiateur. Ce travail de géant nous a rapporté beaucoup d'argent mais aussi beaucoup de malheur. Mon père adoptif y a laissé sa santé et il a failli ruiner mon ménage.

— Tu étais, je crois, mariée au grand Celer ? Celui de l'amphithéâtre Flavien ? Crois bien que l'on se souviendra de ces deux noms. C'étaient de grands artistes. Le choix de Trajan me contraint à essayer de faire aussi bien qu'eux et aussi bien que Rabirius. Je ne suis pas sûr d'y arriver.

— Mais si. Ton renom a franchi les frontières des camps

légionnaires. Tu as construit le grand pont du Danube et mon gendre Julius Lacer qui a été sur place pour achever certains détails nous a dit qu'il s'agissait d'une œuvre remarquable. Je te le dis bien que cela puisse choquer certains : personne mieux que toi ne pouvait succéder à Rabirius. En me forçant un peu, j'arrive à comprendre les raisons de Trajan qui veut qu'un homme nouveau traduise ses projets.

— Merci, Calpurnia. Tes paroles généreuses sont un baume pour ma conscience. Elles me donnent le courage d'entreprendre.

Elle l'avait regardé durant la conversation et retrouvait dans son visage marqué par le soleil et les vents de l'Orient la détermination et la flamme de Celer quand il évoquait son appétit de créer.

La quarantaine allait bien à la silhouette d'athlète que laissait deviner la toge dont il s'était vêtu pour rendre visite à la maîtresse du Vélabre. L'amour exclusif que Calpurnia avait porté à ses partenaires – « trois seulement » pensait-elle parfois avec une nuance de regret – ne l'avait jamais empêchée de regarder les autres hommes en femme sensuelle qui aimait à mesurer son pouvoir. Elle savait celui-ci réduit par l'âge et n'avait nul dessein de séduire Apollodore mais elle fut heureuse de sentir que son charme automnal opérait encore. Intimidé comme un jeune homme, prompt à se justifier, attentif à ses moindres réactions, l'homme fort des camps et des chantiers lui paraissait vulnérable. Elle hésita un moment et renonça à l'entreprise de séduction qui la tentait.

— J'espère, Apollodore, que tu reviendras, dit-elle pour indiquer que l'entrevue était terminée. J'aimerais que tu connaisses mon petit-fils qui rêve d'être sculpteur. Il a travaillé un an à Ostie et s'est familiarisé avec le marbre.

— Pline m'a dit en effet qu'il était doué. Il cherche, dit-on, un professeur ?

— Oui. Mais je voudrais qu'il te parle lui-même de sa vocation. Peut-il aller te voir ?

— Naturellement. Qu'il se présente à mon atelier des jardins des Annii.

— Merci. Veux-tu nous faire le plaisir de venir dîner un soir au Vélabre ? Le cercle qui nous réunissait n'est plus ce qu'il était mais je voudrais renouer, partiellement, avec nos bonnes habitudes.

— J'avais dix-huit ans lorsque je suis venu à Rome et l'une des premières choses dont j'ai entendu parler lors d'une réunion d'artistes et de poètes était la maison du Vélabre, lieu magique où soufflait l'esprit, inaccessible au commun des mortels. C'est te dire combien je serai heureux de venir.

Quand Apollodore fut parti, Calpurnia s'allongea sur la banquette de l'*atrium* et réfléchit. « Cette visite ne s'est pas du tout déroulée comme je le pensais. Je m'attendais à un individu hautain, infatué, fier de sa promotion, qui se devait de rendre visite à la veuve éplorée de celui qu'il avait supplanté. Et j'ai découvert un homme aimable, plein de prévenances. Et beau de sa personne ! Pour un peu je me prenais à rêver et à me dire qu'il ferait un amant désirable ! Comme si un personnage de sa qualité, qui vit peut-être d'ailleurs entre sa femme et quelque jeune et beau giton, allait s'embarrasser d'une vieille dame juste bonne aujourd'hui à entretenir ses roses et ses dahlias ! » Elle éclata de rire, ce qui surprit Ceria, venue lui demander quelles viandes et quels poissons elle devait acheter le lendemain au marché.

— Cela fait plaisir, Calpurnia, de te voir joyeuse, dit-elle.

— Il y a des jours comme cela. Et des jours où tout vous semble triste et noir. Tu veux savoir pourquoi je riais toute seule, comme une pauvre folle ? Eh bien, je riais de me voir vieillir !

☆

En attendant de commencer vraiment son apprentissage de sculpteur, Petronius avait repris sa vie de jeune homme aisé entre l'université où il suivait des cours de dessin, la palestre où il jouait à la balle et le portique aux Cent Colonnes où, sous les platanes de Pompée, se réunissaient chaque fin d'après-midi les jeunes Romains.

C'est là qu'il avait connu Lucinus, fils aîné d'un herboriste qui avait fait fortune en exploitant les terres de famille qu'il possédait dans le Latium. Sur les bords du lac Braccianus s'épanouissaient roses, gentianes, gardénias, joubarbes et seringas, toutes fleurs odorantes dont les habitants écrasaient les pétales pour en extraire un élixir précieux qui avait la réputation de guérir de nombreuses maladies et d'entretenir la peau délicate des dames. Julius Lucinus avait eu l'idée de vendre ce produit de santé et de beauté dans les officines pharmaceutiques et les thermes de Rome. Il était riche aujourd'hui et briguait une fonction d'édile curule.

Son fils Lucinus commençait des études de médecine pour lui succéder un jour. C'était un esprit curieux, avide de connaissance, qui lisait les poètes et les philosophes. Il engageait Petronius à partager cette fringale de savoir et lui faisait découvrir les auteurs qu'il aimait. Au début, il ne voulait pas croire que son ami avait connu Martial, que Juvénal l'avait tenu bébé sur ses genoux et que Pline fréquentait sa maison. Puis, comme Petronius, amusé, lui avait promis de lui faire rencontrer ces grands hommes, ses doutes s'étaient mués en admiration.

Depuis le retour de Petronius, les deux amis ne se quittaient guère. La sympathie qui les liait devenait de l'amitié. Assis sous les bosquets du *forum* d'Auguste, ils échangeaient des livres de Sénèque et d'Ovide. La grande affaire était alors à Rome la publication du dernier ouvrage de Plutarque, un historien et moraliste grec que Trajan admirait et qu'il avait fait nommer archonte en Béotie, son pays natal.

Lucinus avait acheté le livre et en lisait des passages à son ami. C'était *Erotikos ou le Dialogue sur l'Amour*. Plutarque, dans une écriture vivante, anecdotique, y examinait sous la forme d'un dialogue entre amis philosophes les subtiles influences de l'amour sur les hommes, ses rapports avec le plaisir, la guerre, la vie de tous les jours. Sans pudibonderie il comparait l'amour des garçons à celui des femmes, les agréments des relations entre hommes à la sage pérennité du mariage.

Ce jour-là, c'était Petronius qui lisait le récit de la mort au combat de Cléomaque de Pharsale :

« En pleine guerre contre les Érétriens, Cléomaque s'était porté sur leur demande au secours des habitants de Chalcis trop faibles pour résister à la cavalerie ennemie. "Toi seul peut nous sauver, grâce à ta force et ton courage, en chargeant en tête", avaient-ils dit en implorant Cléomaque. Celui-ci demanda alors au jeune garçon qu'il aimait s'il assisterait au combat. "Naturellement !" répondit gravement ce dernier en essuyant une larme. Puis il embrassa son héros, l'aida à se vêtir de son armure et le coiffa de son casque.

« Cléomaque trouva dans ce choix courageux une raison supplémentaire de se battre. Il regroupa l'élite des guerriers de Chalcis, fonça à leur tête sur la cavalerie ennemie et réussit à la mettre en déroute, donnant ainsi la victoire à ses armes.

« Hélas, Cléomaque périt dans la bataille. On peut voir aujourd'hui à Chalcis son tombeau surmonté d'une colonne. Et l'amour des garçons, jadis proscrit, y est désormais respecté et honoré comme nulle part ailleurs. Aristote qui raconte la mort de Cléomaque cite cette chanson, célèbre à Chalcis :

*"Jeunes garçons pleins de charme et de grâce*

*Et dotés des qualités de vos pères*

*Ne repoussez jamais les désirs des guerriers."*

« De tous les stratèges, l'Amour est le seul invincible. Il est possible d'abandonner ses compatriotes, de laisser ses parents, ses amis et même ses enfants mais jamais aucun ennemi ne pourra se glisser entre deux amants pour les séparer.

« Les peuples les plus guerriers comme les Béotiens, les Lacédémoniens et les Crétois ne sont pas seuls sensibles à l'amour des garçons. Il faut aussi se rappeler les héros du passé, les Méléagre, Achille, Aristomène et autres Cimon. Et encore Épaminondas, le vainqueur de Sparte qui était l'amant de deux garçons[1] ! »

Pendant sa lecture, Lucinus avait pris la main de Petronius. Il la serra, regarda son ami et dit avec un sourire :

— Je voudrais être Cléomaque pour pouvoir te demander si tu assisterais au combat que je m'apprêterais à livrer aux Érétriens.

— J'hésiterais à te répondre car je tiens à toi. Mais puisque nous baignerions dans l'héroïsme, finalement, je te coifferais de ton casque.

— Me pleurerais-tu après la bataille ?

— Je te sculpterais un tombeau grandiose. Avec une colonne !

Les deux amis rirent de bon cœur. Il y avait du bonheur dans ce rire. Petronius sentait confusément qu'il ne regardait plus Lucinus de la même manière. Il s'apercevait soudain que son compagnon était beau, il découvrait le bleu de ses yeux en amande et avait envie de toucher le triangle de peau bronzée que découvraient les plis de sa tunique. Il se ressaisit et dit :

— Je dois rentrer. Ce soir il y a un dîner au Vélabre. Veux-tu venir ? Je t'avais promis une invitation, c'est l'occasion.

— Je veux bien. Cela ne m'aurait pas plu de te quitter maintenant. Mais que va dire ta grand-mère ? Elle ne m'attend pas...

— Aucune importance. Le Vélabre, c'est la maison des amis. Et tu es mon ami.

— Oui, je suis ton ami. Et bien plus que tu ne le crois !

Ils sortirent du *forum* et marchèrent, main dans la main, le long de Vicus Tuscus. A cette heure, les rues de Rome étaient pleines de leur monde étrange et bruyant. Les voitures et les

1. *Erotikos* vient d'être joliment réédité en poche aux Éditions Arléa dans une excellente traduction du grec de Christiane Zielinski.

chariots n'avaient pas encore le droit de circuler mais les litières bousculaient les passants et recevaient chaque fois leur flot d'injures. Ce tohu-bohu ne gênait pas les deux garçons. Même dans les bousculades, leurs mains restaient enlacées. A un moment, pourtant, la foule massée autour de l'éventaire d'un marchand de saucisses les obligea à se séparer.

— Attention ! cria Lucinus. Tu sais qu'aucun ennemi ne peut se glisser entre nous !

Un langage codé était en train de naître entre eux. Celui qui isole en tout lieu et en toute circonstance les âmes confondues.

A l'approche du *Circus Maximus* les passants se firent plus rares et le chemin qui conduisait au Vélabre était pratiquement désert. Le tenancier de la taverne proche de la maison guettait le client sur le pas de sa porte. Petronius l'avait aperçu et s'était demandé un instant s'il ne devait pas lâcher la main de Lucinus. Mais il avait aussitôt pensé que ce serait une trahison. D'ailleurs le tavernier le salua sans montrer la moindre surprise réprobatrice, tant il y avait à Rome de jeunes hommes qui se promenaient mains enlacées.

Durant le trajet, pourtant long, ils ne s'étaient presque pas adressé la parole, comme s'ils craignaient de rompre l'état de grâce qui les protégeait. Ce n'est qu'aux abords de la maison dont la porte éclairée se voyait de loin que Lucinus questionna :

— Avez-vous beaucoup d'invités ?

— En principe il doit y avoir Juvénal, le vieux Tacite, Suétone, ainsi qu'Apollodore et sa femme.

— Apollodore ? Celui qui a pris la place de ton grand-père ?

— Calpurnia t'expliquera, si tu l'en pries, qu'il n'est pour rien dans le choix de Trajan, ce qui est probablement vrai, que c'est un homme franc, courtois, qui ne demande qu'à nous aider. De plus, il doit me trouver un maître de sculpture. En fait je crois qu'elle est amoureuse de lui.

— Tu plaisantes ?

— Un peu...

— Tu ne devrais pas parler ainsi de ta grand-mère. Tu ne l'aimes donc pas ?

— Je l'adore. C'est une femme merveilleuse que tout le monde admire. Je suis sûr que tu tomberas sous son charme. Mais nous voilà au Vélabre. Holà ! Regus, viens nous ouvrir le portail en grand : c'est la première fois que mon ami Lucinus nous rend visite !

Aucun invité n'était encore arrivé. Calpurnia, très belle dans une longue robe vert d'eau qui laissait voir ses épaules restées étonnamment jeunes, était installée dans l'*atrium*. Calée sur les coussins, elle lisait, éclairée par les chandeliers et les lanternes disposés un peu partout dans la pièce. Elle leva la tête et sourit :

— Je vois que tu n'es pas seul. Nous amènes-tu un invité ?

— Je suis confus, dit Lucinus. Petronius m'a prié à dîner et je n'ai pas pu résister au désir que j'avais de te connaître.

Calpurnia, qui n'avait pas jusque-là prêté autrement attention au jeune homme, le regarda avec intérêt :

— Voilà qui est joliment dit. Si Petronius t'a invité, c'est que tu mérites de figurer au nombre des hôtes du Vélabre. Nous avons bien besoin de jeunesse... Sois le bienvenu.

Son regard allait de l'un à l'autre des garçons, grands et forts tous les deux, beaux à frémir et visiblement heureux. Calpurnia était trop fine pour que lui échappe la connivence qui existait entre eux. L'échange muet des regards, les sourires feutrés, les gestes qui rapprochent lui firent vite deviner que Petronius ne s'initierait pas aux plaisirs de l'amour dans les bras d'une femme. Elle en fut un moment contrite puis se dit qu'à cet âge l'amour inspiré par un garçon beau et intelligent valait peut-être les caresses tarifées d'une prêtresse du Trastevere.

— Puis-je me permettre de te demander, noble Calpurnia, ce que tu lis ? Je suis moi-même un dévoreur de livres et me fais copier chaque mois chez le libraire Silenus à peu près tout ce qui s'écrit. Mon père dit que je le ruine mais il est plutôt content d'avoir un fils qui s'intéresse à la littérature. Je suis d'ailleurs en train de gagner Petronius à mon vice.

— C'est un vice que peu de Romains partagent, malheureusement. Ce que je lis ? Plutarque. C'est l'un de mes auteurs chéris.

Les deux garçons se regardèrent et Lucinus dit simplement :

— Je partage cette opinion : Plutarque est l'un des grands de ce temps et il honore les lettres grecques. Dommage que peu de ses œuvres soient traduites.

— Tu ne lis pas le grec ?

— Pas assez bien pour saisir les nuances philosophiques.

— Voilà ! Des jeunes Romains cultivés qui ne lisent pas le grec ! J'espère que vous avez honte ? Car ton ami Petronius est comme toi, lui qui ne jure que par les sculpteurs de Delphes ou d'Olympie !

Mais Juvénal arrivait, le pas hésitant et de méchante humeur :

— Les poètes, trop pauvres pour s'offrir une litière et deux Abyssins crépus, sont donc condamnés à aller à pied toute leur vie ! Je suis fourbu, mes amis. Ma canne elle-même se refuse à aller plus loin. Je crois que je vais devoir renoncer à venir au Vélabre.

— Tu disais déjà cela il y a dix ans et tu n'as jamais manqué l'une de nos réunions. Alors, cesse de maugréer et assieds-toi près de nous.

Comme il dévisageait avec curiosité le jeune homme inconnu qui se tenait tel un enfant sage auprès de Calpurnia, Petronius fit les présentations :

— Lucinus, mon meilleur ami ! dit-il sur un ton frisait le défi.

Juvénal, soudain détendu, sourit :

— Te défendrais-tu d'avoir de l'affection pour un si charmant compagnon ? J'espère que vous allez animer par votre jeune enthousiasme notre réunion de vieillards.

— Parle pour toi ! s'écria Calpurnia. Je ne me sens pas vieille du tout !

Mais deux nouveaux arrivants se joignaient au groupe. C'était Apollodore et sa femme, une insignifiante personne, ni laide ni belle et qui, avant même d'entrer, avait l'air de s'ennuyer. D'un seul coup d'œil, Calpurnia l'avait jaugée. Pas mécontente, elle s'était dit qu'elle n'aurait pas ce soir de concurrence.

Malgré cela, le dîner fut raté. Suétone avait envoyé au dernier moment un messager pour se faire excuser et Tacite, fatigué, n'avait pu que rabâcher sa tirade sur la défense de la philosophie qu'il souhaitait voir prendre une place plus importante dans l'éducation des jeunes. Les jeunes, parlons-en ! Lucinus, intimidé, n'avait ouvert la bouche que pour montrer que s'il avait beaucoup lu il n'avait pas tout compris. Quant à Petronius, si à l'aise d'ordinaire, il ne s'anima que pour remercier Apollodore qui lui annonçait que le sculpteur Assandre lui donnerait dès le lendemain sa première leçon. Le garçon se croyait le point de mire de l'assistance et jugé par tous les regards qui croisaient le sien ou celui de Lucinus. Malgré tous ses efforts, Juvénal n'arriva pas à dégeler l'atmosphère. Les quelques aphorismes qu'il lança sombrèrent dans l'indifférence, comme les potins du palais et les histoires qu'il était allé dans l'après-midi récolter sur le *forum*. Calpurnia, pourtant, s'était dépensée ! Dix fois elle avait essayé de relancer la conversation mais, en définitive, la seule qui mordît à l'hameçon fut Aelia Apollodore qui parla avec drôlerie de son mari, moins sûr de lui qu'il ne le disait lorsqu'il installait des tours et des balistes sur les champs de bataille. Le mari, qui paraissait filer plutôt doux devant sa femme, devait avoir tout dit lors de sa première visite. Calpurnia le trouva tout compte fait assez fade et lui préféra son épouse.

Plus tôt qu'à l'accoutumée les invités quittèrent un Vélabre sans panache. Les Tacite ramenèrent Juvénal attristé et

Apollodore se chargea du jeune Lucinus. Quand ils furent seuls, Calpurnia éclata de rire et dit à Petronius :

— C'est la première fois qu'une soirée du Vélabre est aussi lamentable. A quoi attribues-tu le malaise qui a gâché notre réunion ?

— Je ne sais pas. Peut-être la présence de Lucinus... Je dois dire que nous n'avons guère été brillants tous les deux. Juvénal qui comptait sur nous pour ranimer la flamme vacillante du Vélabre !

— Pourquoi parles-tu de Lucinus ? Il est gentil, ce garçon, et il est bien normal qu'il ait été intimidé ! Réponds-moi si tu veux : qu'est-il pour toi exactement ?

— Rien d'autre qu'un ami très cher avec qui je suis en confiance. Tu sais, je n'ai jamais eu de vrais camarades de mon âge. J'ai toujours vécu au milieu d'adultes, tous remarquables par leur talent et leur intelligence. Je les ai écoutés discourir sans bien les comprendre. Lucinus m'ouvre un autre univers, m'apporte une bouffée d'air frais et de jeunesse.

Calpurnia n'insista pas. Elle comprenait que Petronius fût traumatisé par le suicide de son grand-père survenu dans une période délicate de sa vie.. Elle, elle avait eu Celer à ses côtés durant toute leur enfance et leur adolescence. Ils avaient pu jouer ensemble, puis échanger leurs confidences... Culpabilisée, elle pria pour le bonheur de son petit-fils et passa une mauvaise nuit.

☆

A Rome, pourtant, la politique, dont Petronius regrettait la veille encore qu'elle fût effacée des préoccupations par le règne idéal de Trajan, reprenait sa place traditionnelle dans les allées du pouvoir comme au *forum*. Juvénal, le premier, en était content. Les rumeurs lui redonnaient du grain à moudre pour ses satires et il avait enfin quelque chose à raconter lorsqu'il montait au Vélabre. Déçue par sa dernière expérience,

Calpurnia avait renoncé aux dîners qui avaient fait sa gloire mais Juvénal continuait naturellement d'avoir table ouverte dans la maison qu'il qualifiait lui-même de familiale. Calpurnia accueillait avec reconnaissance cet ami de toujours qui l'aidait à demeurer dans son siècle. Petronius, quand il était là, quelquefois en compagnie de Lucinus, prenait part avec plaisir à la réunion et enrichissait ses connaissances civiques, comme le lui avait conseillé Pline. Souvent, d'ailleurs, Juvénal ou Calpurnia donnait lecture d'une lettre adressée par le proconsul de Bithynie qui, fidèle à ses habitudes, restait en liaison épistolaire avec ses amis romains.

Ce jour-là, l'écrivain avait glané des nouvelles intéressantes au Palatin dont il n'avait jamais cessé de fréquenter les couloirs. Son amie, la douce et fidèle Actée, était morte discrètement, comme elle avait vécu. Selon la volonté de Néron, ses cendres reposaient près des siennes dans le tombeau de famille des Aenobarbi.

Juvénal avait trouvé au palais une autre confidente. C'était aussi une femme de qualité dont le pouvoir officiel était nul mais l'influence très grande : l'impératrice Plotine, l'épouse de Trajan. Elle n'était pas du genre à se livrer à des indiscrétions mais confiait à Juvénal ses réflexions, que le poète savait interpréter, sur beaucoup d'événements qui ne relevaient pas du secret.

— Hadrien, qui s'estime promis comme vous le savez à la succession de César mais qui enrage de n'être pas désigné, a, paraît-il, repris des couleurs. Trajan vient de lui remettre l'anneau de diamants qu'il tenait de Nerva et qui est considéré comme le gage de promesse du pouvoir. Il est parti satisfait rejoindre la légion Minerva pour participer à la seconde campagne de Dacie.

— Ne vaudrait-il pas mieux, demanda Petronius, que la succession fût officiellement décidée afin d'éviter une guerre civile à la mort de Trajan ?

— Naturellement, d'autant qu'Hadrien est le meilleur sinon le seul prétendant. Plotine, lorsqu'il s'agit de son neveu, plus proche parent dans la ligne masculine, et qu'elle aime comme le fils qu'elle n'a pu avoir, n'est pas avare de commentaires. Elle m'a avoué qu'elle tentait par tous les moyens de décider son mari à reconnaître Hadrien. Enfin, tant mieux si les choses pouvaient s'arranger.

— Connais-tu Hadrien ? demanda Lucinus.

— Non. Je ne l'ai vu que quelques fois au palais. Je sais que Pline ne le porte pas dans son cœur et que la réciproque est vraie. C'est un remarquable homme de guerre. Sa culture est exceptionnelle et je pense qu'il ferait un bon César. Même si son collier de barbe m'agace, ajouta-t-il en riant. Il veut lancer à Rome cette mode hellénique qui pour être nouvelle n'en est pas moins ridicule. Il y a quatre cents ans que les Romains ne portent plus la barbe, exactement depuis le vieux Scipion, Barbatus, grand-père du premier Africain.

— Et alors ? s'écria Petronius. J'attends d'avoir une barbe un peu plus fournie pour imiter Hadrien. Un sculpteur épris de l'art grec ne peut faire autrement.

Calpurnia rit et Juvénal, qui s'amusait bien, joua le conservatisme offusqué :

— Mais restez donc romains, bon sang ! Comme je préfère à ce collier, plus assyrien que grec, le visage glabre et les cheveux coupés en frange de notre cher Trajan ! Cela n'est-il pas plus viril ? Encore que tout le monde sait qu'en campagne, lorsqu'il a bien bu, ce qui arrive souvent, l'Empereur aime à se retirer sous sa tente en compagnie d'un éphèbe local !

Petronius toussota et Calpurnia jugea qu'il valait mieux changer de sujet de conversation :

— Parle-nous encore de Plotine. Cette dame me plaît bien.

— C'est qu'elle te ressemble, ma belle. Elle est intelligente et sait comment manier les hommes. Avec Matidie, elle veille sur le grand homme.

— Je ne connais plus personne. Qui est Matidie ?

— La nièce de Trajan. Il est grand temps de vous initier aux filiations impériales. Matidie, comme l'Empereur, est de la famille des Ulpii. Elle est aussi accessoirement la belle-mère d'Hadrien puisque sa fille Sabine a épousé pour le pire plus que pour le meilleur le jeune et brillant général. Un mariage raté dont chacun a pris son parti. Mais si notre sculpteur nous parlait de son art ?

— Mon maître Assandre est un homme merveilleux. Il me persuade chaque jour qu'il n'a jamais eu d'élève aussi doué et que bientôt je travaillerai pour Apollodore qui commence une œuvre magistrale : une colonne de trente mètres dont le fût est une longue spirale sculptée qui s'enroule jusqu'au sommet pour représenter toute la vie de Trajan : la conquête de la Dacie où il s'est illustré et aussi les circonstances au cours desquelles il a développé ses qualités morales, sa piété envers les dieux, sa bienveillance pour les citoyens et sa clémence à l'égard des vaincus.

— A quand ta première statue ?

— Plus tard. Pour l'instant j'étudie le bas-relief. C'est dans ce genre de sculpture narrative que réussissent le mieux les Romains. Dans six mois j'espère décorer mon premier tombeau. Et je compte bien être capable de participer à la sculpture de la colonne.

— C'est déjà très bien, ce que fait Petronius, dit Lucinus avec chaleur. Je l'envie, moi qui étudie en ce moment le flux des humeurs avant de me consacrer aux onguents miraculeux dont mon cher père badigeonne le corps de nos concitoyens !

— Mais c'est magnifique ! dit Juvénal. Il contribue à donner aux hommes et aux femmes la beauté idéale qui inspirera Petronius ! La salade au service de l'harmonie, c'est virgilien !

Le satiriste s'aperçut qu'il avait vexé le garçon. Il ajouta :

— Il ne faut pas m'en vouloir. Tu sais, je ne peux pas résister à un mot, bon ou mauvais. Celui-ci est exécrable. D'autant que je vais te faire un aveu : c'est ton père qui a raison. On a plus de chance d'être utile aux autres en les aidant à se soigner ou à se supporter qu'en leur infligeant de mauvais vers. Il n'est donc pas injuste que les uns deviennent riches et les autres pique-assiette, comme moi. Sans Calpurnia, je serais mort de faim depuis longtemps !

Il était tard lorsqu'on pensa à se séparer.

— Cette soirée agréable, entre nous, me console de l'échec de l'autre jour, dit Calpurnia. Je suis contente que Lucinus ait pu constater que l'on ne s'ennuie pas toujours au Vélabre. En attendant, puisque Juvénal ne peut s'offrir une litière et les colosses africains qui vont avec, je vais vous garder ici cette nuit. Le Vélabre n'est pas un quartier plus mal famé que les autres mais il vaut mieux être prudent. Juvénal et Lucinus coucheront dans la chambre du jardin.

L'ancienne chambre de Terentia était située au bout de la maison, à côté des bains et de l'*exedra*[1]. Calpurnia avait pensé que, s'il n'était pas trop choquant qu'une mère tolérât les relations de son fils avec un garçon, il eût été déplacé qu'elle les favorisât sous son toit.

☆

Il était vrai que Petronius se révélait doué pour la sculpture. L'année passée à Ostie lui avait appris beaucoup de choses. Sa grande connaissance du marbre, qui surprenait tellement son maître, lui permettait entre autres de travailler la pierre d'un ciseau léger et d'éliminer d'emblée les risques d'accidents désastreux.

— Quand je pense que j'ai mis des années à apprendre ce que tu fais si naturellement ! lui disait Assandre.

Petronius riait et répondait :

— C'est que, grâce à Polimus, je n'ai pas mis le ciseau avant les mains. C'est en polissant le marbre à longueur de journée, en caressant après le travail le lacis capricieux de ses veinules que j'ai appris à le connaître.

1. Salon de repos.

Assandre lui faisait dégrossir les scènes dessinées sur le marbre ou finir le travail avec la lame aux dents fines et serrées de la ripe. « Pour apprendre à faire le reste, le milieu, il faut d'abord savoir commencer et finir », disait-il. Et Petronius dégrossissait et ripait tout le jour, jusqu'à ne plus sentir ses muscles fatigués d'avoir étreint l'outil et soulevé le maillet.

Le soir, Lucinus soignait ses mains meurtries, les baignait dans l'eau tiédie et parfumée avant de les masser à l'aide des crèmes de fleurs préparées par l'officine paternelle.

Lucinus avait obtenu que ses parents lui prêtent un petit logement qu'ils possédaient sur les bords du Tibre. Il l'avait aménagé avec goût et, si le confort y était rudimentaire comme dans toutes les *insulae* romaines, la vue sur le fleuve était belle. C'est là que les deux garçons se retrouvaient en fin de journée ou la nuit lorsqu'ils ne dormaient pas dans leur famille. Ce jour-là ils parlaient de l'avenir :

— As-tu l'intention de te marier ? demanda Petronius.

— Naturellement. A un certain âge il convient d'avoir une famille, des enfants...

— Et de rencontrer peut-être le bonheur ! Ma grand-mère a été très heureuse avec Celer. Un peu moins peut-être avec Rabirius mais c'était tout de même un ménage uni. Quant à mes vrais parents, je les ai si peu vus que je ne saurais dire s'ils forment un couple heureux. Je crois qu'il faut chercher la femme et trouver l'amour.

— Bien dit. Attends, je prends le livre de Plutarque sur l'amour, celui que je t'ai lu un jour au *forum*. Tu te souviens ?

— Comment pourrais-je oublier cet instant où tu as pris ma main ?

Lucinus feuilleta le recueil de papyrus et lut :

« Seuls connaissent la fusion totale les époux qui s'aiment. Les autres amours ressemblent à ces rencontres, à ces frôlements, à ces combinaisons d'atomes accompagnés de séparations brutales dont parle Épicure. De tels mariages ne parviennent jamais à cette unité parfaite et entière de l'amour conjugal, seule garante de plaisirs durables.

« Quelle lumière, quelle harmonie dans un mariage d'amour ! La loi le protège et la nature et les dieux !

« Les poètes disent que la terre est amoureuse du dieu qui dispense les pluies et que le ciel est épris de la terre. Les philosophes affirment que le soleil aime la lune, qu'il se rapproche d'elle pour la féconder. La terre mère des hommes, des animaux et des plantes disparaîtrait si le désir brûlant du dieu se détournait d'elle.

« Ce qui est sûr, c'est que l'amour d'une femme demeure constant, même quand viennent les rides et les cheveux blancs. Il se conserve jusqu'à la tombe. »

— Et les amours entre hommes ? coupa Petronius.

— Écoute la réponse de Plutarque :

« Alors que tant de couples sont là pour témoigner de la constance de l'amour dans le mariage, que tant d'époux sont restés fidèles et ardents toute leur vie, l'amour homosexuel, lui, offre bien peu d'exemples de liaisons durables. »

— Ne trouves-tu pas tout cela désespérant ? Je pense à nous...

— Ne pensons pas trop et profitons du jour qui vient. *Carpe diem*, a dit Horace ! Moi, je ne peux pas m'empêcher de me dire : « Nous éprouvons du plaisir à être ensemble, nous nous aimons parce que nous sommes tous les deux jeunes et beaux. Qu'en sera-t-il lorsque le temps aura fait des ravages ? Ce sera déjà tellement extraordinaire si de notre amour nous gardons à jamais un souvenir de bonheur ! Ah ! j'oubliais de te dire que mes parents sont à la campagne et que ma sœur Tullia, qui rêve de te connaître, nous a préparé un dîner avec l'une de ses amies.

— Cela a-t-il un rapport avec Plutarque ? demanda Petronius en riant.

— Hé, qui sait ?

Dans la soirée, les garçons se dirigèrent en discutant et en plaisantant vers le quartier résidentiel de l'Aventin où la famille de Lucinus possédait une grande et belle *domus*. Ils passèrent près des entrepôts où la foule grouillait jusqu'aux bords du Tibre et atteignirent la pyramide funéraire de Cestius.

— Nous sommes presque arrivés, dit Lucinus. Tiens, la *domus* que tu aperçois était la maison d'Hadrien avant son départ aux armées. Voici les jardins d'Asinius Pollio, nous habitons juste derrière.

A la cohue des quais succédait un calme campagnard. On devinait de riches maisons sous les platanes et les tilleuls.

— Je ne connaissais pas cet îlot de paix perdu dans la Rome des clameurs et des bousculades, dit Petronius. Ta famille a une grande chance de vivre ici.

— Peut-être. Le Vélabre est, certes, plus populaire mais c'est un quartier qui bouge, qui vit, qui chante. L'Aventin au contraire est un paradis triste où les gens riches cachent leurs pièces d'or dans le marbre. Tu vas voir notre maison, trop grande, trop luxueuse, trop ostentatoire. Je préfère mille fois celle de Calpurnia où tout est accueillant, gai, simple. Elle a vu passer tellement de gens talentueux et cultivés qu'elle en a gardé un parfum d'intelligence qu'elle donne à respirer aux visiteurs. Ici pas de chaleur, seulement le froid de l'argent.

— Tu ne crois pas que tu exagères ? Je te dirai ce que je pense de ta *domus* quand tu me l'auras fait visiter. A propos, comment est ta sœur ? Belle ? Brillante ? Drôle ?

— Tout cela. C'est une fille merveilleuse. Je crois que je suis fou de te la faire connaître. Mais nous voilà arrivés.

Le gardien, un vieil homme chenu, veillait derrière le portail entrouvert. Il salua et prévint son jeune maître que les demoiselles attendaient dans le jardin. C'est donc le jardin que Petronius découvrit en premier. Plus petit que celui du Vélabre – on était tout de même en ville –, il en était l'antithèse. Ordonné, géométrique, planté au cordeau, étêté à la toise afin qu'aucune fleur ou feuille ne dépasse, il semblait figé dans sa verdure comme un bijou dans son écrin. Les allées bordées de buis nain dessinaient des arabesques convenues dans ce monde sans fantaisie ; bref, le jardin de l'Aventin manquait de ce charme capiteux qui surprenait lorsqu'on pénétrait dans le fouillis des fleurs et des odeurs du Vélabre.

— Tu vois, dit Lucinus, c'est bien propre ! Il existe malgré tout dans cette ennuyeuse perfection un endroit où il fait bon se reposer. C'est sans doute là que Tullia va nous faire dîner. Viens, je perçois les rires des demoiselles dans le gazouillis des jets d'eau.

Au bout d'une allée, ils débouchèrent sur une sorte de terrasse ombragée par une treille supportée par quatre fines colonnes en marbre. « C'est du caryste[1] », pensa Petronius en s'avançant vers les deux jeunes filles installées sur un *stibadium*[2] en marbre blanc. La plus jeune, ce devait être Tullia, se leva :

— Voilà enfin le fameux Petronius dont mon frère ne peut plus se passer ! Je le comprends, ajouta-t-elle avec un sourire amusé, car tu es plutôt séduisant. N'est-ce pas, Rufa ?

— Certainement. C'est toi le nouveau Phidias ?

— Je suis en effet sculpteur et, sans avoir la prétention d'égaler les artistes grecs, j'espère bien un jour les imiter.

Rufa était une étrange personne. Autant la sœur de Lucinus ressemblait, avec son visage poncé et sa tenue soignée, aux autres jeunes Romaines bien nées, autant son amie cherchait, c'était évident, à s'en différencier. Sa coiffure d'abord ne répondait pas à la mode du moment, c'est-à-dire des tresses ramenées en chignon : elle portait les cheveux longs à l'ancienne. Sa tunique n'était agrémentée d'aucune ceinture ou colifichet ; elle tombait raide dans l'amidonnage des plis, sans laisser apparaître les sandales. Son visage enfin n'était pas ordinaire. Blanc comme un lis, sans fard, en forme

1. Des carrières de Karistos, dans l'île égéenne d'Eubée, était extrait un marbre rare.

2. Le *stibadium* ou lit de table en demi-cercle, remplaçait le triple lit dont le *triclinium* tirait son nom.

d'ovale allongé, il couronnait une silhouette mince, presque filiforme.

« Tullia est jolie, Rufa est belle », pensa Petronius. Comme il la fixait et se taisait, Lucinus dit, l'air mi-amusé, mi-sérieux :

— Dis donc, cher Petronius, il semble que la diaphane Rufa te subjugue ! C'est son air de princesse égéenne qui te séduit ?

— Pas seulement. Je voudrais être capable de sculpter son portrait !

On en resta là. Tullia proposa :

— Après le jardin, veux-tu visiter la maison ? Lucinus lui trouve tous les défauts, moi je pense qu'elle est belle et confortable. La construction classique a ses avantages, moi je préfère au charme du naturel rustique la sévérité d'une salle de bains en marbre et le confort d'une chambre bien orientée. Viens, nous commencerons par la galerie voûtée qui mène du jardin au cœur de la maison. Où finit la salle à manger que nous traversons prend naissance une petite colonnade qui mène entre deux filets d'eau à deux appartements.

— Cette accumulation de marbres ne te paraît-elle pas sépulcrale ? demanda Lucinus. Et cette eau qui coule partout, des fontaines, des bassins, des statues, des murs !

Embarrassé, Petronius s'en tira par une pirouette :

— Je suis trop habitué à la fantaisie du Vélabre pour juger mais je suis sûr que le confort et le luxe doivent être supportables. Et puis, l'abondance de marbre ne peut me choquer ! Tu sais que j'en suis follement amoureux ! Mais que pense Rufa ?

C'est Tullia qui répondit :

— Oh, elle ne tolère dans cette maison que l'abri de la treille et le lit de table. C'est pourquoi l'hiver elle n'y met pas les pieds. Par chance, c'est là que nous allons dîner. Venez, le couvert doit être mis.

« Je crois que Rufa aimerait le Vélabre », songea Petronius en s'installant sur le coussin qu'il partagea avec Tullia.

Le repas lui aussi se distingua des agapes de Calpurnia. Deux esclaves habillés en princes orientaux servirent des mets rares et coûteux présentés comme des tableaux artistement composés. On n'y reconnaissait ni les becfigues enduits de garum, ni les huîtres couvertes de sauce rose, ni les tétines de truie enveloppées de mauves. Ces plats compliqués n'avaient pas de saveur définie et, en goûtant le ragoût de truffes à la saumure de thon, Petronius se rappela qu'au Vélabre on mangeait ces merveilles à la croque au sel et que c'était bien meilleur. Le vin heureusement était bon. C'était un Nomentum de glorieuse année.

— Tu aimes ? demanda Tullia à Petronius. Mon père a engagé un cuisinier napolitain qu'il paie une fortune. C'est l'inventeur de la nouvelle cuisine romaine.

Il ne répondit pas qu'il préférait les vieilles recettes qui avaient fait leurs preuves depuis les guerres puniques et assura poliment que les mets que l'on venait de servir étaient les meilleurs qu'il eût mangés depuis longtemps.

A part ces comparaisons subtiles de gastronome exigeant, la soirée fut agréable. L'air était doux, les quatre convives jeunes et beaux, plutôt intelligents. Tout naturellement, la conversation prit un tout autre tour qu'au Vélabre, abordant des sujets que Tacite ou Pline eussent trouvés d'un intérêt dérisoire. Après avoir discuté des vertus de la nouvelle génération, on s'amusa follement à définir le caractère de chacun. Tullia fut ainsi cataloguée « bourgeoise sans âge », Rufa « frivole poseuse », Lucinus « pauvre riche » et Petronius « homme de marbre ».

Il commençait à se faire tard et un Maure vint prévenir que la litière de la noble Rufa Aurelius était arrivée. Petronius, surpris, questionna Lucinus d'un regard et celui-ci répondit, amusé :

— Cela te surprend ? Tu ne savais pas que notre Rufa était la fille du sénateur Aurelius ? Je pense qu'elle ne voudra pas te laisser errer seul dans la nuit romaine et qu'elle te raccompagnera au Vélabre.

— Naturellement, dit la jeune fille qui ajouta dans un charmant sourire : Tu n'as rien à craindre. Si tu ne l'avais pas deviné, nous nous aimons beaucoup, Tullia et moi !

Petronius bredouilla un remerciement embarrassé.

— Tu ne t'es pas trop ennuyé avec ces filles qui savent être à la fois délicieuses et impossibles ? demanda Lucinus qui avait pris sa main alors qu'ils se dirigeaient, entre deux files de lanternes, vers le portail.

— Pas du tout. Cela a été un bonheur de dîner en compagnie d'amis de mon âge, de ne pas être obligé de faire attention chaque fois que j'ouvrais la bouche et de ne pas écouter inlassablement philosopher.

— Tu n'es pas tombé amoureux de ma sœur, par hasard ?

— Non, bien qu'elle soit agréable et séduisante.

— Plutôt de Rufa, je l'ai remarqué ! Mais fais attention : elle est un peu folle. Tu vois, toutes les deux ne se remettent pas d'être nées sur une montagne d'or.

— Et toi ?

— Je n'en sais rien. Tu es le seul qui me connaisses assez pour dire si j'assume sans angoisse ma condition d'enfant de nouveaux riches.

— Je trouve que oui. Tu sembles pourtant fuir l'argent. On dirait qu'il te fait peur !

— Ce qui me fait peur c'est de devoir un jour succéder à mon père dans son négoce de bonheur par les plantes.

— Mais ce n'est pas honteux ! La plupart des médecines sont extraites des plantes !

— C'est ce que je me dis, mais je ne peux pas m'empêcher de trouver qu'il est immoral de vendre très cher aux pauvres gens des herbes ramassées dans les champs par des esclaves. Pourtant, tu vois, de cela je m'accommoderais. Ma vraie crainte c'est de ressembler à mon père lorsque j'aurai son âge.

J'ai honte de le voir s'évertuer à faire oublier par son argent la modeste condition de sa famille.

— Qu'il accède à une fonction honorifique, et pourquoi pas au rang équestre, et toi, son fils, tu ne seras pas un pauvre devenu riche mais un noble naturellement fortuné. Non, je ne te plains pas !

☆

Calpurnia, esseulée, avait repris contact avec les chrétiens. Ceux-ci étaient prudents et vivaient à peu près en paix sous Trajan qui n'avait pas besoin de les persécuter pour asseoir son autorité. La prescription générale édictée contre les adorateurs du Christ subsistait mais les magistrats investis du droit de glaive pouvaient, selon les circonstances locales, condamner les fidèles ou les laisser vivre en paix. Il fallait, pour trouver à Rome un cas de martyre, revenir à la condamnation de l'évêque d'Antioche plusieurs années auparavant. Celui qui deviendra saint Ignace avait été arrêté dans sa ville, foyer d'agitation chrétienne beaucoup plus important que celui de Rome, et envoyé dans la capitale pour y souffrir le martyre. Son voyage[1] nous renseigne sur la situation alors paradoxale des chrétiens. Dans les villes asiatiques traversées par le condamné et son escorte, évêques, prêtres et fidèles du lieu ou députés par leur église étaient venus publiquement lui rendre hommage, sans crainte d'être poursuivis. Seuls Zosime et Rufus, deux chrétiens arrêtés en même temps que lui à Antioche, avaient partagé son sort.

Aux réunions sinistres des catacombes, qui lui rappelaient de mauvais souvenirs, Calpurnia préférait celles qui se tenaient secrètement dans le sous-sol de l'amphithéâtre Flavien, là où étaient conduits les condamnés de droit commun avant d'être massacrés et les bêtes choisies pour être lâchées dans l'arène les jours de *ludi*. C'est aussi dans les

1. Raconté par lui dans ses écrits et sa correspondance.

coulisses de l'arène que se trouvaient les vestiaires et les salles de repos des gladiateurs.

Calpurnia avait appris l'existence de ce lieu dans des circonstances bizarres.

Le gardien qui régnait nuit et jour sur cet étrange univers était un géant capable, disait-on, de dompter les fauves les plus agressifs et d'imposer l'ordre aux gladiateurs ivres ou trop impatients d'en découdre. Un jour, cet homme à la force monstrueuse et au visage curieusement poupin, que personne ne connaissait en ville car il ne sortait pratiquement pas de son antre, que les maîtres du Palatin et du Sénat ignoraient parce qu'ils ne se hasardaient jamais dans le souterrain de l'amphithéâtre, s'était présenté au Vélabre à la tombée de la nuit et avait demandé à rencontrer Calpurnia.

Celle-ci avait esquissé un geste de recul devant le colosse mais avait vite été rassurée par le ton de sa voix, douce et claire comme celle d'un enfant :

— Ne crains rien, ma sœur. Je connais tes angoisses depuis que tu as été dénoncée avec ta fille. Je sais donc que tu as été touchée, comme moi, par la grâce de Jésus. Mais il faut d'abord te dire qui je suis. Mon rôle n'est pas ordinaire : je garde la petite ville que ton mari Celer a construite sous le sable de l'arène. En fait j'en suis le maître. Mon monde est celui des brutes et des bêtes fauves. Seule la foi m'empêche de préférer ces dernières. Ne me dcmande pas les raisons pour lesquelles j'exerce cette singulière et lugubre activité, je ne pourrais pas te répondre.

— J'avoue ma surprise, dit Calpurnia. Je suis en effet chrétienne et ressens en ce moment un profond appel religieux. Mais que puis-je faire pour toi ?

— C'est simple. Tu connais comme moi les difficultés que nous rencontrons pour nous réunir. Les maisons particulières de nos frères sont trop petites pour accueillir ceux qui, de plus en plus nombreux, nous rejoignent. Les catacombes elles-mêmes sont insuffisantes et peu sûres. Alors, j'ai pensé que nous pourrions utiliser le souterrain de l'amphithéâtre pour nous réunir.

— Mais les groupes de chrétiens qui se presseront devant les portes normalement closes seront tout de suite remarqués et une cohorte viendra sur-le-champ les arrêter !

— C'est pourquoi il ne faut pas entrer par les portes.

— Alors ?

— Je connais mon antre dans ses moindres recoins. En sondant les murs, je me suis rendu compte qu'il devait exister un tunnel, demeuré je ne sais pourquoi secret, qui menait à l'extérieur. Malheureusement je n'ai pu en découvrir l'entrée qui, murée, se confond avec la muraille. Je suis venu te demander si Celer avait un jour parlé devant toi de ce souterrain.

— Non. S'il existe, j'en retrouverai peut-être le plan dans les archives. Mais je ne peux m'empêcher de penser que c'est une drôle d'idée de vouloir réunir les chrétiens sous le sable qu'ils rougiront peut-être un jour de leur sang !

— J'en conviens, maîtresse, mais les catacombes ne sont pas non plus un lieu de rencontre banal. Si tu veux m'aider, nos frères et nos sœurs pourront se réunir et prier en paix. Ils ne risqueront rien dans mon royaume souterrain. Mais surtout, même si tu ne donnes pas suite à ma requête, ne parle à personne de ma visite et ignore que j'existe.

Le géant à tête d'enfant se couvrit le visage d'une sorte de filet de chanvre qui dissimulait ses traits et partit sans ajouter un mot.

Calpurnia, abasourdie, s'assit sur le banc de l'*atrium*. « Décidément, pensa-t-elle, l'amphithéâtre me colle à la peau. Il sera dit que ma vie aura été cernée jusqu'au bout par ce colosse de pierres. »

Sagement, elle décida de ne pas donner suite à la demande de son surprenant visiteur. Rome était pleine de personnages curieux venus de toutes les régions de l'Empire. L'ermite de l'amphithéâtre – tiens, elle ne lui avait même pas demandé son nom – devait être l'un de ces illuminés vivant d'aumônes et de chimères. Puis, réfléchissant, elle convint que son comportement, si déconcertant qu'il parût, n'était pas celui d'un fou. S'il disait vrai, avait-elle le droit de priver la religion qu'elle avait choisie d'un lieu de prières ? Qu'avait-elle fait jusqu'à présent pour le christianisme et les chrétiens, ses frères, sinon d'oublier sa foi lorsqu'elle devenait encombrante ? La curiosité aidant, elle se promit d'aller le lendemain, dès qu'il ferait jour, fouiller dans les archives de Celer qui remplissaient tout un coffre.

Elle avait souvent aidé son mari à classer et à ranger les rouleaux de papyrus et les tablettes d'esquisses, d'ébauches, de plans d'où était sorti le plus grand monument romain et elle n'eut pas trop de peine à retrouver un *volumen* que Celer avait titré « Idées impériales ». Elle s'y plongea, reconnaissant au fil des lignes et des dessins les projets de Vespasien, pour la plupart réalisés, dont l'architecte lui avait parlé durant tant d'années. C'est ainsi qu'elle arriva au plan et au descriptif d'un ouvrage appelé « Tunnel secret ». La raison qui avait poussé l'Empereur à imaginer ce passage secret reliant les caves de l'amphithéâtre à une sortie ménagée dans les fondations du tombeau de Caecilia Metella, sur la via Appia, n'était pas précisée. Il n'était pas fait mention, non plus, du nombre d'esclaves qui avaient certainement péri en creusant dans le tuf romain ce tunnel long de plus de deux kilomètres. Une note indiquait à la fin : « Commencé en l'an 829 de Rome, terminé un an et trois mois plus tard. Issues murées sous Titus. »

Ainsi le passage existait-il bel et bien ! Le solitaire des basfonds avait vu juste et il était facile avec le plan de repérer l'endroit du mur où il s'ouvrait, la sortie étant également indiquée sur la gauche de la grosse tour du tombeau édifié au temps d'Auguste. Le projet qu'elle considérait la veille comme un rêve fumeux, une entreprise dangereuse, enfiévrait soudain Calpurnia. Il ne lui fallut pas longtemps pour balayer ses appréhensions : elle s'ennuyait au Vélabre, et l'idée de tenter une aventure aussi inattendue lui rendit l'enthousiasme de sa jeunesse.

C'est ainsi que fut ouverte, trois mois plus tard, une vaste salle voûtée où les chrétiens purent célébrer leur culte en toute tranquillité.

L'ermite, que l'on appelait Colosseo, entretenait sous l'arène une garde prétorienne composée de *latronis* tirés de la rue, de gladiateurs soustraits à l'emprise d'un *laniste*[1], de condamnés arrachés aux griffes des tigres. Tous étaient convertis et, comme le maître auquel ils étaient dévoués jusqu'à la mort, ils ne se montraient jamais en ville. Ce fut facile pour eux de déceler les issues du tunnel et de prévoir leur fermeture immédiate en cas de danger, les blocs de travertin s'ouvrant et se refermant, de manière invisible, aussi aisément que des portes. A la moindre alerte, les fidèles pouvaient se réfugier dans le tunnel. Encore aurait-il fallu que les cohortes de police osent pénétrer dans les entrailles de l'amphithéâtre, tant le mythique géant, ses gardes du corps et ses fauves étaient craints, même par les soldats.

☆

Cet événement fantastique, dont elle gardait le secret, changea la vie de Calpurnia qui avait retrouvé la sérénité. Trois fois par semaine elle rejoignait la via Appia et s'engouffrait sous terre pour rejoindre la cinquantaine de fidèles liés par serment au secret et prier avec eux.

Rome était désormais le centre de la chrétienté. Le successeur de Pierre était alors Alexandre, promu père de l'Église à la mort d'Évariste. Il venait parfois présider la célébration du culte. Sa présence sous l'amphithéâtre était source de joie. Il s'entretenait d'abord avec Colosseo auquel il semblait vouer de l'admiration, puis s'adressait aux adorateurs de Jésus présents, faisant toujours allusion, pour commencer, au martyre d'Ignace, subi « au-dessus de nos têtes, dans cet amphithéâtre où les traces de son sang ne sécheront jamais ». Il ne manquait jamais non plus de rappeler l'admirable expression de l'évêque d'Antioche dans une lettre écrite au cours du voyage vers Rome et le supplice pour, « moulu sous la dent des lions, y devenir le froment de Dieu ». Calpurnia avait demandé à

1. Propriétaire d'une troupe de gladiateurs.

Colosseo, maintenant confident et ami, s'il était là le jour du martyre d'Ignace. Le géant avait essuyé une larme et répondu :

— Je lui ai proposé de le cacher à un endroit où personne n'aurait pu le découvrir mais il a refusé en disant : « Le Christ ne s'est pas dérobé au supplice ! » J'ai tout de même réussi quelque chose : j'ai gavé les trois lions qui devaient le dévorer et ils ne l'ont pas touché. Ignace n'est pas mort déchiqueté mais d'un coup d'épée...

— C'est afin de pouvoir faire cela que tu restes ici, à la fois puissant et ignoré de tous ?

— Oui, et pour d'autres raisons que je te révélerai peut-être plus tard.

Ce jour-là, en le quittant, Calpurnia, émue, se haussa sur la pointe de ses sandales pour embrasser son bon géant mais elle n'atteignit que le bas de sa poitrine velue.

Petronius fut heureux de constater que sa grand-mère reprenait goût à la vie. Ses absences fréquentes, le soir, lui laissèrent à penser que Calpurnia avait renoué avec la religion de Jésus. Soucieux, il l'avait questionnée et avait reçu en réponse des paroles rassurantes :

— Il est vrai que je vais prier avec les chrétiens mais nous ne risquons rien. D'abord les temps sont plutôt à la tolérance et nous ne sommes pas recherchés, ensuite notre lieu de prières est tellement secret que personne ne peut nous surprendre.

— On croit cela, et puis, une simple dénonciation... Rappelle-toi les poursuites ordonnées contre toi et Terentia. Si Pline n'avait pas été là, où seriez-vous aujourd'hui ? Dis-moi, pour me tranquilliser où vous vous réunissez.

— Je ne peux pas. J'ai prêté serment. Mais si un jour il m'est possible de te confier mon secret, tu seras stupéfait.

— Sois prudente ! Je vois que tu vas partir, veux-tu que je t'accompagne ?

— Tu m'accompagneras peut-être un jour si tu éprouves l'intense besoin de te convertir.

Petronius alla ouvrir le portail et la regarda s'éloigner, enveloppée dans son large manteau grec de grosse laine qui donnait de l'ampleur à sa frêle silhouette. Il soupira et se dit qu'il avait de la chance d'avoir été élevé par une femme aussi déterminée, dans sa foi comme dans tous les actes de sa vie si pleine, si droite, si riche. Lucinus craignait de ressembler un jour à son père qu'il avait bien tort de mépriser. Ressemblerait-il, lui, à Calpurnia ? Comment ne pas le désirer !

L'apprentissage chez Assandre se poursuivait dans la quiétude et l'amour. Le vieil homme était un sage qui avait gardé des îles de l'Ionie où il était né bien après les premiers artistes de la Grèce, la naturelle douceur des Vénus de Praxitèle et, d'Anaxagore, le principe vital de l'intelligence. Quant à l'amour, c'était celui de la beauté dont ses discours étaient pleins.

Tout en modelant la glaise ou en grugeant la surface d'un motif, Petronius écoutait le maître parler de son art :

— Les Grecs se vantent volontiers d'avoir tout inventé, à commencer par l'art. Mais c'est oublier les monuments de l'Assyrie et de l'Égypte. Je dis, moi, que l'art de la Grèce est né d'imitations. Cela n'altère en rien leur gloire car ils ont su tout de suite s'affranchir de cet esprit d'imitation pour créer un art libre, original, individuel. Après avoir assimilé leurs modèles, ils les ont dépassés. Les Grecs n'ont pas inventé l'art, ils ont inventé la beauté ! Tu vois la différence avec les copistes romains qui n'enrichissent pas leur modèle grec mais l'avilissent.

Le soir, Petronius notait sur une tablette les propos d'Assandre. « Je devrai plus tard parler d'art et de sculpture, pensait-il. Il me faut garder en mémoire des jugements si nets et si pénétrants. »

Apollodore, dont la réputation grandissait à Rome depuis que Trajan lui avait confié la responsabilité de ses œuvres édilitaires, n'avait plus le temps de sculpter. Sans doute trop occupé, il ne donnait plus signe de vie à Calpurnia qui n'en ressentait aucun regret. Mais il ne manquait pas, quand il le pouvait, de rendre visite à son maître. Il prenait alors des nouvelles de Petronius :

— Alors, comment se comporte notre jeune sculpteur ? demanda-t-il un jour. N'oublie pas, cher Assandre, que j'ai promis à sa grand-mère de le faire travailler à la finition de la colonne. En sera-t-il capable ?

— Parfaitement. Laisse-le encore quelque semaines se faire l'outil sur des bas-reliefs de tombeaux et il pourra se rendre utile.

— Tu entends, Petronius ? dit Apollodore. Quand la colonne fera monter dans l'air de Rome la spirale héroïque des exploits de César, tu pourras dire : je suis l'un des artistes qui ont sculpté cette merveille. Mais venez donc tous les deux la voir, cette fameuse colonne. Vous me direz si j'ai choisi le bon marbre. Par la même occasion, je vous ferai visiter le chantier du *forum* qui portera le nom de Trajan. Même la construction de l'amphithéâtre Flavien n'a pas dû contraindre à remuer autant de matériaux. Songez, mes amis, que j'ai déplacé près de huit cent mille mètres cubes de terre ! Pour contenir tout ce qui est prévu, la place monumentale, les boutiques, les tavernes, la basilique Ulpia, l'arc de triomphe de l'entrée, la statue de l'Empereur, il a fallu creuser une formidable encoche de trente-six mètres dans la hauteur qui relie le Capitole au Quirinal ! Personne encore n'a vu aussi grand !

Il s'enflammait en parlant et regardait Petronius qui serrait les poings. A tort ou à raison, le garçon prenait cette attitude immodeste pour une provocation. Ne semblait-il pas dire : « Ce n'est pas Rabirius qui aurait pu réaliser une telle œuvre ! »

Petronius faillit éclater, lui crier que c'était un travail volé à son grand-père qui, sans lui, ne se serait pas donné la mort. Pourtant, tout en se maîtrisant, il revoyait les premiers plans, les premières esquisses du *forum* tracés par Rabirius et convenait honnêtement que son projet était banal à côté de celui du Syrien. Et puis, Apollodore, avec sa faconde, sa prétention, son arrogance assez méprisables, mais aussi son génie, l'aidait à suivre sa vocation. Il se tut afin de pouvoir toucher de l'outil les derniers reliefs de la colonne !

Deux jours plus tard, il était sur le chantier du *forum* avec Assandre. Une cavalerie de haut trait sillonnait la place, tirant des chariots remplis de pierres, transportant des blocs de marbre et des pièces de bois. A l'extrémité de cette immense terrasse gagnée sur la montagne, la colonne, qui n'avait encore grandi que de vingt mètres, ressemblait à un immense rouleau de papyrus, un *volumen* de pierre aux illustrations colorées[1].

Au sol, des hommes groupés écrivaient l'histoire au ciseau, la sculptaient, la peignaient. Plus tard, une grue gigantesque empruntée à la base navale d'Ostie hisserait chaque élément pour ajouter un nouveau chapitre au panégyrique de Marcus Ulpius Trajanus.

C'était impressionnant. L'élève et le maître se dirigèrent vers un attroupement au milieu duquel Apollodore faisait virevolter sa toge en discourant. Dès qu'il les aperçut, il vint vers eux :

— Votre visite nous honore. Voilà comment nous montons la colonne : chaque tambour, il y en aura dix-sept, est travaillé au sol. Il ne s'ajoutera aux autres qu'une fois terminé, y compris la peinture. Ce creux que vous voyez au centre de chaque portion de colonne est une partie de l'escalier intérieur éclairé par quarante-cinq meurtrières qui seront invisibles de l'extérieur. Mais venez voir les sculpteurs travailler. C'est surtout ce qui vous intéresse, n'est-ce pas ?

L'architecte était fier de montrer à son vieux maître l'œuvre qu'il avait conçue :

— Chacune des vingt-quatre spirales comporte quatre ou cinq scènes relatant, comme vous le savez, un chapitre de la conquête de la Dacie, de la traversée du Danube, que vous

1. Comme tous les monuments de l'Antiquité, ceux élevés par les Romains étaient peints de couleurs vives. Il nous est difficile aujourd'hui d'imaginer le *forum* éclatant de couleurs.

voyez au bas de la colonne jusqu'à la déportation de la population dacique qui clôt la guerre et qui se trouvera tout en haut, dans la dernière spirale. Celle à laquelle tu travailleras ! ajouta-t-il en s'adressant à Petronius. Regarde bien comment le marbre est taillé en surface, comme un camée.

— Très bien ! dit le vieil Assandre. Ce procédé donne de la richesse et de la délicatesse !

Petronius profita de ce que le maître et l'architecte devisaient sur l'expression des visages représentés pour s'approcher de la partie de la colonne déjà érigée.

— C'est magnifique, murmura-t-il en caressant les formes de marbre qui s'imbriquaient pour former des tableaux parlant aux yeux, racontant l'histoire de ce génie conquérant qui, dans le temps où Rome bâtissait pour sa gloire, était reparti en Mésopotamie pour parfaire une victoire que les Bédouins pillards d'Assur et de Ninive osaient remettre en question.

☆

Ainsi allait la vie dans Rome privée une nouvelle fois de son empereur. Depuis sa désignation, César avait déjà passé huit années à la guerre mais ses qualités d'administrateur, son adresse à choisir ses seconds, sa puissance de travail, la rapidité des liaisons et la promptitude de ses décisions faisaient que, même en son absence, Rome vivait sous Trajan, comptable unique de l'idée impériale.

Apollodore construisait son *forum*, achevait sa colonne mais, des bords du golfe Persique, Trajan suivait les travaux comme s'il eût été au Palatin et lui demandait de penser à l'édification d'un Panthéon destiné à remplacer celui d'Agrippa qui tombait en ruine.

Et puis, subitement, les nouvelles s'étaient espacées. D'Antioche, où il se trouvait avec sa femme Plotine et Hadrien, ne parvenaient plus le flot de dépêches par lesquelles l'Empereur dictait quotidiennement ses ordres. Cela commençait à se savoir dans Rome où la perplexité du Sénat gagnait la population. Petronius, curieux, avait questionné Lucinus dont le père, la plupart du temps bien informé, cette fois ne savait rien.

— Si Pline était là, il nous renseignerait, dit Petronius. Tiens, c'est lui qui m'a poussé à m'intéresser aux choses de la politique ! Il est vrai que pour l'heure, dans son gouvernement de Bithynie, il ne doit pas être dans le secret des dieux.

— Au fait, répondit Lucinus, quelqu'un pourrait peut-être apaiser ta soif de nouvelles. Nous allons demander à Rufa d'interroger son père qui est un vieil ami de Trajan et un ferme soutien d'Hadrien.

Petronius n'avait pas revu la jeune fille depuis le dîner chez Lucinus. Il pensait pourtant souvent à elle, à ses mains diaphanes, à son sourire un peu triste, à ses yeux allongés qui lui mangeaient le visage. La proposition de Lucinus lui donna soudain envie d'entendre sa voix, de plonger dans son regard et, peut-être, de ressentir la chaleur de sa jambe comme le soir où elle l'avait raccompagné, quand les cahots de la litière la pressaient contre lui.

— Bonne idée, dit-il. Pourquoi n'arrangerais-tu pas avec ta sœur un souper au Vélabre, un soir où ma grand-mère ne sera pas là ? Cela l'amusera peut-être de connaître cette maison pas comme les autres, différente en tout cas de celles qu'elle fréquente. Je vous montrerai mon atelier que je suis en train d'aménager.

— Entendu, je vais transmettre l'invitation. Tu sais que j'adore ta maison.

Les relations entre les deux garçons s'étaient modifiées au fil du temps. La passion affective qui les avait réunis n'était plus aussi vive. Et puis, l'un et l'autre, sans rien en dire, commençaient à s'intéresser autrement aux femmes. Lucinus avait dit à son ami que ses parents lui avaient trouvé – pour plus tard heureusement, elle n'avait que douze ans –, une fiancée de noble famille attirée par l'argent des onguents universels. Quant à Tullia, elle était déjà, dit-il, promise au fils aîné d'un fonctionnaire impérial très influent.

— Cela lui plaît ? avait questionné Petronius.

— Tu le lui demanderas. A mon avis elle te préférerait au poney de l'ordre équestre qu'on lui réserve.

— Que veux-tu dire ?

— J'en suis agacé mais tu lui plais. Cela ne prête d'ailleurs pas à conséquence puisque dans notre monde modèle, si bien installé dans ses vices, c'est le père qui choisit l'époux de sa fille.

— Les mœurs ont tout de même bien changé depuis le temps des matrones vertueuses ! Tullia et Rufa peuvent sortir, aller aux thermes, dîner en ville...

— Oui, parfois, si je suis avec elles, mais elles ne jouiront d'une certaine liberté qu'une fois mariées. Ou divorcées ! Tu vois, ma pauvre sœur devra attendre avant d'espérer coucher avec toi !

Il éclata de rire et Petronius en fut meurtri. Comme chaque fois que Lucinus se laissait aller à la vulgarité. Et puis, après ce que venait de lui dire son ami, il savait qu'il ne pourrait plus regarder Tullia de la même manière. Cela le gêna. Il se dit en soupirant que les femmes n'entraient pas sereinement dans sa vie.

Le dîner organisé sous prétexte de curiosité politique réveilla pour de bon la maison du Vélabre. Calpurnia avait applaudi à cette prise en charge des jeunes. Elle eut juste le temps de souhaiter la bienvenue à Lucinus et aux deux filles, qu'elle trouva jolies, avant de gagner d'un pas léger le tombeau de Caecilia Metella et de trouver la paix du Seigneur au milieu de se frères et de ses sœurs.

Calpurnia avait fait préparer un repas qui devait plaire aux jeunes. Pas de plats compliqués et trop riches, avait-elle dit à l'intendante, simplement des hors-d'œuvre et un beau poisson. Ce fut un bar, préparé en *patina* avec de l'huile d'olive, du cumin, du citron, du miel et naturellement du garum.

Les jeunes firent honneur à ce menu, puisèrent largement dans l'amphore de vin de Chios et parlèrent beaucoup, de tout et de rien, avant que Lucinus ne lance dans la conversation, maladroitement d'ailleurs, le mot de mariage. Tullia éclata aussitôt en sanglots :

— Je hais cet homme qu'on va me faire épouser ! C'est monstrueux. Lui veut mon argent, mon cher père ne pense qu'à réaliser son rêve : entrer dans la famille d'un chevalier. Moi, je suis une tête de bétail que l'on vend à la foire ! Mon chéri, console-moi !

Elle se jeta dans les bras de Petronius qui partageait le même *triclinium*, et le mit dans une situation ridicule. Surpris, il ne savait que faire de cette belle enfant qui se serrait contre lui. Il prit sa tête sur son épaule et essaya de l'apaiser en lui caressant doucement les cheveux. De temps en temps, il lançait un regard vers Lucinus qui, stupéfait, ne disait rien. Finalement c'est Rufa qui s'adressa sèchement à Tullia :

— Arrête de faire l'enfant et laisse Petronius tranquille ! Ce n'est pas lui qui peut empêcher ton mariage !

— Qui, alors ?

— Personne, hélas ! Je suis logée à la même enseigne et je ne pleurniche pas ! Si tu te voyais ! Le fard de tes yeux fond jusqu'à tes lèvres !

Tullia, calmée, se redressa et demanda à Petronius où elle pouvait se laver le visage.

— Viens, dit-il, je vais te montrer le chemin.

Elle le suivit à travers le *tablinum* et le péristyle jusqu'à la salle de bains. C'était Celer qui l'avait construite, en marbre de Paros. Elle donnait sur le jardin d'où montait une odeur d'automne un peu fade. Dans une cuvette d'argent niellé il versa de l'eau fraîche et y ajouta un parfum.

— Il sent bon, affirma-t-il pour dire quelque chose. C'est Calpurnia qui le prépare avec les pétales des roses du jardin.

— Pardonne-moi, dit-elle. J'ai été sotte, mais j'étais brusquement si malheureuse que je me suis réfugiée près de toi comme si tu étais le seul à pouvoir m'aider.

Il hésita un instant. Allait-il la prendre dans ses bras et la serrer contre lui ? L'image de Rufa lui apparut alors, belle, délicate, secrète. Il s'écarta et dit :

— Je te laisse. Tu as tout ce qu'il faut sur la table de marbre pour sécher tes larmes et retrouver ton teint de fleur. Les serviettes sont là.

Tout cela sonnait un peu faux. Il savait qu'il aurait pu lui rendre sourire et bonheur mais il ne l'avait pas fait. Il revint en se pressant vers la salle à manger où Lucinus et Rufa grignotaient des amandes en silence.

— Comment va-t-elle ? demanda la jeune fille.

— Bien, je crois, mais tu devrais aller la voir. Elle a besoin de tendresse.

— Tu ne lui en as pas donné ? questionna Lucinus d'un ton légèrement sarcastique.

Petronius ne répondit pas. Tandis que Rufa rejoignait son amie, il relança la conversation sur la politique :

— Alors, le sénateur a-t-il des nouvelles de notre César ? J'ai entendu dire ce matin dans l'atelier d'Assandre que Trajan était sur le chemin du retour. Il regagnerait Rome pour les cérémonies rituelles du triomphe et rendre compte au Sénat des grandes heures de sa victoire ?

— Oui, Rufa sait des choses. Mais je lui laisse le soin de te les apprendre.

Justement les deux jeunes filles revenaient, étroitement enlacées. Tullia esquissait un pauvre sourire. Rufa, elle, gardait les traits immobiles d'une vestale se rendant au culte. L'emportement de Tullia l'avait choquée mais elle n'en montrait rien. Elle ne se détendit qu'en arrivant dans l'*atrium* où les garçons s'étaient déplacés. Elle prit place près de Petronius.

— Tullia t'a accaparé tout le dîner, dit-elle. A moi de t'avoir près de moi car j'ai des nouvelles à t'apprendre puisque tu t'intéresses aux faits et gestes de notre Optimus.

— On m'a dit qu'il voguait vers l'Italie pour le triomphe que Rome lui prépare.

— C'est vrai à moitié. Trajan a quitté Antioche, mais la cérémonie aura-t-elle lieu ? Mon père a eu en main un rapport d'Attianus, le préfet du prétoire, qui a embarqué avec l'Empereur. Celui-ci est gravement malade.

— Et Hadrien ?

— Il reste là-bas. L'Empereur lui a confié le commandement des armées d'Orient.

— L'a-t-il aussi désigné comme successeur ?

— La lettre d'Attianus dit que non et c'est grave. Si l'Empereur venait à mourir, Hadrien devrait déclencher une guerre civile pour disputer un pouvoir que le testament attendu par tout le monde devait lui donner.

— A quoi faut-il attribuer l'entêtement de Trajan ? Il a toujours laissé dire que son successeur serait Hadrien, qu'il apprécie comme chef de guerre et qu'il aime comme son fils ?

— Peut-être a-t-il décidé, comme Alexandre, de ne pas désigner le prochain empereur ? hasarda Lucinus.

— Mon père croit plutôt qu'il lui est insupportable d'envisager sa fin. Il préfère mourir intestat dans la crainte de ne plus exister, de se retrouver, une fois son successeur connu, dans l'état d'un mort vivant privé du vrai pouvoir. Un homme d'airain comme Trajan ne peut imaginer de n'être plus consulté, de ne plus prendre de décisions, de ne plus surprendre, de ne plus promettre, de ne plus menacer, bref d'abandonner sa raison d'exister, le pouvoir absolu acquis par le triomphe de ses aigles.

— Où est l'Empereur actuellement ?

— A bord du vaisseau amiral de la flotte d'Orient. Plotine est avec lui ainsi que Matidie, Attianus, Phaedimos et son médecin Criton. Aucun bruit alarmant sur la santé de l'Empereur n'a franchi l'horizon marin. Des ordres signés de la main de Trajan continuent de parvenir à Rome mais ils sont déjà anciens. Il se pourrait qu'Optimus soit mort et que nous n'en sachions rien !

Tullia avait retrouvé sa sérénité et le repas s'acheva plutôt gaiement. Regus, le portier, vint prévenir que la litière de Rufa était arrivée mais ils restèrent encore un moment à parler d'autre chose que de politique. Petronius conta les péripéties de sa vie d'artiste et eut droit à un murmure d'admiration de la part des jeunes filles lorsqu'il annonça qu'il allait participer à la sculpture du dernier étage de la colonne de Trajan.

— Avant de partir, vous allez visiter mon atelier. Je n'ai pas encore fini son installation, faute de temps. Vous êtes, mes amis, les premiers admis à découvrir cet endroit respectable qui deviendra un haut lieu de la sculpture romaine.

On rit, et les quatre jeunes gens gagnèrent l'atelier à la lueur d'une lanterne car le jardin n'était pas éclairé et la nuit était sombre. Rufa avait pris le bras de Petronius et, sous prétexte de ne pas tomber, se serrait contre lui. Il ressentit le même trouble qui l'avait saisi le jour où elle l'avait reconduit et dont le souvenir ne l'avait pas quitté. Il pressa doucement la main qui s'abandonnait sur son bras et murmura à l'oreille de la jeune fille les mots bêtes qui lui venaient à l'esprit mais qui chantaient dans son cœur :

— Tu es chaude. Je suis bien près de toi...

Pour elle, c'étaient de merveilleux mots d'amour, les premiers qu'elle entendait de la bouche d'un garçon. Elle répondit tandis qu'ils arrivaient à la porte de l'atelier :

— Je n'oublierai jamais cet instant. Promets-moi que nous ne resterons pas si longtemps sans nous revoir.

A tâtons, Petronius réveilla les lampes. C'est à leur lueur incertaine que les visiteurs découvrirent les premières œuvres de l'élève d'Assandre : deux bas-reliefs en marbre d'une scène de bataille, plusieurs portraits modelés dans la glaise et une tête de jeune Romaine à peine ébauchée dans un bloc de lamachelle. C'est autour d'elle que se rassemblèrent les amis. Chacun donna son avis ou posa des questions :

— Qui est-ce ? demanda Tullia.

— Qui viendrait poser chez un débutant ? répondit Petronius. C'est une jeune femme, voilà tout. D'ailleurs peut-on reconnaître une figure à peine ébauchée ?

Ce n'était pas tout à fait vrai. D'abord la lumière tremblotante donnait de la vie à l'ébauche, transformait en jeu d'ombres les traces grossières de l'outil, ensuite le portrait ressemblait à quelqu'un. Oh, ce n'était pas frappant ! Seul Lucinus l'avait remarqué. Il attira un instant Petronius à l'écart.

— Toi, tu es épris. Pour ébaucher un portrait de mémoire comme celui-là il faut soit avoir beaucoup de talent, soit être amoureux. Ou plutôt il faut les deux ! Car c'est bien Rufa que tu as sculptée ?

— En perçant mon secret tu me fais un grand compliment. Oui, c'est bien à Rufa que j'ai pensé en travaillant mais jamais je n'ai imaginé qu'on la reconnaîtrait !

— Peut-être a-t-elle posé ?

— Tu es fou. Il n'y a que toi qui saches. Je suis sûr que Rufa elle-même n'a rien vu. Quant à Tullia...

— Heureusement elle n'a rien vu non plus. Elle aurait piqué une autre crise. De jalousie cette fois. Sais-tu que tu es un bourreau des cœurs ! Mais nous ? Avec toutes ces femmes qui entrent dans notre jeu, que restera-t-il de notre affection ?

— L'affection, justement, mon cher. L'estime, aussi. Et notre divine complicité. Mais qu'entends-tu par « toutes ces femmes » ? Est-ce que toi aussi...

— Oui, une femme mariée. Je t'en parlerai un autre jour. Les filles ont assez admiré tes œuvres et il est tard ! Le sénateur doit guetter le retour de sa fille. S'il savait...

# XIII

## INITIATION

Tandis que Rufa, Lucinus et sa sœur se laissaient porter dans la tiédeur de Rome en commentant la soirée, alors que Petronius, déjà couché, cherchait un sommeil incertain, le sort de l'Empire se jouait à bord d'un navire ballotté dans les eaux lourdes du golfe Persique.

Dans une cabine bien gardée, le maître du monde romain semblait dormir. Sa nièce Matidie lui tenait la main, de l'autre côté du lit Plotine regardait avec tendresse son mari qui parfois ouvrait une paupière, parfois émettait un borborygme dont on ne pouvait deviner la signification. Les deux femmes sentaient que César voulait parler mais, malgré ses efforts, il n'y parvenait pas.

A la porte, sentinelle dévouée, veillait Phaedimos, détenteur de beaucoup de secrets, le seul peut-être qui connaissait le choix de l'Empereur. Personne ne savait qu'il portait, caché sur lui, le testament de Trajan qu'il avait juré de remettre à la Grande Vestale, et à elle seule, après la mort de César. C'était, il en avait conscience, une écrasante et dangereuse mission. Que deviendrait-il en effet lorsque son protecteur aurait disparu et que les intérêts dynastiques éclateraient ? La confiance absolue que lui avait accordée Trajan avait suscité de la jalousie, souvent même de la haine, dans l'entourage impérial. Du vivant de son maître on était bien obligé de le ménager mais, celui-ci parti rejoindre les dieux, sa peau d'affranchi ne vaudrait pas cher. Et puis il y avait cette enveloppe cachetée du sceau impérial qui lui brûlait la poitrine. De son contenu dépendait le destin de Rome et il se sentait bien fragile devant une telle responsabilité. Plusieurs fois depuis l'embarquement, Trajan avait cherché à s'exprimer, à lui dire quelque chose d'important. Il s'agissait, il en était certain, de modifier le testament, de lui ajouter un codicille, mais jamais ses forces ne lui avaient permis de se faire entendre clairement. C'était donc le testament qu'il portait, cousu dans sa tunique, vieux de plusieurs mois, qui déciderait de l'avenir d'Hadrien.

Celui-ci était demeuré à Antioche avec l'armée d'Orient mais il avait à bord des partisans prêts, le cas échéant, à transgresser les dernières volontés de César ou à en changer le sens afin de donner l'Empire à Hadrien. Plotine, Matidie et le préfet du prétoire Attianus étaient au cœur de la conspiration familiale. Leurs efforts pour persuader Trajan de se prononcer étant restés vains. Le but qu'ils s'étaient assigné n'était pas de bafouer la mémoire de celui qu'ils vénéraient mais d'agir pour l'avenir de Rome en assurant pacifiquement, avec Hadrien, la continuité du pouvoir.

Phaedimos pensait à tout cela en écoutant, à travers la porte, tousser et râler son malheureux maître. Ce matin même, il avait été tenté de confier son secret à Matidie qui lui avait souvent témoigné de l'amitié. Peut-être préviendrait-il ainsi d'imprévisibles malheurs, comme ceux qui avaient marqué tant de successions impériales. Mais pouvait-il rompre son serment ? Il l'avait juré : si l'Empereur ne lui donnait pas d'autre ordre avant de rendre l'âme, rien, sauf la mort, ne l'empêcherait de remettre à la Grande Vestale les dernières volontés de son maître.

Lui seul, avec les femmes, Attianus et le médecin Criton, avaient le droit de pénétrer dans la cabine. Il entra pour prendre des nouvelles du malade.

— L'Empereur va mal, dit Matidie. Il délire, se voit encore à Herta assiégeant la ville puis contraint de repasser l'Euphrate. Il crie qu'il reviendra et que cette fois il aura raison du soulèvement des Parthes. Il ne semble pas se souvenir de l'accès de fièvre dont il a été victime sous le soleil torride lorsqu'il a tenu, malgré toutes nos mises en garde, à faire route à cheval. Les rares paroles que nous réussissons à comprendre ont trait à l'échec d'Herta, le seul de sa longue carrière militaire.

Phaedimos hasarda une question :

— Crois-tu, Plotine, qu'il aura la force de choisir Hadrien, ou quelqu'un d'autre ?

— Oui. Il le faut pour le salut de Rome. Trajan, crois-moi, ne faillira point à ce dernier geste civique.

— Tu penses que le maître est perdu ? demanda-t-il encore en essuyant ses larmes.

— Hélas oui ! Criton vient de l'examiner et dit que ce n'est plus qu'une question d'heures.

Phaedimos comprit alors que les femmes avaient pris leur décision. Qu'il parle ou qu'il ne parle pas, on annoncerait que l'Empereur, au moment de mourir, avait désigné Hadrien. Il ne ressentait aucune animosité envers le protégé de Plotine qui possédait toutes les qualités pour succéder à César mais il était de moins en moins sûr que le testament lui fût favorable. « Cet imbroglio dynastique et familial ne me concerne pas, décida-t-il. Je serai fidèle jusqu'au bout à l'Empereur. Quoi qu'il arrive, j'accomplirai mon devoir. »

Comme pour augmenter l'horreur du voyage, la mer était devenue houleuse, la tempête menaçait et Attianus, en accord avec les femmes, avait décidé de rallier le port le plus proche, où le malade pourrait reposer.

A la douzième heure de la journée[1], le bateau impérial entra dans la rade de Sélinonte, un petit port de commerce où une maison fut réquisitionnée par les prétoriens d'Attianus. Ce qui se déroula alors, autour du lit où délirait le moribond, entre le moment où il pénétra sur une civière dans la pauvre

1. A peu près dix-neuf heures. C'est la dernière heure du jour avant les douze heures de la nuit.

maison et celui où il mourut, relève de ces mystères dont s'entoure l'Histoire. Le seul fait certain est qu'Attianus produisit, quelques instants après la mort de l'Empereur, une déclaration dictée la veille et portant sa signature mal assurée. Trajan y annonçait l'adoption de Publius Aelius Hadrien qui devait lui succéder sous le nom de César Trajan Hadrien[1].

Une liaison partit pour Antioche annoncer à Hadrien son adoption et son élévation à l'Empire. Proclamé aussitôt, selon la règle, par les légions, le nouveau César prit le chemin de Sélinonte. Fait empereur par les femmes, il lui restait à s'imposer, à se montrer digne des espoirs mis en lui.

Tandis qu'Hadrien brûlait les étapes sur les chemins pierreux de Syrie sans pouvoir espérer, hélas ! arriver à temps pour assister à l'incinération de son père adoptif, un prétorien vint avertir Plotine que Phaedimos avait été abattu par les sentinelles alors qu'il tentait de sortir de la ville, fermée pour que l'annonce de la mort de l'Empereur ne soit pas connue trop vite à Rome.

— Pauvre petit ! murmura l'Impératrice. Il n'avait pas trente ans ! Je veux qu'il soit inhumé dignement.

Elle ajouta :

— Qu'on m'apporte immédiatement tous les papiers et les objets que l'on trouvera sur lui.

Quand l'officier des prétoriens les lui présenta sur un plateau d'argent, elle prit l'enveloppe scellée à la marque de Trajan, eut l'espace d'un instant la tentation de l'ouvrir puis, en soupirant, la jeta dans le brasero qui chauffait la pièce. Immobile, elle regarda se consumer le papyrus et dit à Attianus qui entrait :

— Je crois avoir aimé et aidé mon glorieux mari tout au long de son règne. Il est temps maintenant que je rentre dans l'ombre.

1. Les historiens n'ont jamais réussi à cerner la vérité. Gibbon, le plus illustre, dit simplement que "l'artifice de l'Impératrice avait su fixer l'irrésolution de Trajan". Il ajoute qu'" il eût été dangereux d'approfondir la vérité".

☆

Si Petronius n'était pas encore le virtuose du ciseau qu'il voulait devenir il était, grâce aux leçons de son grand-père, un excellent dessinateur. Apollodore l'avait remarqué et lui avait donné à tracer sur le marbre de la colonne, au crayon d'azuline, les dernières scènes de la vie de Trajan.

— Voici la liste des personnages et le récit succinct de leur action. Voici aussi le tracé grossier des scènes telles que je les imagine. A toi de les dessiner avec minutie. La sculpture du tambour, à laquelle tu participeras, je te l'ai promis, dépendra de ton tracé. Aucun sculpteur n'est capable d'extraire du marbre un bas-relief digne de ce nom s'il ne travaille pas sur un bon dessin.

Petronius, encouragé par ces compliments, ne ménageait ni son temps ni ses efforts. Il rentrait tard du chantier et était heureux lorsque Calpurnia l'attendait. Attentive, elle souriait en l'écoutant raconter sa journée et lui disait :

— J'ai eu ainsi, presque tous les soirs de ma vie, un artiste qui m'a confié ses bonheurs et ses doutes. Ce fut d'abord Sevurus, puis Celer, et enfin Rabirius. Maintenant c'est toi qui reviens du chantier la tête pleine d'histoires et de projets. Loin de me vieillir, tes récits me rajeunissent, Petronius. Surtout, garde-moi pour confidente !

— Qui d'autre pourrait m'écouter avec tant d'indulgence ?

— Oh, ils ne doivent pas manquer ceux et celles qui aimeraient te parler et goûter sur tes lèvres le récit de ta jeune vie d'artiste. Lucinus, par exemple, ne t'est-il pas très cher ?

— Si, tu le sais bien, mais nous nous voyons moins souvent. Je vais te confier un secret : il fréquente une femme mariée ! Je n'en sais pas plus car il est très discret.

— Et les fraîches jeunes filles qui ont dîné ici l'autre soir ? J'ai cru comprendre que l'une d'elles ne t'était pas indifférente ?

— Oui et non. C'est la fille du sénateur Aurelius. Je ne me fais pas d'illusions !

— La fille de Milvius Aurelius ? Fais attention ! Je sais bien que nous ne sommes plus au temps où l'on bannissait sans pitié les séducteurs de jeunes filles nobles et de femmes mariées, quand on ne leur réservait pas un sort plus terrible encore, mais les pères veillent toujours jalousement sur l'honneur de leurs filles. La peur du scandale, tu sais ! Surtout s'ils ont rang de sénateur !

☆

Petronius s'acquitta avec les honneurs des dernières sculptures de la colonne. Assandre l'avait bien un peu aidé mais c'est lui qui avait mené le travail à son terme.

— L'apprenti est devenu un bon compagnon, lui dit Apollodore. Encore quelques bas-reliefs que je te confierai, et tu seras bientôt un maître. Après, il faudra t'attaquer aux portraits !

Le jeune homme rougit sous le compliment :

— J'ai déjà commencé à modeler des portraits. Je me suis même hasardé à tailler dans le marbre et Assandre dit que le résultat est meilleur que le travail de bien des sculpteurs qui manient machinalement l'outil en répétant toujours les mêmes figures. Je travaille la nuit dans l'atelier du Vélabre.

— Ta grand-mère doit être contente. Elle m'avait dit qu'elle comptait sur toi pour que le lieu où sont nés tant de monuments et de palais ne sombre pas dans l'oubli. Mais dis-toi toujours que l'art, quel qu'il soit, est une longue patience et qu'il commande d'apprendre, de toujours apprendre ! J'espère que je resterai encore longtemps à Rome pour t'aider et te faire travailler mais tout dépend de ce qu'Hadrien décidera. Il est vrai que nos jugements diffèrent. Il est persuadé de s'y connaître autant et même mieux que moi en architecture. Ces dernières années nous nous sommes affrontés plusieurs fois mais mon seul patron était l'Empereur et je pouvais m'abriter sous son autorité. Maintenant qu'il n'est plus, je m'attends à subir le même sort que Rabirius. Tu vois, mon garçon, si je peux te donner un conseil, évite de devenir l'artiste personnel de César, c'est-à-dire un employé soumis à ses caprices. Cela te sera plus facile dans le métier que tu as choisi.

— Pourquoi ?

— Parce qu'il est plus aisé de se croire architecte que sculpteur ! Je suis sûr que Sevurus, Celer et Rabirius t'auraient tenu le même langage.

Pour l'heure, Hadrien n'était pas en mesure de tracasser Apollodore. L'impératrice Plotine et Attianus avaient depuis longtemps rembarqué pour Rome avec, dans leurs bagages, l'urne contenant les cendres de Trajan et, dans leur mémoire, le secret sur les événements qui avaient précédé sa mort. Le nouveau César, lui, était retourné à Antioche pour finir de rétablir l'ordre et la paix que les dernières entreprises impériales avaient compromis. Il s'agissait pour lui de faire ce qu'il avait vainement conseillé à Trajan : abandonner les conquêtes dangereuses qui risquaient à chaque instant de déstabiliser l'Empire, c'est-à-dire évacuer la Mésopotamie où il était impossible de se maintenir et aussi l'Arménie, trop lointaine et trop excentrique.

Hadrien avait mené les pourparlers avec sagesse et habileté. Il avait compris qu'une paix honorable rejoignait l'intérêt des Parthes qui avaient besoin de reprendre leur commerce avec Rome et de faire circuler leurs caravanes au bord de l'Oronte.

Tout cela avait pris du temps mais Hadrien ne voulait rentrer à Rome qu'après avoir mis de l'ordre dans les affaires d'Orient. L'accord avec les Parthes une fois conclu, il restait l'Égypte où Grecs et Juifs, ennemis irréductibles, entretenaient un climat permanent de guerre civile. Hadrien fit un crochet par les rives du Nil et s'apprêtait enfin à rentrer quand des nouvelles inquiétantes arrivèrent de Rome. Une dépêche chiffrée d'Attianus l'informait que Celsius, Quietus, Palma et Nigrinus, membres influents de l'état-major de Trajan, qui l'avaient toujours haï, venaient de le précéder dans la cité où ils fomentaient un complot et regroupaient leurs troupes. Hadrien allait-il échouer au port ? Sa résolution fut vite prise. Un émissaire partit sur-le-champ pour demander à Attianus d'agir vite. Il n'en avait pas dit plus mais le vieillard, s'il agit vite, agit aussi très fort et le débarrassa d'un coup de ses derniers ennemis déclarés. Celsius fut assassiné à Baïes, Palma à Terracine, Nigrinus à Faventia, dans leurs maisons de campagne. Quietus, lui, périt alors qu'il montait dans sa litière pour gagner le Sénat.

Hadrien eut connaissance de cette liquidation sauvage à bord du navire qui le ramenait en Italie. Il en fut atterré. Commencer son règne par un bain de sang n'avait jamais servi ceux de ses prédécesseurs qui s'étaient laissé aller à cet excès. Il savait qu'il lui faudrait longtemps pour faire oublier cette tache qui salissait sa renommée avant même qu'il ait réellement pris le pouvoir. Le Sénat, toujours prêt à défendre ses prérogatives, allait, c'était sûr, faire des martyrs de ces quatre comploteurs dont la réputation était déplorable mais qui étaient sortis de ses rangs !

☆

Comme il s'y attendait, Petronius n'avait pas reçu de nouvelles de Rufa. Il avait revu Tullia avec son frère à une course de chars où ils l'avaient emmené. La jeune fille, blessée par l'indifférence de Petronius, avait refusé de parler de son amie.

— Je n'ai pas l'habitude de m'occuper des affaires de cœur des autres, avait-elle dit d'un air pincé. Si Rufa ne te donne pas de ses nouvelles, c'est qu'elle n'a rien à te dire !

Un après-midi, alors qu'il commençait un troisième buste de celle qu'il n'arrivait pas à oublier, Regus, le portier, frappa à la porte de l'atelier et entra :

— C'est bien, ce que tu fais, dit-il. Rabirius serait content.

— Merci, mais tu n'es pas venu pour me faire des compliments. Qu'y a-t-il ?

— Un homme a apporté un pli pour toi. Le voici.

Petronius regarda l'adresse. Ce n'était pas l'écriture de Lucinus, le seul qui lui envoyait parfois un message. « Et si c'était une lettre de Rufa ? » pensa-t-il soudain. Fébrile, il déroula le papyrus scellé à la cire rouge.

C'était bien Rufa. Le billet était laconique mais il y vit plein d'attentions cachées : « Cher Petronius, je serai demain à cinq heures du jour au *xyste*[1] des nouveaux thermes de Trajan. » En signature une seule lettre : « R ». Il relut dix fois la phrase divine où son imagination mettait une délicieuse lumière poétique, puis il reprit son ciseau et agrandit d'un demi-pouce l'amande des yeux de son inspiratrice.

☆

Petronius était arrivé en avance. Il avait déjà fait plusieurs fois le tour du *xyste* d'où il avait une vue plongeante sur l'esplanade des thermes, les terrains de jeux, les ombrages et les fontaines. Il guettait celle qu'il attendait en essayant de dominer la légère appréhension, presque agréable, qui faisait battre son cœur un peu vite. Il avait déjà vécu des attentes similaires avec Lucinus mais aujourd'hui la sensation qu'il éprouvait était différente. Tout lui semblait nouveau dans ces thermes qu'il connaissait si bien : les tonnelles était plus vertes, les promeneuses plus gaies, les joueurs d'*harpâstum* plus adroits. Au fond, la fumée qui s'échappait de la cheminée des chaudières dessinait dans le ciel des volutes où il déchiffrait le nom de Rufa. Aucune impatience ne crispait son visage. Il rêvait en regardant s'ouvrir les portes des annexes, signe que la cinquième heure était passée, et ne la vit pas arriver par le grand escalier.

1. Promenoir longeant l'esplanade des thermes. On y trouvait des boutiques, des bibliothèques, des salles d'exposition.

Son péplum dégageait ses jambes qu'elle avait fines et lisses et sur lesquelles se croisaient les rubans dorés de ses sandales. Sur un foulard de soie légère qui couvrait en partie ses épaules, sa longue chevelure blonde tombait en cascade. Il sursauta quand elle lui toucha le bras du bout des doigts et il se retourna, ébloui. Ce n'était pas la Rufa hiératique qu'il avait rencontrée chez Lucinus, non plus celle qui était venue le temps d'une soirée au Vélabre. La jeune fille qu'il contemplait en silence lui sembla moins maquillée, plus naturelle, plus vivante, plus vulnérable aussi.

Comme il ne disait toujours rien, c'est elle qui parla la première :

— Ma parole, tu es muet ! On dirait que tu ne m'attendais pas. Es-tu au moins content de me revoir ?

Il se ressaisit, retint une larme et murmura :

— Un peu de patience. Je suis encore trop ému, trop heureux pour parler. Oui, je t'attendais. Depuis le premier jour où j'ai découvert ton visage sous la tonnelle de Lucinus !

— Alors viens, ne restons pas dans le passage. Descendons nous abriter dans l'un des bosquets de l'esplanade. Je connais un banc accueillant.

Il sentit bêtement comme une piqûre du côté du cœur. Était-elle déjà souvent venue s'asseoir sur ce banc ? Et avec qui ? Il faillit le lui demander mais se retint. Il était trop tendre pour savoir que cette pointe de jalousie était le corollaire obligé de l'amour. Comme elle lui prenait la main, il la suivit vers le jardin des délices.

Il avait souvent pensé à cette rencontre, imaginé une joie céleste, dressé mentalement la liste des questions qu'il voulait lui poser, cherché de belles phrases qui exalteraient son art et le mettraient en valeur. Les mots alors lui venaient facilement aux lèvres, tout comme les compliments qu'il se proposait de lui faire sur sa beauté et son esprit. Et puis voilà ! Maintenant qu'il était avec elle, qu'il sentait la douceur de sa main sur la sienne, il ne savait quoi dire. Peut-être était-ce son sourire amusé qui le paralysait. Ne se moquait-elle pas de sa gaucherie ?

Enfin ils s'assirent et Petronius retrouva la parole en même temps que son calme :

— J'ai tellement de choses à te dire que je ne sais par où commencer.

— Je vais t'aider. Dis-moi d'abord si tu me trouves attrayante, si ma coiffure te plaît autant que la première fois où tu m'as vue. Dis-moi que tu as sculpté des dizaines de têtes qui me ressemblent, dis-moi surtout qui tu es car je te connais si peu !

Aucun des mots auxquels il avait pensé ne lui vint en mémoire. Il en trouva d'autres sortis du cœur que la jeune fille écouta apparemment avec plaisir, sans se départir pourtant de ce sourire un peu moqueur qui le faisait douter de lui. Parfois, elle l'interrompait et lui posait une question précise :

— Qu'était exactement pour toi Rabirius ?

— Il était le mari de ma grand-mère Calpurnia. Ce sont eux qui m'ont élevé car je ne connais presque pas mes parents. Ma mère vit en Espagne avec mon père, un architecte renommé qui construit des ponts et qui ne s'est jamais soucié de moi.

— Mon pauvre Petronius. Tu es une sorte d'enfant abandonné, murmura-t-elle en lui serrant plus fort la main.

— Abandonné, avec Calpurnia comme grand-mère ? Quand tu connaîtras cette grande dame, tu ne penseras plus ainsi.

— Je n'ai fait que l'apercevoir le soir où je suis venue dîner au Vélabre mais j'espère que je la rencontrerai...

— C'est mon vœu le plus cher. Mais toi, que caches-tu derrière ton visage impénétrable ?

— Si tu n'as pas encore réussi à y deviner quelques-unes de mes pensées, c'est que tu es aveugle.

— Si, mais je n'ose pas y croire. La désillusion serait trop pénible.

— Tu lis mieux dans les yeux de Lucinus ?

Il rougit et répondit assez sèchement que cela n'avait rien à voir.

— Si tu savais comme tout est différent avec toi ! ajouta-t-il. Mais laisse-moi aussi te poser quelques questions qui me brûlent les lèvres.

— Tu veux me parler de Tullia ?

— Pas du tout. Je veux te parler de toi. Rien ne m'intéresse en dehors de toi !

— N'exagère pas. Que veux-tu savoir ?

— Comment, fille d'un sénateur influent, peux-tu prendre plaisir à fréquenter en secret un malheureux artiste dont la famille, certes honorable, ne compte pas le moindre petit chevalier ? On m'a dit que Néron avait voulu introniser Sevurus dans l'ordre équestre mais qu'il avait refusé en disant que cette distinction n'apporterait rien à sa gloire. Voilà mon seul titre de noblesse : un ancêtre qui aurait pu être chevalier !

— Et alors ? Crois-tu que je serais là si je ne me moquais pas de tes origines ? Je t'assure que la noblesse de l'art vaut celle de Rome, la petite et la grande !

— Mais ton père ?

— Mon père, dans les devoirs de sa charge comme dans ceux de sa famille, est un homme admirable. Ma mère est morte alors que j'avais deux ans, c'est lui qui s'est occupé de mon éducation et j'ai pour lui autant de reconnaissance que de tendresse. Il a refusé de me marier à treize ans à un neveu de l'Empereur. Rien que pour cela je le vénère !

— Mais maintenant que tu en as dix-sept ou dix-huit, je ne sais même pas ton âge, ne cédera-t-il pas à la règle romaine ? Les beaux partis ne doivent pas manquer pour demander en mariage une fille de sénateur belle et riche.

— Non, mais, alors que les parents romains cherchent à se débarrasser de leurs filles encombrantes, mon père entend me garder près de lui le plus longtemps possible.

— Le brave homme ! Je crois que moi aussi je vais le vénérer ! Mais il faudra bien qu'un jour il accepte pour toi un époux ! Que feras-tu alors ?

— Je n'en sais rien. Pour le moment je prends la vie comme elle vient et elle m'est plutôt agréable.

— Je rêve, mais est-ce à cause de notre rencontre ?

— Devine...

— Crois-tu que le bonheur est plus intense lorsqu'on sait qu'il devra s'interrompre un jour ?

— Non. Mais je suis sûr qu'il faut le saisir lorsqu'il se présente.

— Une chose m'intrigue, c'est la liberté dont tu jouis. Je n'ai jamais approché de jeunes filles nobles mais j'ai toujours entendu dire qu'elles étaient sinon séquestrées, du moins étroitement surveillées.

— C'est encore vrai, hélas ! dans de nombreuses familles mais les habitudes ont changé. Les écoles de musique, de poésie, les jeux sportifs sont autant d'activités qui permettent aux filles de sortir de chez elles. Quand en plus on a la chance d'avoir un père libéral comme le mien, la vie devient plus facile. A condition bien sûr de ne pas abuser de cette liberté ni de risquer inconsidérément le scandale.

— N'est-ce pas un scandalc que la fille d'un sénateur s'affiche aux thermes avec un simple citoyen, artiste, donc manuel, de surcroît ? Que dirait ton père s'il l'apprenait ?

— Il serait certainement très en colère, me menacerait de terribles punitions puis me conseillerait d'être prudente. Cela lui ferait aussi peut-être penser qu'il est temps de me trouver un mari. Et ce serait alors la vraie punition !

— Toutes ces considérations sont attristantes. Puis-je te demander une faveur qui, je l'espère, ne te coûtera pas trop ?

— Quelle est cette faveur ?

— Acceptes-tu de venir poser pour moi ? J'ai déjà sculpté trois bustes de toi mais la mémoire ne saurait remplacer le modèle. Le Vélabre est une retraite discrète et personne, sauf tes porteurs, ne sera au courant.

— Sais-tu que j'attendais un peu cette proposition ? Ma réponse est naturellement oui. Je viendrai, mais à pied. Le Vélabre n'est pas le bout du monde et j'ai de bonnes jambes. Et peut-être pourras-tu plus tard sculpter le buste de mon père. Une occasion de t'introduire dans la *domus* familiale. Je te montrerai ma chambre...

— Parles-tu sérieusement ? Des dizaines de sculpteurs ont déjà dû faire le portrait du sénateur. Pourquoi accepterait-il de me consacrer du temps ?

— Parce que je lui demanderai et aussi parce que tous les bustes qu'on a fait de lui ont été ratés ! Quand il verra le mien, il ne pourra refuser.

— Mais lui montrer ma sculpture n'est-il pas l'aveu que nous nous connaissons et que tu as posé devant moi ?

— Ne t'inquiète donc pas ! Milvius Aurelius ne va pas t'exiler dans une île lointaine. Je l'en empêcherai, c'est promis !

Les deux jeunes gens rirent dans l'abri de verdure qui les protégeait des regards et encore une fois c'est elle qui prit l'initiative.

— Pourquoi ne m'as-tu pas encore embrassée ? demanda-t-elle en se serrant contre lui.

Leur baiser dura longtemps. Quand leurs lèvres se quittèrent, le soir commençait à tomber.

— Il faut nous séparer, dit Rufa, je dois rentrer.

— Quand nous reverrons-nous ?

— J'enverrai un messager pour te dire le jour où je viendrai poser au Vélabre.

— Poser seulement ?

— Tu le verras bien !

☆

Le soir de ce premier rendez-vous, Petronius n'avait pu se retenir de confier à sa grand-mère le secret de son amour. Calpurnia l'avait écouté en silence, hochant parfois la tête ou esquissant un sourire.

— Tu veux sans doute que je te dise ce que je pense ? demanda-t-elle.

— Oui, je suis à la fois émerveillé et inquiet. J'ai l'impression que je commets un acte délictueux en aimant Rufa.

— Laisse-moi te rapporter un vieux souvenir, presque un secret. J'avais à peu près l'âge de Rufa et moi aussi j'étais belle. Comme elle je jouissais d'une grande liberté car Sevurus, mon père adoptif, me chérissait. Comme vous je fréquentais les thermes avec mes amies. C'est là que j'ai fait un jour la connaissance d'un jeune homme…

— C'était Celer ?

— Non. Celer était trop absorbé par la Maison Dorée de Néron pour s'occuper de moi. Celui pour qui mon cœur de jeune vierge battait était un poète, ami de Martial qui lui aussi, alors, était jeune. Tout m'attirait vers Valerius. Je savais qu'en cédant à son amour et à mon désir j'allais peiner mon père et faire du mal à Celer mais je n'ai pas hésité une seconde. Avec lui, dans le petit logement d'une *insula* du Quirinal, j'ai vécu les plus belles heures de ma vie. C'était une folie mais comme cette folie m'a rendue heureuse ! Plus tard j'ai épousé Celer. J'ai vécu avec lui d'autres joies mais le premier amour est unique. Je ne l'oublierai jamais.

— Qu'est devenu ce Valerius ?

— Il est mort dans l'incendie du Capitole au cours de la guerre civile entre Vitellius et Vespasien.

— Ainsi tu me vois dans la peau de Valerius et Rufa dans la tienne. C'est bien cela, n'est-ce pas ?

— Non, parce que les histoires d'amour ne se répètent jamais, mais il y a des analogies. Ta Rufa a du caractère et je crois qu'elle me ressemble un peu. Aimez-vous, mes enfants, mais soyez prudents. Ménagez l'honneur et la réputation de la famille Aurelius et surveillez le temps qui passe en savourant votre bonheur. Je vais prier pour vous.

Calpurnia, elle aussi, laissait maintenant le temps passer avec sérénité. Sa foi assurait à sa vieillesse une tranquillité qu'elle n'avait jamais connue. Elle avait bien un peu de difficulté à gagner, la nuit venue, le tombeau de Caecilia Metella et à franchir le souterrain pierreux qui menait à la crypte du Colisée, comme on appelait maintenant le refuge des chrétiens, mais elle trouvait au bout du tunnel la joie de Jésus qui éclatait dans les chants fraternels et les prières.

Petit à petit le vocabulaire de la chrétienté, qui avait longtemps continué d'utiliser celui des cultes romains historiques, s'enrichissait de mots nouveaux qui légitimaient la divine originalité de la religion de Jésus. On parlait de la sanctification des premiers martyrs, de saint Ignace, l'évêque d'Antioche mort sur le sable de l'arène romaine, du *papa*, l'évêque de Rome, père de tous les chrétiens. Et Calpurnia n'hésitait pas à proclamer dans ses prises de parole sacrée que Colosseo, le géant de l'amphithéâtre, était lui-même un saint, ce qui suscitait le courroux de l'intéressé, lequel ne voulait être qu'un chrétien comme les autres.

Le respect qu'éprouvaient mutuellement Calpurnia et le géant s'était mué au fil des ans en une profonde amitié. Lui qui lisait à peine le grec et très peu le latin devenait un orateur inspiré quand il discourait de la religion. Les prêtres qui venaient nombreux assister aux réunions de la crypte lui portaient d'ailleurs une grande considération, et Sixte, le nouvel évêque de Rome, lui parlait d'égal à égal.

Calpurnia réussissait peu à peu à percer le mystère qui entourait Colosseo. De temps à autre, il lâchait une phrase ou acceptait de répondre à une question. Elle arrivait ainsi à cerner d'un peu plus près le singulier personnage qui lui répétait qu'il la vénérait et la protégerait quoi qu'il arrive. Bien qu'elle ne craignît rien, cette protection rassurante lui était agréable.

— Dis-moi enfin, lui avait-elle demandé un jour, pourquoi les empereurs te laissent régner en maître quasi absolu sur le monde caché de l'amphithéâtre.

Il avait hésité, puis répondu :

— C'est un vieux secret entre César et moi. Cela date du jour où j'ai sauvé Vespasien de la mort en l'arrachant littéralement aux roues d'un chariot fou qui allait l'écraser alors qu'il se promenait à pied dans les rues de Rome à une heure matinale. Très peu de gens ont eu connaissance de cet événement. L'Empereur m'a fait rechercher et m'a fait venir en litière, comme un préfet, jusqu'à sa maison de Reate où il se remettait du choc, car il faut te dire que malgré ma force et ma promptitude, une roue avait touché son épaule.

« "Sans toi j'étais perdu, m'a-t-il dit. Ton Empereur te remercie mais comment as-tu fait pour me soulever comme un fétu alors que je sentais déjà le froid du cercle de roue sur ma chair ?"

« "César, ai-je répondu, la nature m'a donné une force que je rêvais de mettre un jour à ton service. Le hasard m'a placé sur ton chemin ce jour-là et je suis heureux d'avoir aidé mon Empereur !"

« Après, Vespasien m'a fait remettre une grosse somme d'argent et m'a demandé à quoi j'utilisais ma force en dehors de le sauver d'une mort atroce. Je lui ai dit que j'étais employé à l'amphithéâtre où je m'occupais des bêtes. Il a réfléchi un instant et m'a dit que désormais je serais le maître de cette ville cachée sous le sable de l'arène. "C'est un lieu où l'administration ne met jamais les pieds, a-t-il ajouté. Au palais tout le monde a peur de cet antre où rôde la mort, des gladiateurs qui attendent le combat et des fauves qui rugissent. L'endroit est dangereux et je veux qu'un homme de confiance en soit le maître. Tu ne dois de comptes qu'à moi. Je règne sur l'Empire et toi sur les entrailles de l'amphithéâtre Flavien ! Ce pouvoir, tu le conserveras après ma mort." »

— Cela n'explique pas l'impunité dont tu jouis ni l'inviolabilité de ton terrier géant. Il doit y avoir autre chose que tu ne veux pas me confier.

— Ne le répète jamais : bien que cela n'ait jamais été écrit, l'Empereur veut pouvoir compter sur un abri sûr et secret où il puisse se réfugier en cas de danger et où ma force pourra le protéger. Voilà pourquoi, en réalité, j'ai tous pouvoirs sur les hommes que j'ai engagés, sur les bêtes qui peuvent attaquer mais aussi défendre, sur les gladiateurs dont les réactions, on l'a vu jadis avec Spartacus, ne sont jamais sûres. Mais qui a pour mission de protéger l'Empereur peut aussi protéger Calpurnia ! N'hésite jamais à m'appeler si tu cours un danger.

— Merci, Colosseo. Encore une question : l'Empereur sait-il que tu es chrétien ?

— Vespasien ne l'a pas su. Titus, oui, et j'ignore si Hadrien l'apprendra, mais cela a peu d'importance. César se moque que je prie Jésus s'il sait que je le défendrai jusqu'à la mort ! Maintenant que je t'ai tout dit ou presque, retournons auprès de nos frères célébrer le Seigneur, notre seul maître !

☆

Trois jours après leur rendez-vous aux thermes, Rufa fit prévenir Petronius qu'elle viendrait dans l'après-midi au Vélabre. Le jeune sculpteur exulta, courut apprendre la bonne nouvelle à Calpurnia et commanda aux esclaves de nettoyer l'atelier.

L'aspect de celui-ci avait changé depuis la mort de Rabirius et la fin de son usage pour l'architecture. Les longues tables installées sur des tréteaux et sur lesquelles on posait les plans avaient cédé la place à de hauts guéridons ronds que Petronius avait fait construire pour supporter les modelages en glaise. Des établis râblés, en charpente de marine, soutenaient les marbres en cours ou les blocs de carrare prêts à être travaillés. Un peu partout des linges blancs humides cachaient des ébauches en terre fraîchement pétrie et donnaient à la vaste pièce construite par Sevurus et agrandie par Celer le côté fantastique qui distingue les ateliers de sculpteurs. Seuls demeuraient les coffres qui contenaient les archives et le grand tableau sur lequel les meilleurs architectes du siècle avaient dessiné les monuments de Rome. Pour qu'il ne reste pas vide, comme un reproche, Petronius y avait fixé le parchemin de la première représentation en perspective de l'amphithéâtre, telle que l'avait imaginée Celer. On remarquait peu de différences avec le monument colossal déjà devenu le préféré des Romains.

Calpurnia avait apprécié le geste de Petronius :

— C'est bien d'avoir pensé à établir un trait d'union entre les deux ateliers, entre les deux métiers, entre les deux générations. Il te faut maintenant honorer ce lieu chargé d'histoire.

— Le vrai trait d'union c'est toi, avait poursuivi Petronius. Je voudrais que ton buste soit exposé à l'entrée de l'atelier. Je me sens maintenant capable de le sculpter convenablement. Voudras-tu poser pour moi ?

— Comment pourrais-je refuser une chose qui me fait tellement plaisir ?

Pour l'heure, ce n'était pas le buste de Calpurnia qui captivait le jeune artiste. Il attendait Rufa et se demandait comment il attaquerait le marbre posé sur l'établi. Comme s'il allait d'emblée tailler dans la pierre ! « Allons, se dit-il, c'est d'abord en terre glaise qu'il te faut pétrir le visage qui t'est cher. Avec tes seules mains et tes yeux tu vas créer de la beauté. Quel autre métier t'offrirait ce privilège ? »

Rufa, conduite par Calpurnia, arrivait justement. Elle avait revêtu sur son péplum de lin un long manteau sombre et avait noué sur sa tête un foulard qui lui dissimulait la moitié du visage. Rien ne la différenciait des autres Romaines qui se faufilaient à la même heure dans la fourmilière de la vieille ville.

— Tu vois, dit-elle en riant, je me suis rendue invisible pour venir. Aucun esclave de mon père ne m'a suivie jusque chez toi ! Mais je suis là depuis un moment. J'ai bavardé avec Calpurnia et j'aurais bien continué jusqu'à ce soir tellement ta grand-mère est passionnante. Elle m'a conquise !

— J'en étais sûr, elle a séduit tout le monde à Rome depuis sa tendre jeunesse !

— Petronius exagère, dit Calpurnia. Mais je te souhaite sans forfanterie de susciter autant d'intérêt que moi au cours de ta vie. C'est agréable, tu sais, d'être aimée ! Maintenant je laisse la beauté et le talent organiser l'éclosion d'un chef-d'œuvre !

Elle rit et s'en retourna de son pas de jeune fille.

— Regarde, dit Petronius, quand on voit sa silhouette danser à travers les allées du jardin on lui donnerait vingt ans. Qui pourrait croire qu'elle en a plus de soixante-cinq ?

— Comme j'aimerais vieillir avec toi ! dit soudain Rufa. Crois-tu que c'est un rêve insensé ?

— Calpurnia m'a dit hier que l'amour avait raison de tous les obstacles. Si tu m'aimes, tout est ou sera possible.

Il lui ôta son manteau, son foulard, prit sa tête entre ses deux mains et la regarda, ébloui, avant de la couvrir de baisers.

— Viens voir les bustes que j'ai faits de mémoire. Il y en a deux que tu ne connais pas. Moi je n'en vois plus que les défauts. Peut-être que le modèle sera plus indulgent que l'artiste ! Seulement il va falloir que tu dénudes tes épaules. Ton long cou doit en sortir comme le pistil d'une fleur.

— Comme tu veux, répondit-elle en laissant tomber sa tunique jusqu'aux reins.

Il se sentit devenir rouge d'émotion et la contempla en silence, bouleversé. Il maîtrisa enfin son embarras et lui montra un tabouret :

— Assieds-toi là et regarde-moi. Je vais d'abord ébaucher un modèle en glaise. Tu vas dire que je suis bête mais je suis intimidé. Je ne peux m'empêcher de penser que je ne suis pas digne de ta beauté et que tu aurais dû naître en Grèce au temps de Praxitèle. Il t'aurait faite en Aphrodite, en Amazone, en Artémis. Un peu plus tôt Phidias t'aurait représentée sur les frises du Parthénon ! Ce que je dis est vrai : aucun sculpteur romain n'est capable d'exprimer l'éclat qui irradie de ton corps !

C'était elle maintenant qui l'observait, confondue par l'exaltation qu'elle suscitait :

— Si, dit-elle, un sculpteur romain est capable de faire mon portrait : toi, Petronius. Parce que tu m'aimes et que l'amour donne du talent à ceux qui n'en ont pas et du génie à ceux qui ont du talent. Tu fais partie des seconds et, à considérer les bustes que tu as faits de mémoire, celui pour lequel je vais poser ne peut être que réussi. Mais assez parlé d'une beauté que tu sublimes abusivement, prends la glaise et modèle-moi un beau nez ! Tiens, au fait ? Comment est-il, mon nez ?

☆

Rufa vint et revint au Vélabre. Chaque fois elle prenait la pose, et Petronius, qui terminait l'ébauche du marbre, n'était pas mécontent de son travail.

— Qu'en penses-tu ? demandait-il. Si je m'écoutais je laisserais la pierre brute de ciseau. Je te l'ai, je crois, déjà dit lorsque tu es venue pour la première fois : la lumière joue mieux sur l'inégalité des surfaces et les arêtes vives que sur le marbre poli et adouci. Mais je veux que ma sculpture capte toute ta beauté et j'irai jusqu'à graver au perloir le grain de ta peau dans la pierre !

Lorsqu'il se laissait ainsi emporter par son ouvrage, Rufa riait, se moquait mais était ravie. Petronius lui avait raconté que jadis la poésie de Valerius avait eu raison de la sagesse de Calpurnia et elle se demandait si la sculpture aurait sur elle le même effet. En attendant, les relations entre les jeunes amoureux demeuraient chastes, « professionnelles », comme disait Petronius. En dehors des baisers qui, il est vrai, s'éternisaient souvent, il résistait au désir de frôler, de caresser, d'embrasser le buste adorable qu'elle offrait à ses regards lorsqu'elle était dénudée. Elle ne faisait rien non plus pour hâter un dénouement que tous deux souhaitaient mais qu'ils retardaient d'un commun accord, non par pudeur mais pour goûter jusqu'au bout les délices de l'attente.

Rufa, en se rhabillant après une séance de pose qui devait être l'une des dernières, dit tranquillement :

— Petronius, le jour où tu me diras que mon buste est achevé je me donnerai à toi. J'ai hésité un moment entre la sagesse de conserver ma virginité jusqu'à un mariage que je ne pourrai probablement pas éviter et le bonheur de devenir femme entre tes bras. J'ai vite compris qu'il serait absurde d'ajouter le cadeau de ma pureté au marché qui me livrera à un homme que je n'aurai pas choisi.

Surpris, ému et ne sachant évidemment quoi dire, il la tint seulement plus longtemps dans ses bras avant qu'elle ne quitte l'atelier. D'habitude elle repartait seule, discrètement, vers l'Aventin, mais ce soir-là Petronius dit qu'il allait l'accompagner jusqu'au temple de Diane :

— Je mets moi aussi une houppelande couleur de muraille, personne ne nous reconnaîtra.

— Et si quelqu'un nous voit ensemble, je m'en moque !

Serrés l'un contre l'autre ils contournèrent le cirque Maximus et s'engagèrent dans la ville. Comme il se taisait, Rufa lança, mi-sérieuse, mi-rieuse :

— Ce que je viens de te dire semble moins t'inspirer que la sculpture. Je crois que finalement tu me préfères de marbre !

— Je suis seulement en train de me demander si j'ai le droit de te faire courir un tel risque. Je suis naïf sur l'amour entre hommes et femmes mais je n'ignore pas qu'un gendre de sénateur peut s'apercevoir que sa femme n'est pas venue vierge au mariage. Tu ne crains pas un scandale ?

— Un scandale qui le ridiculiserait ? Non ! Mais s'il s'estime trompé sur la marchandise, il n'aura qu'à divorcer. Et je serai enfin une femme libre. Libre de t'aimer si tu veux encore de moi.

Il l'attira contre lui, l'entraîna dans l'angle d'une ruelle derrière la boutique d'un batteur d'or, et lui, d'habitude si tendre, l'embrassa farouchement. Quand il relâcha son étreinte elle demeura pantelante dans ses bras. Il la regarda et dit :

— On peut t'obliger à épouser qui on voudra. Je veux seulement être toujours ton seul amant !

☆

L'après-midi touchait à sa fin, il pleuvait sur le jardin qui exhalait une vapeur âcre panachée du parfum entêtant des lis. Petronius, qui connaissait depuis toujours ces odeurs mêlées, y décelait un appel de tendresse et d'amour paisibles.

Rufa n'était pas venue pour poser mais pour voir son buste que Petronius avait achevé de polir dans la nuit. Assandre et Apollodore y auraient, certes, trouvé quelques défauts mais il était beau, très blanc, très pur. Ils l'avaient longuement contemplé, caressé, éclairé sous tous les angles au feu tremblant d'une lanterne. Rufa était heureuse et répétait : « C'est pour moi que tu as fait cela ! Comme je suis fière ! »

L'artiste, lui, ressentait un grand soulagement. Il avait mené son œuvre à terme en évitant le ridicule d'un échec. Porté par l'odeur enivrante des fleurs mouillées, il pensait à la promesse de Rufa. « C'est à moi de la lui rappeler, se dit-il. Elle a fait le premier pas, par fierté elle ne fera pas le second. »

— Sens-tu les arômes du jardin ? murmura-t-il. Les fenêtres de ma chambre donnent sur le massif d'asphodèles. Viens, nous y serons bien pour continuer à parler de marbre et de beauté.

— Le marbre est froid et la beauté n'est rien sans l'amour. Disons que nous parlerons plutôt d'amour.

Calpurnia se reposait dans l'*atrium*. Elle les aperçut qui entraient dans la chambre.

« Jésus qui est toute bonté ne peut que bénir un amour aussi pur, pensa-t-elle. Je demanderai demain à Colosseo de faire dire par nos frères une prière pour que l'avenir leur soit clément. »

C'est ainsi que Rufa, jeune vierge de noble famille sénatoriale, faillit aux institutions et aux coutumes de Rome.

Rufa avait craint un moment que ses visites répétées au Vélabre n'éveillassent la curiosité de son père qui pouvait être prévenu à chaque instant par quelque bonne âme à son service. Le sénateur, heureusement, avait d'autres soucis depuis qu'Hadrien, après les grands espaces de l'Orient, avait retrouvé les rues étroites de Rome, ses *forums* encombrés et ses jeux dont il supportait toujours aussi mal la sauvagerie mais qu'il était contraint d'honorer plus souvent qu'il ne l'aurait souhaité.

Milvius Aurelius faisait partie de ces sénateurs prudents, raisonnables et intelligents qui, sans s'avilir, avaient réussi à survivre aux périodes de tyrannie. Conseiller écouté de Trajan, il avait suivi avec sollicitude les premiers pas militaires et politiques d'Hadrien. Il était donc logique que le nouvel Empereur appelle aux affaires ce scrupuleux serviteur de l'État dont le caractère indépendant lui plaisait. Aurelius, qui avait décliné la fonction trop politique de préfet du prétoire, avait été nommé responsable du *Concilium Principis*[1].

Les dîners du Vélabre avaient pris un tour plus intime. Seul Juvénal y assistait souvent. Parfois Lucinus et Tullia se faisaient inviter. Après un moment de dépit le frère et la sœur avaient fini par accepter la situation nouvelle qui les privait, lui d'un ami très cher, elle du soupirant qu'elle aurait aimé avoir à ses pieds.

Calpurnia trouvait en Rufa l'informatrice amie qui lui avait manqué sous Trajan. Curieuse comme la plupart des Romaines, elle avait toujours aimé être au courant des intrigues qui se nouaient dans les couloirs du Palatin. Par son père, la jeune fille connaissait beaucoup de ces petits secrets qui faisaient les délices des habitués du Vélabre. Ainsi apprit-

1. Le Conseil du Prince, composé de hauts fonctionnaires, prend à partir d'Hadrien une importance de plus en plus grande, au point, par moments, de supplanter le Sénat.

on que les relations s'étaient singulièrement dégradées entre l'Empereur et Apollodore. Ce dernier, fier d'avoir marqué Rome de son talent, conscient du rôle d'initiateur qu'il avait joué naguère auprès du jeune prince passionné d'architecture, supportait mal les prétentions artistiques de l'élève devenu Empereur qui entendait imposer ses idées et ses projets.

— Mon père assure que cet antagonisme devient dangereux pour Apollodore, dit Rufa.

— Apollodore m'a dit un jour qu'il pourrait bien lui arriver le même désagrément qu'à Rabirius, remarqua Petronius. Va-t-il aussi devoir abandonner sa charge ?

— Peut-être. Je sais qu'actuellement la dissension porte sur le temple de Vénus qu'Hadrien a décidé d'élever et sur la construction du Panthéon, une idée de son prédécesseur. Pour le temple, afin sans doute de montrer à Apollodore qu'il pouvait se passer de son aide, l'Empereur lui a envoyé son propre projet en lui demandant s'il le trouvait bon. Apollodore lui a répondu que le temple était mal conçu, qu'il devrait être construit sur une hauteur de façon à être mieux vu depuis la voie Sacrée. L'Empereur a peu apprécié cet avis. Cette rivalité ne peut avoir qu'une issue : le renvoi pur et simple d'Apollodore !

— Hadrien, dont les capacités semblent universelles, comprend-il au moins quelque chose à l'architecture ? demanda Calpurnia que cette lutte inégale passionnait.

— Oui. Mon père dit qu'il est excellent, comme dans toutes les choses auxquelles il s'intéresse.

☆

Cela faisait deux ans qu'Hadrien avait rejoint Rome après le voyage de neuf mois qui avait succédé à la mort de Trajan. Il avait repoussé une invasion des Roxolans[1], fait la paix avec

1. Peuple guerrier et puissant de la Sarmatie européenne, aujourd'hui région voisine de la mer Caspienne.

la Dacie, réglé les affaires d'Orient les plus urgentes. Le massacre des sénateurs rebelles par Attianus était oublié et, grâce à ses qualités exceptionnelles, il s'était rangé dès le début dans la famille historique des grands Césars.

Hadrien était, il est vrai, un personnage brillant. Son esprit encyclopédique le distinguait de tous ses prédécesseurs et, s'il se piquait abusivement de tout savoir, il était certain qu'il savait beaucoup de choses. Épris de philosophie, il se plaisait dans la compagnie du stoïcien Épictète et, si ses goûts en littérature étaient surprenants – il préférait par exemple Caton à Cicéron et Ennius à Virgile –, il était un vrai lettré doublé d'un savant instruit de géométrie, d'astronomie et de médecine. C'était aussi un artiste authentique à l'affût de tous les plaisirs esthétiques. Il peignait, sculptait et était bon musicien. Quant à l'architecture, Apollodore avait pu juger de sa passion. Il avait créé au Palatin un atelier qui, sous son autorité, exécutait ses plans et surveillait les travaux.

Les histoires, les anecdotes sur Hadrien, rarement malveillantes, couraient le *forum*. C'était évidemment Juvénal qui les rapportait.

— J'ai rencontré Precius, l'historien, raconta-t-il ainsi un jour. Il venait d'assister à une passe d'armes grammaticale entre l'Empereur et quelques rhéteurs célèbres dont Favorinus qui se vit reprendre par César à propos d'une expression qui ne souffrait aucun reproche. Aussitôt Favorinus se rendit à la critique en louant la sagacité impériale. Comme ses amis le raillaient un peu plus tard d'avoir si aisément cédé à Hadrien alors qu'il avait pour lui toutes les autorités grammaticales, il mit les rieurs de son côté en répondant : « Vous ne me persuaderez pas, mes amis, que celui qui commande à trente légions n'est pas le plus savant ! »

Un jour, Rufa arriva défaite au Vélabre, conduite par les porteurs de son père, comme si elle n'avait plus à craindre d'être surveillée. Elle se jeta dans les bras de Petronius et répondit à Calpurnia qui lui demandait ce qui se passait :

— Les beaux jours sont finis. L'Empereur repart en voyage, peut-être pour plusieurs années. Il emmène avec lui sa cour, ses principaux collaborateurs, des juristes et des techniciens chargés de le conseiller pour diriger l'Empire à distance et régler tous les problèmes qui se poseront sur place. Cela me serait indifférent si mon père ne faisait pas partie de cette administration itinérante !

— Et alors ? dit Petronius. Ton père au loin, nous serons plus libres !

— Non, parce qu'il pense qu'il ne peut pas laisser sa fille de vingt ans seule à Rome. Alors il a décidé de me marier pour que je ne reste pas sans protection et, bien qu'il ne le dise pas, pour assurer sa propre tranquillité.

Petronius pâlit et emmena Rufa dans le jardin. Il avait souvent songé à ce jour où elle lui annoncerait l'inévitable, mais le bonheur néglige les certitudes défavorables et il avait presque réussi à oublier les menaces qui pesaient sur leur amour. Et voilà qu'aujourd'hui, comme la guerre qui survient alors qu'on ne l'attend plus, le monde s'écroulait !

— L'idée que tu vas partager le lit d'un autre m'est insupportable ! s'indigna-t-il. Tu crois que je vais accepter de ne plus te voir ? Il n'y a qu'une solution : partir loin, très loin...

— Ne dis pas de sottises. Où que nous allions, mon père nous retrouverait. Nous serions punis, condamnés !

— Calpurnia peut demander à son géant Colosseo de nous cacher dans les souterrains de l'amphithéâtre.

— Et nous vivrons emmurés avec les bêtes jusqu'à la fin de nos jours ? Sois un peu sérieux, Petronius ! Tu crois que cela me fait plaisir d'épouser un autre que toi ? Crois-moi, c'est moi qui suis le plus à plaindre !

— D'abord, à qui va-t-on te marier ?

— Mon père doit me le présenter demain. Je sais seulement que c'est le fils d'un préfet suffect de Trajan. Il est chevalier et, dit-on, promis à une belle carrière. Tout ce qu'il faut pour s'ennuyer, quoi !

— Viens, nous allons demander conseil à Calpurnia. Elle

connaît tout de la vie et nous aime trop pour nous engager sur un mauvais chemin. As-tu essayé de fléchir ton père ?

— C'eût été inutile. Je ne vois qu'une lueur dans le gouffre sombre où nous sommes plongés : ce qu'il sera possible de faire lorsque je serai mariée. J'ai déjà envisagé avec toi la liberté dont je jouirai...

— Pourrait-elle être plus grande que celle que ton père t'accordait ? J'en doute !

— Et pourquoi ne pas songer au divorce ? Je ne serais pas la première qui, à la suite d'un accord commun, a recouvré sa liberté. Je ne crois pas que mon futur mari soit très fortuné. Cela peut permettre un arrangement.

— Tout cela me dégoûte ! Je crois que je vais abandonner Rome et ses hypocrisies pour aller m'enivrer des parfums de la Grèce.

— Tu me laisseras seule ?

— Non, avec ton cher mari, le chevalier !

☆

Petronius ne voulait pas être à Rome au moment où Rufa allait épouser Ennius, fils du noble Silius Flaccus, dans la pompe et l'archaïsme des rites romains. Il ne partit pas pour la Grèce trop lointaine mais pour Ostie, chez le cher Polimus où il était sûr de trouver un accueil chaleureux et tout le marbre dont il pouvait rêver pour travailler avec l'espoir que l'oubli finirait par adoucir sa peine.

Calpurnia ne laissa pas partir son garçon sans verser de larmes :

— Tu vois, dit-elle, je ne réussis plus à maîtriser mes émotions. C'est l'âge. J'atteins la pente du couchant... Alors, ne tarde pas trop à revenir car je n'aimerais pas que tu sois loin de moi quand je quitterai le Vélabre !

Petronius la serra longuement dans ses bras, lui dit qu'elle était vaillante comme une jeune fille et qu'elle vivrait encore longtemps. Il ajouta qu'il reviendrait avant le printemps pour voir éclore les narcisses dans le jardin.

— Alors je t'attendrai, murmura-t-elle dans un pauvre sourire. Ce qui me bouleverse, c'est de te voir partir malheureux !

— C'est un mauvais moment à passer. J'espère que le travail m'aidera à oublier.

Il était tout de même bien triste en rangeant ses outils dans son bagage. Apollodore lui avait fait obtenir une place dans la voiture du *cursus publicus* et lui avait souhaité bonne chance :

— Je ne sais pas où je serai lorsque tu reviendras ! N'oublie pas ce que je t'ai dit : refuse d'être attaché au système impérial. Et surtout, travaille. Rome a besoin de bons sculpteurs !

Petronius disposait d'un peu de temps avant de partir rejoindre la station centrale de la poste au Champ-de-Mars. Il alla jeter un dernier regard à l'atelier maintenant rempli de ses sculptures. Les bustes de Rufa étaient partout. Il hésita puis empaqueta soigneusement la terre cuite qu'il avait modelée la première fois qu'elle était venue poser.

— Si elle arrive entière à Ostie, dit-il à Calpurnia qui le regardait faire, c'est que tout n'est pas fini. Tu crois vraiment que je retrouverai Rufa ?

— J'en suis sûre, mon chéri. Devant l'inévitable il ne reste qu'à espérer. Comme je regrette que tu n'aies pas rejoint notre famille chrétienne ! Jésus t'aiderait... Mais je vais prier pour vous deux.

La joie des Polimus en le voyant arriver était si spontanée que Petronius en fut tout ému. Ils avaient bien vieilli dans leur forêt de marbre et ne paraissaient pas trop fatigués.

— Je ne travaille plus guère, dit Polimus, mais je me fais aider et la marbrerie continue d'approvisionner les entrepreneurs et les artistes. Dis-moi, aimes-tu toujours la pierre ? Où en es-tu de la sculpture ? Viens, nous allons faire le tour du chantier en bavardant. Il faut que tu refasses connaissance avec Paros et Carrare ! As-tu apporté tes outils ?

— Oui, je compte bien sculpter et j'ai hâte de savoir ce que tu penses de mon travail. Accepteras-tu de poser pour moi ? J'aimerais tellement faire ton portrait. Pourquoi pas en César ? N'es-tu pas l'empereur d'Astrakan, le pays de la lamachelle, ce marbre rare que l'on ne trouve que chez toi ? En as-tu encore quelques blocs ?

— Oui, parce que je refuse de les vendre. Si tu veux les sculpter, ils sont à toi ! Mais au fait, quand tu dis que tu veux faire mon buste, tu parles sérieusement ?

— Nous commencerons dès demain. Et après, je ferai celui de la chère maman Fidelia. Mais où est-elle ? Je l'ai à peine vue en arrivant.

— Je suis sûr qu'elle est dans sa cuisine en train de préparer le dîner de ton retour ! Maintenant, réponds-moi si tu le veux : es-tu heureux dans la vie ?

— Disons que je l'étais, follement, il y a encore une semaine.

— Bon. Je comprends. L'air de la mer et aussi l'odeur du marbre, que tu es l'un des seuls à sentir, vont te redonner le goût de la vie.

Le vieux Polimus avait raison. Certes, Petronius n'oubliait pas Rufa et se croyait toujours le plus malheureux des hommes, mais le cadre retrouvé de la marbrerie et la bonté de ses hôtes lui faisaient de plus en plus souvent retrouver le sourire. Les soirées et les nuits étaient les plus pénibles. Couché en face de l'ébauche de terre qu'il éclairait d'une chandelle, il n'échappait pas aux souvenirs et aux déchirements de la jalousie, sentiment nouveau pour lui. Il ne réussissait pas à freiner son imagination qui l'emmenait dans une chambre luxueuse où Rufa était étendue près de son mari. Plusieurs fois des cauchemars l'avaient réveillé, en sueur. Rufa résistait et l'appelait au secours. Le matin, heureusement, tout allait mieux. Polimus avait mis un hangar à sa disposition mais, quand le soleil brillait, il préférait s'installer dehors, au milieu des blocs de marbre.

Polimus était un bon modèle. Son visage de paysan du Sud aux traits durs, aux rides rares mais profondes, reflétait le paysage d'une vie laborieuse, ordonnée dans un sage bonheur. Il se pliait facilement aux exigences de la glaise que Petronius posait par petites boulettes et travaillait avec le pouce et l'index afin d'accentuer l'épaisseur d'une narine ou de former le lobe d'une oreille.

Polimus restait souvent silencieux, par respect pour un art dont il n'avait pas réussi à vaincre les difficultés. Quand il ouvrait la bouche, c'était toujours pour faire parler le bon sens. Ainsi, un jour, il avait dit :

— Le modelage est curieusement le contraire de la sculpture. Dans le premier l'artiste apporte petit à petit de la matière alors que pour sculpter il la retire.

Une autre fois :

— Comme tu dois me connaître à force de scruter mon visage, de mesurer l'inclinaison de mon front, de compter mes rides ! Car aucun trait ne trompe. Le moindre froncement de sourcils, la fuite d'un regard te révèlent, j'en suis sûr, un secret de mon cœur. Quel beau métier tu as choisi !

Petronius l'écoutait, l'engageait à se livrer et demandait :

— Tu parles mieux que n'importe qui d'un art que tu ne pratiques pas. Pourquoi n'écris-tu pas toutes ces réflexions qui te viennent à l'esprit ?

Polimus éclatait de rire :

— Tu me vois écrire à mon âge ? Avec ces doigts aussi durs que le marbre qu'ils ont travaillé durant toute une vie ?

Petronius menait de front le buste de Polimus et une statuette dont l'idée le poursuivait depuis longtemps, celle de Rufa en Aphrodite. Ces deux travaux en étaient encore à l'état du modelage sur lequel, il s'en rendait compte, il s'attardait trop. Toujours cette crainte de passer à l'acte, qu'il avait éprouvée pour chacune de ses œuvres au moment d'attaquer la pierre ! Mais Polimus le décida :

— Alors, petit, je ne t'ai pas appris le marbre pour que tu t'obstines à tripoter la glaise. J'ai hâte de te voir manier le ciseau !

Petronius commença donc à « meurtrir le marbre », comme disait Assandre, c'est-à-dire à dégrossir le bloc de carrare pour en faire une sorte d'œuf qui prendrait après d'innombrables approches au ciseau les traits de Polimus.

Aphrodite, c'était le plaisir du soir. Il la retrouvait lorsque le soleil déclinait, et ce rendez-vous, qui lui avait été difficile à supporter au début, lui apportait maintenant une certaine sérénité. A cette échelle réduite la ressemblance du visage n'avait plus beaucoup de sens. Ce qu'il recherchait c'était moins une identification qu'une sublimation. Rufa en Aphrodite n'était plus Rufa. C'était le portrait de l'amour, la jeunesse insolente, la fierté de la déesse, la grâce d'être née de l'écume de la mer ; et aussi, pour Petronius qui connaissait bien la vie légendaire de la fille de Zeus, l'image de celle qui avait favorisé le mariage et l'amour en dehors de toute loi. En sculptant Aphrodite, n'accroissait-il pas ses chances de reconquête ?

☆

Rufa pour l'instant restait muette. Sachant sans doute par Tullia que Petronius avait quitté Rome, elle n'avait pas donné signe de vie à Calpurnia. Le sculpteur, après avoir été tenté de demander des nouvelles à Lucinus, avait préféré ne rien savoir. « Si Rufa me revient un jour, pensait-il, ce sera une période de malheur à oublier. Autant commencer maintenant. » Et il redoublait d'ardeur au travail.

Polimus connaissait un vieux sculpteur qui vivait dans la campagne d'Ostie en décorant de statues les jardins des riches Romains, nombreux à posséder une maison sur les bords de mer. A la demande il livrait une Cérès, une Vénus ou un

Apollon qui prenait place dans un quinconce ou reflétait sa blancheur dans l'eau d'un bassin où évoluaient des cygnes.

— Nous allons rendre visite à mon ami Atticus, dit un jour Polimus. Il n'est pas le Phidias romain mais c'est un vrai artiste qui connaît son métier et dont les mains travaillent aussi bien que la tête. Il ne gagne pas beaucoup d'argent car il est consciencieux et passe trop de temps sur ses statues mais pour rien au monde il n'échangerait une situation qui lui permet de vivre dans le monde des dieux. Tu apprendras beaucoup en le regardant travailler car l'art sans métier n'est pas grand-chose. Et puis, nous l'inviterons chez nous. J'aimerais qu'il voie ce que tu fais.

Atticus était sans âge. Sa volumineuse barbe blanche cachait ses rides, s'il en avait, et son regard était étonnamment jeune. A force de sculpter les dieux il en avait pris la hauteur et le détachement que les artistes grecs leur avaient attribués pour l'éternité. Quand ils arrivèrent dans la cour où l'artiste fignolait les fruits qu'une Pomone toute neuve présentait avec grâce, il s'écria :

— Polimus, mon ami, mon frère, sois le bienvenu dans ce jardin et que ma Pomone veille sur les années qui te restent à vivre. Je l'aime bien, Pomone, parce qu'elle sait que le bonheur renaît avec les saisons et qu'elle profite sagement de ses dons de nymphe.

— J'héberge en ce moment Petronius qui rêve de te rencontrer. C'est un jeune sculpteur qui connaît le marbre aussi bien que moi et en fait de belles choses. Le vieil Assandre lui a appris à tenir un ciseau mais, en fait, il a appris seul, avec l'aplomb de la jeunesse, à faire vivre la pierre. Il pense aujourd'hui que les conseils que tu voudras bien lui donner le feront avancer dans son art.

— L'art ? C'est un mot que je ne prononce plus. J'ai cru longtemps que j'approcherais le génie des Grecs, que mes œuvres resplendiraient de la grâce, de l'équilibre, de l'ineffable quiétude qu'ils savaient donner à leurs sculptures. Quand, pour vivre décemment, j'ai dû me résoudre à peupler les jardins, je me suis fait une raison. C'est finalement un métier magnifique qui me donne de grandes joies. Beaucoup plus qu'en recopiant la tête officielle de l'Empereur pour les sénateurs qui tiennent à faire acte d'allégeance jusque dans leur péristyle !

— Mais elles sont superbes, tes statues ! dit Petronius. Me permets-tu de te regarder travailler ?

— Viens me tenir compagnie quand tu le voudras. Les maîtres de l'Olympe aiment la jeunesse !

— Veux-tu aussi venir un jour voir ce qu'il fait ? Ma chère femme prépare toujours d'aussi bons poissons ! Tu pourras en même temps choisir quelques blocs de marbres.

— Je viendrai, bien sûr. On ne refuse pas une invitation de la femme de Polimus !

Petronius avait trouvé en Atticus le maître qu'il avait toujours souhaité, le guide qui lui donnerait les clés du métier et lui permettrait de gagner des années dans son apprentissage.

— Je suis en retard, lui dit un jour le faiseur de dieux. Veux-tu m'aider en dégrossissant ce bas-relief ? Mon client, qui est aussi un vieil ami, m'a commandé un Mithra sacrifiant un taureau. Tu en as peut-être entendu parler : c'est le grand Pline qui m'a fait annoncer qu'il rentrait à Rome et qu'il souhaiterait entrer en possession de sa sculpture.

Petronius éclata de rire :

— Pline ? Si j'ai entendu parler de Pline ? C'est un grand ami de ma famille. C'est mon bienfaiteur.

— Raison de plus pour te surpasser ! Tiens, voilà le dessin. Débrouille-toi mais n'hésite pas à me demander conseil. Tu vois, je serais fier et heureux de te lier de connivence avec les dieux. Ils sont d'un commerce plus agréable que les nobles de toute sorte qui commandent leur buste au sculpteur comme un saucisson à leur charcutier gaulois. Si tu les traites avec respect ils te seront fidèles et ne te laisseront jamais mourir de faim ! Ainsi tu connais Pline ! Quelle coïncidence. J'ai hâte de voir sa tête quand il te découvrira en train de sculpter son Mithra ! Car je suis sûr que lorsqu'il viendra dans sa maison des Laurentes, c'est près d'ici, sa première visite sera pour moi.

☆

Petronius, depuis sa collaboration à la colonne Trajane, se sentait plus à l'aise dans le bas-relief que dans la statuaire. Il se tira très bien de sa tâche. Il en était au polissage du Mithra quand Pline fit prévenir qu'il passerait dans l'après-midi chez Atticus.

Cette apparition inattendue faisait, certes, plaisir au jeune homme mais elle le perturbait. Il avait réussi à rompre avec Rome, n'échangeait que de rares lettres avec Calpurnia et trouvait dans le travail, sinon l'oubli, du moins une certaine tranquillité d'esprit. Le retour de Pline dans sa vie n'allait-il pas bouleverser cet équilibre précaire ? Il allait, c'était sûr, lui poser des questions, lui demander pourquoi il s'était réfugié chez Polimus. Peut-être avait-il vu Calpurnia à Rome et il n'était pas impossible qu'elle lui eût parlé. Pline connaissait assurément le sénateur Milvius Aurelius et sans doute son gendre, le mari de Rufa. Tout le passé douloureux risquait de resurgir. Comment allait-il supporter cette nouvelle épreuve ? Au fait, résisterait-il lui-même à questionner Pline sur le chevalier ?

Les choses se passèrent plus simplement. Pline avait en effet rencontré Calpurnia et il apportait à Petronius une longue lettre de sa grand-mère. Celle-ci avait hâte de le voir rentrer mais ne faisait aucune allusion à Rufa.

Le légat s'attendait donc à le rencontrer à Ostie. Il fut simplement surpris de le voir travailler à son bas-relief.

— Sans Petronius, ton Mithra serait à peine commencé, noble maître, dit Atticus. Sur ma demande il m'a aidé. Je peux même dire que c'est son œuvre. Ce garçon a beaucoup de talent. Si c'est toi, comme il me l'a rapporté, qui l'a engagé à sculpter, tu peux être fier.

— Je suis fier et heureux. Eh bien, Petronius, tu livreras ton bas-relief et tu l'installeras dans l'entrée de la salle à manger ! Ce soir je t'emmène avec moi aux Laurentes. Calpurnia, ma femme, sera heureuse de te revoir et nous pourrons reprendre notre conversation où nous l'avons laissée après la mort de Rabirius. Nous parlerons aussi de ton retour car tu ne peux t'éterniser ici. Ta grand-mère a beaucoup vieilli et il faut que tu restes maintenant auprès d'elle. Tu sais qu'elle n'a plus que toi puisque Terentia et son mari ont fait leur vie en Espagne et ne songent pas à revenir à Rome.

Petronius retrouva avec plaisir la grande et belle maison dont le confort n'avait évidemment rien de comparable avec celui de la demeure rustique des Polimus. Et puis, un soir, Pline l'entraîna sur le banc face à la mer, là où les confidences pesaient moins lourd :

— Alors, tu as été très malheureux, paraît-il ? Calpurnia me l'a dit mais ne m'a pas donné de détails. Est-ce que je peux t'aider ? Tu sais que je me considère comme ton parrain et que je suis prêt à faire tout ce que je pourrai pour alléger ta peine. C'est une histoire d'amour, bien sûr ? A ton âge le chagrin est toujours une histoire d'amour. Mais si tu ne veux rien me dire, je comprendrais !

Ainsi le moment tant redouté était venu et, chose étonnante, Petronius en était presque soulagé. Se confier à Pline ne lui semblait plus une épreuve. Il se rendait compte qu'il pouvait maintenant penser à Rufa et même parler d'elle avec un certain détachement.

— Cher Pline, cela m'aurait été impossible il y a six mois mais aujourd'hui je peux te raconter.

— Parle, mon garçon. Si tu as un secret, il restera entre nous.

Petronius fit d'une voix assurée le récit de son aventure amoureuse. Il décrivit le déchirement du couple, sa souffrance d'abandonner à un autre celle qu'il aimait et sa décision de s'exiler au royaume du marbre chez le bon Polimus. Il ne cita ni le nom du sénateur ni celui de sa fille. Il dit seulement qu'il s'agissait d'une grande famille romaine.

Pline, qui l'avait écouté sans l'interrompre, hocha la tête, puis dit :

— Vous avez joué à un jeu dangereux. Il y a seulement vingt ou trente ans, le père aurait pu exiger votre mort à tous les deux. Même aujourd'hui, il est heureux qu'il n'ait rien su ! C'est un sénateur ?

Petronius hésita puis avoua :

— Son nom est Milvius Aurelius. Je crois qu'il accompagne en ce moment l'Empereur dans son voyage.

Pline marqua sa surprise :

— Je pense que tu sais qu'il s'agit d'un des plus hauts personnages de l'Empire ? Oui, c'est une chance qu'il n'ait pas surveillé sa fille ! Tu n'as pu résister à sa beauté ?

— C'est une déesse. Je te montrerai son buste que j'ai sculpté. Mais tu connais sûrement aussi le mari, un chevalier que je n'ai jamais vu mais que j'exècre.

— Calme-toi. Ta rancune est ridicule. C'est toi qui as enfreint la loi romaine ! Comment s'appelle-t-il ?

— Ennius. Son père est le préfet Silius Flaccus.

— Je les connais tous les deux. Pas une grosse fortune mais une excellente famille.

— Sais-tu si les nouveaux mariés – cela me fait mal de prononcer ces mots – vivent à Rome ?

— Autant que je te le dise : j'ai reçu, alors que j'étais encore en Bithynie, Ennius Flaccus et sa jeune femme. Il y exerce sa première fonction officielle, celle de préfet de cohorte auxiliaire.

— Alors tu as vu Rufa ?

— Oui. Elle est en effet très belle.

— Ainsi elle n'est pas à Rome...

— Non, et c'est mieux ainsi. Son éloignement t'évitera de faire des bêtises ! Avoue que Calpurnia et toi vous n'êtes pas de tout repos pour vos amis !

— Tu as raison. Il est préférable que Rufa soit loin. Une question : comment est-elle avec son mari ? Donnent-ils l'impression de former un couple… heureux ?

— Encore une fois, ne cherche pas à envenimer la plaie de ta jalousie. Oublie cette jeune femme qui, si tu tiens à le savoir, ne m'a pas paru être mal avec son mari.

— Oui, je comprends que tout est vraiment fini. Mais comment a-t-elle fait pour pouvoir accompagner son mari ?

— A ce grade c'est en effet très rare, mais son père est préfet suffect et très bien en cour. Il a dû obtenir de l'Empereur qu'on ne sépare pas les jeunes époux !

Le soir, seul dans sa chambre d'où l'on entendait le lent clapotis des vagues, Petronius, plus mélancolique que malheureux, essuya une larme puis s'endormit. Quand il se réveilla le soleil perçait le voile blanc des rideaux. Il constata que sa peine s'était presque entièrement dissoute durant le sommeil. Il n'en voulait plus à Rufa qui, sans doute, l'oubliait dans les bras de son mari. Celui-ci, même, le laissait indifférent. « Comment peut-on guérir aussi facilement d'un grand chagrin d'amour ? » se demanda-t-il.

# XIV

## « UN HOMME PRESQUE SAGE »

Marguerite Yourcenar

Il était déjà tard lorsque le *cisium* de Pline déposa Petronius devant le portail du Vélabre. Les lanternes qui éclairaient l'allée jusqu'à la maison étaient allumées et il goûta le plaisir du retour qui commençait, il ne l'avait pas oublié, par une bouffée du parfum des chèvrefeuilles. Calpurnia, prévenue par les services de Pline, l'attendait dans l'*atrium*. Elle se précipita lorsqu'il franchit le rideau de l'entrée et serra dans ses bras le grand garçon. C'est alors qu'il remarqua combien l'étreinte était faible et la vieille dame fragile. Son visage avait perdu l'éclat qui avait fait longtemps sa fierté. Il apparaissait diaphane sous l'édifice des nattes blanches. Seuls les yeux, toujours noirs, pétillaient de vie.

— Tu me trouves bien vieillie, n'est-ce pas ? s'enquit-elle d'une voix qui elle aussi avait baissé d'un ton.

Il se confondit en dénégations mais elle vit bien qu'il était impressionné, qu'il se rendait compte que sous son air enjoué elle cachait une grande vulnérabilité. Comment, en six mois, sa grand-mère avait-elle pu ainsi changer à ce point ? « Un lis qui s'étiole avant de casser », pensa-t-il. Mais, le moment d'émotion passé, Calpurnia reprit des couleurs, elle se redressa, sa voix reconquit son octave naturel.

— Je vais te laisser réparer les fatigues du voyage, dit-elle. Le réservoir d'eau chaude est plein, tes tuniques d'intérieur sont rangées à leur place et des boissons fraîches t'attendent dans ta chambre. Après nous souperons tous les deux et tu me raconteras ta vie. Juvénal voulait venir mais je ne l'ai pas invité. Tu penses bien que ce soir je te veux pour moi toute seule !

Le dîner fut très gai. Calpurnia retrouva pour quelques heures son visage des jours heureux, but un peu de vin, parla de la vie à Rome qu'elle ne connaissait plus que par ce qu'on lui en rapportait.

— Je ne sors plus beaucoup, dit-elle. De temps en temps je loue une litière mais c'est un luxe que je ne peux pas m'offrir souvent.

— Peux-tu continuer à aller prier dans les souterrains de l'amphithéâtre ? Je sais le réconfort que tu trouvais auprès de tes frères chrétiens.

— Hélas non ! Mes jambes refusent un déplacement aussi pénible. Mais mes amis viennent me voir. Parfois, mon bon géant Colosseo vient me chercher en voiture. J'ai beaucoup prié pour toi, tu sais !

C'est seulement à la fin du repas que Calpurnia fit allusion à Rufa.

— Si cela te fait mal nous n'en dirons rien mais, si tu le veux, je peux te donner des nouvelles de ta pauvre amie.

— Elle n'est pas si malheureuse, paraît-il. Pline l'a vue en Bithynie où elle a rejoint avec son mari. Quant à moi, je peux maintenant parler de notre aventure sans souffrir. Crois-tu qu'un jour nous pourrons nous retrouver ?

— Tout est possible. Il faut espérer.

— Je ne sais même pas si j'en ai envie. Tu vois, j'ai beaucoup changé. Je ne veux plus penser qu'à ma sculpture. Sais-tu qu'à Ostie j'ai travaillé pour Pline ? Atticus, un sculpteur de là-bas, m'a demandé de l'aider à honorer une commande que notre ami lui avait passée. En fait le Mithra, un bas-relief destiné à sa maison des Laurentes, est entièrement mon œuvre.

— Et Pline en a été satisfait ?

— Enchanté ! Il m'a dit que j'avais beaucoup de talent et qu'il était fier de m'avoir conseillé la sculpture plutôt que l'architecture.

— Moi aussi, je suis fière de toi.

— Et notre Empereur ? Ne va-t-il pas bientôt rentrer à Rome ?

— Juvénal m'a dit hier qu'il n'en était pas question. Il a visité successivement la Gaule, la Bretagne et l'Espagne. Il est actuellement en route pour l'Afrique. Partout il construit. A Nîmes il a consacré une basilique à la mémoire de sa bienfaitrice Plotine. En Espagne, mon gendre Julius continue, paraît-il, de bâtir pour lui.

— As-tu des nouvelles de Terentia ?

— Une lettre de temps en temps. Elle m'annonce toujours qu'elle va venir mais elle n'arrive jamais. Je crois que je mourrai sans l'avoir revue !

☆

Hadrien, en effet, poursuivait son interminable voyage. A ceux qui le pressaient de revenir dans la capitale où le Sénat l'attendait, il répondait que Rome n'était pas dans Rome et que ses séjours dans les provinces étaient bien plus utiles que toutes les discussions et les obligations officielles qui lui mangeraient le temps. Il ajoutait que le métier de César ne l'attachait pas à une région plutôt qu'à une autre et que l'on pouvait gouverner l'Empire depuis Antioche ou Tarragone aussi bien que de Rome du moment que régnait la paix civile. Il n'avait pas tort, même s'il n'avouait pas qu'il aimait les voyages et que, s'il laissait le Conseil du Prince expédier à Rome les affaires courantes, c'était parce qu'il préférait au confort du Palatin la tente légère que l'on repliait à l'aube, à sa chambre dorée un navire bousculé par la tempête, à la fréquentation quotidienne des courtisans le contact de peuplades lointaines, bref, la liberté à la contrainte.

Pour l'heure, embarqué à Gadès, Hadrien voguait vers Césarée et la Mauritanie où certains troubles lui avaient été signalés. Il aimait la mer quand il était sur un bateau, il aimait le désert lorsqu'il traversait les sables de Palmyre, il avait aimé les nymphes bleues des sources de Syracuse quand un thalamège à voile pourpre l'avait conduit en Sicile.

Hadrien profitait de la navigation pour réfléchir, pour noter ses pensées, pour affiner ses projets. Quand il ne marchait pas sur le pont où une promenade protégée du soleil par des voiles tendues avait été aménagée, il se réfugiait à la poupe du navire, se faisait apporter des tablettes et écrivait. Lorsque le temps n'était pas favorable il se réfugiait dans la bibliothèque aménagée près de sa cabine. Là il retrouvait ses amis de toujours, les philosophes grecs, Plaute, Virgile, Sénèque... Parfois il emportait un volume dans sa salle de bains et lisait dans sa baignoire de cuivre, distrait seulement par le matelot de service qui venait toutes les dix minutes apporter de l'eau chaude.

Ce jour-là, l'Empereur, allongé sur le lit installé à la poupe, repensait sa vie ou du moins les événements qui l'avaient marquée. D'abord sa prime jeunesse à Italica où il était né, comme Trajan son cousin et tuteur. Il revoyait sa mère, Ulpia, la sœur du père de l'Empereur, qui lui racontait comment ses ancêtres, originaires d'Hadria, dans le Picentin, étaient venus s'établir en Espagne dès la fondation de la ville par Scipion l'Africain. Il évoquait son père, qui avait obtenu le consulat, avait rejoint Trajan à Rome et était mort très jeune. C'est tout naturellement que l'Empereur était devenu son tuteur.

Il avait donc grandi au sein de la famille impériale et, comme si cette tutelle, déjà pesante, n'avait pas suffi à assurer son avenir, il avait épousé Vibia Sabina, la nièce de Trajan. Ce mariage, c'était l'œuvre de Plotine, l'Impératrice à laquelle il était lié par l'affection et le partage de leurs idées philosophiques. Elle avait dû vaincre l'opposition de Trajan pour arriver à établir cette union qui en définitive se soldait par un échec. Aujourd'hui, lorsqu'il pensait à Sabina, c'était pour se demander ce qu'elle était venue faire dans sa vie. Il est vrai que l'Impératrice, surtout lorsqu'il était en voyage, comptait peu pour Hadrien. Les éphèbes croisés sur les chemins de l'Empire l'intéressaient davantage que les femmes.

Un bateau rapide de la police navale tiré par deux rangées de rameurs venait d'accoster. Il apportait le dernier courrier de Rome que les secrétaires attendaient afin de le trier, avant que Milvius Aurelius en commente à l'Empereur les points les plus importants.

Rien ne passionnait plus Hadrien que les rapports de son cabinet d'architecture sur les travaux entrepris en Italie, en particulier la construction du temple de Vénus dont il prétendait avoir conçu les plans, alors qu'Apollodore se les attribuait ouvertement. Le sanctuaire de marbre était loin d'être terminé mais le rapport du jour était sérieux. Il rendait compte du déplacement difficile du Colosse que Néron avait dressé au seuil de sa *Domus Aurea* et qui encombrait maintenant les abords du temple. Ce transfert était l'idée d'Hadrien qui avait choisi son nouvel emplacement, tout près de l'amphithéâtre Flavien. L'opération qu'Apollodore avait jugée périlleuse, voire impossible, s'était déroulée sans dommage et Hadrien exultait. Il sourit en apprenant qu'elle avait nécessité le concours de vingt-quatre éléphants et d'une armée de manœuvres dirigée par l'architecte Decrianus, le rival d'Apollodore.

Hadrien se tourna vers Milvius Aurelius :

— Fais dire à ce sot d'Apollodore qu'il s'est une nouvelle fois trompé, que son Empereur a eu raison d'oser.

— Justement, il te transmet ses observations sur la construction du Panthéon. Je te signale qu'il émet bien des réserves à propos des directives que tu lui as adressées.

Hadrien blêmit. Ce n'était pas la première fois que l'« architecte de Trajan », comme il l'appelait, se dressait contre ses projets. Sans prudence, il se livrait même, dans son opposition, à une certaine provocation que César supportait de moins en moins. Que l'on ose douter de ses talents d'architecte le mettait hors de lui.

— Apollodore veut m'en remontrer ? Fort bien ! Quels sont ses arguments ?

Le visage fermé, il lut les conclusions de celui qui lui avait enseigné autrefois les rudiments de son art et trancha :

— Prépare un édit qui met fin à la collaboration d'Apollodore aux travaux officiels. Ajoute qu'il lui est désormais interdit de séjourner à Rome. Mieux, qu'on l'envoie dans une île !

— Tu bannis Apollodore ? demanda Milvius Aurelius, surpris. Tu ne crois pas la sanction trop sévère ? Apollodore, dont l'impertinence est, certes, blâmable, a toujours bien servi l'Empire.

— Ma décision est irrévocable. Fais ce que j'ai dit[1] !

☆

Guéri, pensait-il, de son mal d'amour, Petronius vivait à Rome comme un ermite, entre le marbre pâle de ses statues et Calpurnia dont la peau parcheminée trahissait l'âge. Il travaillait, cherchait à perfectionner son art, à mieux utiliser ses outils, à donner à sa sculpture l'originalité qui manquait aux artistes romains, essayant d'interpréter les leçons que lui avaient données le vieil Assandre puis, plus tard, Atticus, le sculpteur de dieux.

Calpurnia, incapable maintenant de se déplacer seule, se

1. On ne sait rien de précis sur le bannissement d'Apollodore. Soixante-quinze ans plus tard, l'historien Dion Cassius écrira, dans son *Histoire romaine*, qu'Hadrien, après avoir chassé son architecte, l'a condamné à mort. De nombreuses erreurs ont été relevées dans l'œuvre de Dion Cassius, et son affirmation, en l'occurrence, semble peu crédible. On voit mal Hadrien, empereur non cruel et ennemi déclaré des violences inutiles, poursuivre son ancien maître jusque dans son exil pour lui faire donner la mort à propos de divergences stylistiques...

faisait porter jusqu'à l'atelier et regardait Petronius travailler. La vieille dame avait gardé toute sa tête et sa conversation ravissait son petit-fils qui posait sa masse pour l'écouter égrener ses souvenirs. Il aimait surtout l'entendre parler de sa jeunesse, de Sevurus, du beau Valerius dont elle lui lisait les vers qu'il avait jadis écrits pour elle. Quelquefois elle essuyait une larme et elle disait à Petronius venu l'embrasser :

— Tu enchantes ma vieillesse. Sans toi il y a longtemps que j'aurais rejoint le Seigneur. Mais c'est lui qui t'a désigné, sans que tu le saches, pour veiller sur mes derniers jours.

Ce n'étaient pas vraiment des moments de tristesse. Calpurnia savait encore rire mais Petronius, inquiet, se demandait comment il pourrait continuer de vivre et de travailler lorsque le Vélabre l'aurait perdue.

La vieille maison n'était pas désertée, bien que les visiteurs se fissent de plus en plus rares. Pline ne venait plus depuis plusieurs mois lorsqu'on apprit sa mort, survenue dans sa campagne des Laurentes. Il s'était éteint jeune encore, à cinquante-cinq ans, victime d'un mal contracté en Orient, en contemplant cette mer Tyrrhénienne dont il aimait les reflets sous la lune.

La mort de Pline attrista une fois de plus le Vélabre auquel sa mémoire restait attachée. Sa veuve, Calpurnia la Jeune, venait souvent rendre visite à celle qui avait si magnifiquement porté le même nom. Elle aimait aussi regarder travailler Petronius et lui procurait des commandes de la part de ses nombreuses relations. Parfois elle apportait un écrit retrouvé de son grand homme et le lisait à haute voix dans la tiédeur du jardin.

— Cette maison où l'on a tant parlé de l'avenir est aujourd'hui celle des souvenirs..., disait Calpurnia, mais cette mélancolie disparaîtra avec moi. Petronius, nous l'avons toujours dit, lui rendra sa gaieté !

Lucinus et Tullia revenaient également au Vélabre. Lui était toujours célibataire et, au dire de sa sœur, menait une vie fort dissolue. « J'ai encore réussi à échapper aux épouses que me propose mon père, disait-il en riant, mais cela ne durera pas éternellement. » Quant à Tullia, elle venait d'épouser le fils du chevalier auquel elle était destinée depuis longtemps. Elle avait un jour raconté à Petronius, dans le secret de l'atelier, les péripéties de son mariage. Après une longue rebuffade elle avait fini par obéir à son père :

— Finalement, dit-elle avec drôlerie, cela ne s'est pas trop mal passé. Clodio n'est pas laid, je lui découvre parfois un certain esprit, et ses parents, nobles désargentés, sont plutôt agréables. Bref, je me dis que cela aurait pu être pire !

— Puis-je te poser une question ? demanda Petronius.

— Après ce que je viens de te raconter, je pense que tu peux tout te permettre.

— Et l'amour ? Te rend-il heureuse ?

Elle le regarda en souriant :

— Tu veux que je te réponde franchement ?

— Oui.

— Eh bien, je crois que cela aurait été mieux si tu t'étais intéressé à moi lorsque j'étais amoureuse de toi !

Ce n'était pas la réponse qu'il attendait et il se sentit désarçonné, un peu bête, planté devant elle son ciseau à la main.

— Cela t'étonne ? demanda-t-elle.

— Oui, je croyais oubliés ces souvenirs d'enfance.

— Enfance, enfance... Tu n'étais plus tellement un enfant lorsque cette chère Rufa t'a sorti des bras de mon frère et de mes pensées !

— Allons jusqu'au bout : es-tu fidèle à ton mari ?

— Oui.

— Le resteras-tu ?

— Je ne sais pas. Plus tard, peut-être, je le tromperai. Mais pas avec n'importe qui ! Si les femmes romaines ne peuvent choisir leur mari, rien ne les empêche de choisir leurs amants !

La façon dont elle avait dit cela, en le fixant, laissa Petronius pantois. Il ne la retint pas lorsqu'elle dit qu'elle allait retrouver Calpurnia et son frère dans l'*atrium*. Il s'assit dans le vieux fauteuil pour réfléchir et pensa avec une fatuité bien masculine que Tullia ne se refuserait pas si un jour il lui demandait d'être à lui. Il eut conscience que cette pensée n'allait pas quitter son esprit de sitôt. Il se leva, prit un bloc de glaise et commença de modeler une tête qui ressemblait déjà à Tullia...

☆

Calpurnia rendit l'âme un matin de septembre. Il faisait encore très chaud et elle avait demandé qu'on la portât sur un lit, dans le jardin, à l'abri d'un muret couvert de vigne vierge, endroit d'où l'on voyait le grand arbre au pied duquel les cendres de Sevurus et de Celer avaient été dispersées.

— Reste avec moi, avait-elle dit à Petronius. Je crois que si les oiseaux chantent si bien ce matin c'est pour annoncer mon arrivée au ciel.

— Tu souffres ? demanda Petronius.

— Non, je suis seulement fatiguée. Une fatigue inconnue qui m'enveloppe doucement et qui, je le sens, m'emportera. Viens plus près de moi car j'ai du mal à parler.

Petronius s'avança et prit sa main ridée.

— Parle, grand-mère, dit-il. Je t'écoute.

— J'aimerais que tu ailles prévenir mon bon géant Colosseo à l'amphithéâtre. Je ne voudrais pas mourir si loin de mon Dieu. Dis-lui que je vais très mal.

— Mais comment entrer dans l'amphithéâtre ?

— Par la grande porte. Tu le demanderas en disant simplement qu'il s'agit du poisson. L'homme comprendra.

— Il comprendra quoi ? Poisson ?

— Le poisson est l'emblème des chrétiens... Maintenant, va ! Ne sois pas trop long. Je vais essayer d'attendre ton retour. Avec des prières cela devrait aller.

Petronius partit en courant. A cette heure, c'était à Rome le meilleur moyen d'aller vite. A la porte de l'amphithéâtre personne ne l'empêcha d'entrer. A mesure qu'il pénétrait dans les couloirs, l'âcre odeur des fauves se faisait plus puissante. Au bas d'un escalier il aperçut une sorte d'athlète bizarrement vêtu de cuir qui tenait une pique à la main. Quand il lui demanda où il pourrait rencontrer Colosseo, l'homme le regarda avec méfiance :

— Pourquoi veux-tu voir Colosseo ?

Petronius se rappela alors qu'il avait oublié de mentionner le mystérieux poisson. Dès qu'il eut prononcé le mot magique, la figure patibulaire s'éclaira :

— Suis-moi.

Petronius ne pouvait imaginer qu'une ville en miniature grouillait sous le sable de l'arène. Il passa devant des cages où des lions attendaient, placides, il s'arrêta un instant devant une machinerie de chaînes et d'engrenages : « C'est le monte-charge pour les bêtes », dit l'homme. Un peu plus loin ils franchirent une portière de peau tannée et pénétrèrent dans un local plus petit où se tenait celui qu'il reconnut tout de suite, par sa taille : Colosseo. Le géant dévorait une volaille et leva les yeux en brandissant à la main un os encore charnu.

La voix presque fluette du géant surprit Petronius :

— Que veut cet homme ?

— Poisson, répondit simplement l'homme en cuir.

— Alors sois le bienvenu, mon frère, et dis-moi ce que tu cherches.

Petronius expliqua qu'il était le petit-fils de Calpurnia et que celle-ci, mourante, l'avait envoyé prévenir sa communauté chrétienne.

— Mourante, dis-tu ? Alors il faut faire vite. Qu'on habille les porteurs et qu'on sorte la litière. Oui, celle aux insignes impériaux !

Dix minutes plus tard, six athlètes au crâne rasé et vêtus de la tunique rouge des serviteurs du palais emportaient le géant et Petronius à travers les rues de Rome.

— Je te connais, dit Colosseo. Tu es sculpteur. Ta grand-mère m'a souvent parlé de toi. Elle t'adore. Son rêve était de te convertir... Elle mourra avant, je pense...

— Cette litière, je l'ai remarqué, porte les insignes de l'Empereur. N'est-ce pas surprenant ?

— L'Empire est partout et ici je représente l'Empire, répondit Colosseo.

Il se tut un moment et essuya son visage inondé de larmes :

— Nous savions que Calpurnia était mal mais nous espérions la garder encore un peu parmi nous. La dernière fois que je suis venu la voir elle ne m'a pas parlé de sa mort. Elle était gaie...

Enfin, ils arrivèrent et coururent tout de suite vers le jardin.

Calpurnia avait attendu. Son visage s'éclaira quand elle aperçut Colosseo.

— Tu es venu. Merci. Tu vas dire avec moi les prières. Mais avant, écoute-moi : je ne veux pas être incinérée. Il faut que tu m'emportes pour que je repose dans notre parcelle de terre chrétienne.

— Je vais en parler avec ton petit-fils. Maintenant prions, ma chère Calpurnia. Je suis diacre et j'ai le droit de bénir ton corps. Tu mourras en paix dans notre religion.

Petronius s'éloigna et laissa communier Calpurnia, minuscule, et le géant, énorme, dans une ferveur qui le toucha. Il regretta de ne pouvoir se joindre à eux. La phrase de Colosseo : « Son rêve était de te convertir » lui revint à l'esprit. Il se réfugia plus loin sur le banc de pierre et joignit les mains, comme Calpurnia le faisait souvent. Il murmura : « Je supplie les dieux, les miens de toujours et Jésus qui m'appellera peut-être un jour, d'accueillir comme elle le mérite

Calpurnia qui a été une grande dame et une croyante fervente. »

Quelques instants plus tard, le géant le rejoignit :

— C'est fini. Calpurnia, flamme de Rome, vient de s'éteindre aux derniers mots de notre prière. Viens la voir. Elle est très belle, presque souriante.

Petronius s'agenouilla près du corps et pleura.

Au bout d'un moment, Colosseo le releva :

— Ta grand-mère, tu l'as entendue, m'a demandé que son corps échappe à l'incinération rituelle des Romains. Sa dernière volonté est de reposer dans la crypte secrète où elle a tant prié. Si tu es d'accord, je dois l'emporter avant que sa mort ne soit connue. Après ce serait impossible.

— Fais ce que ma grand-mère t'a demandé. Une seule question : pourrai-je assister à la cérémonie ? Tu sais que je ne suis pas chrétien...

— La maison de Dieu est grande et prête à t'accueillir. Je t'enverrai demain quelqu'un qui te guidera jusqu'à nous.

— Que devrai-je dire à ceux qui ne vont pas manquer de me poser des questions ?

— Tout, sauf la vérité. Personne ne doit savoir où repose le corps de Calpurnia. Il y va de la sécurité de notre communauté. Dis qu'on l'a conduite pour la soigner à Antium ou à Astura. Les eaux, disent certains, y guérissent toutes les maladies. Dans quelque temps tu annonceras qu'elle est morte là-bas. Ses vieux amis, qui connaissent son attachement à la religion du Christ, ne te croiront sans doute pas, mais cela n'a pas d'importance. L'essentiel est que l'endroit où elle reposera demeure secret.

— Je ferai tout ce que tu me diras. Je te remercie de ton dévouement. Sans toi, Calpurnia n'aurait pas été honorée dans la mort comme elle le souhaitait.

— Tu vas m'aider en veillant à ce que personne ne se doute que j'emporte le corps. Si quelqu'un traîne dans la maison, envoie-le faire quelque course urgente. Et d'abord donne-moi deux grands draps et une couverture.

Petronius obéit et regarda Colosseo envelopper avec d'infinies précautions la frêle Calpurnia dans ses deux linceuls. On aurait dit que le géant jouait à la poupée. Il ficela le corps avec un long ruban et demanda à Petronius de prévenir les porteurs. Puis il prit Calpurnia dans ses bras, la souleva comme une plume et la porta jusqu'à la litière.

Tout s'était passé si vite que Petronius ne réalisait pas la gravité de cet instant où la Dame du Vélabre quittait sa maison pour toujours, à la sauvette, comme si la mort avait hâte de s'en saisir.

Avec une grande douceur, le géant avait installé le corps à côté de lui et fermé les rideaux après avoir recommandé à Petronius d'être prêt lorsqu'on viendrait le chercher. Il fit un signe aux porteurs et Calpurnia s'envola pour l'éternité dans l'étrange équipage du colosse.

C'est seulement lorsque la litière eût disparu, au tournant de la rue, que Petronius eut conscience qu'il était désormais seul au Vélabre. Il revint vers l'*atrium* et, machinalement, s'aspergea le visage. Il s'allongea sur le banc de marbre et se demanda s'il avait eu raison de priver Calpurnia des funérailles que méritaient son renom et sa qualité. Puis il se représenta l'*atrium* envahi d'innombrables habits noirs, de pleureuses à gages et de *libitinaires*[1]. « Calpurnia détestait ces grands appareils officiels, pensa-t-il alors. Il eût été inconvenant de ne pas l'inhumer comme elle le désirait. Et puis, l'adieu des chrétiens à leur sœur, sûrement empreint d'amour et de dignité, vaut bien les simagrées des obsèques romaines ! »

Les serviteurs ouvrirent de grands yeux lorsque Petronius leur dit que la maîtresse était partie se soigner à Astura. Mais ils n'avaient pas pour habitude d'interpréter les paroles de

1. Ordonnateurs des pompes funèbres. Appelés ainsi parce que c'est au temple de Libitina que se faisaient les déclarations de décès.

leur patron. Regus, l'intendant, s'enquit simplement de ce que le maître souhaitait manger à la *cena*.

Le lendemain, c'est l'homme de cuir qui l'avait reçu dans l'amphithéâtre qui vint chercher Petronius. Il était cette fois vêtu d'une tunique blanche sur laquelle il avait passé un manteau sombre.

— Suis-moi, dit-il. Je t'emmène dans la crypte secrète. Nous devons marcher, chausse des sandales solides.

Ils refirent le chemin qu'avait si souvent emprunté Calpurnia. Questionné par Petronius, l'homme dit s'appeler Petrus. « Un grand nom que je suis fier de porter, ajouta-t-il. C'est celui du fondateur de notre Église. »

Petrus n'était pas bavard. Il répondait seulement avec simplicité aux questions que lui posait son compagnon.

— Tu sais que je ne suis pas chrétien ? dit Petronius.

— Oui, mais Colosseo dit que tu le deviendras. Tu es le premier non converti admis dans notre église souterraine. C'est une grande preuve de confiance. Mais nous adorions tous notre sœur Calpurnia !

Dans la via Appia, Petrus dit qu'il fallait encore marcher une demi-heure pour atteindre l'entrée du souterrain dissimulée près de la tour du tombeau de Caecilia Metella. Après s'être assuré que personne ne les voyait, Petrus poussa la pierre qu'il fallait et ils pénétrèrent dans le tunnel. Petronius, fatigué, peina sur le sentier pierreux et se demanda comment Calpurnia, déjà âgée, avait pu aller si souvent jusqu'au bout de ce chemin long et pénible.

Enfin, ils s'arrêtèrent devant une paroi au-delà de laquelle il ne semblait pas que l'on puisse avancer.

— Nous sommes arrivés, dit Petrus en frappant cinq fois le mur à l'aide d'une pierre.

Alors, une grosse dalle tourna sur elle-même et ouvrit un passage étroit qui donnait accès à la crypte. Une trentaine de fidèles, agenouillés sur le sol, priaient dans une semi-obscurité. Une lourde odeur d'encens mêlée à la fumée des torches suffoqua d'abord Petronius mais il s'y accoutuma, comme à l'éclairage parcimonieux qui lui permit bientôt de distinguer des ombres silencieuses. L'une d'entre elles, immense, se détacha.

— Bienvenue, Petronius, dans la maison de Dieu, murmura la voix aigrelette du géant vêtu d'un long manteau violet et coiffé d'une curieuse calotte à deux pointes. Le corps de Calpurnia repose dans un sépulcre de pierre façonné à la hâte. Je vais diriger la prière puis je prononcerai l'éloge de notre sœur. Après, le corps sera placé dans le tombeau des justes, creusé dans la pierre. Ainsi Calpurnia restera-t-elle près de nous. Tu suivras nos implorations comme tu l'entendras. N'hésite pas à ajouter ta voix à nos prières.

La cérémonie fut longue, entrecoupée de chants, de litanies et d'une poignante oraison de Colosseo qui arracha des larmes à toute l'assistance. A la fin, Petronius fut invité à se joindre à ceux qui poussaient le mince sarcophage dans le tombeau. Lorsque la dalle fut refermée, Colosseo se tourna vers lui :

— Trouves-tu que Calpurnia a eu des obsèques décentes ? Ce sont en tout cas celles qu'elle souhaitait.

— Je n'oublierai jamais cette cérémonie. Puis-je encore te demander une faveur ?

— Naturellement, mon frère.

— J'aimerais sculpter un vrai tombeau de marbre pour Calpurnia.

— Et comment le transporteras-tu jusqu'ici sans que cela se remarque ? Non, laisse ta grand-mère reposer en paix avec celles et ceux qui la rejoindront dans les profondeurs de l'amphithéâtre. Mais pourquoi ne sculpterais-tu pas un buste que nous enchâsserions dans le mur ? Nous pourrions ainsi mieux conserver le souvenir radieux de notre sœur. La communauté lui doit bien cela car sans elle nous n'aurions jamais retrouvé la trace de cette caverne dont nous avons fait notre église. Maintenant, en dehors de cet hommage filial, si tu éprouves un jour le besoin de te rapprocher de Calpurnia, n'hésite pas à frapper à la porte de Dieu. Tu sais où me trouver, sous le sable de l'arène.

☆

Solitaire, Petronius retrouva le Vélabre. Il joua durant deux semaines la triste comédie du séjour de Calpurnia aux eaux d'Astura puis s'absenta deux jours de la maison avant d'annoncer aux serviteurs, à Juvénal qui ne sortait presque plus de chez lui et aux voisins amis que sa grand-mère était décédée subitement au cours des soins qu'on lui prodiguait et qu'il avait été assister sur place à l'incinération de son corps. Personne ne parut étonné, à part Juvénal qui regarda Petronius et dit : « J'espère que les amis de Calpurnia ont pu lui faire des funérailles chrétiennes. » Petronius répondit simplement que ses désirs avaient été exaucés.

Deux bustes de Calpurnia, l'un à l'entrée de l'atelier, l'autre dans l'*atrium*, perpétuaient le sourire moqueur de la Dame du Vélabre. Il en commença un troisième destiné à la crypte. Ce fut pour lui un travail facile : l'amour guida son ciseau et le respect son talent.

Durant des mois, Petronius vécut en marge de la société. Seul le fidèle Juvénal venait parfois partager son repas. C'est par lui qu'il rencontra la veuve d'un tribun, assez jolie personne dont il devint l'amant éphémère. Sa liaison était terminée quand Tullia poussa un jour sans prévenir la porte de l'atelier. Il faisait très chaud à Rome et il ne portait qu'un pagne noué autour de la taille.

— Ta visite me fait plaisir, dit-il. Mais laisse-moi enfiler une tunique.

— Pourquoi ? Je ne porte moi-même qu'un mince linge de lin et je te trouve plus beau dénudé. Tiens, je ne te savais pas aussi musclé, tu ferais une belle statue, un faune par exemple !

Et elle laissa glisser sa robe. Petronius, médusé, la trouva vraiment très belle.

— Je te préfère femme plutôt que jeune fille évaporée, dit-il en la prenant dans ses bras. Et il ajouta, en le regrettant aussitôt : Le mariage te réussit.

Elle sourit en avançant ses lèvres :

— Tu es toujours aussi mufle mais je te prends comme tu es. Il y a assez longtemps que j'attends ce moment ! Essaie tout de même de ne pas le gâcher.

Ses mains un peu rugueuses d'homme de la pierre parcoururent son visage, son dos, ses seins. Elle tressaillit sous la caresse avant de se détacher :

— Emmène-moi dans ta chambre, toutes ces têtes qui ont l'air de me regarder m'effraient.

— Il y en a pourtant une qui te ressemble, dit-il. Tiens, regarde.

Il lui montra le portrait qu'il avait fait d'elle et elle se mit à pleurer comme une enfant :

— Tu m'as sculptée, tu m'as sculptée et je ne le savais pas. Je n'ai pourtant jamais posé devant toi.

Il mentit :

— L'amour donne de la mémoire.

Ils s'aimèrent longtemps et la nuit tombait quand elle dit :

— Il me faut partir avant qu'on ne s'inquiète chez moi.

Il l'embrassa une dernière fois :

— J'oubliais que tu avais un mari.

— Cesse donc de parler de mon mari ! Je ne l'aime pas assez pour m'interdire de le tromper mais je ne voudrais pour rien au monde lui faire de la peine et encore moins le quitter.

— Tu as raison. Excuse-moi. Mais je ne veux pas te laisser rentrer seule, je vais te raccompagner.

Sur le chemin qu'il avait si souvent emprunté avec Rufa

pour la reconduire, Tullia se pressait contre lui et il repensa soudain à celle qui était loin. A l'aiguillon qui le piqua au cœur, il se rendit compte qu'il n'avait rien oublié.

En marchant, la jeune femme parlait. Pas d'elle mais de son frère qui l'inquiétait par sa nonchalance, son dilettantisme ; de son père, persuadé de s'être haussé dans l'échelle sociale grâce au mariage de sa fille et qui venait d'acheter une nouvelle *centuria*[1] de terre pour cultiver ses herbes. Elle parla aussi de Rufa :

— De temps en temps elle m'écrit. Elle pense revenir bientôt car son mari va accéder au tribunat. Je devine au ton de ses lettres qu'elle ne doit pas être très heureuse.

Elle serra fort le bras de son compagnon et ajouta :

— Je voudrais bien la revoir. C'est mon amie de toujours. Bien plus qu'une sœur. Pourtant j'appréhende son retour.

— Pourquoi ?

— Parce que, le jour où elle reviendra, je te perdrai. Nous venons d'être heureux ensemble, nous le serons peut-être encore, mais je sais que tu ne m'aimes pas. Tu me désires, c'est différent. Les liens qui t'unissent à Rufa, malgré la séparation, sont trop forts pour que j'aie une chance de te garder lorsqu'elle sera de retour. C'est comme cela, il vaut mieux le savoir et ne pas se faire d'illusions.

Petronius, ému par cette franchise, fut soudain pris d'un grand élan de tendresse. Il se rapprocha et dit :

— Tullia, tu es une femme exceptionnelle, une amante merveilleuse. Moi aussi je veux que dure notre bonheur.

☆

La Grèce et l'Orient attiraient également Hadrien. En cette année 124, il séjournait en Bithynie, la riche province voisine

1. Surface d'environ cinquante hectares.

du Pont-Euxin où Pline avait longtemps représenté Trajan. Il visitait l'Asie Mineure en maître soucieux d'y parachever la conquête romaine et en voyageur cultivé et curieux d'étudier les pays et leurs peuples. De Pruse à Nicée, de Nicomédie à Chalcédoine, il parcourait le territoire légendaire jadis soumis par Crésus, roi de Lydie. Partout il restaurait, il embellissait, il construisait. Dans un bourg de Phrygie il se recueillit sur le tombeau d'Alcibiade et l'orna d'une colonne. En Mysie il agrandit une ville aux environs de laquelle il avait tué une ourse et la baptisa Hadrianotherae, pour rappeler l'heureuse journée.

L'événement majeur de ce voyage de travail et d'agrément ne devait pourtant rien aux vieilles pierres ni à la chasse. A Nicomédie, ville d'histoire et de savoir, il avait fait la rencontre de sa vie.

Ce jour d'été, hôte du procurateur, il écoutait des sophistes de passage en compagnie de quelques lettrés. Les jardins de Pompeius Proculus, éventés par la brise venue de la Propontide[1], sentaient l'origan et le jasmin. Hadrien écoutait d'une oreille distraite les arguments des philosophes errants et surtout, jouissait du calme bonheur du soir. C'est alors que son regard s'attarda sur un adolescent, presque encore un enfant. Accoudé à la margelle d'une fontaine, il semblait prendre des notes sur une tablette. Parfois il mordillait son style tenu du bout de ses doigts fins et ce geste lui donnait une grâce nonchalante qui émouvait le maître du monde.

Le jeune homme était beau, mais Hadrien avait connu d'autres visages attirants, ceux des petits bergers d'Atys ou des jeunes guides de Melissa, entre autres. Celui-là possédait aussi le charme irradiant d'une distinction inattendue, l'élégance d'un seigneur, l'éclat d'un dieu. C'était cela, l'enfant ne pouvait être qu'un enfant-dieu. César fondait devant cette grâce juvénile. Comment aurait-il pu savoir que cette apparition allait enchanter sa vie avant de la ruiner ?

Sur la prière d'Hadrien, Proculus envoya quérir des renseignements sur le jeune garçon. Il s'agissait du fils d'un esclave

1. Aujourd'hui mer de Marmara.

grec affranchi mais pauvre, pensionnaire chez un parent, armateur à Nicomédie.

A la fin de la soirée, l'Empereur lui demanda de rester près de lui. L'enfant était timide. Il ne comprit pas lorsque Hadrien lui dit :

— Si tu es le dieu que j'ai deviné sous ta chevelure de nuit et dans l'amande de tes yeux, tu tiendras dans l'histoire de Rome une place aussi grande que celle de ton Empereur.

A partir de ce jour-là, Antinoüs – c'était son nom – suivit Hadrien dans ses pérégrinations. Une intimité s'établit tout de suite, qui n'avait rien à voir avec les rencontres de fortune dont l'Empereur avait l'habitude. Bientôt Hadrien ne put plus se passer de cette forme adorable qui épousait ses jours et ses nuits. Beau félin ou lévrier avide de caresses ? Hadrien préférait croire à un génie familier. Un jour il entendit un personnage important prononcer le mot de « favori » à propos de son jeune ami. Sa colère fut terrible, et le maladroit renvoyé aussitôt à Rome avec l'interdiction à vie de paraître devant lui.

Le voyage en Grèce qui suivit celui d'Orient fut, l'Empereur ne s'en cachait pas, un enchantement où Antinoüs tenait une grande place. Le garçon gagnait peu à peu de l'épaisseur. Élève doué, il mordait à l'hameçon du savoir qu'Hadrien prenait un plaisir extrême à lui tendre. Durant l'hiver 124-125 que l'Empereur passa à Athènes, ils assistèrent ensemble à la fête des Grandes Dionysies. Antinoüs était là lors de l'initiation aux mystères d'Éleusis. Il fut encore aux côtés d'Hadrien à Thepsies, à Corinthe et à Sparte. A Mantinée, il regarda graver sur le tombeau d'Épaminondas l'épigramme que l'Empereur avait composée à la mémoire de l'illustre stratège. Enfin, Antinoüs, ébloui, découvrit Rome qu'Hadrien rejoignait sans enthousiasme.

L'adolescent trouva sa place au palais, non loin des appartements impériaux. Au début, Sabina avait été surprise et un peu irritée, puis elle avait haussé les épaules et admis une situation qui ne changeait en rien ses rapports conjugaux. Au contraire, la présence d'Antinoüs rendait son mari plus courtois, plus attentionné. C'est à cette époque qu'il fit frapper des monnaies à l'effigie de l'Impératrice.

☆

Comment le nom de Petronius parvint-il jusqu'au palais impérial ? Par Rufa peut-être, depuis sa résidence de Bithynie, plus probablement par Calpurnia Pline. L'Empereur voulait posséder le portrait idéal de l'être qu'il chérissait, et les meilleurs sculpteurs, certains venus de Grèce ou de provinces plus lointaines, se succédaient pour exalter dans le marbre l'insolente beauté d'Antinoüs. Petronius fut donc à son tour invité à se rendre au Palatin où il fut reçu par Lucius Ceonius, homme sûr du principat :

— Ton renom est parvenu jusqu'aux marches du palais, dit-il. A toi de montrer qu'il est mérité en sculptant le buste d'un jeune Arcadien auquel César est très attaché. Il se nomme Antinoüs et t'accordera huit séances de pose. La première aura lieu demain à neuf heures dans l'atelier du palais.

C'est ainsi qu'une fois de plus, et sans qu'il eût rien fait pour cela, un artiste du Vélabre se trouvait impliqué dans une initiative artistique impériale. En se rendant au palais, Petronius se rappela le conseil d'Apollodore à la veille de sa disgrâce mais il s'avoua qu'il était flatté d'avoir été choisi et que la perspective de rencontrer le jeune prodige dont tout le monde parlait à Rome lui était bien agréable.

Antinoüs lui apparut comme à tout le monde attachant et réservé. Il parlait peu, se soumettait aux exigences de la pose mais paraissait se désintéresser du travail de Petronius. A quoi pensait-il, le regard lointain, dans son immobile et mystérieuse beauté ?

Lorsqu'il eut achevé le modelage en terre, Petronius n'en savait pas plus qu'au premier jour sur l'enfant d'Arcadie. L'essentiel restait à faire : exprimer dans le marbre la ressemblance des traits et l'orgueil triste de celui que César avait fait dieu.

Petronius travailla de longs mois dans son atelier du Vélabre, traversant des périodes d'enthousiasme durant lesquelles il pensait avoir réussi un chef-d'œuvre et d'autres où il était sûr d'avoir tout raté. Finalement, il livra le buste, fut payé modérément et n'en entendit plus parler[1].

Hadrien, après avoir surveillé l'application des réformes qu'il avait préparées avec ses conseillers durant son voyage[2], pouvait enfin penser à achever les grand travaux déjà commencés et à en lancer de nouveaux ; il lui importait de prouver que ses dons d'architecte n'étaient pas usurpés.

Il était particulièrement fier de son Panthéon, reconstruit sur les ruines du vieux sanctuaire dédié jadis à Agrippa, dont la façade seule était intacte. L'idée de reconstruire le Panthéon venait de Trajan mais c'est lui qui avait dessiné la forme de l'énorme rotonde de plus de quarante mètres de diamètre, sans précédent dans l'architecture religieuse. Seconde innovation, dont Apollodore avait désapprouvé le projet : la coupole qui reproduisait la voûte céleste était ouverte au sommet. Tout convergeait vers l'*oculus* qui commandait la vision intérieure. Source unique de lumière, il régnait sur l'espace comme l'Empereur sur le monde[3].

La grande affaire d'Hadrien demeurait pourtant sa villa de Tibur dont il avait commencé à tracer l'immense périmètre dès son retour à Rome. Il avait choisi ce site, à une trentaine de kilomètres du Palatin, parce que la campagne y était bucolique, la région paisible et que les torrents et les cascades descendant des collines tiburtines l'arrosaient de l'eau la plus limpide. « Le Sénat vient de me décerner le titre de Père de la

1. L'effigie d'Antinoüs demeure sur beaucoup de médailles et de pierres gravées. Les plus célèbres statues du favori d'Hadrien sont celles du Belvédère au Vatican et du Capitole, dans la salle d'Hercule.

2. Bien qu'ayant passé douze années hors de Rome sur les vingt de son règne, Hadrien a laissé une œuvre civile importante dont la codification du droit en édit perpétuel et le partage de l'Italie en quatre districts confiés à quatre consulaires (pouvoir enlevé au Sénat).

3. Le Panthéon est le monument le mieux conservé de la Rome antique. Restauré par Septime Sévère et Caracalla, il sera consacré au culte chrétien en 1609. Il renferme les tombeaux de Raphaël et de Carrache.

Patrie, dit-il, il me reste à mériter celui d'Empereur-architecte. C'est par lui que je veux passer à la postérité ! »

Dès qu'il se mit au travail avec les équipes d'architectes qu'il avait engagées au cours de ses voyages, on comprit pourquoi Hadrien avait voulu se séparer de son maître Apollodore. Jamais celui-ci n'aurait pu suivre l'Empereur dans sa liberté souveraine de concevoir et de créer. Les premiers bâtiments, sortis de la superbe campagne de Tibur, frappaient par leur originalité. A mesure que la construction se poursuivait, les moins avertis se rendaient compte que l'œuvre ne se fonderait sur aucun précédent, sur aucun modèle. Même lorsque Hadrien affirmait que des réminiscences de monuments contemplés en Grèce l'aidaient à dresser ses plans, on voyait bien que tout était nouveau. Chaque élément était non seulement original, mais il s'inscrivait dans un ensemble apparemment anarchique où les constructions disséminées semblaient n'avoir entre elles aucun lien de symétrie ou d'orientation. Aux gens qui osaient laisser percer leur étonnement, César-Architectus répliquait en souriant : « Ce nouveau Palatin deviendra pourtant le cœur de l'Empire. Sa fonction va apparaître à mesure que les travaux avanceront. C'est de là, entre mes bassins, mes fontaines et mes jardins, que je gouvernerai ! »

Lorsque, en 128, l'Empereur décida d'entreprendre un nouveau voyage, l'œuvre était bien engagée. En l'absence du maître, l'activité allait naturellement diminuer, mais Hadrien laissait des directives afin qu'il pût prendre, quel que soit l'endroit où il se trouverait, les décisions qui convenaient.

— Tu vois, dit-il à Antinoüs, la vie n'est faite que de choix. J'abandonne Tibur la mort dans l'âme mais aussi dans la joie de faire avec toi le grand voyage d'Orient. Nous allons retrouver Athènes et, là encore, de nouveaux chantiers. Je dois faire activer la construction de l'Olympieion, terminer un portique, un gymnase, le temple d'Héra et la bibliothèque. Tout cela va constituer la « Nouvelle Athènes », ma seconde patrie ! J'aurai eu trois grandes chances dans ma vie : régner, construire et t'avoir rencontré.

Le garçon le regarda et répondit :

— J'étais né pour t'aimer et pour te suivre.

Et il ajouta de sa voix égale et douce, comme si cela était la suite logique à ce qu'il venait de dire :

— Je veux mourir avant toi !

L'Empereur n'accorda pas d'attention à ces mots qui, pensait-il, ne signifiaient rien dans la bouche d'un garçon de dix-huit ans.

☆

Le nouveau périple impérial commença par Athènes où la dédicace de l'Olympieion donna lieu à des fêtes grandioses. Les Grecs, peu avares en appellations divines, décernèrent à Hadrien les titres d'Évergète, d'Olympien, d'Épiphane, à peu près les mêmes que ceux attribués jadis à Néron. Hadrien, lui, n'emporta pas de statues dans ses bagages !

A Samosate, l'Empereur réunit les principaux princes d'Orient, une politesse prétexte à de somptueux festins où Antinoüs tint sa place. Abgar, roi d'Osroène, les initia tous deux à l'art de la fauconnerie, et des battues précipitèrent dans leurs rets des hardes d'antilopes.

Comme l'hiver arrivait, Hadrien décida de se fixer à Antioche, la cité orientale qu'il aimait entre toutes. Là les légions l'avaient fait empereur, là se trouvaient les savants et les sorciers qui devaient éclairer son avenir et dont il recherchait d'autant plus la présence qu'il s'adonnait maintenant fébrilement à la poursuite des arts magiques. Antinoüs assista ainsi aux expériences macabres, aux jeux démoniaques, aux évocations de revenants sans manifester de trouble apparent ni d'intérêt particulier. Son destin était d'accompagner et de vénérer Hadrien. Cela suffisait à remplir sa vie.

Toujours en quête de prodiges et de prophéties, l'Empereur décida, avant de quitter Antioche, de retourner sacrifier sur le mont Cassius où s'élevait un temple réputé. A l'accomplissement du rite s'ajoutait le désir de revoir le soleil se lever sur la magnificence des plaines d'Asie.

L'ascension, de nuit, fut rude et Hadrien ressentit pour la première fois de sa vie ses jambes lui manquer près du sommet. Contraint à s'arrêter, il regarda, bouleversé, Antinoüs qui escaladait de son allure désinvolte les derniers rochers. Pourquoi songea-t-il à l'avenir sombre qu'avait prédit à Soriade un sorcier syrien ?

A quelques pas du but, l'orage, qui luttait sourdement contre la nuit depuis le début de l'ascension, éclata, éclairant les prêtres venus sous la pluie à la rencontre des visiteurs. Deux secondes plus tard, la foudre fracassait l'autel, tuait le sacrificateur et le faon déjà offert à son poignard. Hadrien essaya de trouver une explication à cette terreur tombée du ciel. Antinoüs plus simplement murmura : « L'avenir n'a pas de sens, il est facile de mourir. »

A Alexandrie, dernière étape du voyage avant le retour à Rome, l'Impératrice vint avec sa suite rejoindre la cour itinérante de son mari. Fatiguée, elle souhaitait, au seuil de l'hiver, profiter de la chaleur sèche de l'Égypte. Elle ne quitta guère le *lyceum* où elle s'était établie et sa présence ne modifia en rien les habitudes d'Hadrien. Lorsqu'il avait lu le courrier de Rome et donné ses ordres, l'Empereur recevait ou allait visiter les devins et les sorciers qui pullulaient en Égypte. Les prédictions de la sorcière de Canope, la plus célèbre magicienne du pays, furent sinistres. Maladies graves, intrigues politiques, complots, tous les malheurs du monde étaient censés menacer l'Empire. Hadrien prenait ces prétendues révélations avec calme. Sa passion pour la magie orientale n'allait tout de même pas jusqu'à le soumettre aux délires verbaux des devins de pacotille !

Pour échapper peut-être à l'atmosphère délétère que ces pratiques faisaient peser sur son entourage, Hadrien décida de remonter le Nil jusqu'à la première cataracte. Des felouques furent gréées d'immenses voiles et aménagées confortablement. Le vent soufflait plein sud et, les premiers jours, les équipages n'eurent pas à louvoyer. Installé à la poupe du bateau sur des peaux de bêtes rapportées de ses chasses,

Hadrien regardait défiler l'Égypte pharaonique en caressant la main d'Antinoüs allongé à ses côtés. Parfois des litanies, portées par la brise, parvenaient jusqu'à la felouque. Questionné par l'interprète, l'homme de barre expliqua que les paysans riverains célébraient l'anniversaire de la mort d'Osiris, dieu des défunts, garant de la survie humaine.

A ces mots, Antinoüs serra la poignet de son maître et répéta la phrase qu'il avait déjà prononcée : « Je veux mourir avant toi. »

Cette fois, Hadrien le prit au sérieux :

— Quelle idée stupide ! s'écria-t-il. J'ai trente ans de plus que toi et la nature veut que tu me survives. Je t'interdis de proférer de telles inepties !

Il observa le jeune homme lové à ses pieds qui maintenant feignait de dormir. Soudain il eut peur. Et si les prédictions macabres du devin de Soriade et de la sorcière de Canope concernaient le petit berger de Bithynie, chef-d'œuvre de beauté dont il avait fait un dieu ? Antinoüs pouvait-il l'abandonner au moment où les ans commençaient à peser sur ses épaules ? Il frissonna et ordonna de chercher un point d'amarrage pour passer la nuit.

La soirée heureusement fut agréable. L'air était doux, les mâts des felouques oscillaient lentement au souffle du vent. Les senteurs venues du désert, par-delà les jardins du Nil, rappelaient à Hadrien les parfums qui flottaient sur Nicomédie le soir où il avait rencontré Antinoüs. Les noirs pressentiments étaient oubliés, l'enfant-dieu était là, bien vivant, gai, gracieux. Le cuisinier avait préparé les poissons pêchés par les hommes d'équipage, on but ce soir-là un peu plus que de coutume et tout le monde rit lorsque Antinoüs annonça qu'il était un peu gris et qu'il allait se coucher.

Le drame éclata le lendemain matin dans la splendeur du soleil levant. Hermogène, le médecin de l'Empereur, n'avait pas hésité, malgré l'énormité de l'irrévérence, à réveiller l'Empereur.

— Maître vénéré, dit-il, Antinoüs a disparu, il n'est plus sur la felouque dont tous les recoins ont été fouillés.

Hadrien pâlit. Il pensa aux oracles et comprit qu'il ne reverrait plus celui qui avait ébloui ses dernières années. Il ne dit rien, seulement qu'on l'aide à s'habiller, et monta sur le pont où les secrétaires, les hommes de garde et l'équipage chuchotaient par petits groupes et évitaient de croiser son regard.

— A-t-on vérifié si les canots d'appoint étaient tous là ? demanda-t-il d'une voix blanche.

— Il en manque un, dit un matelot. Il était amarré avec les deux autres contre la coque.

— Qui était de garde cette nuit ?

— Moi, César vénéré. J'ai vu vers minuit Antinoüs prendre le canot. Je lui ai demandé où il allait à cette heure. Il m'a répondu qu'il n'arrivait pas à dormir et qu'il voulait respirer un peu d'air frais. Je n'avais pas l'ordre de l'empêcher...

— L'empêcher, non. Mais tu aurais dû prévenir qu'il avait quitté le bord. Peux-tu au moins dire, imbécile, dans quelle direction il s'est dirigé ?

— Il a descendu le courant.

L'homme bredouilla encore une vague excuse mais Hadrien était déjà en train de donner l'ordre d'embarquer.

— Quatre rameurs dans chaque canot et des cordes ! cria-t-il. Hermogène à mon bord avec son coffre de remèdes !

— Puis-je vous accompagner ? interrogea Chabrias, le vieux philosophe chargé de l'éducation d'Antinoüs et qui aimait son élève comme un fils.

— Naturellement. Mais qu'on fasse vite. J'ai un mauvais pressentiment.

Il leva les yeux vers le ciel et implora : « Dieux puissants, et toi aussi Osiris, maître du fleuve, faites qu'on retrouve Antinoüs. »

Le courant était assez fort à cette période de l'année et les bateaux légers, entraînés par les rameurs, filèrent à grande allure le long de la berge.

— Un peu plus loin se trouve l'embarcadère d'un vieux temple abandonné. Peut-être a-t-il été jusque-là, dit Chabrias. Antinoüs m'a dit hier qu'il voulait visiter ces ruines.

Hadrien, le premier, aperçut le canot amarré à un ponton vermoulu.

— Il est là ! s'écria-t-il. Vite, débarquons et cherchons.

Imité par les autres, l'Empereur supplia d'une voix qui trahissait son émotion : « Antinoüs, Antinoüs, réponds-nous. »

Hélas ! Antinoüs ne pouvait plus répondre. Hermogène venait d'apercevoir son corps qui flottait à quelques mètres du bord, à moitié enfoui sous les papyrus et les feuilles de nénuphars. Aussitôt il appela à l'aide et deux rameurs réussirent à ravir au fleuve sa tendre victime. Hadrien, en larmes, essuya doucement le visage figé et taché de boue. Personne n'avait vu le Père de la Patrie pleurer. Ses proches, demeurés respectueusement à l'écart, touchés à la fois par la mort d'un si jeune homme et par la détresse de leur Empereur, ne pouvaient eux non plus retenir leurs larmes. Quand Hadrien se releva, Hermogène vint le soutenir et lui offrit de boire quelques gorgées de l'élixir qu'il préparait avec des racines d'aspérule :

— Bois ce remontant, mon maître, car il va te falloir beaucoup de courage pour supporter cette terrible épreuve !

Hadrien repoussa le breuvage et dit en séchant ses larmes :

— Qu'on prépare une civière avec des branchages pour ramener Antinoüs à bord.

Pendant que les hommes s'acquittaient de cette tâche, il demanda à Hermogène et à Chabrias :

— S'agit-il d'un accident ou l'enfant s'est-il volontairement noyé ?

— Il est difficile de se prononcer, répondit le médecin. Mais comment serait-il tombé accidentellement à cet endroit ?

— Pour y arriver, il a dû marcher dans les roseaux... ajouta Chabrias.

— Vous pensez donc qu'Antinoüs s'est suicidé ? Je le crois aussi. Mais pourquoi a-t-il voulu quitter cette vie où tout lui était promis ? Je ne peux m'empêcher de repenser à cette phrase qu'il m'a dite par deux fois et qui me poursuivra jusqu'au tombeau : « Je veux mourir avant toi[1] ! »

Hadrien, seul, choisit le lieu de l'inhumation du corps d'Antinoüs, embaumé selon les rites du pays :

— Tout laisse supposer, dit-il, que c'est pour prier et sacrifier avant de mourir qu'Antinoüs a choisi le temple abandonné par les prêtres d'une communauté voisine. Eh bien, c'est là qu'il reposera dans le tombeau que nous allons construire ! Sa jeunesse était divine, je l'ai toujours su, et la Grèce, l'Italie, l'Asie le vénéreront. Je vais relever le vieux temple de ses ruines et les prêtres qui s'y établiront veilleront nuit et jour à assurer le culte du jeune dieu. Le premier du mois d'Athir, des pleureuses parcourront la rive du fleuve sur lequel la barque sacrée promènera son effigie.

Un peu plus tard, pendant que l'on attendait la fin du délai imposé par les embaumeurs, Hadrien dicta une autre volonté :

— Il n'est pas question, dit-il, de laisser seulement célébrer mon jeune dieu dans ce lieu isolé où les pèlerinages seront rares. Près du temple et du tombeau d'Antinoüs se dressera entre mer et désert Antinoë, une ville nouvelle où son culte sera à jamais intégré au pas des caravanes, à l'animation du marché et aux cris des enfants ! Les travaux de construction de cette ville dont j'irai demain marquer les limites doivent commencer aussitôt. Deux de mes ingénieurs resteront sur place pour les organiser et les surveiller.

Cette activité avait un peu détourné Hadrien de son chagrin

1. La mort par noyade d'Antinoüs suscita bien des controverses. Certains n'hésitèrent pas à avancer qu'il s'était offert en sacrifice pour Hadrien à qui un mage avait annoncé qu'il devait aux dieux une victime volontaire. D'autres qu'il se noya pour faire réussir une expérience magique entreprise avec son maître.

mais la plaie était trop profonde pour se refermer aussi vite. Elle se rouvrit dès que les felouques impériales prirent le vent vers Alexandrie, après que la momie d'Antinoüs eut été enfermée dans son sarcophage de porphyre et descendue au fond d'une tombe murée comme celle d'un pharaon.

Ce ne sont pas les témoignages qui lui parvenaient de tout l'Empire ni les odes et consolations des poètes de Rome qui pouvaient atténuer, par leurs lieux communs, la douleur de l'absence. Le message poli de l'Impératrice qui venait de s'embarquer pour Rome alors qu'Hadrien arrivait à Alexandrie ne le toucha pas davantage. Les voyages qui avaient été si longtemps l'essentiel de sa vie commençaient à lui peser. Il décida pourtant de rejoindre la Grèce par voie de terre et de faire ainsi une dernière tournée officielle dans l'Orient romain.

## XV

# OMNIA VINCIT AMOR

La mort d'Antinoüs frappa Petronius qui n'avait pas oublié les longues heures de pose au palais. Comme tous les portraitistes, qu'ils soient peintres ou sculpteurs, il avait eu le temps de scruter le visage de son modèle, d'en observer les traits, de deviner ce que cachaient le mystère de son apparence et le laconisme de ses propos. Il avait éprouvé de la sympathie et de la compassion pour le jeune homme triste qui semblait se désintéresser du présent, poursuivre un rêve lointain, vivre une autre vie dans un autre monde. Il ne crut pas la version officielle de l'accident et, pensant au suicide, éprouva le désir de sculpter la tête d'Antinoüs face au néant, de fixer dans la pierre la fin de l'ultime combat entre la peur et la mort décidée.

Cette nouvelle œuvre, devenue sa seule préoccupation, Petronius l'entreprit dans la fraîcheur de la campagne ostienne. Il avait quitté Rome accablée de chaleur pour la modeste maison qu'Atticus, le sculpteur de dieux, venait de lui léguer à sa mort. Le vieil artiste n'avait mis qu'une condition à ce don : que Petronius continue le plus souvent possible d'y exercer son art. Le maître du Vélabre avait aussitôt voulu en faire son atelier des champs. Après les premiers travaux, elle ne représentait pas encore la villa de ses rêves mais il aimait voir dans la cour Jupiter converser avec l'ébauche d'une Junon au milieu d'un parterre de divinités. « Le monde des statues d'Atticus m'a adopté ! » disait il à Polimus qui venait souvent, en voisin, le regarder travailler. « Je me demande, ajoutait-il, comment elles vont accueillir le nouveau dieu qu'Hadrien ajoute à leur immortel cortège ! » Le vieux marbrier riait et répondait que cela dépendrait de la réussite du buste : « C'est toi plus que César qui feras une divinité de ce malheureux enfant ! »

Un jour, alors que le soleil, presque au zénith, rendait le marbre brûlant, Petronius s'était réfugié à l'ombre du noyer qui couvrait tout un angle de la cour. Il travaillait vêtu d'un seul pagne de toile, les pieds nus dans la poussière de marbre, la tête protégée par une écharpe nouée en turban. Il n'était pas rasé, la poussière de carrare lui collait à la peau, il était sale, il était beau.

C'est ainsi que Rufa le découvrit. Aveuglé par le soleil et la sueur, il n'identifia pas immédiatement celle qui descendait de la voiture qui l'avait amenée. Ce n'est que lorsqu'elle l'appela par son nom qu'il reconnut sa voix, puis son visage. Lui qui sculptait du sacré, modelait des fantômes et ressuscitait les morts, il se demanda si la frêle silhouette qu'il avait devant lui n'était pas une illusion de plus dans sa vie de créateur.

— La surprise n'explique pas tout, dit Rufa. On dirait que tu ne me reconnais pas ! Moi j'ai retrouvé tout de suite ton corps aux muscles longs et ton air sauvage sous la couche de poussière qui te transforme en boulanger ou en masque de tragédie.

— Que veux-tu, quand l'impossible devient réalité au moment où l'on s'y attend le moins, il y a de quoi perdre ses sens. J'étais en train d'essayer de me souvenir du visage d'un mort, et te voilà, souveraine, magnifique, qui surgit devant moi ! Je suis bête à en pleurer. Tu es là et je ne sais que dire. C'est peut-être à cause de ma tenue. Regarde-moi, sale, luisant de sueur, je n'ose approcher la blancheur de ta robe. Et encore moins t'embrasser.

— J'ai toujours pensé que tu ne comprenais pas grand-chose aux affaires de l'amour. Tu parles mieux au marbre qu'aux femmes. Alors je vais te montrer que je ne suis pas un rêve et que je me moque bien que tu sois sale et mal rasé.

Avant qu'il ait pu esquisser une réponse, elle s'était approchée et jetée contre lui. Leur étreinte fut sauvage. Sur l'herbe, sous l'œil narquois de Mercure, le plus fantaisiste des fils de Zeus, ils s'aimèrent longtemps, presque sans parler. Petronius essaya bien de poser une question mais Rufa répondit : « Tout à l'heure, je t'expliquerai et ce sera long. Il s'est passé tellement de choses dans nos vies depuis que nous nous sommes quittés ! »

Le sculpteur avait mis le matin une baignoire d'eau à chauffer au soleil. Ils s'y plongèrent, se frottèrent mutuellement et s'aimèrent encore une fois dans le bain avant de se sécher.

— Comment ai-je vieilli ? demanda-t-elle. Sais-tu que j'ai plus de trente ans ?

— Tu as un jour de plus que la dernière fois où nous nous sommes vus. Tu es toujours aussi belle. Mais non, je suis sot, tu es bien plus belle !

— Allons, tu fais des progrès ! Mais dis-moi, as-tu quelqu'un qui te sert dans ta retraite ? Pour ne rien te cacher, j'ai un peu faim.

— Non, je suis seul. J'ai laissé mon monde au Vélabre. Je me sens beaucoup plus libre pour travailler. Mais nous allons trouver, je te le jure, quelque chose à manger. Avant, dis-moi comment tu as réussi à me retrouver dans ce coin de campagne perdu ?

— C'est Tullia qui m'a dit où tu te cachais. Ne rougis pas, elle m'a tout raconté et je vais te surprendre : je préfère que ce soit elle plutôt qu'une autre qui t'ait permis de m'attendre.

— Elle m'a toujours dit qu'elle savait que lorsque tu reviendrais elle ne compterait plus pour moi.

— Et c'est vrai ?

— Pas tout à fait. Tullia est devenue une femme merveilleuse et j'aurais du mal à la quitter comme une tunique qui a trop servi. Crois-tu que nous pourrons rester amis ?

— Pourquoi pas ? Comme tu l'as remarqué elle a beaucoup changé et, n'en déplaise à ton orgueil de mâle, je crois qu'elle réussira facilement à se passer de toi.

Ils dévorèrent des œufs, du jambon, des fruits en buvant le vin du pays, un blanc doré sans prétention. Et enfin ils parlèrent. Elle lui expliqua pourquoi et comment elle revenait dans sa vie après une si longue absence :

— C'est tout simple. Je t'avais dit que je te retrouverais dès que ma situation d'épouse le permettrait. Mon éloignement a sans doute facilité mon penchant vertueux mais je n'ai pas trompé mon mari qui s'est révélé bon, attentif et raisonnablement passionné, ce qui m'a arrangée.

— Mais qu'y a-t-il de changé ? Il est, je pense, rentré avec toi ?

— Non, il est mort. Il avait succédé à Pline au gouvernement de la Bithynie et il a été terrassé il y a quatre mois par une fièvre pernicieuse.

— Tu n'en as pas l'air très affectée ?

— Vous êtes curieux, vous, les hommes ! Tu voudrais peut-être que je vienne chez toi le pleurer après avoir fait l'amour ? Sa mort m'a fait de la peine, c'est vrai, mais le temps a déjà effacé les regrets. Ce qui compte maintenant c'est ma nouvelle vie qui commence. Si tu veux encore de moi je me présente : veuve encore agréable, vieille famille patricienne, fortune en rapport et amoureuse.

— Je prends tout, sauf la fortune dont je n'ai pas besoin, répondit-il en riant. Mais ton père ?

— Mon père est rentré avec l'Empereur un peu avant moi, épuisé par ce dernier voyage au cours duquel Hadrien a perdu son bel Antinoüs. Tu as sûrement entendu parler de ce berger rencontré dans notre province. Qu'il était beau !

— Tullia ne t'a pas dit ? Il a posé pour moi au palais lors

du séjour d'Hadrien à Rome et j'ai sculpté son buste. En ce moment j'en commence un second, de mémoire...

— L'Empereur te l'a commandé ?

— Non, c'est pour moi. Le suicide de cet enfant promu dieu par la volonté de César m'inspire. Je te montrerai l'ébauche.

— As-tu fait d'autres sculptures de moi ?

— Le Vélabre en est plein. Mais tu ne m'as toujours pas dit si ton père acceptera de te voir fréquenter un vulgaire travailleur manuel.

— Tais-toi. Tu es un manuel mais tu n'es pas vulgaire. Mon père ne sacrifiera pas mon bonheur à quelque considération de classe. Il préférerait sans doute que j'assure l'avenir en me remariant avec un riche fonctionnaire bien en cour mais il sait que je serais intraitable s'il m'en proposait un. Autant que tu le saches : si je me remarie un jour, ce sera avec toi !

Petronius cria : « Vivat ! », esquissa un pas de danse et dit :

— Avec toi, malheur et bonheur ne se détaillent pas ! Je n'arrive pas à croire aux joies qui m'assaillent depuis ton arrivée et puisque tu penses à m'offrir ta main, moi aussi je me présente : manuel aux paumes calleuses, sculpteur de dieux, portraitiste de notables et de riches bourgeois, chevalier de l'ordre du marbre, situation financière modeste. Petit-fils de la reine Calpurnia !

— C'est comme cela que je t'aime, dit-elle, les larmes aux yeux, en se jetant dans ses bras.

— L'ennui, c'est que tu vas repartir. Je ne sais pas pourquoi, les femmes que j'aime doivent toujours partir ! Rentres-tu à Rome ?

— Non, je vais loger chez un ami de mon père qui a une villa proche de celle de Pline, ou plutôt de celle de sa femme.

— Cette merveille n'appartient plus à la veuve de Pline. Elle l'a vendue car elle préfère la propriété de Toscane. Alors, tu comptes t'installer chez ces gens ?

— Pas pour longtemps. Je vais rester quelques jours là-bas puisqu'on m'y attend, et je viendrai après discrètement chez toi. J'ai tellement envie de vivre ta vie, de te regarder travailler, de m'occuper de ta maison.

Petronius sourit :

— Cela n'a pas dû t'arriver souvent de t'occuper d'une maison ?

— Jamais ! Mais je me débrouillerai.

— Ne t'inquiète pas, pauvre petite fille riche. Nous trouverons dans le voisinage toute l'aide que nous voudrons. Mais aujourd'hui ? Repars-tu tout de suite ?

— Ah, non ! Je vais renvoyer la voiture et dire qu'on vienne me rechercher demain.

— Tes amis ne vont-ils pas être surpris ?

— Si tu savais comme je m'en moque !

Le soir, dans la « cour des dieux », comme il appelait l'enclos qui jouxtait la maison, ils parlèrent interminablement de tous les événements survenus au cours de leur longue séparation. Elle décrivit l'existence fastueuse mais ennuyeuse d'une femme de gouverneur dans une province lointaine, il raconta la vie devenue morne au Vélabre, la disgrâce d'Apollodore, la vieillesse de Calpurnia et sa mort, en omettant ses obsèques chrétiennes puisqu'il avait juré le secret. Lorsqu'ils eurent épuisé les souvenirs, Petronius la questionna sur l'Empereur et son désespoir après la disparition d'Antinoüs.

— Hadrien gouverne. Il poursuit la réforme des lois anciennes pour les adoucir, leur donner un caractère plus libéral. Il s'intéresse à la condition juridique des faibles, des déshérités, des affranchis, des esclaves... Tout cela occupe selon mon père un tiers de son temps. Un autre tiers est consacré au culte d'Antinoüs qu'il entend codifier, insérer dans la symbolique des autres dieux. Comme toi avec ta statue !

— Et le reste du temps ?

— Il écrit un peu mais se passionne surtout pour sa villa de Tibur dont il dirige personnellement les travaux. Tu sais qu'il a toujours rêvé d'être architecte ? Eh bien, il l'est devenu réellement. C'est lui qui dessine, qui choisit, qui décide. Le périmètre de la résidence impériale et des dépendances s'agrandit chaque jour et l'ensemble devient colossal. Il paraît que la fameuse Maison Dorée de Néron n'était qu'une maison de paysan à côté de la villa d'Hadrien ! Mais parle-moi plutôt de ton art. J'ai l'impression que tu as fait d'énormes progrès !

— Ce serait malheureux si je sculptais aujourd'hui comme lorsque nous nous sommes connus. Je débutais et, te rappelles-tu ? tu as été mon premier modèle. Qu'as-tu fait de ce buste que je t'avais offert ? J'en ai dix de beaucoup plus réussis au Vélabre.

— Ce premier marbre est dans ma chambre et y restera. Il m'a suivi en Bithynie et demeurera à jamais pour moi le plus irremplaçable des chefs-d'œuvre. Demain matin je veux te regarder travailler et t'écouter parler de sculpture. Ce que tu m'as dit au sujet de ton buste d'Antinoüs a piqué ma curiosité.

☆

Ils dormirent comme des enfants sur un mauvais lit installé devant la baie grande ouverte. C'est le chant lointain d'un coq qui les réveilla, ou plutôt le concert d'oiseaux qui lui succéda. Un roitelet gros comme le pouce eut même l'impudence d'entrer dans la chambre et de se poser un instant sur la couverture avant d'aller retrouver ses amis qui, d'une statue à l'autre, échangeaient leurs ramages.

— Regarde-les, dit Petronius. C'est l'heure où ils conversent avec les dieux qui ne se formalisent pas d'être choisis comme perchoirs. Ils ne vont pas tarder à s'en aller vers les bois ou les hauteurs et nous ne les reverrons pas avant le soir, quand ils viendront nous jouer la sérénade.

Ils prirent le *jentaculum*, des galettes et des fruits, burent l'eau de la source voisine et se dirigèrent vers le pré des dieux où Petronius découvrit l'ébauche du buste d'Antinoüs dissimulé sous un morceau de couverture.

— Voilà, dit-il, l'éphèbe impérial au moment où il franchit la frêle barrière qui sépare la vie de la mort. Tu vois, c'est en intériorisant les visages, en exprimant le caractère profond de l'être que les sculpteurs romains réussiront à faire valoir leur art en face des chefs-d'œuvre grecs. Les plus grands artistes grecs cherchaient l'idéal, nous devons trouver le réel !

Comme toujours lorsqu'il parlait de sculpture, Petronius s'enflammait, et ses auditeurs, les femmes surtout, ne pouvaient résister au charme que dégageait son enthousiasme.

— Continue, explique-moi ! Chacun de tes gestes me fascine. Tu manies le burin avec une telle précision que l'art semble facile.

— Il n'y a d'œuvre que si le geste est spontané, presque automatique, et obéit au cerveau du créateur. Tiens, je vais te montrer un nouvel outil que nous commençons à utiliser pour les traits en creux à la place du burin, par exemple pour les cheveux ou les plis des vêtements. C'est la vrille. Grâce à elle nous obtenons un sillon continu, parfait, en évitant un travail long et fastidieux[1].

Comme la veille, ils reparlèrent de tout, d'eux, de la santé de l'Empereur qui n'était pas bonne, de Tullia qui s'accommodait du mariage, du père de Rufa qui, fatigué par les voyages, avait abandonné pour l'instant une partie de ses charges. A ce propos, Petronius émit à nouveau des doutes sur la réaction du sénateur :

— Je ne peux pas me faire à l'idée que ton père m'acceptera. Ne me fais pas rêver d'une union qui me paraît impossible.

— A priori, tu as raison. Mais les ressources d'une femme

1. L'usage de la vrille, à partir d'Hadrien, a en effet ouvert de nouveaux horizons à la sculpture du marbre. Grâce à elle les iris et les pupilles des portraits sont maintenant sculptés au lieu d'être peints et rendent différemment l'intériorité du regard.

sont grandes et j'espère bien arriver à mes fins. En tout cas, mariée ou pas, je ne te lâcherai plus !

Quand elle repartit, dans l'après-midi, la maison d'Atticus retomba dans la grande patience de la nature. Petronius sentit revenir en lui le vide de la solitude. Il dut se forcer un peu pour reprendre l'outil mais, au premier claquement du ciseau sur le marbre, il retrouva ses sensations. Il se dit qu'il comprenait mieux l'effacement d'Antinoüs et atténua légèrement au burin les signes d'effroi sur son visage.

☆

Un mois plus tard, Petronius regagna l'atelier du Vélabre. Rufa était revenue vivre une semaine avec lui à Ostie et ils avaient atteint à la félicité dont un couple peut rêver. A Rome, hélas ! les contraintes réapparaissaient. La jeune femme avait beau dire qu'elle se moquait de ce que pouvaient penser les gens, le respect de la réputation de son père aliénait sa liberté.

Un soir où il la raccompagnait en maudissant les conventions qui les empêchaient d'être pleinement heureux, elle annonça qu'elle allait parler au sénateur.

— Je vais lui demander de m'aider, dit-elle. Tous nos espoirs reposent sur l'amour qu'il me porte.

Rufa craignait la colère du haut dignitaire de l'Empire, elle découvrit la bonté du père.

— Je devine pourquoi tu veux me voir, dit-il. Libre des liens du mariage, tu ne penses qu'à retrouver celui que tu aimes depuis toujours, l'homme du marbre dont les mains calleuses te rendent plus heureuse que celles bien récurées d'un fonctionnaire ennuyeux.

Elle le regarda, stupéfaite :

— Comment ? Tu es au courant ? Tu connais l'existence de Petronius ?

— Depuis le début de ton aventure de jeune fille si sage en

apparence. Je n'ai pas eu de mal à apprendre ta liaison, des informateurs m'ont renseigné très vite.

— Et tu n'as rien dit ?

— Ma petite fille, tu es la seule personne qui compte pour moi et que je chérisse. Je ne pensais qu'à ton bonheur et tu paraissais heureuse ! J'ai hésité et me suis décidé à te laisser un beau souvenir de ta jeunesse. Seulement, lorsque j'ai su que j'allais accompagner l'Empereur dans un très long voyage, je me suis senti obligé de mettre un terme à ton histoire d'amour et de te marier. Je dois dire que tu m'as soulagé en acceptant sans protester et en tenant ta place de dame romaine auprès d'un mari que je n'avais pas mal choisi, avoue-le. Mais cela, c'est le passé. Et maintenant ?

— J'ai accompli mon devoir, je ne t'ai pas fait honte mais aujourd'hui je veux vivre avec celui qui m'a attendue si longtemps. Père, je t'en prie, permets-moi d'épouser Petronius.

— Si cela ne tenait qu'à moi, je te donnerais tout de suite mon consentement. Hélas, mon rang, le tien aussi, me contraint à demander son avis à l'Empereur. Et rien ne me fait penser qu'il sera favorable. La fille d'un préfet qui choisit d'épouser un manuel est un cas sur lequel il n'a sûrement jamais eu à se prononcer.

— Ce n'est pas un manuel ordinaire. Antinoüs a posé pour lui au palais et Petronius a sculpté son buste. En ce moment il achève un autre portrait de lui et c'est un chef-d'œuvre. Hadrien pleurera s'il le voit un jour !

— Attends ! Tu me donnes une idée. Pourquoi l'Empereur ne verrait-il pas ce buste ?

— Tu crois que…

— Je ne crois rien du tout mais préviens-moi quand le portrait sera terminé. D'ici là, montre-toi discrète.

☆

La réaction de Milvius Aurelius mit du baume au cœur des amoureux. « Mon père ne prendrait pas le risque de consulter l'Empereur s'il pensait n'avoir aucune chance de le fléchir », disait Rufa. Petronius, lui, travaillait la nuit pour achever le buste d'Antinoüs. Il pensait toujours que le mariage était une idée folle de Rufa mais il cédait à son optimisme.

Dès qu'il eut donné le dernier coup de gradine, les événements se précipitèrent. Le lendemain, Rufa arriva exaltée :

— Petronius, ouvre bien tes oreilles : mon sénateur de père va venir tout à l'heure. Il veut voir à quoi ressemble ce buste que je ne cesse de lui présenter comme un chef-d'œuvre. Je crois aussi qu'il est curieux de voir quelle tête a l'amant de sa fille.

Milvius Aurelius au Vélabre pour voir l'une de ses sculptures ! Petronius avait du mal à croire une chose aussi insensée. Enfin, à la demande de Rufa, il alla se raser et endosser une tunique propre, puis ils s'installèrent dans l'*atrium* pour attendre l'illustre visiteur après avoir posté à l'entrée Pappus, le plus ancien serviteur de la maison.

Petronius était bien obligé d'admettre que les espoirs de Rufa n'étaient peut-être pas vains. Certes, la visite de son père ne signifiait pas que la partie était gagnée mais elle pouvait constituer le premier pas vers une union que l'usage proscrivait.

— Tu sais bien qu'à Rome la tradition a force de loi, dit-il en marchant comme un ours en cage autour du bassin de l'*impluvium*. Peut-être pourrons-nous, dans le meilleur des cas, nous rencontrer sans trop nous cacher mais il ne faut pas se bercer d'illusions : nous ne nous marierons jamais !

— Tais-toi, oiseau de mauvais augure ! répliqua-t-elle. Mon père m'a toujours enseigné que l'optimisme, s'il ne résout pas tout, aide souvent à réussir. Apprête-toi plutôt à lui parler du marbre et de la sculpture comme tu sais si bien le faire. Les sénateurs sont sensibles au verbe. Aurelius a suivi dans sa jeunesse des cours d'éloquence et il a été avocat comme son ami Pline. Alors soigne ta plaidoirie !

Milvius Aurelius descendit de sa litière à l'entrée du vestibule, et Petronius, le maître de maison, alla au-devant de lui :

— Hôte illustre de ma modeste maison, je te salue de toute mon âme. Ta fille t'attend dans l'*atrium*.

Aurelius, qui arrivait de la Curie, portait sa toge de sénateur, blanche bordée de pourpre. A cinquante-cinq ans, il avait toujours un port altier et élégant. Son visage régulier était peu marqué et il avait conservé ses cheveux bruns coupés court sur le front. Il regarda un instant Petronius et dit :

— C'est donc toi le séducteur de ma fille ! Je ne dis pas qu'elle a eu mauvais goût mais votre passion n'a pas fini de me causer des soucis ! Enfin, tu vas me montrer ce portrait d'Antinoüs qui est, paraît-il, très beau, encore que le jugement de Rufa ne soit peut-être pas exempt d'un excès de bienveillance.

Il sourit et embrassa sa fille. En observant leurs visages rapprochés, Petronius fut frappé par leur ressemblance. Son œil exercé d'artiste remarqua l'intelligence du regard du sénateur et il se dit qu'il aurait plaisir à l'évoquer dans le marbre.

— Allons tout de suite dans l'atelier, dit-il. Le buste que tu veux voir a été terminé hier.

Ils s'engagèrent dans le jardin et, comme chaque visiteur nouveau, le sénateur fut ébloui par la prolifération des plantes rares, la variété des fleurs et le savant désordre des parterres voulu en d'autres temps par Sevurus.

— Le Vélabre, je crois que vous donnez le nom du quartier à votre maison, respire l'art et la beauté.

Tout en marchant, il continua :

— Savez-vous que dans ma jeunesse j'aurais donné n'importe quoi pour y être invité ? Rome tout entière vantait la qualité de ses hôtes, écrivains, poètes, architectes. Que n'aurais-je fait pour y rencontrer le vieux Pline, Martial, Juvénal, et partager en leur compagnie une table que l'on disait la plus simple mais la meilleure de Rome. Ah ! quand, à cette époque, on avait parlé des dîners de Calpurnia, on avait tout dit !

— Calpurnia était la grand-mère de Petronius, dit Rufa.

— C'était une grande dame, ajouta simplement Petronius en ouvrant la porte de l'atelier. Tenez, voici le portrait que j'ai fait d'elle. J'étais encore un débutant mais elle était si belle qu'il aurait fallu être un bien piètre sculpteur pour ne pas le réussir. Au milieu de l'atelier, c'est le buste d'un jeune homme dont la beauté va s'éteindre dans l'instant. Évidemment il s'agit d'Antinoüs, dont les traits étaient restés gravés dans ma mémoire depuis qu'il avait posé pour moi.

Le sénateur ne répondit pas. Il était planté devant le portrait et hochait silencieusement la tête.

— Tu as beaucoup de talent ! finit-il par dire. J'étais aux côtés de l'Empereur lorsque le garçon a choisi de quitter la vie. Son visage de marbre me bouleverse ! Veux-tu le montrer à Hadrien ? Je crains un peu sa réaction douloureuse mais il faut qu'il voie ton œuvre.

— Si l'Empereur souhaite la garder, je lui en ferai cadeau, répondit Petronius, surpris par l'éloge.

— Très bien, fais-la envelopper afin qu'il ne lui arrive rien. Mes gens vont la placer dans ma litière et je la présenterai dès demain à César.

— Merci. L'humble artiste est comblé !

— Ne fais pas trop le modeste. Tu sais très bien que tu as créé une œuvre remarquable et que tu ne manques pas de talent. Maintenant il faut que je rentre, il y a ce soir une réception en l'honneur du roi de Thessalie à laquelle je ne peux pas me dérober. J'espère que nous nous reverrons, Petronius. J'aurai plaisir à parler avec toi de ton art. Tu viens, Rufa ? Je te ramène à la maison.

La proposition, qui était presque un ordre, ne l'enchanta pas, mais ce n'était pas le moment de déplaire au sénateur et Rufa suivit son père après avoir lancé un regard contraint à Petronius. Celui-ci, la tête en feu, s'allongea sur les coussins de l'*atrium* et ferma les yeux. Les événements le dépassaient, il se dit qu'il ne fallait pas essayer de les rattraper. Comme si cela eût été possible ! « Et si mon destin se jouait dans l'âme meurtrie d'une statue ? » se demanda-t-il.

☆

C'est le lendemain, au palais, qu'Hadrien découvrit la statue. Milvius Aurelius avait finalement pensé que la présence de Petronius ne pouvait que servir ses desseins. Tous deux attendaient l'Empereur dans une pièce attenante aux appartements royaux où ils avaient fait placer le buste sur un socle. Lorsque César parut, ils s'effacèrent pour le laisser approcher de la sculpture idéalement éclairée par le soleil voilé du matin.

Hadrien ne dit pas un mot. Il demanda seulement un siège et s'installa face au portrait de marbre, les yeux fixés sur ceux de l'être qu'il avait tant aimé. Il fit un signe au sénateur et celui-ci entraîna Petronius hors de la pièce :

— Laissons César seul avec sa douleur. Je le connais : il souffre devant ce morceau de marbre mais ne peut s'en détacher.

— Ne va-t-il pas m'en vouloir de l'obliger à se souvenir…

— Sûrement pas. Attendons ici qu'il sorte du rêve qui le déchire mais lui rappelle aussi les plus belles années de sa vie.

Hadrien reparut au bout d'une dizaine de minutes. On voyait qu'il avait pleuré mais il était presque serein.

— C'est toi qui as sculpté ce buste ? demanda-t-il à Petronius.

Impressionné, le sculpteur bredouilla une réponse inaudible, et Milvius Aurelius vint à son secours :

— Ce jeune homme que j'ai connu par ma fille Rufa me semble posséder un grand talent. Il m'a chargé de vous dire que si le portrait d'Antinoüs vous paraissait digne de figurer dans vos collections, il vous en ferait l'hommage. Ce serait pour lui la plus belle des récompenses.

— Ce buste, vous l'avez remarqué, me bouleverse. Je voulais l'acquérir mais si son auteur veut m'en faire cadeau, je l'accepte. Je suis content que cette œuvre, qui va me devenir familière car je veux la garder constamment près de moi, ne soit pas l'objet d'une transaction financière. L'argent n'a jamais compté pour Antinoüs et il est bien qu'il continue de lui demeurer étranger.

— Merci, glorieux César, dit Petronius d'un ton qu'il voulait assuré. Je suis comblé par ta grande bonté.

— Tant mieux, mais tu dois plus ta satisfaction à ton talent et à mon jugement artistique qu'à ma bonté. Maintenant, César est ton obligé. En attendant, acceptes-tu de m'aider à choisir les statues qui doivent orner la ville d'Antinoüpolis sur le Nil ? Je souhaiterais aussi que tu me conseilles pour commander les sculptures qui manquent encore au décor de ma villa de Tibur. J'ai fait creuser un canal qui reconstitue celui de Canope, en Égypte. En bordure, quatre Cariatides et deux Silènes supportent une pergola que j'ai moi-même dessinée en alternant les architraves et les arcs. Je pense faire copier les sculptures de l'Érechthéion d'Athènes, veux-tu diriger le travail ? Tu serais une sorte de *procurator* des statues impériales. Je vais arranger cela avec Milvius Aurelius et l'avocat Favorinus.

— J'ai autre chose, César, à te demander à propos de Petronius. Je souhaiterais t'en parler seul à seul.

— Bien. Laisse-nous, futur *procurator*. Tu auras bientôt de mes nouvelles.

Petronius remercia, salua et sortit complètement désarçonné par le tour que prenaient les événements.

— Qu'as-tu à me dire, Milvius ? demanda l'Empereur. Laisse-moi d'abord te remercier de m'avoir fait connaître ce jeune sculpteur. Ce ne sont pas mes artistes habituels qui auraient attiré mon attention sur ce nouveau talent qui risque fort de les concurrencer. Parle-moi donc de ce jeune homme.

— Rufa t'en dirait plus long que moi. Je sais que parmi ses ancêtres il compte les bâtisseurs de la Maison Dorée, du grand amphithéâtre Flavien, des thermes de Trajan et d'une quantité d'autres monuments dont les Romains sont fiers. Sa grand-mère, Calpurnia, a régné durant près d'un demi-siècle sur l'*intellegens* romaine. Lui a préféré la sculpture à l'architecture.

— Il a bien fait car il y excelle. Alors ?

— Il vit avec ma fille une irrésistible passion. Tu sais qu'elle est veuve d'Ennius Flaccus et je viens te demander ce que je dois faire.

— Évidemment, il doit descendre d'un affranchi, pour ne pas dire d'un esclave ?

— Sans doute. Mais s'il n'appartient pas à l'ordre équestre, il a une grande noblesse d'âme et un talent qui vaut bien des titres héréditaires.

— Tu n'as pas à me convaincre, moi qui ai proclamé l'édit perpétuel, protégé les esclaves contre les iniquités de leurs maîtres et donné des droits aux femmes.

— C'est pour cela, César, que je te demande d'accorder à Rufa et à ton nouveau *procurator*, dont le portrait d'Antinoüs t'a tant ému, l'autorisation de se marier.

— C'est toi, un sénateur, soucieux par nature de la sauvegarde de la société romaine qui me demandes cela ?

— J'ai été aussi soucieux, durant toute ma vie, du service de l'Empire et, après tant d'années vécues à tes côtés, je reste ton plus fidèle serviteur.

— Mais je ne peux pas t'accorder une permission contraire à toutes les traditions et qui constituerait un grave précédent !

— César peut tout.

— Tu m'ennuies à la fin de me dire ce que je peux faire. N'oublie pas que je suis César ! Rufa n'aurait pas pu, comme toutes les filles de sénateur, s'amouracher d'un chevalier ?

— Si c'était le cas, je n'implorerais pas ta mansuétude à

l'égard d'un génie capable de conserver vivante la beauté d'un dieu disparu. Mais si cette décision non conforme aux usages apparaît inconciliable avec ton devoir, je n'insiste pas.

— Tu sais aussi bien que moi que je n'ai pas le droit de permettre à Rufa d'épouser un manuel sans titre...

Hadrien regarda un instant en silence son vieux compagnon attristé puis il ajouta en souriant :

—... Mais j'ai le droit d'accorder un titre ! Celui, par exemple, de chevalier de l'ordre équestre à... Comment s'appelle déjà notre génie ?

— Petronius.

Milvius Aurelius, ému aux larmes, s'avança et étreignit son Empereur en pensant qu'il venait de gagner le plus difficile combat de son existence.

# ÉPILOGUE

Il y avait bien longtemps que les censeurs n'intronisaient plus les nouveaux chevaliers. Ce furent deux sénateurs-curateurs qui ratifièrent la nomination de Petronius. Sa fortune n'atteignait pas les quatre cent mille sesterces exigés mais la caution de Milvius Aurelius résolut cette dernière difficulté. Pour la première fois dans l'histoire de Rome un artiste, un manuel, eut droit à l'anneau d'or et à la *trabea*, toge blanche à bande de pourpre.

Ce n'est pas dans cette tenue qu'il s'installa à Ostie, dans la vieille maison d'Atticus, pour sortir du marbre la copie des cariatides de l'Érechthéion. Rufa, qu'il avait enfin pu épouser, avait retrouvé à ses côtés les plaisirs de la vie agreste. Ensemble ils dressèrent les plans de leur future villa conçue autour de la cour des dieux qu'ils décidèrent de garder dans son intégralité, en souvenir du vieux sculpteur et par respect pour les oiseaux.

C'est au cours d'un de leurs concerts matinaux que Rufa annonça à Petronius qu'elle attendait un enfant. Ostie était leur maison des champs, à Rome ils habitaient le Vélabre où Rufa essayait, avec succès, de former un cercle d'artistes et de poètes mais, comme elle le disait, il aurait été vain de vouloir ressusciter la maison magique où jadis soufflait l'esprit, le Vélabre de Calpurnia dont le buste souriant protégeait toujours l'entrée de l'atelier.

Quand Petronius ne sculptait pas, il passait de longues journées dans la villa de Tibur où l'Empereur se retirait souvent pour s'y reposer et surtout pour travailler à son embellissement. Hadrien aimait parcourir avec lui les ombrages du parc immense : « Tu vois, lui disait-il, avec toi je peux parler de certaines choses, je me sens en confiance, un peu comme avec Antinoüs dont tu as réussi, sans le connaître, à percer une part du mystère. »

La ville d'Antinoüpolis continuait, sous l'impulsion farouche de son fondateur, à grandir sur les bords du Nil. Chaque mois, Petronius y envoyait une nouvelle statue pour décorer un nouveau quartier. Étrangement, le culte de l'enfant-dieu continuait d'être honoré et le nombre de ses adeptes augmentait.

☆

Le temps de la sérénité retrouvée dans les merveilles de Tibur semblait plus compté à l'Empereur qui connaissait pour la première fois de sa vie les affres de la souffrance physique. Sa longue connivence avec les frontières de l'au-delà si souvent explorées à Éleusis puis en compagnie des prêtres d'Égypte l'aidait à ne pas craindre la mort. Il avait surmonté tous les dangers, à la guerre contre les Sarmates, à la chasse quand un lion avait attaqué son cheval. Il avait même réussi à survivre à la mort d'Antinoüs. Mais César, à peine âgé de soixante-deux ans, était désarmé contre l'insidieuse maladie qui transformait sa vie en supplice. Hermogène, son médecin, avait diagnostiqué une hydropisie aux ravages foudroyants. Plusieurs fois il avait tenté de se suicider mais ses proches, inquiets des suites que pouvait avoir une telle fin sur la succession, étaient intervenus à temps.

L'Empereur se mourait mais il se mourait mal. Lui si mesuré, si épris de justice, dont le règne avait été un modèle d'équilibre, s'aigrissait et devenait cruel. Par bonheur, le cerveau demeurait intact et, malgré les souffrances, il avait réussi après bien des hésitations à choisir son successeur parmi les meilleurs : ce serait le consulaire Antonin, image sage de la vieille noblesse italienne, qui prendrait sa place. Il l'avait adopté et obligé à adopter celui qui lui succéderait un jour : le jeune Marcus Aurelius.

Déjà Antonin dirigeait les affaires et était prêt à franchir quand il le faudrait les portes du Palatin. Hadrien, l'empereur-soldat épris de paix, le voyageur impénitent, le légiste fervent de progrès, l'artiste délicat, l'architecte fertile, le penseur philosophe pouvait mourir et se soustraire enfin à ses souffrances. Suivant le conseil d'Hermogène, il décida de partir pour Baïes, en Campanie, où sa famille possédait une villa. Mais les eaux n'ont jamais guéri les empereurs. Quelques jours après son arrivée au terme d'un voyage épuisant, il fit mander d'urgence Antonin et expira le 10 juillet de l'an 138.

Il restait encore à Juvénal, l'auteur des *Seize satires* et père spirituel du Vélabre, deux années à vivre pour atteindre l'âge respectable de quatre-vingt cinq ans.

## REMERCIEMENTS

A Laurence Péan dont la coopération m'a été précieuse.

A Irène Karsenty et Richard Ferrer pour leurs conseils.

A Gueroni Sinigalia, l'œil du Colisée.

Aux historiens émérites dont les travaux m'ont souvent aidé, en particulier Pierre Grimal, François Fontaine et Georges-Roux.

Et, pourquoi pas à Juvénal, à Martial, aux deux Pline, à Tacite... dont les œuvres ont partagé ma vie durant deux ans, en même temps que la table de Calpurnia.

# Chronologie

| DATES | L'HISTOIRE DE ROME | VIE LITTERAIRE ET ARTISTIQUE | LES PERSONNAGES |
|---|---|---|---|
| 44 av. J.-C. | Assassinat de Jules César | Tite-Live (Histoire de Rome)<br>Mort de Cicéron (43 av. J.-C.)<br>Naissance d'Ovide (43 av. J.-C.)<br>Virgile (Les Georgiques) | |
| 14 ap. J.-C. | Mort d'Auguste | Naissance de Pline l'Ancien (23 ap. J.-C.) | Naissance de Sevurus (1 av. J.-C.) |
| 37 ap. J.-C. | Mort de Tibère | | |
| 41 | Assassinat de Caligula | Naissance de Martial | Naissance de Celer (50)<br>Naissance de Calpurnia (52) |
| 54 | Claude empoisonné par Agrippine.<br>Avènement de Néron, assassin d'Agrippine, sa mère. | Naissance de Juvénal (55)<br>Naissance de Tacite (55)<br>Naissance de Pline le jeune (61) | |
| 64 | Incendie de Rome. Persécution des chrétiens.<br>Conjuration de Pison. | Mort de Pétrone (65)<br>Suicide de Sénèque | Sevurus construit la Maison Dorée sur les ruines de l'incendie |
| 67 | Voyage de Néron en Grèce. | | |
| 68 | Soulèvement de Julius Vindex en Gaulle.<br>Suicide de Néron. | | Calpurnia épouse l'architecte Celer, fils adoptif et associé de Sevurus |
| 68-69 | Crise politique.<br>Année des quatre empereurs (Galba, Otho, Vitellius et Vespasien).<br>Incendie du Capitole. | | Mort de Sevurus |

| | | | |
|---|---|---|---|
| 69-79 | Règne de Vespasien, César sage qui rétablit l'équilibre de l'Empire | Début de la construction du Colisée (72) par Celer | Naissance de Terentia, fille de Celer et de Calpurnia |
| 79-81 | Règne de Titus<br>Eruption du Vésuve. Pompéi, Herculanum et Stabie sont ensevelies (24 novembre 79).<br>Chute de Jérusalem. Ruine du Temple. | Inauguration du Colisée (80) par Titus<br>Mort de Pline l'Ancien | Mort accidentelle de Celer (80)<br>Rabirius, son aide, lui succède dans l'atelier du Vélabre |
| 81-96 | Règne de Domitien, frère de Titus. Mourra assassiné. Reprise des persécutions contre les chrétiens. | | Mariage de Calpurnia et Rabirius |
| 96-98 | Règne de Nerva. | | Mariage de Terentia avec l'architecte Julius Lacer.<br>Naissance de leur fils Petronius |
| 98-117 | Règne de Trajan.<br>Reprise de la politique d'expansion.<br>Guerre des Daces.<br>Guerre des Parthes. | Mort de Martial (104)<br>Mort de Pline le Jeune (114)<br>Apollodore devient l'architecte deTrajan après la disgrâce de Rabirius<br>Construction du forum de Trajan | Suicide de Rabirius<br>Petronius devient sculpteur |
| 117-138 | Règne d'Hadrien (fils adoptif de Trajan).<br>Abandon de la politique d'expansion.<br>Premier voyage d'Hadrien (121-125).<br>Deuxième voyage d'Hadrien (128-132).<br>Noyade dans le Nil d'Antinoüs. | Suétone :Vie des douze Césars<br>Construction du Panthéon<br>Construction de la villa Hadriana à Tibur | Mort de Calpurnia convertie au christianisme<br>Liaison de Petronius avec Lucinus avant qu'il ne rencontre Rufa, fille d'un sénateur<br>Mariage de Petronius et de Rufa |
| 140 | | Mort de Juvénal | |

## Table

Achevé d'imprimer
en janvier 1997
par Printer Industria
Gráfica, S.A.
08620 Sant Vicenç dels Horts 1997
Depósito Legal: B. 44223-1996
pour le compte de
France Loisirs
123, boulevard de Grenelle,
Paris

*Cet ouvrage a eté imprimé sur du papier sans bois et sans acide*

Numéro d'éditeur : 26988
Dépôt légal : février 1997
Imprimé en Espagne